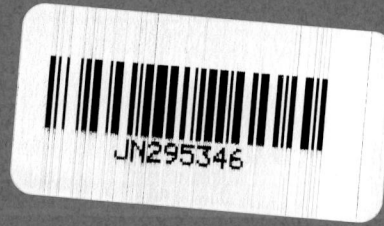

野間宏

作家の戦中日記

一九三二—四五

〔編集委員〕尾末奎司　加藤亮三　紅野謙介　寺田　博

藤原書店

作家の戦中日記　1932–45

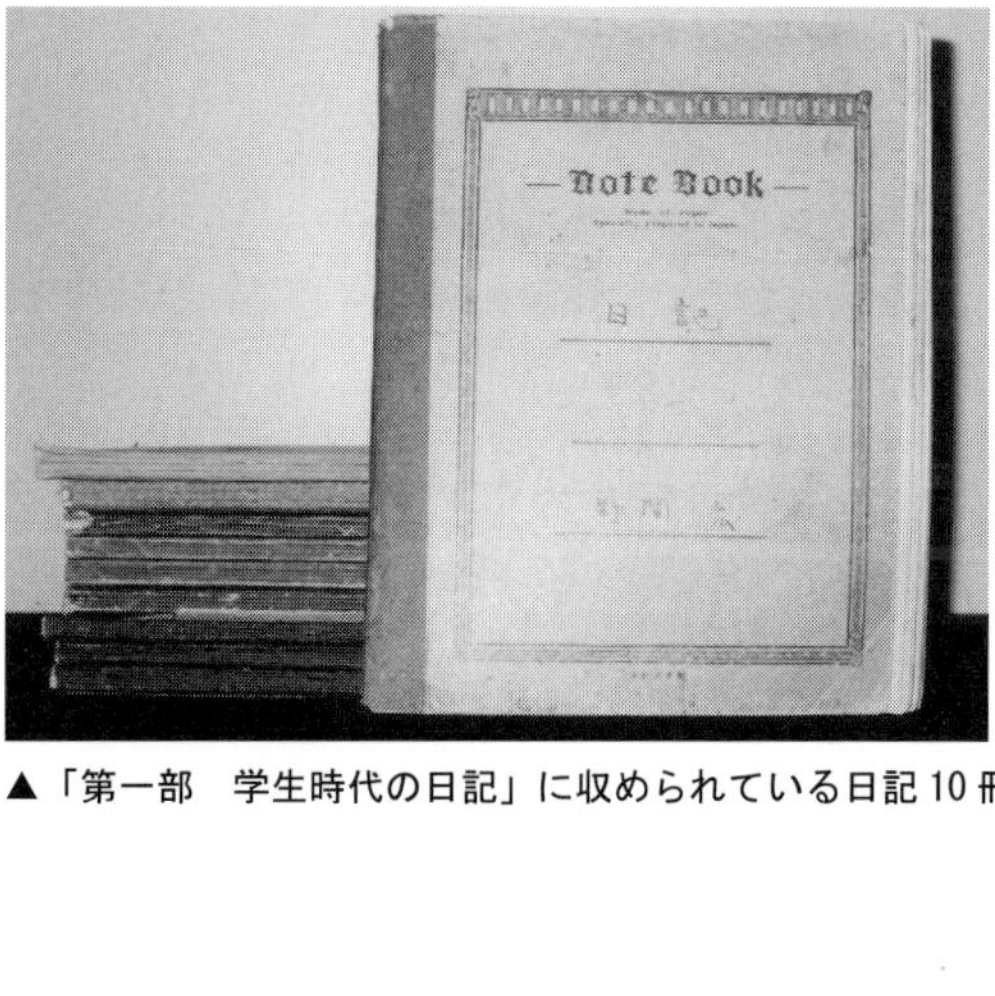

▲「第一部　学生時代の日記」に収められている日記 10 冊。

▶前列右端が野間宏。第三高等学校時代。

◀一九三五年、師・竹内勝太郎の葬儀にて。前列左端が野間宏。後列左端に尼崎安四。

▲1937 年 1 月 2 日、兄稔生と白浜にて。京都帝国大学時代。

▶『三人』同人の富士正晴（左）と桑原静雄（右）。

▲1936年頃の富士光子（右）。

▲大阪市役所時代。右から六人目、白い帽子を被り、大きな白い鞄を持っているのが野間宏。

◀軍隊時代。後列左から三人目が野間宏。

▶一九四四年、富士光子と結婚（前列中央に二人）。後列左より四人目から富士正晴、井上靖、富士正夫、富士安子。前列左より祖母ひろ、母まつゑ、高安国世・和子、光子の父・憲夫、母・晴子。

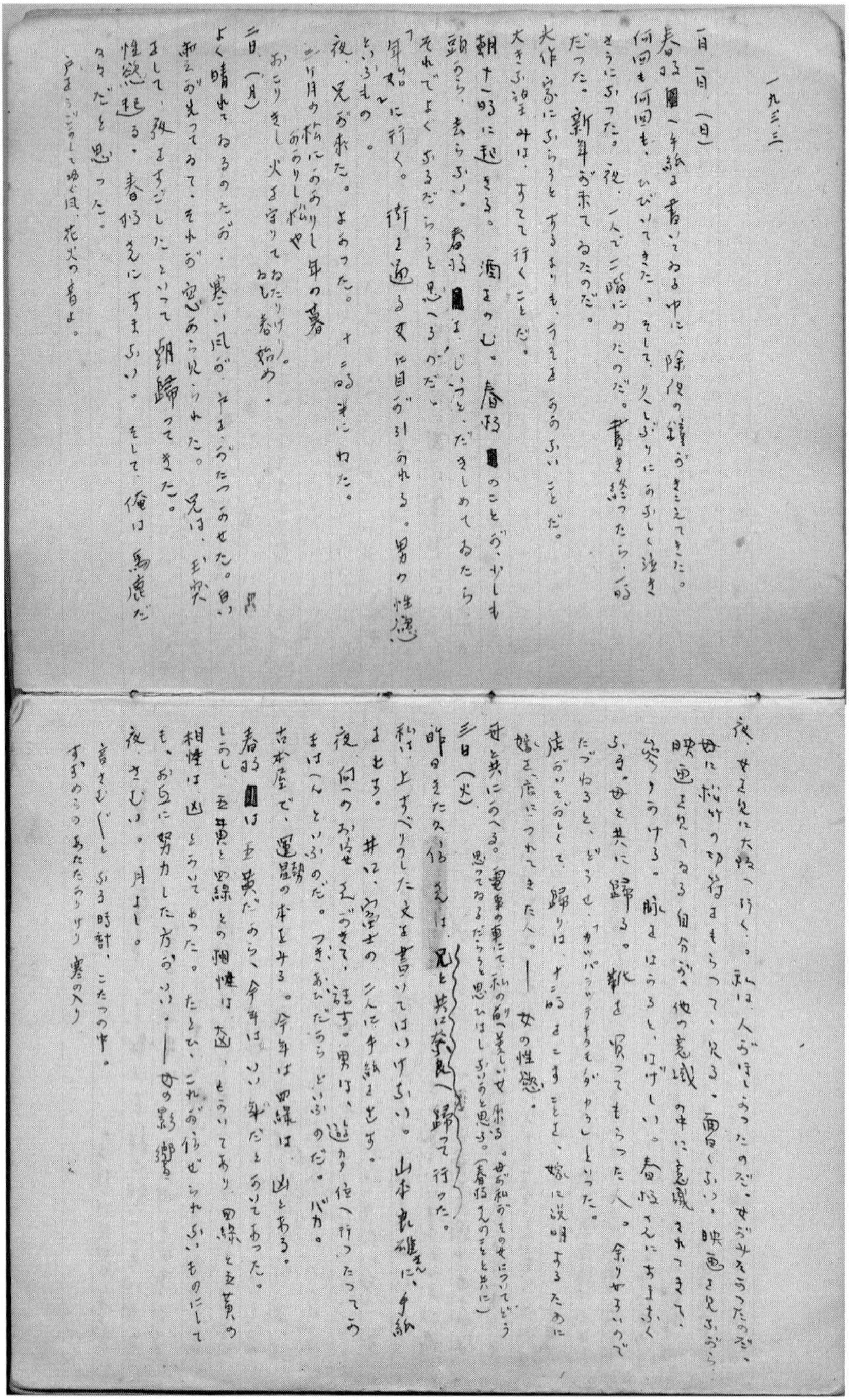

一九三三

一月一日（日）

春枝[redacted]へ手紙を書いてゐる中に、除夜の鐘がきこえてきた。何回も何回も、ひびいてきた。そして、久しぶりにあぶなく泣きさうになつた。夜、一人で二階にゐたのだ。書き終つたら、一時だつた。新年が来てゐたのだ。

大作家にならうとするよりも、うそをかかないことだ。

大きな望みは、すてて行くことだ。

朝十一時に起きる。酒をのむ。春枝[redacted]のことが、少しも頭から去らない。春枝[redacted]は、じつと、だきしめてゐたらそれでよくなるだらうと思へるのだ。

「年始」に行く。街を通る女に目が引かれる。男の性慾といふもの。

夜、兄が来た。よかつた。十二時半にねた。

二ケ月の恋にありし年の暮（ありし恋や）

おこりきし火を守りてねたりけり。ねし春始め。

一月二日（月）

よく晴れてゐるのだが、寒い風が、[illegible]あせた。白い雲が光つてゐて、それが窓から見られた。兄は、玉突[illegible]まして、夜をすごしたといつて朝帰つてきた。性慾起る。春枝さんにすまない。そして、俺は馬鹿だ々々だと思つた。

戸をうごかして吹く風、花火の音よ。

夜、女を見に大阪へ行く。私は、人がほしかつたのだ。女が見たかつたのだ。

母に松竹の切符をもらつて、見る。面白くない。映画を見ながら映画を見てゐる自分が他の意識の中に意識されてきて、[illegible]。[illegible]はげしい。春枝さんに[illegible]。母と共に帰る。靴を買つてもらつた人。余りせまいのでたづねると、どうせ、カッパラッテキタモダカラと云つた。店がいそがしくて、帰りは十二時をこすことを、嫁に説明するために嫁を、店につれてきた人。——女の性慾。

母と共にかへる。電車の中にて、私の前へ美しい女来る。母が私がその女についてどう思つてゐるだらうと思ひはしないかと思ふ。（春枝さんのことと共に）

一月三日（火）

昨日また久信さんは兄と共に奈良へ帰つて行つた。

私は、上すべりした文を書いてはいけない。山本良雄さんに、手紙を出す。井口、富士の二人に手紙を出す。

夜、向ひのお悦せさんがきて、話す。男は、遊び位へ行つたつてかまはんといふのだ。つきあひだからといふのだ。バカ。

古本屋で、運勢の本をみる。今年は四緑は凶とある。春枝[redacted]は五黄だから、今年はいい年だとかいてあつた。しかし、五黄と四緑との相性は大凶、とかいてあり、四緑と五黄の相性は凶とかいてあつた。たとひ、これが信ぜられないものにしても、お互に努力した方がいい。——女の影響

夜、さむい。月よし。

音をむじーとなる時計、こたつの中。

すずめらのあたたかりけり寒の入り

▲日記１　（書き出し部分）

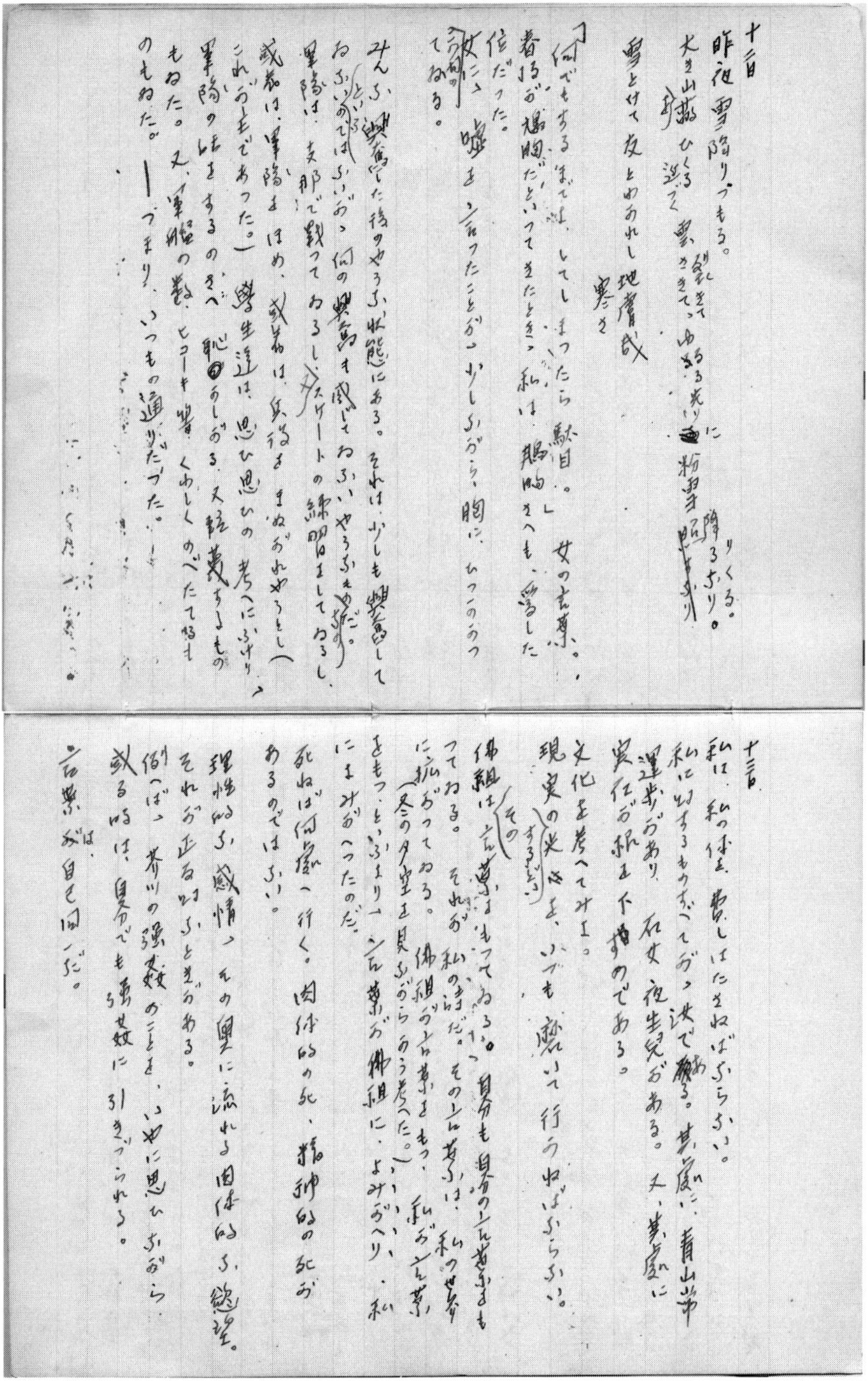

▲日記２

「理性的な感情、その奥に流れる肉体的な欲望。それが正反対なときがある。」

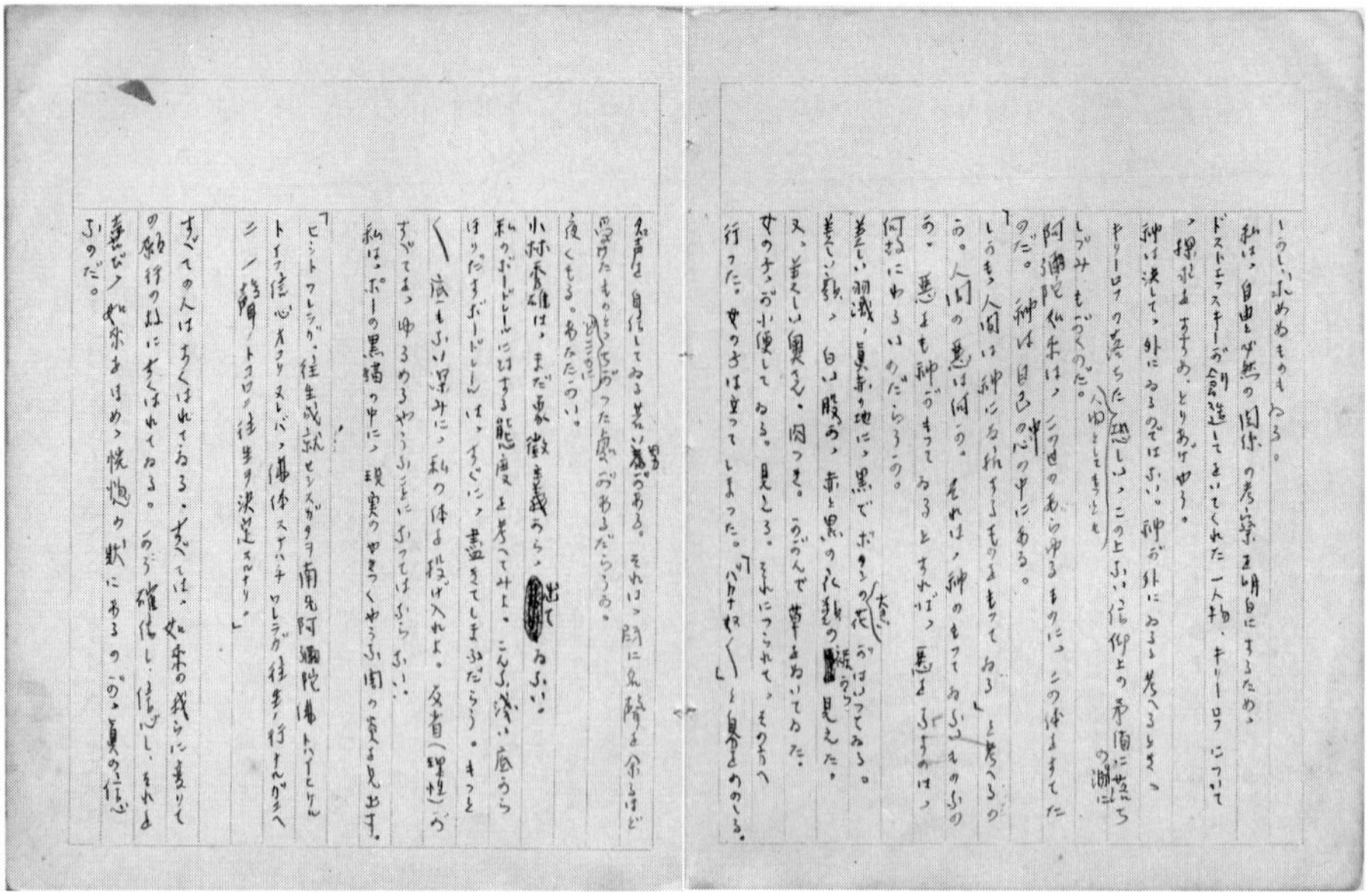

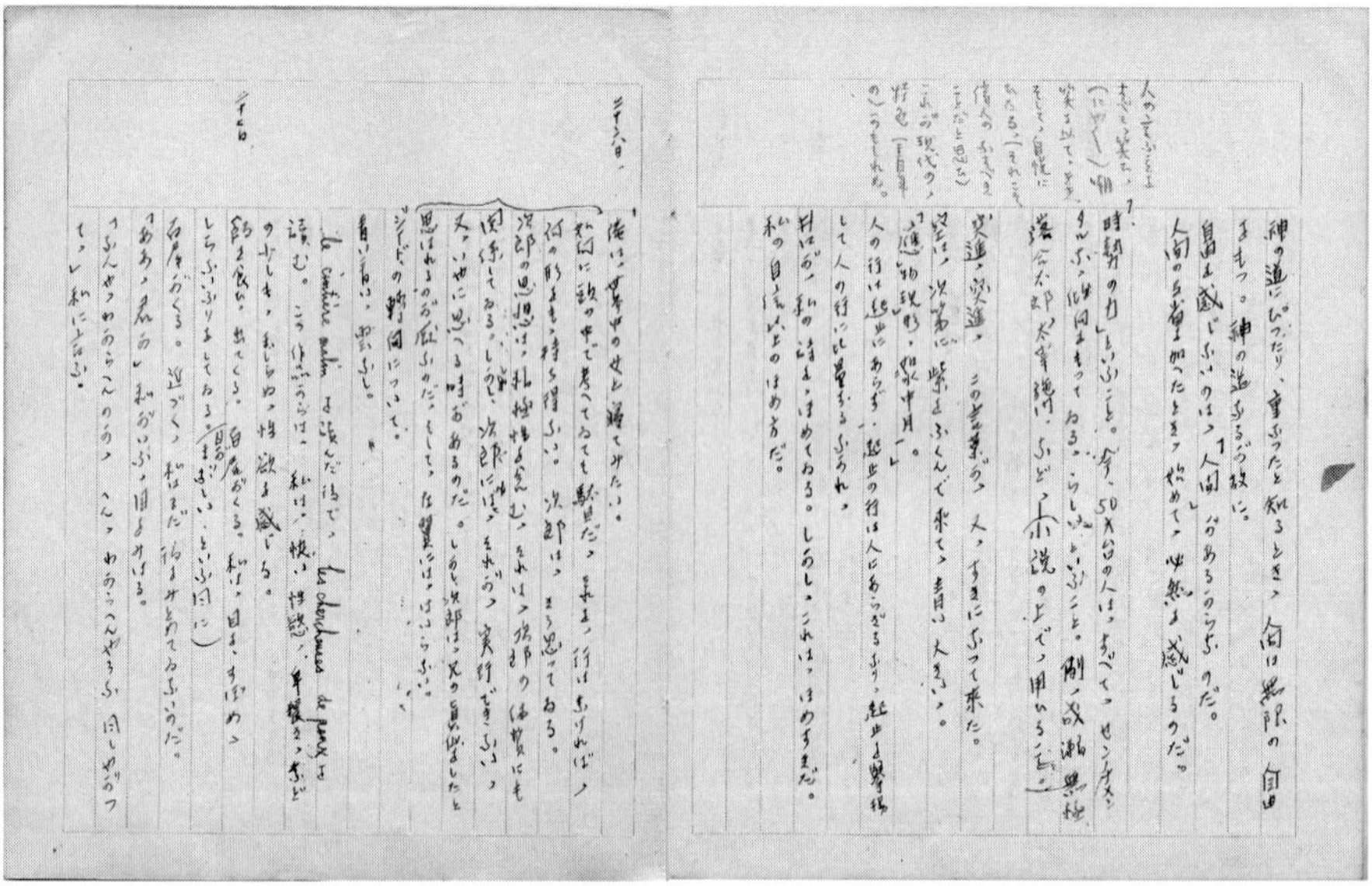

▲日記３

上——ドストエフスキー、ボードレール、小林秀雄の名前が見られる

下——「ジイドの転向について」

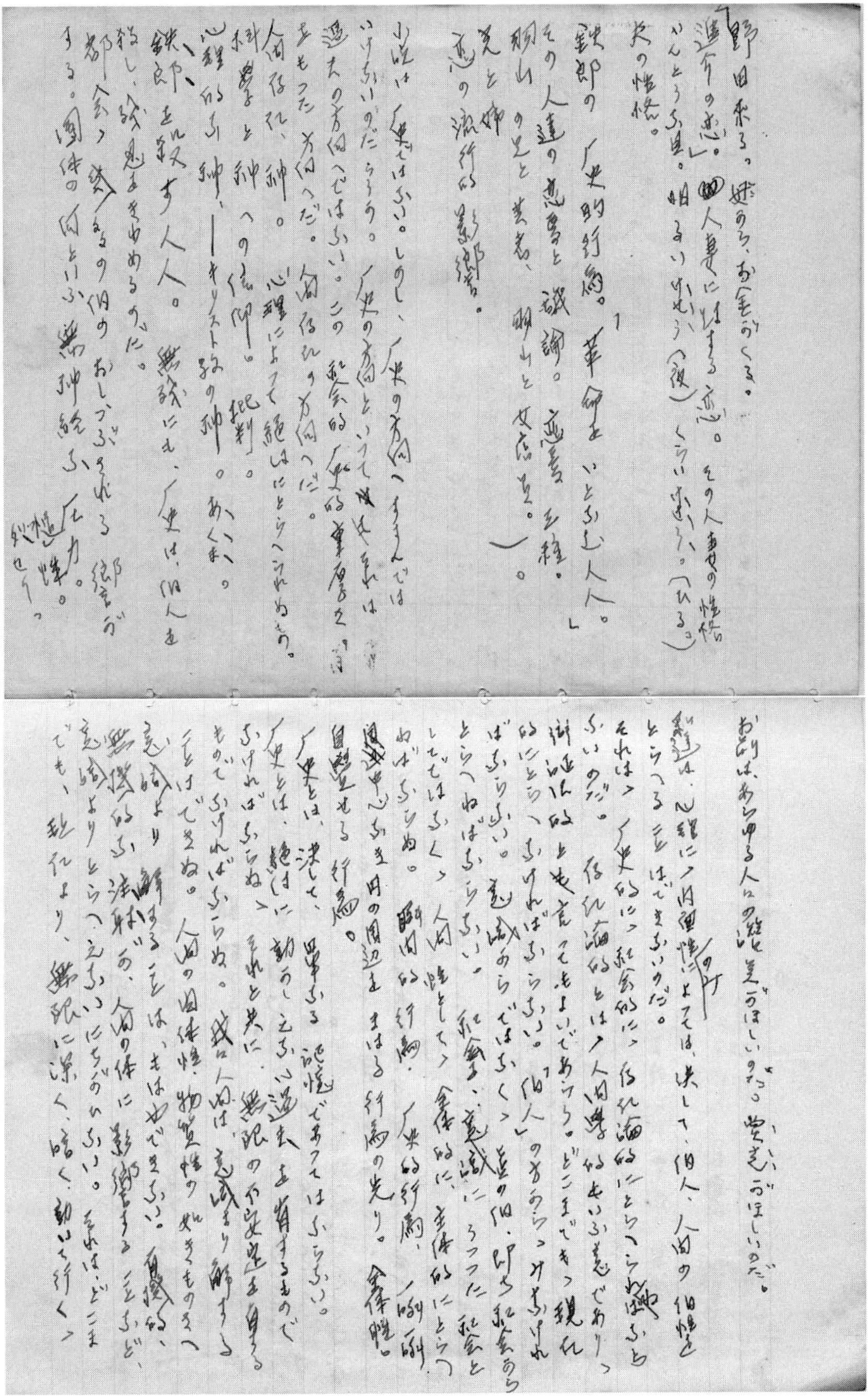
野田来る。姉から、お金がくる。
「進介の恋。」人妻に対する恋。その人妻の性格
[illegible]。暗い[illegible]（夜）くらい[illegible]。（ひる）
父の性格。
鉄郎の「歴史的行為。革命といふ人人。」
その人達の思想と議論。思想三種。
桐山の[illegible]と[illegible]、桐山と女店員。）。
光と姉
恋の流行的影響。
小説は、歴史ではない。しかし、歴史の方向へすすんでは
いけないのだらうか。歴史の方向といって、それは
過去の方向へではない。この社会的歴史的重要さを
もった方向へだ。人間存在の方向へだ。心理によって絶体にとらへられぬもの。
人間存在、神。
科学と神への信仰。批判。
心理的な神、—キリスト教の神。あくまへの
、鉄郎、を殺す人人。無残にも、歴史は、個人を
殺し、残忍をきわめるのだ。
都会へ集ってくる個のおしつぶされる[illegible]
する。団体の個といふ無神経な[illegible]力。

お前は、あらゆる人々の強さがほしいのだ。勇気がほしいのだ。
歴史は、心理に、人間性によっては、決して、個人、人間の個性をとらへることはできないのだ。
それは、歴史的に、社会的に、存在論的にとらへられねばならないのだ。
存在論的とは、人間学的といふ意であり、
弁証法的とも言ってもよいであらう。どこまでも現実的にとらへなければならない。「個人」のみならず
ばならない。意識からではなく、全の個、即ち社会から
とらへねばならない。社会、意識によって社会と
しては、なく、人間性としての全体的に、主体的にとらへ
ねばならぬ。瞬間的行為、歴史的行為、一瞬一瞬。
中心なき円の周辺をまはる行為の光り。全体性。
自覚せる行為。
歴史とは、決して、単なる記憶であってはならない。
[illegible]

▲日記4
「歴史とは、決して、単なる記憶であってはならない。」

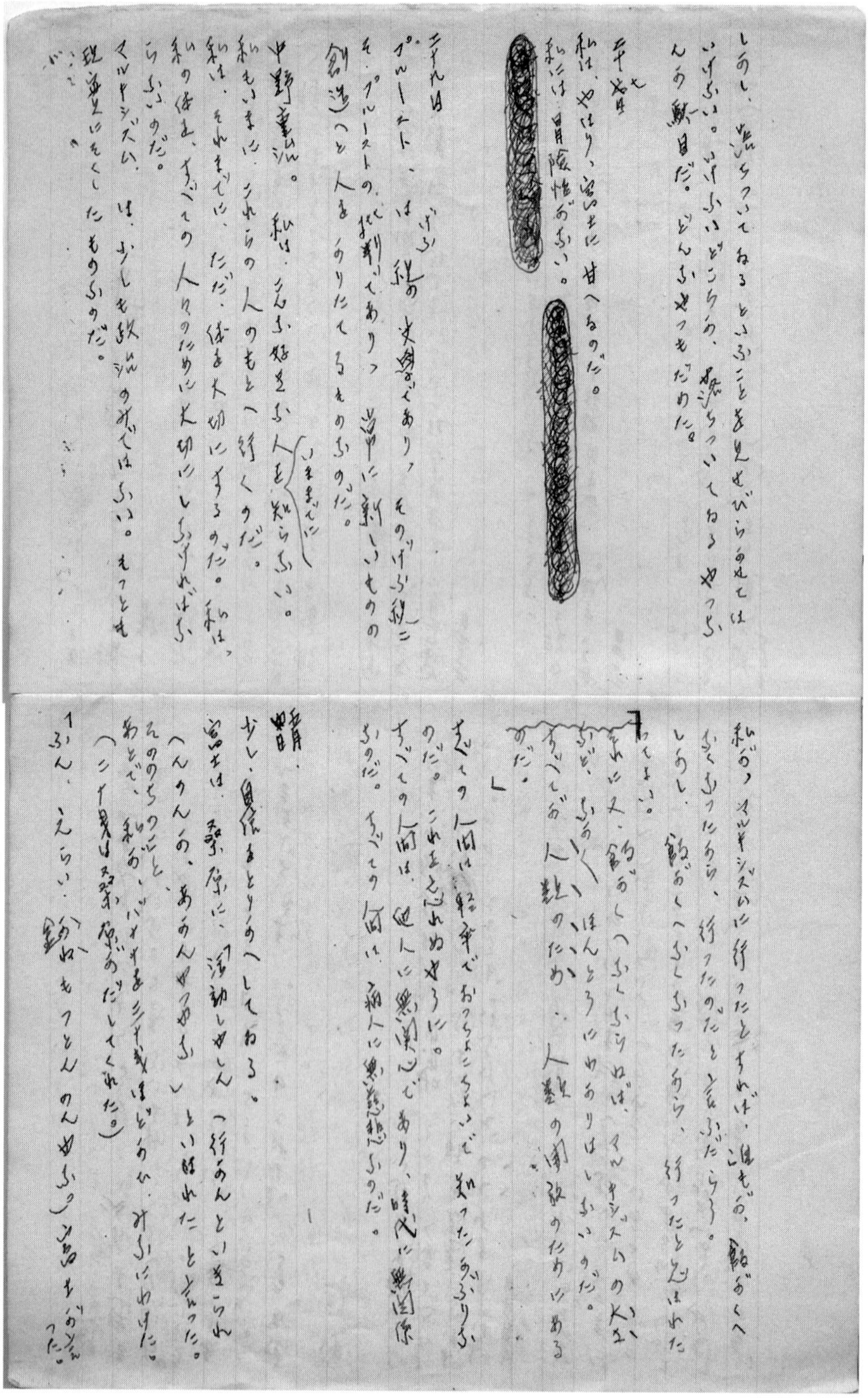

▲日記５

「プルーストはぎょう視の文学であり、そのぎょう視こそ、プルーストの批判であり、常に新しいものの創造へと人をかりたてるものなのだ。」

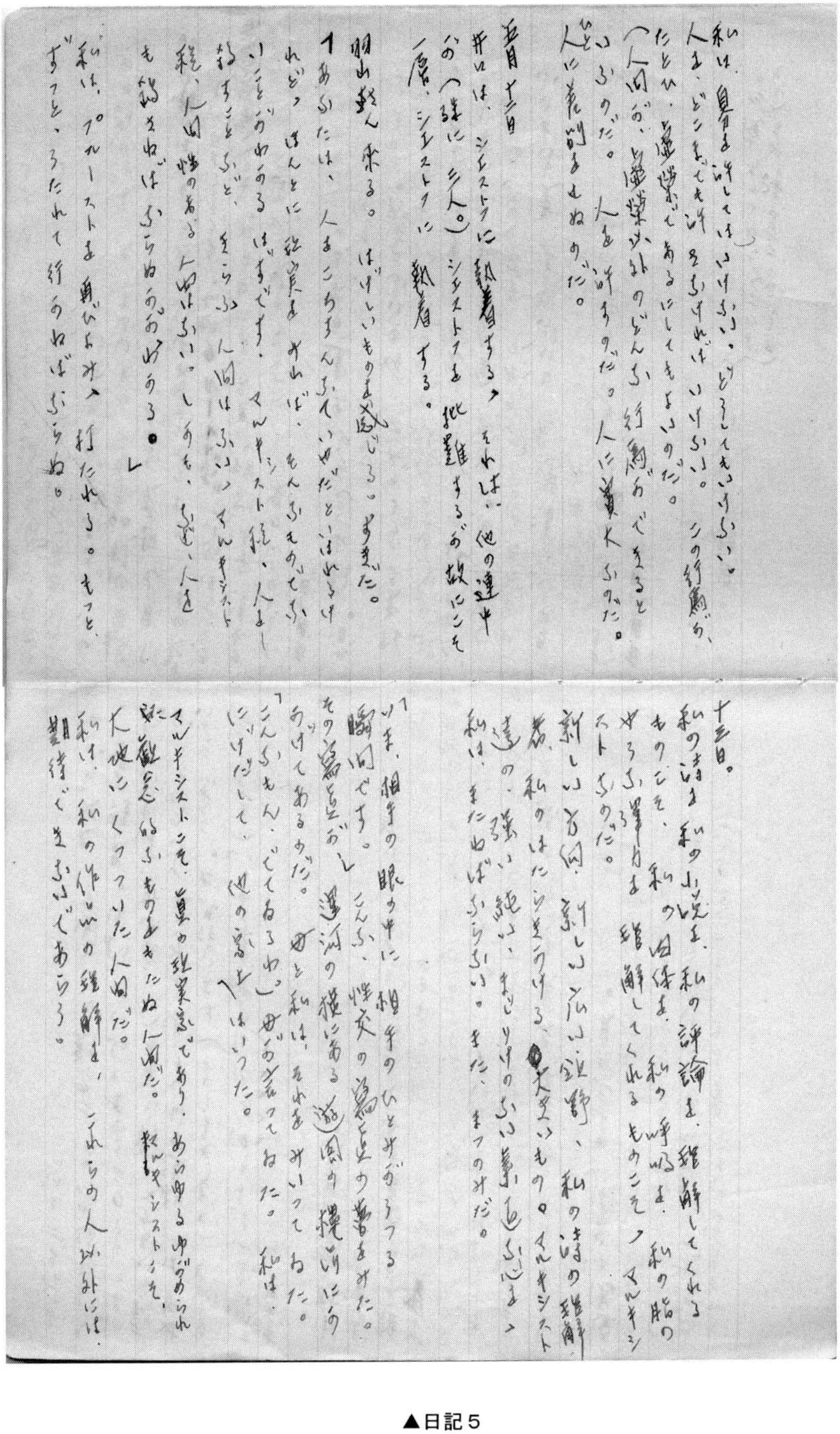
私は、自分を許してはいけない。どうしてもいけない。
人は、どこまでも許さなければいけない。この行為が、
たとひ、悪業であるにしてもよいのだ。
（人間が、悪業以外のどんな行為ができると
いふのだ。人を許すのだ。人に寛大なのだ。
人に差別をせぬのだ。
五月十二日
井口は、シェストフに熱着する。それは、他の連中
が（殊に三人。）シェストフを批難するが故にこそ
一層、シェストフに熱着する。
関山君来る。はげしいものを感じるやうすだ。
「あなたは、人をころすんないやだといはれるけ
れど、ほんとに経済をみれば、そんなものでない
ことがわかるはずです。マルキスト経、人をし
ねすことなど、そうない。人間はない。マルキシスト
経、人間性のある人はない。しかも、なぜ、人を
も殺さねばならぬのかわかる。
私は、プルーストを再びよみ、打たれる。もっと、
ずっと、うたれて行かねばならぬ。
十三日。
私の詩を、私の小説を、私の評論を、理解してくれる
ものこそ、私の関係を、私の呼吸を、私の脳の
めうふ運動を理解してくれるものこそ、マルキシ
ストなのだ。
新しい方向、新しい鉱節、私の詩の理解
者、私のはたらきかける、大きいもの。マルキシスト
達の、強い、純い、まじりけのない意志を、
私は、またねばならない。また、まつのみだ。
「いま、相手の眼の中に相手のひとみがうつる
瞬間です。こんな、性交の場面の描写を見た。
その場面が、運河の遊園の描写にの
あげてあるのだ。母と私は、それをみいってゐた。
「こんなもん、でてるわ」母が言ってゐた。私は、
にげだして、他の部屋へはいった。
マルキシストこそ、真の現実家であり、あらゆるゆがめられ
た観念的なものをもたぬ人間だ。マルキシストこそ、
大地にくっついた人間だ。
私は、私の作品の理解を、これらの人以外には
期待できないであらう。

▲日記５
「マルキシストこそ、真の現実家であり、あらゆるゆがめられた観念的なものをもたぬ人間だ。マルキシストこそ、大地にくっついた人間だ。」

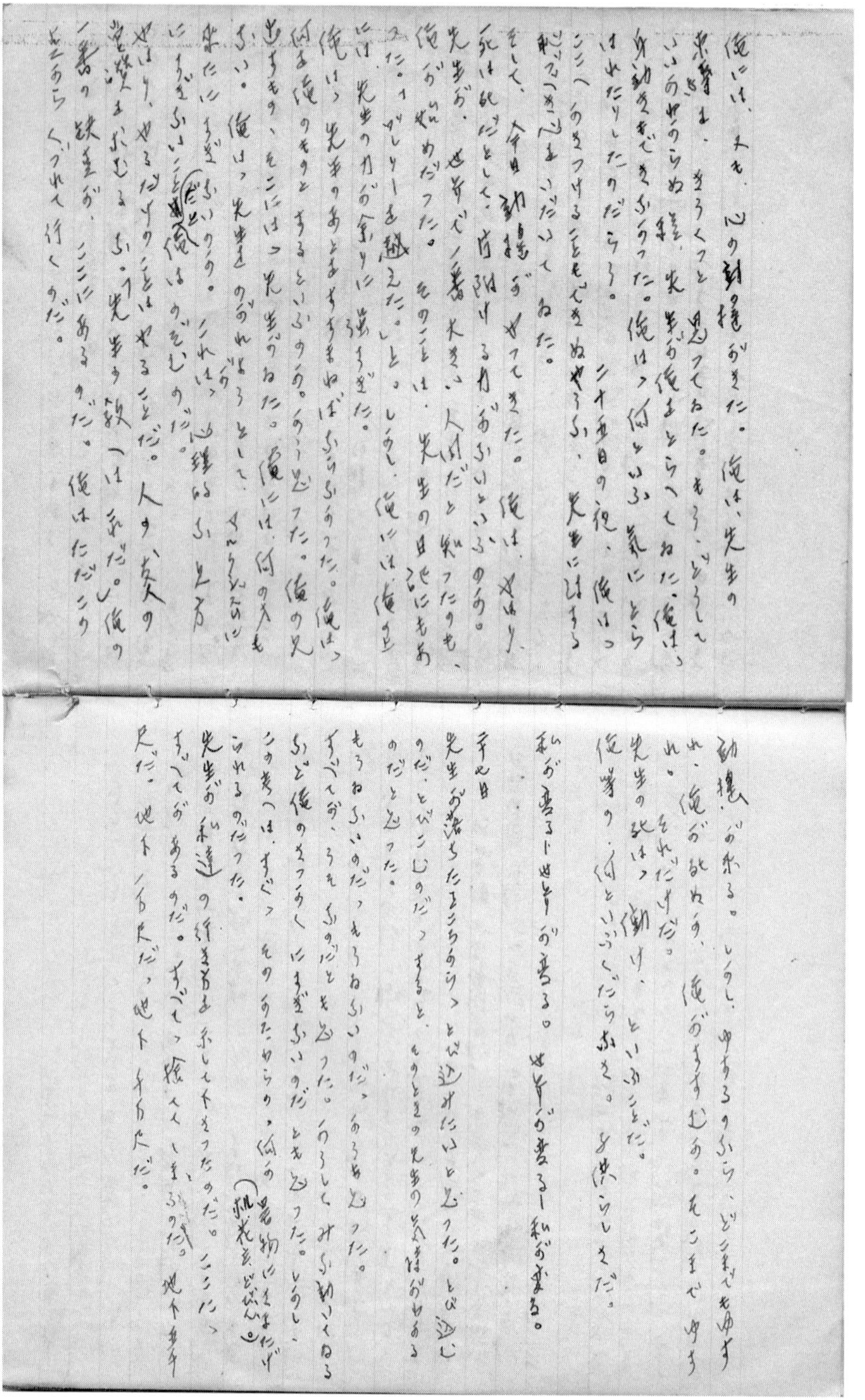

▲日記５

1935年6月、師・竹内勝太郎の遭難死をめぐって

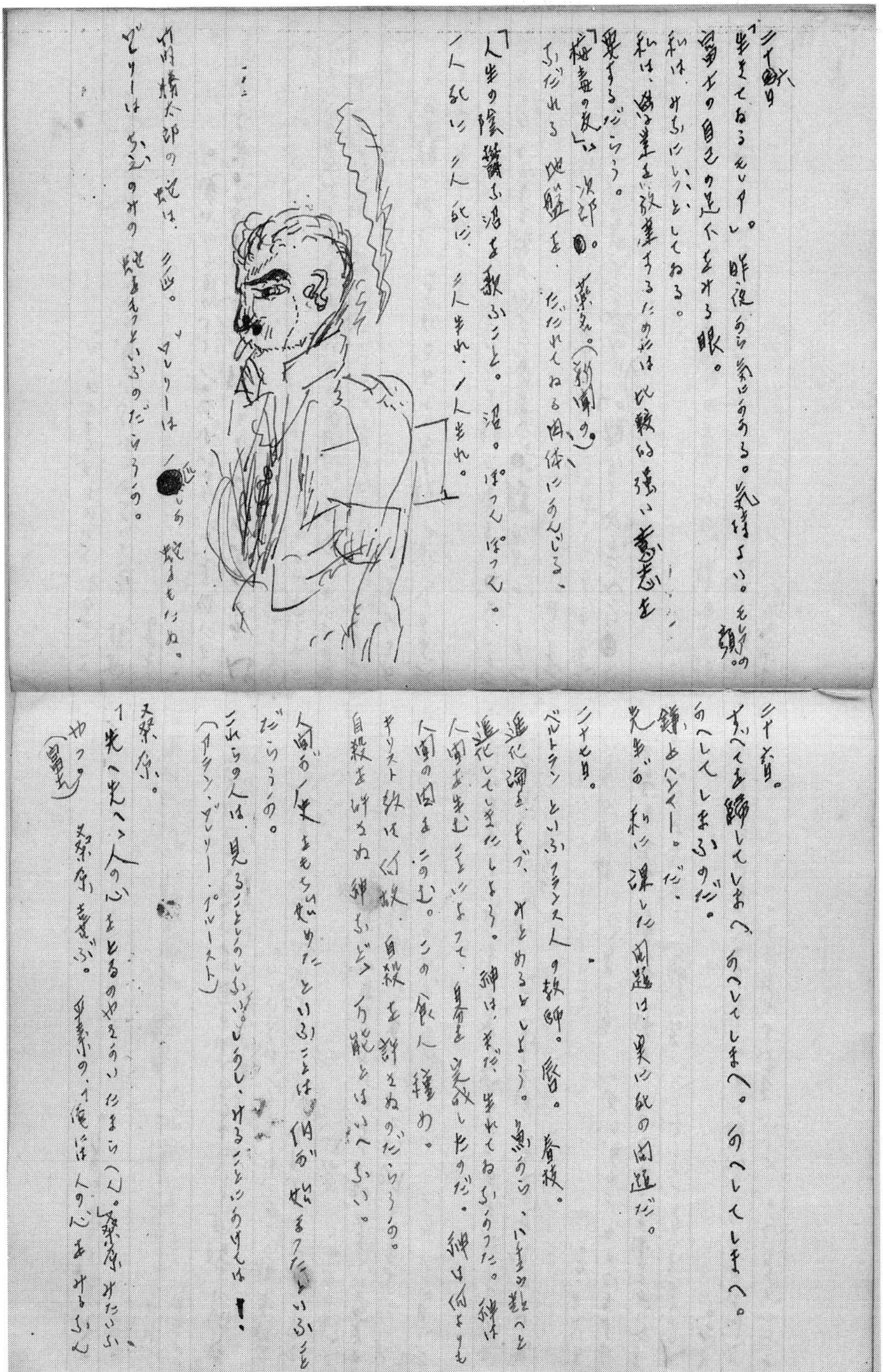

二十四日
「生きてゐるモルア」。昨夜から熱がある。気持よい。モルアの頭。
富士の自己の過不足をみる眼。
私は、みちたりやうとしてゐる。
私は、修業を放棄するための比較的強い意志を
要するだらう。
「梅毒の友」次郎。葉子。(新聞の)
ただれる地盤を、ただれてゐる肉体にかんじる、
「人生の陰鬱な沼を歌ふこと。沼。ぽつんぽつん。
一人死に 二人死に、三人生れ、一人生れ。
竹内精太郎の蛇は、三匹。ヴァレリーは一匹しか蛇をもたぬ。
ヴァレリーはちぢの蛇をもつといふのだらうの。

二十六日。
すべてを帰してしまへ、かへしてしまへ。かへしてしまへ。
かへしてしまふのだ。
鐘とハンマー。だ。
先生が私に課した問題は、実に私の問題だ。
二十七日。
ベルトランといふフランス人の教師。昏。春枝。
進化論をまづ、みとめるとしよう。魚から、けだものへと
進化してきたとしよう。神は、まだ生れてゐないのだ。神は
人間が生むことによつて、自身を完成したのだ。神は何よりも
人間の困をこのむ。この食人種め。
キリスト教は何故、自殺を許さぬのだらうの。
自殺を許さぬ神など、有能とはいへない。
人間が人生をもちいはじめたといふことは、何が始まつたといふこと
だらうの。
これらの人は、見ることしかしらないらしい、みることだけしか。！
(アラン、ヴァレリー、プルースト)
文藻原。
「光へ光へ」人の心をとるのやさしいたましい(心)。文藻原みたいな、
文藻原喜ぶ。卑属の、「俺には人の心をみるふん
やつ。(富士)

▲日記６
著者による絵が書きこまれている頁

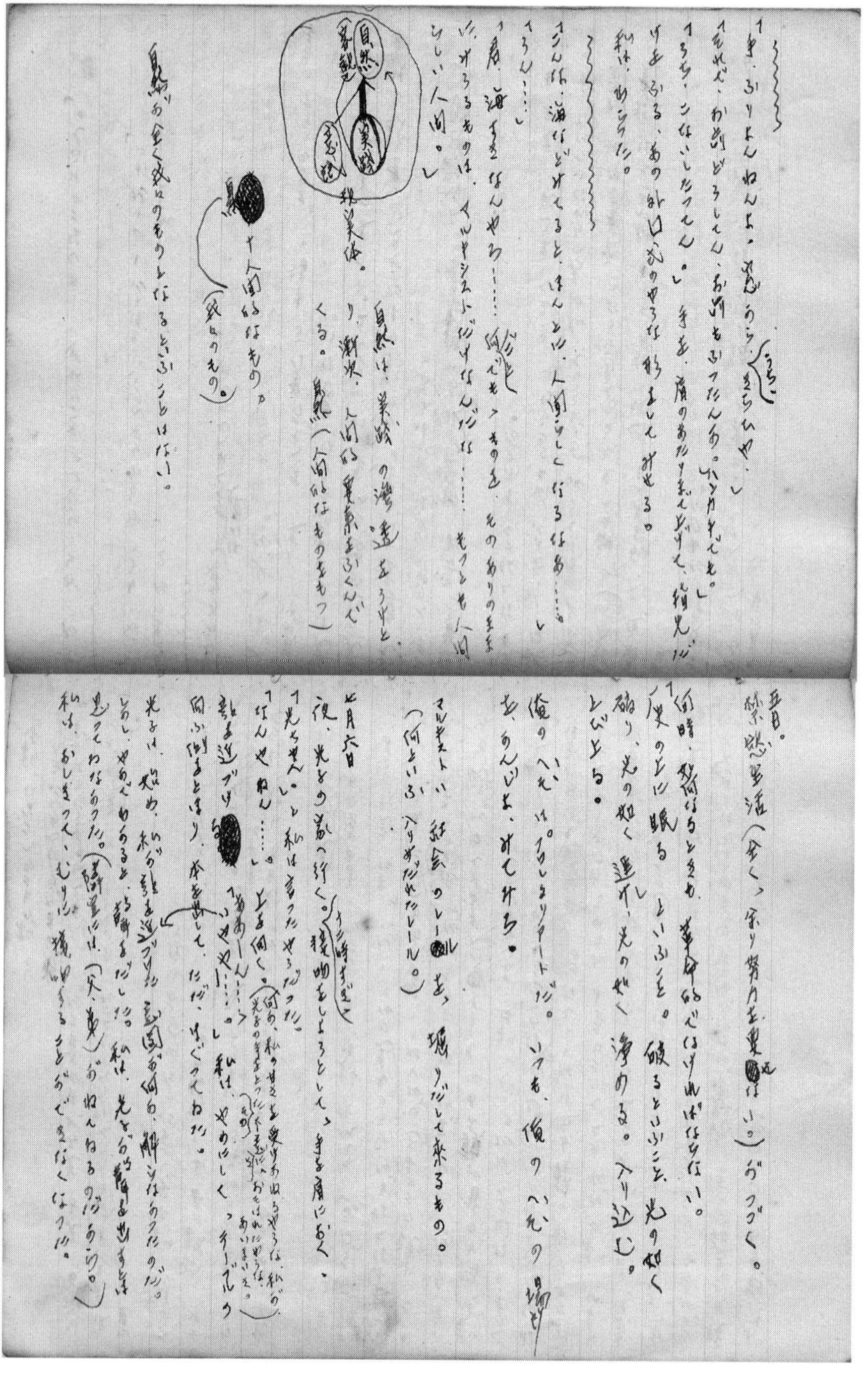

▲日記７

マルキシスト、そして光子への言及が混在する

「俺のへそはプロレタリアートだ。いつも、俺のへその場所を、かんじよ、みてみろ。」

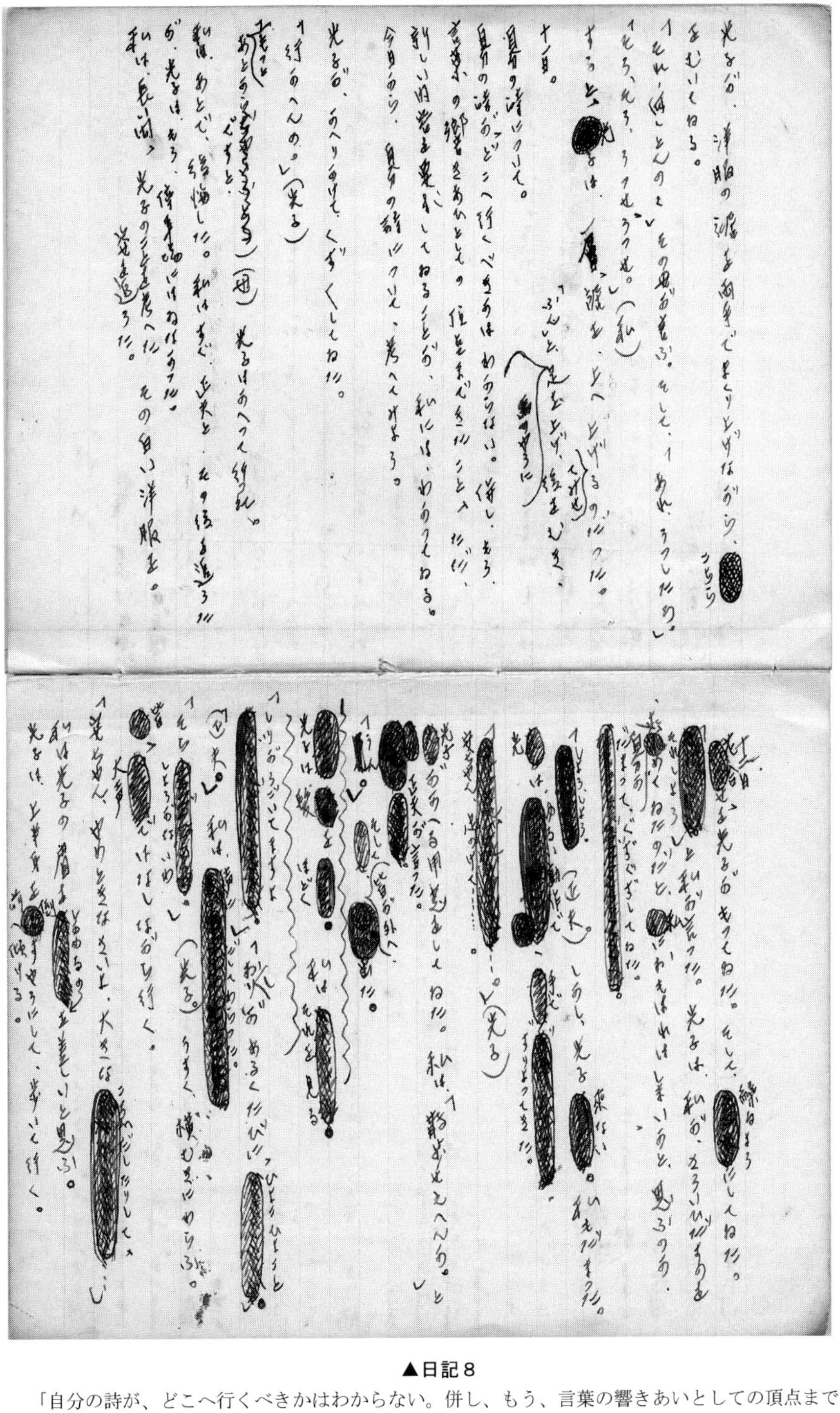

▲日記８

「自分の詩が、どこへ行くべきかはわからない。併し、もう、言葉の響きあいとしての頂点まできたこと、ただ、新しい内容を要求していることが、私には、わかっている。」

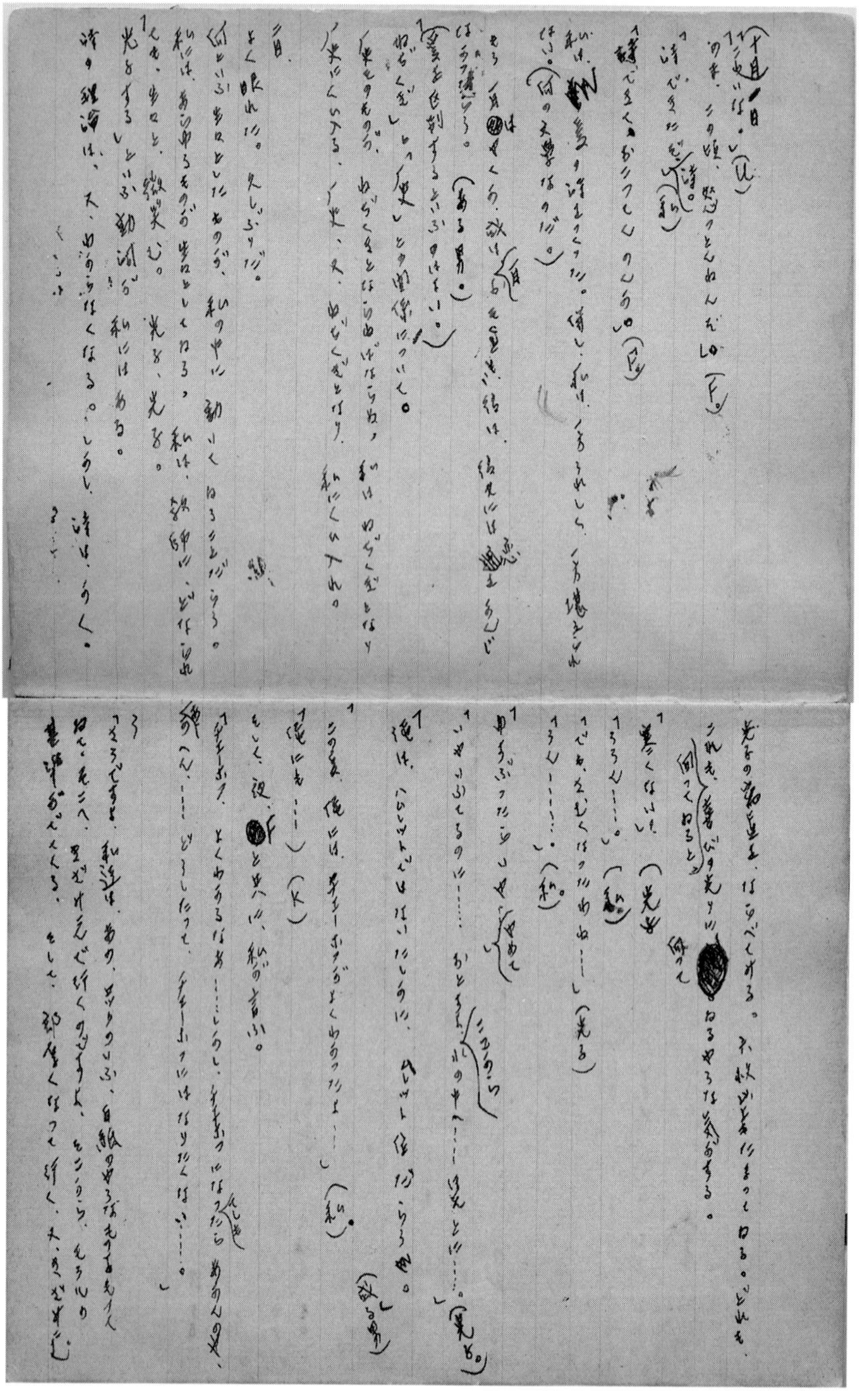

▲日記９

「『ねじくぎ』と『歴史』との関係について。歴史そのものが、ねじくぎとならねばならぬ。私はねじくぎとなり歴史にくい入る。歴史、又、ねじくぎとなり、私にくい入れ。」

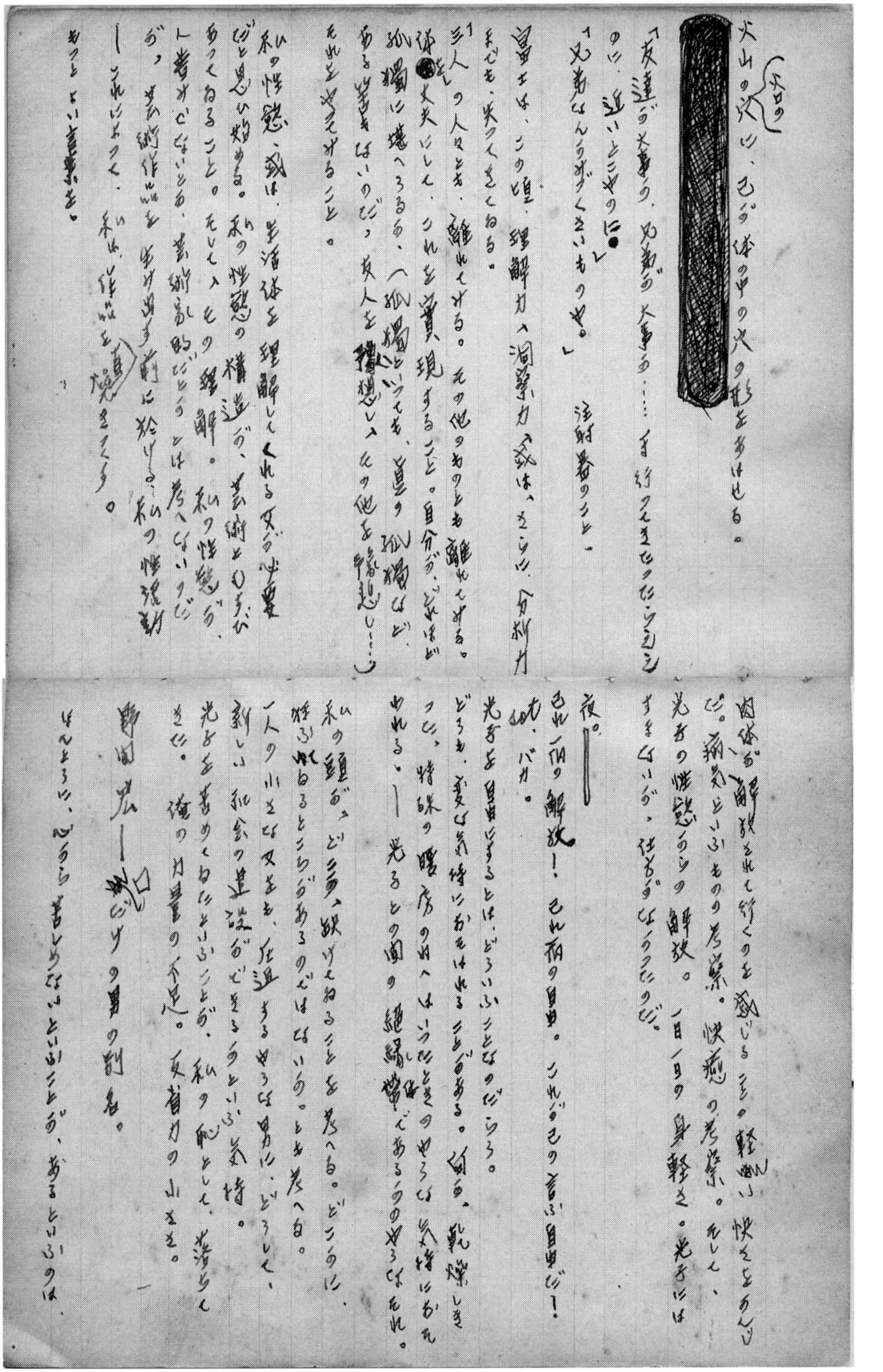

火山の穴に（火口の）、己が体の中の穴の形をあはせる。

[redacted]

「友達が大事の、兄弟が大事な…… 手紙くれなかつたりした
のに。近いところのに」
「兄弟なんてみずくさいものよ。」
注射器のこと。

富士は、この（理解力、洞察力、或は、さらに、分析力
まで）も、失つてきてゐる。
三人の人々とも、離れてゐる。その他のものとも離れてゐる。
体を丈夫にして、これを實現すること。自分が、どれほど
孤獨に堪へるか、（孤獨といつても、真の孤獨などは
ある筈はないのだ） 友人を犠牲にし、その他を犠牲にし……）
それを支へゐること。
私の性慾、或は、生活体を理解してくれる女が必要
だと思ひ始める。私の性慾の構造が、芸術とむすび
あつてゐること。そして、その理解。私の性慾が、
人並みでないとか、芸術家的だとかとは考へないのだ
が、芸術作品を生み出す直前に於ける私の性活動
——これによつて、私は、作品を焼きつくす。
もつとよい言葉を。

肉体が解放されて行くのを感じる、その軽ろい快さをかんじ
た。病気といふものの考察。快感の考察。そして、
光子の性慾への解放。一日一日の身軽さ。光子には
すまないが、仕方がないのだ。

夜。

己れ一個の解放！ 己れ個の自由。これが己の言ふ自由だ！
sob、バカ。
光子を自由にするとは、どういふことなのだらう。
どうも、変な気持におそはれることがある。何か、乾燥しき
つた、特殊の暖房の内へはいつたときのやうな気持におそ
はれる。——光子との間の絶縁體であるかのやうなそれ。
私の頭が、どこか多く缺けてゐることを考へる。どこかに
狂ふてゐるところがあるのではないか。とも考へる。
一人の小さな女をも、圧迫するやうな男に、どうして、
新しい社会の建設ができるかといふ気持。
光子を苦しめてきたといふことが、私の恥として、残つて
きた。俺の力量の不足。文筆力の小ささ。
野間宏——[illegible]だけの男の刻名。
ほんとうに、心から苦しめないといふことが、あるといふのは、

▲日記 10

「私の性慾、或は、生活体を理解してくれる女が必要だと思い始める。私の性慾の構造が、芸術とむすびあっていること。そして、その理解。私の性慾が、人並みでないとか、芸術家的だとか、とは考えないのだが、芸術作品を生み出す直前に於ける私の性活動——これによって、私は、作品を焼きつくす。」

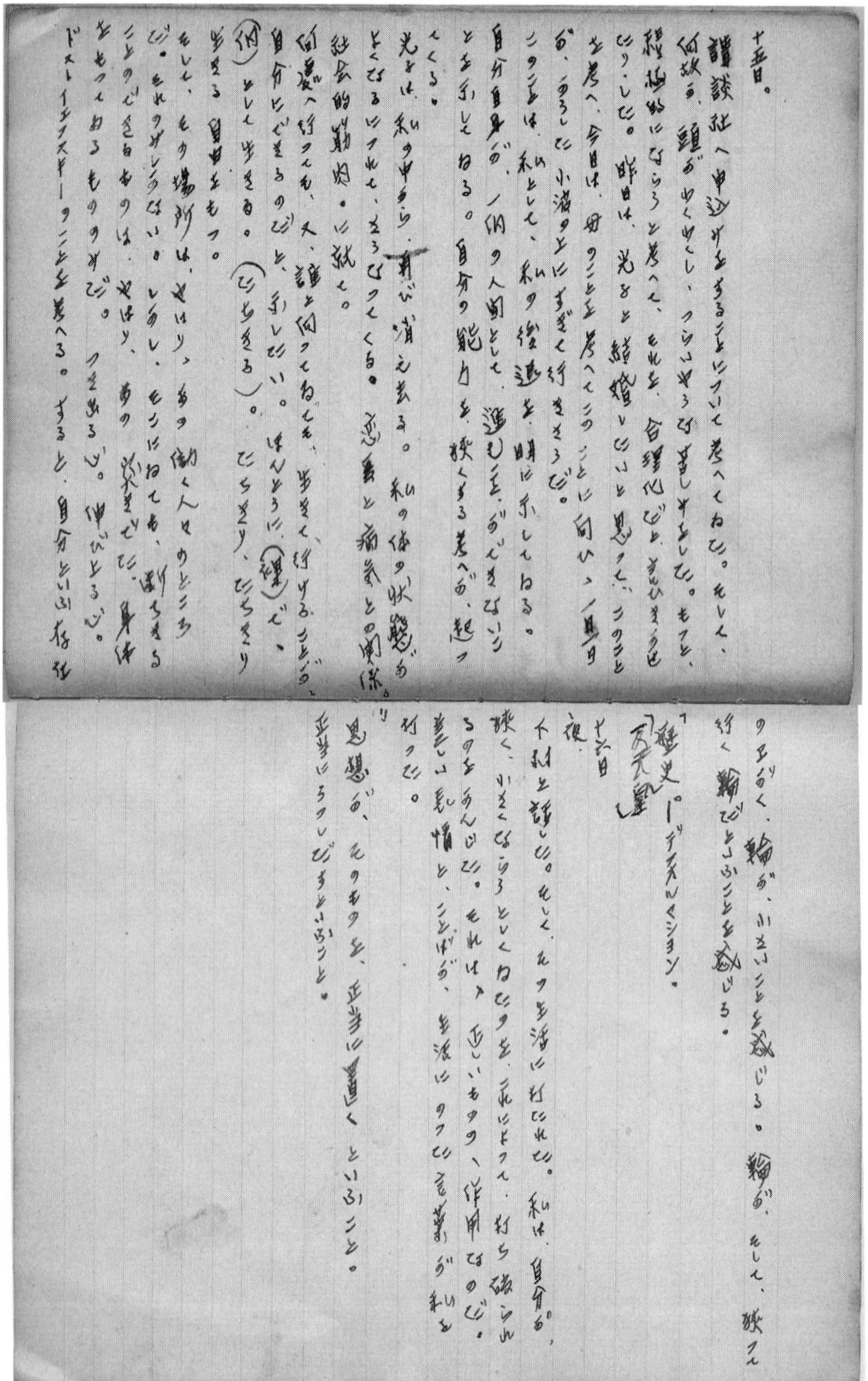
十五日。
講談社へ申込みをすることについて考へてゐた。そして、
何故か、頭がむかむかし、つらいやうな気がしました。もっと、
積極的にならうと考へて、それを、合理化だと思ひきらうと
たりした。昨日は、光子と結婚したいと思って、このことを
考へ、今日は、母のことを考へてこのことに向ひ、一日一日
が、あらしだ小説のやうにすぎて行きさうだ。
このことは、私として、私の後退を、明に示してゐる。
自分自身が、一個の人間として、進むことができないこ
とを示してゐる。自分の能力を狭くする考へが、起っ
てくる。
光子は、私の中から、再び消え去る。私の体の状態が
よくなるにつれて、去るだらう。恋愛と病気との関係。
社会的勤労に就て。
何処へ行っても、又、誰と向ってゐても、生きて、行けることが、
自分にできるのだと、示したい。ほんとうに（裸）で、
（個）として生きる。（ただ生きる）。たちきり、たちきり
生きる自由をもつ。
そして、その場所は、やはり、あの働く人々のところ
だ。それのみしかない。しかし、そこにおいても、断ちきる
ことのできないものは、やはり、あの家族だ。身体
をもってゐるもののみだ。つき出る心。伸びよる心。
ドストイエフスキーのことを考へる。すると、自分といふ存在
の正しく、輪が、小さいことを感じる。輪が、そして、狭って
行く輪だといふことを感じる。
「歴史（天皇）」パデスルベクション。
十六日
夜。
下村と話した。そして、その生活に打たれた。私は、自分が、
狭く、小さくなるうとしくねたのを、私によって、打ち破られ
るのを感じた。それは、正しいものの、作用なのだ。
美しい感情と、ことばが、生活についた言葉が私を
打った。
思想が、そのものを、正当に置くといふこと。
正当にうつしだすといふこと。

▲日記 10 （最終頁）
「思想が、そのものを、正当に置くということ。正当にうつしだすということ。」

はしがき

二年前、わたしたちは興奮の声をあげた。野間宏の署名の入った日記、ノート、手帳、ファイル、草稿、メモ類が藤原書店の会議室のデスクの上に、どっさりと積み上げられていたからである。

分厚い大学ノートにびっしり書かれた日記は十冊を数え、創作のための「L'exercice」として無数の書き込みのあるノートや日記代わりと思える手帳は、十数冊に及んでいた。大阪市役所時代の手帳や挟み込みのメモ、軍隊手帳に書き込まれた砲兵訓練の記録や歩哨としての注意書きなどの書きつけ、軍需会社の国光製鎖鋼業で勤務していた時期のノートやメモ類を目にしたときには、思わず手が震えた。最後のノートにいたっては、一九四五年の敗戦前に書かれたものと、敗戦後、上京して『暗い絵』執筆にあたっていたときに書かれたものが混在し、まさに日本がまたぎ越した時間の傷跡がそこにくっきりと残されていた。

戦争体験をめぐってはこれまでにも多くの記録や回想が書きつがれている。だが、その体験のさなかに書かれた記録で公開されているものは決して多くない。戦中日記はもっと掘り起こされてしかるべきだが、それにしても野間はじつに輻輳したコースを歩んだ稀有の存在であった。

学生時代に野間は、西田幾多郎・田辺元ら京都学派の哲学に影響されながら、富士正晴とともに竹内勝太郎のもとでフランス象徴主義をはじめとするヨーロッパの前衛芸術に傾倒し、かつまたマラルメの門から巣立ったジイドの思想的歩みに導かれてマルクス主義に接近した。やがて「京大ケルン」といわれる左翼学生運動グループに関与して、それまでのセクト主義的な路線から転換し、より広範な市民を巻き込んだ反ファシズム人民戦線運動にかかわっていくのである。さらに野間の個人的な交友から、この学生・知識人グループと神戸の労働運動グループを接続する結節点の役割を果たしもしたのである。

大阪市役所に勤めてからは、部落解放運動の活動家と交流をもち、戦時下の運動戦術として採用された経済更生会を支えた。兵士として召集を受けてからは、フィリピンでの苛烈な戦場をくぐりぬけるものの、改悪された治安維持法違反の容疑で陸軍刑務所に一時収監されるなど、その体験の幅は個人の域をはるかに越えていると言わざるをえない。学生時代の日記にはかなり赤裸々に、そして執拗に自己の性愛をめぐる記述を試みているが、国家権力の下に精神主義が日本をおおい始めた時代にあって、この〈肉体〉究明はある思想的意味をも帯び、また現代においてまだまだ探究されていない男性セクシュアリティの率直な記録としても注目に値する。それもふくめて、作家野間宏の個人史をめぐる資料という以上に、一九三二年から四五年にかけての十四年間に日本の社会の深部で起きたさまざまな出来事をめぐる貴重な証言がここに集められているともいえよう。

野間自身は生前に、学生時代から日記をつけていたこと、その日記が保存されていることを周囲に洩らしていた。したがって、前から一部の関心を集めていたのだが、自宅の膨大な蔵書・資料の山に埋もれて日記を探しだすことは至難と考えられていた。一九九一年に野間が亡くなって以後、偶然見いだされた日記の一部（今回の「日記9」）は雑誌『海燕』（一九九四年七月号）に「野間宏未発表日記　1936.11〜37.1」と題して発表された。しかし、それも誌面の関係から日記の一部に限られ、依然として日記の全体は資料の山に埋もれたままであった。死後、遺された七万点を超す膨大な蔵書や資料は神奈川近代文学館に寄贈される話が進み、山のような資料を光子夫人が整理される過程で、ようやく日記の全体が夫人の手元にまとめて保存されることになったのである。

さて、本書は、第一部に学生時代の日記、第二部に詩の草稿や創作ノート、大阪市役所時代、軍隊時代の手帳、断章などの資料を収め、第三部に富士正晴、野間光子、内田義彦らに宛てた野間宏の書簡を収めるかたちで編成されている。書簡篇は今回の資料発見とともにあらたに集めたものである。その収録については、光子夫人はもちろん、快く提供していただいた富士正晴記念館ならびに内田家の方々にあらためてお礼申し上げたい。書簡を第一部や第二部の日記・ノート類と照らし合わせて読んでいけば、野間の全体像がより立体的に浮かんでくるだろう（第二部「資料篇」の資料収集の経緯については「あとがきにかえて」を参照）。

それにしても、わたしたちはこれらの日記・ノートや書簡類を読み、野間宏と富士正晴、あるいは内田義彦、下村正夫、羽山善治らとのあいだで交わされた友情のつよさに感動したことを記しておきたい。葛藤や対立の契機をふくみながら、なおかつ持続された友愛のなかに、ひととひととの関係をめぐる啓示が鉱物のように隠れている。そのように確信した。

最後に、出版界の未曾有の危機にあって本書刊行を決意された藤原書店・藤原良雄氏に、心から感謝申し上げる。

二〇〇一年六月

『作家の戦中日記』編集委員会
尾末奎司
加藤亮三
紅野謙介
寺田　博

作家の戦中日記　1932-45／目次

第二部　資料篇（詩、創作ノート、手帳、断章）

1　学生時代（一九三二年四月〜三八年三月）

2　大阪市役所時代（一九三八年四月〜四一年十月）

3　軍隊時代（一九四一年十月〜四四年十月）

以上下巻

作家の戦中日記　1932–45

凡例

原文を活かすことを原則としたが、原文に忠実である余り読者にとって判読困難とならないよう、以下のような基準を用いた。

〈文字表記〉

一　原則として現代仮名遣い、新漢字に改めた。但し、引用部分、人名、短歌、俳句、詩、また第二部の資料の一部（主にカタカナ表記の部分）については、仮名遣いは改めずそのままにした。

（例）　體→体　　才→歳　　斗→闘

また以下の例外がある。（例外）聯　綜　后　云

一　オドリ字は重ねて書き直した。ただし引用部分、詩についてはこの限りではない。

一　送りがなについては、原文を活かし、不統一を統一することはしなかった。また、人名についても同様である。

（例）生まれる　生れる　　フロベール　Flaubert

但し、明らかに読みにくいと思われる場合、最小限の範囲内で送りがなを補った場合もある。　（例）一の→一つの

一　原文が算用数字、略表記であった場合、理解可能であれば原稿通りにしたが、日付については漢数字、正式表記に直した。数量、時間については、算用数字のまま残した場合もある。

（例）12年21/7　→　昭和十二年七月二十一日

〈カッコの使い方〉

一　著者によって語句が並記されている場合、後から書き加えられたと判断される語を〔　〕で括って本文に追い込んだ。ただし、表のようなものになっている場合は、原文通り並記した箇所もある。

（例）夜のささやき〔夜のしずけさ〕

　　空虚とを感じる〔が生れる〕〔がわきでる〕

一　単行本、雑誌名は『　』に統一し、洋書は〃　〃で括った。作品名は適宜「　」を補った。

一　筆者自身による削除部分、訂正前の部分は、原則的に収録していないが、推敲のあととみられ、どちらを採用するか判断しかねる場合は、〔　〕で補った。また文脈上、そこが抜けていると不自然な場合のみ、〔約〇字分抹消〕と表記した。

一　どうしても判読できないものは、編集委員の手によって、〔〇字不明〕あるいは〔約〇字分不明〕と表記した。

一　その他、編者による補足は〔　〕で示す。

〈誤記等の処理方法〉

一　原文における明らかな誤記は、最低限の範囲内で訂正を施した。但し編集委員において何らの処理を施すことが不可能、あるいは不適切と判断される場合は、〔ママ〕とルビをふった場合もある。

一　編者の判断で、最小限の範囲でカッコや句読点を補った箇所も

ある。例えば、起こしのカッコのみがあり、閉じのカッコがない場合、必要の範囲内で閉じのカッコを補った。また、読点を補った箇所もある。（例）二三回→二、三回

一　著者による「□」「○」「△」「↓」印、罫線（波線、傍線を含む）等の記号は、明らかに恣意的と思われる箇所については組版しなかった。また波線、傍線、「○」などは、強調と同意のものとみなし「圏点」に統一した場合もある。

〈その他の整理上の原則〉

一　第一部「学生時代の日記」については、著者の手によって月が記入されていない場合でも、特にカッコなどをつけることなくこれを補った。

一　ノートにはさまれていたもので、領収書等本書の趣旨と疎遠であると判断されるものは収録しなかったが、詩の草稿等、重要と判断されるものは字を小さくし、二字下げで、該当個所、あるいは連続した箇所の場合にはノート末尾に、挿入した。その場合、〔以下は、ノートにはさまれていたものである〕等の記述を補った。

一　短歌、俳句、詩のうち、作品として独立していると考えられるもののみ、二字下げとした。

一　改行については、詩においては原稿通り、それ以外は同一の文章内では、原文で改行であっても追込みとした。

一　原文において、明らかに一行あけられていると考えられる箇所は一行アキとした。それ以外で、原文での改ページ箇所等において、一行アキ、二行アキを適宜用いた。

一　「区切り」として用いられている波線、傍線は一行アキとした。

一　原文において一字程度あけられている箇所については、詩の場合には一字空白とした。散文の場合は、読点を補った箇所もある。

一　原文における行頭の字下げ、字上げのうち、意味がないと思われるものは、字下げしなかった。

一　明らかに活字に起こすことの不可能な、著者による「図」は、写真版で収録した箇所もあるが、本文の理解に不要と判断されるものは削除した場合もある。（例）メモ程度の地図など。

一　同頁内での「二段組」（罫線でしきって書かれている）は、二段で組まず、先に書かれたと判断されるもののあとに追い込んでいる。

第一部　学生時代の日記

野間宏は、一九一五（大正四）年二月二十三日、神戸市長田区に生まれた。父野間卯一、母まつゑ。一歳上に兄稔生がいた。卯一は農家の次男。神戸へ出て苦学し、工業学校を卒業して電気技師となった。まつゑは商家に育ったが、家が没落して苦労を重ねた。卯一の転勤のため一家は神戸、横浜、津山、西宮と移り住んだ。神戸在住のとき、卯一が親鸞の教えを奉じる在家仏教に入信。西宮では今津の火力発電所に勤務。自宅で布教活動をおこなったという。十一歳のときに父が肺炎により死去。母は亡夫の退職金をもとに借家を建て、その収入で一家の生計をたてた。子供ふたりに祖母、曾祖母がこの肩にかかった。やがてまつゑは大阪千日前でプレイガイドや洋裁店を開くなど、小規模自営業者として奮闘することになる。

一九二七（昭和二）年四月、大阪府立北野中学校に入学。一年後輩の瓜生忠夫と親しくなった。中学時代から夏目漱石の『夢十夜』、鈴木三重吉の『桑の実』や谷崎潤一郎、芥川龍之介らの小説を愛読。みずからも校友会雑誌に小説や随筆、詩を発表するようになった。一九三二（昭和七）年四月、京都の第三高等学校文科丙類に入学。ボードレール『悪の華』を原語で読みたくて三高を選んだ。ここで同学年の桑原（のち竹之内）静雄、理科一年に留年していた富士正晴と知り合う。五月、富士の誘いにより、詩人竹内勝太郎を訪問。以後、中央詩壇とは無縁にフランス象徴主義を究めようとしていたこの無名の詩人の自宅に集まり、古今東西の哲学、文学、芸術全般にわたって定期的に指導を受けた。十月、竹内に促されて、富士、野間、桑原で同人雑誌『三人』を創刊。ヴァレリーの純粋詩を理念としながら、友情と厳しい相互批評に支えられた集団的な文学活動がスタートした。『三人』の表紙の下絵を竹内勝太郎の友人で画家の榊原紫峰が描き、富士正晴が版画にして印刷した。ちょうどこの時期、野間は最初の恋愛に悩み、相手の女性を訪ねて別府まで旅するなど、青春期の彷徨もはじまっていた。

（紅野）

1　第三高等学校時代

（1932 年 4 月～ 35 年 3 月）

一九三三（昭和八）年一月～十二月（日記1）

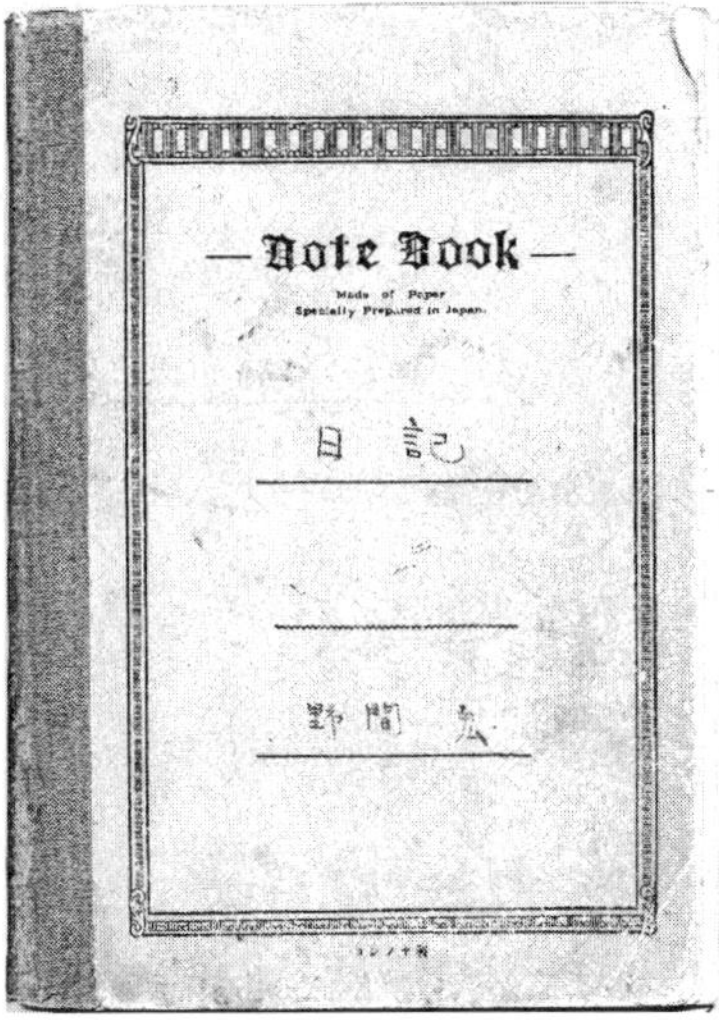

一月一日（日）

春枝へ手紙を書いている中に、除夜の鐘がきこえてきた。何回も何回も、ひびいてきた。そして、久しぶりにかなしく泣きそうになった。夜、一人で二階にいたのだ。書き終ったら、一時だった。新年が来ていたのだ。

大作家になろうとするよりも、うそをかかないことだ。大きな望みは、すてて行くことだ。

朝十一時に起きる。酒をのむ。春枝のことが、少しも頭から去らない。春枝を、じいっと、だきしめていたらそれでよくなるだろうと思えるのだ。

「年始」に行く。街を通る女に目が引かれる。男の性慾というもの。

夜、兄が来た。よかった。十二時半にねた。

三ケ月の松にかかりし［かかりし松や］年の暮

おこりきし火を守りてゐたりけり［ゐし春始め］

一月二日

よく晴れているのだが、寒い風が、戸を、がたつかせた。白い雲が光っていて、それが窓から見られた。兄は、玉突をして、夜をすごしたといって朝帰ってきた。

性慾起る。春枝さんにすまない。そして、俺は馬鹿だ馬鹿だと思った。

戸をうごかしてゆく風、花火の音よ。

夜、女を見に大阪へ行く。私は、人がほしかったのだ。女がみたかったのだ。

母に松竹の切符をもらって、見る。面白くない。映画をみながら、映画を見ている自分が、他の意識の中に意識されてきて、参りかける。脈をはかると、はげしい。春枝さんにすまなくなる。母と共に帰る。靴を買ってもらった人。余りやすいのでたずねると、どうせ、「カッパラッテキタモノダカラ」といった。

店がいそがしくて、帰りは、十二時をこすことを、嫁に説明するために嫁を店につれてきた人。――女の性慾。

母と共にかえる。電車の車にて、私の前へ美しい女来る。母が私がその女についてどう思っているだろうと思いはしないかと思う。（春枝さんのことと共に）

一月三日

昨日きた久信さんは、兄と共に奈良へ帰って行った。

私は、上すべりのした文を書いてはいけない。山本良雄さんに、手紙を出す。井口、富士の二人に手紙を出す。

夜、向いのお婆さんが来て、話す。男は、遊カク位へ行ったってかまわへんというのだ。つきあいだからというのだ。バカ。

古本屋で、運勢の本をみる。今年は四緑は、凶とある。

春枝は五黄だから、今年はいい年だとかいてあった。しかし、五黄と四緑との相性は大凶、とかいてあり、四緑と五黄の相性は、凶とかいてあった。たとい、これが信ぜられないものにしても、お互に努力した方がいい。――母の影響
夜、さむい。月よし。

　音さむざむと　なる時計、こたつの中

　すずめのあたたかりけり　寒の入り

井戸ばたに、日あたりをりて、物あらふわらやに小雀餌ひろいゐるも

　時計の音さむざむとなりこたつにあたつてゐる

私の性慾は、ふつうの人のとは、ちがっているのだろうか。

私は、私をうたがうか。

私は仮面をかぶっているのかもしれない。私は、たえず、動いていなければならない。嘘がどうした、というのか。

一月四日

野田がひるから来てくれた。いろんな話をする。私には、貞操というものがわからない。理論的に貞操をもち出すことはできない。

野田を甲子園まで送って行く。

春枝さんにすまないと思いながら、又、〔約八字分抹消〕を行う。

これからは、やるまい。――しかし、余り圧迫されてはいけない。

夜、夜はいつもつらい。

一月五日

朝、春枝から手紙が来ると思って、人に見られたらいけないものだから、早く起きた。（十時頃）

ひるから、神戸のおじいさん来る、話す。移転のこと。

次に、六稜会へ行く。玉突、かるた。

春枝さんの手紙は、とうとう来なかった。

夜、雨ふる。龍太郎さんの嫁さんが産気づいて、兄は、店を手つだいに行く。

一月六日

私の書いた小説の兄と、実際の兄とは大変ちがっている。しかし、私の小説は、小説として、一つの世界をもっているのだから、それでもよい。

母が帰ってきた。子供（男の）が生れたそうだ。兄ににているそうだ。

くもって、寒い。大野へ手紙を出す。

私は、もっと、いそがしさの中に、余裕を見出すようにならなくてはならない。

感情の世界と、意志の世界、これは、全くきりはなし得ないものだ。

或る人には、感情が意志を含むように見え、ある人には意志が感情をふくむように見えるのだ。

春枝さんは、私の心の大部をしめている。全部をしめているといってもいい。何についてもこれが、思い出される。

私は、まだ、他の女に、心がひかれる。しかし、それは、男として、どうもできない。ひかれるといっても、美しいと思う、そして、二、三歩引かれそうになる。――そして、すぐ、春枝さんにすまないと思うようになるのである。川原さんに診察してもらう。

一月七日

神戸のおじいさんの移転を手つだう。うれしい。

川原さんとこ（病院へ）行き、レントゲンを撮ってもらう。

うれしい気分。「大阪の夜の冬の街をあるいて行く。」

七時頃、富士の家へつく。

小説「兄弟」をよんでもらう。女《(井口)》がもう少しかけていないという。

夜、富士と一処にねる。一時頃。夜、散歩する。三人で。

春枝さんから、わるい手紙がきたのを、富士にはなす。二人がなぐさめてくれる。

私は、春枝さんがすきだから、春枝さんが私がきらいでも、春枝さんがすきだ。井口は夢の中の富士が薄情だったといっている。

一月八日

朝十時起きる。井口、富士、私と三人で話をする。

「トランプ」は、ばかなことだ、と井口がいったので、私は、トランプを教えてもらうのをやめにした。

井口が、いい詩をつくる。私は、自分で、自分のなまけ心を、かんしするようにといった。うれしかった。井口もいい。富士もいい。

夜、九時十五分の新京阪で京都へかえる。

井口が、「野田はんも、三人とも、みんな、長い間、友達やったようやな」といった。

井口は、いい詩がかけたのでうれしそう。私はそれをみてうれしい。

富士に日記をみせる。

『兄弟』の後部は、うわすべりがしている、そして、私の趣味をだしている」と私がいった。井口が、そうだなといっていた。

今日は、よかった。野田、関田道雄（『三人』援助者）に手紙を出す。

私の詩をかき直すこと。

七日、夜明、夢をみた。

富士と寺へ行き、五重の塔へ上ろうとし、鍵をかりて、仁王さんの手に鍵をつっこんで、ねじると、すぐ、仁王さんの体の形をして穴があく、そこを上って行くと、大きい山の中へでる。上に、私のすきな女がいる。（七歳位で、緑色の着物をきている）そこへ行こうと私が思っていると途中、やはり七歳位の、紫色の着物をきた女の子が私を追いまわって、とうとう私にキッスをする。私も、しまいに、私の方からキッスをする（キッスの感じは、きつく唇を内らへすいこむ、きついのが夢の中で感じられた）それを、私のすきな女が見ている。

見ているということを、私は知っているのである。そして、そうしている。富士は、知らん顔をしている。

こんな場景を、もう一つ他の私が見ていて、この中の私を、馬鹿な奴だと思っているのである。


屋根の詩を書くこと。

富士の願書のこと。）忘れるな

一月九日

学校始まる。

俺のような奴はだめだ。しかし死ねない。

苦しまないとうそだ。苦しんだ奴こそ、いいことがわかるのだ。

しかし、いいことをわかろうと苦しんだってだめだ。

俺は俺でなくてはならない、俺は、又これを感じる。そして俺はこれを何度も何度も、これから先、考えるだろう。しかし、その考え方は、これから先、だんだん、力強くなっていなければならない。

春枝さんが俺を愛してないとしても、俺は、春枝さんがすきだ。

私は、私をさらけだしてしまおう。何もかもを。

グウルモンからは、固有名詞とか、名詞などの音楽をつかみだしたらしまいだ。グウルモンは、だめだ。(そんなこともないのだろうが)

先生とこへ行く、留守だった。志賀直哉と榊原さんと三人で、食いに行かれたそうだ。かえりは、先生に会えなかったのでさびしかった。私は、私の駄目なことを言おうと思っていたのだ。

あるいてかえった。

志賀、榊原、と先生が食っているけしきはおかしいだろう。

春枝さんから手紙がきた。(私が手紙を出してあとからきたのだ)

私は、私にうそをついてはいけない。

石けりて　石段を下りて行くわがかげに
ほのぐらかりき冬の宮の森

一月十日

グウルモンのうわっつらからぬけなければならない。

母に手紙を出す。苦しむこと。

家庭教師のこと。

古本屋で、西田幾多郎の『自覚に於ける直観と反省』を買う[二一〇銭]。仏文の『ナナ』は買わなかった。

一月十一日

校医に、診断書を書いてもらう。肺尖カタル、別に心配はいらぬといった。私は、詩に於て、何も解っていなかったのだ。

私は、まだまだまだ、だめだ。

雨がふったりした。やんだりした。風邪の気味。

もっともっと苦しめ。うどんを食いに行く。桑原。

一月十二日

朝起きにくい。

家庭教師の口を共済会へたのんでおいた。

少しあたたかい。

母から手紙来る。

私は、芸術をやって、食えなくなったら、餓死してもいいと、此頃やっと、決心ができてきた。

雨やんでいる。

吉田が、朝日新聞の懸賞小説に出せといったが、ことわった。

「君ならきっと当選する」というのだ。バカ。

富士、井口から手紙来る。

春枝さんからは、手紙がこない。

井口、富士が竹内先生とこへきたが、先生は留守だった。

大変、気をおとしていた。

三人で、京極の明治屋へ行きコーヒーをのむ。私は富士とわかれたくなかったので、一処にあるいて、石段下まで行ったがまだわかれたくなかったが、仕方なくわかれた。

富士に、「君の身長はいくらある」と言ったら、「わすれた。」といって、「俺の身長からみて、春枝さんの背の高さをみたりせんでもええぞ」といった。私は一寸、変な気になった。

私も、富士がそういうのを、心の何処かで予め知っていたように思うのだ。

一月十三日

春枝さんから、手紙がきた。私を愛していることを疑わないでくれといって来た。よかった。

此の頃は、何でも、よくなって行くようである。

夜、二階当〔ママ〕が、酒を買ってきてくれて、のましてくれた。↓

春枝さんにすまぬ。

私は、春枝さんが、他の男と結婚しても、春枝さんを愛する。

大変さむく、室のものは皆、風邪気味。

一月十四日

ラジオにて、寮歌放送ス。

夜、先生の家へ行く。富士も井口も後からきた。

私は、私の観念を打やぶる必要がある。

奥そこのものを求むる。この世の現実の生活というようなものは、生活のほんの一部にすぎない。(社会生活というようなものは、ほんの一部にすぎない)

哲学は、哲学のはんいだ。

オリジナリティーのない、桑木厳翼。

私は、牛乳の詩のようになれ。

現実のものを、絵画として表わすとき、線を用うるが、どういうものを線というか、どうして線を用うるか。――色彩のない墨絵が、色彩のある絵と同じく、又それ以上に、真実を表わしているのは何故であるか。

富士の課題なれど、私にもわからない。これは、あらゆる芸術の根本問題であること。

私の考えでは、現実に見えるもの、それは、真実なものではない。何か、形に表われているとはいえ、それは、形に表われているだけで、その奥に流れている本当のものではない。そして、その本当のものは、ごく、「単純」なといえば単純な、そしてその単純さから無限に分裂し、のびて行くものである。そして、線というようなもので、その本当のものが、構成されて行くのである。単純なその本当のものの一部（一部といっても他とは、きりはなしえない無限に変化のある、しかも変化しないもの）、を線が表わすのである。

色彩がなくとも、線は、その本当を構成できるのである。

（私にはまだ、線が何故、用いられ、線が何故本当なのかわからない。）

単純な色彩（フクザツを一度通りこして）のものこそ、本当の絵である。（先生）このことばで、ピカソ、マチス、ブラックなどがわかってきた。

私の小説、（先生に）『兄弟』をよんでもらう。

大変動物的な、本能的なことばかりをやって行った方がよくなかったか。

又、カン点をかえるということは、いけなくはないか。

弱みをあたえるというのである。

房江がかけていない。会話が下手。一般に面白くよめた。

カフェーの二階の場での、三三子の態度をかいてほしい。

最後のところでの三三子の態度をかいてほしい。

心裡びょうしゃによるよりも、もっと、他に方法を求むること。

一人の主人公の眼をもって、すべてをみるような態度をとって、この作品が、一つの世界「一つの世界、一つの生命」をなしていることになってほしい。

純二が、兄がかえってきたとき「お婆さんにきいてみんとわからへんけれど」と答えた。答えたときの声が、大変、たかい、ふるえたこえだったとか、いったなら、それで、心裡描しゃの代り以上になっているのである。

電車に腰かけていて、昔のことを思いだす。全く動物的なところは、よくかけている。

肉体全体にうってくるひびき＝たましいのせんりつが求めら

れる。


この世の感情を、わずらわして、人をなかせる。たとえば、女子供をいじめる、ままこなどを作って、人をなかせるのでなく、大きなけしき、音がく、文章を、みたとき、人を、ほろっと、体のおくから、つくもの、である。

むりになかせるのは、（子役などをつかって、）いけない。いやみをかんじる。

人間の弱味につけこんでなかされているのである。

芸術を金にかえて、それで食うことがすでにいけないらしい。

文化ということ。文化が目的、人間の生活。セイジはごく表面的なもの
哲学、文芸、セイジなどみな根本がちがう。

ブドウについて。

表現。


表現にかんすることは、すべてみておくこと。

数学はこの上もなく抽象的で、しかも具体的なのだ。

数学は机上の空論ではない。数学は、真実にふれている。

一月十五日

手先の仕事は捨てるべし。

春枝さんにやるために『室内』を買う。

午後、雪ふる。

夜星ひかる。

天の青白さ、雲。

天地のうごきと、私自身の動きをかんずる。さむさは、忘れられる。

感覚というような近代的な（少し理知的な？）ものより奥の以前の動物的なものをかくべし。


詩「雪」出来る。

一月十六日

雪きよし。

春枝さんへ手紙を出す。

昼になって、雪は、きえて行った、松の葉の雪はあとかたもなかった。きよく、うるおっていた。

夜、いけない。煙草をすう。春枝さんにすまない。

ヴァレリーの“Les pas”を読む。わかったような気がする。

一月十七日

村田きたる。とうとう俺の恋愛を話す。後でいやになる。

俺は、バカだ。

岡崎へ手紙を出す。

夜、たこ松へ酒をのみに行く。フランス料理のところへ行く。

きれいな女は一人もいない。

逢初夢子、井上久栄とかいう人は一寸魅力がある。

夜つかれてかえる。

一月十八日

面白いことなし。

春枝さんを、じいーっと、だきしめていたい。

許してもらおう。

すべて、何物でも、意味をもっているのである。

一月十九日

春枝さんから手紙が来た。よかった。手紙のにおいをかぐ。

京大へ行くこと。

母のことをかくこと、カミソリ。

春枝さんへ手紙をだす。

一月二十日

私はグウルモンを軽蔑し、しかも、あのシモオンを愛しているのだ。

富士が怒ってきた。私が、なまけていたからだ。すまない。

しかし、富士の手紙は、いやだった。いつもの怒りかたとちがって、ねちねちした怒り方なのだ。しかし三回程よんで行くと直った。

春枝さんのことを思う。全く、きつく心にくるのだ。

一月二十一日

春枝さんのことを起きるとすぐ思った。うれしいのだ。

川原さんから手紙がくる。返事を出す。昨夜、桑原の小説を読む、桑原は駄目だ。そしてそのことについて、桑原とバツを合せていなければならなかったのがいやだった。桑原は、どうも浅い、そして浅くても広かったらまだいいのだが、広くもない。桑原もよくなってくれるだろう。

夜、先生の処へ行く、先生の処へ行くと、ひとり心がとける。

かえりは、帰るのがいやになる。先生の話は次のごとし。

道徳は、絶対的なものではない。どれが善であり、悪であるかというのは、全く相対的に言われるものである。

詩に音楽を取り入れようとするのはいけない。表面の形式的な音楽は、否定されねばならない。詩は、根本に於て、音楽と同一のものをもっているのだ。

音楽というものから取り入れたものではない。

生命のリトムだ。

グウルモンは、あのシモオンという一つのものをもっているのだ。グウルモンはしゃべりすぎるけれど、その中は、野口米次郎のようなだめなものではない。グウルモンとしての、一つのものをもっているのだ。しかし、詩のディレッタントである。

浅いことはあさい。言葉の美しさ。

認識論が根本。リトムが本となっている。生命のリトムというものが本となっていることをいつも考えていよ。

時というものは、刹那なのだ。そしてそれが永遠へと進展しているのだ。永遠の現在。

自由というものは、行為の上でのことなのだ。自由と必然とを間違えてはならない。

未来も過去も、皆、現在へ流れこんできて、一つのうずをなして、廻って、いるのだ。

トルストイは、理論上では、芸術を人生のためにあるとして手段視している［宗教的に］。そのくせ、詩は、作品上では、それより一段上にある、芸術のそのものを目的としたものを作っている。創作慾だ。

このトルストイのなやみこそ、トルストイの偉大なところ。

ドストエフスキーの芸術。

恋愛は、人間をつくる。自分をほりさげて行くのである。このときの態度によって、これにぶつかる態度によって、人間ができるのだ。生活に於ける、態度は全く、恋愛の態度と同じだ。

自分をほりさげそこなうと、久米正雄位になってしまうのだ。

俗人のために鼻汁をすすらずといった坊主の話。

隣人の愛が、真の愛。

絶対無……有と対立している無ではなく、その上の無。神話は、永遠の現在を云うたもの［語ったもの］である。

「君は、何にでも、勇敢につきあたって行くが、芝居をやってみようと思ったことはないか」と先生がいった。「ない」。

春枝さんのことで大変ひやかされた。顔が赤くなった。

恋愛は、真の愛ではないと仏教がいう。仏教は、これを否定す（恵心僧都）。キリスト教は、肯定す（ダンテ）。

男が女にほれるということは、仕方がない。人間だから。

途中（かえり）、桑原と話す。

「井口は、すごい、すごく入りこんでくる。山だ。大きいすごさが、広く大きく入りこんでくる。」

「富士は、何か、するどいもの［ハガネ］。表面上のするどさではない。

何かするどいもので鉄の板に穴をあけているような、そのとき火花を、ちらしているようなものだ。」

すべてさけて行くということは、これを、てっていさせるのはいいが、社会に於て生きて行く以上いけない。

恋愛は、次第々々にまして行くときもある。

理性とか反省とかが、うちけしていても、それより大きな本能の要求があったら、それらは、やぶられる。

いつも同じ目で、物に対すべし、生活を一定すべし、自分ノ俗の生活と生活とを区別せず、一定すべし。

桑原が、野間は、死んでも、しないといった。

二十四日、川原さん。京都駅へ行くこと。——夜、七時四十分発。

八時三十分。

一月二十二日

桑原から金をかりる。七六銭　六銭　二銭　計一円（↑返す）
井口の家へ行く、『三人』を作るためなり。
夜通し話をする。

一月二十三日

八時頃起きて、伊勢寺へ行き、竹藪の中をあるく。

墓場をあるく。三時までねむる。

夜、七時寮につく。春枝さんから手紙来る。

兄から手紙来る。ホーセン堂へ行く。『三人』を作る紙。

一月二十四日

心持よし。

川原さんが兵隊に行くので、夜、（八時四十二分）京都駅へ行く、川原さんと会ったとき、ひとり笑った。

「赤にならぬこと。（長橋先生がそういったこと）お金ほしかったらあげる。（もらわなかった）体を丈夫にすること。」

わかれるときは、かなしかった。涙がでそうだった。

かえりに電車の中で、女の子を見る。春枝さんを思った。川原さんのことを、春枝さんに書いてやろうと思った。

一月二十五日

兄から時計を修繕して送ってくれる。詩についてかいて手紙を出す。

一月二十六日

パリ、新興美術展を見に行く。

夜に入り、雪がふりつむ。明るい庭。春。

詩一つ。

一日中、春を思う。

一月二十七日

春枝さんの手紙。

一月二十八日

春枝さんへ手紙をかく。この上なくさむい。

Thou hast the lips that should be kissed ! Wilde と書いて、いけませんかと書いた。

図書館で、ワイルドの詩を読む。

悪を知りつくしたところの善がワイルドなのだ。

実践が一つなのだ。

ドストエウスキーの『死人の家』をよみ始める。この上なくよい。

一月二十九日

十時に起きる。あたたかい、春だ。窓からは、雲一つ見えず、松の葉が、青の中に黒く光っている。「光りは、さんさんと黄金の粉をふらす。」

小野義彦へ、館野勝二へ手紙を書く。

散髪をせり。暖かし。

夜、早くねむる。春枝さんを抱きしめていたら、すべてがよくなるだろう。モリエールを読んでしまう。

一月三十日

寒い。
岸田に五〇銭借りる。↓返す↑
富士と井口、夜来る。先生が、又いなかったといっていた。
あるいて、ブラジレイロへ行く。
しばらく歩いてわかれた。春枝さんへ手紙をかく、ねむるのは、一時前だった。
『死人の家』は、面白い。

一月三十一日

あたたかい。雀の音。

野外演習があるのだが、休んだ。白い雲がういている。

性慾起る。窓の中が、あたたかく、みられるのだ。春枝さんの写真を見直して、長い間そうしていた。

夜、ねむい。春枝さん。春枝さんは、私が春枝さんのことを思う程、私のことを思っていてくれたらなあ。

春枝さん、春枝さん、君のことを考えると、やはり、学校はやめたくない。家庭教師をすると、本がよめなくなるだろう。

時間をうまく利用したらいいのだ。

一寸体がつかれているので、金のことを考えると、いけないのだ。春枝さん。

二月一日

春枝さんから手紙来る。

接吻は、いやと、ある。写真を送ってきた。女優のような美しさだが、自然の美しさが失われている。

手紙を出す。

接吻について。

岡本に葉書を出す。

二月二日

夜、桑原と「制服の処女」という活動を見に行く。面白い。桑原に金を借りる、全部で、二円五〇銭。ねむい。

森永の楽劇のおどりがあった。美しい女はいない。

二月三日

文芸部のコンパ。林久とケンカスル。先生の処へ行ったら先生は留守。桑原とウドンを食う。桑原と、吉田のまつりをみる。

二月四日

春枝〔約四、五字分抹消〕手紙来る。富士からもくる。

手紙を出す。

寮のコンパ。芝居「おとしもの」をする。四時頃まで夜どおしやった。ワイなるもの多し、夜三時にねむる。

二月五日

十一時に目がさめる。春枝さんのことばかりが、うかんでくるのだ。

一日、ぼーっとしてくらしている。

桑原に二円五〇銭借金ス。↑返す。空はくもったり、はれたりした。

二月六日（手紙、ＳＰへ）

昨夜、先生の処へ皆集まった。舞踊についてきいた。画のこともきいた。私が、創作上、一つの処へおちついてしまってはいけない、それを打ち破ってしまわないといけない、といわれた。私が、甘いものがきらいなので、もちをやいてくれた。

富士がよく、できものを顔へ、出すので、奥さんが、富士の顔へ、こうやくをはりながら、「富士さんは、よう、できもんをださはる、精が強いのや。」と言った。先生が「そら、春気発動期やもんなあ。」と言った。富士は赤くなっていた。

帰ったら一時だった。富士と井口とは、とまった。井口は、六高へ行っていたとき、左翼の運動をやって、三年のとき、警察にあげられて、退校になった。そんなことがあるので、まだ、ふらふらとしている。しかし、ここを、つきぬいたら、井口は大きくなると思う。井口とは、あまり気が合いそうでない。しかし桑原とよりは、よく合う。井口は、もう左翼運動はやらないといっている。実際、芸術をやっていたら、左翼運動など、ばかばかしくて出来ない筈だと思う。

芸術のためには人をも殺すかもしれないといった。——あやしいか。先生の家へ行く。かえったら、一時（夜）、私の詩にカラができてきた。

二月七日

未乾——詩を如何に画面に入れるか。実物やもでるからとる、詩を如何に画面に入れるか、二次的なものを、如何にして一次的なものにするかに苦心する。

井口、富士が先生の家からかえりによった。井口とよく話した。よく笑った。井口も富士もつかれている。

もっと、カンケツな表現をしたい。

私は、カラを破らねばならない。飛躍を要スル。

ブラジレイロへ行き、京阪前まであるいて井口と話す。

短い詩の中にも、大きい世界はありうる。しかし短い詩より長い詩の方がいい。

井口は、すべてのものの中から、自分のものだけをぬきだすといった。

先生が井口の詩を陶器についている青い色とかんじるといった。

富士が、「雲は動かず動き」のような表現は、説明的だといった。

井口と話して、井口が一心に仕事をしていると感じたので富士にそういうと、富士が「人のことは、八分通りにきいとらんとあかん。」といった。

人ノ詩の中の句を用いることについての可否。

絵は、一つの画面の中に一つの世界をもっているものだ。

その中にあるものは、はっきりした存在のものであって、お互をお互に作用し合っているものなのだ。一つのすきもあってはならない。勿論、表面的なものであってはならない。理論を考えてはいけない。じかに来るものを感じなくてはいけない。

私は井口に言った。「今度の詩は、いけなかった。自分が書いているという表面上の動作がわかっていたのだ。実際、今度ほどのんきにかいたことはない。」

母から金がきた。兄が英語を勉強しだしたそうだ。井口が、「僕は、詩で、色を出すと、ピカピカ光った色になって仕方がない。」といった。

富士は、「此頃、字が、ぴかぴかして仕方がない」といった。すると先生が、「坐禅でもくめ」といった。

二月八日

雨がふってきた。春枝さんから手紙が来る。墨でかいてある。上手だ。

春枝さんの手紙の白粉の匂いに顔をうずめる。まるいやわらかいものの中へ、体全体を入れて、ふかふかしたソファーに倒れかかっているような、熟したリンゴのような、あたたかさだ。

二月九日

兄から手紙来る。小為替八十銭、『三人』三冊の代金なり。春枝さんから手紙来る。ダンスをすると書いてある。

ダンスは好きかと書いてある。

夜。風邪の気味なり。今年東大の仏文科を出る人が、春枝さんを愛しているのだそうだ。

私は、何にも、いらない。

平八郎とかいう人の絵「漣」は、ごく表面的なものにすぎない。白粉のにおい、白粉、白、粉。

芸術の否定。すべての否定。わからない。

二月十日

『三人』ができた。先生の家へ行く。めしを食う。

先生がよく、春枝さんのことで、私をひやかす。

富士の詩、「蜜蜂」よし。

十一時にかえる。

さん瑚子ちゃんと、あそぶ、面白い。

春枝さんが、物理、化学をやるといったら、それなら、「俺は、フォンクションを教えてもらおう。」と先生がいった。

私が、富士のことでわらっていると、何か思いだしてわらっているのかと言った。

富士は面白い。井口が、ロウヤが、次の詩にでてくるだろうといった。

月よし。

二月十一日

富士の海の詩をよんでいた。ふとんがほしてあった。暖い日がさしこんだ。春枝さんを思った。いい気持。

紀元節の式へは出なかった。

二月十二日

春枝さんから手紙くる。↓失恋のおそれあり。

暖い。ふとんをほす。

失恋したときのことを考えてみたが、自分がどうなるか、わからない。外へでない。

春枝さんのお父さんが、春枝さんを、他へ嫁にやろうとするなら、私は、春枝さんの家へ行くことにしよう。

頭がボーッとしている。何か文字を書くと、春枝という字になりそうだ。ぼーっとしていて、字をかいていたら、春枝という字をいくつもかいていた。友達の前で、急にはずかしくなった。

岡崎から手紙くる。

二月十三日

カラスの泣く〔鳴く〕のをきいた。

写真を撮る。

「二階当《〔ママ〕》、手紙きとったやろ、さっき。」

「うん。」

「とったん。」

「うん。」富士は、自分が自分で信じられないという。それはうそだ。

春枝さんへ手紙をだす。

卑怯な俺自身をあやまる。

二月十四日

富士、野田へ手紙をだす。

野田から、手紙くる。

苦しめ、苦しめ。なるようにしかならないのか。

私は、どうなったっていいではないか。私は、小さい。大きい。

「仏様」にすがろう。

春枝さんから、手紙来る。やっぱり、いい。私は、もっともっとくるしむねうちがある。私は、他の女に気をむけてはいけない。私は、私をすすま〔せ〕なければいけない。

私は「仏様」に定められた、私をすすむことを、すきにならならなくてはいけない。

春枝さんは、やっぱりいい。


　家出せよと女にかきて上みれば［ながむれば］、屋根夕ぐれ［冬がれ］にうきいでし［うそざむき］かも。


春枝さんの手紙。いい香がする。うれしい。

何回も嗅ぐ。やわらかい女。

二月十五日

富士から手紙、井口から、手紙。

岡本から葉書がくる。

近頃、芸術というものを、私が、ぎゅっぎゅっと感じると同じ程に、ゲーテや、シェクスピアや、ラムボーや、バレリイが感じていたかを、うたがう。

目が、一つに定まらぬということは、余りいいことではない。

私は、一日中、春枝さんのことを、考えないときがないといってよい程になった。


　スティームの音、室にみちたりくろぐろき、電灯の光、顔てらしけり。

二月十六日

先生〔の〕とこへ行く。桑原、富士と、三人で。

春枝さんのために、富士がきてくれた。

春枝さんは、最後には、家出をするようにすること。

創作力というものの話。絵の話。

富士が、「野間に信用されていると感じると、重荷だ」といった。

私は、桑原に、君には、「どうも、いいにくい」といった。

桑原は、「俺は野間がこわくてしかたがないんや、なんだが、俺がのまにぶつかって行ったら、地面へたたきのめしてしまわれるようで、自信がつよいからなあ」といった。

先生が、「春枝さんの形など、目にみえるか」といった。私は、うなずいていた。

二月十七日

春枝さんから手紙くる、はじめて、安心できる。

雪が夜から、ふっていた。そして、つもった。

二月十八日

雪がやんで、とけてきたが、又、粉雪が、ちらばってきた。

夜、七時頃、湯にはいっていて、それから、上って、すごい興奮。

春枝さんのことと、母のこととが、頭で一ぱいとなっていた。

気ちがいになるのではないかと思った。

湯で、門衛が、野間さん手紙がきてますぜ、「今日は手紙をとりにきてではなかったなあ、なんでです。」といった。

私は無性にはらが立って、だまっていた。手紙をとりに行くと、白い眼でにらみながら仲々わたしてくれない。

又、はらがたった。

春枝さんに接吻する。

フランス哲学。お能の話。先生と富士に手紙をだす。

二月十九日

朝から、いい天気で、暖い。粉雪が、庭でとけない。青草が、うすい粉雪の下に見えている。

桑原と大江能楽堂へ能を見に行く。面白い。羽衣がよい。狂言、文荷も面白い。大変つかれた。

夜、数学の試験勉強。

能を見ていると、傍へ女学生がくる。苦しむ。春枝さんのことで、なにもかもいっぱいだ。

わがままだ、わるきことをなすか。赤面恐怖性。

十二時半にねむる。

能はいい。体で書くということがよくわかった。

体で書くといっても、この体は、書かされている体なのだ。

二月二十日

富士、井口から、手紙くる。

井口の散文「公園」をよむ。心裡描写について少しいう。面白いが、センチメンタルなものだ。

富士からも、能のことを言ってきた。

藤本喜八氏が私の詩の批評をしてくれた。

夜十二時十分前、オリオンの星座、南西のフロノエントツの上にありて、夜寒さ少し。

春枝さんのこと、思うことしばしなり。

二月二十一日

学校をやめることに決心す。

春枝さんへ手紙を書く。泣いていた。手紙は出さないことにした。

二月二十二日

すべて、きまってしまったようにも思える。

学校をやめて、働きながら、勉強すること。

雨少しふる。

平然とした心と、ゆれる心。とその間を。

二月二十三日

学校へ、働きながら、行こう。

春枝さんは、私のものだ。うれしいことだ。私達は、何処までも、生きて行こう。生きて行けない人間は、駄目だ。

二月二十四日

雨ふる。あたたかい。もうすぐ三月が来る。

すべて、うまく行くだろう。おまかせしよう。

春枝さんは、いい女だ。私達は、うまくゆくだろう。うまく行くだろう。

二月二十五日

さむい。

二月二十六日

試験にとじられる。春枝さんへ手紙をだす。

すべてよし。みかん。ひげをそる。

二月二十七日

試験始まる。

二月二十八日

春枝さんは俺を、苦しめる。狂わせる。殺してしまいたい。

私は獣的になったりする。さむし、胸。

私をなんとかしてくれ。

夜、富士と井口来る。

「八百文」へ行く。話。

先生の「つぐみ」が、余りよくないと、富士はいう。井口はすっきりしているという。春枝さんから手紙くる。↓つらい。

私に、女は禁物だ。女は、私を、どこへ引きずって行くかわからない。私のものとしてではなく、私のものとしてではなく。

頭、ぼんやりする。〔六字分抹消〕のことを思いだす。恐怖とも、恥しさとも、なる。うそだ。

富士も、しっかりしてきた。原チエ子に恋したといっていた。

ほんとうか、どうかわからない。

桑原は、まだ、だめ。

井口は、「二日」という詩を先生にほめられた。

三月一日

朝、九時に起きる。数学で頭を傷める。

どうでもしてくれ。

三月二日
春枝、春枝、お前は、俺のものだ。
頭つかれる。詩をやる。
空想が実現しないなんてことはない。春枝が俺に出来ていなかったら、俺の前は、女の嵐だったろう。

三月三日
春枝さんから手紙。
昨夜、余り、やらなかったので、地理、わるいようだ。
金の心配少し。進まなければならない。ひとりでにすすむのでも、努力して、すすむのでもいい、のだ。
生活の困難、大きな問題だが、切りぬけて行ける。
曇っている空、だらりとたれた松の枝。みえる光り。

三月四日
略

三月五日
面白くない。

三月六日
試験がすんで、先生の処へ行く。
「一つの存在は、それだけの存在ではない。関係になっている。」
詩は、生活力のもっともはなはだしいものだ。社会的生活に積極的にでられないような、生活力のにぶいことでは、だめだ。
春枝さんから手紙くる。

三月七日
富士、井口、桑原、一処にあそぶ。桑原に二円五十銭借る。

三月八日
富士、井口、桑原にわかれる。母との話。性慾起る。春へ手紙を出す。春枝さんも、かわいそうだ。

三月九日
大阪へ行く。プレイガイドの店を出すためである。兄と日本橋から信濃橋の辺まで歩きながら話した。生れてはじめてだ。兄もいい。野田の家へ行く。社会主義の話。岡本から葉書。

三月十日
春枝さん、富士から手紙くる。
春枝さんへ手紙。
牛尾の家へ行ったが留守。散歩、西宮ノ方まで歩く。

雪がふり、つもる。

三月十一日

散歩。小さい川を見に行って、失望。池がみたいのだが、近くにない。母が金をくれる。大分へ行くために。(春)へ手紙。

三月十二日

富士から手紙がきた。私の詩風が富士の詩風に似ているというのだ。——四高の人がいう。詩がキハクになったというのだ。

バカナコトダ。表面的なものしか見ないからそうなるのだ。

富士は、出直さないといけないといっている。しかし、そう、やすやすと出直さないといけないなどといわれてはたまらない。富士へそのことで手紙を書く。

「私は、あらゆる奴から、手法を盗んでやるのだ。

自分を教育し、進めるものは自分以外にないのだ。

私、は人を軽蔑する。『三人』以外の人を」

私の本は、私の本からもっている本なのだ。

社会にみとめられなくとも、それがどうしたというのだ。

牛尾と海へ散歩。海を見る。しずかな波。魚をつっている。

真実は何処までも真実だ。

うぬぼれが必要なときがある。又、うぬぼれることがむずかしいときがある。

三月十三日

散歩、小川、墓場、焼場を見る。

女の心は、わからないものだ。こんなに苦しめるものは、女の心以外にないであろう。

哲学というものは、それをやる人によって、全く異るものだ。

全く同一になるということは絶対にないし、あってはならないのだ。

概念というものが、私自身を、如何にきずつけてきたことか。

観念というものが、私自身を如何にきずつけてきたことか。

私は、あらゆる種類のものをもっていたっていい。私は、又、どんなにうぬぼれていてもいい。私は、そのうぬぼれに参ってしまうことなど、絶対にないのだから。

芥川龍之介は、頭で芸術を構成しようとした男だ。

私は、頭で、書く人を軽蔑し、あわれむ。頭には、限りがあるにきまっているのだ。しかし、芥川にしても、頭でかかなかった作品をもっている。

三月十四日

小説「眼」をかき終る。

春枝さんから手紙くる。詩「夏」出来る。

散歩、小川をぬけて、国道——工場の間の道、上甲子園——下って、大変つかれる。大野から葉書がくる。

利玄の『立春』

赤彦の『十年』を買う。

春枝さんが、水くさいことを言わないようにとかいてある。

面白い言い方だ。

暖い昼、奈良のお水取りもすんだということ。二階の奥さんの物のいい方。

「おそれいりますわ。」

「ありがとうございますわ。」

「そう……。」

「我流の［わたしんとこ］……ですの。」

昼寝をする。夜のきれいな星。

湯上りて、たびぬぎしまま、ながめをれば
光りさやかに、庭さむかりし

うぐひすに、たちし、小川のかれ小笹、

日あたりて、砂山二つ、松の芽に、

雲ぬくぬくと、かげ走りけり

主　　　主観的
橋さむみ、小笹にゆれし、日の光
客観　　　客観

やみをりて、みちゆく足の、とどまるや、

ひばりの一つ、田に下りにけり

黒き田に、あたたかきひばりの声す
いちぢくの枝（きられつつ）、影うすきかも

立春や、ひばりに見えし［の声する］田の黒き

兄がかえってきて、体が「へとへと」だといった。すぐ大阪へ帰って行った。

三月十五日

朝、昨日と同じ道を行き、かえりに、小川の中に石を投ず、春枝さんの手紙を、砂山の上で、すわってよみ直す。

山の方から、ずーっと海まで出る。かえりに祖母の家へ寄る。昼食をここでする。年寄のおじいさんが「ジョウルリ」を語ってくれる。柳のお柳と、日吉丸とである。祖母と曾祖母が、「柳の精が女にばけて、男とちぎり、子供ができたりすることあんのかいなあ。」という。

年寄のおじいさんは、もう、文句を、処々わすれている。時々、とばす。すると祖母が、「本がきれましたね」という。若いおじいさんは、母の店出しを手つだって、そのつかれがでたのか、一日中ねている。

私に、パンをやいてだしてくれる。私は猫と、ざれている。此処の猫は、うちの猫より、体が長く細く、顔もあまりよくない。うちの猫の方が美人である。此処の猫は勿論雄だ。其処を出て、又、甲子園にそって歩き、家へかえる。

今日は少しあるきすぎた。

曾祖母に、うそをついた。春枝さんの処へ行くのを、友達のところへ行くようにいってあるのだ。

二階の奥さんは、つわりで今日は、朝はせんたくをし、ひるからは、ねている。物のいいかた、「今日は……いりませんの、」しわがれたひくい声でいう。高いときもある。こんな声は、少し魅力がある。春枝さんについては、声だけがわからない。想像できない。

砂山に 日当りをりて 文いだし
病める体を、よみかえすかも

星にごる、にごる山辺や灯《ひ》二つ

石投げてみて、むねのいたみをはかつてみる
昨日と今日のあたたかさ

夜、八時半にねむる。

三月十六日

朝起きたとき、八時。九時に朝食。それから歩く。

じっとり、雨がやんで、松の露があちらでも、こちらでもきらきらする。松の葉に接吻する。甘い露の味。

白い梅がさいていた。うぐいすがとおくで、ないて、人の足音が、じりじりと時々きこえる。松は少し。立ちどまり、又、あるく、そして小川へ出る。にごった水に、私の影がみだされる。布施の家が見えている。くもった遠い空。

うぐひすの 遠くになきて、松露の
くもりしそらに ひかりゐるかも

じっとりと、雨やみゐたり砂原の
松うごかずに露光りけり

白梅や小雨にさきし彼岸前

帰ってきて、すらすらと、詩「白梅」ができる。「夏」のような重いものを書いたあとで、「白梅」のようなものは、うれしい。

富士には、こういう作品のいいところがわからないようだ。以前に、私の随筆「緑」について、富士は緑というものが概念的だといった。井口は緑が立体的でないといった。

しかし、私は、緑というと、もう、草とか木とかいうより以上に力強い現実の力を感じるのだ。緑というそれが一つのものなのだ。

三月十七日

十六、十七日、船の中で、ぐっぐっと、つかれている。

こんなにつかれてしまったことはない。

春枝さんと、静枝さんがきて下さる。一寸見たら、わかった。春枝さんの方がわかった。やせたようにみえるのだ。しかし、しばらくみると、元のとおりだった。よかった。

公園の方へ三人で、行く。

春枝さんの物の言いかた、切り方が、少しシャクにさわる。

しかし、すぐ直る。

「大分［ベップ］はきたないところだね」と私がいった。静枝［志津江］さんが途中でかえる。

春枝さんと話す。

「もう九時よ」といったりした。

「せっぷんしたらいかんか［させてんか。］」に私は長い間、興奮していた。春枝さんももじもじしていた。

私は左側へ近より、右側へまわった。そして、顔へ手をかけた。

「いけないわ、」といって顔をうつむけた。「なぜ」私は、私の顔を近よせた。又うつむいた。「いけないの」という。

私は、どうして、といいながら、右手で、顎をすくいあげて、接吻した。やわらかいかんじの唇、あまい。

はずかしそうにうつむいていた。仲々かえらなかったが、かえって行った。私はぼーっとして後を、みおくっていた。

(春)はぼつぼつかえって行った。

天井に波の影すもあたたかし
まるきまどよりゆるる白昼

長浜をすぎしといへど起きいでず
まるきまどより海のあかるき

島まるみ入日にちかし春の海

三月十八日

はるか山近きにかくれうすみつつ
船出する船の汽笛のきこゆ

九時に起きて、春枝さんをまっている。十二時頃まで、まつ。

一時に、美佐子さんと、きてくれる。山の方まで散歩。

「あんたふとってるからね。」「どうして、ね。」

「あたしやせてるからよ。」

山には、大仏があった。鳥居があった。

公園には、噴水があり、水があさかった。

「足がいたいの。」「この帽子、かむってみたことあるわ」——美佐子。

「そうか。」——春枝。町のダンスホール。蓄音機、「ショパンは情熱家よ。」

墓地で休み、公園でやすみ、かえる。

くれぐれて、汽笛なりつつ船出すれば、
夕陽にてりしへさきのくろき

「この水いつも、あっちへ落ちてるか。」
「見なかったわ。」
「昨日も、あっちへ落ちてた。」
「そう。」
「お茶おあがりなさい。」——美佐子
「あついわよ。」——美佐子
「あついのきらい？」——春
「きらい。」

電車行きしといいし女の唇に
唇かさねて、そのままありし

「あんた、いろんなこと想像しているのね。」

「そうか。」


クリムトの絵をみせる。「これが一番すきなの、……あんた?」と美佐子さんがいう。春枝さんは、はずかしそうにして、坐っている。

私の目には、私の目の見たものが一番確かな筈だ。それだのに、私は……。

私は、私の女を概念化してはいけない。それは、そのまま、受け入れるべきなのだ。


美佐子さんは先にかえってしまった。堤防をあるく。

「わたし、御想像とちがっていたでしょう？」

私はだまっていた。

「僕の芸術が世間にみとめられなかったらどうする」「あたし、平凡な生活でもいいのよ。」

夜、二人で道をあるいて、接吻、接吻、々々。


送ってでる。

「下駄はいてらっしゃい。」

「うん、下駄はかれへんがな。」そういて［言って］、出て行った。送って、行った。

「ここ、もっちゃくるしいの。」


「いや、いや。」　私は、坐って、じいっとしていた。

「おこったの。」

「いいや。」

「あかるいから、はずかしいの。」

春枝さんが、もう少し、手ごたえがあるかと思っていた。しかし、だんだんよくなるだろう。

三月二十日

春枝さんは、静枝さんに手紙を書いていた。

私は近よって行った。だいた。

「まって」といった。

私は、またずに、ぐっとだきしめて、接吻した。

唇、頬、頸、額、髪、手、すべてに接吻した。


しばらくして、番頭が上ってきた。㊮は、はずかしそうにうつむいていた。私は、夕方に発つといった。番頭がいなくなると、春は、私に、頭をもたれかけさせてきた。私は春枝さんに、リンゴをむいてもらって、たべた。

「リンゴいらん？」

「いらない。」

「たべ。」

「いらないの。」

「たべて。」春枝さんが、リンゴをかじった。私は、それをたべた。

食慾と、性慾はたしかに似ている。しかし、これは自然科学的な見方にすぎないのだ。

私は、生活と芸術をはなすものを軽蔑するのだ。

大分まで、船で一緒にかえった。春枝さんがみえなくなるまでみていた。

三月二十一日

船中。くるしい。思い出。いろんな姿、顔を思出す。

春枝へ手紙。母と兄に話をする。

三月二十二日

頭、いたむ。

先生、富士、野田、岡本、吉田に葉書、手紙を出す。

私は単なる慾望で、女を求めているのだろうか。私には、わからないのだ。私は、単なる慾望で、求めているのでないといったのだが。求めているのではない、単なる慾望で。

私には、虚栄心がないということを人に見せたがるような虚栄があるのだ。

私は、気どらないようにしているのだ。そうすることは、つまりきどっていることなのだ。

富士（→井口）の室で、梶井基次郎の『レモン』を見ると大きくみえる。

私の家では、小さくみえる。へんだ。

三月二十三日

阪本さんがくる。自動車〔地獄めぐり、〕賃一円を、菊水へ郵送する。私は、私を、中学四年頃から、天才だと、思いだしたのだ。私は、春枝さんを殺そうとしていたのだ。

三月二十四日

現実がすべて、具体なのではないのだ。現実をつかみとるもの、が具体でなくてはならないのだ。

私は、世間的に、利口でない奴もすきだ。

私は、社会をけいべつする。そのくせ、私も、一人の社会人なのだ。（人からみれば、私も一人の社会人なのだ。）

岡本、野田来る。性慾の話。

中学三年から、自分は天才だと思いはじめたと話す。

岡本は、東上すること。

春枝さんから、手紙。

三月二十五日

九時もう、起きる。ひる頃から、雨がふりだし、一日中ふっている。富士から、手紙がくる。桑原へ葉書を出す。

春枝さんへ手紙。

かぜぎみ。私は、私がいやになることから、もう、ぬけてきたはずだ。

『モンテクリスト伯』をよみだして泣きだしかける。春枝さんのことを思いだしたのだ。

三月二十六日

九時半に起きる。春へ手紙を書く。

春から手紙、雨はやんでいる。

夜、富士へ手紙をかく。「かぜぎみ」。半田の二郎ちゃんが北野を通ったと言ってくる。ほめてやる。

夜は、星がない。

三月二十七日

今日も、雨ふりだ。神戸の祖母が、私の方へくる。やいとをすえに。私は、何か書いていないと安心ができないのだ。

春から、手紙がくる。

夕方になって、雨がやんできた。私は、また、今日も苦しいのだ。

私は元気でいっぱいなのだ。それだのに、やはり、くるしいのだ。

私の性慾は、私をも傷けようとしているのだ。私をも傷けて、私の女は勿論のこと。

私は、この世に生れてくるべきではなかったのか。私の悪魔は私を、くるしめる。私の女を苦しめる。

私の夢を、私が最も実在的だと思っている。

私の夢を傷ける。

私は私の芸術をうぬぼれている。うぬぼれている、それだのに、私は私の芸術に満足できないのだ。

私は、誰に満足できるだろう。誰にも、できないのだ。私が満足できるのは、私だけにちがいないのだ。それだのに、私は、私にも満足できないのだ。

私の前には芸術があるだけだ。

『レ・ミゼラブル』を読む。——面白い［不可］。

三月二十八日

半田の二郎さんがきて、兄さんが松山を通ったという。

私は今日いらいらして、西宮まで歩いて行った。

古本屋へ、性慾のことをかいた本を見に行ったのだ。バカなことだ。途中、かえりに、おかしくなる。長谷川に会う。

妹をつれている。一寸きれいだ。私の気持は弱い。いけない。

私は、私を嘲笑う。

俺は、天才だと言う。

富士から、手紙がくる。面白い。俺の馬鹿さかげん、も、世間的にいいところも、俺の性慾によっているらしい。

三月二十九日

朝、神戸のおじいさんとの話。兄が夜、二時に来る。

野田が来る。話。

夜、苦しむ。春枝さんのことで、苦しむ。

いろんな考え。（春枝さんが私を捨てること。私が春枝さんを捨てること。）

松竹で、春のおどりを見たときの、きたない慾望。

たえず起ってきた心。

三月三十日

富士、文丙へはいったことの通知をうける。

半田さんへ、本をもらいに行ったが留守。

岡本、桑原へ、葉書。

朝、春枝さんのことで苦しむ。春の唇を思いだす。

甘い。やわらかい苦さ。

私は、何という、こざかしい、馬鹿げた人間なのだろう。女に弱い人間なのだろう。うぬぼれた。バカナ奴なのだ。

近頃、どうもおかしい。一人きりでいると、何か、気がせかせかと落ちつかない。女がよく目につく。

そして、多くの人の中にいると、安心ができるくせに、それに、今度は、自分自身が、馬鹿くさくなる。

岡本から葉書が来る。

甲子園へ野球を見に行く。頭がふらふらし、いらいらして落ちつかない。春のことばかりが気にかかっているのだ。

私は、私の心にあることを、もっと、言いだしてしまったらいいのだ。しかし、いいだしてしまったら、どんなにあとからなさけないことだろう。

私は、私が、どうなっているのかわからない。一時一刻、その百分の一千分の一……順次、無限に小さくして行って、その一つ一つの時に於ける、私は、どうなっているのだろうか。きっと、そんなのは、「時間」などというものに、ソクバクされていないものにちがいないのだ。

ドストエフスキーも、トルストイも、ポーも、ワイルドも、すべてが、私を満足させないのだ。私は、余りにも、何も知っていないのだ。それだのに、私は、満足していないのだ。然し、私は、何もしらない方がいいのだ。よかったのだ。（しかし、どうして、それが断定できるのか。）断定は、私には、理由が不必要なのだ。

春枝は、俺の、一刻一刻を苦しめているのだ。

淫蕩的に見えない淫蕩な女なのだ。俺の内面を、ごつごつと、きずつけて行く女なのだ。これほど、じりじりと、私に食い入ってきた人間はない。私は肥えたにちがいない。しかし、或る方面では、きっとやせているのだ。

俺もとうとう、表面的なものを求めてきているのだ。

しかし、性慾は、どうして、大地に根ざしていないといえるのか。それとも俺の性慾が、大地に根ざしていないのか。

俺は、俺の性慾の変態に気がついている。しかし、変態という奴も、単に、人に変っているというだけで、どちらが、本当なのかといえばいいえないのだ。世の中は、すべて、こんなもので、一杯なのだ。

俺は、紫と緑がすきだ。緑も紫も俺の女だ。

そして、緑と紫との、どんなに、本質的にちがっていることか。それだのに、俺は、緑と紫とに区別をつけたくないのだ。

すべての音もそうだ。aille 私はこの音がすきだ。une の〔y〕がすきだ。

俺にとっては、善とか悪とかいうことは、わすれられて行くだろう。それよりも、信仰の上での善、悪、それが、私の心に針をさしこむだろう。

私にとっては、芸術以外、何もなくなるのではなかろうか。

この地球も、なにもかも。

私にとって、芸術以外に、自然はないのだ。自然は芸術にすぎない。

俺はすべての人に腹がたつ。一寸したことに。

何かしら、みたされないものがある。少しも、みたされない空っぽの袋が、私の体の中に、あるにちがいない。

岡本が大高理丙に、入ったこと。

一つの芸術品は、その中の材料を一つでも欠かすことのできないものだ。そして、それはもう材料とよぶには余りにも、生きたものなのだ。

「構成」が芸術だとは言えない。芸術に於て、「構成」が、頭で行われることが、大変多いのだ。

そして、これは、ゆるされるべきだと思う。しかし、結局芸術は頭で、やれるものでないことは、しれている。

三月三十一日

春枝、お前は、俺のあらゆるものを奪ってしまうのだ。

俺をあざむき、俺を、まどわせる。

お前は、情熱家だ。わるくいえば、淫蕩なのだ。

しかし、それは、お前の外面に表われた如何なるところからもいえないだろう。ただ、お前の眼だけが、しかも、ごく一時的な、あるときに、それを語っているのだ。今日も又、いらいらしている。此の間、活字を見るのもいやだったのに反して、今日は、活字を見ていないと安心ができない。本をみていないと時のたつのが、心に、おそく、わかって、いらいらしてくるのだ。

四月一日に、「桜」に乗り、午前七時二十五分、大阪着、↓

春枝筈。

昼から富士くる。

詩「夏」「接吻」がいいという。果して、「白梅」は割りにいいと思わぬという。

いろいろ話す。「天才」のこと、互に天才だという。

母が帰り、富士と話す。

横浜の、金子治助さんが来る。

四月一日

先生の処へ行く。春枝に大阪駅で会う。

春枝の話。下宿をさがす。面白い女。「白梅」もよいと言う。

(先生)

十一時に、井口の家へ行く。井口は同志社は、過去の経歴がバレて駄目となる。井口は面白くなさそうだ。
光子さんのこと。(富士の妹)
夜、腹がいたみ、三時頃、起きて、戸を開け外へ出、野原にでて糞をする。かえると、井口が目をあけていた。井口に対する光子さんの恋文のこと。

四月二日

井口の家へ、富士の妹達が来る。
タンボで話す。富士の妹達は、私をこわいという。
ニヅクリ。三時十六分の糸崎行に乗り大阪へ帰る。春枝さんから手紙。——へ手紙を出す。(東京)
春を夢にみる。

四月三日

朝十時半に起きる。腹いたみ朝の夜《〔ママ〕》、何回も便所へ行く。そのとき二階の奥さんも便所へきた。私は出てきて、「どうぞ」といった。「すみません」と奥さんがいう。

岡本から葉書。

富士が、「接吻の話が書けるなら、性交の話も書ける筈や、俺はさっき、そんなことを考えてたんや。」

「性交の話？　でも、自覚でけへんやろ？」

「ふふ……俺は、恋愛はやったことがないさかいにわからへんけど、非童貞やよって書けるがな。俺の非童貞を白状しとくよ。」と富士がいった。私は別におどろかなかった。しかし、富士が、こんな風に［しかたで］白状するのがいやだった。

本人は白状するのに少しも、苦しさをかんじなくてすむのだ。

少し、バツの悪さを感じただけでいいのだ。

四月四日

十一時、岡本とその家へ行き、御飯、ぜんざいをよばれる。

東京からのみやげをもらい、「坊主」の家へ行く。阪上の姉さんと結婚したのだそうだ。

いろんな話、共産主義の話。リンゴ、豆を食う。

面白い。

三時、水鳥先生の家を出て、大阪へ、二人で行く。

野田の家へ行ったのだ。

夜、わかれて、母の処へ行き、敷島クラブで映画を見る。ビリ・ダヴという女が――平凡な美しさだ。――すきになる。

兄と共にかえる。

「小遣いがたらんようになったら、すぐ手紙で知らしや、僕は、一日に、一円や一円五十銭位なら、すぐ、つくれるさかいなあ。」雨。

「うん。でも、あんまり遣わへんさかいにいらへんが。」

電車の中でいろんな話。

マルクス、シャカ、志賀直哉　春枝から手紙。

春枝を夢にみる。きつい接吻をしていた。

四月五日

春枝へ手紙。くもっている。

兄が、女を馬鹿だという。どんな賢い女でも男よりバカダという。

私が、女にもいい処があるといったが、「ヘリクツをいえば、いくらでもいえるのだ。」といった。

四月六日

くもっている。

夜、『佐々木茂索集』を読んだ。面白い、しかし、だめだ。

春枝との接吻のことが、一つ一つ思いだされてきた。

四月七日

九時に起きる。近頃、頭がぼやぼやとして、人と物をいうのも、いやになる。朝から、女中さんが祖母の家へ手伝いに行く。

昼頃かえってくる。すると曾祖母が、「便所のそうじをして行き、というてあるのに、して行かんとからに。」といって、「一体、今まで、何の用があったんや。」といった。女中は返事をしなかった。

いつまでも、曾祖母が又、きいた。でもだまっていた。

すると、「何や、一寸用事さされたというと、もう、怒って、物もいわへん。何や、そんな位。」と声を大きくして、私にきかせようとした。そして、「そんならそれでええ、あっちへいって、姉やにいうてきてやるから、物もいいよらへん。」こう、ぶつぶついっていたが、杖をついて出て行った。

女中は、庭をはいていた。私は、女中が、鼻をくんくんいわせるのをきいて、泣かれるとこまると思い、口笛をふいて、靴を直していた。すると、とうとう、女中は棚にもたれながらなきだした。私がみていると、一層ひどく泣くだろうと思ったので、書斎へはいってでなかった。しばらくしてみてみると、なきやんでいた。私は、いやだったので、又、ぼーっと野球をみていた。毎日、いろんな女が、私の目にちらちらした。

帰ってくると、曾祖母が、「祖母が病気でねているのに、一度も見舞にきやへんいうて、おじいさんが、怒っている。あんな年になって、その位のことがわからんのか。」といった。何の面白味もなく、多くの人の間にいたら、幾分安心ができるので、ずるずると野球をみていた位だから、頭が、へんになっていた。近頃、どうもいけない。しゃくにさわったし、そんなことを、ごそごそ、私につげる曾祖母もいやだった。途中で、だまって立ち上り外へでた。

女中と曾祖母とは、いつのまにか、仲がよくなっていた。

夜、風呂へ行く。私は、風呂の香いがすきになっている。女の香いなのだ。

私のものは、私のみの世界にすぎないだろう。しかし、この世界は、かぎりないものになるだろうし、だれの世界とも、交さくしないであろう。

だるい、だるい、ずるずるした気持。家にいるのがつらい。何にもがつらい。夜になって、ねむる、それを、思いだすと、一層つらい。

茂索をよむ。

春枝の手紙をよんでも、女の余りに虫のいいところが目につく。虫のいいことをいわれても、やはり、そのままにしている私のことが、目につく。そして、とくに、こんな考え方をする。

女が気にかかる。すべての女が、私には、魅力をもっている。(あ)、併し、あの唇は。ひどく、精神が弱ってしまっているらしい。心が甘いものばかり、求めている。

女中の名が、はるゑだから、もし、女中が、この日記を見たら、どう思うだろう。又、もう見ているとすれば、どう思っているだろう。こんなことが気にかかる。

どんな経験をやったところで、その掴み方が、最後の問題なのだ。内的の経験は、割合に、少いらしい。そして、しっかりしていない、地についていない。

四月八日

昼の二時に阪急へ行く、岡本、野田との約束ができなかった。

(写真を阪急で撮ること。)

夜、富士と、桑原とが、やってくる。くだらない話。

春枝さんから手紙、春へ手紙。

四月九日

今日も雨、仕方がないが、外へ、買物に行き、服を買う。富士のお父さんはいい人だ。（富士のお父さんに会う）

夜、桑原、井口来る。

井口は、ふさいでいる。酒をのみに来たのだという。

性慾の話。共産主義の話。

夜、十一時、自動車に乗って帰って行く。

私は「二人が好きやったら仕方がないが。」と井口に言った。井口は、「そやな、なりゆきにまかしとくよりなあ。」と言った。井口と光ちゃんとのことだ。

井口は、光ちゃんのことを、うれしそうに話した。

四月十一日

先生の家へ行く。

春から葉書、春へ手紙。癪にさわっている。センチメンタル。井口のきげんを取るように話していたら、後で、ひとりで、さびしくなった。

四月十二日

夜風呂へ行く。春。

四月十三日

古本屋。春について苦しむ。金のこと。母へ手紙。

近頃は、日記をかくのもつらい。春のことばかり考えているのだ。

亀岡に本を貰う。仏語と源氏と。

古本をあさる。夜蛙の鳴くのをきく。富士が「始めて蛙がなくのをきいた。」という。私もその気になる。

四月十四日

私の悪を、全部、春枝さんにしゃべってしまいたい。春枝のすべてを所有してしまいたい。一つになりたい。全くの一つになりたい。

死んでもいい。死んでもいい。

金がないのはつらい。

富士が、いつか、今までしてきたわるいことを、君に話すといった。そうでないと、俺が死んでしまったら、誰も、そのことを書いてくれる人がないからだという。私は、それをかいたら、君は、天才になるぞといった。

Mechanism ノ滅スルコト。高山講師の話。

私のうぬぼれ。

春のことで苦しい。授業中まで苦しい。

性慾の苦しさ。

此の頃、日記がかけない。この頃の日記を後でみたら、如何に、心が、変動し、苦しんでいたかを思うべし。

春枝さんから手紙。その中に、「誰でも、苦しみたくないのは、人情でしょう。」とある。いやな言葉だ。そして私の胸をさす言葉だ。私は生活上で、春枝さんを苦しめねばならぬのに、どうして、こんなことを言ってきたのか。(春)もよくそれを知っているのに。

私は、近頃、すべての人から、すべてのものから、離れてしまうような気がしてならないのだ。軍人［春枝の］さんの姿も又、私の姿になるのではないだろうか。

四月十五日

桑原来る。のどがいたむ。病気へのおそれ。

先生の家へ行く。頭の髪を伸すつもりで、鋏で刈ってもらう。

夜、井口が来る。肺病で、結婚できないのだという。

私は、ぐきっと、胸をうたれる。光ちゃんに、俺が肺病だなど、いわないでくれという。

井口が、この間先生の処で、野間の接吻の詩などの、良さがわからないという。先生は、何か、君の中で、あんなものを、こばもうとするものがあるのだろうと、井口に、いった。

表面的な感情や、感覚はすてなければならないのだ。マルクス主義は、政治ではないと、井口がいう。政治というものを、打ちやぶって行く政治なのだという。

四月十六日

腹もいたむ、口の中いたむ。

夜、春枝と、志津江との夢を見る。二人とも、頭の髪を切って、坊主になり、男装して、どこからか、のがれてきたのだ。

先ず私を、志津江が外から、呼んでくれた。

行くと春枝がまっていた。私達はのがれて行った。小屋へはいっていると、人がさがしにきた。志津江は、煙草をふかしていた。人々は、うたがわずに出て行った。私は春枝を引きよせていた。春枝が「こんなになったのよ、これでもいいの」といって、顔をみせた。顔は、前よりずっと、きたなくなり、頭は坊主になっていた。

「そんなこと位。」私は、こういって、三人が立ち上ってあるきだした。私は志津江を意識しながら、春枝を引きよせて、接吻した。私達は、満足の行くまで接吻していた。

それをみている志津江の顔は、美しく輝いていた。野はあたたかく、きらきらと日がてっていた。私達は、そのまま、いつまでも歩いて行った。私は、うれしくて、すべてが、私のものだという気がした。

朝起きると、富士が、

「ゆうべは、へんな夢をみた。」といった。

「いい夢をみたぞ。」と私がいった。

「ふん、どんなゆめ。」

「……」私は、だまって、ごまかしながら、接吻のことを思いだしていた。

昨夜、湯で、こんな話。「野間は、桑原を軽蔑《さげすん》しているやろ。」

私は、どうともいえなかった。私は、桑原を見下げていたからだ。

「どうして。」

「どうしていうたって、桑原と君が話しとんのをきいたらよくわかるがな。」

「でも、僕のもののいい方いつでもあんなんやぜ。」

「いや、そんなことあらへん、桑原のときは、ちがうぜ。」

「そうか。」話が一寸とぎれた。

「学校でも、あんな物のいい方を皆にしてるんやろ。」

「うん、皆に、真面目になって、物をいうたことなんか、あらへん。」

「ふん。」

あとで、私は、「どうも、言葉つきを、改めんといかん。」といった。

四月十七日

腹のいたみ少し直る。起きたら、八時十分前、目が真赤。

人が、私を一年生とまちがえて、私が一年生になっていてやると、更に、いい気になって学校のことを話したてた。

このことを富士にしてやると、「野間はんみたいに、人のわるい奴にかかって、いい気になってるなんて、かわいそうに、今度、そいつに出会ったら教えてくれな。」といった。

私は、「そいつ、あいそのいい奴やぜ、僕が、診さつ所でまっていると、すぐ笑いかけてきたんや。」

「ふん。」

「女が、あんなふうに笑いかけてくれたら、いいけどなあ。」

「又、こいつ、おかしい奴やな。野間はんの、おとくいやな。」

二人共わらった。

医者は、咽喉（私は梅毒かと、いろいろ心配していた。梅毒になる、経験がないのに）は、心配ないといった。

肺尖がいけない（右の）、左は直ったそうだ。

以後、金曜日毎に、見て、もらいに行くこと。

桑原は今日、学校をやすんで、書いたそうだ。

春枝程、俺を、苦しめる人間はないであろう。

近頃、私は、春枝のことで、苦しんでいない時が、ないといっていい位だ。いつも、このことで、圧されているし、又、このことから、出てくるようだ。この苦しみは、俺を、大きくし、俺を、大きくし、するのだろうけれど。

井口の、詩「二月」を、井口が送ってきた。読み直して、一層、いいと思った。前には、この、いい「ところ」が余りわからなかった。今度は、「二月」のしみじみとした流れが、私の胸の流れを貫き、二つが一つになって、流れて行った。

気づいたこと。

第一聯の終り、声高く囀る声を雲にひびかす。第二聯の始め、背戸の小川はきらきらと流れ滑らかに曲がった石垣。

第一聯の囀る声と、小川のきらきらと流れる流れとが、何という、いい調和をつくっていることか。第一聯と第二聯との、きつい、ひきつけ合った力（ひきつけ合ってはいるものの、その中には、無限のきよい広い響きがある。）又きらきらと流れる流れと、滑らかに曲った石垣と、白い椿と、はやい瀬と、みんな、「二月」の明るさで、大きな世界なのだ。

「私は見知らぬ妹を訪ねもとめる」と「広やかに冴え渡る石段」との聯接のうまさ、「石段」と「訪ねもとめる」と、これは、もはや技巧ではない。意識なしのものなのだ。

芳醇な葡萄酒をのみほせば、
はるばるとなりわたる谿の瀬音

この間の美しい、甘い、とろとろした、清いなめらかさ。その世界。次に

野はしみじみと暖かい
うす雪のとけた土の深さ、

〔前二聯〕とのつらなり方。

の間の暖かさ。

どの墓石もとりかこむ
柔かな梅の白

明るいすきとおった白さ

竹林の底に漂う静かな青い流れ
竹はめいめいの影をうつし
まつわる梅の匂い

この中に流れた静かなただよい、

これらすべては、全く、「二月」の、大きな、明るい、静かな、世界、そのものなのだ。

富士が「この詩は、野間はんと、井口とのもっとも近い詩やな。」といった。

「こんな言葉遣いのうまい詩はない。」と私がいった。

「こんなんかきよったら、俺がかこうとおもてる詩みんなわすれてしまうがい。」と富士が「二月」を切りながら言った。

井口へ手紙を出す。沈黙せざるようにとのこと。

春枝のことで苦しんでいることを井口に書く。

富士が、私の日記をよんだらしく、

「俺が非童貞のことをこんど、はなしてやる。」という。

「ふん。」

「あの話をやっていたら、ふるえてくるので、かなわんのや。」

といった。「野間はんは近頃、春枝さんのことで苦しんでるんやな。」という。

四月十八日

朝、晩し。やっと、間にあう。

家へかえるとき、ずっと、春枝のことを考えていた。帰ってきて手紙がきていなかったので、ばったり、してしまった。机の引き出しから、前にきた、手紙を出して、香いをかいでいた。

すると、富士が帰ってきた。

昼の時間、緑の芝草の上に、横になってねむっていたら青い空と、日が美しかった。ラムボーの『兵士の眠り』などを思いだした。もっと広い世界があると思った。桑原が、そこへきた。

春枝のことで苦しい。苦しい。

授業中のくるしさ。

先生の「山繭」を読む。いい。

奥さんが、「別府へいくにち、いやしたん。」

「三日間。」

「そう、三日間も、それが、気にかかって、しかたがないんやし。」

私は富士を見てわらった。

「感覚と音、内容と形式が区別されるとすれば、詩ハ décomposer サレルデアロウ。……Valély Varély」

先生はいろんなヴァレリーの話をよんでくれた。夜苦しい。

四月十九日

春枝から、手紙。安心したようだが、まだ、いやなところがある。春へ手紙。

四月二十日

墓石のならび［列］に　雨のおちるらし　つばきにさゆる
うぐひすのこゑ

石段を上りてくらし、宮の中、つばきの一つ落ちにける
かも

大野から手紙、一年間休学するとのこと、有馬の山中へはいるとのこと。大野へなぐさめの手紙をかいて、昨年の十一月の自分が休学せねばならないと医者に言われたときの気持を思いだした。

墓地しづみ、遠山近く青みたり、つばきの花の落ちきけ
るかも。

ものかけば［かげは］、耳にしづけし蛙の声の、時計の
　音にまじりけるかも［な］。

夜、先生の家へ行く。

ドイツの観念論哲学の馬鹿くささ。

フランス哲学のこと。先生の詩論の中に、詩は、肉体で書かねばならぬこと、とある。私が、以前から、行きついていた境地なので、うれしかった。

草野心平が「竹内さんが、向うから来るのを見ると、人間らしいが、萩原さく太郎が来るのは、どうも、まるで動物のようだ。」と評したそうだ。面白いことばだ。

先生の処へ、大衆物を書くある人が来て、「近頃、女を書こうと思っているのだが、女の何処をかいたらいいのだろう。女のあり処はどこだろう。娘だろうか、妻だろうか、それとも、三十台位のものだろうか。」といったら、「いやそら君、女のあり処は、ベッドだ。」と先生がいった。私は、大声でわらってやった。

「野間君、それに異存はないか。え、どうだ。」と言った。私は、真面目くさった顔をしていた。

「体を丈夫にしておかないとあかんぞ、ほんとに。」といった。結婚生活が、出来ないという意味なのだろう。実際、先生は、猥談の大家だ。十一時頃、帰ってきた。風呂へ行く。

春枝は、俺のものだ。

四月二十一日

種痘を、する。

春枝さん、のことがよくなってくる。

私は詩を、書くときの、ごうまんをすてなければならない。

富士との話。

詩をかく、私は、まだ、いけないことをするのか。

夜、真如堂へ行く。富士が女中と関係したことを話す。

私は、近頃、美しい女の体が、みたくてたまらない。どうにもならないような感情だ。感情のまだ、先のものなのだ。

「女の体は、美しいやろなあ。」私。

「そやろな。」富士。

春枝の体は、きっと美しいだろう。

ロダンという奴は、えらいやつだ。

四月二十二日

伊吹武彦が、ルコンド・ド・リールを、フランスの［パルナッスの］大詩人だという。

しかし、昨夜、私達は、丁度この詩人を、私達より、だめな詩人だと、私が富士に言っていたところだった。

俺は、何にもまして、春枝を愛する。春枝は、俺を伸ばし、俺をみたし、俺のすべてをゆるがす。世界中に、春枝程、俺を苦しめる女はない。これ程美しい女はない。俺の体はこの春枝にかがやく。みちみちる。

能を見に行く。大変つかれる。

桑原の小説を、一寸よむ、余りよくない。

狂言は、モリエールを極端にしたような、ものをもっている。しかし、狂言には、ひつこい、(むしろ、ひつこすぎるもの)ものがある。

能は、のろいのろいものだ。しかし、その中に流れている、力を見ればよい。その中につらぬかれている、自由を見ればよい。

四月二十三日

井口が、私の接吻詩の最後の聯など、マスターベーションの後の感じだという。(二人が話しているのを横でねむりつつきく。)

寂光院へ行く。よかった。

るり鳥、目白、もず、燕、菜の花、泉、谷川。

井口が、きて、私達と一処にねむる。

春枝は、私を、苦しめている。しかし、それが、ほんとうなのだ。

私の姿は、私だけでみられないとどうしていえよう。

四月二十四日

俺は、バカだ。

足がいたみ、へんな気持。

あるきすぎる。

おかしい。だるい。

四月二十五日

昼かえってきた。春枝から、手紙がきていると思っているのにきていない。どうしているのだろう。

春枝、俺の一番すきな春枝、俺にはお前のすべてがよくみえる。

昼かえってくると、富士が手淫中で、「わるいことをしよったときにかえってきたな。」という。

「えらいとこえかえってきたもんやな。」

「今、デカメロンをよんで、わるいことの最中やったんや。」

桑原の小説をよむ。

だめなり。すじとか、考え方はいいのかもしれない。

芸術に対する桑原の態度は、だめだ。

四月二十六日

春枝は、今日も、手紙をくれない、どうしているだろう。多分、勉強をしているのだろう。雨、昨夜ひどく降り、今朝、十一時頃から、晴れわたる。

私には、すべてが、わからなくなって行くのではなかろうか。

桑原は、「暗礁」という小説を、のせない方がいい。

四月二十七日

『三人』製作中。

春枝。

夜、桑原と富士と三人で先生の家へ行く。『三人』に出す私の雑文を見てもらった。先生が「こら性慾ライサン者やな」といって背中をどづいた。私は赤くなった。

先生が、「今日一日、外へでているとこんなに手が焼けた。」といったので、「そら、色が白いさかいや。」といったら、「そんなことあるかい。」と言った。

先生は、色が白い。

進歩の著しいことを、ほめてくれる。

春枝、私は、お前をも苦しめるだろう。許してくれ。俺はお前に対しては、一個の悪人にすぎないのだ。

四月二十八日

井口から手紙がくる。春枝からだと思っていたが失望す。それに、情慾だけでは、たっとくない、知性で敵わないといけないとある。私は、知性をぬぎすてようと思っていたのに。

考え方がちがうのだ。

富士が、理論は、だめだという。

私が性慾によって詩を作るとでも思っているのだろうか。

四月二十九日

近頃の生活は、いけないのだろうか。家庭教師をしなければいけないのに。職が見つからない。これも、しかたのないことだが、やはり私がいけないのだ。

母にすまない。私程、母を苦しめる人間はいないだろう。

兄も、しっかりしないといけない。いや、私こそそうだ。

私は、馬鹿でしかない。

母も、春枝も苦しめているのだ。

私は、まだまだ、いたらぬものだ。

夜、井口が来る。

体の工合は、よくなってきた。

金のことの心配。

『三人』の製作は、全く、春枝への情熱により、行っているにすぎない位だ。

私は、春枝に裏切られるとしても、卑怯なことをしてはいけない。私が春枝に裏切られる位、何だ。春枝は、それによって、幸福になって行くのではないか。

私は、余りにも、猥せつな人間だ。女に弱い、バカな人間だ。

私の春枝に対する態度は、何という卑怯な態度であろうか。

私は、春枝を、この世の何よりも愛している。

青い空。暖い。一日中、家にいる。

四月三十日

春枝、俺を殺してしまえ、俺を殺してくれ。

俺は、他の女に嫌悪な性慾を感じる。

生活。恐怖。私は、すべての人間を、にくむ。私は、私をにくむ。

私は、すべての人間を愛し、軽蔑する。

詩とは、地の底から打ってくるすべての世界なのだ。苦しい。苦しい。春が俺を苦しめるのではないのだ。俺がいけないのだ。

俺は、春を、どこまでも、信じていればいいのだ。信じられないような女に恋をする奴は馬鹿だ。

私達の家へ、先生が来て仕事を見てかえる。

「春枝さんに売ってもらえ。」と先生がいう。

井口がくる。（昨夜から）

井口は、俺に、気をかねている。言葉つきがいけない。

へんな意識をはさんでいる。

私は腹が立つ。私は、死にたい。剃刀で首をきったらどんなになるだろうと、風呂からかえりに考える。

そして、私には出来そうもないと思う。このことが一層、私をさそいこむ。

春枝の手紙がこない。何故かわからない。私には、下宿の人が、手紙をかくしてしまうように思えたり、郵便屋が、配達しないでいるように思える。

ブラジレイロ。女は、いや。

直観。反省。

桑原のこと。すべてがいや。仕事につかれている。つかれていることはいけない。

五月一日

印刷終る。

酒をのむ。一合と少し。タコはうまい。

夜、よい。酔っているといい。

五月二日

俺に何がないというのだ。俺には、この大きな人生があるのだ。俺には、女があるし、なんでもある。

俺の女が、俺からはなれようと、それは俺の知ったことか。

俺の女は、俺が、いつまでもすきだったらいいのだ。

今日、春枝が、手紙をくれなければ、俺は、もう、何にもかも、やめるつもりだったのだ。

ひどい風。山は、ゆさゆさとゆさぶられる。


文学は冷酷だという意味。こわい、ということ。↓文学をこわがっているようでは、いけない。文学と一つにならないといけない。

春枝に、いけない手紙を書いた。私は、春枝を信じていよう。

五月三日

苦しみの中に、すべてが光っている。苦しい。女は俺を苦しめる。俺が、いつまでも性慾の苦しみを踊っていると思っているのか。

苦しみは、どこからわくのでもない。何処からでも、わいてくるものだ。

信じるということ、これほど人間にとってむつかしいことはないであろう。自分の最も愛するものをさえ信じ得ないのが人間なのだ。

雨ふる。

仕事をしないといけない。いけない。


春枝さんの手紙を富士に見せて、「何か、嘘だと思うことがあらへんか。」と言った。

「さあ、そんなことは、むずかしいなあ、君の直観でわからんかな。」といった。

五月四日

「君は、気狂いのすじとちがうぞ。」

「うん、勿論や。」

「それに、自分で、春枝さんに変態性慾やなんて、いうさかいに、困るのや。今頃になって。……君は、変態性慾やなんて、あるかい、自分で、そんなこと思うて、悦んでいるのやろ。」

「いいや、君は知らへん。そやさかいに、こまってるのや。」

「自分で、変態だなんて思うのは、変態でない証拠なのだ。」

「そんなことあるかい。」

私は、変態性慾者でないのか。しかし、私の小さいときの行為はどうだろう。一つ一つが、みんな変態なものだ。

中学四年頃から。ずっと。しかし、近頃は、それに打ち勝ち得ている。私には、時々、又ひどく、自分が変態であることに、ほこりをもつ。しかし、もっと、ひどく、苦しみをも、もつ。変態者の健康は割合に健全なものだ。

春枝の苦しみは、ひどくないだろう。

今日は、気持が少しいいが、又、わるくなった。

雲一つない空。女との関係。

朝は、床の中に起きたが、又ねむった。学校へ行きたくなかったのだ。昨夜は、そのまま、死んでしまいたかったのだ。

私は、もっともっと心を体に落ちつけなくてはいけない。

俺は馬鹿な男だ。

ドストエフスキーの『死の家の記録』ほど明るいものを今まで、私は、しらない。虚栄心の解ボウ。

広さの大きいか小さいかということ程、私達にとって、重大なことはないであろう。

私は、単なる表っつらだけの言葉をきりすててしまわねばならない。

五月五日

夜、桜田義人の処へ行く。留守。歩いて家へかえる。結局、私達は、自分で自分のキジュンを持たねばならない。世の中を自分のキジュンとすることはできない。自分のキジュンをもって世の中をはからねばならない。

私は、学校というしろものが、どれだけ、我々を、傷けて行くか、知っている。それだのに、私達は学校へ行かないと飯が食えない。学校は怖しいところだ。

五月六日

先生の家へ行く。先生の「黒豹」について。

「野間君はどうおもう。」

「さあ、そんなこといわれへんがな。」

「そんなこと、君、えんりょせんでもええぜ。」

『カラスキ』なんかよりは、すきやない。」私がいった。

主観の後の客観を、「黒豹」に於て試みたのだと先生はいう。

「黒豹」にすきな処もある。

富士が「先生の後を正当にうけつぐものは、井口だけだろう」という。

又「君や僕は、余りに先生に不従順やし。」又、先生から「わかれて、別な処へ行ってしまうのかもしれない。」という。

「そら、仕方があらへん。みんな、自分のものをもってるのだから。」私が言った。

私は「黒豹」から、冬を感じたりすることができない人間だ。

先生は、あの詩で、「冬」の意志、すべてを支配する冬の意志といったものを表わしたのだといったけれど。

「ランボーを訳すぞ。」私。

「ふん、そらええな、一寸今までと、変った訳しかたをしてくれ。訳しといてくれたら、俺も又よむわ。」富士。

「春枝さんのために訳すねん。」

「やあ、はっきりいいやがんねん。たまらんなあ。」

五月七日

桑原来る。春へ手紙。春から手紙。

山火事を見る。春枝との性交の場面を想像した。道路をあるいているときに想像した。少し後悔があった。しかし、余り、いけないとも思わなかった。

春の手紙は、いい香がした。接吻がしたい。

風邪気味。川原さんから手紙。

私は、自分の恋人との性交の場面を想像した。そして、その場面は、限りなく美しいものであった。私は、恋人として、なしていけないことをしたとは思わない。人間として、なしうることをなしたにすぎないのだ。

富士が恋愛を私に言う。この間、吉田山を下りた処の目の大きい眉の上へ上った美しい女の方がそれだ。

富士の考え方、物へのつきあたり方はいい。

「誰にも、他の奴にはいわないのだ。」といった。

私は、富士の、日記に書いてあるその事件の、中心［からだ］のかき方のうまいのに、感じた。

私は、それをよんで、すぐ春枝に手紙をかいた。すると富士が、「春枝さんに手紙をかいたな。」といってわらった。性慾なんて、これが、地の底から、二人に［一人］一つにぶち上って来る以外に、何の価もない。しかし、地の底をつきやぶってやってきたとき、これ程、すべてをやきつくし、空を真赤にそめ、力と熱の苦しい美しさを、感じさせるものはない。

行為↓それ以外に芸術のあるはずがない。

富士は、手紙を少女にわたしたが、返事がないのだ。

「どうしたらええ。」富士がいう。

「そんなこというたって、君は、もう、きまっているんやろ、僕なんか、はたからいうたってあかへん。」私がいった。

「はじめ、手紙をわたしたら、かえしよった。それで、つきつけたらとったんやけど、俺は、きっと、こわい目附をしとったんやろ。」

「こわかったんやな、しかし、あのところ、うまいこと書けたあるなあ。」

「そらそうな、真剣だから、生きたままだ。」

「ふん、うまいなんて、いうのは、いかんのかもしれんけど。」

「あの少女、冷静やな。」私がいった。

「冷静も冷静も、俺の敗北かな。俺はあんな女をみると、俺の馬鹿をみせたがるのだ。」

「俺はもうあかん。」

「ばかな、今頃、へたばんのやったら、始めから、やめといた方がましや。今頃へたばるなんて、あかへん。」

お前は美しい。美は俺を、逆さにする。逆さにひきずりまわす。悪の美。

五月八日

　墓石の明るき雨や落ち椿

昨日と今日と続けて、手淫を行う。自分をして自分を取締まれぬような奴は、馬鹿だ。しかし、自分が、そうしていることに、もっとも、いいと思うことを感じている生き方に於てではない。

恋愛を甘いと感じる奴ほど甘い奴はない。

得るということは、自己を否定することだ。無き自分により、求むることだ。無き自分が、求むるものの中に有ることだ。

夜、たまらなくなって、うどんを食いに行く。全く発作だ。かえりに、「春枝よ、俺を殺せ。」という、私の、草履《ソウリ》の音が、ひびいている。

五月九日

美学者が定義するようなものが「美」であったなら、私は、どうして、「それ」に苦しみいきづき、私自身をすて得よう。学者は、すべてのものから、生命を奪ってしまう以外、何もようしないのだ。

「得る」ということ、これは「実踐」を示すものだ。道元はこれを言っているのだ。

暑い、青い白い空。春枝は、俺をかって、美の「ならく」へおとすだろう。俺は、すべてに苦しみ、すべてにたのしみ、俺自身を、俺自身とする永久だ。俺にとっては、すべては俺のものだ。俺の自由は、果しない。春枝の（手紙）香りは、私を、上の方へ上らす。私の目の前にある大地、緑木は、その香をとおして、ながめられる。

私は「ロダン」に感めいする。ロダンは、私だ。

意見をききにきた若い彫刻家に、――此の前いったことより外に何も言うことはない。粘土をいじりなさい。足をつくる、手をつくる。そしてそれをもってきなさい。

そうです、手や足です。実物から執念ぶかくおやんなさい。勉強なさい。さようなら。

自然は、芸術にすぎない。私は、こういおう。先生の『四つの顔』を買う。そして、子供のように、光のなくなって行く道々を、本をたどり読んだ。大きな明るい月。

五月十日

春枝の夢を見る。九州から一処ににげてくる夢、接吻をしそこなう。人がみていたからだ。

私は、一歩一歩、私の内面を、たたきやぶらねばならない。

私の内面に、ぶちこまねばならない。

(春)から手紙がくる。

五月十一日

必然的に出てきたものに、言葉のたくみなどというものは、あり得ない。——井口へ言ってやる。

富士が、ルネ・クレールについて、何かかいていたが、私は感心しなかった。「面白い」とはいっておいたものの、すると、今日、ルネ・クレールはやめた、と手紙がきた。いいことだと思う。

春枝へ手紙。

五月十二日

私自身の情熱は、私自身をうちたおす。

富士は昨夜かえってきた。岡崎から手紙。本能というものの美しさ。生活というものの大きさ。否定というものの、苦しいむつかしさ。→実は、ひとりでになされていなければならない。

岡崎は女と関係する事件をもっている。

五月十三日

自分の感覚以外のものを拒否することは、むつかしいことであり、恐しいことだ。

春枝の体は、私の体だ。

井口が、春枝さんのことを悪く思っているとのことを富士がいっていた。しかし、私は、誰からも、春枝のことを悪く思われたくない。春枝がたれかに、悪く思われていると思うと、つらい。春枝さんを悪くいう人を憎む。

知慧をはなれよ、すべての知慧を、きりはなしてしまえ。

しかし、この知慧は、理性という意。

春枝は、俺の肉体を、こなごなに、切ってしまう。

「自分の一番きらいな方向に、まちがうなんて、一番まじめなとき、人にからかわれている。」——富士。

竹内さんの家へ行く。富士の行き方のまちがい。

私は「如何に表現するか」へ進まねば、行きづまってしまうにちがいない。

野田へ手紙。

桑原も肺病となる。この方が、桑原のためにもいいのだろう。

蝉がなくのをきく。

五月十四日

　初蝉や、百舌来る朝の墓場哉
春へ手紙。接吻。性交の想像、不可。

殺してしまえ、春枝は馬鹿だ。俺と同じように馬鹿だ。

女は、ずるい。俺を苦しめて苦しめて、俺に、二年間、同じ苦しみを味わせようとする。毎日、変化のない苦しみ。

俺は、朝、目がさめるやいなや、この同じ苦しみがおそってくるのが恐しい。俺は、目がさめないことをのぞむ位だ。

俺は、そのまま、死んでしまいたい。

俺は、体中、針をさされる方がましだ。金鎚で打たれる方がましだ。世の中が何だ。涙が何だ。俺は、俺を殺してやる。

女を殺してやる。馬鹿な奴をみんな殺してやる。あとに、地球を残してやる。殺せ、俺を殺せ、苦しみが、俺を殺せ、明日まで生かしてくれるな、余りに残酷なやりかただ。

殺すのがいやなら、気を狂わせ、気狂いにしてくれ。

みんな馬鹿だ。いいかげんのやつばかりだ。

答1、

「生きている」とは、如何なることか、俺自身だ。

答2、
愚者よ、なまざとりはやめよ。

絶対無の体験の世界、すべての根本の体験は絶対無の体験でなければならない。そして、この絶対無と、体験とは、全く同じもの、表裏なのだ。信仰、……これは力強いものだ。しかし、これは、最後の段階に於て理性的なものを、何一つふくんでいてはならない。信仰……信ずるということ、これが芸術を作るとは思えない。

芸術にようなかれ、人生にようなかれ。

五月十五日

「生きている」とは、何か、世界だ。

愚者よ、お前は、お前の愚かさを表わしていればいいのだ。

春枝、俺の愚かさを笑え、俺の情慾を笑え。——お前の笑いの何と愚かで、情熱的なことか。

私は、他人をほめるとき、心底からほめたことがない、私が他人をほめるとき、その裏には、そのほめたと同じ分量だけの、悪口、或は、それ以上の悪口がふくまれている。しかも、単なる頭の上でのユウギの悪口が。

昨日、春枝のことを考えていると涙がでてきた。私の顔はかたくなってきた。

私の智エは、私を嘲笑おうとした。私は鏡をとって、私の顔をうつした。

私は、笑おうとした。しかし、顔は、真直に固くなってしまっていた。私は、体全体の苦しみとかなしみに面したのだ。

私は、知エのゆうぎを捨てなければならない。私は、ちえをもって、私の体を、あざわろうとした。しかし、知えは、破られるにきまっていたのだ。

私は、私の中に生きている。

人類が絶滅したとき、芸術、宗教は、どうして、必要といえよう。

俺は、事実と、事実の大さを見ないものを嘲笑おう。

五月十六日

春枝、俺を許す人間は、お前しかないのだ。

雨、くらい。くらい。山も見えないようだ。墓の中の雨だれ。

一日中降る。春枝。

学校へ行っている時間がおしくてたまらない。私の仕事は、どこまでも完成したい。しかし、私は、春枝がほしい、学校をやめてしまえば、私は、春枝をうることはできないし、春枝をうるのは、かわいそうだ。

五月十七日

今日も雨。下のおばさんが「うちの庭は大水やね」という。

今朝も、起きるとすぐ、春枝のことが浮ぶ、俺には、春枝を愛する資格があるのか。愛することの資格は、誰にもある。

私は、死んだ方がましだ。仕事もしたい。しかし、春枝なしで、私は、どうして生きていられるのだ。富士が窓から物を見て立っている。その後に立っていると、春枝と接吻した時のことが、思いだされた。私は、後へひきさがった。

五月十八日

ひどい朝、昼からやむ、夜ふり、やむ。

独立美術展を見る。いいものなし。頭いたむ。

春枝へ手紙。

すべてが、馬鹿馬鹿しくて、何もできない。何もかも、ばかばかしいのだ。

春枝は、俺を殺してしまうであろう。

今日、はっきりと、はじめて、心にはいってきたこと。――

暗闇の中には、灯が見える。蛙が一夜中、なき、そのころころいう鳴声にまじって、ときどき雨蛙が、雨をよんでいる。

私は、私の過去をうちやぶり、そのうちやぶったものを打破り、かくして無限の打破を、完成へ行かせねばならない。

五月十八《〔ママ〕》日

生きているとは、何か。感じることだ。

愚者、生ざとりをやめるべし。

雨、後やむ。明るい、よく光る雲、雲と雲との映え合う光り。

松の芽が急にのびている。

私は、私の体以外、何ももっていないのだ。春枝の昔頃《〔ママ〕》の手紙をよむ。いけない。わらいたくなる。それ程、春枝も進んでいる。

私には、金も、地位も何もない。それに、年も小さい。

小〔ママ〕のおばさんが、「あんたは、いい体格やね」といった。兵隊に通るというのだ。

如何に生きるかという生き方は、何のために生きるのかということに、大いに関係があるのである。


すべて私のあやまりに候間、御許し下されたく候。

私が君をあきらめたりし得ないのは、当然のことにて、君を失ふのは、私を失ふことにて候。


風がふくと、頭の髪が、ひらひらするようになった。重さがない女は、女の大半の価値を失っている。

蛇が砂の上をはう音、——富士。

青い、光った空と蛙の声と夜の風。がま蛙が私の足の前に坐る。

バナナの匂《におい》は、熱帯の女のにおい、ゴーガンの画いた女のにおいだ。バナナの皮を畳の上へおとす。重い、女の音だ。

誰か、俺の頭を、切ってなくしてしまってくれ。頭ばかりが、大きくなるような気がする。

夜、風は山をゆすぶる。

孤独こそ、すべての人間にあたえられる唯一のものだ。

芸術に目的など、あってはならないか。芸術は、それ自身で、全く、それ自身の本能（的）でなくてはならない。

百足虫《むかで》が、生きた蛾を取って、たべているのを見た。いやだ。

五月十九日

春枝の夢、何回追っても、うまく逃げてしまって、つかまえられないのだ。

ひどいくるしい夢だ。

小林が朝早くから、富士をとい、詩を見せる。

外的知覚と、内的知覚とを区別して、別々のものとしてしまうことは、私には、自然科学的なものに思えて賛成できない。

私は、恐るべきものは、自分一個だということを信じる。

この頃、ずっと、春枝のことを考えない瞬間があったことがない程だ。

女は、恐しい。しかし、私は、永久に、女からはなれることができないのではなかろうか。

雨が、ぽつりぽつり降り、又止んでしまう。私は、女にすてられることを、望んではいない。しかし、心の何処かに、それをまちかまえているものがいるのではないのか。

「デカダンス」の中にこそ、真実は、かくされている。——すべての中に、真実は掘出されるのだ。

真如堂の燕の巣の燕の子を見る。美しい女の子をみた。この子が大きくなると、又多くの男をなやますのか〔がなやまされるのか〕と思うと、いたましい気になる〔なさけなくなる〕。真如堂の分厚な廊下の板の上にねていると、大きな重い女の肉を思いだした。しかし、私は、上向きにねていたのだ。分厚な板〔は〕いいものだ。重いはてしない大地と同じように、私には思える。

女は、男に傷けられてしまっている。

私は、小学校から、教わってきたものを、すべて破ってしまわなければならない。夜、先生の家へ行く、明夜、飯を食わしてもらうことをたのみに行ったのだ。奥さんは、今夜、特に美しかった。

全体は、全体として、うけ入れなければならないのだ。

富士が、「野間は、此頃、変な顔をしている」という。春枝のことを考えてばかりいるからだろう。

「もう、春枝さんのことは、思わんようにしようと決心してたんや。」

「ふん、まあ、出来るか、でけへんか、やってみるがええな。」

「そら、出来《け》へんことは、わかってるのやけど、そうきめてみただけや。」「ふん、……そうきめた、ときだけでも、春枝さんのことを考えていなかったわけやな。」「ふ……。」——風呂へ行く途中。

恐しい、ユウレイの話。もっとも恐しいのは、人間の形をした幽霊。

男のダラク↓女のダラク。

春枝は、世界中で、一番いい女だ。それだから、俺は苦しんでいるのだ。俺には、お前を得る資格がないのだ。俺には、金がないし、地位もない。

五月二十日

春枝の夢を見る。一緒に九州へ行こうとしていた。

春枝一人、船で帰って行った。母が送って行ってくれた。

朝早く蟬がないた。

井口が、ケンソクされた。

私は、春枝に井口の悪いことを言った。いけないことをした。取り消そう。　桑原がきた。

夜、先生の家へ、飯をたべに行く。

十二時半まで話をする。

〔ノートにはさまれていたもの〕

　「不レ得レ現二表賢善精進相一懐内二虚仮一也。」（先生よりもらう。五月二〇日）

詩というものが存在しないとすれば、すべての存在は、なくならねばならない。

芸術と宗教とは一つの無限の円である。

反［自］省→真の反省。反省になやむ反省は、反省というわなに陥ちている反省だ。

モーラリティ、（善悪、人性批判）ハ必ず、ついてくる。→人格そのもの→この奥に生活がある。

哲学ハ芸術、宗教に、従属スベキモノニスギヌ。

観念ハ一個のすて石にすぎぬ。

宗教ト芸術は、全く同じところへ行くのだ。

「表われ方」のちがうこと。

「自己」というものが無いことを、覚れ。

自己を打ちすてるところに、東洋仏教の思想の奥底がある。

禅も、真宗も結局同じところへ行くのだろう。

春枝から手紙。すべてに落ちつかないといけない。

井口にも、富士にも、みんなすまない。私は、私のことを、努めていたらいい。私のことをつとめることが、私の、力でなければならない。「私のことは、私のことだ。」といっているだけで、安心してはいけない。

完成→へ行くこと。私は、いたずらに、表面的な、感情に動いていいてはいけない。


先生の家へ傘をかえしに行って、途中雨ふり、又先生の家であそぶ。奥さん。さん子ちゃんに「ハルエ、とかいておみ。」「ふ……。」先生と富士がわらった。

私は、「むちゃやなあ。」と、いった。奥さんと先生の仲のいいところ。さん子ちゃんとあそぶ。余り、わるくもない。気をつかわない。

私は、女（春枝）にたいしては、全くだめだ。

桑原と富士に、「女がすきな奴は、だめだ。」としみじみといった。

春枝の夢をみた。

五月二十二日

春枝の手紙を読返す。

今朝、夢精す。学校よりかえってきて、手淫を行う。

春枝は、私の欠点を知らない。私のわるいところを、もっと知ってくれないといけない。曇っている。

ロダンほど、自然に忠実な人はなかったろう。そして、この従順は、ある意味に於て、もっとも、積極的なものであったのだ。

しかし、私は、ロダンの通りはできない。私には、私の行き方がある筈だ。

春枝は、私の命だ。春枝程きれいな、いい女はない。

奥さんが、先生に「あんたあて、浮気しやわ。」

「そんなことあるもんか。」

「ええ、あんなこというて……。」仲がいい。

五月二十三日

春枝のことを感じる。いい体。

春枝は、私のすべてに影響している。寒い日。富士は、又、学校へ出ていない。どうしているのか。

今日、春枝よ、お前は、九州でみたような緑色の着物に、白いショールをかけて、白い砂原に、腰を下していてくれ。

私は、私の体験を深め、いつも、進んでいなければならない。

小林が来る。詩を「三つ」書いたという。

私は、何も話せない。私は、心の中に、君［春］にはなしかけているのだ。

君は、「あなたのおすきなように。」こう、眼で話している。

私は、お前のいいにおいのする髪、頬、そして、唇に、接吻する。甘いやわらかい唇にだ。

私の舌は、お前の舌に、もつれる。

お前の、体が近くにきかれる。お前は、いい、軽い音を、心臓にたてている。私はじっと、お前を、私の膝の上にのせ、お前の胸をだきしめる。お前のやわらかい息が、私の耳にふきかかる。

私達は、こうして、いつまでも、山中に、明るい光りをうけて、ころんでいるのだ。

夜、何の慾望もないのに、つられて、手淫を行う。

五月二十四日

井口の手紙をよむ。春枝さんに、井口のことをわるくいい、井口にすまない。

桑原の手紙を読む。桑原の美とか善に対する、考えは、いけない。まるで、中学生のような考え方だ。美とか、善とかいうものを、一々つまみだして見ることができるような、死んだ考え方だ。「美」など存在する筈がない。「真」など存在する筈がない。すべてが、美だし、すべてが真なのだ。又、「真」とか「美」とかを区別してはいけない。すべてが美だ。この一つだ。

真如堂へ行く。モジリヤニの女がすきだ。

ブラックの線、(面)のうごきが、一面私にはよくみえる。ピカソは、まだ、わからない。モジリヤニは、私を、ひどく興奮させる。私の目を、女の膚にすいつけて、仲々はなそうとしないのだ。

ドランの、野原、丘の起伏は、大きく、うねりながら、体にはいってくる。ピカソの構成(キュウビズムの)が、まだわからない。ブラックの線と、絵画面に空きょのないこと、が、きつくはいってくる。

真如堂にすわっていると、すべてが、ゆったりと、みられ、春枝のことも、大きな、つり籠に、ゆすぶられながら、やってくる。

雨少しふる。

五月二十五日

昨夜、百足虫が出て、ねむれない。ぼーっとして、今朝、おそくおきる。ねむい。

春枝のことを一日中考えている。

昼、草の上にねていて、短い詩をかいた。春枝のことを、含めてある。　うれしかった。

五月二十六日

夜、先生の家へ行く。詩「北国」「牧場」よし。

昼、学校へ先生がくる。井口のことで。二時間目後、休み、井口の家へ行き、桑原と井口のお母さんと府庁へ行き、泊内務部長と話し菊池特高課長と話す。特高課長は、いばっていた。

井口、釈放される筈。夜先生の家へ行く。小林と富士と三人。

十二時にねる。


「存在」というものなどは、結局、哲学では到達し得ないものと思う。

「存在」に近づくことはできるが、存在の、まことを得ることはできない。存在などは、考えて、知れる筈がない。

存在の奥を、感じ得ないかぎり、在るものよりも、在らしめているものを感じないかぎり、存在は解決されない。存在は、実に無限の自由と、発展とをもっている。

ヴァレリーの純粋詩の世界と、「創作」というはたらきそのものとは一致すると思う。ヴァレリーが、一篇の詩は、わずかに、純粋詩の世界を貫くにすぎないといっているのも、この意味だと思う。

富士は、今、退歩している。この混乱を取りのぞくことに、軽い気持で、いてはいけない。第一、学校位のことに、へこたれるというのがわからない。(生れつき、ということに、同情はするが)

学校などこそ、軽い気持でのぞめないといけない。富士は軽い気持で、混乱に向っている筈がない。しかし、もしこの混乱が、取りのぞかれないとしたら、富士の最後である。そんなことが、富士に来る筈がないであろう。又こないことをのぞむ。

五月二十七日

学校、今日も二時間。

春へ手紙。いい気持。

井口が、釈放された。手淫。性慾が起ったので、街の中を、くたくたになるまで、歩き廻った。

五月二十八日

井口のお母さんのこと。母から手紙。兄の家出――女。

五月二十九日

雨ふる。

学校で体をみてもらう。――まだ肺尖が直りきっていない。

肩がこる。左肩が、頭がいたい。春枝の体にふれたいのだ。

女。頸筋がきつく張っている。ねむい。

芥川をよんで、「そんをした」と言って、立ち上った。私は腰と尻がいたかって、こう言葉をはいたのだが、気取っていると、思わせるようで、「腰がいたくなった。」と富士に言った。

明るい墓地と、その緑の葉と山。

五月三十一日

春枝へ手紙を出す。手淫。この頃は、性慾に弱らされる。

小林と一処に、小川という家で、レコードをきく。ドビュッシイの「牧神の午後」はすきだ。サンサーン、リスト（「ハンガリヤ狂想曲」）もすきだ。ベートーベンのもきいた。物すごい元気。私も、これに対することのできる詩がかきたい。書かねばならない。

六月一日

私は、常に進んでいなければならない。

富士は、又、退歩している。しっかりしないといけないだろう。

雨ふる。

鳥の鳴声、雨の中。

光りの中には、すべてがある。夢の中にはすべてがある。

あの光りをみないか。山をひびかす光りを。女の膚のにおいを放つ光りを。髪の毛にふくまれた光りを。まるい肩、腹、股の線を。谷川の水のように明るく流れる光りを。夢の中には光りがある。光りはみちあふれた量だ。

光りこそ美だ。光りの中のかぎりない髪の匂い。

六月二日

私は、自惚れて自嘲して、そのまま死んで行くのではなかろうか。雨はふらぬ。人と話すと、いらいらする。頭が変だ。

性慾も、余程注意し、おさえないと変態的になりだす。

春枝よ春枝よ、お前は、余りにも、ひどすぎる。

人情など、すててしまえ、人道主義など、いやなものだ。

六月三日

春枝から手紙。いい手紙だ。安心していていい、写真二枚送ってくる。

内省の地獄に落ちてはいけない。

「君は、仲々男性的や、春枝さんとならべると丁度いい。」富士がいう。私は内で、せせらわらっていた。

「あの鼻仲々ええやないか、感じのいい人や。あれやったら、方々から男がよってくるやろ。」

真如町へ行く。大きい板に腰かけている。白い雲のまきかえす波、ゆったりとしたねむり、青空。――

青空の中には俺と春枝の心がある。春枝の体は、青空の中にすきとおっているのだ。

見よ、青空を打つ日光。青空を冷やす日光。底から底へゆるがる日光。雲は、夏の光りをひるがえし。


「りんね」を断ちきってもらったという考え方。

ぼんのうにとらわれないようにしようとするのも、あさはかなぼんのうであり、ぼんのうにとらわれるのも、ぼんのうである。

ぼんのうは、人間の中にある。人間は、ぼんのうである。

ぼんのうの人間が、ぼんのうを離れることはできない。そのぼんのうの人間を、仏は救って下さるのである。救って下さると信じたとき、「ぼんのう」の形は、粟つぶ程にも小さくなってしまうのだ。人間が、ぼんのうになやまされることは仕方のないことだ。しかし、仕方がないといってほっておくのは、ぼんのうのしわざだし、ぼんのうになやまされつづけるのも、ぼんのうのしわざだ。それをこえた境にはいったとき、ぼんのうは人間の中に形はもっているが、その形は、ないも同然である。

「ぼんのうは、この世にてはあり申す。かの世にて、あり申さず。」

桑原との議論に私は負けたと思った。そのために、私は、考えだした。

しかし、私は救われている身だ。桑原はまだだ。

私は議論にいきていない。私は、私の「負けた」ということを人にみとめさせたくなかった。私は、皆に、説明しようと思った。しかし、結局、私のことなのだ。——ばかばかしいことはやめよう。

とらわれるな。——この言葉にもとらわれるな。

六月四日

桑原と一処に、井口の家へ行く。井口の家から、春へ手紙。

いろんなこと。私は、私の小さいことに気がついてこそ、私の進歩にいるのである。富士と井口とのお互に同情をしあった、ほめあいが、いや。女。

熱がでる。

ドストエフスキーに学ぼう。

六月五日

学校を休む。

つらいこと、春枝から手紙。

青空の深さ。ほると冷水が胸をつらぬく。体全体を冷水中にうるおす。空の瞳。

春枝は、私を励ましてくれる。私をわかってくれるものは、いない。

春枝の美しさが俺を打った。

ひどい傲慢が俺をとりまく。

家を借りることになって、見に行く。つめたい涼しい風。

六月六日

家を変る。

先生の家でごちそうになる。ベルレーヌの詩集をもらう。

春枝へ手紙。たれも、私を理解していない。先生も。富士の変人気取りはいやだ。しかし、私は、こんなことに気をとられぬように、だんだんしよう。

六月七日

学校へ出る。面白くない。

詩ができる。手淫をする。

富士とのこと。井口と、詩「山繭」の話をした。もっともっと大きくなれ。

六月八日

私も、だんだん富士に気をとられぬようになってきた。富士も小さい。井口も小さい。桑原も勿論小さい。残るのは先生だけだ。

先生をつき破らねばならない。しかし、つき破らねばならないとの意識は、不必要。——恐怖をすてよ。

落ちついて。

外を歩くときは、できるだけ、あたりまえに、馬鹿のようにしよう。口を半分開けて。――一寸へんだ。気取ってはいけない。

井口は、よく気をつかっている。

先生の奥さんが、家の中を掃除してくれる。

心をつかうことはやめよう。

私には、大きな信仰がある。

春枝はいい女だ。しかしやはり女だ。

私は、できるだけ、人人に私を見間違わさしてやろう。春枝位だろう、私をわかるのは。――それも、どうかわかったものではない。

私は、人に、私が学校の勉強に気をとられているようにしてやってもいい。人が、それで安心していられるなら。そして、だんだん他人などに、全く気を取られないようになろう。

平凡な人間になること。できるだけ平凡な人間に見えるようにすること、そして、遂には、こういう意識なしに、平凡な人間になれるようにすること。

六月九日

春枝の体がほしい。朝は、いい気持だった。

夢精をした。

春枝の夢を見た。――家へかえってみると、春枝と母とが、仲よく話をしている夢だ。春枝をみて、私は微笑んだ。春枝は、はずかしそうに私をみた。

富士と井口とのこと。

私は平凡になって行け。

井口が高槻へかえった。

平然とした生活を、私は愛する［そう］。法然院へ行き、池にやすむ。私の影を水中にうつしてみる。オタマジャクシが、塊りになってうじゃうじゃしている。中には、土の上に残されて、死んでいるものがある。

「あほやな。」

「え。」

「あれ、ねてるうちに、水がないようになって死んでしもたんやぜ。」と私がいった。井口が、

「ねてるうちに……ねてる……。おもろいいいかたやな。」二人笑った。

井口が高槻へ帰るので、富士が、富士のことで気をわるくしているのかと心配しだした。

「俺かえるわ。」井口は、二階から外をみていたが、下りながらこういった。

私はすぐ後を追った。桑原も先に下りていた。

井口が、「なんや、二人とも下りてきて……。」私をとがめた。

私の顔をみた。私の今の気持を知ってるなと思った。私は、むしろ平然とした。

気をつかわないようにした。

「でも、今からやと、おそいやろ。」

「おそいなあ、帰ったら、八時……九時、九時半頃やな……。」

「うん。」

「まあええわ。」

「帰って詩かくのん？」私は心配そうな顔をした。

「かくかもしれへん。」「そう。」

「帰るんやったら、一処にその辺まで出えへん。」桑原がいった。

「でてもええな。」井口はいやそうであった。桑原はそれに気のつくような男ではなかった。

私は、いかないといった。二人でて行った。富士は途中で下りてきて、じっと階段の処にいた。

私は、二人を下に見る態度をもち直した。女と母親とがとおりかかった。

「君。顔をあこしとんなあ。」井口が富士にいう。

「そら、あんなタイプの女にかかったらあかへん。男は、一つのタイプに童貞をささげつくすんや。」富士がいった。そして、「俺は浮気しいや。しかし、君は、残酷やな、俺が、あんな形の女に会ったら、死ぬほど苦しいのに、平気で、あんなことというなんて。」

「いや、俺は、はずかしくないのや。君が恥かしいのんしらなんでし、俺このごろあんまり恥かしい思わへんわ。」井口がいう。

「君は残こくや。」

井口が富士に、顔をあこしとんなといったのは、富士が女を見てあかくなったと思ったのではなかった。今まで、自分達がしていた会話に、富士が赤くなっているのだと思っていたのだ。

それは、私にもわかった。

それに富士が急にああいいだしたので、井口も、そう弁解もできず、そのまま、押して行ったのだろう。

「俺は、あの女のひとのことで君があかくなったんやと思てへんなんだんや。」井口。

「そやそや。」私もいった。

しかし富士はもう信じなかった。信じない富士が、私にはおかしかった。

「そんなことあるかい。」富士は怒ってものもいわず、先にかえってしまった。私は、桑原にたのまれて、電報をうって、井口と、二人で法然院へ行った。途中、生殖器が、ボッキした。こんな境内でいけないと思って気をしずめたが中々なおらないので、オタマジャクシをみた。法然院で、からじしが口から水をはいていた。私は、はずかしく、「この水きれいか。」

「うんきれいやろ。」井口がいった。

私はカラジシの口に唇をつけた。そして、舌から流れる水をのんだ。

接吻を思いだしていて、はずかしかったのだ。接吻のことを思いながらのんだ。そして、いけないと思った。私は、はなれて、如来仏をおがんだ。じっとしていた。二人かえった。きれいな道。


井口は家へかえらなかった。

「なぜ。」というと、「銀閣寺のとこまで行くと、あほらしなったんや。」といった。


無邪気になりたい。春枝の夢をみる。

六月十日

春枝から手紙。写真がはいっている。

余りうぬぼれてはいけないとある。

気取った生活、↓私は、これを打ちやぶろう。

逆説をすべて排斥しよう。――しかし、これは無意識的にこうなれたらいい。

平凡へ、平凡へ。

春枝の洋服の写真いやだ。俺が街でみて、よくなぐりたくなるような型に見える。なぜかいやだ。口から物をはきだしそうだ。先生が家へきて、あそぶ。

俺はやはり知性をすてよう。俺が知慧を引きだそうとするのが間違いなのだ。

創作↓へ。

　雲しきて明るき山〔空〕や蝉の声

昼、煙草をすう。すると、富士が、

「そのかっこうなんや、おかしいてみてられへん。」といった。

「おかしかったらええやないか。」私がいった。「ふん、それやったらそれでええが。」富士がいった。私は、富士を馬鹿にしたのだと思った。しかし、又、富士にばかにされているという気もした。平凡へ。

野田に手紙を出す。

夜、手淫をする。

春枝はいい女だ。こんな女は外にどこにもいない。

夜、雨が降っていると思ったら、溝を水が流れているのであった。間もなく月が明るくてらしだした。

六月十二日

春枝から手紙が来る。写真もはいっている。セーラー服の写真は美しい。春枝の手紙いやな文学少女のような処があっていやだ。

夕食のとき、行く道で富士が、

「君はこの頃おかしいな。」

「そうか、どうして。」

「どうしていうたって。一寸ちがってきてるぞ。」

「どういう風に？」

「どういう風に？　さあな、高ぶってるぞ、顔付きがおかしいもん、人に対するときの。」

「ふん、そうか。」

「はりきった生活をしてるんやろ。」

「そうでもないけど。」

二人だまってしまった。

「平凡を求めてるんやけど。」私がいった。このとき富士は俺を軽蔑しながらいっていたのかもしれない。しかし、俺は、なんともないのだ。平凡へ、だ。


又「人はみんな生き方がちがうからなあ。」富士。

「うん。」

「つまり同じところにいるのだ。」

「しかしとまっていやへんぞ。」

「そらそうや。」

「しかし、その人は同じ処から出発し、そこへかえって行く、そのすすみ方が同じ道やというのや。」


「桑原はようなったな「ましになったな」。」富士。

「うん。」

——真如堂で、

「此の頃夕方、空は、変ってるな。」

「そうか。」

「そうや、光りのでる処が一々ちがっているぜ。」「ああそうか、ちがってるな「みんなちがうな」、あんなん……」。光りはいろんな雲にあたって別々に光っていた。

しばらくして
「もう、光らんようになってしまった。」と私がいった。
又また、春枝のことを考えはじめていた、いつものように。
やがて、私達は真如堂の廊下を一廻転して、かえってきた。

「そうそう、野間君、東京からの写真みせてもらおうか。」

私はだまっていた。

「なんや、シャンやいうやないか、友達より、みんなよりきれいそうやないか。」

「ふん……。」

「そやそや。」井口。

「またあとで、もってくるわ。」私。

その後、又、

「みせてくれや、野間君、他のものに見せて俺だけにみせんことがあるかい、なあ、井口君、俺だけのけもんにするなんて。」

〔以下八行に対する「コンナコトハ春枝のために」と筆者のメモ〕

「うまいこといいやがんねん。」

その後、又、

「なあ、みせてくれやあ。」

私は立って、「とってくるわ、そんなら。」「うんそれがええ。思いたったら吉日やが。」先生。

室をでながら頭をかくと、「はは……頭をかいとる。」先生がわらった。

シャシンをとってきてみせた。

絶対の動は、何処にあるのか。

俺の言った言葉、理論などにとどまっているべきではない。俺はそれを言ったとき、そのことの上へでているのだ。俺のかすがそのことの中へのこっているのだ。俺のすみかすに未練をのこすな。

六月十三日

春枝へ手紙。

佐野学、鍋山貞親の転向声明を、読む。もしこれが、本当のこととすれば、佐野学は、馬鹿なことをしたものといってよい。唯物論から出発したマルクス主義共産主義は、理論的に、はめっするであろう。しかし、「政治運動的という実践」は、決して間違ったものではない。私はそう思う。

私は、この実践はできない。しかし、もし私に芸術がなかったとしたら、私はきっと、この実践に加わっているべきだったのだ。私には、こんな表面的な実践は、今では、もうなし得ないのだ。

春枝の体は、あらゆる美しさをもっている。目の中には、いろんな青空が、底もない青いひびきをたてている。

俺は、お前の腹を求める。お前の腹は、ゆるやかな、重い力強い山脈をなしている。お前の腹の上にのりたい。

誰も俺を理解し得ない。春枝でさえも。しかし、かまわない。

少しも悲しむべきことでも、気にかけるべきことでもない。

信仰こそ、私のものである。俺は、この世界で一人の人間だ。

〔以下小活字部分は、ノートにはさまれていたものである〕

散文詩習作。

落日《おちび》の老婆《らうば》

日が落ちた。一面の黒い芥子の花。

鈍い空気の中に、果しない平原のうねりの中に、息づく旧都の灯列。一人の老婆は衰へた息を吐き街のはづれによろけ出た。遠くふるへる赤い空の雲をとほし、老婆の体に入りこむ木木の匂ひ、廻りくねつた町はづれの道を、牛馬の糞にまじつて逼る重々しい幾多のにほひ。


おお、それらは烈しい男達の匂ひではなかつたか。あらゆる男達の体温を交へてゆれる落日。

夕暮のすべてのものが、過去の時を呼びもどす。とびとびに見える灯が、街の方に拡がる明りが、土を響かす重い列車の車輪のうなりが……。

老婆の落ちこんだ眼に、最後の光りが流れこむ。色さめた着物をつたひ、筋ばつた手足に、一面の芥子の花のにほひ。

落ちて行く陽と共に老婆は最後の努力をはじめる。黒くそめられた真赤な花びら。彼女の右手がふるへ伸びる。かすかな微笑《えみ》が頬に上る。老婆の唇。やうやく開き、肉のない歯ぐきの間に、くすぶつた歯並が赤い花びらを噛み砕く……血塊。

……そのとき、光りはものうく黒い山の姿を浮かべ……

……あらゆるものをつつむ夜の重さ……。


八年六月十三日。

六月十四日

夕方、飯を食いに行って、帰りに雨に会う。走っていると胸がいたくなる。少しやすむ。美佐子さんのことを考える。美佐子さんと、ひょっとすると、接吻していたかも知れぬとおもう。

しかし、今は、だめだ。

春枝にすまぬ。歩きながら、「春枝、雨がふってきたよ」とくりかえした。

六月十五日

絶対無の体験。

無限のディヤマンの焼失↓絶対動に体する絶対静。

春枝から手紙。結婚できなかったとしても死なないでしょうとある。

ばかばかしいことだ。女にすぎない。俺は冷淡になる。もえた冷淡。

「美佐子」を愛していてくれたら、こういうのだ。俺は昔は「美佐子」を愛していた。しかしもう、俺は何もいらない。俺には何もかも残っている。何もかも、俺の体の中にある。

手紙を富士に見せた。平気だった。——少しいやだったことはたしかだが。

俺は、女の嘘つきなのを知った。

みんな俺自身にかかっている。俺の身に。

人は余りにも興奮したとき、この上なく冷静になったときと同じような心の状態を感ずるものだ。物事の各細部細部まで、頭に表われるものだ。↓それは、人を、自分はきわめて冷静なのだと思わせるものだ。人の自惚がそうさすのだ。

春枝へ手紙。

六月十六日

失恋したら、共産主義同盟へはいろうと思ったりした。

同盟へはいり革命をやりながら、詩を作る。これは二兎を追うものだろうか。

又、死のうとも思った。

しかし又、失恋しても何ともないと思った。

又、一生、他の女に接しない、結婚しないとも思った。

道を歩きながら思ったのだ。

母や、兄のことまで思われた。そして、自分でも、少し、のぼせていると思った。冷静になろうとした。

失恋しても何ともないと思わせようとした。しかし、かすかながら、強い反対が上ってきた。道を、むりに音をたててあるいた。

学校で、四時間目に文芸部のボックスにはいって、詩「熔鉱炉」をかいた。書けると思った。小便をしながら、この小便の中に、詩がまじって、出てしまい、書けなくなるのではないかと、思った。そして、恐怖を感じていることに気がついたので、恐怖をすてるために大きくいきをした。体がふるえだした。書けると思った。いそいで、鍵をあけた。

体は益々ふるえだした。がたがたいっているようだった。

ポケットから紙をだして、一気にかいていった。

最後の二聯へきたとき、人がきた。私は、少ししゃくにさわった。それもすぐ忘れてかき上げた、体は益々ふるえてやまない。大きな気持になった。私は、その人に、おじゃましましたといった。いつもの傲慢な私には、どうしてもいえない言葉だが。

私は飯を食いに行った。体中いっぱいだった。春枝のことは忘れてしまった。

恋愛は小さいと思った。又、小さいからこそ、大きいのだとも思った。飯を食って、運動場へかえってきた。私は何もわすれて、道をかけ歩いた。走り廻った。人をもかまわず、原稿紙を道に拡げた。又、ねころんで、コウセイを始メタ。体中、元気でみちた。

もう、何でもいいと思った。私の信仰を強く感じた。

井口と話す。桑原とも話す。

春枝を悪く思うのはいけない。春枝はいい女だ。かわいそうだ。

女を苦しませるのはいけない。女の小さい心を悩まさせるのはいけない。春枝の幸福を求めてやらねばならない。

俺にはどうしても春枝が必要だが、春枝が幸福になれないのならあきらめよう。——センチメンタルではないぞ。

詩は決して、智慧の中にはない。智慧は必ず破られねばならない。詩は、あらゆるものの中での、最も確乎とした存在である。

詩人こそ、真に生きている人といいうるのだ。

六月十七日

帝国館へ行く。「盤獄の一生」面白い。

まだ、他の女に少しひかれる。しかし、何か他の女にふれると、物をはきそうになる。

はげしい夕立。後、すっかりはれ切ってしまう。

春枝のことが心配だ。

六月十八日

春枝から手紙、わかれてくれとある。

東京へ行き、春枝に会う。

春枝に接吻しようとして、肩をだいた。私は、引いた。春枝はふせいだ。「どうして」私。「がまんしてね」春。「ほんとうにいかんの」私。接吻ならず。春枝の手に接吻する。塩からかった。私は益々冷静になって行った。

巡査にみつかり、十二時頃までひきとめられる。春枝がなきだす。春枝の荒々しくなって行く呼吸をかぞえていた。そして、じっと、春枝の髪のにおいをかいでいた。

六月十九日

美佐子、春枝の三人で日比谷公園へ行く。松屋で食事、春枝と、わかれることにきまる。正午十二時四十五分の汽車で夜九時十八分京都へつく。

先生と話す、皆とはなす。元気だった。

六月二十日

今日は、何か、ひどい大きなものの中へ身体をすいこまれるような気持だ。——余りにも急で、まだ春枝とわかれてしまったのだという気がしないのだ。

悲しい気分に何回も何回もひたって行く。↓その度毎に自分自身を嘲ろうとする。すると春枝にすまなくなる。↓この打撃は、この俺をどのようにしてしまうかわからない程だ。

俺は、春枝程の女を、この世の中で、もはや見出しえないだろう。

俺は、このまま行きづまってしまうような男ではないのだ。

六月二十一日

俺は、何をも疑う。——ねむい頭。

学校で、「野間は決して失恋なんかしない人間だ。」と仲間の一人がいった。俺は変な気がした。

夜になるとさびしい。何をたよっていいかわからなくなる。

こんなとき念仏をとなえる。力強い気持が帰ってくる。

富士がやさしくしてくれる。それが少しもいやに思えない。

「俺は人生を悲観した。」と学校で他の仲間の一人が言った。

「ふん。」俺は笑った。俺の心は、今、どのような方へ進んでいるのかわからなくなった。

春枝はいい人間だ。春枝のように、しっかりした女は、いないであろう。

性慾に対して、はげしい嫌悪を感じる。なぜかわからない。

女をみると、ふん、といいたくなる。

母と一処にくらしたい。そんな気がしきりにする。

六月二十二日

「何もかも、そううまいこと行かないものだよ。そう行かれては、気が狂ってしまうんだよ。」

割に平気になる。

俺は、もう、結婚しない。誰とも。結婚なんかできるものか。

春枝のような女を見つけることは、不可能なことだ。

絶対に他の女とは結婚しない。できない。——そんな、いやらしいことができる筈なんかない。——センチメンタルではない。俺の近頃の本心だ。

生きるということ、——何もつかんではならない。常に、ぬけがらを、後にすてねばならない、ぬけがらを見返ってはならない。

見返っても、心を動かしてはならない。

「世の中には、女もいるのだ。」ということ。

雨降る。

六月二十三日

富士、学校をやめることにきめる。

春枝から葉書。「安心してくれ。」とある。

富士を送って、四条大宮まで行く。

先生の詩「かぞえ歌」をよむ。いい処もある。しかし心に、入りこんで来ない。

六月二十四日

その他いろいろのこと。思い出は、いいものだ。（感傷をとおりこしていたときの。）

六月二十五日

兄の結婚式。

春枝へ手紙、俺は、やはり、どうしても、永久に春枝を愛する。たとえ、春枝が俺と結婚しなくとも。

春枝を愛しないことは、俺にとって、俺の堕落だし、不可能なことだ。

俺は、孤独を感じる。しかし、何のさびしさも感じない。

俺の春枝に対する永久の愛は、俺をもち上げもち上げ、続き、発展して行くのだ。

俺は、この道を見出して、喜ぶ。

六月二十六日

春枝へ手紙。

春枝に対する気持が、定まってきたことを喜ぶ。

春枝を、俺のものにすること。これ以外に、俺にはすることがない。

俺は、報酬を求めることをやめるのだ。

六月二十七日

春枝は俺を、どう思っているのだろうか。

見るものきくもの、すべてがつまらない、俺の魂に打ちこんでくるものがほしいのだ。何もかも、うそばかりだ。

青空の中に、春枝の体を感じる。

春枝は、俺から決してはふれない規律だ。——うそだ。

俺は、きっと、春枝を俺のものにする。この生活は、最後までたえない。一寸位のサテツから、俺はこれをすてることはない。

俺が死んでも、俺は、これから見離されない。

俺は、悪魔への誘惑を失いたい。人に悪魔的であると、よばれることに、うれしさをもつことを忘れてしまった。

俺は、人が何といおうと、うれしくない。俺は人が何といおうと腹立たない。俺の中には常に嘲笑がある。

俺は俺自身を知らない。それでいい。

俺のぐるりのものは、皆、子供らしいことをしているにすぎない。

それでいい。俺は、人の子供らしさを見るとうれしい。

俺は人のいうことをなんでも肯定していてやる。↓即ち否定していてもやるのだ。

俺に何の生活があるか、知るものはない、俺の外面と、俺の内面とのちがいを誰が知り得よう。

六月二十八日

俺は、俺の中にひそむ淫猥さを出してしまう。淫猥は俺と俺の愛するものを殺すだろう。

俺のいき方を、俺は考えない。もっともっとはりきったものだ。

生命ということを、言葉の上で、理論の上で言えるものは、多い。

しかし、生命を感じうる人間の少いことをみる。

俺の大いさを、俺は知らない。

春枝は俺の中以外に何処にも生きられる人間ではない。

春枝の動きは、動の内面の動きにすぎない。

道を歩きながら、春枝の体の匂いを、よく感じる。

春枝が卑怯であることを感じる。——しかし、これはフツウの女の卑怯さとはちがうだろう。——うそだ。

六月二十九日

お前は、俺の美のある規律だ。俺は徒らに、美という字をつかいたくない。それは俺が、この上なく美に打たれ、又美を創りだそうとしているからだ。俺は世間一般の人のように美という字をつかう代りに生活という字を用いよう。美は生活の中に見出されねばならないからだ。

言葉をはなれて感覚はなく、感覚をはなれて言葉はもはやない。一つの生きもの。

俺は、もはや文字の遊ぎをやっているべきではない。

女に対する。又すべてのものに対する見方をかえねばならない。そしてそれは、自然的でなければならない。ひとりでの行為というような本能。

暑くるしく光った白い雲——。私はこれをみると、これに圧《オ》されてしまうというよりは、俺自身の中にもえている、はげしいもっと暑くるしい生活慾を感じる。性慾をぐっと足下に、ふみにじっている生活慾を。しかし、ふみにじるという意味は、フツウの意味ではない。

「ドイツ語をやろうと思うねん。」私がいった。

富士が見ながら、笑った。——俺の心の変化はなかった。

六月三十日

生きるということについて……
美ということについて……　）高山と話す。

夕方、空の黒い雲とそれをそめる真赤な炎。黒いわきかえる雲の線——ミケランジェロの絵の線を感じる。

春枝へ手紙を出す。……後悔を、後になってしないだろうかとも考えてみる。しかし、しないと思った。春枝以外に結婚などしないということ。——こういう気持は、昔、俺は、あこがれなかった。感傷だといって軽蔑していたのだ。俺は今、これの感傷ではないことを感じる。自分自身の全くの生活のかがやきであることを。

システマティカリに物をつかみかさねること、はいやな〔ママ〕——俺は、アランの哲学方法をこのむ。ベルグソンという名はすきだ。

俺に何か特殊な関係がありそうな名だ。

風呂はいい気持だった。俺は、俺の詩に表われる、ひどい、だるさを破らねばならない。力学には、だらりとたれさがっただるさが、つきものとなっている。

七月一日

春枝に対する気持は、もう一つの方向に動きだしたといっていい。進んでいる方向へ。たしかに。

俺自身を破ることは、俺自身を否定するよりは楽なことだ。

すべてが駄目だ。俺の廻りに廻っている人間すべてが駄目だ。

俺も、まだ駄目だ。

春枝との対立ということに重みを置いているようではいけない。

春枝そのものに向うことだけでいい。

すべてはすててしまわねばならない。

七月二日

春枝を得なければならない。俺自身の自然の行き方として春枝を求める。この行き方に他の批評を何等加えささない。——うそをつけと言うものがある。

先生の家へ行く。

七月三日

恋愛を一種の所有慾とする先生の説。

私は、私がそう感じ、体験するまで、これを承知しない。

見かえし、ひっくりかえすこと。

暑い。ベートーベンの第五とストラビインスキーの兵士の話とモツアルトとチャイコフスキーとをきく。

恋愛を一つの所有慾と言い切る考え方を、私もしないではない。又、みとめないではない。しかし所有慾であるとしても、恋愛という行為の中に立ったとき、その立場として考えてみると、それはもはや、所有慾の作用に動かされているにしろ、所有慾といいきれないものが残りはしないか。

私は、それを、統一とよびたいのだ。又清浄にする作用とよんでもいい。もはや二個ではない。(しかし、二個ではないのだと考えることは、私にはまだ、できはしなかったが。)

少くとも、その女一人のみという考えはのこるし、その女をとおして、物をみるという、見方もできる。

更に大きな見地からすると、恋愛は所有慾だと、見下せるのだろう。

しかし、私は、それだからといって、仏が決して恋愛を悪いものとはしていないと思うのだ。(——うそ)

七月四日

すべてにたいする、だるい行い。これが、私の内心の行いにたいしての清浄化をなしたときに残るようだ。自分の作品が平凡なものに見えてしょうがない。

何かしら生きたものがだきたい。たまらなくなりそうだ。女がほしいのだ。しかし、性交したいのではない。かぎりなく、だきしめたいのだ。だきしめて殺してしまいたい。

春枝からは何の返事もない。春枝という女はこんな女だ。この方がいい。何だっていい。少し狂いそうだ。何かしら、みちたりないものがあるのだ。

鏡を見ること久し。

どんな人間でも、この俺を救うものはない。俺は馬鹿だから。今、俺の手に春枝がかえってきたとしてもどうだ。俺はそれで、すべてがみちたりたといえるか、どうだろう。

はげしい蛙の声、俺を嘲笑した人人の声。すべての女は俺をわらっている。そのわらっている中へ俺は俺をみつける。

俺が、ピュウリタンだとしたら、世界はどうなるのだ。

クラスの者、皆、あつまった。俺は、いやだった。皆と真剣に話ができない。皆を嘲笑しながら、話をすすめている。そして、嘲笑しているということが、俺自身の立場を上にするというようなことはどうしても思えない。俺自身を、すべてを嘲笑せねばならない、嘲笑の地獄へ追いやる苦しさだ。

雨ふる。すずしい。

　しろじろと山明るみて白雲の乱れし中に星かがやけり

　雨やみて蛙のこゑのみちゐたり幼き子等の夕陽見ゐるも

　つかれきてあぜに冷く、しやがみけり［ゐる］、蛙の声
　のすみ［澄］ける夜空

女は俺の前にはない。俺の前には、いつわりの山があるだけだ。俺自身は、その中で明るい。明るいが、どうしたというのだ。

七月五日

美佐子から手紙。俺は、これでいい。女の心がわかった。こういう女なら、いい。

女の心をわかるには、こういう仕方をしなければならないのかと思った。俺は、女を嘲笑してやろう。

大学のことは、考えるまい。

手紙に、他人に作用されたのではない。

すべて、俺の計画どおり行った。私は、冷酷になっている。

女の心を知る方法としては、女をあざむく以外にない。

なぜなら、女は常に、嘘しかは［吐］かないから。

俺は人に腹をたてることさえできなくなってしまったのだろうか。俺はおだやかに——冷酷に、人になれる。

春枝の顔をみても、私は、何処に美しさを感じたというのだろう。

私の肉慾の対象にすぎなかったのだ（ろうか。）

俺は、ひどい遊戯にあそばされすぎた。俺のやった芝居は余りにも、うそが多かった。芝居的なうそでないうそが。

いい月。風呂へはいって、快くなった。

七月六日

生活の前に何が横たわる。智性の匂い、（肉体の遊戯性）が横たわると思える。具体的に言えば、智性をこの上なく肉体が嘲笑し、その嘲笑の中に、行為の花がさく。——自分自身の行きづまりを意識しない行きづまりが来る。

肉慾を軽蔑する意識の、みにくさよ。

野田から手紙。

春枝という女の卑怯さは、私の卑怯さだ。

私は、この女の卑怯さで、私の卑怯さが他人に、どれほどの肉体的嫌悪をあたえているか知るべきだ。

——私は図太くなって行かねばならない。

何ものも、はっきりつきつめもせずに、物をかくときの空虚な恥しさ。俺自身の存在を、根こそぎに奪ってしまいそうだ。

俺は何をしていたのか。↓すべての女を接吻しようと思った。

道をあるいた。夜、娘がきた。ふり返った。女の匂いがした。

人がきた。接吻することはできなかった。月の光の下で、ソ水のほとりへ出た。老婆が一人橋をわたってきた。俺の顔をのぞきこんだ。俺の目が、またたきもしなく老婆をみつめた。

老婆は、引き返してしまった。何回も俺の顔をみて、念仏をとなえながら。何回も何回もふり返った。俺は、するどい月の下に、老婆の前で、小便してやった。老婆は又ふり返った。

俺は、俺の心が一ぱいだったのだ。女に対する、するどい嫌悪で一ぱいだったのだ。

春枝は、俺を、うまくだましていた。終には、俺をだまさねばならないということも考えないで。

春枝は、俺に深い体験をあたえたといっていい。

俺の自惚と俺の自嘲を、俺から奪おうとした。

しかし、自惚と自嘲は、俺の宝玉だ。

春枝が俺にとって、一つの小さな——しかし美しい物質であったような、宝玉ではないが。

高見が遊びに来た。——気のいい男だ。かわいそうな男。

女のことを話した。——そんなことをしなくてもいいと思った。

岩崎という人に紹介さる。——余り大した人とも思わぬ。

富士と風呂へ行く。いい気になって、富士は自己を語る。(政治家的な男だと富士が岩崎のことをいう。)

母から、為替が来る。家が貧しいのに、多くの金をつかってすまないと思う。兄から氷代として、三円もらう。

七月七日

『三人』の仲間から、ドストエフスキーはでない、と桑原いう。ドストエフスキーなど、でなくてもいい。ドストエフスキーはドストエフスキー一人で結構だ。俺は、自惚から出ない用心が必要だ。

女の中に美がある。美があるだろうか。自惚の美があるのだろう。俺に、悪く教育された春枝は、全く可愛そうな女だ。俺の心をふみにじったと思っているだろうか。俺を地獄のどん底につき落したと思っているだろうか。

安っぽい女に失ついいしてしまっただろう。再び俺の腕の中にこない女だ。再び、俺の性交中に来ない女だ。

性慾の中に美があるとしたら、生きる美だろう。根づよい力だろう。女の中にある美とは、その性慾の美だろうか。

俺が春枝に見出したと思った美に、春枝は、いい気になっているであろう。

七月八日

俺は、俺の馬鹿らしさを感じるだけだ。上品そうな浅っぽい潔癖、これが俺をとりまいたりしている。馬鹿々しくて、何も考えられない。

生活は、底もない湖に、渦をたたせる。ジョウゴ形の渦は、息をのみ、光りをすい、底もない深みに達して行く。

俺は、俺のした行動すべてが、浅くみえてくる。朝、毎朝通る、ナヲシヤの声をきくと、しばらく、毎朝その頃春枝のことで、苦しんだ故、そして苦しみながら、その声をきいていた故、その声をきくと、自分の体から［に］、春枝にたいする自分を嘲る苦しさと、はてしない、空虚とをかんじる［が生れる］［わきでる］。

夜、蝉の声をきく。

風呂へ、行った後、三人で、法然院へ、水をのみに行く。恐しい、こわさがつきまとう。

春枝と性交していたらどうだろうと考えたりしてやめる。

悪を行うことは、俺には、どういうことだかわからない。悪とか善とかは、決して理性などにもとづいているのではない。

今頃、こんなことを言っているのは馬鹿なことだ。

空の青の冷たさ、水の青の暖かさ。

湖の回転、それにより生れる、すべてのしぶき。

実践、実践。すべては、これあるのみ。

美しい目。山の端。

「此頃、君、むちゃをするようになったな。」富士が言った。

「そうか。」俺が言った。俺自身を知る人の少ないことを知るのだ。生活——又も、これが俺についてくる。生活、生活、生活の元に回転するはげしい車輪、——感覚を超えた、存在。

あらゆる存在の根本。

川の方へ涼みに行った。小橋に腰かけて話す。恐しさが生じる。橋が半分にわれて、俺のみが、地獄の底へ落ちて行くのではないかと思う。——上をみると、月光がかがやいていた。

はげしい歓び。

七月九日

俺が恐れるのは、俺が如何に人に影響されるかという影響のされ方である。影響を、さけようとする、子供らしさはいけない。

私は、私自身の孤立をよろこぶ。——そして、これは、孤立している故にたっといというような甘い英雄気分ではない、地の底から、青空の瞳から打ってくるはげしい、自分自身の孤立の美しさである。——もう其処には、孤立などというような、動物的なものは何もないのである。

七月十一日

何もかもが癪にさわる。そうなるその俺が又、いやだ。

広い立場へでたい。影響はうけたくない。すべてにたいする冷笑。

井口が、「今度、富士君の詩が一番いい。」と小林の前で言った。私は癪にさわった。又、すぐ冷静になって、馬鹿らしいと思った。

影響されるなんて、めんどうくさいことだ。又、心を動かすなんて、いやなことだ。しかし俺自身が常に人に働きかけねばならないなどという理由もない。

春枝をはげしくにくんだ。

しかし、結局「女は、あんなものだ」ということは、始めから承知の上で、やったことではないのか。その後での俺の態度のみじめな様はどうだ。

井口や富士や、桑原と話していて、腹の底から話ができないのは、俺自身の卑劣さをもの語っているのだろう。

いい夜だ。母や兄や兄の嫁や、父のことを思いだした。

みんな、すっきりとしてうかんだ。感傷など、全く起らなくなったのがいい。

現実とは、俺の歩み方ではない。しかし、俺の歩み方には関係がある。

俺は、人に癪にさわったとき、それを形に表わしたいというような子供らしい気持をまだもっている。

七月十二日

『三人』の印刷、今日で三日間やる。

体全体の悲しさを味うことがある。朝起きて、床で目がさめた時だ。体中をとおる悲しみだ。春枝のことかどうかしらない。感傷などをはるかにこしてしまったたのしさだ。生活にもとづいている。

生活は、何によって切られるか。青空のかぎりない透明な冷たさ。又暖かさ。

お互のくだらない話に、生活。

七月十三日

朝方、春枝の夢を見る。母と共にデパートへ買物に行く。

春枝に会う。春枝にいろいろ言う。一処にかえる。

すると父がいた。春枝は、何処かへ行った。私が二階にいると、春枝が上ってきた。見ると、湯上りで、裸である。

固い、小さいころころした美しい体だ。私をみてはずかしそうにわらう。そして、そのまま縁側へでて、鏡の前へすわった。私は裸の処へいってはいけないと思い、窓から他をみていると、春枝が、裸のまま、手拭をもって、私の前に坐った。

まるい体だ。私の胸の中にはいってしまいそうにも見えた。

私は、後へまわり、きつく、だいて、接吻した。そして、熱してきた。春枝の体を足にまきつけた。私達は性交した。接吻しながら、美しい浄さであった。春枝は、香しい、やわらかい弾力のある体をしていた。「固い小さい」という言葉が一番よくあてはまる。すると目がさめた。

自分は、その夢を追うた。しかしすぐやめた。けがれたものとは、どうしても思えない。——自分の心に、自分はやはり春枝を愛しているのかもしれないと思った。あんな、すべすべした膚をもった女は少ないだろうとも思った。

みんな俺の気持と反対だ。井口も、富士も、みんな。

俺は孤独をよろこぶ。孤独の高さ。しかし、俺は日記にかくれる、ということはしてはならない。

夜、先生の家で飯を食う。尾関元次と一処、『三人』の詩の批評をする。

俺の欠点。……頭で考える、頭を通してくるということ。一面にのみ行くということ。長所……野獣性。

しかし、俺にも、複雑さがある。

先生の批評「熔鉱炉」

「力」を感情をとおしてうたいだしたうたい方はいいが一面的になる傾向がある。


「北国」

降りつむ雪に（香りのたかさ）

いっしょに、暖かいコーヒーをのもう。

　　　　正反対。

「燕」ガラスの破片。

「幼な子」動き方の一定さがない。いたずらに目が動いて動き方の、目のつけどころがない。フォルムと内容との一致こそ求むるものだ。

「海」一番いい、具体的だ。されど、海自身が女の体であるのに別に女をもちだしたのは、変であり、全く傷をつける。

「牧場」半分位に、「暁」。

すべて、頭からでてきたもの。「野原のはてには、ゆるやかに白雲が下りてくる。」だけが、本当のもの。

「日光よ、太陽よ、
鋼玉の意志を土に打て」

　　　　の形はいいか、
全く、いけない。

七月十四日

松竹座にて、映画を見る。

人間全体にたいして、心安さを感じるように思える。

傲慢は、すてるようにしたいものだ。

家へかえり、姉を見る。いい人だ。

女を考える。西宮駅から、かえる。

七月十五日

兄と話す。自己を表わさないということは、余程の技術を必要とするらしい。

安易な心に落ちて行ったときを、私は恐れねばならない。母と話した。井口、富士に対しても、この二人を含めるような気持。

ニイチェの『人間的な余りに……』を買う。——まだ読みたくない。

一時頃より四時頃まで、西宮を歩き廻る。大阪へ行く。

雨やむ。性交。女は、春枝と同じ類の香水をぬり香をもっていた。——

母と、共に浪花座の前進座を見る。

「仕事を中断している間の時間を余りくよくよ惜まないのは最も賢明である。此の間に小説の主題は空気の転換を受け、真の人生を吹込まれるものだ。」ジイド。

「私は余りに霊感を期待し過ぎるが、これは研鑽に研鑽を重ねた揚句の所産たるべきものである。」ジイド。少し面白い。


春枝に対する美を、女に接した一刻の間に考える。

女の体のこの上なく小さいことも見た。

「全く、女は着物により大きくなる。」のだ。

女の馬鹿らしさを考え、又、それに対するあこがれも考える。

全く、肉体に対する心情の動き方だ。


「悪魔は、吾人がその存在を否定すればする程、一層その実在性を賦与せられてくる。悪魔は、吾人の否定の中に自己を確立しているのだ。」ジイド。


母と共に店による途中、広瀬、中村、イバラキ、川北、木谷田、森などの連中に会う。——くだらない連中だ。しかし、くだらないとどうしていえるのか。

俺は、もうこんなばかげたことにくるしまない。

↓同じ場所に、美しい好きな型の女の裸をみる。

七月十六日

俺は、気取りを打破りうるだろうか。——こう書いているのも俺の気取ではないだろうか。——いけない。牛尾と海へ行く。(夜)

七月十七日

女を知ったということが、俺を得意にさせているのではない。

夜、女の体を考え、ねむれぬ。いけない。

七月十八日

今日の行為は余りいいとはいえない。俺自身の、醜さそのままだといえる。しかし、こんなことにわずらわされてはいけない。女・性交。

「あんまりきれのうてもええよ。美人薄命いうて、あんまりきれかったらいかんわ。」

人は、自分自身のたかぶりをわすれて、心から人と話すということを恥しいもの軽蔑すべきものと思う。そうすれば、自分のねうちが下るかのように思う。

野田の家へ行く。

『悪霊』は、俺を打つ。作者の表現の仕方が俺をさまたげようとするけれど。やはり俺を打つ。

七月十九日

俺の詩のつまらなさが、心に残る。先生の「贋造の空」を読み直す。まだ、満足できない。

俺の詩は、よむ気さえしない。何か鼻について仕方がない。

人の心の、奥のおくの対立を知らねばならない。

言葉の上に表われるのによって、その人の心の奥を知らねばならない。俺は、まだ、それさえできない。

目の動き、唇の動き、すべてを見なければならない。

女は、馬鹿だが、それでいい、女の賢さは、その馬鹿からである。（逆説はきらいだ）

感傷の世界は、もう気にかからない。


血というものを考えてみよう。

俺の日記までが、軽薄なものに見えてくる。――自己嫌悪ではない。はげしい欲望だ。成長だ。――いいかげんなことをいってはいけない。

九州の菊水旅館から葉書がくる。春枝との接吻を思いだしたり、別府の町を歩いたことも思いだす。何もかもが、はっきりした姿を失って行くように思える。俺の心を打つものがなくなったようだ。

七月二十日

「宏ちゃん、近頃、お礼せんようになったな。」

「はずかしいんやって、お婆さんいうてたわ。」

こんなことをきく。俺の心にきいてみろ。

如来仏。

恥辱の心をのぞくことは不可能なことだ。この心が、どれだけ人にひどく作用するか（一時的ではあるが）を知れ。

布施に会う。牛尾と海へ。

俺の道にある障害を常に忘れてはならない。俺は常にそれを忘れ勝ちだ。

俺は、どれほど俗物勝ちな男であるか。俺はつくづくそれを感じる。一寸したことに心を奪われ、一寸したことに夢中になり、有ちょう天になってしまうのだ。

姉と少し話す。いい人だ。兄にとってもいい人だ。

兄と曾祖母との衝突。

七月二十一日

平凡なことに心を向けよ。

固い物の言い方を考えてみる。

喜劇という奴は仲々俺の手に合いそうにない。俺の体験の仕方がそこまで行ってないのだろう。体験は常に悲劇かもしれない。しかし喜劇にしうる、仕方（手段ではない）への道がある。余裕という生活がある筈だ。

富士から手紙がくる。俺は、もう、富士の手紙が恐しくなくなった。

喜劇は、俺には、まだ、行く先がわからないという奴だ。行く道は勿論のこと。

あっさりした物の言い方。

夕方、本屋で今月の詩を見る。こういうものを見ると、自信をとりかえす。富士へ手紙をだす。子供らしいことを列べてみた。この手紙を見て富士が怒るとすれば、富士がいけない。私は、軽い気持で、話をしたい。軽い気持のうらの重さ。話をしながら、人の目をみたい。

自分自身に対する危なっかしい考えをとってしまいたい。わすれてしまいたい。自分自身をえらいものにしようとしての行動が、どうして、自分自身をえらいものになし得よう。行動それ自身の方が中心でなくてはならぬ筈だ。

「日本で一番いい詩の本やで。」
「そう。」
「そやけど、年が若いから、皆、馬鹿にしやがるんや。」
「そうね。」

体を焼くために海へ行く。体がやけないとたよりないようだ。体をやくということのみが気にかかる。遍執狂のようなところが俺にあるのだろうか。

俺は、なにやかやと、俺を弁護するようだ。自分自身を弁護するなど、もっとも最後のことだ。

七月二十二日

海で、二人連れの女に会う。接吻しようと思って、後をついて行ったがやめた。俺自身の気持の変化にも気づいていた。

俺は嘘つきだ。ていのよい嘘つきだ。

嘘というものは、生活力の一番にぶったとき、私から生れる。

俺は余りにも、人の目に気を掛けすぎる。俺は、人の目によって、俺の行動をやって行くようにさえ思える位だ。もっと、はりきったものを求めたい。俺自身のものの外を求めないはりきったものだ。

抽象的なものが俺を恥しがらす、こと。

七月二十三日

朝、夢を見る。野崎美佐子から電報がくる。高島絹子という人が、俺との結婚を親の許しをうけて、くるのだそうだ。「今日、四時十分東京ヘツク」とかいてあった。

変な夢だ。漢字の電報は始めてみた。後になってもはっきりとした夢だ。

俺は俺自身に余りにもびくびくとしている。この頃の生活は、これでとりかこまれている。

七月二十四日

酔ったようになることは、変なことだ。

富士、井口が来る。井口は元気がなく、富士はいつもの調子。私は二人に交って、又例の後へ一歩さがって様子をみる心をだす。ときどき、その態度を失う。

自分の詩を批評されるとき、全く、自分の詩を忘れてしまったような気分になる。自分の詩を見直したとき、新たな、自信をわかせる。自信は常に新しい。のんきになるということは、むつかしいのだ。ぴんとはりきった、のんきさ。

「馬鹿者は決して退屈しない、彼は自分をながめて感心して居る。」

グウルモン

年を食うこと。

七月二十五日

墓参、この往帰、女に対する慾望、はげし。

自分のどうしても、対称とならぬ女がいる。自分のどんな注意をも引かないし、又かえっては、嫌悪を起さす女がいる。俺の嫌悪は、円形の顔の女に向けられ、長目の顔の女は、俺には大抵美しいように見える。

墓参の帰途、一寸でも計画屋〔ママ〕を含んでいてはいけないということを考える。すべてを、漫然とすごさせるものは、計画なのだ。

グウルモンの『沙上の足跡』は、時々俺を刺した。しかし、これは俺の反抗心を起させるものではなかった。(それは、余りやすやすと俺を射すので、俺が反抗心を起すまでには、もう俺を、なっとくさせているのかもしれない。それとも、俺を微笑させるのかもしれない。)

岡本がきた。春枝のことを考えてみた。

一刻一刻の体験、これが生活だと誰がいおう。

時々、春枝から手紙がきたり、春枝に偶然、出会ったりすることを、想像することがある。

七月二十六日、二十七日

神戸へ行く。富士、井口に金を遣わせた。小さい時の話をする。少し、いやな街い。菊水館お照さん、竹さん。

俺のくだらない生活のくりかえし、あらゆる女に接吻する夢、安《やっ》ちゃん、はげしい雨と雷。富士の家へとまる。キネマクラブ、平然たる気持。平然とした気持の向うでゆれる大きな汽関車のゆさぶり。青い火、いなずま。井口、富士から、はなれた気持。皆の桑原への嘲りを聞く。――平な気持で。家にいつけない気持。女に対する淫慾。夜店へ行く。一人の美しい女にも会わなかった。

七月二十九日

感じることは受身なことではない。(ランボウのことを例として。) 富士へ手紙。

七月三十一日

今日も、又、女を追う。例の女はいない。全く、狂うような生き方だ。みたされないものを、もっているのだ。

夜は、又、静かな心になる。

春枝は、今頃俺との事件をどう考えているだろうかと、思った。春枝の唇の感じを思いだした。頬も。俺自身の卑くつな性質を感じた。(美佐子からの最後の手紙を、富士や井口にさえ見せなかったのだ。)

夜は、すずしく、秋のようだ。遠くで蛙がないた。昼は、雷が鳴った。

八月一日

富士が来た。稲垣浩の家へ行くと言ってきた。富士の家へ行ったときの富士よりは、今度の富士は落ついていた。

大阪の母の処へ、富士と一処に行く。

富士は京都へ行った。

俺の小説が志賀直哉ににているとすればいやだ。物をかいているとき何かしら忘れたという気持は、自分をたまらなくする。

八月二日

雨だ。キン厳な気持。藤原英子という人から姉にきた手紙をよむ。

八月三日

思想という言葉は、まだ俺に、ためらいをなげる。俺は、西洋人がよく用いるように、思想という言葉を用いることはできない。

勉強ということの必要。

ドストエフスキーは、一人で十分だ。しかし、このことを、しみじみと考えたことはない。

川岸に並びし倉庫《そうこ》くろずみて、
一人し行けば 船きしみけり

コスモスの伸びきし庭に雨ふりて、
うす光りてる裏山はも

言葉と人とは同時存在であるということは、深い味わいをもっている。俺自身の体をゆさぶる言葉である。

人をはなれて言葉もなく、言葉をはなれて人もない。


自惚を楽《らく》に、何の気にもかけずに、出すことができるようになった。

今日も雨がふった。

降りやまず紫陽花の葉に暮れにけり

深い混乱にあって、混乱自身が青くすきとおって行くということは、面白いことだと思った。(富士のこと)

あらゆるものを平然と冷酷に見る時が来る［ある］にちがいない。

其処では、何ものも、その真実の姿を見せるだろう。

それが作者の感覚により変られようと、立派にその姿をのぞかすだろう。

強烈なものを、求める人こそ、一方では、静かな生活を求める人だ。

春枝のことを思いだした。

いつも、一歩手前にいるというような生き方はしたくない。

そして、それが、冷酷なのだとは思いたくない。俺は、冷酷を消極的なものと見たくない。

冷酷は、叡知からでるものでなくてはならない。ひとりでに出てくるものだ。

意志で押し通そうとするものを見ることは、かなわない。

何かしら、つっぱった、ぎこちないものを感じるのだ。

意志で何ができるのだ。


小さな草でも、雨後、のびる力は、つよく感じられる。

目を押してくるような力。

姉と話をする、たやすい会話。心のゆれ。

「殺人」ということ。この問題を少し考えてみよう。


夕方、海へ行き、弟をつれた美しい女に会う。まだ十六、七の女だった。横からも前からも後からも見た。

八月四日
母と話す。久しぶりで、少し長く話した。
生活の困難ということなどは、自分から求めることは、馬鹿らしい。

自分自身の平然とした自惚や、平然とした自己自嘲を、思って見ることも面白いことだ。

余りぶくぶくした女は、少しの淫猥さも、もっていないように見える。

自分自身の激しい感想を、はげしい表現のままで、（又表現を変えるにしても、）他の人間にはきだすことは、たまらない。（後から、たまらなくさされるのは、一層いやだ。）――しかし、やがて、こういうことも、静かな気持でながめられるだろう。

八月五日

美しい女を見る。浜甲子園の活動写真館の中で。

十六位の女だ。もう一度会ったら、話しかけるにちがいない。

母親と友達と小さい方と三人いた。

俺はすきになった。第二回の恋愛を始めるかもしれない。しかし、相手の住所がわからない。

真剣な気持になった。近頃、こんな緊った気持を味ったのは始めてだ。俺の生活をよくしてくれるかもしれない。

心と心の動き方は、目でわかった。目の動き、目の表情のこれほど激しい力を見たのも、少ないことだ。

女はきっと大阪にいるにちがいない。

共産主義に対する自分の心も、こういう生きものにかかっては、打ち破られてしまうようだ。しかし、俺は、実践運動に加わりうるような男ではないだろう。

激しい、体全体のふるえがやってくる。

兄が帰ってきたとき、「そこにさっきから洋装の女の人がたっている」といった。

春枝とちがうだろうかと思った。何をばかな、自惚れやがって、浜で会うた女の方が。どうするつもりだ。

ばかやろう、そういったものの、春枝だという気持はきつくなって行った。

とうとう外へでた。丁度、煙草がなくなっていた。

春枝とちがうと叫び嘲笑う心に対して、ますますひきつけられる身体自身の緊張を口実に煙草を買いに行くことに求めた。

姉がいた。姉が、兄が言った洋装の女と俺とが何か関係があると思いはしないか、又思ってほしい。馬鹿なと思った。しかし心は春枝をしっかりにぎっていた。

着物をひっかけて外へでた。歩きながら、今日甲子園でみた女のことを思った。春枝さんかと思い、春枝がきてたまるものかと思った。

美佐子？　とも思った。

踏切を越した処に女が二、三人橋の欄干に腰をかけていた。

この間、その中の一人が、夜、男を「こっちへおいで」と言って引っぱっていたのを見た。淫売たち、二人は洋服だった。一番はしにいるのが黒い服をきていた。

春枝かもしれない、こう思い、ばかな春枝があんなカッコウデ、又こんなとこで俺をまってるもんか、と思った。

しかし女が気にかかった。女達は一せいに俺をみた。顔をそむけた。引っぱられるかもしれないと思った。にがい顔をした。ばか？　と自分を嘲った。トミヤの家へはいった。その女達がまだ意識の中にあった。ガラスから、女達には、俺がみえるかもしれないと思った。

「バット下さい。」

男がでてきて、「ばっと」は、今キラシテありません、何か他のにしていただけませんでしょうか。奥の方から女の細い声が「何か他のにしていただけませんでしょうか」というのをききながら、「そいじゃ、チェリー」といった。外へでた。まだ女達が意識にはいっていた。

春枝がこの辺でまっているかもしれないと思った。そして又、そんなことがあるもんかといった。

すると、洋服の女が向うからきた。速い足どりだ。

白の上衣、黒のスカート。春枝の写真を思いだした。あれだと思った。ちがう？　女は通りすぎる。顔をのぞく、ちがう？　そうかもしれない。二、三歩後もどりした。女の黒い高い帽子が目についた。

あんなのではないと思った。しかし全部打ち消すことはできなかった。強い体のはりを感じた。

踏切りをこしたら、春枝だが、こう思った、ちがう。

そして、私は二、三歩あるきだして、又ふりかえってみていた。電車の停留場の切符切りに気がついた。俺の様子をみたかもしれないと思った。恥しかった。しかし、向うをむいていて、そんな様子はなかった。見たってかまうもんか、こう思ってその女の行く方を見ていた。かたい心のつまりができた。

女は、踏切りの方へ行かず、下の方へまがって行った。背が高すぎる、俺の馬鹿、こう思った。

俺は停留場のフミキリをこえた。「ばかばか、春枝がきたりするもんか。」こう言った。

「そこに、さっきから、洋装の女の人がたっている」という兄の声を思いだした。帰り道にまっているかもしれない、こう思った。

少し冷静になってきた。家へかえる道は二つあった。

どっちからかえろうかと思った。やはり近い方をかえった。

姉に遠い方から帰ったところをみつけられるとはずかしいと思った。

家のある通りへきた。この角一つだ。ここにいなければ、もういないのだ。いるもんか、いる筈がない。

「この角一つの人生だ」こんな句がうかんできた。何をいいやがんのだ、とつぶやいた。しかし角まできた、快いほどのひどい緊張がきた。いなかった。いないのがあたりまえだ。安心した。姉が二階の窓を開けてみていた。

俺は、真すぐ前の広場の方を横目でみながらあるいた。夜だったが、くらかったが、よくみえた。誰一人いなかった。姉から声をかけられるかもしれない。こう思って、上をむかなかった。

家へかえった。

もし、春枝がにげてくるとしたら、前に手紙でも、よこすにちがいない、こんなことを思った。春枝の姿がいくつもうかんできた。

腰をかけながら、今日、浜甲子園でみた女と春枝とどっちにきめるのだ。

どっちにもきめたくなかった。浜でみた女。春枝。

春枝が、もう、来るもんか。

もし、浜の女を、あきらめたら、春枝が現われるというのだったらあきらめる。

春枝がくるもんか。——浜の女はあきらめられない。

こんなことを思った。美佐子が——春枝の手紙をもってきてくれたのかもしれないと思った。そんなことがあるもんか。

これをかいているうちに心がしずまってきた。それでも外を人が通ると、「もしや」と思った。そう動くと、それをここへかきつけねばならぬので、ジャマクサイという気が起った。しかし、人が通ると、ことに靴、ぞうりだと、もしやと思った。

だんだん冷静になってきた。

浜の女の顔がうかんできた。

女中が恋文を俺にだす、俺は、母にそうだんすまい。だまって、俺には女があるといおう。こんな乱れの意識も、はいっていた。

俺はあの女中がいやでいやでたまらないと思うときがあった。

「三三子」という女かもしれない。

兄がわざわざ、あのとき、外へみに行ったから。

八月七日

墓参り。午後、家の裏で、蝉がなく。

　読経に入りき蝉の声すずし

浜の写真館で見た女のことを思いだした。強い目だと思った。

美というものをまた考える。

八月八日、九日

母、胆石病にて、床につく。山崎家にて姉と話す。面白い人だ。しっかりしてくると思う。ひどいうぬぼれ。浜辺にて女を追うこと久し。


「あの人がきらいなんは、親がきらいなんや。」

「そう、ぜいたくなんやな。」

「でも、仕方があらへんがな。」

「そうね、あの人、見たところ、余りいい感じをあたえへんね。そういってるうちかて、へんな顔して、余り人のこといわれへんけど。」

八月十一日

「あんな店をしてからに、売ってしもたらええのに。……借金まぶれにして。」

「それでも、あの店やめたらたべて行かれへんがや。」

「それが、そうやな、けど借金ばっかりして。」「そんなこと、お婆ちゃん黙っとったらええねん。」

「そらだまっとるけど、そばで見てたら、心配で、きいとられへん。」「そんなこと何も心配せんでもええ、心配したってしょうがないがな。」「ふん、だんだん借金も返るやろうけどなあ……。」「一々心配しよったら仕様がないぜ。」

「みんな頭のいたい人や、腹のいたい人ばっかりで。」

「先生まだ汽車に乗っとるやろなあ。」

「うん。」

「十二時間ものらんならんいうてたがな。」


「兄ちゃん、起きへん、また起しようがわるいいうて、一日中ねるんやろ。」

「そら、つかれてるもんなあ。」

「つかれてるやろなあ、あんな処に一日中坐ってたら、ここから通うので、よけいやろなあ、あっちでねとまりでけへんのかなあ。」

「そら、あんな処でねられへん。」私は姉のことも考えていた。

「南京虫さえとってしもたらなあ。」

姉と、「これのんどいたらええわ。」「これ、こんなようけ。」「じゃあ、半分にしよう。」「うち、薬のむのいやや［きらい］ねん。」

「そんなこというてたら、なおらへんがな。」

八月十七日

春枝から、あやまり状がくる。元のようになってくれというのだ。俺には、春枝を、俺の犠牲にする元気があるだろうか。

センチメンタルな気持をすてることのむつかしさ。

八月二十日

富士の家へ行く。破産をするかもしれないということ。春枝から手紙がきたこと。

ビールを舞子でのみ、垂水まで山の中をあるく。

ふらふらになる。

先生へ手紙を書く。

八月二十二日

春枝に対する気持は、又進んできた。ぐつぐつときつい勢いでやってくるのだ。春枝から手紙はこない。性慾は、ないようだ。

人と人との対立を書いてみたい。近頃は、大きな自惚の中にはいっている。それで、少し位では、さわぎも起らないようだ。

現在心不可得。過去心不可得、未来心不可得。

俺の春枝に対する感情は、だんだん浄くなって行くようだ。自分でも、それが感じられる。平然とした気持でそれが言えるのだ。

何か円いものがほしい。それは、俺が一度失ったものだ。春枝がその円いものかもしれない。

意識と行為に於て、意識は、すべて行為でなければならない。

俺は、海や、船を見ると、春枝の体を感じる。

そして、それは、春枝を失ったという、にぶい悲しみの感情に移って行く。

志賀直哉の『万暦赤絵』を少しよむ。

いい出来だが、感心できない。老練という域なのだろう。二人の会話の呼吸など、まなばねばならない。読んで、すーっとした気持になる。

「こんなことがなかったら、面白いことあらへん。」

破産のこと。

「桑原は、まだそんな処にうろついているのか。」俺は富士にこう言った。

春枝に対する、昔のすべての感情が、よみがえってくる。

人間に悪魔的な処があろうと、それは、何もかまわない。悪魔が強いときほど、その人は、大きい行為の中にゆれる。

八月二十九日

近頃、又、いらいらしだす。何もかけないし、何か書きたい。

毎日毎日、淫蕩な気分がこくなって行く。

九月三日

目を見たらわかる。目を見よ。女は目を見ないとわからない。

悪魔は、常に圧迫をつきやぶろうとする力だ。

春枝から手紙がくる。長い間の（たった3カ月だが）経験をよびもどさなければならない。

青空を見る。水を打つ。

首がいたんで、左の方へも、後方へも、動かされない。

九月四日

　働いて　一日あたま　いたかりき　昼明るくて　雨の音
　　すも

頭の後がいたい。頭が棒のように思えるのだ。

春枝のことを考えている。一つ一つに進みがなくてはならない。

空、青空に何もかも、俺の何もかも、呑まれてしまえ。

九月八日

春枝と会う。四ツ橋ホテル。

九月十日

ひぐらしが一日中鳴いた。墓場がいい。

家を移ってきた。先生に会う。「洋三」の批評をきく。

九月十一日

学校が始まる。あの学校の机に坐っていると、以前やったように春枝のことが一々浮び上ってくる。

九月十五〔ママ〕日

春枝から手紙――肺病かもしれないとかいてある。春枝へ手紙。

九月十三日

春枝のことを考えてみる。

私は、あらゆることで苦しまない。あらゆるものをつき破り、すすみたい。

私は、無限の完成へと近づくのだ。

春枝の手紙は、まだこないのだ。野田から手紙。

ひと頃のように苦しまなくなった自分を感じる。

「洋三」は、不満だらけだし、「湖」、「激流」、皆いやな処をもっている。

自分は、他のものに気をひかれないのだ。小さなものに。

自分は、自分だけだ。

俳句とか短歌とかに対したときの軽い気持も、勿論ほしいときがある。(軽いといっても、普通の意味ではないが) しかし、私には、こんなもので満足できない。

体験そのものに近づくというよりも、体験そのもののままに、動くのだ［きたい］。

恋愛は、努力だともいえるし、そうでないともいえる。

九月十六日

春枝に対する気持は、だんだん清いものとなって行くようだ。

すべてが「現在に落ちこんでいるとしても、現在に於て書かねばならぬことはない。」などいうことはない。

断頭台よりも、絞首台の方がすきだと思った。自分がたとい、そのいずれかによって殺されるとしても。

そして、又、断頭台も、首が首穴へ落ちたときの重い音の故に、いいとも思った。しかし、この方は、自分が殺されるとなると、音はきけないのだから、つらい［面白くもない］。

春枝以外の女とは結婚できない。春枝と結婚できなければ、独身でくらさねばならない。しかし、余り、つらいとも思えないが。(売春婦を買うことは買うだろう。)

青い空。――火がもえている。音もなく、雲の向うに青空はこげる。

春枝へ『三人』を送る。

六時半で日がくらくなるし、白い着物では、何だか、そぐわぬ気持がする。

九月十七日

桑原を送る。発車時刻に桑原、そわそわしだす。こういう気持をかいてみたい。

停車場の便所で、新しい少年倶楽部をすててあるのをみる。誰か、子供が、ぬすんで、自分でも、恐ろしくなって、すてたのであろう。その少年倶楽部をみながら、自分の小さい時、本をぬすんで、なぜか誰かに(自分の中にいる、誰かに)何かに、おいかけられているように、思って川の中へすてたこと、淫本を川の中へすてたことを思いだした。その意識の流れ。

数学の大家が、春画を集めていることをきいて、
「その函数は求められへんかなあ。」
「そら喜劇の函数やろなあ。」

皆が話をしているとき、何故か、うれしい気持になって、ひとり、わらいだすことがある。何か腹の中に、自分の気持を浮かせるものが、ひそんでいるような気持。

道で、歩きながら、今頃は、もう春枝は自分の手紙をよんでいるだろうと思ったりした。

先生達が、大分や別府のことを話しだしたときの自分の気持。

自分の近頃の生活は、余りにものんきなものだ。その中に、いい、詩の創作を求めることは無理だといわねばならぬほどだ。ていのいい自己満足に、陥っていては、そうなるのがあたりまえだ。すべてを掘り貫き、その中に、かぎりない生長を見出さねばならない。

もっと地についた、もっと地についた、地の奥底に根を下した生活へ。平凡な生活だと思え。平凡な生活を覚悟せよ。

恐怖を斥けよ、恐怖は常に生活の弱さにもとづいている。恐怖を感じたとき、すぐに生活を見直すことをせよ。

大を求めよ、大を求めよ。世界のすみずみまで、しんがいさせよ。

春枝に対する感情は、次第に純粋なものになって行くようだ。春枝が自分を愛していなくとも、愛して行けるような気がするときがあるもの。（センチメンタルではない。）今までは、こんな気持は少しも感じられなかった。（しかし、実際、春枝が、俺を愛していないとしたら、俺は、どんなことをしだすか、わかったものではないが。）

自惚を打破ることを、又、はじめよう。自惚など俺に必要はない。俺は、そうでなくても、自惚の塊のようなものだから。浅い態度をすてよ。すべてに全力をそそげ。これ以外に何物もない。おしめ、おしめ、しかし力は、おしむな。

悪魔の世界への魅力を感じる人間は、それが善人である証拠なのだ。悪魔は、悪への魅力を感じたりしない。悪魔は、悪の行為者、なるなら悪魔になれ。

自然は、人間なくしては存在しない。人間の奥には自然が波打っているし、自然の奥には、人間が波打っている。自然なくして、も又、人間は存在しないだろう。その自然と人間との奥底に、体験は、大きな流れを、ほとばしらせている。大きな流れの故に、それは、或る部分ではとどまっているよう

に見えるにちがいない。体験は、自然と人間を、在らしめている。それより、自然と人間が存在していることそのことが体験なのだ。——が在らしめられていることが——。

体験の明るい、すべてをつきつらぬく光明を感じないか。

体験は、実に、創作行為を動かす光りだ。奥の底から泉のようにつきず、又、光りのように速くわくものだ。

九月二十日

俺は、春枝に、「私が、君が美しい故に君を愛したとしても、それでいい、それが本当なのだろう。」と言った。しかし、これではいけない。美しい故に愛する、こんな愛ではない。もっと、ぶち上ってくる、体のそこから、ゆさぶられる、根こそぎに、自分の、存在をゆすぶられる、ような愛なのだ。そういう、理由は、常に後からさしはさまれるのだ。

「理論などいらない。」こう叫ぶのは、理論を終った後に言える言葉だと感じる人がいるし、理論なしに、はじめから、言える言葉だと感じる人がいる。

九月二十一日

自分自身の気の小さいことが、よくわかってくる。

自分自身にわかったことは、始めてあらためられるのだ。

手淫をした後で、はなはだしく、精力を失った、損をした、などと思う愚かものよ。快楽は、如何なるものにしても、その代償を支払わねばならない。

九月二十二日

春枝に対するはっきりした気持、夜、道をあるいている時などに感じる。

私は、美佐子という女に、感謝するような時がくるであろう。

ベルグソンの『笑の研究』の中〔に〕、「キ形ハ、ソレガ人ガマネウルモノノミ、コッケイデアル。」ベルグソンの写真を見たが、ボードレールににている。

九月二十五日

夜、空の星の方々にかがやいているのを見て、この、空全体を、詩（の建築）と考えた。一つ一つの星は、各々その光りをもって、無限の空間の中にあり、その一つ一つは、偉大な底の力によって、一定の場所にあらしめられている、そしてその一つ一つは互に作用しあい、一つでも、その場所からかけていてはならない。星と星との間の空間は、詩の行と行との間の無限の空間である。全体が、青空という一つの世界である。そして、それは、たえず、発展へと、進んでいる。

この考え方は、まだまだいけないだろう。

私の感じ方は、もっと直接的であったのだけれど。

「ピンゼルとは何か。」

春枝に対する気持は、だんだん遠のいているようであるが、私の体の奥底に、深くくい入ってきている。

九月二十六日

春枝から手紙がこない。どうしているのかと思う。自分の春枝に対する気持が安易なものになっているのかもしれない。

自分は、もっともっと苦しめる人間だ。

苦しみを求めるというのではない。自分はもっと、はげしい動きの中にいた筈だ。それが静かになってきた。

静かだから弱いというのではない。弱くなってしまったように思えるのだ。一人前に、恋愛を理解してしまった気でいるような自分の態度がいやだ。

春枝を愛する。春枝のすべてを愛する。


学校で批評会あり。

富士と盛んにやる。されど、言うべき人なし。

頭、悪し、ボーッとしている。

九月二十七日

母が来る。雨が降っている。父の命日だ。父の葬式も雨が降っていた。母と先生の家へ行く。母に会えてうれしい。北陸へ行ったという。（金沢へ）
自分自身を、次第に地についたものとして感じだす。

九月二十八日

春枝と別れる。

最も積極的な生き方とか、いうようなものは、ないのだ。

私にとっては、詩を作ること、だけが、生活だ。

それは、又、私の社会的生活での、活動なのだ。

創作以外に何もない。

春枝と別れても傷が残りそうにない。

私は、私が余りにも早く本を読むような習慣をもってしまったことを、残念に思う。


春枝から、別れてくれ、許してくれという手紙を受けとったとき、私の心は何一つ動こうとしなかった。私は、春枝に対して、余りにも残酷な自分を悲しむ。

春枝が、私がその手紙をよんだとき、気もてんとうして、苦しみの底に落ちるだろうと心配してそれを書いたが故に。


私は、こんな書き方がきらいだ。

私は、人から憎まれる人間にならねばならぬ。私が、人から憎まれる人間になりたいと言ったって、誰も信じないであろう。私は、それほど、人から、よく思われようと思っているのだ。

春枝も、私を愛してくれたのだ。

月が出はじめた。湯から上って、私は、すみきった気持で、春枝のことを心にうかべながら帰ってきた。春枝をにくむ気持は、少しもなかった。人間は全く別々な、一つになれないもの、こんなことを感じた。そうすると、一層心が開けるようであった。

星が、方々にあり、虫がないていた。もう冷い秋になってしまっている。

先生に、「春枝さんと、又わかれました。」こういうときのこと、先生が「ふん、手紙でもきたのか、どう言うてきたのか。」こう問う様や、そんなことを想像していた。

私の前には無限の発展があり、その発展は、今、こうして歩いている足元に既にあるのだ、そうして、こうして歩いている足元にある発展、発展はいつも、自分の足元にあるのだ、こう思った。

富士と話し合うことも想像した。

九月三十日

夜、富士の家へ行く。

酒を飲む。「何処へ行く。どの辺へ。」「さあ……そら、女がいる家か［方がええか］、いやへん家か［方がええか］、それで、極るなあ。」

「ふん……女がいやへん方がええなあ。」

「そやろ、今はなあ。」

おでん屋へ行った。

「女がいらんようになったら、女を求めようと思ってんねん。」

「ふん、俺は、死ぬまで、女がいらんようにならへんなあ。」

「そういう意味でいうてるのんとちがう。」

「そうか、わからんなあ。」

「こういう考え方が間違ってるのかもしれへんけど、そらしらんで。」

十月一日

いい天気だ。体がつかれている。煙草屋の娘二人。

弁証法を動かす世界、弁証法などのない世界。

存在の世界、そのままが、弁証法である世界。

みんながみんないい気でいるということは恐しいことだ。

自分自身の顔がいやにならないような気分で、すべてに向っていてはならない。

十月四日

満月だ。煙草屋の女。

夜、ひとり春枝との間に起ったかもしれない、性交の場面を想像する。そして、これを書こうと考える。

煙草屋の娘との間に起ることも書いて行きたい。

真面目な顔、心。

性慾に苦しむ心。

十月五日

俺程、馬鹿な人間がこの世の中にいるとは思えない。

俺は何ということをしようとしているのだ。

俺程浅い人間が。

誰が、どう苦心したって、俺をわかることはできまい。

決して、出来る筈がない。

私の体の一部として自然はある。自然は、私を動かし、私は自然を動かす。そして、そのときに於て私と自然との区別は全くなくなる。

海は、かぎりなくゆれている女の腹だ。私はその腹の上にゆれ、腹をゆさぶり、もう、私も、女もない。ゆさぶることが厳然としてあるだけだ。海の明るさだ。

海の明るさから［さの不統一］、ゆさぶることが少しでも不統一をふくむとき、私と海とは、離される。私は、自然からはなされる。私と自然との体――私という体……それは、大きな［無限の］円の中心としての時間を作る。中心は無数にある。

無数の中心の形づくる円（球）の中心に、永遠の現在は回転する。私は、永遠の現在に生死する。

私は生きているのだ。私は、其処に、ゆさぶっているのだ。

ゆさぶる一刻一刻に、私の生死はきえて行き、新しい生活がある。

私と永遠の現在とははなれない。いや、私のゆさぶることそれが、永遠の現在だ。ゆさぶることをはなれて「今」はない。

――其処に、無限に円い空間がある。

誰が、円い空間の体を感じられないというのか。

俺は、そんなお嬢さんたちといることは、たまらない。

俺は、もっと、大地の匂いを、緑草のにおいを、かいばのにおいをたてる、どろどろの女といたいのだ。

俺の肉の中へ、白い歯をくいたてる女といたいのだ。

俺のすべてを、骨まで、しゃぶりとろうとする女と一処にいたいのだ。

十月十二日

夜寒くなる。道を歩いても、足が冷たい。

肉慾が、この一週間、はげしい。肉慾のために、生きていたようなものだ。


何かを摑もうとする行為、そんなものはいやだ。

行為に対しては、必ず対象があるだろう。その対象をつかもうとする行為、それは、考えられた行為だ。体験（絶対無）の動かす行為の中に目的はない。それは、必然だ。

必然であることによって、それは一歩ひくい立場に於て、無限の自由をふくまされているのだ。

行為は摑まない、摑むのではない、其処にとけこむことによって、消えて行くのだ。そして、消えてしまうことによって、対象は生々と存在する。対象が生々と存在すること、そのことが［こそ、又］行為なのだ。行為と対象は打ち切ることはできない。存在することは、対象と行為がとけ合って、動くことだ。それが行為だ。

行為は存在を打ちたてる。

摑むのではない。向って行くのではない。とけるのだ。とかされるのだ。


悪魔は悪をなすことに快楽を感じない。悪魔が悪をなすのは、悪を愛しているからではない。悪魔の世界には、悪以外には何もない。即ち、悪はないのと同じだ。

ただ、そういうものがあるだけで、悪魔の世界には善もない故、悪もない。悪魔はただ悪魔の普通の生活をしているにすぎない。

悪魔にふれる人間は恐しい。しかし、人間は決してなれない。

悪をするのを、何も感じないで行う冷酷、冷酷と名づけられない冷酷、私は、これを求めているのだ。求めているなどというのは、私が冷酷でない証拠だ。

真の行為は目的をもたない［求めようとしない］［摑もうとしない］（真の行為には、ただ、はげしい動きがあるだけだ）。

真の行為はしようとしない［とけてしまうのだ］。

悪魔とか、夢とかに、とらわれている間は、駄目だ。

悪魔そのものになっていなければだめだ。

ドストエフスキーは……。

十月十三日

煙草屋の女にたいする気持もうすれて行った。

富士と話す。富士の家へ行く。


ゆさぶることが、私に対して海を在らしめる。ゆさぶることが私を在らしめる。すべては、生活の中にある。

私は、無意識というものに進みたいのだ。反省のない世界ではない。創作しているときの無意識だ。

一つ一つのフォルムを、一々分けて見るということは不可能なことだろうが。

肉体は、一般に、言葉だと言えよう。

誰でもが、普通の言葉を有しているように、誰でもが普通の肉体をもっている。肉体のもつ一つ一つのフォルムを、舞踊家は求める。その一つ一つこそ、普通の体を否定した［されて出た］、体の形だといえる。

否、普通の体があって、その真の一つ一つのフォルムがあるのではない。歴史的には、如何にも、普通の体があって、それから普通の体が否定されて、一つ一つの真のフォルムが出ると見られよう。

しかし、否定はそんな処にあるのではない。一つ一つの真の形があってこそ、其の下に、普通の形があらしめられているのだ。それは、も早、否定の何らも含まないものだ。

普通の形は、死んだ形であり、概念化された、堕落した形にすぎない。

舞踊に於ては、肉体は、あらゆる自由をふくむ。

建築が、普通の空間が否定されて、表われてくる如く、詩の言葉が、普通の言葉が否定されて表われてくる如く（真に、否定されて表われてくるのではなく、それは厳然として在るのだ。それがあってこそ、普通の言葉は表われてくるのだ。）この意味に於て、「詩」は言葉の建築であるという如く、又ロダンのいうごとく、「舞踊は、肉体の建築である」とも言える。私は、「舞踊は、肉体の音楽」だと言おう。舞踊は、かくも音楽に結びつく。

それは、舞踊が音楽を求めるという意味ではなく、舞踊のポエジイの根が音楽のポエジイの根にむすびついているということに於てである。（すべての芸術の根が、全く一つの処にある如く。）

しかも、舞踊は、全く音楽に結びついている。

しかし、舞踊に於ける音楽は、全く、舞踊の音楽とならねばならない。それはどこまでも、舞うことを中心としたものでなければならない。

いつまでも、はてしなく、動く海を見よう。其処には、すべてを動かす動きの中に、限りない音のない音楽がある。それこそ、舞踊の中にみる、ポエジイなのだ。

一つ一つのフォルムを、構成することによって、（それは創作という、すべてを生みだす働きによって）一つ一つのフォルムは、全く、のっぴきならぬ、その場所に置かれるのだ。（それは全く夜の空の中にちりばめられた星だ。一つ一つ違った光りの、かがやく無限の空間だ。）

踊りからは、すべてのものが追いだされねばならない。踊の中には、すべての動きがあり逆に、すべての静かさがある。構成するということは、一つ一つのフォルムの「所謂」連続に於ても、全体としての組立ての上に於てもいわれねばならない。

私は、独断論にのみ、面白味を感じる。

以前のこと。

井口が酒をのんで、吐いた。富士もはいた。

私達は井口をかかえて、かえってきた。

「ああ！　みっちゃん。」井口が言った。私は、このこえをきいて、この上ない、怒りと、嫌悪と憎悪を感じた。私の身体中に冷いものが、感じられた。


夜。

「俺は、今に、こんな奴等を、俺の足下にひしいでやるのだ。」こうくりかえして思った。

十月十七日

昼、女の人が墓へ参りにきていた。この女の美しい裸を想像した。一処に、寝たいと思った。抱きしめたいと思った。春枝を思いだし、美佐子を思いだし、一子を思いだした。それから、果物屋の娘、美枝子、信子、正枝、を思いだした。

女が動くごとに、四〇代の女の肉の動きが見えた。

白いすきとおった手。——試験がないなら、何処に、女が住んでいるか、後をつけて行くのにと思った。

この頃、手淫が多い。

井口も、富士と同じように、「変っている。」と人から、言われるのを望んでいるらしい。

私は、「変っている。」と人から言われるのがいやだ。恥しい気持だ。

「君の変ってるのは、変ってるようにわざと見せようとしているのやないから、いいのや。」

「ふん、変ってるように見せてるのや。」

俺は、愚かな人間にすぎない。しかし、すべての人間は、俺の下にいる。いくら、下にいたって、俺も人間だ。

夜は、いい気持。

この頃、道をあるく毎に、女に抱きつくことを、想像したり、強姦をしようと思ったりする。

此の頃、接吻や、性交の夢ばかりを見る。

グールモンは、何時も、逆説という武器をもっていた。

女を、どう思っていたか、こういう複雑な気持は、一言では言えないが、彼は、常に、シモオヌという女を求めていたのだ。

自分自身が浮気であることを得意がっている間、少くとも、それを人に話す、又話そうという気持をもつ間、その人間の生活は、大変弱っている。

十月二十日

女に会う。体が暑［熱］く、頬が赤くなる。この頃、こんな経験が少いので、よかった。余り美しい女ではなかったが。

風の音がいい。葉鳴りがいい。

『ロダンの言葉』を買う。

女を、もてあそびものにする、という気持が、自分の中に、長くあるらしい。春枝との対立は、それを、大部ぶちこわしてしまったらしいが、やはり残ってきている。

友達と友達との間の気持を見ているのも、面白いものだ。

ボードレールがポオを求めたのは、必ず、ボードレールの理性（理性とよびうるならば）がポオーに通じていたのだ。

それを、奇変を求めたからではない。衒学的な意味からではない。彼の生活が、全く、奇変であり、彼の奇変は、彼に於て、普通であり、彼の生活であったのだ。彼は、何物をも計算しない。計算は、もはや、行われてしまっているものだ。彼は、すべてを想像の中にとかしこむ。想像は、彼の夢だ。そして、彼に於ては、夢は、現実よりさらに、現実なのだ。これは、彼の生活が、現実から、かけはなれていたことを示すものではない。これこそ、彼の生活が、全く現実そのものであり、彼の生活が、現実を支配し、現実に支配されながら、しかも現実を支配していたことを示すのだ。

支配していたのではなく、夢こそ現実であったのだ。そして、現実こそ夢であったのだ。——其処に現実を夢とし、夢を現実とする彼の生活（現実）がある。

「夢は現実の根にある。」「夢は現実を支配する。」

夢は、全く芸術の世界に通じている。彼の夢は、まことに現実であり、現実を動かす、世界であったのだ。

此処に、彼と、ポオとのつながりが見出される。

彼の生活が、一に芸術であり、芸術に終っている以上、芸術をはなれて彼の生活はない。

芸術をはなれて、彼を見るとき、彼は、全く、あやまって見られ、彼は、全く、表面的に見られることになる。

肉欲は、すべてを正しく見、すべてを美しく見る。

十月二十一日

学校からの帰り、子供がどんぐりを拾っている。木の茂みから、どんぐりが落ちる。

ボードレールには、心の底では、黄金のやわらかな光りを、やわらかな、ふれあいを愛していながら、外へ向って、「俺は、白銀の古びた、けがれなき、にぶい白さを愛する」と言うような衒いが、ないでもない。しかし、そのときは、そうであっても、彼の心の中の黄金への愛は、それ以外のそれが計画された詩でないかぎり、詩の中へ、きっと表われてきている。

其処では、俺は黄金を愛するなどという、あらたまったいい方ではなく、彼が猫を愛したような愛し方で、肉体的な愛し方で、黄金に対する執着がのべられているのだ。

今日は、体の調子がいい。空は、向うの方が晴れている。

しかし、彼は、単に執着のために詩をつくったのか、彼のすべてに対する執着は、普通の人に全く見出せないものだった。しかし、すべてはその執着からでているのだろうか。そうだ。すべてはそこからでているのだ。しかし、そう見られると同時に、すべては、執着からでているのではないと、も言えるのだ。

彼の肉体が、執着したものを、彼はぬぎすてて行ったのだ。彼の肉体が執着したものを、彼は、彼の全体で、自分のものとして行った。彼は、自分のものを作った。彼は、自分のものとしただけだったのだ。何処も自分のものとし、（いやそれは、始から、彼の内部にあって、彼が、純粋に、無意識ながら、自分自身を自覚して行ったと、ひとりでに、彼の内部から、ぶち上ってきたものにすぎない。）彼に於て、彼の内部と、彼が自分のものにした対象とは、一つになった。彼の生活のすべては其処にある。ただ、生活が彼の存在だった。対象と、彼の内部とを、行為、……目的をもたぬ行為が、むすびつける。内部は行為であり、対象は、行為の目的であり、その根元に、行為を動かす、又、行為に動かされる、ものがある。（無）

ボードレールのすぐれた詩には、それが明らかにみられるのだ。

今日は、春枝を、何時ものような、はげしい肉慾なしに、思いだした。温和な気持で、今頃、何をしているだろうと思うのだ。

富士が来たそうだ。留守にしていた。惜しい気がする。明日、会えるだろう。

夜、星がすこぶるいい。この調子だと、体の調子も、ぐっとよくなりそうだ。

詩、「はぜ黄櫨」完成。（昨日）

今日、見てもらう。

今日は、性慾の起りが少ない。此の頃、すべてが、すきとおっている。私の顔の中に、春枝を見出す。

春枝という女は、聡明な女だ。

春枝に対する気持が、だんだん明るくなって行く。

十月二十二日

俺は、余りにも安易すぎる。俺は、もっと、俺の全体で、つきかかって行きたい。何の目的もなく、何処へでもなく、俺の中へ、俺の中に開ける世界の広さ、すべては、俺の中にある。そして、俺を在らしめている、行為の力強さ、私は、絶対を私の中に見る、それは、私であり、私というものを、一個もふくまない、明朗としてすきとおった光明だ。

何処とも知れぬ奥底から、はてのはてまで生命を、かがやかす、生命の中を、かすめとおる、光りだ。それのとおるとき、もはや、生命もなく、何もない、それが、ただ在るのだ。

私の、行為は何物も摑まないという考え方は、静かな考え方であり、消極的な、ついには消えてしまう考え方だった。行為に対して摑むとか、摑まないとか、論じることさえ許されない、行為は実に、摑まない。何物もつかまない、それより、行為は、それによって、すべてを動かすものだ。ただ、世界の本には、行為がある。仏の行為があるのみだ。

ロダンが、踊りは、動く建築であるといっているが、それは、ロダンの言い方である。それは、ロダンが、建築を主として言った言い方であろう。

私は、その言葉の中に、動を主としたものをみるのだ。それは、動く肉体、そのものを中心としたものであり、静をふくんだ動を中心としたものだ。私は、私のすべてをふりすてるのだ。

富士は、人から、変っている、と言われるのを喜ぶようだ。井口にも、近頃それがでてきた。

富士は、又、「原始的だね。」と言われるのを喜ぶようだ。

「ふん、又、かじるんやな。」先生が言った。富士は、うれしそうに、一寸顔をくずして、柿を、手でふいていた。

「富士君は、原始的だね。」、柴峰さんが、言うてました。」井口が、少し体を、前へ出して言った。

「ふふ……。」先生が笑っていた。私の目と先生の目が、かち合った。少し、いけないと思った。「よう、人の目を見る奴だな。」と思われはしまいか、と思った。そして、馬鹿なことを思った。

絶対の他力に、すがるより、私の行く道はない。私は、私の詩を、私の力で作っているのではない。私は、仏の力によって、作らせてもらっているのだ。私は、もう仏の身だ。

美しい女を見た。大浦という名らしい。

十月二十三日

人間が、こうして、存在しているという奥に、私は、仏の、はげしい光を感じる。私は、偶像化していない。仏は、私を、すくってくださるにちがいない。

十月二十四日

夜の空を見上げているとき、その後に、それを包んで、広大無辺の仏の大きさを感じる。私は、私のすべてを投げすててしまおう。「私が」という、心を捨て得たとき、何が起るだろうか。想像してはならない。想像しても、それが想像でわかる筈がない。

私のすべてを捨てよ。

美しい女の子を見なかった。

ヴァレリーという人は、奥へ奥へ、進んで行ったのだろうか。

私には、私以外の詩が、わからないのだろうか。

私の詩以上に、すきな詩は、ないし、私の小説以上に、すきな小説はない。

十月二十四日

試験終る。榊原紫峰の家へ行く。

井口に対する心、富士に対する心、先生に対する心。

十月二十五日

印刷を始む。不機嫌。

夜、「明治元年」を見に行く。

春枝のことを思いだす。東京の浅草の風景を見たとき、春枝の体を思いだした。純粋な気持になってきている。

自分自身の気取りは、いやだ。

夜の空の美しさ、星をみていると、時というようなものが止まっているような、時などのものはやないということを感じる。井口と富士に対する、にくしみが起ったり消えたりする。二人ともいい人間だ。

電車の中で、春枝ににた女を見つける。春枝と同じ耳の形をした女もいたが、顔はみられなかった。

十月二十六（七）日

父の命日だ。心が弱っている。他人のことを気にかけないようにしようと思いながら、他人のことを気にかけているのだ。富士は、いい人間だ。富士の日記をみる。春枝は、ばかな女だ、とかいてあった。余りいい気持はしない。春枝を悪いなどとは思えない。

兄がきた。だんだん、立派な人間になって行く。何か、きっと、やりだすだろう。大きな人間になるだろう。

五円くれた。兄と京極をあるく。

「これ、とっとき。」

「これいらんの？」

「うん。」

「そんなら、もろとくわ。」私は、一円位、もらうつもりでいたら、五円くれたのだ。兄とわかれるとき、兄の笑顔を美しいと思った。

いい月だ。浅い詩への態度は、ならない。

富士と風呂へはいる。おくってきてくれる。

富士が、「原始的」だねと、いわれるのを、喜ばず、むしろ、にくんでいることを日記に見た。富士は、何でも、いい方に物をとっている。私など、富士にくらべることの出来ぬ程きたない心をもっている。

富士の日記を読んでいると、心の弱さがきえて行って、気持がよかった。

私は、私の詩が一番いいと思う。そうでないと、変なものだ。誰でも、そうなのだろう。これこそ、最も正しい、謙遜ではないのか。私の心の中の、すべてを、白昼の明朗の中へ、ぶちまけよう。常に常に、進んでいる。

「歓喜というは、歓はみをよろこばしむるなり、喜はこころによろこばしむるなり。」

十月二十七（八）日

富士と井口とが、俺に対して、つきかかってき、俺が、もう『三人』をやめる、というような夢をみたことを富士に話した。

「あの夢をみたときは、しゃくにさわった。」

「夢なんか、ほんとにしよったら、しかたがない、夢やもん、どんなもんを見るかわからへん。」

「しかし、俺には、夢とか迷信とかは、よう働きかけてくるのや。」

「ふん。心のまよいかな。」

「長い夢やった。始め、だまっていたが、いくらでも、君等がつきかかってくるのや。」

「二人でなあ。」

「うん。それで、俺も、お前等などに俺の詩がわかるかい、いうて、俺は、俺一人でやる、いうて、そこで目がさめたのや。」

「ふん。——大部俺をゴカイしとるなあ。」

「さあ……。」

私としては、この夢の話をするのは、何故か、体中一ぱいに喜びを、もたらした。顔があつくなるし、体が、すーっと、快感におそわれた。私は、だまっていた。

富士が、俺は、「君の人間を信用している。」といいだした。

「俺は、君に対して、そんな心を「なんか」いだいたことがない。」といいだした。

夜、又、女に対する気持がひどい。こんなとき女は、全く、私の性欲の対象以外にないようだ。

他人の軽蔑を、軽蔑するより以上に、他人の軽蔑を軽蔑することを軽蔑する余裕がほしい。

井口は、ずるい点をもっている。女のずるさをもっている。

(私が丁度、女の性欲をもっているように。)

富士程、気のいい男は見つからぬだろう。私のような人間にさえ、あいそをつかさない。

十月二十九日

井口は、女性的な人間だ。井口程、女性的な人間を、私は見たことがない。

十月三十日

私は、絵本を作っているのではない。「湖」「激流」、これらは、絵本を作ろうとしている。

十一月一日

強姦というものは、面白いものだ、と考える。近頃、この考えになやまされる。

スマートランチで金一銭たらず、かえしに行く。

美しい女の後をつける。又、他の娘の目の動きにより後をつける。見失う。

自分が進む方向は、自分の勝手だといいたい。しかし、自分は、進まされているのだ。自分は自分を動かす、自分の存在というものに、その奥底に、仏を見る。仏は、私の知らぬ処へ私を歩かせる。——否、それは、私の熟知のところだ。

私は何も知らぬ。しかし、私が一度、それをとびこえたとき、私は、それを、ことごとく、熟知していたことを思いだす。

時の流れは、——此処でたたれるのだ。

十一月二日

「流転の中で、そのまま仏である。」「まことの信心のさだまることは、釈迦弥陀の御はからいとみえて候ば、……」

夜、月清し、先生の家へ行く。絶対他力について。

「仏」という語を口にしたとき、太田と富士が笑った。先生は、私の絶対他力を観念的だと言った。一人でも、他の人（お空さんにしても）に、何か言われるようでは、私の信心も、到らないからだろう。私は、何の、くやしさもなく、坐っていた。

「浮世絵をやっているて？ 他の絵なんかもってるの？」問。「さあまだ、その本人は研究しとらん。」答。と答えた人が先生の家へ来た。井口の友達だそうだ。こんな答え方は、いやだ。今日、又、窓から、家の中の性交の場面をのぞきたい勢にかられた。にげた。此の頃、始終起る。

月の下を、雲が速く走り、柿の幹が、光っている。

踊りは、肉体の詩である。踊りは、肉体の動き以外に何を求めよう。

日本の踊り、静、……絶対の無（の表現）菊五郎、石井漠。

十一月三日

夜六時頃、「くわっ、ぐわっ」と鳴きながら鳥が通った。私は、電灯の元で小説を書いていた。五位鷺かもしれないと思った。帰ってきて、又「ぐわっ……。」とないたりした。

慾望の通りに行えるものが有るなら、行って見よ。

女、あらゆる女を、私は好むのだ。

性交の室を見てやろうと思う。

大塚という女に会えない。この間会ったときは美しかった。

大塚という女の家の隣の女にも会えない。これは、少し、細長い。性慾をもたないような女だ。しかし、目を見れば、こんな女も、どんなに、はげしく性に餓えているかがわかるのだ。

女の臭い、一々ちがったにおい、自分は、臭いを、おぼえよう。昼、……吉田山の中で、女を見る。青い顔、接吻しようと思い、できなかった。

夜、富士の家へ行き、そば、二つ食う。（井口、太田）朝、手淫をする。……

十一月四日

知らずに手淫する。後でいやになる。

鳥がなく、「くわっ、くわっ。」

妹に、ゴムの船を買ってやったことを思いだす。（淫。）

詩には詩の読み方があり、散文には、散文の、読み方がある。

（これは、建築と彫刻とのちがい、のようなものだろうか。）

美しい女、二人に吉田山の処で会う。一人が（小さい、）洗水のフタを開けて、「あら、こんな水」と言った。一人が、私の方へ下りてきた。白い顔、少しただれた唇、白い膝が見えた。

下宿の皆が、写真をとってもらった。百合子が、出てこない。いくら、こいといっても来ない。親父が、「あの子は、変ってるのや、自分のことを最後まで、いいとおすのや、男なら、えらもんやが、女はあかへん。」と言った。

女の恥辱の心も、親からみれば、こうなるのだ。

自惚を打ち破れ、沈黙の中の秘密に執着するな。

「阿弥陀経の世界。」美術館で先生と話す。（皆も。）

井口とよい。富士は電車で帰る。

ライオンの吼える声をきいた。（夜のことだ。）

昔のこと、春枝との接吻を清いものとして思いだした。この女との間程の、緊張した時を、もう一度もちたい。

近頃、あの時程のはげしさを、経験したことがない。

あんな時に、私の体中は、はげしい発展をとげているのだろう。

写真をうつしてくれた。

十一月五日

十時頃、起きる。きれい空。

手紙をかいた。

夜、隣室の話をきいていると、おかしくなり、わらっていると、この時の心の状態が、その話をきいたときの心の状態と同じになったのか、「I am newspaper」と西洋人に言った新聞記者の話を思いだした。（先生の話をきいたのだ。）

十一月六日

娘の姿を見て、抱こうときめた。娘は山の方へ行かず、町へまがってしまった。

十一月七日

学校の帰り、小さい女をつけて行った。私の好きな顔ではないし、黒い、まだ熟していない、小さい体だった。

それだのに、私の顔は、きつく、しまり、私の鼓動ははげしく、足が自由に動かぬように思えた。のどの奥が、からからになった。女に近づいた。抱こうとした。人がきた。やめた。又、ついて行った。女が何回もふりかえった。又近づいた。私は女を追いこした。女は、他の道へ行った。私は、知らなかった。

すぐ気づいて、後を追った。近づいた。抱こうとした。又、人がきた。

山をすぎ、本通りへでた。もう、人が多かった。私は言葉をかける機会をねらっていたが駄目だった。

辻さんに会った。私は、女の方を振りかえり振りかえり、かえっていたので、驚いた。「大きくなったなあ！」おせじを言ってかえってきた。鼻の上、眉と眉の間が、ひどくいたかった。

手がふるえた。（そして、あの女は余り、好きではないのに、と心にいいきかせた。）空想に落ちた。美しい女ではない。


吉田も、西村も、私がいなくなれば、このままで、死んで行く男だ。

俺は、淫売婦を求めているのか。そんなことではないと思う。俺は、この上ない緊張——俺の髪の毛がさかだつような——に、誘惑されているのかもしれない。小さいこと、小さいこと。大きいこと、大きいこと。

十一月八日

「出かた」「出直す」。なんとか、いうことが、ある筈はない。現実以外に何ものもない。夢以外に何ものもない。

すべては、一つに落ちこんで来る。

山を上っていた。小学生のたべる蜜柑のにおいがした。遠足の時の景色を思いだした。

何処までも、先ず理論、観念をすてよ。観念は、含まれるものなのだ。

「週期」というものを考えてみよう。

十一月九日

母から手紙が来る。

私は、また積極的なことを忘れようとするのか。

抽象の中に、自分を鈍らすことほど愚かなものはない。


私が存在しているということに、すべては存在しているのだ。

すべてが存在しているということに、私は存在しているのだ。

存在。


大塚という女を見る。毛糸のアミモノをしていた。緑か、薄卵色の糸をあんでいた。私を見た。うつむいた。もう一人他の女と話をしていた。私の目がすわってきた。手紙を書こうかと思ったりした。煙草屋の娘に似ている（頬がつやつやと赤かった。）赤い糸で、髪をお下げに結んでいた。

そして、皆、春枝に通じていると思った。青い空、鳥の声、井口が来た。

風呂へ行く途中、こうして、美しい空があり、星が輝き、そして、大地が生きづいている、この中に、私が生きているのだ。何という不思議さだろう、と思った。私の身体が、すきとおったものになって行くのだ。

私は、私の一つ一つをぬきすてて行く、私は、一つ一つすてて行く毎に、私の内容をなくしてしまって行きたいのだ。私など何もない処へ。

出かた、などある筈がない。創作に、そんな考えられたものがある筈がない。

十一月十日

私は、絵を描くのではない。私は音楽を演そうするのではない。

私は、時計の音をきく。明るい明るい。

山路をとおってかえって来る。(女との記念。)

　　桜葉の冷えし筧のにごり哉

十一月十一日

富士と酒をのむ。

十二日

大文字山へ上る。多くの女。冷い水。奥さん達。

風邪。富士と万才を見る。クロイツェルソナタ、いいと思った。

何か簡潔なものがほしいのだ。

私は、まだ、人から、しんみりした話をしかけられたとき、それに、ひきずりこまれる。それを打ち切っても何とも思わないような気分になりたい。

富士が、私の詩で、「接吻」「白梅」などが頂点だといった。

「接吻」「白梅」は、一面的なもののうちでの一頂点だ。

〔ノートにはさまれていたものであるが、野間宏の筆蹟ではないようである〕

　十一月十二日

来た。も一ど太田の方へ行き、それから家へ帰る。

僕はもっと自分を大切にすることを学ぶつもりだ。

詩人というものは亡んではいけないもののように思われるのだ。

何に亡ぼされてもいけない。

併し亡ぼされまいとする気持がかえって生きる邪魔になるかもしれないと思う。

宏

正晴

十一月十三日

春枝のことを思いだした。

火の流。冷。頂点。

平常なものへ。俳句について。
大塚という女を見た。誰か友達がまっていて、大塚は、靴をみがいていた。家の玄関の戸を開けて、しきいをまたいで。
春枝の顔（笑顔）を思いだす。（夜、石段を上っているとき）
俺は、ボードレールを軽蔑する。ボードレールを最も知らぬ人間だから。

たとい世界にみてらん火をも、このなかをすぎて、法をきくことをえば、かならずまさに世尊となりて、まさに一切生老死を度せんとすべし

「無生を終朝に制す。」これ接〔一字不明〕のみことにして〔一字不明〕実の説にあらず。

「道は色像なしといえども見つべし。」


絵を描くにあらず。形なくして、形定まるなり。

形ある処に形あらず。形生ぜざる処に形生ずるなり。形あるは形死せるなり。形あらずして形生くるなり。死せる形、生ける形、形は「常」にあり。

形なきもの、これを常という。

十一月十五日

十四日は、弱い。手淫。「今に見ろ、」こんなことを考えて見る。

ボードレールについて、ハックスレーが書いているのを見る。

「今に見ろ、世界の人間を、ふみにじってやる。」こういう欲望のために、小説を書く人間。

十一月十五《ママ》日

富士が来る。（昼休みに、作文を書くために。）

富士と一緒に外へでる。散髪をして、何故か、ぐずぐずしていた。キツネ丼をたべ、新聞をよんだ。大塚という女に会えるかもしれないと思った。そして、吉田神社の方へ行った。

女学生が二人程、やってきた。（白い筋が三本はいっているセーラー服。――春枝もこんなのをきていた。――）

大塚もきている。会えるにちがいないと思い、鳥居をくぐる。と向うに、二人いた。二人の中、一人がそうだ、と思った。やはり、そうだった。左の方がそうだった。

胸が、おどってきた。足がふるえる。――しかし、俺は、あの、少しとがったような感じの顔――顔の形はそうでもないが、鼻と口との間の、面倒さ、それがいやだと思った。

春枝より美しくない。顔の色は、いい赤色で、つやがある。

春枝は白かった。煙草屋の娘ににている。

しかし、細い。しっかりした肉附。

しばらくして、馬鹿らしいと思い、又、ついて行った。女は仲々、速くあるかない。どうしようかと思い、立ちどまったが、追いこすことにした。背中が、傘の中に見えている。

雨が少しふってくる。髪の色黒し。追いこすとき、女を見た。

白い目で、こちらをにらんでいる。すぐ前を見て、あるいた。

（手紙は、わたせない。）

女が、その友達に、高い甘い声で、「……よ」といっている。

私は、肩をふりふりかえってきた。嫌になるかもしれない、とか、手紙わたそうかとか、まだほれていないとか、考えて、女の家の前でまっていたが仲々こない。家へかえり、又、女の家の前へきた。女はいなかった。

富士がきて、

「大塚いう家あったぞ。」といった。一緒にあるいていて、私が、

「ここやぜ。」というと、

「うん、ここや。」と言った。

　旭《ひ》の光かすめる野原仔牛一つ冷く露にぬれてをりしか
　山鳩の声する寺や菊枯るる

　旭の光銀杏は庭に敷きにけり
　夕陽沈み銀杏は庭にしきにけり

「い」という発音はすきだ。又形もすきだ。

知れない。軽い。——


夜、真如堂の祭へ行く。店がでていた。

大塚という女に会う。母親と、弟二人といた。

十一月十六日

夜、雨止み、星がでる。冷い風。下駄を買った。

島木赤彦にもいい歌が少しある。

夜、先生の家へ行く。

「詩に於ける言葉の形」ということ。これ以外にない。芸術はすべて形である、こと。

十一月十八日

物が在るということは、形に於てあるということだ。在らしめているものが、形に於てあらしめることだ。

詩の執着を打ち切れ。断つ処にすべては、行われる。

富士に一円貸す。大雅堂を見る。

余り、いい気になっていてはいけない。夜、霧。

十一月十九日

朝方、雨が降ったらしい。

私が、自分で洗濯するので、他の人もするようになった。

皆、恥しかったのだろう。

十一月二十日

愛すべきもの、富士の気取。（富士にとっては、気取ではない。富士は、気取りなど許す男ではない。）

猫などといわれて、喜んでいてはならない。

「眼」を書き直すことによって、谷崎潤一郎からも、離れるだろう。そういう気持が動いているらしい。

ドストエフスキーを用心しろ。ドストエフスキーを倒せ。

俺は、すべてに向って、戦ってやる。

（これが、俺のセンチメンタルでないことを祈る。）

王莽という人間は、面白い。俺の組の人間は、俺に、影響されてきた。あいつらを、俺のままに出来ないものか。

自分自身が蛆虫となった時を考えてみよ。「私には目も耳もない、鼻も手も足も。私の腹がすべてを知り、私の腹は、女の膚の上をはう。私は、女の落した糞の中を、私は、女の下り血の中を、私は、私の腹でそれを知る。それが私を肥やし、その中で私は生れ、その中へ死ぬ。

私は女の臭いを、私の腹で知り、女の声を腹でしり。

私は、夏がすきだ。もうもうとたちこめるかげろうがすきだ。」

ストリンドベルグには、調子を用心しよう。

十一月二十一日

いい天気であった。自分を人に知らすな。

湯へ行く途中、石鹸の箱をもつ手が冷くしびれる。

お前はもっと鋭いものを書きたいのだろう。時間という奴を。

しかし、時間を鋭いと感じるような感じ方は、まだ駄目なのだ。

強姦ということが、又、私を、ぐらぐらさせる。

十一月二十二日

手淫。（昼）――手淫を止めていると、強姦をしそうだ。

強姦をするのが恐しいと思うか。

富士に一円貸す。

吉田に「四つの顔」を貸す。富士と話す。「近頃、人にしぶい顔をみせるのがいやになった。」と言う。

アランの散文に対する意見は、面白かった。

ボードレールが、よく、あんな単調なものばかり書き続けることが出来たなあと一寸思う。

富士と話していると、いい気持だ。

ドランの絵にも、いやなのがある。エゴン・シエーレーは面白い。

「馴鹿」からぬけ出さないといけない。こんなうすっぺらいものに、何があるのか、と思える。こんなものを書いていい気になっていてはいけない。

象徴からしりぞくな。象徴などつき破れ、象徴などに「物が在る」筈がない。

「馴鹿」は象徴を破っている。しかし、全体のmassを求めよう。

娘がきた。すぎて、しばらくして、

「今、清い感じの女が通っていたなあ。」富士が言った。

富士は、その女が大塚だと思ったらしかった。それをたしかめるために、こうきいたのだ。

「どこで。」私は、しらぬようにきいた。

「此処で、今ここで会うたがな、この道で。」

「ああ、あれか、うん清々しい女やな。でも、まだ小さいなあ。」

私が言った。私は、あれは、大塚ではないという意味でこう言ったのだ。歩いた。

途中、又、女に会った。二人とも見ていた。

「あの女、似てるなあ。」私が言った。

「ふん、だれに、あれか。」富士が言った。大塚に似ているのだと、とったのだ。

「春枝さんに。」私が言った。春枝さんというのが少し恥しくもあり、又言ってみたいとも思ったのだ。言ってしまうと、もう、平気だ。春枝にも余りやられないと思った。

スタンダールが、カケヒキの男だといった。（私）

あんなかしこい男はしらんと富士が言った。

「のまはんも、一寸どうかすると、あんな男になるかもしれん。」

「そんなことない、俺は、あんなんとちがう。」私が言った。

「俺なんか、どうしたってあんなんにはなれへん。」富士が言った。

スタンダールにくらべられて、腹がたって、まだ、腹がたつようでは、人間ができていないのだと思った。

私は、恋しているとき、私の苦悩を富士に打ちあけた。又打ちあけようとした。しかし、私は、失恋したとき、私の苦悩をかくしていた。

自分の失恋という過去の傷にふれないようにふれないようにする消極的なやり方を私も、求めた。それこそ、センチメンタルの第一歩にちがいなかった。私は、古傷をすりむしるような、ペダンティックなことはしたくなかった。しかし、私は、普通の、何にも動かされないもの（技巧的なしずかさ?——トルストイ）になることを望まねばならなかったのだ。

そんなものになれる筈が私にはなかった。

私には、母が、私に何の関係もない人間に思えたり、なつかしくてたまらないような人間に思えたりする。

富士が、

「俺は親や妹弟が死んだら泣く。」といったとき、「泣くかなあ。」と俺は言った。そんな俺だ。

母の前で、母を愛せない。しかし、汽車で母とわかれると、母が見えなくなると、母をなつかしい、一番いい人間と思うことがある。（センチメンタル。）俺は、後で、これをセンチメンタルだと、かたづけてしまいたくなるのだ。

井口の恋愛がうまく行ったことを富士からきいた。私の心はみだれた。どうしたことかと自分ながら思った。

夜、井口と風呂へ行く。一つの板はしをわたるのに、井口は、私がわたった板をわたった。（井口が、私に気をかけ［ね］ているのだとわかった。）

十一月二十三日

すべてをけってしまえ、そうでないと何もなくなるのだ。

富士と二人、静原へたどりつく。いろいろのことあり。書きたくない。弁当はうまかった。

與㆓諸人㆒莫㆑較㆓短長㆒洗㆓耳於清流㆒売㆑潔漢。

女のところへ行きたいと思う。性欲起り、加茂川をさまよう。自分自身の弱さにあきれ、性欲の起るのを、うぬぼれる心があった。夜、隣の人達と話す。つまらない。しかし、皆いい人だ。

すべての人に対し嫌悪と、にくしみをいだく心は、早く速くなくなしてしまいたい。

十一月二十四日

大塚とよし。——何回もあう。注意せり。

夜、女を買う。女の名は、竹市と言った。「有楽」という家の名。（こういうことは、余り書かぬことにしよう。）

割に美しい女。しかし、性慾が起らぬ、冷静になる。

接吻してやった。いろいろ話をした。

かえりに富士の家へ行く。

「どこへ行ったん？」

「街へ行ってきてん。」

「オ茶でものんだん？」

「いいやただ歩いてん。」

「ふふ……。」

「おかしいか。」

「いいや、何にもおかしいことあらへん。そんな気持になることようあるさかいなあ。」

時雨きて、ぬれつつ、赤き新道《にいみち》を行けば
　谷底に　さゆる　つるはしの音
谷あひの　くぼみは、深く　きりの下りて、
　昼を虫なく　静原にきにけり

山茶花の散り残りをり山の寺
山門に時雨るる［の屋根］かがやけり時雨をり［しぐれきて］
遠山の［に］赤土明るき［はゆるし］時雨哉

十一月二十五日

雨降る。いらいらせず。

富士夜来り、話す。

『戦争と平和』〔二字不明〕にて、火の気にほてりし顔をかんじる、窓の外のあめの音しきりなり。

裏庭に落ちゐる山茶花のにごり哉

夜、雨しきりなり。

十一月二十七日

物が在るということ、私が在るということ以外に絶対の無はない。『ル・ミリオン』『カラマーゾフの兄弟』

十一月二十八日

坂を下りるとき、向うから大塚がきた。私をみた。ぐっと、みつめてやった。目を下へそらして、頬が二、三回ゆれるように見えた。顔の色がかわったのだ。（頬がジーンとするような真面目な心に、とらえられたのかもしれない。）

私は、私が女に、気を引かれていることを女に知らせるために、わざわざふり返って、じっとしていた。女もふりかえったが、私の方を見ず、少し横の樹木を見ていた。

私の方へまで、ようふりかえらなかった。

夕方、又会った。遠くから私をみていた。近づいた。私はじっとみていた。女は後向きになった。私は又、私の気を見

せるために、横を向いて、女の方をじっとみながら、あるいて行った。女の横目。私は、坂のところで〔一字不明〕しまっていた。

雨降り、女の横をとおったときの女の横目。と顔。

自分自身の行き方、自己反省の仕方が、ジュリアン・ソレルと似ているのを知って、ジュリアン・ソレルをシットする男。

大塚のことを考えながら、坂を上っていた。心がうきうきした。月が、雲の下へかくれ、うすい虹のようなものを、雲のところにつくっていた。

「チイト、麦打ちに行けよ。」

「ええい、よしやがれ。」こんなことを、何回も頭でくりかえした。

トウシン大尉の、攻撃が、うかんできた。ひとりわらって、歩いていた。その中へ、大塚のことや、春枝のこと、母のこと、が、まざりこんできた。

寒し、時雨ふり。

「この人、ウソ、ばっかりいうの。　々々々々々」

「そうやないか。」

「この人ウソばっかりいうの。」親の仲のいいのを見て、「は……」と、はずかしそうにてれながら、勢のない声で笑う十五の娘のこと。

女は、実際、恋の為に生れてきたと感じる。(レナール夫人の妬みを、見たとき。)

私は、私の大さの進む進度を、井口に対する態度ではかりうる。

紫峰さんの家にいて感じる、いやさは、もし、私が、先生の家で感じる快さがないとしたら、これも、なくなるだろうに。先生の家が、私に、よく適しているので、他に、こんな処を、さがしてもないのだ。

私は、まだ、女を、私のものとしようと思っている。まだまだ思っている。

私には、ずるい心があるだろうか。自分がずるいことを、得意に思う心は、私には、なかったのだが。

スタンダールは、作品の中で、自分がもらった本当の恋文を使用している。(こういう言い方はどうだ。)

詩も、舞踊も同じだ。結局 form の問題に落ちるのだ。

井口と風呂へ行く。

十一月二十九日

手淫。大雅展、帝展、表展を見る。

つかれる。コーヒーをのみに、三人で、行く。

余り、よくなかった。大塚を見ない。見たような気もする。

十一月三十日

「背中の二つある獣」。面白い言葉だ。

井口がきた。

兄は、今日、兵隊へ行くのだ。姉はないたかもしれない。

十二月一日

私は、物を「すいこんでいる」という感じがすきだ。

何故か愉快になってくる。赤い火を見ながら「チイト麦打ちに行けよ。」「えい よしやがれ。」を思い出す。男。殺人者にしてもよい。

十二月二日

お茶を飲むのは「みに行くのは」、何だか、いやだ。紫峰さんの家へ行く。又、いやになる。紫峰さんは、らくなんだけれど、なぜか、いやだ。ばつがわるいという、ような感じでもないが。


形が、詩人を在らしめる。

在るということ。

十二月三日

朝、雲、一つない。富士とあそぶ。

「水蛇」にせまるものを。手淫。いい天気だ。暖い。まだ蚊が出てくる。

十二月四日

俺は気が小さい。何でもないことに気が小さい。

十二月五日

兄から葉書がくる。ぐきっとした。兄のことを思いだし、兄の恋愛から、春枝のことを思いだした。

道をあるいて、女を見る。

兄へ葉書。

十二月六日

雑文を書くのに、どうも恥しさを感じる。どうしたわけだろう。

又、雨降りだ。頭がいたい、口の中が変だ。

自分自身の幸福であることを人に知られるのをいやに思う人

間がいるし、自己の不幸を人に知らせたがる人間がいる。(男)自己の幸福を見せたがるのは女に多いらしい。

この頃は、批評をするのが、はやらぬらしい。皆黙っている。(私もそうかもしれない。) しかし、先生に詩を見てもらわぬ前には、だれも、その詩を批評しない。そして、にごしておく。そして、先生が、批評してから、それによってするようだ。

今日は、富士が、それをやった。まだ、すきとおっていないと、私の詩を言った。時間に関係のある処は、よけた。

富士が、「自分は、野心もないし、死も恐しくない。」と言った。私には、こういうことを言う、率直さがないようだ。野心もないなど私にはいえない。時とすると、野心で一ぱいだ。

十二月七日

吉田という男も駄目だ。(級の中で、この男一人位しかましなのはいないと思っていたが、この男も駄目らしい。)

空には雲一つない。

昨夜、井口の家で、ヘチマコロンの香をかいだとき、春枝を思いだした。いいものだ。しばらく、そうしていた。

以前のこと。

桑「生きる、生きるということがわかったら、いいのやな結局。」

富「そうや。しかしそんなことは、口で言えるようなことやないなあ。」

の「生きるいうことか、ふん。」うつむいて、本をよみながら、私はだまっていた。

富「こいつ、生きるいうことが、わかってるんやで。野間は。」

みんな少しだまった。私はにやっと笑った(少し得意)。しかし、突然かーっとなった。私の心の中を、桑原にのぞかれていると思ったからだ。

がん、と桑原の頬をなぐって、にらみつけた。桑原もその意味がわかったのか、何もいわなかった。

自分が失恋してるとき、「君は失恋なんぞ決してしやへんなあ。」といわれたとき、「なぜ」といいながら、人が自分の内面を知っていないという得意と、知らせてやりたい、というのぞみと、失恋のいたみなどで、ごたごたになった。

失恋しているとき、人が、その話をさけるようにする。

さけるようにしていることは、又、そのことにふれていることにもなる。という心持。はずかしさ。

失恋しているとき、そのことに、人がふれかけると、人にふれられぬ前に、自分から、そのことを言いだし、口を切る。こんな気持が人にある。何か、そのことについて人に先を切られると、この上ない羞恥がわいてくるように思え、自分からそのことを言いだすのなら、羞恥はあるにしても小さいものであるという計算があるのかもしれない。

十二月八日

手淫。

初霜や、たき火に顔のほてりけり［うす青色の空のあり］

夕寒く、やしろの［境内の］きざはしのぼりゆけば
かすかに赤き雲街の上にあり［初霜の芝生いきいきと
あるも］

ほのかなる［茂りより］明るみのもれ、やまがらの
つれ呼ぶ声に　立ちどまりけり

坂上る　おのが足音　さえにけり
湯帰りの身のほのかに寒く

十二月九日

ストリンドベリイが何故、あんな象徴へはいってしまったか。そして、それから、出られぬ中に、死んでしまったか。ということ。

雨が降り、頭が痛むようだ。いやな天気。

茂り道［しめり道］、赤き鳥居を建つといふ
神主をにくめり［神主のいふをにくめり］、（雨上りの
鳩の群れゐて。

島かすみ入日に近し春の海。

体ということ。

十二月十日

ジャン・コクトオの顔は、いやだ。こんな顔をみていると、すぐしわを思いだす。それも、白い顔、ほこりのたまったしわ。

ささ藪の［茂り間の］［青空に］光りゆれけりかがやける
午後［ひる］の太陽［日輪］、風寒きかも［笹をゆするも］

俺の心を、何かが、又、ゆさぶる。女のことだろう。
俺の体をささえているものは、女かもしれない。春枝を失ってから、俺は、俺の詩の形から、俺の体の臭い（私は、それを、性慾の臭いとよんでもいい。）を失ったらしい。

大塚という女、湯上り、髪を洗ったらしい。美しい。しかし、結婚するという気が起らない。女の臭いが、しない女のようだ。（性器をもっていないという感じではない。）春枝より、ずっと、理性的ではない。

ドストエフスキーをよみながら、自分の気が狂ったときのことを、一部始終、想像してみる。
真如堂で、小さい女の子をみる。こんな子供にまで性慾を感じるらしい。

いい天気だ。

塔の尖は、何を指差しているのか。
青空の中に、塔の光は、入りこんでいる。
この尖のするどさに、絶対の無を感じないか。

高村光太郎の「道」という詩は、大変いいと思う。

又、思いだした。
女は、自分の髪洗い直後の姿を男に見せるのは、いやなのだろうか。銭湯から、かえりの姿を。

十二月十一日

午後、室に日が当る。風邪気味。
銀杏の、枯木に、心が引かれる。（塔の尖に引かれるのと、同じかどうか。）

十二月十三日

昨夜、春枝の夢を見る。接吻している夢だ。（以前も、二人が、鳥になって、接吻している夢を見た。）二人の間の関係は、接吻が一番美しかったらしい。少くとも接吻の間には、余り理性がはたらかなかった。
俺には、チェーホフには、いたって縁がある。今年の六月、失恋して、東京からかえりに、汽車の中で、『犬を連れた奥さん』以下を読んだのだ。——今日、思いだした。

十二月十四日

朝、雪降る。板の上にとけている。

　早起きし、雪ぞら［空］くらく、小笹道ふみ行けば

犬鳴かず、かけてありけり、坂の［上り］道、
ひとりおきて、炭おこしけり、台所の
くらきまどべに雪ふりこむらし

遠足の子等のむくみかんのにほひはただよへり、
鐘つき堂のはたの日あたり（遠足なるらし）

昼から太田の処へ行く。皆、留守。

井口の日記を開けてみる。「『コマ』［独楽］の詩は、いいとはいえぬ。これは、公式のみだ」と書いてあった。

学校で、面白いことあり。


何ものをも、求めない。すべては、此処から始まる。

放心は、笑いをさそうと、ベルグソンが言う。

その放心の向うに何があるか、人は知らない。

冷々と青き夕空枯木［枝］をとほし［すかし］、
白く、一つの星かがやきてあり、
青葉すかして空の光り、顔に冷たし、
学校のかへり、子等、坂にあそべり
長靴ぬれて、子等あたたまる。

風邪が直ってきたようだ。

夜、いい気持。益々、冷たい。

富士来る。

十二月十五日

兄から、葉書がきた。しばらく、誰のこともわすれていた。

A・Oの注射。自分の病気のことで、一ぱいだった。

生きる慾で、何もかも、わすれていたのだろうか。

又、粉雪。少し、寒い。

今日、ひょっと、富士のことを思いだす。富士の、いいこと。

兄の手紙。「現在の生活が、何だか現実でない様な気がする。」とある。

夜寒く。性慾が、おしあげて来る。

手淫。

（湖のとおいはてより明けかかる。）

遠山のうすき旭《ひ》のてり湖《うみ》凍る。

十二月十六日

午後、雨。

頭が、じくじくいたい。寒気がする。右側がことにいたい。体が、いたい位寒く。夜、雨止み、暖い。

富士の家へ行く。

他人の意志を支配する不思議さ。

十二月十七日

朝、みぞれ、降り、午後二時前、からっとはれる。竹、まき、松等、きらきら光っている。裏の方から光りがさして、部屋が明るい。

「今に、君の自信を打破るものがでてきて、君が、へとへとになる時をまっているのや。そんな問題がでてくるのを。」富士が昨日言った。

「幸福の絶頂にいて、不幸にならぬものは悪人である。いいことをして、悲しめないものは悪人だ。」

富士がいった。そして、これは、逆説ではないといった。

夜、歩くと、雪が固まっていて、それで、よろけた。

月がないのに、その固まりが光っていた。

明るくて、裏の林の葉音せり、
みぞれ、やみゐて、又、ふりくら《〔ママ〕》し

雪の雲が、山や谷や街の方に、かかっていて、えい山、大文字（？）に、雪の条が、見えた。

夜、一週間ぶりに湯へ行く。じくじくした道が、こごりかけていて、げたが、それに、くっつき、歩きにくかった。

星が、出ていたが、雨つぶが顔に、時々あたった。低い処を、雪雲が、走っていた。

雪の雲かさやさやてりて山端に
星のかがやく湯帰りの道

杉浦翠子という女の歌にいいのがある。

左右の耳にききわけて見る雨の音、そこここを打ちつ
深夜のしずもり

雪雲の［雪の雲］山てらしけり湯の帰り

十二月十八日

「俺は、俺の顔を、見、お前は、お前の顔を見よ。」

何が、現実か、わかったら、えらいもんだ。現実は、大地のようなものだと、言ったって。

自分自身の美しさを知っているものは、みんな自分の醜さも知っているらしい。

自分が醜いと思わされるのは、女に対したときだ。

もう、何にもない。自分のものは、何もない。何も所有しない。

一点が消えない。一点が白い。——恥、嫌との重なった一点の景色が消えない。

残酷なことを、知らず知らずの中に、人は行っていて、それを、いいことに思い、得意に思いたがる。

失敗を、日記に書いて、その気持を、ゆるめるようなやり方は、いけない。（自尊心をすてたらいいのだ。）

「苦中の楽　楽中の苦　誰か道な〔る〕黄金糞土の如し。」と

旭《ひ》の光、はららなり、霜とくる〔解くる〕、
くぬぎの葉（を）ふみて熱病むこの身（に霜とくるかも。）
くぬぎ葉を踏みて歩めり熱病《ネツヤム》の眼にとげとげし霜どけの
道

慾望と、習慣との衝突が、どこでもくりかえされる。

習慣ハ常に慾望を罪悪とするようだ。平凡な人間は、他人の、慾望を見て、自己の慾望にも、安心するらしい。

今日、夜、「男と女があるなんて、いやなもんやな。」と考えた。一寸、変かもしれない。

気分がよくない。眼がつかれた。

十二月十九日

昨日のことにまた打たれる。

当日よりも、ちがった。せめて来る仕方のちがった。じりじりと、理性に、つっこんで来ると言った仕方だ。白い。

火のなくて、時計の音す、山の寺

庭広く〔裏庭に〕鶏の影あり、冬の寺

自信を作る。自分の中へ、誰一人、はいり得ないように、自然になっていたらいい。

十二月二十日

今日、先生が飯を食わしてくれる。

硝子戸の青くなりゆく部屋のうちに、
電灯の光、すみてありけり

十二月二十一日

ひとり灯《とも》し［灯しいて］、ぬるき火鉢に足あたたむる
しんしんとふくる夜の竹藪の音

くろぐろと外は竹鳴る南禅寺

手淫（朝）。

私がわるいのだ。
凍てついた道に下駄の歯音をたててみたり。星すみて山明るけし。

十二月二十二日

隣室は休みになりてかへりけり［音もしなくに、竹林に］
障子明るく百舌来てなけり

炭そへるそが面白く、火桶かかへ
明るき障子の中に一日中ゐる。

百舌鳴くや、障子明るき火桶哉

羽音して、日のあたたかき百舌の鳥

羽音して百舌なく藪の夕寒し

立冬や試験も今日に終りけり

電灯の目のいたかりし冬至哉

裏庭へ炭はこびけり冬至哉

炭小屋を他へうつせり冬至哉

いばりする小窓　明く［あかるし］竹林［藪］の中［に］
もれる日ぬくし、百舌の声する

松光る堤は白く、長々し
夕暮の河に牛つなぎたり［水のみてあり］［はなちてあり］
車輪《くるまわ》のくぼみの長く白白し
堤のはての海白く光る［青光《あおびか》る］

炭籠の影一つあり、部屋の中

十二月二十六日

昨夜、春枝ににた女、電車でみる。
紫と、赤と、桃色のショール。春枝と同じ、色の好み。
唇と鼻。接吻したかった。
昨日は、活動で、船、海を見た。すぐ、春枝を思いだした。
腹工合よし。

西むきの窓に日ささずなりにけり、
すだれのはづれし、風のきつくて

うすら日や　窓にゆれゐる　すだれ哉

十二月二十七日

岡本、野田がくる。

十二月二十八日

富士は、「ムイシュキン公爵」だ。これが、此頃の比較的真面目な私の考えらしい。
私は、何かに、かみ、くだかれている。

春枝のことを、よく思いだす。

月清く曇りにけり雪雲の高く、
はげしく、空おおいけり

私は、生活と芸術を切りはなせない。
魂と肉体とを。

一九三四(昭和九)年一月〜四月

(日記2)

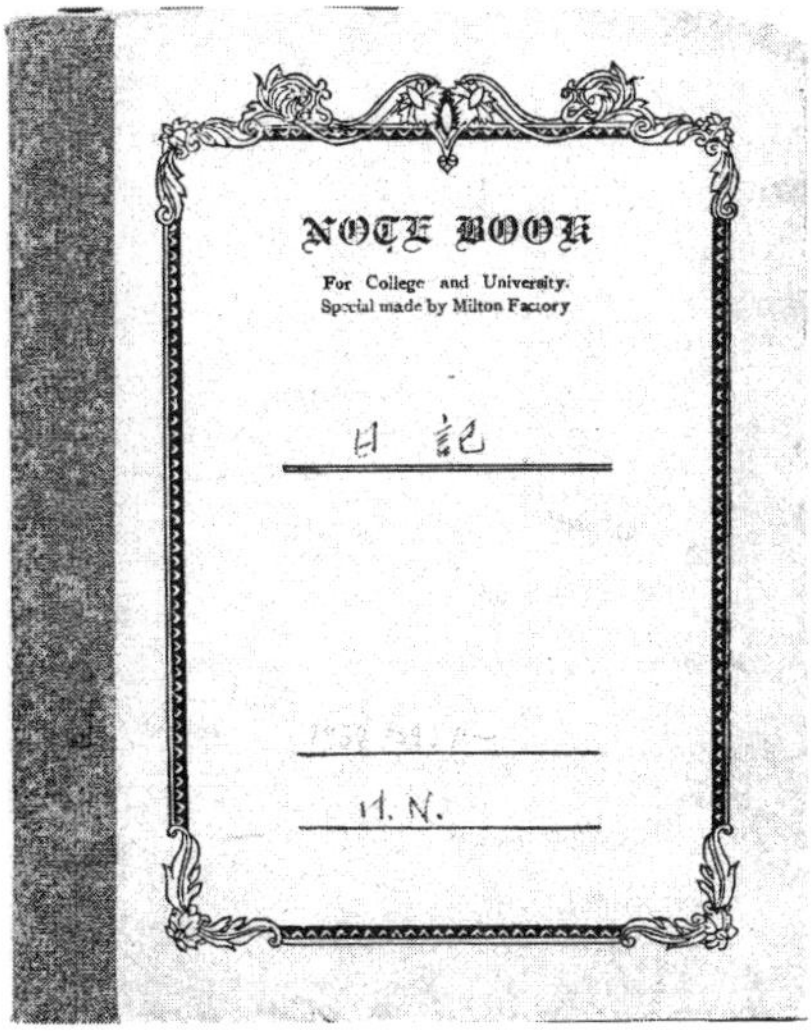

一月〔三日〕

十二月二十八日から、三日まで、大阪の店で働いた。

三日の夜に今津に帰ってきた。

夜、「淫本」を読んだ。そして、一つの本では、いつも、性交のやり方は、一つしかないと思った。(つまり、退屈なのだ。)

一月四日

寒く、雪が降り、富士と神戸の新開地から、三宮まで歩いた。道に、散水が氷っていた。

大きい月が、海の方に有った。それに、今津へ帰ってみると、武庫川の方に、きれいな月が上っていた。どうも変な気がした。どうも、方向がわからない。(神戸で)

富士の詩、「蛇」を批評した。先生の「ハイエナ」はいいと思った。一つ、違った表現法があった。

富士の、「蛇」は、よくなると思う。

この頃、どんどん進み、余り、物に執われないようになってきた。しかし、それが、皆、女の方に向いて行くらしい。

春枝のことを思った。

富士との、「わかれ」の時のこと、よかった。

夜は、よく、冷える。風邪気味。

外套の襟たてかけて帰りけり

『無限抱擁』〔滝井孝作〕を神戸で買った。

一月五日

家にいる。

散水［打ち水］のこごりてありし夜の家の
戸をとざしをり街しづかなり

戸の下りて　音なき街に打水《みづ》こごる

自分の体が、世界中に、拡がり、みちみちるように感じられる。（此頃。）

どうして、時をすごそうとか、どうして、気をまぎらそうなどということがない。

一月七日

京都へ帰る。川原さんに送ってもらう。

先生の家へ行く。煙草屋の娘が、凧を上げている。

引きかえして、小便する。富士達に見つかる。

先生の家へ行き、四条へ煙草を買いに行き、又先生の家へ。

詩の内容。「ハイエナ」のこと。

一月八日

学校へ行く。ねむい。何もしたくない。

道の景色など、全く、ちがってしまったようだ。それでいて余り目も引かない。

冷たい。

横光利一の『思ひ出』を読む。余りいいとも思えない。

読んでいて、羽掻い感じがするし、のらのらとして、いるし、最後の切り方もいいと思えない。

こんなのを読むと、自分の小説の悪い処がなくなりそうで、いけない。

乾きたるリンゴ有りけり冬日哉

寒行の太鼓の音が、裏でする。

円いものが欲しいということはなくなったが、やわらかいものがやはり、ほしい。

「危機を待つ間」というのもいけない。一つ一つの人は書けているが、人は、皆、ぼーっとしてしまっている。これは、会話の、仕方がいけないのと、文章のたるみと、だと思う。

一月九日

現実のみ。

いろんなことを書くのがいやになる。書くようなこともない。

性慾に、動かされる。しかし、困らなくなった。誰とでも、話ができるようになった。

竹やぶにもるる夕陽の寒さ哉

ふところに腕くみにけり傍の竹林の青きゆれをり［ゆれるかがやき］

ヴァレリーも虚無を詠めている。絶対の無の熱を感じている。

すべての存在の空しい廻転をしっている。

私にとっても、山はあるし、河がある。

一月十日

雪が午後降る。

世界というものが、全くすきとおってくる。日本、フランス、ドイツ、イギリスというような国家のことは全くわすれてくる。こんなものは、世界ではない。無限の大さ。

私が在るということは、汝が在ること、汝に対していうのだ。

自然に対していうのではない。私の中に自然は含まれる。汝の中にも自然はふくまれる。その底に、通じあうものがある。在と非在、これは統一に向っているし、又分離へも向っている。

口の中に熱があると昨夜から感じていたが、今日は、曇って、雨から雪になった。

丸山から手紙がくる。原稿のことだ。

こうして、軽蔑している男から手紙をもらうことも変だ。それも、向うの勝手の用事で、自分を使おうというのだ。しかし、丸山も肺が悪くてねているらしいので、どうも、変だ。何か共同の熱を感じあっているようだ。通常の人にわからない体の重さを、あいつも知っていると思うような感じ。

外套の襟立てて帰りゆく山の鳥居［小道］に雪ふりてきし。

(不可)外套と鳥居と少しも結びつかぬ。小道の方よし。しかし平凡。

黒森の明るき鳥居や雪ぐもり

横光利一の『バラ』『馬車』がよい。しかしまだまだ。

自分自身の平凡を得ること、持つことへ。

一月十日夜

夜、女を買う。

うすぐらし、女と二人並びゐて、天井の古き香りのつめたさ下りる。

一月十一日

雪降っている。朝起きれば明るく、目をさまして、すぐ、「雪だ」など感じた。空気がおだやかで、きもちよく、肺にやわらかだった。面白かった。

比叡の山日映ゆる雲のただよひて、雪残りをり学校よりりかへりくる［帰校のみちにかへり来《きた》るに］

雪枝に青空透す上り道

学校で授業を受けながら、女のことを思いだして、いい気になったり、興奮して眼を据えたり、又、こんな一寸したことに、引かれたりして、なんだと思ったり、誰かに、心をのぞかれていはしないだろうかと思ったり、こんなことを思う奴は誰もいないのだとうぬぼれたり、した。

人の目を見て、その男が目をふせたとき、あの男も、自分と同じような心を持っていると感じたり、気が弱い、又あの男が眼をふせたのは、偶然のことだ、あの男に、あんな敏感さがあるものか、と感じたり、する。

私は、大体、人を軽蔑する習慣がある。

ラグビーの話をしていた。

「今日ら、ラグビーをやったら、面白いやろな、みんなどろどろになりよるぜ。」私。

「ふん、今日らしたらたまるかい。」

「どろどろやなあ、ふふ……。」私。

「君、人をなぐって快感を覚えるか。」「そら、時によるなあ。」

私は、相手の男を軽蔑していたが、やはり、こう、答える時は恥かしく、仲々、口へ出そうになかった。言ってしまうと顔が赤くなった。私の変態を人に知られたくないとも思うし、人に言い切ってしまいたいともおもう。

「そんな、へんなことあるかい、人をなぐって快感を感じるなんて、僕らそんなこと、そんな野蛮なこと、あるかい。」

私は、笑っていてやった。この笑い位、深いものはない。恥しさ（自分の変態に対する）、傲慢、軽蔑、大さ、いろんなものがあった。

人中で通常の話していながら、「俺が昨日女を買ったと言うのかい。」という、突然、言葉を出しそうでこまった。又、こんなことをほこりに思うなんて、女を買う位、誰でもできる。こんなことで、度きょうの大さをはかるなんて、自分もバカだと思ったりした。

体の組織がまるで変ってしまったように、前とは、ちがって、此頃、外の景色に目がつかない。しかし、今日は、雪の山が明るかった。

ドストエフスキー、『罪と罰』の一番最初の心理描写に、一つも「婆を殺してやろう」というのが出てこない。そして事件が起るまで、それが何か読者にはわからない。

私は、この心裡《〔ママ〕》描写はうそだと思った。

それは、自分が、女を強姦しようと思って、後をつけて行くとき、苦しい熱い心の中で、強姦するのだ、押しつけて、地面へ倒して、ひょっとすると、女の方も、欲しているかも知れない、こんなことを、心に思うのだ。それも、ちらちらと心を通りすぎるような速さをもってだが。

しかし、とにかく、そうなのだ。それで、ドストエフスキーは、読者を、つっているのだと思っていた。

ところが、今日、学校のかえり、若い女を見つけ、やはり、いつもの気持で、自分自身を嘲ったり、熱くなったりして、ついて行った。ところが、何か、ぼーっとして、心の底で、言葉の形をとっているように、はっきりしながら、何もわからない状態がつづいた。向うから人がきたので、はっとして、考え直したとき、何をしようとしていたのかはわかるが、はっきりとした、言葉、（名詞など）では心を通りすぎないこともあることがわかった。

主として、代名詞、ああして、こうして、それをこうして、というように、考え、感じ、動作を、絵の形で、浮べている、そして、言葉のはっきりした形をとっていない。

常識をきらうことが常識となってきたという。

が、常識をきらうことを常識としてもつ人、常識をきらうことがその人に常識である人がいるし、――そんな人は、何でも常識以外に出ない人、――常識をみとめるか、常識から、のがれたいのがれたいと思いながらも、常識から出られない人だ。

しかし、はじめから、常識を出た人がいる。常識をきらい、又或時は、常識に平然としており、又或時は常識をブベツし、又、何も感じず、こんなのは、常識をのがれるのを常識とする、人ではない。その人には、常識の底に、別なものがある。オリジナリティが、それだろうと思う。

私の肉体的な心（へんないい方）は、どうも、女の処へ行ったあとしばらくは、おとなしいようだ。

春枝へ書いた手紙の文句が、時々、人と話しているとき、又、小便しているとき、歩いているとき、食っているとき、海、川、山、馬など、を見たとき、いろんなときに、浮んでくる。ぴょこんとうかんでくる。すると恥しいとき、はらだつとき、何でもないとき、何か、ものたらぬとき、円いものがほしくなるときがある。

何か、事件を起しているとき、一つ小説に書いてやろうかと、思いながら、しているときがある。いやだし、又、へんだ。それでも、やはり、することに真面目なときがある。


こういうことが、書けるのだ。今に、誰よりも、大きいものに、なるにちがいないのだ、と、うぬぼれ、いい気になり。何だ、そんなことで、いい気になったりして、こんなこと位、と思う。

明日は絶対に今日とならぬものでなければならぬ。しかも、明日が今日とならぬという意味に、明日が今日となるのでなければならぬ。しかし、明日が今日となるという今日は、今日という今日ではなく、今という意味でなければならぬ。永遠の今というものである。しかし、それは、今が明日をとらえるのではない。明日が今へ流れこむのである。其処に時間というものが、始めて感じられる。

神は、永遠の今にある。神には、時間がない。ないのではない。神には、神の時間があるのである。永遠の今である。

――神には時間がないといってもよい。

未来は、永久に過去とならぬものでなければならぬ。

しかも、それが過去に結びつく処に、今があるのである。

底の底に今がある。

神の空間、それは、どんなものだろうか。

時間というものが停止すると感じたとき、何か、頭の片方が、地獄の奥底へ引きずられるように思えた。

(昨日、女を買いに行った。街へでた、そのとき、街で、少しも動かず、立っていたら、どうだろう、何もかもが動かずにとまってしまったら、と考えた。)

人間のいない時の世界を考えた。無限の過去、無限の未来、人間のいない世界、そんなものは考えられない。しまいには、頭がふらふらする。以前、空間というもののないこと、を考えて、ふらふらした感じを思いだした。

雪がつもっている。小便しようとした。「雪がつもっている。世には、雪なんていいものもある。天気があるし、雨があるし。」

こう考えて、小便した。「小便すると雪がとけたなあ。」

笹の葉が雪とけて、青く表われた。

マルクシズムを感情で愛する。しかし、その主義にたつことはできず、貧民の味方をするということに、好きを感じる人。

チェリーを吸うと、昨日の女を思いだした。あのとき、女と一処にチェリーを吸うたのだ。（バットは売切れ。）

「義理は、金じゃ買えないからな。」「ふん。」「十年もの関係があるんだから、こう出たら、そうは逃げてしまうまい。」

「そうだね。」

「こうでてやるんだよ、こう見せといて……といってやるんだ。そうでないと、相手があんな奴だ、どう、来るや、わかったもんやない。」道できいた。二人の男の話。

生きることが死ぬこと、死ぬことこそ、生きること。

これを、西田幾多郎は、頭でわかっている。

夜道に雪降り、顔、髪、手にかかる。

　星一つ東の空にかがやけり

　松林行く髪に雪かかりくらし

　腹みちて、坂道上る道光り

　雪しらじらと夜空に降る

、

　炭籠の炭残りをり［光りをり］山の寺

煙草の烟が眼にはいっていたむ。

電車の音。

若い男が結婚の夜を、夢見ている、その結婚の夜がきて、それもとうとうきてしまったのでと、感じる、そのときの感じを、若い男は、今、感じた［ようとした］。すると、変な、ものが感じられた。

鼻をかむと、左の耳が鳴る。

富士と湯へ行く。

一月十二日

昨夜雪降り、つもる。

　大き山を蔽ひくる［近づく］雲さきて［裂きて］、

　ゆるる光りに粉雪降るなり［りくる］

　雪とけて友とわかれし地膚［寒さ］哉

「何でもするまでよ、してしまったら駄目。」女の言葉。

春枝が鳩胸だといってきたとき、私は、鳩胸さえも、愛した位だった。

この間の女に、嘘を言ったことが、少しながら、胸に、ひっかかっている。


みんな興奮した後のような状態にある。それは、少しも興奮していないというのではないが、何の興奮も感じていないようなものなのだ。軍隊は、支那で戦っているし、又スケートの練習をしているし、或者は、軍隊をほめ、或者は、兵役をまぬがれようとし（これが主であった。）学生達は、思い思いの考えにふけり、軍隊の話をするのさえ恥かしがる、又軽蔑するものもいた。又、軍艦の数、ヒコーキ等、くわしくのべたてるものもいた。――、つまり、いつもの通りだった。

一月十三日

私は、私の体を、費しはたさねばならない。

私に対するものすべてが、汝である。其処に、青山常運歩があり、石女夜生児がある。又、其処に実在が根を下すのである。

文化を考えてみよ。

現実のするどい光を、いつも磨いて行かねばならない。

仏祖はその言葉をもっている。自分も自分の言葉をもっている。それが私の詩だ。その言葉は、私の世界に拡がっている（冬の夕空を見ながらこう考えた）。仏祖が言葉をもつ、私が言葉をもつ、というより、言葉が仏祖に、よみがえり、私によみがえったのだ。

死ねば何処へ行く。肉体的の死、精神的の死があるのではない。

理性的な感情、その奥に流れる肉体的な慾望。

それが正反対なときがある。

例えば、芥川の強姦のことを、いやに思いながら、或る時は、自分でも強姦に引きずられる。

言葉は、自己同一だ。

夜、先生の家へ行く。「沼」をもって行く。

「てにをは」のこと。

ベートーベンの「月光の曲」。ラベルを聞いた。

一月十四日

朝、春枝の夢を見、春枝から手紙が来るかもしれない。こんなことを思い。春枝の古い手紙を出して、読みかけたが、すぐやめた。朝、十一時に起きた。

女を知らなかったとき、春枝のような女は、いくらでもいると思うときがあった。しかし、女を知ってきたとき、春枝のような女がいないと思うようになってきた。

春枝は、自分の生活の何処か片隅に、何時でも表われている。

ベートーベン。富士と活動を見に行く。

一月十五日

頭がいたむ、ねむい。

一月十六日

春枝から手紙が来て、香いを嗅いだ。以前と同じ香水を使っている。写真を送る。「Le cimetière marin」これ程の詩を、今まで、見たことがない。先生の「水蛇」に対する詩として、はじめて、これを見る。

これは、絶対無の放らす〔ママ〕、光明の世界だ。

ヴァレリーの世界、ヴァレリーのもつ世界は、みがかれ、そして、その上、みがかれ、完全な金剛石となっている。

雪が降り、又、積っている。道はじびじびとし、手が冷たい。

一月十七日

詩に於て、その各行は、時間の流れである。そして、その全体は、又、時間の流れであらねばならぬ。

丁度、言葉と言葉との間に、空間があり、行と行との間に空間があるように。

そして、詩のリトムは、時間の流れをつかみ、時間の流れが、詩のリトムを支えるのだ。そして、最後の聯が最初の聯へと、帰るということは、無限の時の流れである、無限の過去へ、無限の未来が、流れこんでいるという、意味に見られ、この円環に、永遠の今が光る。

詩は永遠の今に在る。


　燈《ひ》の光返す垣の上の［に］雪あり、空青く三ケ月のてる。


星多し。

春枝のことを、すっきり思う。透明の思い出。「青山常運歩」を、la durée pure より、考える。

実在は、変化して、変化せざるものである。

一月十八日

桑原から葉書がきたが、こういう、お座なりのものは、もらう方がいやだ。

兄から手紙が来る。兄に、何か、創作の方、つまり「小説」を書いてほしい気がする。創作家の態度が、立派に見られる。

「今度お前と会う時迄に、自分自身の力で人間を殺すという経験を経ておきたいと思う。」と最後にあった。これを読んだとき、何か、冷いものが、熱いものと一処に、頭の先から足の先へ走るのを感じた。――何故かしらない。後でわかるだろう。

「兄弟」という小説を書こうと考える。

弟は、学校へ行っている。兄は、満洲にいる。

兄との関係は「手紙」を用い、手紙により、弟の想像により、兄の様子を表わす。満洲の兄により個人と国家、社会、軍隊、等をかき、学校の弟により、個人と個人、(兄と弟、生徒と生徒) 又、マルクシズム、国家、を書く。

兄は、経験により、国家の重要性とその歴史的ナ存在を感じ知っているだろう。

西村に化学の教科書を持たされるとき、腹がたつ。mon facteur と私を呼ぶ。しかし、それは、嘲笑の意味を持たそうとしていない。それは、嘲笑の意味を持たすとき、私を怒らせると感じているから、だろう。しかし、私は、こんなことを、させられるのがいやだ。道々考える。自分と西村、西村を軽蔑し、遂に問題にしなくなったとき、楽々と西村の教科書をもって行ってやることができるだろう。

「じゃまくさいさかいなあ。」

「なんや、君のをもって行くついでやないか。」

「そら、自分のもんやさかいなあ。」

「そしたら、自分のもんやと思うたらええのや。」

「そんなことできるかい。」

「そしたら、無意識的にもって行ったらええのや。君は、よう、永遠を見つめるような目附をして、歩いてるやないか。」

「馬鹿いえ。」私はこういうたものの、内心、それが少しうれしく、そのうれしく思ったことに対し、こんなことで喜ぶなんて、と、ばかばかしく腹立って

「馬鹿いえ。そんなことあるもんか。」という。

「ふん、でも、よう、やってるぜ。」

空間と時間、すべては、其処に存ることを知らねばならぬ。

時間が空間に先行するという考えは、ベルグソン的な考え方であって、まだ、「至」には到っていないと思う。

変じて変ぜざるものが実在であるという意味は、時間と空間とを考え合せて見ねばならぬ。

兵隊は、一つでも、手紙を多く受取るものの方が「鼻が高い」という。そして、兄も手紙を多く欲しいという。すると、私の手紙も、「数[量]」で、かぞえられるのか。

読みたい本。

ヴァレリー『テスト氏』、プルースト、ベルグソン。

光明とは、絶対の時である。而も同時に、絶対の空間である。

リトムが時間を支《ささ》えていることに注意せよ。

（「水牛」は時間を支え空間をささえる言葉である。）

一月十九日

直観の働く世界を［働きを］、私は、『正法眼蔵』に見る。

無限の未来が現在へ落ちこみ、無限の過去が現在へ落ちこむ。

「水蛇」、これは、ヴァレリーの「蛇」へさかのぼらねばならぬ。

水蛇は、ヴァレリーの「海辺の墓」が華厳の世界であり、静の世界であるとすれば、これは、まことに、禅の世界であり、絶対の動の世界である。この動は、すべてを統一し、すべてを分離する、絶対の行為の世界の動である。

水蛇のリトム（表面的の）は実に、先生のみがもつリトムであり、而も、水蛇の名にもっとも適したリトムである。

踊と詩とは、はなされない。（古代から

一月二十日

それは、踊が、詩と同じように、あらゆる芸術、それよりあらゆる在るということが、形に於てつかまれるように、踊は、形に於てある。形が踊のすべてをつかむのである。形とは、空間の意味をもったものでなければならぬ。而も、形には、絶対の自由さが内らにある。

それが内容であり、時間である。外側、それは、絶対の束縛とも言われよう。しかし、内が外、外が内という意味は、此の意味でなければならぬ。

形は、絶対の無が自己限定したものである。

永遠の今が自己限定した、場所限定であり、この意味に於ける空間の意味をもったものである。

絶対の静、絶対の動、これは、互に排斥し合い、否定しあい、統一しているのである。此処に、弁証法的一般者がある。空間は死の意味をもち時間が生の意味をもつと共に、逆に空間は、生を、時間が死でなければならぬ。

直観は、時間、空間を支え、しかし、時間空間が直観をささえるのである。つまり、時間空間を直観（絶対の精神にはいるもの）に生み出され、しかも、時間空間が直観を生むのである。

踊の始めへ、踊の終りが流れこむということは、絶対の時間に於て、未来の無限が、無限の過去へ流れこむという意味をもっており、リトムが時間を（空間に於て）つかみ、時間がリトムをささえるという意味でなければならぬ。

而も、その流れ全体が、時をこえた、今、過・現・未を含んだ今、永遠の今の自己限定でなければならぬ。あらゆる、フォルムに、時間がある。（フォルムが時間にあるといってもいい。）瞬間がある。それが、過去の瞬間に、もち上げられるのである。過去の瞬間は、自己を殺すことによって次の瞬間を生かし、しかも、次の瞬間は、又、同じことをする。しかも、次の瞬間は、己を殺すことにより、過、未を生す。あらゆるものが、現へ落ちてくる。

かかる時間をこえて永遠の今が場所的限定をする、それが詩の形であるともいえる。

詩の形は、常に詩の内容をもっている。（詩の形は常に詩の内容を求めているともいえるが、形と内容とははなれているのではない。）

絶対の動、絶対の静、この排斥、統一、これは、各瞬間が排斥、統一、である。そして、これは、私と汝との相互限定、場所的限定の意味をもったものである。

「静と動」は互に排斥し、統一する、此処に変じて変ぜざる、絶対の矛盾の相がある。自己同一がある。人は、或は静から見、或は動から見る。此処に、一方は、固定を、一方は流動へ行く。しかし、真〔ママ〕とうの相は、固定にして流動、「氷と火」との如きものの接触でなければならぬ。しかも、氷は火を包み火は氷をつつむのである。

此処に、生産というものが考えられる。それは、光明という如きものでなければならぬ。暗と（闇と）光の底にあって、闇を生かし、光を生かすものである。

光と闇との間に於ては、弁証法的過程が見られる。しかし、光明にあっては、弁証法そのものが見られる。

私に対するものは、すべて汝である。汝も、山も川も。

私は、汝と話し合い、山と話し合い、川と話し合するのである。

私が汝を限定し、汝が私を限定するという処に、既に、私と汝を限定する、場所的限定が、見られるのである。即個物が個物を限定する処に、「個物と個物との限定」を限定するとも言われるべき、一般者が考えられる。しかも、それは、個物が在るということに於てあるのであり、個物と個物が限定し合うということに於てあるのである。

（個物と個物と限定し合うということ、そのこと、が、一般者であるという考え方はどうか？）絶対の無がそれであろう。

風邪だろう。昨日から頭がいたむ。

あかあかと障子まぶしき御堂の内に、
雪どけの雫、間遠に ひびくも

兄は、支那へ行く汽車の中で、商業時代に満洲へ行ったことを、他のものに、得意になって話しただろうと、今日考える。

「あの××屋で夜食たべたのも十年前にもなったなあ。おつねさん。」道で、もれきいた話。多くの人が子供をつれて、吉田神社へ、何か、おそなえに行ったらしい。（稲荷神社かもしれない。）

寒く、耳の穴も、歯も、頸も、眼も、みないたみ、じんじんふるえる。夜、少し直る。

『浅草紅団』を、（四五頁を見て）買う。

『伯父ワーニヤ』を（一五六頁を見て）買う気になる。

頭がいたい。活字が目にちらつく。そしていたい。何もしたくない。

眠りたくもない。――こんな時が俺にも、久しぶりで、やってきた。

一月二十一日

頭、またいたむ。

夜、墓地の雪を食う。（熱のためなり。）

「女をだますような考えがあるのか。」

「いたいとこ、いいよるなあ！」

「そんな気持あるかもしれへん。」

「女をだます、そしたらうまく行くけれど、それをするのが一番いいかどうかわからへん。」私は、井口自身に判断を行わせるようにした。私が、結論しなかったことは、ずるいやり方だったかもしれないが仕方がなかったのだ。（女に対してすまぬ心地をいだいたし、春枝が、私に、この方法を用いたのかもしれないと、一寸浮んだからだ。）

一月二十二日

分析は頭であり、綜合は直観即生命である。（勿論、生物学的の生命ではない。）そして綜合は常に分析の前にあるのである。綜合なくしての分析は、死んだ分析にすぎない。

分析は常に積分を予想していなければならぬ。

そして、積分が分析を生かし、分析を吸いこむといってよい。

此処に、ロダンとブールデールの差異がある。ロダンは分析をとなえた。弟子のブールデールは、遂に、ロダンの圧迫に反対して、自分の綜合を求めた。しかも、二人とも一流な作品を残している。

ロダンにとっては、綜合が忘れられていたのではない。

ロダンの中には、始めから、綜合が流れていたのだ。

ロダンはそれに気がつかない。余りに綜合ばかりの故に。

ブールデールは、ロダンが綜合を忘れ、分析を強いるものと考えたのかもしれない。しかし、ブールデールも、分析なくして、どうして、完成したものが出来よう。

誰が、ロダンのバルザック像を「分析のみ」と言えよう。

しかし、この二人の対立は（又、ブールデールが弟子であったことが［により］）一層面白いものとなる。

各自、自分の方法論を、もたねばならぬ。

最近の横光利一の作品にしても、分析のみといっていい位のものが多い。全体というものを、常に考えないといけない。そして、直観は、常に全体をもってやってくる。全体というもの、のみが、生きているのだ。

真如堂へ雪を見に行く。

計画という奴《やつ》が、私はきらいだ。しかし、私は人から見て計画というやつをやっているように見えるかもしれない。自分では、やっていないつもりだ。私は、私のそんな方面を、野心とよんでいる。

朝に道を聞かば、夕に死すとも、可なり。という言葉は面白い。が、それは、ただ一日のことであってはならぬ。毎日毎日が、朝に道を聞かば夕に死すとも可なりでなければならぬ。それよりも、一瞬一瞬が、朝に道を聞かば夕に死すとも可なりでなければならぬ。

朝は朝にあらず、夕は夕にあらず、朝に太陽上り、夕に太陽落つると、参学するは、誤なり、太陽は、一瞬、一瞬に落ち、上らねばならぬ。

歴史と社会とを離すことは、勿論できない。

富士の家へ行く。井口と共に紫峰さんの家の前まで行きわかれる。紫峰さんの家へ行くのはなぜかいやだ。

井口が太田のことを、「にわとりが、餌をひろいに行く時のように歩きよる。ほら、あら見えへんな、もう行きよったんかなあ。あ……ほら、あんなとこに歩いてる。」私もわらった。

太田が前の方を、日仏会館へ、ひょこひょこ、肩をふって首をふって歩いて行った。

一月二十三日

私の感情ハ次第に意志にすいとられて行くと考えていいかもしれない。しかし、私の感情は、又、以前のように、そのいい処をもっている。

朝に道を聞かば夕に死すとも可なり、とは、道ときくと死すとを、一列にならべたのではない、可なりである。

死すともである。例えである。アレゴリーである。

このアレゴリーは、私は、余りすきではない。

知るということが死ぬことであり、生きることである、其処まで行っている知るということが、始めて、行為としての知といえるだろう。


矛盾とは、弁証法のことである。（それ以下の矛盾を私は、心のとらわれと言おう。）

光明は、闇を、つつんでいなければならぬ。自分の中に闇をつつみこむのでなくてはならぬ。又、闇は、光明をつつむのでなければならぬ。（其の後に、光と闇、対照が出るかもしれぬ。）

一月二十四日

『三人』の印刷。先生の「鷹」を批評す。

二十五日

今日は、何をしていたのだ、したのだ。無茶バカリ。

うぬぼれも、いいかげんにせよ。

空間、空間、時の生れる、人間の行為。

運命とは、人間が作り出すものだ。

一月二十六日

昨夜、遺精す。（近頃、手淫をやめていたので、したらしい。）

手淫。

女と交ることを知ってきたものは、手淫は、じゃまくさいものと、なって来る。


下の娘が病気だった。親父が気がくしゃくしゃしていた。「無理にせきせんでもいいよ。」親父がどなった。娘はそれが無理でなかったことを示すために、又、一つせきをして見せた。

私には、空想をみがいて、すきとおった宝玉とすることが出来るように、思える。

空想は、打ち捨て打ち捨て、するべきものだろう。

空想は、しかし常に現実を離れているともいえない。

空想を現実に流しこむことは勿論できない。

現実には、そんな「一分」の隙さえもない。現実は、厳密であり、残酷であり、↓。しかし、空想を、現実と接するあの宝玉、むしろ、現実が自分の中に含むといっていいあの宝玉とすることが出来るように思えるのだ。

人間の純粋行為、それが生む時間の流れの、純粋さ、音楽。

「始めに言葉ありき。」ヨハネ。

言葉は論理の底に有るのだ。そして又、言葉は内が外であり外が内であるという自己同一である。詩は、両面の鏡、自己同一である。

一月二十七日

光明とは行為の意味をもったものでなければならぬ。

光明は無限の空間を、突きぬき、無限の時間の流れを断ち切るものでなければならぬ。しかも、その行為という処に、行為さされるという意即絶対無の光明という意味があるのである。

現実とは、永遠の今の、自己限定である。

しかも、永遠の今が自己限定する処に、行為というもの、光明というものが見られるのである。


永遠の今が自己を限定する処にのみ、光明は、みちあふれている。しかも、それは、無限に、世界に。

しかも、光明は、無限の空間の意味をももっていなければならない。


『三人』印刷のこと、表紙を買いに歩く。

女のほしい、夜だ。

みちこごりおり、電灯ににぶく光りて、坂をなしている。

一月二十八日

手淫。批評会を、先生の家で行う。

詩人が言葉を、つかみ、用いるのである。

しかも、言葉が詩人をつかむ。

私の詩の欠点は、物を素材を、こんとんとしたそのままに投げだし、それが形をとるにまかす。という処。

即ち、それは、物は、形に於て有るのであるから、形に於てつかまねばならぬ。

アナロジーの用い方も、手段としてのアナロジーであってはならぬ。

私は、言葉が有り余っている即、言葉をもてあましている。

言葉はやはり詩人が左右しなくてはならぬ。


「こま」としても、こまを、こまの内部から、つかんでいない。「透明のこまよ」という呼びかけは、「こま」を外部から、つかんでいる、表われである。

私は、すべて物の底へ達しようとしない。形へ達しようとしない。

まだ、こういういい方では、ぼーっとして、しまって、いるという表現が多い。

私にとっては、「形」が大切なのだ。

「こま」という詩は、一番よく、形に於てつかめている。

一月二十九日

実在の最奥は、自己同一ということでなければならぬ。論理とは、自己同一というものの、話すところのもの［言葉］である。

学校の帰り、女が坂を上って行く。その後をついて行く。ちらちら裾がゆれる。そのたびに、白くうす赤い足がふくらんで円い。その裾がめくれ、桃色の腰巻が見える。私は、真直に顔を向け、目は、その方を見る。陰部に血が集まるのを、かすかに、頭にかんじている。そして、女に気をとられている。女は、私の視線を後に感じているのだろう。体を固くし、裾を気にして上って行く。手が白い。頸が、しっとり、しめっている。匂が来る。女のにおいだ。ねっとりと、ねばりついてくる、香水の匂いだけではどうしても、出せない。女の性器の匂いだ。膚から出るのだろう。

私は、目をひかれて、桃色の、ものが、見えるのを、今度こそとまっている。しかし、仲々みえない。時々女が、意識しながら、裾をわざとさばくとき、それが、ちらっと見える。女は、そっと、私の方を見たようだ。二人、とも、上って行った。

「下下の下」という言葉。細川という地理の教師。上中下との連想。

一月三十日

私は、私の周囲の人間に影響して、自我をさとらせ、自惚をおこさせ、傲慢の精神を、つがせる。

「僕は、八時十五分にいつも起きるよ。」

「八時十五分？　うそいえ、おくれてしまうやないかい。」

「いいや。」

「ふん？　学校は八時のくせに。」

「うん、俺の時計進んでるのや。」

ズヴィトリガイロフ、という名は、すきだ。

私の短歌を、批評するとすれば、「全体がぼやけている、はっきりしていない。」こういうのが一番いいのだが、それに気がつくものはいないだろう。

調子とか、リトム、引きずられては勿論いけないのだ。何にせよ、ぼーっとしているのは、いけない。

一月三十一日

荒木陸相が、林大将に位をゆずったということを此の間きいた。

井口が、女と、一つ家にすむことになった。井口はしっかりしているだろうかと思う。

中間読物ハ昼間読物。それ、しゃれか。

「君、本ばっかりよんでんねやなあ。」

「君かてそうやないかい。」

「そんなこと。」

「君は学校の本をよむがな。」

「此の間からやったさかい、今日もそうやろおもて、やったんや。」

「ふん。どじょうやな。」

皆が、話をしている、その中に、突然、笑いだしてみたりしたい。


「憂鬱にならざるを得ないじゃないの。」女学生の話。

「もっとじっくり考えて決定しようよ。」


「俺、石山や大津、あの辺知ってんねん。」

「ふんなんでや。」

「海水浴で、行ったことあんねん。」京都の中学生の話。

二月一日

「君、よう本読むなあ、本ばっかり読んでるなあ。そんなに、読んだら、盲目になるぞ。」

「ふん、めくらに、そんな奴おるか。」

「うん、おるぞ、きくところによると。」

「でも、めくらでも本読んでるぜ。」

私は、女に月経というものがあることを忘れ勝ちだ。

特に、芸者か、春婦などには、月経というものとの連りを全く忘れているときがある。

こんなことは、結婚したら、変るのだろう。

短歌には、短歌としての言葉の形が勿論なければならない。

しかし、その形は、歌人が常に、新しく摑むのである。（又、その形が、新しい、無限にあふれた、未知の形が、歌人を摑むといっても、いいのだろう。）

春枝や、美佐子と山へ上ったとき、春枝が便所をさがしていた。

「どこにあるかしら。」

「どうしたの。」

二人が、ひそひそと話しているのが私の耳に少しずつはいった。

「はやいのね。」

「ええ。」春枝が、少し、私の方を見ながら言っていた。月経かもしれない、私は、そんなことを、ちらっと考え、又考えまいとしながら、春枝の顔を見て、笑い、美佐子と先へ上って行った。

春枝は、山の番人に、便所の場所をきいていた。

途中、美佐子と二人で、山の中途でやすんだ。

しゃがみながら、「青い海やな」といった。海は黒く光って、又底が見えて、山のすぐ近くに動いていた。

「ええ。」

「あの鳥、何やろなあ。」こんなことを話して、私は、今津にいたときの、二人の思い出にふれまいとしていた。それには、何も、二人きりのものという思い出はなかったが、私は、美佐子が私を愛していたように、野崎の兄が言っていたと、川原さんが手紙で私に言ってきてから、二人の思い出に秘密とはいかないまでも、それらしい、もやもやが、まといついているようにも思えていた。美佐子は、今、何を考えているのか、と、黙っている女を見て少し考えた。

美佐子は、私の傍の、赤い土の上に、しゃがんで、私を見て、微笑んだ。それは、とうとう、いらしったのね、うれしいの、昨夜はどうだったの、と言っているようでもあり、そう明らさまにいうのを、はずかしがっているようでもあった。

しばらく、明るい谷に、木を切り出している人々と子供とを、見ていた。春枝が、下から上ってきた。白い顔が恥しそうに笑った。

これは、去年の三月のことだ。

私が接吻しながらいると、女は裾の方を気にして、そろえた。これが女の、たしなみなのだろう。しかし、私はそれと共に、私が、今女と交りたいように考えていると、女が考えているのだろうか。それとも、女には、全然、接吻以外に、気をとられるものはなく、みちたりて、そう裾をなおしたのは、女の本能的な習慣からそうしたのだろうか。女は、何を考えているのだろうか。私は、私が性交というものを頭に思いだしそうになると、そんなことを考え、女の唇を求めながら、すいながら、畳のこまかい目をよむようにしていた。

私と女との間は、全く、理性が支配しているようにもおもえた。私は、意識しているということを理性と考えたりした。

しかし、それは間違っていた。

感情的な意識も、勿論、有るのだ。


雨が降りそう。頭が重いし、口の中に熱がある。

二月二日

雨降り。

井口の家で酒をのむ。おつるさんは、感じのいい人だ。

おつるさんを見ながら春枝のことを思う、余りはっきりした形をとっていないようにおもった。井口と女との性交を一寸考える。おつるさんの手がひどく荒れているのを見る。

夜、飯を食い、太田と一処にかえる。

かえりに、春枝のこと、母のこと、兄のことを少し、考え、途中、電報配達に会い、「母キトク　スクカエレ」の電報が家へきているかもしれない。と空想する。

余り、ひどくこたえない。

此頃は、何もかも、ひどくこたえない。ただ、ぼーっとしていて、今していたことを、すぐ忘れていたりする。

いいことだと思う。

二月三日

川原さんから、雑誌代二円送って来る。母も兄も、姉も、丈夫とのこと。

昼から雨晴れて来る。


　細竹のかがやく新葉《にいば》ゆ青き空の底知れぬ静けさ、小雲ただよう。

白白と闊葉樹林のかがやける、真昼の光りゆ、冷風来る
　[冷冷と来る] [風ふき来るも]

自分が、春枝に書いた手紙は、皆、だらだらした、衒学的な、偽りのある、ものだったのだ。と思う。

節分で、吉田の宮に、人が多い。

私は、まだ、小さいことに、悩む。金のことだ。人に貸した金のことでだ。

「あんたとこ、妹さんの方が、愛嬌があるね。」「はあ、そうや、姉の方は、むっつり屋でね、人さんは、誰でも、そういうてや。」

久しぶりで、春枝の写真を見る。現物を見ている以上、写真は、余り、心を引かなくなった。（これが、恋愛最中のときは、写真でも、それに血が通っているように、心を引かれたのかもしれない。たしかに引かれていた。）

春枝の写真に接吻し、春枝からきた手紙の切手を、なめたことを思いだした。

時間は生命的であるという処に、時間はリトム的なものであると考えられ、リトムは時間にむすびつくとも考えられる。リトムは、実に時間を、とびこえるものであると共に、時間を動かすもの、又時に動かされるもの、でなければならぬ。

二月四日

「松平さん、うちに、あんたのすきなもん、何にもないけん

ど、御飯まだやったら、おなかすいてまっしゃろ、お茶づけでも。」

子供は、向うでこそこそ言っていた。

娘がいった。

「松平さん、またやってはる、いってはる。お母ちゃん。」

「何？」

「またやってはるて。」

「またやってる？　うち、またやったりでけへん。またやるなんて、またやったりしたら歩けへんがな。」母親が言った。子供達も母も、やかましやの父がいないので、くつろいでいる。しかし、私は、股ときいたとき、此処の父と母との性交を、少し感じた。（母親は、もう、年寄りだったが。それとも、私は、私の股を思い出したのかもしれぬ。今朝の手淫の。）

「たべて行きなはれ、おこうこのお茶づけやけど。」

「松平さん、たべるいうてはるがな。お母ちゃん。」

「そやさかい、たべて行き言うてるのやがな。」

手淫をやるときは、いつも、自分が女になった気持でいる。そして、男は、私が生れつき男だという、その男が、男になっていて、動く私の心は、女になっていて、それで、手淫が性交の感じを出す。それで、つかれるらしい。

「うち、おつけもん、一番すきや。」松平さんが言った。

「金持のうちやないし、松平さん。」

「ええ、みんな同じよ。」

私は、此処しばらく、盲目というものを忘れていたが、それを今日、思いだした。

「お母ちゃん、なんぼあき盲やいうても、日の出や、朝日位わかるわ。」

「ほしたら、これ何や。」

「どれ。」

「これ。」

「これは日の出や。」

「あーい、まぐれあたりや。」

「そんな位……お母ちゃんかて。」ほがらかな母。

「結婚するなんて、やはりするまでが楽しみで、あかちゃんができてしもたら、もうおしまいでっせ。」

宗教的な生死——行為の意味をもった生死こそ、浮世の生死、人間の生死の根にあるものである。行為的の生死を悟るということ——行為の世界に入るということは、浮世の生死を、とび超えたものでなければならぬ。

私が生れてきて、西田幾多郎や竹内勝太郎のものを読むことができるなど、全く、幸福なことだ。

コートを着た女の姿は美しい。春枝にしても、私はコートをきた春枝が一番すきだったようだ。それとも、コートを春枝が、一番よくきていたし、コートをきていた春枝を一番よく目に見たので、他の女まで、コートを着ていたら美しく見えるのだろう。女が美しいという後には、いつも、春枝が結びついているのだろう。意識の上には上らないが、春枝に似ているのが、やはり美しいのだろう。

久松真一の、「宗教的死」について読む。全部を肯定するのではないが、この間まで、肉体の死、現世の死について、わからなかったのが、はっきりしてきたようだ、しかし、肉体の死については、もっと、苦しまねば、わからぬだろう。

二月五日

学校に批評会がある。

富士と二人で行く。少し、ばかばかしいと、自分のことを思う。

構成ということこそ、最も、具体的な行為的なことだと思う。

二月六日

生命的な生死を越えた生死（「生が死、死が生」という生死）こそ、（存在の）弁証法である。

イサドラ・ダンカンが、「踊りの研究の中で」こんなことを言っている。

「私が踊っている。私の頭は、両腕は青空を貫き、両足は、大地にくい入って行くのである。」

「私は、風と踊り、海とおどり、風が私と踊るが故に踊るのであり、海が私と共に踊るが故に踊るのだ」と言っている。

誠に、踊りは、詩と同じ如く考えられる。詩に於ける言葉は、人間の肉体と考えられる。体は、肉体をはなれて精神はなく精神をはなれて肉体はない、この最も具体的な体、すべてが絶対の肉体であるともいえ、すべてが絶対の精神とも考えられる。しかし、それは、全く一つのものである。

踊りとは、詩が言葉の建築といえるように、それは、体の建築であるともいえ、体の音楽であるともいえる。

踊るイサドラの体を、イサドラが風、空、海として感じた如く、絶対の空間が仕えているのである。しかし、イサドラの体が、その周囲に絶対の空間を、逆に仕えているのである。一つ一つのフォルム（形）を、空間がささえ、形が、空間をささえると考える。

しかも、其処に流れるリトムを感じるとき、それは、まことに、絶対の時間というものでなければならない。絶対の時間がリトムをリトムたらしめ、リトムが時間を時間たらしめている。しかも、リトムは、時の流れをさえ、一瞬にくぐりぬけるものである。

其処に、直線的限定即円還的限定なる、永遠の今の（場所的）自己限定がある。踊りは、この意味に於て、すべての芸術がそうであるように、世界自身の自己限定、限定されるものなき自己限定、絶対無の自己限定でなければならぬ。私は、それを、光明の自己限定と呼びたい。

光明こそ、絶対の無でなければならぬ。すきとおった透明の世界——現実の世界は、まことに光明の自己限定である。

我々は光明に生かされ、しかも、我々は光明にふれることによって、光明を生みだす。光明にふれることそのことが行為であり、行為するそのことが光明であるのである。

光明とは、時間的空間的な場所、とも言われる。

場所というものがあるのではない。在るものは常に、限定されたものである。しかし、場所というものが考えられるとも考えられよう。

しかも、永遠の今の自己限定と考えられる処に、ヴァレリーの、「自己の尾を噛む蛇」という意味とも考えられ、又、光明の自己限定と考えられる処に、道元の、「両面の鏡」である。見るものと、見られるものとが一であり、明々瞭々の、無限の透明な世界、「一夥明珠」、「十方世界、沙門全身」である。

しかも、「一つの蛇が自己の尾を噛む」という処に、静的な神話の世界があり明日の世界があり。

「二つの蛇が互に他の尾を噛み合う」の水蛇の世界は、今日の世界であり、動が静、静が動の世界、である。とも考えられる。

水蛇の起源は、ヴァレリーの「蛇」へも、さか上りうるし、それを又、探求すれば、それが、「ヴァレリーの蛇、シムチエールマラン」「華厳の世界」から出た、禅の純粋の行為にそれが通ずるのを知るだろう。

お前が一番危いのだ。

二月七日

熱がまだ少しある。

日本では、マルキストになる連中は、大抵、センチメンタルで、物に動きやすい。冷徹な奴が、もっと、マルキストの中に出てこないと、駄目だ。

光明とは、行為のことである。自己の光明である。

それは、常に、世界全体でなければならない。

現実と、自然、日常、とを間違えるな。

“M. Teste”を、ぼつぼつ読み始める。

隣室は、病気らしい。うなっている。「のまさん」と、ウワゴトで言っていた。私は道をあるきながら、「眠り病」かもしれないと考え、それがもしそうなら私にも、もう伝染してしまっていると思って、少し恐しく、損だという気がした。

光明のあとに常に時間がある。光明は時間である。

光明は又、空間であり、それは、絶対の闇である。

「永遠の今」というのは、無限の未来が、無限の過去へ入りこんでいることではない。――それは、一つの状態にすぎない。

過去と未来が入りこみ、むすびあう、一瞬、一瞬である。

しかも、それは、決して、結び合うことのない。それは、光明の世界である。

夜、星あり。

強姦のことを考えていた。

吉田神社の階段を上っていた。人の足音が前に近づいた。

「女だったら、きっと、やるのだ。」こう心につぶやいた。しかし、それは男だった。自分の心には、その足音が男のである、という或る確信、(肉体的な直接的な)或る確信があったのだろう。又、今頃、女が通る筈がないという心もあったのだろう。それ故、私は、「女だったら、きっとやるのだ、とびかかってやるのだ。」こう心に言えたのだろう。私は、心にきめたことを撤回するのを恥じる性質だ。もし、それが女であったとして、私が、とびかかって行かなかったとしたら、私は、きっと自分を、「ばかな、こんなことさえ、お前には出来ない。お前は、えらばったって、だめだ、お前は小さい人間だ。」と、苦しめていたにちがいないのだ。それ故、私は、もしそれが女だとしたら、あとで自分を苦しめる苦しみが、つらいので、又その苦しみを突差に予想して、どうでも、女にとびかかって行ったろう。しかも一方、私は、そういうことをしたいくせに、したくない、そういうことは、いやらしいことだという私の心が私に働いていた。そして、それが働いて、このときは、この働きが、一番「根」にあり、それで他の強姦に興味をもつとか、冒険をのぞむ心とか、女に対する心とかが、表面に強い勢であったので、その「根」にあったものは、意識に上っていなかった。しかし、それは、「根」にあって、すべてを統一していたのだ。すべてを調節していたのだ。それは、すぐさま、直接的に、その足音が、女のではない、男のだと、ききとっていたのだ。そして、私に、「女なら、きっと、とびかかるのだ。」と心にさけばせたのだ。そして果して、女でないとわかったとき、私は、「やっぱり」

という感情を味わい、そのとき始めて、根にあった、無意識の状態を意識の上へ上したのだ。道はくらく、男の足音は、又後の方へきえて行った。私はしばらく強姦のことを考えながら、鳥居をくぐり、かえっていった。

最初の聯へ、最後の聯が、雪崩を打つとも考えられる。しかし、又、最後の聯は、決して、最初の聯とむすびつかぬものと、考えねばならぬ。結びつかぬ、しかも、むすびつく。

石井漠

菊五郎

二月八日

家から為替が来る。

女が欲しい。陰部が勃起するというような、ただそれだけのことではない。女を自分のものにして、女を食べてしまいたい。——こういう、言い方で、やっと言い表わせる。

井口の家へ行く。お金、五円置いてくる。女を買うための金だが、置いてくる。慾望を抑えるということに、自慰を見出したりしていたのではないと思う。

街の女など、女ではないのだろう。もっと、積極的に来る奴がほしいのだ。俺も積極的に出る。

強姦はどうだ。

井口は腹がいたむ、腸ねんてんをやりかけたのだそうだ。

こうきいたとき、すぐ井口の性交の場合を想像した。

井口は、うなっていた。背中をなでてもらいたかったのだ。そして、「いたい、この辺が」と腰へ手をやり、床の中に起き上りうつむいた。しかし、おつるさんはそれに気がつかない。それとも、私がいたので恥しかったのかもしれない。井口はまたうなる。

すぐ、帰ってきた。井口に金をやったことを、皆はどう思うか。バカ。俺は井口をブジョクしたのではない。

羽山が心中して、死にそこねた話。母は、羽山の心中をもってきて、兄のことを、いいものにしている。親の心は残酷だ。羽山の心中を、母は、喜んだかもしれない程だ。

シェストフ、という奴は面白い。

坂を上りながら、女のことを考え、授業中、女とやった性交、女の陰部の触感など、思いだす。

井口の家から帰り、娘を見る。女学生だ。

私がやってくる。家の前で私の方を見ている。じろりとみてやった。女の目が動く、白い、細長い顔、しかし肥えている。淫らな目、足、腰が、洋服の下に、動いている。私は行きすぎる。私の陰部が起る。

その女の顔をずーっと、おもい、歩く、私の歩く歩みのリトムの底に、その女のもつ、淫とうのリトム、肉のリトム、目のみだらな流れが、あるようだった。夜、八時、家へかえる。

マチスのいい画を見た。部厚い感じだ。梅原龍三郎など、やはり、ずっと見おとりがする。

ドランが、ピカソから、何か、取り出している。

ブラックは、やはり、一つ一つ、つみ、上げて行っている。

キリコは余りよくない。ルオーの顔、モジリアニの女は、いい。

ゴーゴリを買う。『ドイッチェ・イデオロギー』を買う。

ニイチェを、今日、見出した。ニイチェ、を、軽蔑したりするな。（ニイチェの文章が大げさだというただそのために。）

そうすることは、一つの趣味だけだ。

「私は、詩人をいいと思っている。画家や、音楽家には、物がわからない。」と富士に言った。

二月九日

寒い。冷たい。

高山の講義。

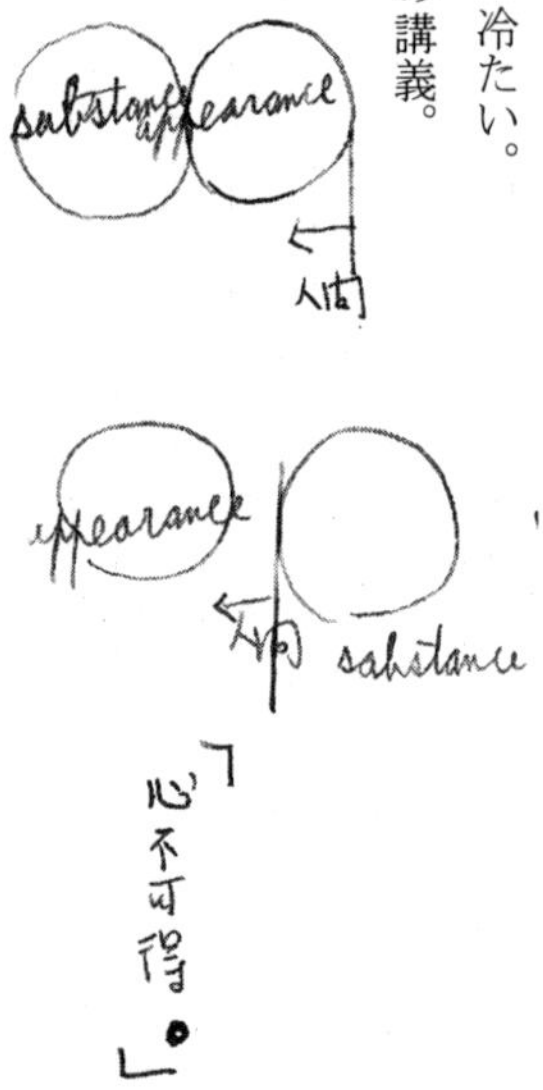

働きそのものが、実在である。

学ぶことそのことが、実在である。

人間としての死が、（人間の死が、生である。）

無（モデルがない。）が根本である。

道そのものが、実在である。

目標などない。

道は、私のあとにある。（高村光太郎）

二月十日

ひどく冷たい。手の皮が、きりきりする。いたみが、つきぬける。

手淫。

輸血したものを考える。そいつの中では、他人の血が生きている。人の血が、動く。

「ツアラツストラ」、の獅子は面白い。子供というのには、少しへいこうする。（ニイチェの考えそうなことだ。ロシヤ人とかドイツ人とかが。）

食堂で

私が手をのばした。私は、醤油がほしかったのだ。すると、前の人が、お茶をとって、くれようとした。私の手が醤油入にのびた。その人は、間違ったとわかって、その人の友に、はにかみ笑った。私は、「それも、もらいます」と言った。そして、お茶をもらった。その人がわざわざお茶をとってくれた。しかも、間違っていて、その人は、はずかしい思いをした。それで、私は、すまないと思って、お茶をもらった。私もはずかしかった。その人のことを、その人の心の中を想像したのだ。

薬屋をにくんだ。高い薬を売りやがって、もう買うものか、と思った。

私は、所謂時間を惜しむ方だ。しかし、時間にとらわれるようになってはならない。

私の中には、井口も富士もいるような気がする。

しかし、これは、私が、井口の気持も、富士の気持も、察することが出来るからだ。しかし、富士の方は、察しにくい。

しかし、私の中に富士や井口がいてはいけない。

「ツアラツストラ」を、読みかえし、以前（中学の五年の時だろう。）これにどんなに影響されていたかが、思いだされる。心の底で応じ答えるものがあるのだ。（例えば、肉体とか本能とか、一方で、物質的になりながら、どうしても宗教からぬけられなかった時の自分とか。小さい自己、利己、こんなもの。刹那主義など。それから、ショーペンハウエル。）

しかし、それも、変ってきたのだ。

そして、又、今、そのときとちがった読み方で、「ツアラツストラ」がよめるのだ。「ツアラツストラ」は、此頃の一つの楽しみとなった。「ツアラツストラ」は、限りなく、濁っている。ヴァレリーなど、読むのをいやがるだろう。

二月十一日

「心不可得」の心が自己限定する処に創作があり、行為がある。我々は行為させられる。

しかも、その行為は、我々の絶対の自由でなければならぬ。

便所に、月経の血が、紙がある。娘か母親のだ。

じっと、見ていると、目がすいつけられ、それと共に体全体が、固くすいつけられるように思える。それを取り、なめてみたい。――しかも、そうすることは、きたない、へどの出そうなことに思える。二つの感情の両立。

光明を感じよ。光明とは行為のことである。しかも、それは、行為させるものである。

光明を考えてみよ。それは、直線的なものであり、且、円環的、場所的なものである。直線的即円環的である。即ち直線的限定即円環的限定ということは、光明の自己限定である。

舞踊は、光明の自己限定でなければならぬ。

そのリトムは、一応、直線的限定であり、そのフォルムは一応、円環的限定である。しかも、リトムのない処にフォルムもなく、フォルムのない処にリトムもない。リトム、フォルム、それは、全く、互に否定し合うものであり、それが自己同一である。

直線的限定としてのリトムは、どうしても円環的限定としてのフォルムを否定せんとする。しかも、リトム即フォルム、として、リトムとフォルムの分裂はなし得ない。

其処に、光明の自己限定としての踊り（芸術）がある。

「限定」というは、一瞬にして永遠、即永遠の今の自己限定のことである。光明は常に永遠の今である。

××卯之助という人の陶器展を見に行く。

余りいいものはない。直線の用い方が間違っているのだ。

非常に不安定だし、目ざわりだ。色も、よくない。

考えてやっていない。直観としても、この人の直観はいけない。陶器の張り、がない。空間がない。と共に、リトム、もない。

美しい女を多く見た。女に餓えているのだ。

マチス、の構成は、すきだ。

夕方の風の烈しさ、冷たさ。これは、強姦されようとしている、女の烈しさだ。女の熱さだ。

「富士」が、一番すきだ。富士は、大きい魅力をもっている。

紀元節で、日の丸の旗の記事をよんだ。私にも日本の血が流れているらしい。少し感動した。

二月十三日

行為が空間を切って行く処に時間がある。

リトムとは、生命の意である。

岸田と話す、肺病について。

「手紙きてますぜ、机の上においときました。」

この言葉が、私に春枝を思いださせ、胸をときめかさせた。

二月十五日

熱が取れず、朝、少し悲観す。平生の精進が思いやられる。

次第によくなる。一瞬に一転するにあらず。

生死これ仏、「生死」を明ら《〔ママ〕》めよ。

二月十六日

少し、元気を取りもどす。眠りに、執着する。

十七日

春枝に似た女。あとをつけて行く。落合得雄という家へ、はいった。年は二十二位だろう。

手淫。（その女のことを思った。）

マチスを買う。

二月十八日

春枝を、又、俺のものにしよう、と思った。性慾的に。

落合という女の家の前へ行ってみる。女が白いエプロンをかけて、二階に掃除をしていた。玄関の横に、赤向皮のついた下駄が二つほしてあった。目がすいつけられる。

あるく度毎に、女のゆれる尻に目が引かれる。

昨日、その落合という女のあとをつけて行ったとき、尻がゆれており、それが、快かったのだ。

マチスの絵を見ていると、純粋な泉が、湧いて来るようだ。

此の絵を、派手だとか、美しいとかいう人を、私は、軽蔑する。

「心不可得」は、それぞれの、信仰に於て、「心不可得」なのであり、それは、「不可得」なのではない。

マチスよりも、ブラックの方が、一層すきだ。ブラックは木でいえば、根だといえる。海でいえば、底だといえる。

二月二十日

学校を休み、家へかえることにする。

ＡＯ注射。手淫。熱少しある。

「若いくせに、何いやがるんだ、歩け歩け。」

運転手がこういった。私は、一寸上気して、荷物をはこんでいた。しばらく後、「十銭やるかけ、もたないか。」といってやったらどうだったろう。とプチブル根性をだして、考えて、一寸いやだし、それよりも運転手の方がいやだったので、むかついていた。

「華厳経」を読み始める。

バルザックの『ポンス』は面白い。バルザックにしても、『ポンス』が、その至なのだろう。フレエジュ、シボ、マギュス、マルヴィル夫人、ポンス、シュムケ。即、よくかけている。

『罪と罰』と『ポンス』を平行的によんでいるが、どちらも面白い。ドストエフスキーの計画には、にごった熱がただよっている。

バルザックの計画には、冷たい意志がある。

虚無、のすずしさ。解脱のすずしさという言葉はどうだろうか。

二月二十一日

「折竹」へ手紙。

隣りの南京さんの嫁（日本人）さんがすきなので、そのことを考えていると、

「南京さんは、嫁さんを可愛がるよ。」母。

「そうお？」女中。

「そらもう、あんたも、南京さんとこへ、お嫁に行ったらええ。」

「そうね、行こうかしら。」

「でも、あたしら、なんぼ可愛がってくれるいうたって、あんな口で、体中、ねぶられたら、考えた［思うた］だけでもぞーっとする。」母。

「ほ……。」

母と女中がこんなことを話していたのを思いだした。

男の口で、なめられるのが、いやであった母に、私のような、しつこい人間がよく生れたものだと思った。

俺の性慾は、誰の遺伝だろうと思う。肺病患者の性慾だろうか。病的な才能。

しかし、母には、接吻をいやらしいものと考えるような教養があり、それを、はぎとってしまえば、それもわからないだろうとも思える。

今津へ着いたとき、大沢のことを考え、大沢の性交を思いだし、隣の南京さんの嫁さんとの性交を想像した。

「何故、着物を本の下へ入れたりしてきたんや。上へ入れりゃええのに。」祖母。

「本がいたむがな。」私が言った。

「本なんぞ、何すりゃ。」

母がわらった。

二月二十二日

近頃は、すべてが、はっきりとしてきて、幸福だ。

どうも、近頃、気候が似ているのかどうか、一寸したことに、春枝との別府でのことを思いだす。ぼーっとした美しさと、惜しさだ。病気のためとしたら、あの時分と、体の具合がよく似ているのだろう。

雲が美しい。

二月二十三日

手淫。「牧場」のこと。「雲」。

「シムチェル・マラン」は、万象が、其処へ吸い込まれ帰依して行く世界、それに反し、「水蛇」は、諸有が、其処から、生じて行き、湧出して行く世界だ。一は静、一は動、しかも、二つは、ピッタリ、重ならねばならぬ。一は神話のにおいがする。それは神話の現在という現実、一は現在の現在という

現実。

現実に接してのみ、絶対の無に接しうる。

よく、眠る。朝十一時に起きる。

『ポンス』を読み終る。好きな本だ。チェホフよりもたいくつでない。

二月二十四日

コーヒーを飲むといけない、昼のんでも、もう夜ねられない。

世界が俺の中で逆立する。俺の世界は透明で無限大。

松阪に会った、春枝の類に属する女だ。美しくなっている。水を打っていた。赤いジャケツ、黒のスカート、広い額、細い長い白い顔、逞しい手、男をまっている女だ。

目が引かれた。遠くからみていた。向うが私に気がつくことを望んでいたが、向うは、気がつきそうになかった。何か話そうと思った。しばらく立止り、やめにして横へ曲った。祖父の家からかえりに、松阪との話を空想した。

それは、つかつかと行って、「鈴木先生の家知らんか。」というのだ。すると、向うが、顔を少し赤らめ、大きな目を見はる。

「知ってるわ……。」といい、私をみつめて、目を光らす、こういう想像だ。

しかし、私は、この女と話さなかったのは、私が長い間湯にはいらず、首すじに、黒い垢がたまっているのを自分に思いだしたからかもしれない。私は女を見るや、すぐ、女との「話し合い」を頭に置いて、私の垢を女にみられるのを——女はきっと、気づくだろう。そして私は赤い顔をせねばならぬだろう。

それがいやだったのだ。

又春枝のことを考えた。

私の虚栄が、私の恋愛までも支配していたことを。

前へ行く女の臀を見て、足をみて、「そのしりなら、おまえとしようか、してもいいぜ、へへ。」とつぶやく、しりに、足に話すのだ。性交を。

その町の古いすっぱいにおいは、私が一歩そこへ入るや否や、いつも性交を思わせた。それも、あの、わきがの女の（野崎）との性交を。

果物屋のおかみさんとの眼の衝突。私はつぶやく。

いいぜ、お前となら、やっても、いいぜ。

そして、自分がもう、その女を支配したかのように妄想して、「へん、もう人妻をものにしてやった、へへ。」と、母につげている自分を感じた。

姉が子を生むらしい。

硝子窓のポテをいじった。左手の指にそれがついていて、胸がわるくなる。

姉を介ほうしに行くことを考える。姉の側へ行く、姉は子を生むことの（女という感じからの男に対する）羞恥から、私の手を打ちはらい、他へ行ってくれというようにする。その手の動作のはなはだしさを考えたとき、私は、急に、私が大塚という女に恋文を渡そうとした時、ふりはらわれた、あのきつい手の動作、私は、一度ふりはらわれ、自分で、駄目だという失望の中に、かっとなって、女の進路をふさいで、手紙を女のもっている器の中にほりこんだ。女は、手をふり、それを地面へふり落して、後も見ずに行ってしまった。私は、女を、見た。傍に通っていた馬車（それは丁度私達の間に起ったことを知らずとおりすぎていた。）に「知らなかったのかしら、」と気をかねた。向うから、とおくから一人の夫人が来た。私は、振り落された手紙をひろい、「駄目だ、駄目だ。」とつぶやき、又「何をしやがるんだ、何だ、女ぐらい。」と泣きごえになり、自分でそれが癪にさわって、その位、何だとさけび、この位に心を動かしたりして、といって、後をむいて、道の下の方へ下りて行った。しばらくしておちついた。

その時の女の手の動作と姉の動作とが同じではないだろうかと考える。

姉が子を生む、何だか、私の他は女ばかり、しかも子を生んだことのある女ばかり、「子を生む」ことは、私だけにとって未知で、ヒミツだ。私は、少しはずかしいし、ていさいわるい。居所を知らずだ。

「口あけて、口あけて、おいどふったらいけません。いかんいかん……」産婆が言う。

皆が皆、産婦と一緒に、きばりだした。

しばらく、産婦の声。ちんもく。赤子の一声、……そしてなきつづける。「ああ。百日位の子、ようこえて。」母は同じことを数回いいつづける。

産婦はもうだまっている。八時十分前、「あんた、おいど、ぴんぴん上げなさるなかいや、頭のとこがこんなんなって。」産婆がいう。

生是仏性、死是仏性、すべてを仏性裏《〔ママ〕》に取得すべし。

二月二十五日

赤坊は、泣かない。春枝のことを思いだした。何か、縁があるかもしれないと思うのだ。

他人に対する嫌悪のひどさ。自愛、しずけさ。

ヴァレリーの大きさ。静かさ。

二月二十六日

意志は、知、情、いずれの方向にも見られる筈だ。

ボードレールの意志は、全く知情の下に、後に、かくれてしまっているように見える。(ポーとの、つながり。)

ポーの知は全く感情が知の働きをしたというような知である。しかも、それは、人間の一般の知をはるかにこえた分析(綜合が働きかける分析)をする。

手淫。

『罪と罰』の訳本にいくつも出てくる、ポルフィーリイの「へ、へ、へ!」という笑い方がすきだ。へ、へ、へ、と調子をつけて読むのがすきだ。

「チイト、麦打ちに行けよ。」

「ええい、よしやがれ。」

「へ、へ、へ。」

火事。

日常は、どれ程性慾に支配されているかを、知らねばならぬ。そして、その性慾を、現実までほり下げ、根を下させて、描かねばならない。

二月二十七日

『罪と罰』を読んだ後で、『カラマーゾフ』を読むとやはり『カラマーゾフ』が、落ち着きを以て、書かれているのを感じる。

「時間」を愛する。時という言葉を。

二月二十八日

兄へ、桑原へ手紙。

「魂は永久に生きておる——。家にこそ居らね、見え隠れにお前方夫婦の傍についておるものじゃ。」カラマーゾフ。

これを読んで、そんなことだとしたら、夫婦が、すきなときに夫婦の交りも出来やしない。いい恥さらしだ。子供の前での、いい恥さらしやないか。「ええい、恥さらしでも、かまうもんか、子供に見せつけてやれ、へ、へ、へ。お前、こっちへ、来いよ。」という男のこと。

三月一日

富士から手紙。手淫。

女のこと。「すべては許されている」と言いながらも、イヴァンは、手淫ということさえ軽蔑する人間だ。

三月四日

手淫。

イヴァンのような人間がすきだ。イヴァンのような人間は手淫などしないと誰でも想像できる。そして、アリョーシャは手淫をするかもしれないと考える。それ程、人人は、イヴァンの手淫するのを嫌い、アリョーシャに取っては、手淫さえ許される。（きたないようなものと感じない。手淫するアリョーシャを好ましいものとさえ考える。）

ドミートリイは手淫という言葉とは、全く結びつくことさえない。


芸術は、絶対無の表現である。

創作するものの立場から、それを見ないというのは、ボードレールを余りにもちがったものとして、見せるのだ。私は、ボードレールへ入るのに、一つの容易な（こういうことを言うのは、ボードレールに取って、一つの恥辱となるかもしれないが。）入口を見ることができる。

それは、虚栄——エクセントリックを好む心や、そんなすべての名誉心をも忘れてしまった状態——創作するという状態である。——自分のものを、すべて、すてて行く、自分のものを、すべて忘れて行くことである。

ボードレールの精神の体は、ボードレールの作品である。


マソン、について。

詩は、言葉としての時間性に従う。しかし、それは、全体としての、世界としての時間（私の時間）を別ちもつ。


ヴァレリーが、多くの裸の女のことを、doux comme un caillou という形容詞を用いて表わしている。

ヴァレリーの女に対するときの思想は、面白い。

ヴァレリーという名さえが、静かなしたしみを持って来る。

ジッド、ジイド、これは、骨の太い叔父さんだ。とうの寝椅子に横たわっている。（しかし、ふんぞりかえっているのではない。）目はつぶっている。


いたずらに常識を恐れ、常識をはずそうとする常識がある。オリジナリティ、と常識とは、全くその深みという別な段階をもっているのを知らぬのだ。しかし、その常識を恐れる常識、それを軽蔑し、すべて、ばっさりとやろうとする一つの常識がある。

正宗白鳥の用いているのがこれだ。昨夜、春枝と四つ橋ホテルで性交することを想像した。それは、例の正月に読んだ淫本の例にならって、春枝が「まって……それだけは」というのを、むりに、「許してくれ、許して……」といいながら、春枝の着物の下から手を入れる。すると春枝の陰毛がもやもやともえて暖かく、陶然と、興奮の状態にあるのだ。春枝は欲していながら、妊娠という恐しい言葉が頭の後でひらめくのを感じるのだ。

そして、「まって」と叫ぶのだ。それを私がだきしめる。右手が益々女の陰部をいじくる。春枝が、足を動かす、「もう、して、ちょうだい。速く、どうでもいいの。私のものよ、あんたは、あんたは、私のものよ。」

こういう。私は、だまって、にやにや笑いながら、春枝の上に乗って行く。私の陰部を春枝の手に握らせてやるというのだ。

これを空想して、この性交の話が、この淫本を書いた人間の、いつもの技巧であることが、いやになって来た。

三月七日

死ね、而して生きよ。(死なければ生きることはできない。)

手淫。

三月八日

『カラマーゾフ』を、粗雑と思うがどうだろうか。ドミートリイがカチェリーナの残り半分の千五百ルーブリを、袋に縫って、肌につけていたということを、作者は、予審の時になって始めて書くにすぎない。(それ以前に、ドミートリイが、自分の胸の上をどんと、たたくということによって、読者に何か不審をいだかせることは、してあるが。)

ドミートリイの心裡描写をするくせに、その心裡描写の中へ、少しも「袋」のことが出てこないのは変だ。ドミートリイを描写するくせに、少しも、ドミートリイが袋を縫ったことを描写せず、突然、それを予審のときに出すのは、おかしい。

それから、又、ドミートリイが親父のところからにげて行く処を書いておき、その処に、スメルジャコフがテンカンで眠っていることをかいておいて(たとえ、それが偽のテンカンかもしれないということを前に、イヴァンとスメルジャコフとの対話により読者に疑わせてあるとはいえ。)、しかも、其の時スメルジャコフが何をしていたかを少しも書かずに、後から書いてあるのも、何か読者をだましたようだ。

又、ドミートリイが、「袋」の金を出す処を描写してなく、それ故、一時読者を、ドミートリイが三千ルーブリぬすんだように思わせはしないか。(又、何処から金を持ってきたのかわからないために。)

こういう点になると、『戦争と平和』の構成は完全である。

ドストエフスキーの特色は、やはり『悪霊』とか『罪と罰』のような心理描写にあるように思える。

三月九日

直観とは、場所が場所自身を限定することである。

三月十日

私はまだ、一日、本を読まずにいるということが出来ないらしい。

『カラマーゾフ』は、下巻が一番面白い。（イヴァンとスメルジャコフが面白いのだ。）

七日頃から寒くなって、氷が張ったりしている。

日がてったり曇ったりする。

俺の額は、死人の匂いがしているが、どうしたというのだろう。丁度、生れたときの赤子の匂いがしているのだ。

それとも、死人の匂いだ。風呂へ入らぬからかもしれない。

現実とは、日常性と勿論、ちがう。摑む摑み方が日常性なのだ。

三月十三日

此頃夜、寝附きにくいのは、どうしたことだろうか。

私は、「ツアラツストラ」の正午を愛するのか、それともヴァレリーの正午を愛するのか。しかし、それ等が通じ合うことはないのか。

私は、ただ、私の正午を愛する。

二人の正午の創造者、されど正午は、一つである。しかし、万人は正午を持つ。

或夜、その男と、私は会った。私の行きつけの場末のカフェーで。その男は、うす暗い一つの「仕切り」で、いいツマローカをなめていた。見た所、ただ、の男だけだった。その男は、始めて、此処へきたのだと後で私に言った。私と、その男とが、どうして、話し合うようになったか、私は、はっきりしないが、私は、その男の杖を私が倒したことからだと思っている。

「すみません。」私が言った。私は、それまでにその男を観て、いやな感じを起していなかった。(私は、便所に立った時にその男の杖を倒したのだ。)

「いいえ。」男はみじかく言った。私をじろっと見た。

「君がすきなんだ。へ、へ、へ、まあ、君が便所へ行ってからにしましょう。」その男がいった。

私は、その男が、私が便所へ行くことなどを口にだして、はずかしくないのだろうかと思った。余程、私に好意を寄せているると思った。

「マルクスを軽蔑するのだ。」とその男は言った。「へ、へ、へ、マルキストなんか、へ、へ、へ、あんな奴、どうなったっていいのだ。」

「しかし、その中に、すべてが、その方向へ動きだして、すべての物質の動きが、君を圧しつぶしてしまうかもしれないぜ。」

「へへへ、なんでもいいさ、俺は圧しつぶされてやるよ。俺の生きてる間は、そんなことになる筈がない。」

「君は、何も見ないのだ。」

「俺は、俺のすきなものだけ見るのだ。」

「君は、女がすきなのだろう。」

「へへへ、おいでなすったね。女ずきに見えるのかね。へへへ、女はすきだ。寝るのにね。だが、それだけだ。」

「寝るだけだって。うん。僕もそう思ってるが。」

「僕もそう思ってるか、しかし、まあ、何でもいいぜ。俺は、へ、へ、へ、俺は、へ、へ、へ、おすきなのだ。へへへ、へ、へ、への中には何でも包まれているのだ。へ、へ、へ。君も女ずきだなあ。へ、へ、へ。」

「ふ、ふ、女ずきだなあか。うん、すきだ。」

「ふふふ、か、君のわらい方は。ふふふ、か。へ、へ、へ、女ずきなら、云うことはないよ。女を軽蔑したりなんかする必要はない、女は寝るだけだなんて、へ、へ、へ。」

その男の家は、金が有るらしかった。姉と、妹があった。父は死んでいた。母が、ひとりですべてをやり切っているのだと言った。俺は、知らないぞと言った。

その男が、或る日一処に来てくれと言った。私は、黙って、或る大きい門をくぐった。茶が出た。男はにやにやわらって、私を見て、又、ぐいと顔を引きしめた。

ヘリオトロープの匂いがして、夫人が来た。

「淫猥な顔だろう。」とその男が言った。目が、青い五月頃の空のようにうるんで、長形の顔をした。小鼻の少し大きいのが、性欲的に見えた。

私は、その女とその男との関係を知った。それは、その男の髪に、何時かヘリオトロープの匂いをかいだことがあったからだ。

帰るとき、「あの女は、君のものなのだ。もう、君は、はなれようと思っても駄目だぜ」と言った。

私は、そのとおり、女の体に溺れて行った。それは、女の体臭におぼれて行ったといってもいい位だった。

私は、女を誘惑することに興味をもちだした。それは、私の意志に植えつけられた。

例の処へ梅を見に行く。昨年も春枝のことを思いながら今日、此処へ行ったのだ。それは朝だったが、今日は午後だ。始めは、何処へ行くあてもなかったが、とうとう梅の処へきた。そして始めて、春枝のこと昨年のことを思いだしたのだ。今日は、雀もないていない。淫慾な気持になる。（人の家をのぞいてみたいという。）

うすぐもる空広々と開けいいて
白梅林に遠山の見ゆ

白梅の幹つやつやし露一つ
くもれる空をうつしてありし

三月十四日

午後、野田が来る。五時半頃、甲子園まで送って出た。停車場で片岡の女の子に会った。大きくなっていて、私を見て笑った。野田を送ってしまって、後をついて行った。向うは、一度もふりかえって見ない。成熟しかけた大きい尻の筋肉が動いていた。

坊主の家へ手紙。雨が降りそうで降らぬ。

夜、手淫。

三月十五日

春枝が恋愛の技巧を知らないので、よく、小説をもっと読んでくれたらなあ、などと思ったことがあった、のを思い出す。ニイチェの愛は、この世の常識的な愛だ。（しかし、この愛をさえ、非常識的な羞恥にとんだ愛といってよい。）

歯車は、すべての存在の奥底に廻転する。（それは、空に知慧の独楽を廻す。）

それは、芥川のようなひ弱い歯車を考えた人間共を、引き入れ、ぎりぎりかみくだく。

歯車は「厳密」の力である。これほど、二つがぴっちり重なりあうものはなく、これほど、音のせぬものはない。

世界を廻す歯車の音に耳をすませ、肉の耳、心の耳すべて、死んで後、歯車の音はすみわたる。

冷たく、雪が降った。

三月十六日

日が照った。風がきつく冷たい。

咽喉に鉄の粉が腐敗したような香りがある。

ほこりして、道は山辺に通じたり［をり］
そらまめ畑の雲の影寒し

幾日にも海をみんとて［みに行かんとて］果し得ぬ
病める身体を病間に暖む［やすらふ］

円き山もほこりをかむり日の弱き、
赤ん坊のユタンポも要らずなり春ぼこり

夜、また冷たい。

野田の水鳥先生から手紙。

三月十八日
私は、あらゆるものに興味をもっているのだろうか。
昨日、海へ行く。海の便所。
秘密。
蜜蜂のうなり、家の庭を流れる小川、静けさ。

　庭流る小川の増えて蜂の音

三月十九日
女は、玩具だ。俺の玩具になることの出来ぬ女は駄目な女だ。
吉田へ手紙。
トルストイの『戦争と平和』がすきだ。こんな落ちついて読める本は少い。

三月二十日
鼻とか、くしゃみとかは、奇妙な、おかしさを湧かせる。
ゴーゴリは、こんな処をうまくとらえているのだろう。
ゴーゴリは、見かけは、横着な奴のように見える。
野田が来る。女の話。

三月二十一日
智性と感性とについての横光利一のいっていること、面白い。

吉田から手紙。

自分は、春枝となら、どんないやらしいと思うことでも平気で出来るという気がする。これが愛だろうか。

「水蛇」を、蒸し熱い作品といえば、「鷹」はすみ切った冷たい作品といえる。いずれもすみ切っている。

愛誦で「鷹」を読み、感動する。アレハ、決して、リトムを否定したりしていない。

私の心は、また静かなものを求めているらしい。その代り、性慾の方面が、はげしい、きつい技巧を求めている。

独楽を好まない人間がいるだろうか。すべては、独楽に通じている。

リトムに外側とか内側とかがある筈がない。そう、わけられないこともないが、何が外側かといっても言えるものではない。

リトムは、アラユル、リトム的なものを否定した、無のリトムこそ、リトムなのだ。リトムは、どこまでもリトムとして、表われねばならない。

三月二十三日

二、三日、バイ毒かと思い心配する。

バイ毒なれば、死のうと思い、安心する。死ぬことは、余り、つらくない。——しかし、どうも、これもあやしい。

富士が昨夜から来て、話して行く。

空は澄み、かすみ、日が弱くきらきらしている。

海の方へ行き、便所の落書きを読む。熱して、しかも、他人の糞のにおいや、性の絵や文をよみ、引かれ、しかも、冷たい頭が、そうする己れをあざけり、又、目で、誰か他の人がこの自分の行為を見てはいまいかと、して。

海の波、きらめき、はげしい風。——二十、二十二日

二十一日の彼岸は、ひどい雨風。

函館市が全焼した。

便所を出て、すまして、あるいて行った。すぐ便所のことなどわすれていたが、女の腰や足や、腹に目が引かれた。

春枝を思いだした。

日は、午後にあたたかい。小説を書きだす。

三月二十四日

雨で、頭がいたみ困る。

小説を書くのに、一人の主人公の現在を中心として、その中にすべてを、含める。——つまり、主人公の過去も未来も、又、他の人の、社会の、世界の現在も、又過去も未来もすべてが一主人公の現在に落ちて行く。——現在を中心とした意識の流れの中に落ちて行くという形の、小説が、むつかしいと思え。

これが完成すれば、一つの完全な宝石の流れ、時間の流れが見られる。透明が、光明が見られると思う。もっと、完全な椿円が。

又、全体を、見下す。すべての人間を、主人公に倚らないで見る。方法がこれに対立する。

この方法が、今では、私には、容易のように思える。

始の方は、線は大抵細くなるだろう。

しかし、後の方は線は太いが、太さが一定の太さになってしまうだろう。

今日はいい日ではない——朝から、春の雨で頭が重く、どうしようかと思ったり、大衆小説を読んだりしていた。夕方、突然、何か、わいてきて、体が大きくなった。力のようなもの。——恥しいぞ。こんなことを書いて。
小便をしながら、「世界を征服するなんて、すぐできるぞ、世界を征服する位。」と考える。

三月二十五日

権力とか支配という言葉は、一つの形式を示しているにすぎない。支配と言っても、表面的な支配にすぎないし、権力と言っても、内部までつきとおるものではない。

内部までつきとおる場合は、きっと、個人間の、関係に於ける、争いとか愛の場合のみである。

理想主義と現実主義との対立を、悲劇的なものに見るような変な見方をシェストフがするなんてことはないと思う。又、理想主義などといって、現実からはなれた理想主義、「宙にういた」理想主義などない。

理想主義が恐しいとは、誰が言ったのか。現実に直面するのが何が恐しいのか。ドストエフスキー程幸福な人間も少なかったと思う。ニイチェの悲劇とドストエフスキーの幸福とは似ていない。

食後。

「その植木、庭石の上へのせといてんか。」祖母。

「うん。」私。

「あれ、あそこの隅へでも植えかえたらええのやけど、宏ちゃんやったらしてくれへんやろな。稔生やったら、「じゃまくさいわい」言い言いでも植えかえてくれるけんど、宏ちゃんやったら「じゃくさい」言わへんけど、植えかえてくれへんやろ。」

「ふふ……。」

「えらいこと、きめられたなあ。」姉がフキの皮をむきながら言った。

私は、サツキツツジの鉢を石の上へのせて、自分の室へかえった。

『永遠の良人』好きな本だ。ウェルチャテノフというのがすきだ。

いい天気だ。暖い。いい気分。

意志と、熱病との二種を常に忘れぬように。その他、女の、「ぬえ」のような本能も、女の理性も。

女の傲慢を享楽できないような男はだめだ。

「不貞くされ」の真似をしたがる女がいる。しかしそんな女は、真底から不貞になるということはできない。一寸気まぐれに、不貞に気をよせる「不貞」にあこがれる。不貞になってみたいというようなものだ。

丁度、やさしい少年が、センチメンタルな少年が子供が、不良少年にあこがれるように。

井口に、「君は不良少年になるたちやな。」と言ったらきっと、喜ぶにちがいない。

『永遠の良人』のような愉快な面白い本はない。

三月二十六日

『永遠の良人』を読み終る。こんなよい作品はめったにない。玉成して、少しのキズもない、磨かれた宝石のような感じを持った。ドストエフスキーは、一番、らくらくと、これを作り上げたような気がする。楽しみながら、でも、こつこつと、毎日々々、同じほどの分量だけ仕上げて行って、自分の思うとおりに、磨きがかかっただろう。しかも、自分でも知らない誰かの手（本能的な手）が、磨きを救けていたろう。

シルレルは、哀れな男だ。しかしこんな感情をもった男が、若い者の中には多いのかもしれない。すべて、自分の心の中で、「あわれな趣をそえて」つくりあげる。そして、それが、本当の姿だと思い込んでいる。

女を、現実のしろもの、男を現実、地上へ引き下すしろものだと見たのは、少し鋭いが、現実の考え方が全く「作りもの」だ。「有りのまま」ということは、勿論、「奥から創りだす」ということになるのだが、真の奥からでないと、いけないだろう。

シルレルは、どうせ、夢の中で、ないているだろう。

しかし、感覚的なするどさは、シルレルには多分にあるらしい。シルレルは、一人でいたらいいのだ。それにシルレルは常に「人類」を求める。

海へ行く道で、

俺は幸福だ。俺の前には常に朝日がある、と思った。くもった、夕陽が朝日のように見えた。

犬をつれた奥さんの細い顔、コケットリイ。

便所、小さい少女。海の波打ち。

私は、トルストイをみとめるのに、えんりょしてはいけない。トルストイが『戦争と平和』を書いたというだけでも、トルストイの大きさがわかる。

湯づかれてさめ来し体（ただ一つ、）早春の、夜更け
枕に列車の音す（二十五日）

三月二十七日

集中《コンサントラシオン》のない意識の流れの表現法は、駄目だと思う。私は小説それ自体に現実の把握——つまり把握という処に集中が必要となって来ると思う——が在り、それが集中という形を必要［要求］とするのは勿論のことであり、従て、その中で用いられる意識の流れも小説の中では集中の形をとらねば、「全体」から見え、そぐわない、ばらばらのものになることはあたりまえのことだ。『ユリシーズ』にしても、あれは、全くオリジナリテをもっているけれど、意識の流れの表われ方が、バラバラ、つまり日常的であり、現実を摑むということがない。言わば、意識の流れの写実とも言うべきもので、現実をつかんでいるとは言えない。（現在を中心とした意識の流れ。）

自由と必然について、考えて来たことを書いて見る。

人間が、一個の人が存在するというとき、その人間は、自己の存在を否定することは絶対に出来ない。（死ぬというとき、それは、かえって、その人が存在を否定していないことになる。）其処に最早、自由と必然の関係が見出される。

自由とは、勿論、意志であり、必然とは、神、絶対の無である。

絶対の無に包まれて、（包まれてとも言われない）無数の自由意志がある。

我々は、我々が何物にも制限されない時、我々は、どうして、自由というものを感じることが出来よう。

我々が自由であるというのは、絶対の必然に包まれながら、それを破って行く、（破らされて行く）其処に自由がある。自由と必然は、己が、尾を咬む一つの蛇である。私は其処に完全な円環を見出す。

しかも、自由なき必然というものは、同様に勿論、考えられない。

人なき神と同じことである。（或は、人がなくとも神は有ると考えられよう、しかし、動物の世界に神が働いている、（万有仏性）としても、それは、神にして神ならざるもの、抽象物やはり、人間を予想しなければならぬ。）

神に於ては、すべてが必然でなければならぬ。必然の必然と

もいうべきものである。神は、すべてをつつむのである。――其処に宗教に於ける神がある。

しかし、自由としての意志は、最も具体的な行為としての自由でなければならぬ。自由と必然、それは、どこまでも、表裏であり、しかも、必然は自由をつつむのである。我々は、行為させられるのである。――しかも、我々は、自ら行為する、生活するのである。

ヴァレリーのテスト氏が、「主よ、我は虚無の中に存在していた、この上なく、無為に静かに。」と祈る祈りの中にすべてがある。虚無は、無限大の向うから、我々として、「存在」として、表われる。虚無のケンゲン――存在するものはすべて無の中にあり、無の現われであり、無の「否定の否定」として、動かすものである。しかも、無限大の向うは、無限小である。

我々が無を切って行く処、其処に時が発生する。

純粋の創作は、純粋の時の流である。

昨夜、ねむれない。(一時頃まで。)

今津の浜の方へ行く。毎日、海を見ないと気がすまぬような気がする。

行くとき、半田さんの近所で、肥えた美しい奥さんに会う。七つ位の子供をつれている。あとをつけて行ったが、見えなくなる。海から帰ってからも、ひどい印象、大がらの美しい、ソクハツの女だった。これとの性交をえがいた。

又、一寸して、安場と松本との関係、松本の昔の家をみて、其処で私と松本がした同性愛の数々を思いだし、安場の家をのぞく。又、かえりに、きたない大きい女、尻の肉がゆれている。

股まで、風に吹かれ見える。赤い衣。白い足が見える。こいつとなら、「して」もいいとおもう。

停車場の女。朝鮮人の女、小さい子供の女、鷲尾、その妹。

古い今津港、六甲の山巓の後上に、白い雲――冷たい、きつい雲がむくむくと、長く横につづいている。何か、雪で蔽われた山のみねが六甲の後に聳えているように思えた。

きつい風、空に、しきつめた灰色の雲、とぶ雲とけむり。

雁が海辺を神戸の方から空高く灰色の雲の下に「があがあ」なきながら四列にもなって、五十羽ほどとおるのをみる。

さむい風、マスクをかける。裾をはたはた、押す風

昨日

中津の墓とさる川との間の道で、犬をつれた奥さんに会ったことを思う。私がやってくると、赤い湯文字をけだしながら、奥さんが犬について走ってくる。

八つ位の女の子と共に、横へまがった。「しまった。」と私は思った。が又、女は現われた。細形の顔、べにが頬に多く、プーンと白粉がハナを打ち、きつい成熟した女の香、私はとおくから、娘と思ったが夫人だった。

私は、熱してきた、体が張りきり、心臓がおどりふるえた。知っている道をわざわざたずねた。

「一寸おたずねしますが。」声がふるえていた。

「ええ。」

「甲子園の停車場行くの、こっちへ行って行けますか。」

「ええ、でも、甲子園なら、あっちへ下って浜へ行った方がいいじゃないのでしょうか。」

「あれがグラウンドですね。僕、あるいて、上甲子園の方へ行くのですが、ここ真直行って行けますか。」まだ、ふるえていた。

接吻してやろうという考えがひらめき、又打ち倒せとも、心がささやく。

「うち、しらんわ。」夫人は、こう言って、向うを向き、前を直した。女のにおいがした。「みいちゃん、しってる？ ここ、行けるでしょう？」

「ええ、行けるの、おばさん。」子供。

子供は、女のではなかった。私は、

「おじゃましました。」と言ってあるきだし、振りかえったりした。まだ体がふるえた。

女は、少し犬とたわむれた。私は、犬と女との性交を考えた。

冬、K、S、S（甲子園水泳団）の空家のヘイをのりこえ、便所を見に行った。ぐーっと体一ぱいに血が廻ったような、あつい気持。反天皇。女の便所、落書はなかった。糞のにおい。女、陰部、月経。又、ウラへ廻り、便所の口を開け見る。（あたりを見廻し、開ける。と大胆になり、他人の糞のにおい、女……。そして、又あたりを見廻し次のを開ける。反天、ハンテン、ハン天。

又、七、八つの小さい女の子が五、六人あそんでいた。その一人にクツシタをはくために、浜で足をあげていた一人に、金をやって、××しようと思う。又、子供に××を教えてやり男の子と女の子を、さしてやろう、それを見たら、など空想する。しかし、やめる。

一昨日は、甲子園の海水浴場の便所へ行って落書をよんだ。反天、シルシハンテン。姉と妹との同性愛——しかも、性器を用う、を読む。夢中になり、頭で、オマエは、何というバカダと自分のことをののしりながら、充血した頭をかかえて、体をはりきらせ、人の目をうかがい。

その女、道で会う、女、すべてと、性交を空想す。〔四字不明〕

性慾がひどい。反天、反天、反天。

反、ハン、ハン、ハン、ヒヒ……。

今津の港、古い、どぶの匂、風の音、小さいポンポン蒸気。

豆油のにおい、あけのにおい。ハネていた女の子。ハネてる、ハンテン。尼寺の便所を、借りようと思ったりしたが、門がしまっている。

その間、富士、大沢、兄、羽山、羽山の女、姉、松本、安場、お照さん、松阪正枝、鷲尾きみ、春枝、など思いうかべる。

ハンテン。

春枝と、よくにた女の横顔、さくら音頭の広告にある。誰。何という女優かしら。しかし、春枝の方がきれいだ。この女は、鼻の尖が長く、高すぎる。ハンテン。

内田が、「君は、神を信じているのか、無神論とちがうのか。」と不しぎそうにきいた。

「信じている、真宗だ。」と私は言いきった。

「そうか。」と内田が又、フシギそうに言った。

これを、今日、チェホフのたいくつな話をよみよみ思出した。

母がやせてきたのに驚く。死ぬのかも知れないと思う。

どうなることか。この家は、つぶれてしまうだろう。

社会にオシツブサレルこの家。重荷は母の手一つにかかっている。

母は、又、それを、誇大視するのかもしれない。

ママ母、娘、父、娘をママ母より可愛がる父の心裡、そのときのママ母の心裡。

そんなんやったら、「わかれたらいいですがなよろしいやろ。」

「そういうたって、そう、たやすく、口でいえることが出来るものやありませんもの。」

三月二十八日

絶対の無。平然。

近頃、深く深く何かをつきぬけて、入りこんでいる気がする。

夜など、余計だ。

しかし、何にも動かされない。平然とした気持だ。

すべては、無の動きの中にあり、無の動きが、存在の中に波打つのだ。

私は、又、主に、チェホフから、学ばねばならない。

『退屈な話』か。へっ、へっ、へっ、チェホフもうまくやったもんだな、この、お医者さん。「出てこい出てこい禿頭か。へっへっへっ。」

昨日、春枝の横顔を、さくら音頭の広告の中に見出し、その女と春枝とを比較したことがいやになる。

『退屈な話』を読む、そして、広津和郎が「これを、読まぬうちと、よんでからとは、人生に対する考え方が、ちがってくる」と言うのを読んでいたので、「ちがうものか」と〔五字不明〕を少しおこし、「ちがっている、ちがってきたかもしれない」〔二字不明〕考えたり。俺の生活は「たいくつ」なのかもしれない、と、ちらっと考えたり。

いや、こんな充実したたのしい生活はないと考えたり、しかし、物を、一寸かくのも、(今こうして字をかいているのも)せわしく、じゃまくさく、早く筆をおきたいと思う。そのくせ、もし、今書いて置かぬと、俺の考えたこと、このいい考えが、永久に忘れられる、そして、あとで思いだそうとしても、忘れてしまっているにちがいないと考えたりする。

そして、昨夜は、母が死ぬかもしれないと考えたが、今日見ると母は少し元気そうだ、しかし、「もっと、肉類をたべないといけない」と言ってやろう、言ってやりたいと思ったりしたことを思い出す。

こう書いてくると、この文章の書き方までが、チェホフらしいぞ。

『ユリシーズ』の意識の流れの表わし方に集中がないというのではない。又集中など、ジョイスは不必要だ。

日常を書けばいいのだ、日常の意識を書けばいいのだと考えているかもしれない。

しかし、その日常のつかみ方、その掴むという処に現実が表われる［ある］のだ。

ジョイスの日常のつかみ方は現実をつかんでいる。しかし、やはり余分なものが多い。

シェクスピアとかゲーテだとか、すごい奴だと思えてきた。

ドストエフスキーにしてもそうだ。トルストイにしても、絵の方は、ぐっと端的によって来るので、どうしても圧迫され勝ちだ。

坊主にもえらいのがいるが、親らん上人と道元禅師が大きいように思える。

こんなのを、すべて、学んで行かねばならない。

後から生れたものの幸福は、こんな処にあるのかもしれない。

しかし、こう言うような人の高さ以上に私が出ないとしたら、私は、こういうような人の後で生れた甲斐がないと言わねばならぬ。

ドイツの黄金時代はもう、すぎさったらしい。ゲーテ、ニーチェ、ヘーゲル、シェリング、フィヒテ、シルレル、カント、ハイネ、ベートーベン、こんなのがすべて一時に輩出したと思うと愉快な気がする。

イギリスでは、勿論、エリザベス時代だろう。ロシアでは、ドストエフスキー、トルストイ、チェホフ、ゴーゴリ、こんな時代がもっとも文化の大きかった時代だろう。しかし、国家の様式、形式生活の仕方、すべてが変ったのだから、後年を期待しうるが、今は駄目だ。

フランスでは、もう、終りが近づいているのだと思う。そうして、日本を考えてみると、日本はこれからだ。

私の時代だと思う。

しかし、永劫回帰というやつは、どうせ、まぬがれられない。

すべて、堕落しないと、いい芽は出て来ないのだ。

こんなことも思ってみる。

寒い、きつい風。灰色の空。

赤飯をたく、坦恵の三十三日、お宮まいり。

「赤飯をたくのはむつかしい、こわいわ。」とお婆さんがいう。

「えらい責任やな。」と私がいう。

「ほんまに、えらい責任や。」と皆がわらった。母も、私も、こんなことを母の前で言えるようになった。

こんなことは、他の女、恋人、友達、そんなまえでないと言わなかったのだが。

しかし、又、母と川原さんと三人で話すこともあるようになった。

私の野間宏という書き方、春枝のが、うつったようだ。

夕方、雨降り来り、冷たい。冬のようだ。じとじととやまない。

昨日の白い、つめたい氷や雪のような雲、山のようにそびえていた雲が、とけたのだろう。

夜、ストリンドベリイを読み。此処にも、深いオリジナリテを持った男を感じ、学ばねばならぬと思う。

三月二十九日

朝中、雨ふり、皆が「寒い。」とか、「後の戸を閉めて。」とか、「寒いわね、また。」というと、「さむいさむい、どうしたのだろう。」と言ったりする。山には白い雪がまた、つもった。

午後は、はたはたと風が窓硝子を打って、ぎざぎざの青空のすいて見える雲や、青と白とだんだらの雲が、風にとんで、前より一層、つやの出てきた青空の中で、光りがきらめく。山の方に白い雲がむくむくする。風の音がひどい。瓦が光る。

現実の底には、常に時代をこえて、通じ合うものがある。それを作品の中に流す、それが作品の中に流れていなければならない。（如何なる方向から見、えがくにもせよ。）それが芸術を永遠たらしめるのだ。永遠に通ずる今。

現実とは、摑む人間の行為だ。（流れる時の中にあって、永遠を摑む、永遠を見る行為、そこに真の現実がある。）

私は、やはり、意識というやつや、又、潜在意識というやつや、そんなものと、取り組んで行くのが、私に一番適していると思う。地下室の居住者、私も、その一人にならねばならぬようになっているのかも知れない。

ハンテン、ハンテン、ハンテン、シルシハンテン。ボードレールのような人間を、「主人公」として、小説を書いてみたい。虚栄、子供を好まない。やせた女。

しかし、一度、ボードレールの覚書を読んで置いた方がよい。

マラルメの芸術が人生に遠いというなど、おかしい。

いい芸術は、すべて、人生の中深く、貫いている。

余り深くて、一寸表面的な日常生活とははなれているので、人生からはなれているように見えるにすぎない。マラルメの真の生活が芸術であり、芸術が生活である以上、マラルメの芸術が人生からはなれたりすることはない。

「人生という言葉」の意味のとりちがえが多くの人に見られるようだ。

冷たい。青空。雲（紫赤黒の）山を蔽う海も。

さむい風。

東の空に月（十三、四日の）が出ている。地平線上約三〇度の傾角。（午後六時のことなり。）

この間は、（十日程前には、四時頃に月は（三ヶ月）もう西の方に廻っていたのに。）

三月三十日

すべての人に向っているのがいやになる。大勢の中で、私を知らない群衆の中で、坐っていたり、歩いていたりするのがよい。京都の連中ならば、割によい。

俺自身に奴隷のように従属する奴か（奴隷は、媚を持たない。）つき当り敵対して来る奴かがいい。

面白くないというように私の神経を動かす奴はいやだ。

教養のない奴はたまらない。教養の大切なこと、とも書きたくない。

こんな時は、何もかもが気にさわるのだ。

人のことは、ほっておくのがよい。

『ハムレット』がすきになった。しかし、全体として、ハムレットと同じような調子で他の人がしゃべり出すのは、気にかかるが、これは、この時代のこととて、仕方がないだろう。

シェクスピアは、ドストエフスキー等とは違って、ぐっと、広さをもっている。

しかし、調子が低い、浅いということがあるのも仕方がない。

『ハムレット』など、割にむらもなく、完成している作品だと思う。

シェクスピアの譬喩など、よく学ばねばならない。

夜、六時半、月明に上る。皓々とした明るさ。

冷たし。

野球を見に行く。割合に気が落ちつけた。

三月三十一日

雨、夜寒し。『チェルカッシュ』を読みながら、盗賊を主人公とした、しかし、もっと本当のものを書きたいと思った。

社会の重い圧迫を、いつも部厚い肩ではねのけるような、圧迫のくい入ろうとする心を、いつも、仕事ではねのけるような男。

それと、対立した男。しっと深い。孤独の男。

病身で、学問をしたことのある男。しかも自分の首領が自分を、同格に見ているのに、気にかかっている。自分は首領を倒したい。しかし、それは、とても出来そうにない。一そのこと、俺を奴隷的に使ってほしいのだと思う。この仲間をにげ出すことは、首領が生きているということだけで、それに対する、しっとだけで、不可能なことだった。しっとが、ぐっと彼をしばっている。

どろ棒と社会との関係、共産主義者達との関係、警察との関係。金の使い方。

女との関係、社会的に地位のある女との関係、強姦、——その女。反天社人、ハンテンなど。

四月一日

どんより、くもっている。昨日よりも少しぬくもっているが、やはり、足先が冷たい。

チェホフの『退屈な話』を読むと、チェホフの他の短編をよむのは、少しの間、いやになる。(『許嫁』をのぞいて。)『退屈な話』ほど、私を緊張させ、一字一字にまでも、私を引きつけたものは、少い。

蓮如上人も、しっかりした大きい坊さんだと思う。

『袖中鈔』、短いが、一番よい。

誰が、ポーを現実から離れたものと言うのだろう。ポーの現実の底に波打つものを摑む摑み方こそ、現実なのだ。ポーほど、すべての、最後まで見とおそうとしたものは少い。それは丁度、ヴァレリーが、シムチェール・マランにまで行ったのと同じだと言ってよい。

ポーの中に、理性の合理性のみを見る人人は、一面のみを、むしろ、一面ともいえない、浮び上った表面のみを見る人人だ。

ボードレールとポーとのつながりは、偏気な片寄ったもの、への嗜好に見られる。しかし、その趣味、興味、情熱の下にかくれた、力強い一つの波打ちを忘れてはならない。それは、すべてを、自分の口から、鼻から、腹から、つくりだそうとする、肉体的な力であったろうし、運命というものを、自分の身の中に置こうとする、はげしい、「自由」の争いである。

この二人では、本能的にさえなった、芸術的技術を見なければならぬ。すべては芸術のために存在し、芸術のみがすべてを動かす。この積極性こそ、「現実」と言ってよい。

ボードレールが「象徴」を目ざしていたとは思えない。

ボードレールがカトリック信者だと、いう処に何があろう。

ギワク、恐怖、なやみ、すべてが肉体的なしかも冷たい——それでいて、すべての存在の底を貫く芸術行為として、表われる。ボードレールは、一個の発展する作品だったのだ。

四月二日

朝、てりぐもり、昼あたたかい。

野田が来る。二人で女との性交の話をする。

野球を見に行く。ボードレールを悪魔主義だとは、誰が言いだしたのだろう。

悪魔は悩みを知らない。悪魔はすべてを否定しようとする。それに、ボードレールには、悩みのみが有ったと言ってもいい。ボードレールこそ、この世にそびえた人間なのだ。

又、カトリックの信者だと誰が言おう。生活のない宗教を誰がみとめるのだ。ボードレールの作品は、ボードレールの生活の発展だとして、そこに、カトリックが有るだろうか。

四月三日

朝、新聞に反して、日和わるし、曇っていて、つめたい。

ラジオ、野球の放送で、さわがしい。

直観が分析を動かすように。

積分学は、直観を表わす学である。

積分の動きの中に直観がある。直観がとらえる全体が積分である。

日常の茶飯に接して、大きな現実の車輪が廻転している。日常茶飯の底に廻っている現実、否、実際は、現実のみが廻っているので、日常茶飯は、現実を、利害的な（プラグマティスム）実用主義でけがし、にごしたものにすぎない。本来的に利害をはさまない、又、あらゆる観念、実用的概念のない、直観のみが現実を摑みうる。

芸術は、働く力、とその形との融合である。

即ち、内容と形式が一つであるところのものである。

古い日記を読んでいると、一つ一つがいやに思える。

大阪へ映画を見に行く。

ボードレールの本当を知るためには、そのもっとも純粋な状態から入らねばならない。ボードレールの奇癖や、狂気や、その他利害や、衒気などに、けがされていない、行為、芸術的行為全体を、つかみ、分析しなければならない。

「何物にもくらまされない。」というのが現実をつかんだことなのだ。　スタンダール論「ヴァレリー」

四月四日
むし暑い、赤い太陽、くもり空。夕方風。

四月五日
あたたかい、昼、くもり、寒。

四月七日
京都へ着く。先生の家で。汽車で、なたねの花。

四月八日
富士、太田と話す。

あたたかい。小便の色、黄色。手淫。胃がまだ弱っている。

黒雲、白雲。

「先生が、『三人』の中で、常識のあるのは、野間君と桑原君だけやと言ってた。井口も富士も変ってる、いうてはった。」と言って、太田が顔を赤らめた。そして、二人はわかれた。

私は、これをきいたとき、「そうだろうな、かもしれへんなあ。……」と言ったが、歩きながら、こんなことを、言われたことに対して、いきどおりを感じた。それから、井口にも、「変っている」ということを望んでいたと思い、井口が富士に対して、妙なしっとをもっていることを思いだした。

私は、先生を、私を知っていない先生を笑った。

「誰も、私のあのことを知っていない。女と私のみが知っているのだ。」と思った。

しかし、私に常識があるのは確かだ。私は、私を常識化することなどできないが、常識を失うということもない。

夜、畳にみちみちという音がする。むかで？　という考えがすぐやってきたがちがっていた。

白い畳、灯の光り。

四月十一日

くもり、晴。夜先生の家へ行き、先生はキゲンが悪い。

先生の目の動きや心の動きに、一寸おどおどした気持になって弱った。余り、いい気持ではない。

「どろ沼の中で、もがくような気持。」

「弁証法」とは、法という以上、はたらきであり、何か或る統制をもったものでなければならぬ。

「空」のわかっている人間は、恐らく一人もいないだろう。

富士の詩を批評して、「太い処がすきだ」と言った。「そして、こんな言い方、わからへんかも知れへんなあ。」と言った。すると、「いや、わかる、其処をねろうたんやもん。」と富士が答えた。

「生きるとは何か。」

現実、行為、自由、必然。

何で摑む、——行為により、自分の世界で。

詩の言葉と散文の言葉との差異。

詩の言葉は、

富士と銀閣寺の方へ行き、途中、女の白粉の匂いをかぐ。すーっと、春枝との接吻を思いだした。甘い唇と、やわらかい体、くらい道の途中での接吻、ほの白い春枝の頬。今、これをかいていると、又、甘さが体に上って来る。

私は、肉体を、意識の流れにつぎ込もう。

ボードレールと悪魔主義の処が一番面白く独自性を持っている、と先生がいう。

四月十三日

雨、寒い。冬のようだ。「桑原」が「土田」のような感じがしてならない。私が土田に感じたような腹立たしさ、しっと、憎悪を、桑原は、私に思いださせた。

桑原の「だじゃれ」や、物の言いぶり、あるき方、はては、鼻のすすり方、声、こんなものまでいやになる。

土田と桑原とはちがう。それは土田の方が、ずっと、人に対して、きげんを取るということだ。私は、きげんを取ってもらいたいのかも知れぬ（井口のように）。しかも、私は、きげんなど取る奴はいやな奴だと知的に知りもし、感じもし、言いもするのだ。

又、私は、隣室の桑原を憎悪するということをここに書きつけるということに快を感じ、又、それを桑原が知らぬということに一層の快を感じているのかもしれない。その上、又、こう書くのにさえ、快を感じているのかも知れない。

四月十四日

冷たい。寒さはいやだ。苦しい。口が変だ。

夜、四人で真如堂へ行く。しっと。

雨。悪魔は嘲笑する。しかし、嘲笑に愉快を感じない。

嘲笑に愉快を感じるのは人間のみだ。悪魔は悪の中で生活する。悪の中の生活を正当だと思っているにちがいない。人間は、人間性にもとづいて、悪魔をも、人間に近づけている。

私は人間と悪魔の世界を全く区別しよう。

富士が、やはり、すきだ。一番すきだ。

私には、奥さん、妻君、夫人、というのが興味の対象となってきたらしい。

四月十六日

富士に会う。学校の途中で、会ったのである。

かくして無限に自分の心をなぐりつけることに快感を見出している人間がいる。

弁証法は法という以上、一つの客観性をもったものでなければならない。即ち、それは、反省的に見出されるものである。しかしながら、反省がないとしても、厳然と存在する。

恐怖の意識の流れに湧いて来る過去の想起は、大変、稀である。即ち恐怖そのものの感情としてわいて来ることはまれである。それよりも、その恐怖に付随した事件が、心には言葉の形をとり、その言葉がすぐに、眼覚にある像影となって、眼前に見えるのではないが頭の中に、流れ去る湧き来るようにおもえる。

幽れい談のようなものをする時、又、夜、通をあるいて行くときの自分の足音など、をきくと、過去のそういう恐怖、が、おびえが、そのくろい松堤の甲子園の道（甲陽中学の住宅の）をともなって、うかんで来る。

その時の松の葉の一枚一枚が、私の呼吸と同じ、リズムをもって、ふるえるのだ。そして、空がくろくそれを蔽うている。

四月十八日

手淫。

“Black cat” に関する考察のこと。

男と女とがいるということに「変な頭」を感じる。女と対している時、こいつが女だ、こいつは、俺とちがった性器をもっているのだなどと考え直すことは余りない。しかし、考えてみると、俺とちがった、全くちがったものをもち、俺のもっているもののことは全く知らないのだ。しかも俺も女のものを知らない。女が感じる性慾、快感、全身のきんちょうを知らないのだ。

こんなことを考えていると、やはり頭がくらくらして来る。

現実は、「行為に於て」存在するのだから、行為に於てとらえられねばならない。一つの世界、その人の世界も勿論そうでなければならない。

物を読むことを、「受動的に」するのであったなら、理解せんとするだけにするのであったなら、どうして、そんなものが、役にたとうか。

私には、女という文字だけさえが、何か引きつけるものをただよわせる。しかも、それは、春枝の、あの、ただよう香料を通してなのだろう。

性交というものよりも、ずっと、女のやわらかさが私を引く。肉体のやわらかさ、肌のなめらかさ、指の股など、そして、乳房は、もっとも、大きな［らかな］ゆさぶりを私にあたえる。

ニイチェの感覚は、新しい。よい感覚をしていると思う。「ツアラツストラ」を「感覚の爆発」から、見て行こうとするやり方があるだろう。

又「ツアラツストラ」は、その感覚の故に、何ものにもまぎれないその感覚の故に、永久に新しいものだろう。

二度目に春枝が私から去ったのは、春枝が新にきずいて行っていた幻が、現実の姿にブチコワされてしまったからだろう。私のハラッタ自動車賃、私の態度、私が洋服のえりを自動車の入口にひっかけたこと、二人の間の長いきんちょう、気をつかうこと、私が接吻しなかったこと、（少ししか。）こんなこと、いやな、恥しいことのみが東京へ帰った春枝の想起として表われたのだろう。（そこへ、父から、手紙がきたりした。）病気になった。そして、駄目になった。

私の手紙。お前、おれの音の感覚、はずかしさ。

「なぜ、あなたは、ご自分のことばっかり考えて、私のことなどちっとも考えて下さらないのでしょう。」女というものは、こんなことを、自分のことなど全くすてて、女を愛している男の前へ、むきだしのまま、もちだすことさえ出来るのだ。「私の幸福をちっとも考えて下さらない。」こう、女は言うのだ。女は自分の物的幸福のみを考え、男の幸福は考えない。しかし、女が物的幸福をのぞむというのも、子供を生む女としての本能と考えられるかも知れない。

よい天気、ぼーっとかすむ、寒く、後あたたかい。道々の桜少しちる。ソ水の桜、黒谷がやけたとか。桑原は風邪。

科学は経験的なものを取扱うのだといっても、やはり、その推理が正しい時には、如何に経験的、知覚的証拠がないとしても、その推理の帰結をみとめねばならぬ。

中学時代、私は、証拠がないからと言うので、その帰結さえも、盲目的に打消そうとした。しかし、それこそ、「あきめくら」であり、「愚かもの」であったのだ。

私達の仲間では、ほめるということをしなくなった。丁度、人のものを「ほめること」が自分の威信をきずつけるが如くに。

四月十九日

久保講師の、「ツアラツストラ」についての講演。

ニイチェは、言葉をとおして人に働きかける、言語学者としてのニイチェ、これが面白かった。その他は、余り面白くない。

ニイチェは、「ツアラツストラ」の中で自分のしっとを全く隠し得たとは思えない。

岩田という色の白い友達の姉を思いだした。

私が小学の四年頃のことであった。その家へあそびに行った。姉が便所へ行っていた。私にはこんなことがはずかしかった。（姉はやはり白いオテンバの六年生だった。しかし、私には、それが、ずっと年とった娘のように思えた、美しかった。）姉が便所から出てきた。そして、白いハンケチを、私の友の浦田という男にわたした。浦田がそれを、もっていた。すると姉が、「きたないわ、きたないわ、あたし、おしっこ、つけといてやったの？　ほーら、ほーら、きたな、きたな。」こんなことを言った。

浦田がはっとして、手をはなした。

私は、私が、姉にならからかってもらわなかったことに、さびしさ、と、又別なはずかしさを思った。そして、姉の小便を、手でさわったその浦田をしっとした。私は、そんなところに女を感じていた。それだのに、私は、その姉に、じやれて行くことができなかった。（ひどい、ためらいと、はずかしさが私をとめた。）

私は、今、その姉が、小便をハンカチにつけて、男（小学の四年生にしろ）にさわらせたというのに、女の性欲を見、それを、しっとした私、に私の性欲を見る。私は、岩田という男がその姉をもっていたことに対してさえしっとした。私は、その女をどくせんしたかったのだろう。

その女には、成熟したセックスの匂いが、早くからあったのかも知れない。

今頃も、時々思い出すことがある。

夜、美しい空。ひる、あたたかい、運動場でねむる。

私は「すべての方面」に手を出している。それを批なんされても動いてはいけない。先のことを考えよ。

ヴァレリーやポーがインスピレーションを認めない、というようなことを言っているのが、少しわかってきた。

絶対の必然をとらえるのが詩人だ。

仕事をすると、ひどくつかれる。

一九三四（昭和九）年四月～十二月（日記3）

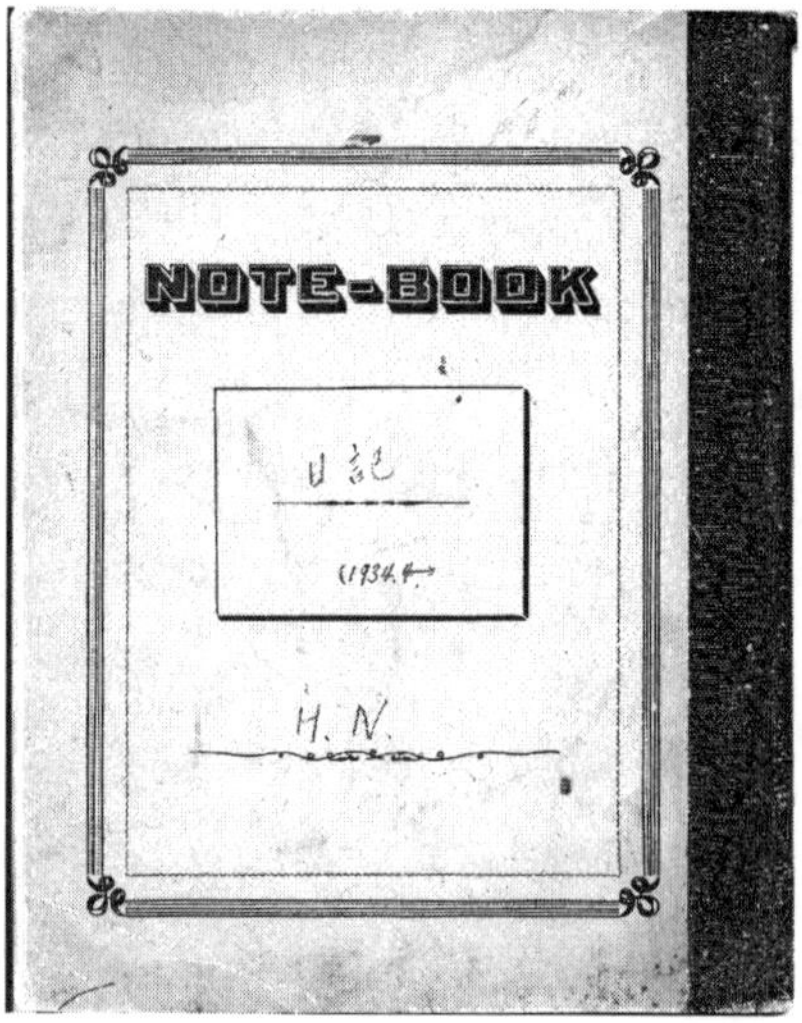

四月二十日

「あらゆるものをつき破って行くこと。」先生から富士へ。

行為とは何か。絶対の無が、ぐんぐん充実した「生」として、世界をみたす。そのみちみちた世界の流れ、其れが行為である。絶対の無は、行為をとおして、すべてのものを此の世界に在らしめる。

光明の如くひらめく、もっとも深い、無限の底から湧出し、迸出して来るポエジイのひらめきこそ、行為の一つとして、（体験とは行為であり、しかも、普通の意味での行為は、一つの体験であるとも言えないだろうか。）絶対の無の氷のような冷たさと、絶対の無の炎のような熱とをもって、芸術家の全身へ、ひらめく創作の行為である。（行為をとおった行為。弁証法的なはたらき。）

富士と話す。

午後雨ふりだす。（坂のところで）小さい女の子が、小便をしようとしていた。私が行くと、まくった尻を下しはずかしそうにする。私が去ると、又まくる。振りかえると、赤い顔をして、木の横へかくれた。振りかえらぬことにして、ずんずん行った。女の子は小便をしおえたであろう。

夜、雨降り、蛙なく。

井口から手紙。弱っているらしい。

四月二十一日

井口の手紙のことで、富士と勝手なことを言い合った。

「作品が出来へんさかい、皆にひけ目を感じるのやろ。」こんなことを私が言った。言ってから、一寸いけないと思った。

「岩崎いう奴も、ようりょうのえん、不明瞭な奴やな。」と富士が言った。又「井口、俺を、なぐりとばしてやろうと何べん思ったかしれへん、岩崎が、井口がいうてたいうたぞ。へん、そないいうたって、俺が、そうむざむざなぐられるかい。あほらしい。」と富士が言った。

私は、いつも富士に腹が立って、なぐってやろうとか、ばかとか、いう時があるが、富士に会うと、いつも、にこにこしてしまう。富士は、ムイシュキン公爵のような、小形だと思うことがあるのを思いだした。

志賀直哉の日記帖を読んだ。「張り」があると思った。

久しぶりに、志賀直哉の「張り」と、短い文の間に流れる肉体的なねばりを感じた。弟のことを書いたあたり、母のことなど一番よいと思った。こういうのに出会うと、横光の『紋章』（第四回）は、弱い。大変、出来がわるい。

「お母さんのはたで甘えてるんやろ、あのお母さんやったら、甘えとったら喜んでるんやで。」私が言った。

富士が、「そらそうや、親孝行してるってなもんでな。それに、ちょっちょっと、ごまかしといたらええのや。」と言った。

が私の気持にはそぐわなかった。

「散文は何処までも散文でなければならぬ。詩はどこまでも詩だ。行分けがしてなくとも、詩は詩だ。」

雨がひどく服をよごし、後やむ。鳥のまるい声。

横光利一の天才主義などに、圧えられては、いけない。

仏は自分の心の中になければならない。

道とは、自分へ行く道程だ。内へ内へ、自己の心の最深のひろがりへ。

私は、小説では、プルーストのような物のつかみ方から、はいって行くのではなかろうか。

明るい墓場、又、うぐいす。

春枝へ手紙で書いたことを思いだす。又、オスカー・ワイルドの詩の一行を軽率にも、用いたことを、甘さと共に思いだす。九州の島が海の中で、ゆれているのをうかべる。

また私の将来の一場面を考えた。私が私の妻とねているという場面だ。頭がぐらぐらする。私は、現在へ、それを落しこまないかぎり、それをとらえることは苦しいし、狂的なムイシキ的動揺を感ずる。

癲病患者のこと。

「日本人てな国民は、癩病なんてことを書く国民やで。」富士が言う。私が癩病を書こうと思っていたのに、人が、もう書いていると言ったときだ。しかし、富士のよくやる、こんな句調のいい方は、「物」をとらえているとはいえない。お座なりな、かるい、表面のいい方だ。それは、「シュオーブでもやったらええのに、井口。」という言い方と同じだ。又、「××君、おとくいの論法だね。」とか、「おとくいのやつを、だしよったとか。」という言い方も。

巻きわすれた「目覚」が、ちーんと、彼の全身をゆさぶり、ぴーんとはりきらした。彼は、机の目ざましの時をきざむ音を、じっと、体の中に取り入れようとした。これら、すべてが、今やっていることすべてが、俺の過去となって、希望にむすびつくのだ。

過去となって記憶の中にたもたれるのだと思った。

四月二十二日

キリーロフは自由と必然の深い底へなげこまれたのだ。

彼はどういう風におき上ろうとするか。キリーロフに対する考察。

次に、永久回帰と、超人の思想に対する自由と必然。

何故に、人間は、必然と感ずるのか。何故に神は必然なのか。

そして神自身として絶対の自由なのか。

何故、人間は、絶対の自由もなければ必然もなければ、生きて行けないのか。

行為とは、絶対の無の自己否定性の、外に流れ出る力だ、働きだ、すべては、ここに根を、絶対の無にはる。

ブラックの「海辺の船」を見た。すきだ。やはり一番すきだ。マチスなどより、ずっとすきだ。ルオーの「顔」も、よかった。

俺は、女の体を、モジリアニのような深さをもって、見ることが出来るだろうか。モジリアニの烈しさは、俺にもあるだろう。しかし、深さは、私は、もっともっと深さを求めねばならない。深さの中には自然に広さがある。

谷崎のような、うすっぺらさは、駄目だ。

烈しさ、深さから出た烈しさ。

ルオーの太い線の動き。

反省、深い静かな反省。その反省から迸出する、限りない強さ。

私は、私の反省が承認しないものを、如何に直観が承認しようと、承知してはならない。直観の深さにまで、深められる反省。

古本をさがしながら、つかれる。腹が立つ。私の無智。

芸術の深さを限りなく、くみ出さねばならぬ。しっというものの深さ、が人間の最奥の深さにまで、たっする、その深いしっとは、ニイチェに於て、始めて、表れたのだ。

月おぼろなり。

ボードレールに於ける闇と光との対立は、はてもなく、おかし合い、ぴったり重なることをしなかった。しかも、ボードレールの人間（ボードレールという一個の人間）の中に、無限に重り合おうとしていた闇と、光りが、ぴったり重っていたのだ。それを、あくまで、わけようとして行った。其処に、ボードレールの光と闇との交さくに対するこのみが生れる。

「絶対他力の願行ハ、行ハ仏体にハゲミテ、功を無善のワレラニユズリテ謗法闡提ノ機法滅百歳ノ機マデ成ゼズトイウコトナキ功徳ナリ。」

「三千大千世界ニ芥子バカリモ釈尊ノ身命ヲステタマワヌトコロハナシ。」

うす黒き［ぐらく］堤つづけり春寒く、小笹ゆれつつ足くすぐるも

月影のくらき小川や春暑し

ひたひたと［くれて行く］黒き山影の春さむし

遠山のかすみ眺めり竹青し

黒々とくれ行ける春の暖かき

すべての人間が「通」じて合っているという処、其処に仏の大きさ、広さ、深さがある。

「芸術が、感情移入などによらないということは、仏の深さ、仏の顕現によって明らかだ。」――この理論づけ。

四月二十三日

人の寝室を見るとゆう思いが、何かのとき、ぴかぴかととびだす。

「君、よう本読むな、本ばっかりよんでるがな、そんなによんだらめくらになるぞ。」

「ふん？　そんなやつおるのか。」

「うん、おるぞ、きくところによると。」

「でも、盲目でも本よんでるぜ。」

（「そら……、点字かい。そんないなるまでせんでも……そないなったら、もう、おしまいやがな。」）

性慾でこまった。一週間程、手淫をやめていると、すべての女に、或る魅力を感じる。腰部、尻、それから、眼の動き。

小さい女にまで、それを感じる。

墓の中で、手淫をしようとして、やめにする。手淫をしている時はいいが、してしまって性欲が退いてしまえば、きっと、恐しさで、家へもかえれないだろう。——そして、性欲を体にわかせたまま、病気のことも考えて家へかえった。

「俺は気狂いになるのではないか。俺は、今、気がくるい、急に、俺のインワイなすべてを人人の前へさらけだし、××××、な、裸で、地の上へ体をすりつけるようなことを、しながら、にたにたと、笑ったりしだすのではなかろうか。」

四月二十四日

雨、後、やむ。

しろじろと雲はれきたりうぐいすの声する墓地の小さき青空。

弾力のある、ねばりのある、言葉、それを、私は、以後、求めるようにしよう。

犬の声。トンビ。

私は、参ってしまうという言葉を一寸気のきいた風に使う人をきくと、いやだ。参るという言葉は、どうしてもてらいをふくんでいるように、ひびく。以前、春枝までが、私のまねをして、この言葉を使いだしたとき、私ははずかしかったのだ。

黒く空がなり、次に、又、明るくなる。

行為とは、光明のことだ。すべては、光明によりあらしめられる。行為とは、闇のことだ、すべては、闇によりあらしめられる。

私は春枝の肩掛の匂いをかぎ、それに接吻しながら、（春枝は便所へ立っていた。）、私は、こんなことをしている、しかも、それを春枝は知らない。これが人なのだ。こう思った。しかも、これが人なのだなどと結論をあたえたということが、気はずかしく、打ちけした。

それは、二日目で、春枝の発する女の或る明るさ、気ぜわさ、気ばえさにも、少しなれてきた時のことであった。私（男）は、陰茎を見て、ブカッコウさを感じたり、平気でいたり、するが、女はどうであろうか。女は、私が、女の生殖器を一時みたがったように、男のを見たがるのか。又、見たとき、私が感じたように、興奮と美しさを感じるのか。

それとも、又、女は自分の生殖器を見ても、美しさを感じないのだろうか。

女の顔は、髪は美しい。そのような美しさを男に感じないことはわかるが、どうなのか。女も、男の美しさを求める。しかし、求めぬものもいる。

私は、自由と必然の関係の考察を明白にするため、ドストエフスキーが創造しておいてくれた一人物、キリーロフについて、探求をすすめ、とりあげよう。

神は決して、外にいるのではない。神が外にいると考えるとき、キリーロフの落ちた人間としてもっとも恐しい、この上ない信仰上の矛盾の淵に落ちしずみ、もがくのだ。

阿弥陀如来は、この世のあらゆるものに、この体をすてたのだ。神は自己の中心の中にある。「しかも、人間は神に反抗するものをもっている」と考えるのか。人間の悪は何か。それは、神のもっていないものなのか。悪をも神がもっているとすれば、悪をなすのは、何故にわるいのだろうか。

美しい羽織、真赤の地に、黒でボタンの大きい花がはいっている。

美しい顔、白い股が、赤と黒の衣類の裾から見えた。

又、美しい奥さん、肉つき。かがんで草をぬいていた。

女の子が、小便している。見える。それにつられて、その方へ行った。女の子は立ってしまった。「バカナ奴、バカナ奴」と自分をののしる。

名声を自信している若い男がある。それは、既に名声を余るほど受けたものと、どこかにちがった処があるだろうか。

夜くもる。あたたかい。

小林秀雄は、まだ象徴主義から、出ていない。

私のボードレールに対する態度を考えてみよ。こんな浅い底からほりだすボードレールは、すぐに、尽きてしまうだろう。もっともっと底もない深みに、私の体を投げ入れよ。反省（理性）がすべてを、ゆるめるようなことになってはならない。私は、ポーの『黒猫』の中に、現実のやきつくような闇の炎を見出す。

「ヒシトワレラガ、往生成就セシスガタヲ南无阿弥陀仏トハイイケルトイウ信心オコリヌレバ、仏体スナワチワレラガ往生ノ行ナルガユエニ一声ノトコロニ往生ヲ決定スルナリ。」

すべての人はすくわれている。すべては、如来の我らに変りての願行の故にすくわれている。こう確信し、信心し、それを喜び、如来をほめ、恍惚の状にあるのが、真の信心なのだ。

「願行ハ菩薩ノトコロニハゲミテ感果ハワレラガトコロニ成ズ世間出世ノ因果ノコトワリニ超異セリ。」

「機法一体ノ正覚成ジタマイケルコトノウレシサヨ。」

チェホフの『かもめ』は、まだ、象徴的な試練である。

しかし、すきだ。

「ワガ往生スデニ成ジタル名号、ワガ往生シタル御スガタトミルヲ名号ヲキクトモ形像ヲミルトモイウナリ。」

「コトワリヲ、ココロウルヲ本領ヲ信知ストハイウナリ。」

四月二十五日

夜、月オボロナリ。

寒さあり。

俺の欠点は、漫然としているということだ。シェストフは、理想主義を現実主義と、何故に対立させたか。何故、現実以外の世界を空想することなどしたか。

シェストフは、「抽象的な現実」しか見ていない。一つの型にはまった現実しか見ていない。自分の生きた現実。

自分が「生かされている」のだということを考えられないのか。何処に悲劇の哲学などが存するのか。

ジイドより、シェストフの方が深いなどと、誰が言うのか。

ジイドの具体性、個人性、人間性は、生きているのに、何故、シェストフは、「死に」行きづまったのか。

「尽道無花開葉底　誰知全体是枝花」なのだ。

「眼裏有塵三界窄　心頭無事一状寛」なのだ。

「大地山河箇の無に隠れ　山河大地斯の無に顕わる、春天の花と冬天の雪と、有に非ず無に非ず無も亦無。」

小説の中に、「夢」を用いる場合、その夢は、何かに関係がなければならない。突然「夢」をみたというとき、それは、普通の日常なのだ。其処に一つのつかみ方がなければ、「夢」を用いることは、全体を、その夢で切りはなし、一つの生の脈うちを切ってしまうことになる。

障子に「百足」が出る。又、神経過敏になるのだろう。

経に云く「水鳥樹林悉皆念仏念法」とある。これ報身仏の説法の義ぞ、報化の二身は同事じゃ。

春枝から手紙。私の予想したとおりだ。春枝を死ぬまで愛しているのだろう。私の過去から、しりぞかない。

「材料を可愛がるということをしてはならない。

材料は愛撫されることを欲してはいない。」

井口来る。元気、私の予想どおり。「具体」ということ。ニイチェについての講演。

「悲劇的な瞬間を表現する人は、現実の悲劇、生活上の悲劇を恐れるものである。それは他の一般の人と比べて少しも劣らぬ。いや、それ以上である。」シェストフ。

これを、ボードレールの恐怖にあてはめてみよ。一つの矛盾の両面。

私は悟性の働きを、どう見ていいのだろう。

月夜で明るい蛙。

四月二十七日

老人の性格は、或る程度まで一定している。常に一定したものを、にじみだしている。(余り動作はしないが。)それを描くのには、やはり「部屋の様子」、着物、孫、女との関係を、物の言い方などと、共に用いるのがよい。

若者の性格は、六カ月、三カ月位に、自分自身さえ気づく程の性格とか、生活態度の変化、変更があるものだ。

心理描写、意識の流れ。この二つの、ゆったりと、とけ合った融合の用法を見出すこと。

春婦は、自分の生殖器以外によって、愛情を示すことをわすれがちだ。微笑は、淫猥になりがちだし、又、侮蔑にもなりがちだ。

今になっていても、春枝から手紙をもらったということが、俺を快くさす。手紙の匂いなのだろう。

厳密ということ。

春枝のこと。

人に対する攻撃から退け。自分を甘かすな。

四月二十九日

雨。『三人』の仕事。

「あの人、割に可愛いいとこあるのよ、うちが〔あたしが〕、ああいったりしたら、本気にしてるの。」女の話。

理性をすてろ、判断悟性をすてろ。獣のように。

四月三十日

あらゆるものを追い出そう。私以外のあらゆるものを追い出そう。

私のもののみを汲み出そう。

俺は、春枝を愛する。限りなく愛する。


「日トマナコト因縁和合シテモ《〔ママ〕》ヲミルガゴトシ。」

「ワガ心ヲハナレテ仏心ナク、仏心ヲハナレテワガ心モナキモノナリ。コレヲ南無阿弥陀仏トハナヅケタリ。」

春枝に対する私の愛は、けがれない。それは、一度肉慾をとおって来た純〔粋〕さをもっている。私の愛。それは、憎悪をもつつみこむ。

幸福だ、快い、全身のうれしさ。「羊群ができた。」

(雨、去り、)

五月一日

よい空。

以前の号で行為を根源のばくはつと言ったが、根源そのものと言った方がよい。しかし、別に宇宙のようなものを行為がつくっているのではなく、その現実をはなれて行為もなく、詩の創作をはなれて行為もない。

今日は、よく働いた。『三人』の仕事。天気よし。

赤い太陽。

春枝からは、手紙も来ていない。「気持」をたのしむということは、どうだろう。

胸の奥が何か、じりじりと圧されているようだ。高校の生徒が校歌をうたい、遠くを通る、汽車の音が、ひびいてきて、体をおしつける。春枝。

「蛇」の前へ書きつける文章を富士が私にみせた。

「どうや。」と言った。

「わからへん。」私が言った。私は、どうも、気取りがあるように思えていたのだ。

「わからへんて、意味がか、書いてあることがか。」

「いいや、意味はわかるのやけど、何故、こんなものを書いたのか、なぜ、これを、「蛇」の前へ書きこむのかわからへん。」

「ふん、わからへんか。」富士は意気込みを、圧されたらしい。

私は少し気のどくになった。そして、空の方へ目をやった。

表通りを、洋装の女が通った。

夜、富士にあんなことを言わねばよかったのにと、後悔した。

(いろいろな、反抗心は、もう打ちこわして、心理の動きは、うちこわして。)

(富士は、「蛇」の前へのせる文を、一心に考えたのだと言って私に、それを見せたのに、私は、あんな返事をしてしまったのだ。)

小説をかいていると気分が落ちついた。夜さむし。

「春枝から来た手紙で気持が動揺し、女を買いに行く。」という一つの短篇。

五月二日

(ジュリアン)彼は神のように幸福であった。とある。ジュリアンには、こんな気持をもつことも出来たのだ。私には、とても出来ない。心の動き、心裡の動きが、私のすべてを蝕むのだ。

希望と、苦悩の交錯。

五月三日

仕事を終る。

五月四日

行為をはなれて、絶対の光明があるのではない。行為即光明でなければならぬ。しかも、創作ということとはなれて別に行為はない。創作は、無限に大きな純粋の世界へ通じ、根をはり、清い泉を汲み出すのだ。

創作をはなれて光明はない。無限の未来の底から、清い水が、光りが、わき出で、ひらめき出るような、創作行為、其処に光明がみちみち、世界にあふれるのだ。

必然のことだ。しかも絶対の自由だ。自由のよろこびだ。

風邪ぎみ。

こうして、気まぐれに起した俺の行動がすべて、俺の動かすことの出来ぬ過去となって行くのだ。(こうして、字を書いていることそのことが、すぐ、動かすことの出来ぬ過去となって行くのだ。)

生死の中にあって、生死の底、生死の在る、場所をつかむ。

五月五日

Y画を黒板に見つけた宇津木、妻君ににげられ、それを、生徒が自分に黙然と言い嘲っているように思える。自分が怒れば怒る程生徒の顔が冷たく嘲るように見える。級頭をよびにやったりしたこと、自分の手一つで解決しえなかったことをくいる。

短篇。「生徒の心」宇津木、おずおず、山本、老練。

頭の具合はどうも変。

風邪は、アスピリンを先生の奥さんにもらい、直った。

現実というものを、一ずに、みにくいもの、とか、冷酷なものとかと、きめてかかる、シェストフには承知できない。

あらゆるものが、みだに通じている。無限の大さにつうじている。あらゆるものから、そこへ行ける。あらゆるものに、光明がある。

みだは「自分を投げすてた」のだ。絶対無の自己限定。

「一耳はきき、一耳はとく、一舌はとき、一舌はきく。」

対象的な物の見方はだめだ。そういう見方は、たしかに、概念以外のものをつかめない。

主体的にみる。AがBである如き立場、に在ってみる。

在ってみるのではなく、在ることがみるのであり、見ることが在るのだ。

創作によって考える。考えることによって創作するのではない。

マンネリズムに落ちていると云われ、気がくさり、くしゃくしゃする。

リトム、……言葉と言葉の堆積の下から、それをつきやぶって、上って来るような、ばくはつ、生命の波、それがなければならぬ。

私は、人の気を悪くするようなことが出来ぬたちらしい。

私は、目上のものの顔色をよむ。

午後、今日も、太陽が赤く、光線がないようだ。

私は、どうしても、物を対象的にみているらしい。

神を対象的にみるということ。そんな処に神はない。

物自体、生活自体、自己、の中の中の中へ、くい入って行くこと。

お座なりは、ほうりだせ。いいかげん、ようしゃ、はやめろ。

「羊群」……さしさわりはないが、力がよわい、せまるものがない。

私は、物を、言葉どおりにとりたがる。

散文によって、ことに象徴によって物をとらえんとするとき、その物の四方から、それを取りまかねばならぬのは、勿論のことだ。一方からのみでは、その遠近は、余りにも、明らかでない。

五月六日

爆発するようなものを。

昨夜、「もう、このまま、死んで行くのではなかろうか」と、眠りながら思った。それから、一時、おそろしく、ねむれぬ。

手淫。

壬生狂言を見る。のんびり、としている。

アメリカの娘達、美しい唇の女があった。

『赤と黒』は、常に読んで、勉強することにしよう。

それから、「スワンの恋」も。

井口、来り、「観念の露出。」と、私の詩を言う。

五月七日

高山岩男の、論文をよむ。よいと思う。しかし絶対無という、考え方に、対象的な概念的なものがあるように思えた。「こま。」

展覧会を、見に行く、曾宮一念の「ザボン」、中山巍の作品、渓仙。黒見勝蔵のは、面白いが、自分の特長の色をもっと、見分けなければいけないと思った。安井曾太郎など面白くない。

川口軌外、もっと落ちつかぬといけない。伊藤廉、すきだ。

熊谷守一も面白いが、こんな小品にこもっていてはいけない。

女学生が二人いた。ゆうぎ的な気分、性慾、一人が、磯部の奥さんに、にている。美しい（変な）。きつい目を、五度程、私と合せた。あとをついて行く。

分れ路がある、他の一人が一方へ行った。その女も行きかけた。私は、ちがう方へ行こうとした。女がついてくることをのぞみ、きんちょうした。女の方をみた。自尊心で、女の方へは、ついて行けない。女の方から、来るのなら来いと思っていた。女がきた。私をのぞいた。しかし、すぐ、他の女が向うからよんだので、ためらいながら、行ってしまった。私もしまったと思い、女との話を空想し、話しかければよかったなどと思った。

「二人になって、表門のとこで、まっていてくれ。」

「二人で？」

「うん、あいつ、まいてしまえよ。」

「ああ、まいてしまうわ。」

こんな話を。(女達は、私を意識に入れてはしゃいでいたのだ。)

女達にわかれて、私は、女が一寸、私の方を見たり、私の方へきたりしたことに、気をよくしたりしたことを考え、いやになり、又、いやになったことを忘れようとして、空をながめているうちに、わすれてしまった。磯部の奥さんと、主人が一処に風呂に入る処などを思いだした。

夜、富士、太田、来る。

「のまは、女と、そんなことをしたりするのがすきやな。」と言った。

「うん、すきや。」

「きれい人でもいたんやろ。」

「さあ……そうでもないけれど……。」私は笑って、このことを話した。「ついて、行ってやったんや。」

五月八日

「別な文章で、表現し得る目標をもった文章が散文である。」

心理解剖を話に、口に出して云うな。知った風なものに聞える。平凡な会話をやっていたらよい。

行為が、つかむのだ。つかむこと、それが光明だ。私をつかむもの、私を生かすもの。

「これは、えらいとこへ来た、ことわりしたら、ことわりは、きくのに、そうおもてね……ええ……わたしそうですのっせ。あとから、そう思ってもね。」

「あたし、も、……、ないものを、だそうったって、でっこ、ありませんわ、そんな生活ばっかりしてきて、で、とうとう、私のものをみんな、たべられてしまってからでないと、それでもとびだせない。」

「うち、も言いますの、「お前は、隣りの奥さんに、爪のあかまで、ねぶらされるのや。」て。」

「あたしも、一寸、わがままもん、やったかも、しれないけど。」

女というものは、自分のことを云いだすと、何事でも競争になる。貧乏のことさえ。そして、その二人の話の間には、共通に通じあったものがない。めいめいが思うことを言っているのだ。それでも、二人は、話をしているのだと思いこみ、仲がよいのだ、又、お互が、相手のことをわかり、きいているのだと思う。（自分自身は、相手のことなど、ちっとも、きいていないということをよく知っているくせに。）


「もう五十銭ですの？」

「ええ、そう――ですよ。」（そうを強く）。

「へえ、五十銭位であんなこと言われるのなら、今度、きたらかえしてしまいなさいよ。」

「ええ、五十銭、……あたしも貧乏だからって、五十銭位、してしまいます。それに、心安い人だったのにね。……」

「あたし、道具屋さんと余り話してないから、わからないけど。あんたはん、おとなしいですよ、わたしら、五十銭位であんなこと、いわれたら、やらへん、あんな大きい声で、どなりこんで……。」

「あーら、は……ほ……そう言われて、骨なし、ね。」

道をあるきながら、富士が、年とった女に、つきあたった。としとった女がそのつれに、「わかい人なら、なんぼでも、上へのってきてええ、なんて、へっ……。」

富士が、「いんわいなやつや。」と太田に云った。私は、上と下と、正常な性交、平凡さ、などを思った。

自分の書いた散文、（主に小説）は、書いて行くと、すぐさま、頼りない、うすっぺらな、ものに思えてくる。何故こんなに、自分のは、うわっ調子な、うわすべりのするものしか書けないのだろうと思えて来る。（その下に傲然とした自信を感じながらも。）


友の悪い（というより、謬った）忠告が、その男のよい才能の芽を、からしてしまう（その男が、そういうことに気がつかず、気にかけていないならば）ことがある。

川原さんの結婚、四月二十八日。浜甲子園相生通一丁目。

ルース・ペイジ・クロイツベルグの踊りを見に行く。ごつごつした踊りとしか云えない。しっかりしたものは、一つもない。女が多くいた。春枝の唇などを思っていた。

ヴァレリーの「M・テスト」が、芝居を見る処などを思い浮べた。

五月九日

春枝、女がいないと、気が重いことがある。余り、女を多く見た後など、いけない。私には、弱い処が多いのだ。

ヴァレリーの『リテラチュール』を読み直して行こう。以前にわからなかったり、素通りして行ったりしたものも、はっきりと、正確に、つかめて来るだろう。

練習、練習、以外に、何ものも、求めるな。

踊りを見ながら、この、すましかえった、そんなことを何もかも、忘れ切ったように見せている女達、白粉をぬり、きものをきた女達が、夜に、男の体の下で体をくねらすのだ。男の性器が、自分のを傷けるのをまって、ぐたぐたになるのだ。何という、不思議なことか。何と、今の女達とその間に何のつらなりもないように見える女たちだ。それにしても自分はどうだ。そんな気持は今は一向ない。それが、女と、あの変な形で、組合うこともあるのだ。あったのだ。と思った。

女学生と、大学生が、出会い、顔を赤くしたり、わざわざ、大学生が言いかけるのに、それに対し、自分が一番よく思われているのだろうと、うぬぼれて、皆が一せいに、それに応える、女学生達。春枝にちっとも、一人もにていない。

奥さんと主人。——するとすぐ、性交の場面がうかぶ。

ペイジ・ルースの回帰線という踊りの形は、私が手淫をする時によくやった、多くの形が用いてあった。

富士が、「歌人なんか、どうなってもかまへん、俺の知ったこっちゃない。」と言った。歌人について、こんなことを言うのは見のがせない。それを、私も、その言葉をきいたとき、そんな気持になり、見のがしたりしていたのだ。

良い夜、蛙の美しさ（声）。松葉をやく匂いを、久しぶりできいた。よかった。

春枝は潔癖であり、「羞恥心」にとんでいた。私は、女で、こんなにも、羞恥心の大きいものを知らぬ。私の自尊心と、この女の羞恥心（自尊的な）とが衝突しているのだ。私の自尊心が、いつも、この女の羞恥心をかきたてたのだ。この女は、一寸、物さえ云えない方だった。（私のことを意識に入れだすと。）そして、私は、其処に、限りない魅力を見出していたのだと、この女と、わかれてから知るようになった。

五月十日

身体検査などがあった。

『赤と黒』のマチルドのことを読み春枝のことなど考え、自分の無考えなどをわらい、又、それを喜ぶ。

春枝を恋う。雨が降り蛙しきりなり。

自分の詩が不満だらけに見えてくる。実際読みなおして見る時、こんな力の弱い、生命さえもない詩によくも自惚れていたなと思う。

夜、静かな気持。

昨日も今朝も、夢精をした。

五月十一日

雨、気分が悪い。

男と女があるということ、すべては、其処へ落ちて来るのか。すべてのものを対立と統一のままに動かす、大きな力。対立と統一そのものが、力だ。

五月十二日

今夜は野菜サラダを食べた。肉を食わないと何か不満だ。顔に油がぎしぎし、たぎってきたくせに、(肉を食わないと、やせる、と考えているから、そう感じるのではない。胃のふが、不満だと、体にうったえているのだ。)

夜、あめ。

『カルメン』を読んだ。こんな女は一目ではすきになれない女かもしれない。ドン・ホセは、すきだ。

「テンポ」というものにも、気をつけた方がよい。

春枝のことを思いだす。——吉田山をこえながら、「手紙がきているかもしれない。」そして、「こんなことを思いだすなんて、手紙が来る筈がない、何も思わないとき、来ているのだ。いつでも、帰りに手紙がきてるかもしれない、と思ったら、きていないのだ。」

春枝は私を恐れている。「私が無理じいに、女の体を得るかもしれないと。」「それとも、又、私とよりをもどすのを、心配しているのだろうか、——私が、「私は、死ぬまで君を愛するのだろう」と言ってやったりしたから。」

そして又、「手紙など、出したりして、ばかな奴だ。」と、自分の自尊心が、つつく。「おまけに、女から、何も言って来はしないのに、二通も。」

せみがなく。そして、私は、桑原にふざけかかった。私は、洋傘で桑原は番傘だったので、傘に穴をあけにかかったのだ。

「わるいやっちゃ、のまいうたら。」桑原がいう。

「へん。何いやがんねん。」私はすまして歩く。

又、むりに、傘をつつく。

「こら、きかへんど、これでやっつけるぞ。」わらいながら桑原がいう。

「へん、やっつけてくれ、さあ、けんかなら、こい、」私がこうもりでふざけかかる。番傘なので、洋傘には、どうしてもまけだ。

「こいつ。……」番傘の中でいう。わらう。二人。

自動車がとおる。私は、又春枝にかえって行く。

五月十三日

せみの仔。

桑原が『赤と黒』をよみながら、わらいだすのが、しゃくにさわる。

富士の小品「オウグスト」は、よい。限られた人にしかつくれぬ作品。描写にいけない処あり。しかし、「平凡さ、」があるようだが。つまり、「富士のもの」というのではないもの。

(フィリップの影響、スタンダールの影響。)

明る。

ベートーベン第九をきく。きく程、よく思える。めざしを買って食べることにした。雨やみ、雲が山のように、東南に引いている［そびえている］。そして、先端が光っている。

茶（黒、緑、茶の如き茶）と、薄茶（褐色のうすきもの）と水色（薄桃色と水色）のたてじまのせるの着物をきた、小がらの奥さん。

帯（細い赤い）を、腰の上にむすんだ色のあさぐろい娘。

割にゆったりした気持。

「長い間、ずっと前から、俺には、理論が欠乏していたのや。」

理論をつつみこむ作品。

シェストフのドストエフスキーは面白くないが、ニイチェは面白い。しかし、シェストフといえば、こうした工合の心の動きしか、出来ぬ男ではないのか。カントが、じゃまだと思えば、カントをふみこえたらよいのだ。

　松の芽は西日に白く音もなく、日ざしをとおす雨後のし
　づけさ、

五月十四日

春枝から写真が来る。何か、手紙がきたことを知ったとき、真面目な変な重い気持になった。それを、桑原に見せまいとして、落ちついた、普通の顔をしていようとした。

俺は、まだまだ、この女の肉と匂いを必要とするらしい。

「高山が一番評判になってるらしいなあ。」私が言った。私は高山がすきだし、桑原は久保がすきだ。

「常識的なんやろ。」と桑原がいう。むかむかと腹がたって、

「高山が一番すきや、僕は。」と私が言った。

桑原は一寸、ひるんだらしい。

「そうか。」と言う。

富士が、「俺はまだ、どういうにも、きいてみんことには、わからへん。」と言った。

春枝の写真（以前もらった）を送りかえす。着物をきてゴムを見ているのだ。

くろい羽織。

啄小鳥《〔ママ〕》が、ころろん、ころろん。と本をたたく。夜は蛙。

昼はせみ。

夜、フロへ行く。犬があとから走ってくる。ぞーっと、身体、頭がふるえた。犬は、門をはいって行った。

五月十五日

私は、流転しながら、そのまま仏なのだ。私の中に仏がある。私は仏だ。私が仏の生活をし、得るとき、私は、もはや、流転をこえている。流転の底に、又流転の背後に、又流転そのものの中に、それを動かす世界がある。その世界に私は住む。それは流転そのものの中に表われる。流転そのものなのだ。

私達人間は、すべて仏なのだ。（それは、如来は、すべてのものにその身体をすてられたからだ。）それでは、悪は、何故に生ずるのか。


右手が、ぬけるようにだるい。春枝の写真。

夜、『三人』批評会を開く。十二時半までいた。

五月十六日

自覚とは、神の立場に突入することか。神と人間をむすぶ、ということは、愛によってであるとは、どんなことか。愛とは何か。愛が自覚であるとは何か。

人間性とは、もっとも深い現実のことだ。

愛とは、ただちに、仏の慈悲でなければならない。

私の行為の一つ一つが、もはや、神、でなければならない。

運命とは何か？　外部的なものでは、勿論ない。運命とは、自分自身が、造りだし、解決して行くものだ。

しかし、人間は、勿論、神である筈がない。

「諸法は化なり」これは必然だ。しかも、諸法は化なり、ということも化でなければ、「諸法は化」なりということは、言えないではないか。——自由と必然との問題。自覚の問題、諸法化のままに、諸法化のままに表われつつ、「諸法化」がある。

「俺」は、曖昧だ。こんなことで、どうなるのだ。

「諸法化」が、何故恐しいのだ。「私」さえ化なのだ。「化だ」、執着の起きようがあるか。


折竹の時、赤い顔をせねばならなかった。（文章がいわれなくて。）こんなことは、楽しいことだ。顔が、ぽーっと赤くなり、自分でも熱と汗を感じるのだ。それを折竹が見ているとおもうと、一層赤くなる。

「初恋の味」という「処女の味」というレモン水を、母が「処女の味、とかいてね。」などと話しだしたのを思いだしただけで、赤くなった。

あたたかい、より、もう暑い。空が青く（コバルト）うるんでいる。

岡本から手紙。

五月十七日

今日、草野心平を、いやな奴と思った。それより、単に軽蔑というよりも、怒りという感情を私にもえたたせた。そして、このことは、仲々、私の記憶から去らないだろうと思った。（以前、余り、よく考えていたので、一層ひどかったのだろう。）

『アルマンス』、すきな作品だ。すみ切った、透明な冷たい理性の下に、押しあげて来る情熱、熱を、かくしている。

アルマンス、という女もすきだ。街で美しい女を見た。

性慾。

写真をうつす。松葉酒。

五月十九日

今書いている、私の小説を、富士は、「面白い。」と言った。

桑原が、「よいか。」というと、「面白い。」と言った。

又、桑原は、「発展性のある、ものやと思う。」と言った。どっちにしても、あたらずさわらずな、言い方だ。こんな、言い方なら、誰でも出来るのだ。私は、こういう批評だけはさけよう。具体的なものを指そう。（具体的なものは、余り、重々しくは、見えぬかも知れないが。）

しかし、俺は、「ほめてもらいたいのか。」しかし、誰がほめても、私が私をほめる程には、ほめないにちがいない。それが、気にいらないのか。

俺は、今、すべてのものの不純粋な影響からぬけ出ようとしている。私は、私自身を、取りかえすのだ。物にくらまされては、てらい、大げさにくらまされては、おしまいだ。

美しい奥さんを見る。「円い」感じ。大きい体。ゆたかな頸、足、股。

五月二十日

神とは何ぞや、又、私は、すすんで行かねばならぬ。

「さばく」の中に、いるが故に我は絶対に自由なのだ。

絶対無に接するが故に、絶対無の場所にあるが故に、我は絶対に自由なのだ。絶対の生命。

（神は、大我だ。）自己は神の掌にある故、我は絶対に自由なのだ。

神は無限に広い、その中で、我も無限に進みうる。自由をもつ。神とは、無限にすすむことだ。私の神とは、私のすすむ後にあるのではない、先にあるのではない、常に、私の足の下にあるのだ。其処から神は、私に現れる。

神が、すすむのだ。（完成した神がなぜ進むか。）

神は、私の中へ、身を投げるのだ。私は、神の中へ帰って行く。

私は、永遠の中へかえって行く。私は、無限の不死、不生の中へ、かえって行く。私は、不死、不生の中にある。——これが私の生活だ。

夜、雨、ずっと、風邪の気味。

私が行うということ、人間の行為する以外に、行為はなく、行為なくして、神はない。神なくして行為はない。神が行為する。

神が創作する。神は絶対に自由だ。行為は絶対に自由だ。そして、人間の目から見るとき、神は、絶対の必然に見えるのだ。創作するそのこと、それは、神の創作、即ち自由でなければならぬ。其処に自由がある。しかし、それは、人間の行為だ。

五月二十一日

頭が重い。午後、雨やむ。

俺の小説は、裏が、「背後にあるものが、」若い。

長い間、虹を見ない。虹を見たいと思う。虹を書いてみたい。

或る境まですすむとき、すべてが平凡だ。それをつきやぶる力を求むること。

五月二十二日

反省、反省を失うな。

美しい女を見る。私は女を見た。手に夏みかんを持って。夕方。

五月二十四日

春枝、突堤というと、春枝を思う。春の日にうねる。

海、の暖かさ。汽笛（汽車も汽船も）はすべて、春枝に通じるのだ。

私は、近頃、何をしているのだ。

暑い、暑い。

「転法輪というは、功ヲ参学して一生不離叢林なり。」

虚空落地、これ、転法輪也、宇宙の大業也。現象世界の生ずるところ也。

五月二十五日

青い、青い空。

「地獄は、自己が自己に於て自己をみる」にあるのではない。

「悪を知るのは、叡智により、神の審判によるのではない。」

自己が自己に於て自己を見る、それは、かぎりない、道だ。

しかも、一瞬一瞬のことなのだ。

神は人間に表われる、神が行為するのである故、絶対の自由でなければならぬ。

神の道にぴったり、重なったと知るとき、人間は無限の自由をもつ。神の道なるが故に。

自由を感じないのは、「人間」があるからなのだ。

人間の反省を加えたとき、始めて、必然を感じるのだ。

「時勢の力」ということ。今、五〇歳台の人は、すべて、センチメンタルな、傾向をもっている、らしいということ。例、成瀬無極、落合太郎、太宰施門、など、（小説の上で、用いること。）

突進、突進、この意味が、又、すきになって来た。

空は、次第に紫をふくんで来て、青い大きい。「応㆑物現㆑形、如㆓水中月㆒。」

人の行は起止にあらず、起止の行は人にあらざるなり、起止を挙揚して人の行に比量するなかれ。

井口が、私の詩を、ほめている。しかし、これは、ほめすぎだ。私の自信以上のほめ方だ。

人の言うことをすべて、笑ひ、（にやにや）嘲笑を以て、き、そして、自悦にひたる、（それこそ、偉人のなすべきことだと思い）これが現代の、特色（青年の）かもしれぬ。

五月二十六日

俺は、世界中の女と寝てみたい。

如何に頭の中で考えていても駄目だ、それを、行わなければ、何の形をも、持ち得ない。次郎は、そう思っている。

次郎の思想は、積極性を含む、それは、次郎の体質にも関係している。しかし、次郎には、それが、実行できない、又、いやに思える時があるのだ。しかし、次郎は、兄の真似をしたと思われるのが厭なのだ。そして、左翼には、はいらない。

ジイドの転向について。

青い青い、雲なし。

“le cimtière malin” を読んだ後で、“les cherchenses de poux” を読む。この作品からは、私は、快い性慾、卑猥さ、などの少しも、まじらぬ、性欲を感じる。

五月二十七日

飯を食い、出てくる。百尾がくる。私は、目を、すぼめ、しらないふりをしている。（日がまぶしい、という風に。）百尾がくる。近づく。私はまだ彼をみとめていないのだ。

「ああ、君か。」私がいう、目をみはる。

「なんや、わからへんのか、へん、わからへんような風しやがって。」私に言う。

百尾が、私の心を知った。これが私にいやだった。それに、何故に、あんな、目をすぼめたり、芝居をしたりしたのか、或る快感のためだとも言えるのだ。しかし、何ということだ。ばかばか、あんな百尾に、たわむれるなんて、と思った。長いこと、気がくさくさした。

昨夜、よいのが書けたので、どうも、心が、はしゃぐらしい。

「今夜、女を買いに行こう。」こんな意識が、とおりすぎる。美しい空。こんな意識は、体を変に、暖かくする、夢のような状態へ、少し、私をさそう。しかも、何の反省、自己嫌悪もおこさせない。そのまま、きえて行く暖い性慾だ。――しかし、こんなことには、空が青い、天気がよいということが、大に影響しているのだろう。

女の体が、この上なく快いように思える。性交ではない。まるい胸の中へ、自分の顔をうめる、やわらかいかおり、春枝の乳房の感じが、頭に上ってくる。

五月二十八日

女がほしい。女の脚、臀、性交が。

一子のことを思う。そして、あの子は、どこへ行ったんだ、と思う。大きい虚無。

世間の評判、「そんなものが何だ」という人がある。「しかし、世間の評判そんなものが何だ。」などと言う必要はないのだ。私は、どうして、世の政治家達に、もっとけん譲であれとか、青年を重んじよとか、いうことが出来よう。私達が、今に、私達の世界がくるのだと思う同じ程に、世の政治家達は、やっと得た自分の地位を楽しむのだ。楽しませてやるのが、よい。

日本語は、詩に於て静というより、動の方に味方するのだろうか。明瞭、厳密な言葉は、日本語だ。

雷。

自由に自由に、自由に。

五月二十九日

「南無阿弥陀仏」と諸仏は称えよと勧められる。しかし、それは外的必然条件ではなく内的必然条件である。となえずにはおれぬのである。となえうるの自由を示すのである。本願の名号　声即心。信たる、これ自証に外ならぬ。

春枝、それは、私のいないところでは、もっと「快活に」いたずらをする女なのだ。女同志の中では。そして、私自身もそんな性格だ。

五月三十日

何もかも、しゃくだ。富士の詩の批評の仕方がいやだ。やっつけろ、俺は、小さい人間だ。

五月三十一日

とうとう駄目だ。俺は、どうしてよいか、解らない。俺の体を粉々にしろ。俺の心を、粉々にしろ、もっと底へ、もっと底へ。

「雲の峰水なき川をわたりけり」

私は恥かしい、今までの私の傲慢な気持を恥じる。私は、行きづまりにぶち当っている。私は、思想的にも、いけない。私に自由など、どうして、有るというのだ。何もかけない。何もかけない。恥しいことだ。

六月一日

昼まで、また、いつもの、どんづまりにまで、おそわれる。

キルケゴールを読むことにきめる。

先生の家で、バナナ、梨をもらう。

夜、富士の家からあるいてくる。大部気がらくになっている。フロ屋の処をとおる、突然、「これが地獄だ、どうしてもつきやぶれない灰色の壁、それは、かたいかべだ、しかも、それは又、どろ沼のように、やわらかい。」どうしても、一歩も進みも動きもできない苦しい頭。それが、快く大きい、大空の新しい空気が一度に、自分の体の中にはいりこんでくるようなこころよさ、空には星がなかったが、何もかもが快い。

昨日の俺の様。

「ナムアミダブツ。」「有難うございます。」とつぶやく、そしてこれは本当の気持なのか、と一寸疑う。俺の前には、まだ、あの壁が限りないのではないか、壁がつきたっているのではないか、具体を求めよ、具体を求めよ。こう思う。

何もかもが、力強い。説明はどこまでしても、何もつかまないのだ。

昨日のことが思いだされる。

机の前に立って、「お前など死んでしまえ。」ナイフを取り、腕をついてみる。死ね、今死んだら、この机も、目の前になくなるのだ。

「モノスとユナの話。」「しかし、お前には、死ねない。」こう心が、私を又、あざける。机の上に無残に穴をあける。これは昨日のことだ。

恋には全く、時間が必要だ。

「ヴァレリーが何だ、先生が何だ、世の中に何があるのだ、何もない死んでしまえ。」「それさえできない、俺は何という人間だ。すべての詩の調子が弱いのだ、詩なんてなんだ。」こんな調子。

富士の詩を批評していて、涙が出そうになる、心がよわっているのだと思う。「眼がねがわるい。神経すいじゃくかもしれぬ、いや、ばかばか、ばかばか、……。」そして、昨年の秋のことを思いだした。眼がねの神経衰弱を。

桑原がいう、「太田がきて、野間をえらいうらやましがっとったぜ。」

「ふん、なぜやろ、俺がのんきやいうのやろ。」私が言った。

「……」

「俺がきちんと、学校へ出ていることか。」

「そんなこというな、自分でわかってるくせに。」（「私の詩がその主題だというのだ。」）

「そんないい方があるかい、それなら俺にかぎったことやあらへん。」

「うん、そら、君と富士とをうらやましがっとったのや。」

私は、私を、「ばかばか」と心に言った。恥しい。桑原のことばは、いくらもいくらも私を打つのだ。

太田が、詩のことで悲観している、そうだ。

六月二日

或る女の体は、もはや得られないものであると、あきらめながら、その女に恋している男。それは、男の惰性だともいえた。彼は、その気分を自分から追いだしてしまえば、さびしみ、を感じる。

そして、それを、ゆったりと養うようにさえしているのだ。

六月三日

我は神に合することによって、始めて自由を得るのだ。個別的な自己自身を否定することによって、無限の自由の中にはいるのだ。我は神に於て［の中に］（行為によって）存在する。自己を否定出来ぬと言った自己は、全く、個々の自己ではない、A＝B、なる立場に於ける自己でなければならぬ。神の自己、――心でなければならぬ。

否定とは、単なる否定ではない、全体の自覚をいうのだ。神の自覚をいうのだ。

私には、小説家としての性格の方が、大きいのかも知れない。しばらく、休養しなければいけない。ゆっくりと、ゆっくりと。

〔ノートにはさまれていたもの〕

神に合することにより神の自由をうるのだ。

しかも神は絶対の必然だ。

自由と必然とは全く一つのものでなければならぬ。

必然もなく自由もない。（神に合する合し方が自由なのだ。）

「ナムアミダブツ」これは、A＝Bなる世界全体だ。

ここへ入る行為は自由、しかも、ナムアミダブツは必然だ。

六月四日

私に、又、生気が帰ってきた。

私は、始めて、ジイドを見出したようなものだ。慎重ということ。モラアール。

或る一篇がポエジイだけしか含んでいないとしたらそれは、築かれていないからである。即ちそれは詩《ポエム》ではない。

（スタンダールが、小さい観察家だというのは、どういうことなのだ。）ジイド。

「心理」を一度くぐって、出るということ。

我々の自由意志とは、我々の行為的自己の個物的限定の極限に於て、之をもこえた所に考えられるものでなければならぬ。任意は無の限定と考えられる。そういう意味に於てはイデヤを見るという意味を有しながら、而も之に背き之を否定するところに、我々の自由意志的自己というものが考えられる。我々の行為をはなれて自由はない。しかも、純粋の行為は、無が無自身を限定することだ。即ち、絶対の無の限定だ。これが［は］任意である意味をもたねば、ならぬ。ここに自由意志がある。我々は、真の自己を、客観に於て見る。かかる、何の概念もはさみ得ない自己は、「私と汝の」純粋性に於て考えられる。

しかも、我々は、絶対の無より生じ絶対の無にかえると考える。ここに、我々の必然がある。——ノエマ的にみれば、必然が存する。

しかも、ノエマ即ノエシス、むしろ、ノエシスはノエマをつつみこむものだ。我々には絶対の自由が存するのだ。

しかも、全くその自由が、その対局で、絶対の必然となるのだ。

神より生れた我々人間に何で、自由があろう。我々は、神に合することにより、絶対の神の自由をうるのだ。

弁証法的の否定とは神の自覚だ。

人の妻君を愛するということは、この上なく魅力あることだ。

その「夫」をしっとするということは、全くない。

絶対の無より生れ絶対の無にかえる、ということと、絶対の無の限定ということとは、全く切りはなすことは、出来ない、一つのものだ。

我々は、必然も自由も、なければ、生きられない。

我々は、神を信じるということにより、神と通じるのだ。

神を信じるということは、神を知ることだとも言えるが、神を信ずるということは、神自身の働きによる。ここから、宗教的体験が始まる。否、信ずることこそ宗教的体験であり、すべては、これを中心として存在する。

信とは神の自覚である。自覚により、行為は神に結びつく、行為は神の自由をうばう。神の自覚これ、人間の信、その間に、一分のすきもない。又行為が神の自由だともいえる。神は、あらゆるものに、その体をすてられたのだ。

「ナムアミダブツ」と念ずる自由は、行為にある。しかも、念じては、「ナムアミダブツ」である。自由、それは、せんたくではない。神の自由である。

「ナムアミダブツ」と諸仏は称えよとすすめられる。

となえずには、おれぬのである。となえる［うる］の自由を示すのである。ナムアミダブツは信の一念であり、ナムアミダブツは行の一念である。

信があり行が別にあるのではない。すべて、これ信である。

信なる故、神に合するが故に自由なのだ。


俺は、またまた、嘘を言った。春枝のことについてさえ、こうして、俺を飾ろうとするのだ。そして、ここへ書いておけば、それで罪がなくなっていると思い、安心しているのだ。

低い低い。許してくれ、許してくれ。

六月八日

私は、ぴったり神にかさなる。私は神の自由をもつ。

後から考えてみた必然の正しさ。

「南無阿弥陀仏」これは必然のことだ。しかも、南無阿弥陀仏の歓喜、自由さ。

六月九日

強い日、地面の上に、私の手の影をうつしてみる。小さい、ひきしまった影だ。女の手、春枝の手だ。私が接吻した手だ。それが、この影の中に見られるのだ。何回も、地面へうつしてみる。日の力も、強くなった。

始めの恋愛は、どうしても圧迫の仕合いだ。

六月十日

私は近頃、愚劣なことを、どうも、するようだ。

「アルチュール・ランボオの手法をぬすむ」という、気取ったことば、私の幼少。

富士が来る。

六月十一日

雨、朝降る後、やむ。

あの女に春枝と同じ形があるなどとは思いもしなかった。よく肥えた、淫とう的な女だ。それに、今日、あの女の目と、頬の形、眉、髪の色など、同じたちのものだと知った。この女の方が、ずっと、きたない。それを、性的な別なものが、私をつないでいる。

春枝は情熱的であるということを好んだ女だ。何事もあなたまかせなのだ。そして、ただ、「南無阿弥陀仏」の、直接な歓喜あるのみだ。その白熱的な生活の中へは、感傷も、善とか悪とかいうものも、そんなものは、一切はいり得ない。私は、ただ、ただ、生かされるだけだ。

善とか悪とか、そういうものの、もっと根本の生活。そんな時私の背後には、無限に充実した山があり、無限にみちあふれた川が、街が、……、ぎっしり、絶対の無が、私を、四方から、もちあげ、支えるのだ。私は無限を生きる。なにごとも、あなたまかせだ。かく自分をすて、深く、神の中に入ることによって、神に合することによって（それとも、神の叡知を、無明により、くらまされることなく、白熱の透明のかがやきにすることによって）、真の自由の自己に至るのだ。

行為とは、本体のはたらきだ。しかし、本体とはたらきが別々にあるのでは勿論ない。又、行為とは、この人間の自由の行為以外に、何があるであろうか。

六月十四日

学校を休み、大阪へ行く。病気かと思っていたがためである。川原さん、母、姉、赤ん坊に会う。皆、元気なり。私だけが元気がなかった。

兄から、フランス女の裸の写真をもらう。きれいだ。神が必然だというのは、神の秩序ではなかろうか。

六月十九日

久しぶりで、日記が書ける。少し、よい気持だ。自分自身の中に、いやらしい、ものをみても、決して、へこたれるな。ジイドの「今から」という言葉、nunc 生きるということ、生きるということ。

六月二十日

雨、傘をもる位だ。

人間を軽蔑することは、たやすい、しかし、人間を愛すること、ほど、むつかしいことはない。愛は、努力などで、生ずるものではない。愛は、もっとも、遠く、かけはなれた、表われぬものだ、しかも直接的な。

常に私自身を振りかえること、私自身には、ようしゃしてはならない。妥協など、もっとも、恥しいことだ。

俺ほどばかな、あさましい人間はない。ということはたやすい。他人から自分を批評されても、少しも、それが自分に適切であるなどとは思えぬものだ。（私だけかもしれぬ。）それは、自分は、常に動き、常に、生きている人間だのに、その状態をしか、その批評がとらえていないからだろう。自分を、ぴっしり、とらえたということがない。

人間を、批評するなどは、必ず、小説の形、劇、などによらねばならぬだろう。小説などでは、概念的には、つかみ得ないが、ほんとうに、生々とつかめる。

人間というものを、考えてみること。人間をはなれるな、人間にくっついたもの。

「俗物と、オリジナリテの人との間の軽蔑の関係、金銭の関係。」

六月二十一日

午後、雨やみ、晴れる、赤い雲。

如何なるとらえ方にしろ、結局、状態化したとらえ方は、我々の生命を、動かすことがない。我々の生命は、決して状態化されているものなどと、共振することはないのだ。

（プルーストの物の見方も、一つの見方というにすぎない。全体、だけが、すべての上にある。（別にあるのではない。）全体のみがあるのだ。

罪とか悪とかにしても、哲学で、何が、言え、解決できよう。

人間批評、ということ。

結局、すべてが、「人間」の中へ落ちて来るのだ。もっとも、積極的な生き方。もっとも積極的なということを常に忘れてはならぬ。

ジイド程、積極的な人間をまだ見ない。無駄をはぶくこと、をジイドに学ぶこと。人間ということを。

自分自身のことを、話すなどとは、全く、弱身だ。

私は、春枝の手紙の中で、余りにも、幸福ということを問題にしているので、不審に思っていたことが、此の頃、やっと、わかってきた。「女と幸福」との考え方も、少し、押しすすめてみること。

バクゼンとしたものは、はっきりとさせること、そして、バクゼンとしていることを、はっきりつかむこと。

「心理の解剖」ということを考えてみよ。心理の解剖も結局は、実際の物を描くというのと、余り変ったものではないだろう。

六月二十二日

生きるということ、それにつづく、積極、人間、私はどこまでもつきすすめて行きたい。全体。

六月二十三日

詩が出来る。皆がほめる。

此の頃、性慾がない。春枝から手紙。

春枝との関係を細《こま》々と、思いだし、四ツ橋ホテルの獣を感じ、いやになり……。

六月二十四日

午後、雨降る。

井口が来る。

「一角の獣」は、第一聯がいけない、ものたりない。しかし、概念的な言葉を用いることを、やってみた。（富士に反して。）

昨日、リストの「ハンガリヤン・ラプソディ」を聞く、太い太い、ぴしりぴしりと打つ、プワン、底から力をもち上る、波、大きいと思った。こんな方面を一度、通りこしたい。

春枝のことを考えた。

何故、こうした手紙をかいたのか、俺の性慾をおそれたのか、それとも、俺に見はなされるのが惜しいのか、それとも、俺のばく露がこわいのか。その他——。子供。女の生殖器。

ばくはつするようなものを、鈍重に、底の底から。

単純なものは、うわっつらのものだ。宇宙ほど、複雑なものはない、しかも、明々として明かなのだ。

西方稲吉という人の『寒流』という詩集について書こうと思ったが誠実さが、どうしても出ない。それより誠実さに到達しないのだ。

一角獣は、私に堪えがたい、いやみなものに思える。私の身体が弱っているせいではないだろう。

私の今日の態度をみよ。断じて、井口のような弱さを、私の中で、ゆるさぬこと。

「彼が自分をばい毒だと思うようになったとき、どうだったろう。その徴候が、他の単なる病気にすぎないのだ、と、何回思ったことだろう。そして、そのあとで、「ばか、これがばいどくでなくては、誰がばいどくになるのだ。」こう自ら苦しめ、その下に、やっと息をついだろう。一寸その徴候がやんだとき、やはり、違っていたのだ、しかし、これこそ、ばいどくの行き方ではないのか、それともちがっていたのか。

彼のどの医者にも見てもらわない、それは、自分自身をけがし、くつじょくをうけることになると思うのだ、そして、その前には、自分の死も何もないのだ、自分の、つくって行こうとした大きい世界が、音もなく自分の上にくずれて行くのを、じっと見まもるのだ、自分が、みなごろしにしてやろうと考えた世界が、未来の世界が、今、自分の前で、倒れて行く。——それを冷くみている、わざわざと、自分の心を、冷くみている「みようとしている他の自分——かくてはてしない、」自分を嘲笑する。

ただ、兄の鉄郎だけが、しっとされた。兄の世界が、兄という人間ではなく、自分の考えている兄、自分の空想の中の兄が、しっとされるのだ。真の兄は、恐怖と嘲笑のまとなのだ。

次郎は、「いじわる」になろうと努力している。

次郎と志津子との反感的な関係。

「芸術は個を越えたものである、社会性。」（竹内勝太郎）

俺の作品を井口に読ませるのはいやだ。いやという位ではない、苦痛にさえ思えるのだ。「井口」がすきになれない。

六月二十五日

雨。

今日の私の態度程、いやなものはない、人の歓心を買おうとし、自分をよく見せようとし……。

妥協的な、卑怯な態度。

すべて自惚を自信に。

俺は皆によく思われたいのだ、えらく思われたいのだ、名声がほしいのだ。変っていると言われたいのだ。ばか。

俺の作品はなぜこんなに駄目なのだろう。「一角獣」など、何を持っているというのだ。

俺の家↓「金々金で、今まで苦しめられてきたさかい、金ができたら、金でつらはってやるのや、二人で話しとったのや。」

「お母さんいうたら、もう、お金ができたみたいに、一人であんなことばっかりいうてるのやわ。」

俺の中には、もっと、厳密な、もっと堅い、もっと、純粋なものがないのか。ある筈だ。もっと、宝石のような、ぴしっ、ぴしっと、区切る、点、冷い線。

宝石のような世界、宝石が水に冷えているような音、宝石が燃焼して行く、空気の音。

今の調子など、絶対に打ち消すこと。

「独創」しか求めない。独創は、苦しいが楽しい、充実した生活だ。

この頃、又、女の生殖器に心を、うばわれる。（以前の状態が返ってきたのか。）

「井口よわっとったなあ。」

「うん、体の方や、しかし、おちついてきたぜ……。女というものの正体もつかんできたし……。」

私は、それを嘲笑した。

私には、この頃やっと、「エネルジィー」ということがわかってきた。

私は、エネルジィーを、楽しみ、ほめたたえたい。

ジイド――ジイドがやっと正格にかえって来る。

ドストエフスキー、ジイド、こんな方向が、今、私の中で一番求められているものだ。

ジイドの小説、殊に、『背徳者』、『狭き門』を読むと、他の人の小説の、無駄の多いのに、たえられないことが、ある。

併し、「日常」というものを、間にはさむこと。この利用は、他のものを、浮きださせるのに役立てること。

六月二十六日

むしあつい。黒い雲。

新しい人間を作りだすこと。出来るだけ広い自己を作って行くこと。

何か小説をよみ、「その主人公の性格は、全く自分の性格だと、思いたがり、又しまいには、思いこんでしまい、遂には、そういう風に自分をして行く人間がいる。」つまり、弱い人だ。（少くとも人間は、自由に、自分をつくりうるものだ。）小説の主人公の変った点に、ほれこんでしまうのだ。――小説の影響。

人間は、自己をこの上なく広いものにしなければならぬ。出来るだけ人間を広い世界に生活させるのが、小説家の仕事だ。愛をもっていなければ出来ることではない。

夜、ねむれぬ。蚊、金。

金のことが又、気にかかる。体が丈夫でない時、金が気にかかるのだろう。――それだけだろうか。

どろどろの黒いむしあつい世界と、ピシピシとした氷のような宝石の世界とを書きたい。何かしきりに動いている。

意識の流れとして、外へ表わさなくとも、説明的なレシで、外へ表われないが、底の方に流れているというやり方で、「現在の過去」というものを表わし、常に、現在へ落ち込ませることはできないか。

六月二十七日

晴れる。とおり雨。

ボードレールをラムボオを単にカトリシストとするのは、クローデルの影響に他ならない。しかし、そんなところにボードレールがある筈がない。

ボードレールに執拗に出入した、呵責がジイドに於ては、一度にばくはつしたのだ。

桑原は、頑丈な小説家になるにちがいない。私には、こう書けるのが、うれしいのだ。

性慾のばくはつ。

金に対しての一つの考え、じりじりおそいかかる、恐怖、生活の形態の不安。

フランスの小説に於ては↓ジイドに於て、始めて人間を自由に、つかもう［み、］と解放しようと、なされたのだ。

俺はジイドの方へ向おうとしている、しかし、俺は、ジイドが癪にさわるのだ。

鉄郎は、バイ毒、癩、などでは死なぬ、どこまでも死なぬ。

死ねないのではない（死ねないのだという人もあるが）、死ねないのだというてもよいが、それより、生きたいのだ、どこまでも、生きて行く。

蔵原惟人という人の、（牢獄からの）手紙を読んだ。しっかりした、気取りのない人だと思った。すきになれそうだ。自分自身の書いた字の形がいやに思えるのは、どうしたことだろう。

此の頃は、日がたつのが実際速くおもえる。「今日は、何曜だとか、何日だと」かいう意識が全くなくなってしまった。

六月二十八日

くもっている。

女は男の性慾を知ることはできない。娼婦にしてもそうだ。男の性慾を知り得る女は、どんな女だろう。少くとも、私の性慾を知ることのできる女など世界中にいないのではないか。俺は、ほめられるなどということがあってはならぬ。人が、ほめることさえ、知らぬ、こと、場所にいなければ。

六月二十九日

この間から、女の生殖器に対する、慾望がふかい。生殖器が、俺のあらゆる心の対象となるのだ。

六月三十日

私は神に重なる。神が私を生かす。私は、何故、不可能なことなどあろうか。神のはたらきが私だ、私のはたらきだ。「神通力」。

この頃、女がほしい。しかも、体が。しかし、私に、精力ができてきた証拠とするならば、気持がよい。

ひどい風と雨、夜晴れる。

七月一日

仏にしっとを起していたりして、何になろう。すべてこれ仏。何か大きいことがしたい。金儲け、一かばちかの、相場。女、のこと少し。例の奥さんを見る。「までで」

若《シ》真起《セバ》二不疑之道《ニ》一、猶如二大虚廓然洞豁一。と、信、これ、すべてなり。

信とは平安、安穏、穏静、又転じては、すべての歓喜、白熱、火聚となる。しかも、信とは、信じようとすることではない、信ぜざるを得ないのだ。信じるように、させて下さるのだ。神の信だ。神の自覚だ。このとき、すべてが自由、神の自由だ。

仏不レ見レ身智是仏。若実有レ智別《ニ》無レ仏

大智光明如レ是無私故《ニ》云智足仏ト汝ガ本身タル大光明ヲバ、ワキサマノコトヲ批判ヲスル如ク思イ……

「因果の法」によらず。

創作のとき、すべての意識を断って始めて、純粋の状態に有るといえる。よいものを作ろうとしたり、あせったりして、何が、出来るのだ。

ジイドの中に、多くの仏教の思想を見るが、どうだろう。

むしあつく、一日中、あついあついと言っていた。

夜、すずし。

七月二日

「あいつは、物を見る目をもっていない。」

横光利一の新感覚派運動をみるに、横光利一は、新感覚派とは、悟性に関したものである。悟性がこれをつかさどるのであると言っているが、悟性ほど、芸術に於て、じゃまになるものはないのだ。


この一カ月、私は、自分でも意識できる程、ジイドに近よった。

私は、自分で、ジイドを見出したのだ。

女郎と扇風機。

『贋造者の日記』を読むこと。しかし、一つ一つのこと。

夕方雨。

すぐはれる。

七月三日

母からお金が来た。中に手紙がはいっているのだ。

こんなに感謝の念にみちたことは、私にはかつてなかった。

「有難う……。」「南無……。」と口の中で何回も言った。

この上なく、うれしい気持が動き、肉体が、何か、清浄なものでみちあふれるように思えた。

私は、もっと「思想」というものに重きを置くようになりたい。人間ということに。

私は、以前から余りに思想というものについて、軽い、少し、嘲弄的な考えをもっていた。(これは一つの流行かもしれない。)しかし、なにかしら私の中に動く、又私を動かし、又私が動かす、この思想というものに気づいていたらしいが、思想を忘れない、思想をもっと、大きい、上のものとしてみようとする気持が近頃大きい。

何か、自分自身の思想がある筈だ。

七月五日

「底が見えるということは浅いということだ。」作者が出ているということ、作者の顔がみえているのは、小さいのだ。

無限に無限に深いもの。

私は、私自身のことしか、考えないらしい。そして、人から、話しかけられて、始めて人のこと［存在］をさとるのだ。すべてが私の存在だ。私の存在として動くのだ。

夢に対する考察。

次第に哲学者からはなれて行く。哲学者には、肉の匂いが少いのだ。生命がない。

「生命という思想。」思想が動かす人間。

↓「人間という思想。」個をこえた人間、すべてが人間へ落ちこんでくるのだ。――この思想に対する私の発達。この「思想の私」の発展を注意していること。

リトムと人間、生命　性慾。

七月七日

桑原に夢について議論をする。私激してきた途中、桑原は言葉を急にやさしくして、私を蔽うような感じだった。

私もやさしくなり、涙が出そうになり、間がわるくてこまった。二人は、大部仲がよくなったのだろうか。

俺の平常にかえること、俺の平常にかえること、しかし、平常にかえることに進歩がないなどと思ってはならぬ。

俺は俺として以外進歩できぬのだ。

俺の心に、『白痴』『永遠の良人』が残っているのは、女がいるからだろう。

やさしい面と凶暴ナ面の二面の考察。進介は、鉄郎が、あんな子供をおこしてやるなど、意識せずに、へこたれずに平気でやりうるのだろうか、それとも、意識しているのだろうか。

自分も意識せずにいられたら、どれだけよいだろう。

「平常を求める心。」ジイドの方法に重ってはいけない。

絶対の自由、絶対の必然は、「意識」上のことに関していうのではない、もっと奥のもっと、源に関することだ。宇宙の心、光明に関することだ。無が無自身を限定する。限定するものなき、限定に関することだ。

七月十三日

「はなを」という女。

「やんちゃやさかいに、あんたみたいなんがすきやわ。やんちゃとやんちゃがいたら、合わないやろうしね。」

七月十五日

夜、小雨。

井口の此頃の態度はいけない。いやだ。

少し、しゃべりすぎた。春枝のこと。

「はなを」という女に引かれている。

「構成」。

七月十七日

絶対の無とは白紙のようなものだ。行為により、絶対の無に「存在」をあらしめる。

すべては、痛より始まる。痛より、是身非有にして痛自何来なのだ。是身非有なる故、痛自何来なのだ。

自覚とは、神により自覚せしめられることなのだ。絶対の、他により。異なる反省ではない。他により根底づけられた省。

七月二十一日

大阪からもどってくる。

夕立、かわいた土の匂いが、はなを苦します。

七月二十六日

二十六日まで、休む（日記を）。日記を書くのが、いやな程、つかれる。雨でいやだ。

構成ということに、益々、進んで行こうと思う。

構成以外に、人間は、つかめないと思う。（人間全体は）

行為は形成作用である。

「併し知覚的に見られる物というものでも、それが実在的と考えられるかぎり、単に受動的に見られる心像をいう如きものではなくして、行為によって見られたものという意味をもっていなければならない、弁証法的一般者の限定として見られるものでなければならぬ。」

行為とは、弁証法的一般者の限定である。それが、「自己同一」なのだ。限定するものなき限定なのだ。

無。

七月二十八日

春枝のことを思いだした。宮本正清が八万地獄の絵葉書を送ってきたからだ。やっと、青い空。

昨日、ほんの昼頃まで、防空演習を、何か子供らしいものとみて、ほうっていたり、飛行機をみたりしていたが、今、何故か、「空襲警報」「空襲警報」と叫んで行く大人、子供達の声にいらいらさせられ、「空襲警報」と、口をいがめて、そいつらの前で、いってやりたくなる。

飛行機がくると、「きやがった、ちえっ」とおもう。もっと、みんなをまちくたびれさせてやったらよいのに。

八月三日

「ただ、一回だけしか、行はない」ということは、鉄郎の思想だ。しかし、私は、これを、ジイドにも見出した。

ジイドは、弾力性を無気力のカモフラージュと解している。

しかし、私は、弾力性を、この上なく愛するのだ。弾力性は、発展の最中だ。

八月四日

むっと、むしあつい。口からだ液がいくらでも出るのだ。そして、風邪ぎみだ。

「こうものを忘れるなんざあ、えらい人になれへん、しょうこや。」墓番の親父が言った。

八月五日

今日も、風邪で苦しかった。しかし、今日はよくできた。今度の小説をかきだして、ジイドが益々えらいと思えだした。『贋造者の日記』など、もっとも面白いものだ。

次郎は人を愛することができないのだ。生命（愛）を愛していながら、死がおそってくる。死ではない、不面目だ。残がいだ。無為だ。虚栄心の破めつ。

自己［私］とは、汝［他］あっての自己［私］だ。しかも、私と汝とはどこまでも、別々のものだ。

「痛自何来」は玄沙〔八三五―九〇八〕のさとりだ。まことに痛自何来だと思う。諸法非有なる故、痛自何来なのだ。非有ならざれば、痛自何来などと、誰がおもうものか。「痛」これ、如々の世界だ。足を切って痛がなければ、変なことだ。そして、「痛」、そして「非有」それ故、「何来」なのだ。諸法非有、ただこれ心、心とは何か。

「もう何にもいらん、俺一人でけっこうや。」これは傲慢か。

八月七日

どんなに深い谷も、大海、太洋の持つ深さには、とてもとても、及ばないのだ。「小さくてもよい、深いから」などとは決して言えない。

口から泡が出る。暑いのだ。

クラシズムとは「集中。構成。」の意だ。

飯をしてもらう。

八月十一日

夜、ふとんを敷く時、いつもと反対に裏にしいた。私はそのままにしようとした。すると心でささやく。

「そのままにしておけば、こんど遊かくへ行ったときっと梅毒になるぞ。」

「ふん、ばか言え……。」

そういいながら、「私は、もう行くもんか。」「併し……。」とか、心につぶやき、ふとんをしきなおすのだ。そして、後で、このことを小説のどこかへ、かいてやろうと思い、此処へかくのだ。そして、私には、私が迷信家であることがうれしいのだ。そして、こうして、うれしいのだ、などと自分を嘲ることが……うれしいのだ。

八月十二日

「小説は、街路にそうてもちあるく鏡である。」という、スタンダールの言葉は、余り感心しない。(スタンダールの言葉ではなく、引用らしいが。)

キルケゴールという人間は面白い。ニイチェと全く対称しているようにさえ思える。

八月十六日

母から、浴衣を送ってくる。

大文字山の火を見る。「弘法様の字ですぜ、あれがこの真正面の御所の御庭の池にうつるんだすよ。」

夕方美しい空。あじさいのような雲。夕やけの雲、血の筋。アイスクリームの雲。

「可能性」――「私が自分に何物かを望まねばならないとしたなら、私は、富貴や勢力を望みはしまい。只、可能性の熱情をこそ望もう。到所、いつまでも若く、永久に燃立つ可能性を見る目をこそ望もう。快楽は欺く、けれども可能性は欺かない。それに又、如何なる酒でも、そんなに泡立ち、そんなに香りよく、それほど陶酔させはしなかろう。」

「又、私が有限と無限とが結付いた思想を抱くことが出来たら、その時こそ、私は慰めを得るのである。」(キルケゴール。)

私は、やはり、ニイチェとかドストエフスキーとかジイドとかにつながりを持つらしい。生命がそれだ。「ねばり」というものを私は、求める。

久しぶりで、牛肉をたべた。何故か、口に、わさびのにおいがする。

八月十七日

俺は、この冬頃から、どうも、室内が暗い暗いとばかり思っていたのだ。

独自性とは、もっとも積極的なものを言うのだ。

八月十八日

「あの子、わたいとはちっとも話せえへん、ゆんべから、すぐねてしもたし、けさかて、わたいの方から話しかけたら二言、三言しゃべってねてしまうし、人とやったら話するのにあたいとは少しもせえへん。」子供のこと。

「それにあの子のそや、何べんよんでも返事せえへん、妹が、「ねえさん、さっきから、あんなに呼んでるのに返事をしいな。」いうと、「なあ、そうかいなあ」やと」。

八月十九日

労働というものと、行為というものとを、考えてみること。

「日本の国家に革命が起って来る時の、こと」

世界に一人でも不幸な人間がいるならば、私は、幸福だとは言えない。これは、私の一つの感情なのだ。

今日、デカルトの"Esprit critique"を読んでいて、始めてヴァレリーに連りのあることを知った。

言葉の虫という奴がいる。

八月二十日

夜、虫がなく、足が寒い。

行水はもう、うすざむい。

しかし、昼、往来で水を打っているところを通ると、かわいた土の匂いがはげしい。まだ汗が出る。

八月二十一日

道は後から出来る。（人間に有っては。）

動物園の獅子の声がきこえる。「ニイチェ、獅子のわらい（久保）、夏の動物園を小説の中に入れる。からからにかわいた道、飛田、女郎、天王寺公園、夕陽など。」

八月二十二日

井口から手紙。

あらゆる時に過去が顔をのぞかせる。又、今日も、ライオンがないている（午後七時頃）。私は、だんだん今時分になると、ライオンの声を待つようになるだろう。そして、それが、きけないとなると、いらいらするようになるだろう。丁度、こうしたことが、「幻」という仏教の言葉に等しいのだと、人は言うかもしれない。しかし幻も、又、如々の世界だ。

その男は、毎日牛乳をのんでいた。それで、その男は夏には、ミルクの酸性の甘い匂いがした。

彼は、だんだん乱れてくる自分を感じた。しかも、一層自分自身を乱してしまいたい、混乱のどんぞこに、落ちて行きたいように感じていた。

下のおばさん、万才をみてきて言う。

「女が男の顔、きつうに、ぼろくそにたたくのや、あれ、とくやな。」いつも、主人にぼろくそに言われるおばさん。「わし、おまえ、あほやおもてたけんど、おまえばかやな。」

私は、リンゴを買いに店へ行った。

「リンゴですか、それ、その向うのやつ。」

「これ、いいえ、二十世紀……いくらいたしましょう。」

「リンゴなら、いるけど。」私はかえりかけた、が、少しじっとしていた。

「十分、汁気がありまっせ……。」店の男が言った。私は、(もし、私が買ったらあの人は、やはり、俺は商売がうまいと思うにちがいない)と思った。そして、キップを売ったときの自分の経験を思いだした。そして、二十世紀を買うことにした。店の人は悦んでいた。(やはり、俺は商売がうまい。)こう思っていただろう。

――それとも、店の人は、こうした私の心理を、みとおして、私が彼の心理を私の予想どおりにはこばせるために私が二十世紀を買うにちがいないと見てとって、私に、そう言っていたのだとしたら、どうだろうか。

日本人には意志がない。しかし、今後、マルキシストに、新しい意志を見出すだろう。

八月二十三日

私は骰子という言葉がすきだ。

『白痴』の方が『悪霊』よりも、私は、好きなのかも知れない。白痴の女の方が、はっきりしているし、すきだ。人間は、一年、或は三カ月で、もう全く過去と変っているのだ。↓小説の中の人物の変化、緑色の百足虫の仔。

社会の問題にしても、常に、多くある。私は、その中の常に新しい、発展の階程にあるものをとりあげねばならぬ。又、常に、私自身が、新しい問題を提出せねばならぬ。――此処に独創性があるのだ。

私は、家庭には、余り圧迫されていなかったろうか。

金には圧迫されている。

同情という形は対者に対してとられ、自惚という形は自己に対してとられる。

嘗テ、井口が富士にたずねたそうだ。

「野間の詩と、自分のとはどちらがよいか。」

すると富士が答えた。

「そら、君の方や。」

又、私が、「夏」を書いた時、富士が夜、あるきながら(ソ水の、玉突屋のところを)言った。

「俺と君とは、もう、こんなんや。」と言って、右手の人差指と左手の人差指とをならべて、私と富士とが同等であり、けっして、私が衰《おと》っていないことを示したものだ。しかも、私は、私が一番なることを、信じていた、というより自惚れていたので、そのことも気にかけなかった。しかしこんなことが今頃思いだされるのは、何故なのか。

八月二十四日

「我々は、己の行為の父である。丁度、吾が子の父であるように。」（アリストートル）

私は、外国に或は死者に、天才狂を、許し得ても、日本に又、生者には、許し得ない。例えば、私は、ボードレールがすきだ。（こいつが、衒学的であるにしても。）しかし、私は、私の友人に、こうした人間の真似をするのを見るのは、いやだ。もっとも悪について知るものこそ、もっとも善について知るのだ。

幾何学的《イクナニガクテキ》

八月二十五日

とかげの交尾。

夢は、真実に、そうしたものを見るのか、それとも、目をさましてから、それについて、こしらえるのだろうか。夕方、雨、大きいがまがのそのそ出てくる。すばしこく、とんで蚊を取る。

女の子、七つ位。

「何こしらえてんの。」

「汽船、蒸気汽船よ。」

「いきだわね。」七つ位のかわいい子がこんな言葉をつかった。

（家庭）

嘗て（中学三・四・五年頃）母は私によく言った。

「宏、外へ行って、もっと、なんでも、物をよくみてこんといかへん、家にばっかりすっこんどっては。」私は「見る」ことを知った。私は、「見る」ことを人に言った。

しかし、写実が芸術でないことは、勿論、後にわかったのだ。

兄は、「女は馬鹿やな。」と言った。

「うん、それがええとこもあるけど。」そのとき私はまだ恋をしていた。

「みんなそういうけど、そら、いい方にすぎへん。」

八月二十七日

眼鏡屋

「これ、どこでお求めになりました。」

「京都。」

「おいくらでした。」

「一円五〇銭、君とこで買うのと同じ値段だ。」

「へえ……。」

「品物がわるいのか。」「……」この眼鏡屋の沈黙は、ずるい。この沈黙は、ある客にとっては、雄弁に見えるが、他の客には、嫌悪を起さす。

女中と男の子供との恋、接吻。女中は、人がみていはしないかと、戸をしめる。（私は、それを、みさされた。）

春枝ににた、横顔、背の高さ、指、乳房（着物の上から）の形、全く似ていた。しかし、春枝の方がずっと美しい（正面からの顔は）。春枝との接吻を思いだす。
女との眼と眼とのあいさつ。
全く、今日は、女ばかりだ。

もう秋だ。青年団のぼんおどりの声が、一定のかんかくをおいて、「えーあい、えー」と、街の遠くをゆすぶり、それは、深い静寂をよぶのだ。

八月二十八日

共産主義にしても、今の時機に於ては、決して、対外ということを忘れてはならない。
日本のコムミュニスト達が産業資本家などにのみ、対立していては、駄目だ。産業資本家と財閥との対抗をみる。

俺の詩のリトムを消さぬと「いかぬ」。日本語をもっとよく、生かすこと。表面のリトムは、日本語には、求められない、求めれば、必ず皮相となり失敗する。恥しさをともなう。

俺は、又、近頃、「いい気」になっている。気をつけないといけない。

八月二十九日

稲方〔二字不明〕という詩人がいる。この人は、豆腐屋もしたと自分で書いている。それを富士が読んで、「ふん、おもろい奴やな。」と言った。二、三日たって、富士は、「豆腐屋をしたなんて自分で書く奴は、いやや。」と言った。富士の前言と後言の間には、頭がある。

スタンダールの何処がいいのだろうか。

此の頃は、九時頃から、ぐっと寒くなるようだ。八時頃までは、ほんのり暖い。残暑とは、今頃のことを言うのが本当だろう。
慎重に。
「無意識の行為を無償の行為と名づけるとしても、これが、問題にならないということはない。」

八月三十日

太田の部屋の横へ、巡査夫婦が交接に来るという。

母がやくのだそうだ。女ひとり、きゃっきゃっいうてるそうだ。

富士が私に話した。「かわいそうに、……あほくさ。」私は、こういう時いうべき言葉を知っている。

「うん、俺やったら、部屋でてしもたるのに……太田、じっときいてるらしい。」富士がいう。

「うそをついて、気をくう、ことなどようせんわ。」

「うそをついて、うそを食うのや。」〔一字不明〕番、ひがみ。

或る日、男の友が、彼の翻訳を雑誌にのせるからといって、たのみにきたが、それをよんでしまうと友は、「まあ、これはやめよいや。」といった。男はいつまでもおぼえていた。その後、男は、少し顔をみとめられてきた。友がきて翻訳をたのんだ。男は翻訳した原稿をだしてきたが、言った。「まあ、これ、やめよいや。」

今日、復讐してやろうというような気持で富士の家へ行った。しかも、何もなし得ず、ばかなことを言った。最初、富士が、いう「氷河はええな。」

私はだまっていた。

「氷河ええぞ。」「まだ、氷河より鷹の方がすきか。」と富士がいった。それは、一寸私に、氷河の方がずっとよいということを教えているようであった。勿論、私は、氷河の方が、はるかによいと思っていた。しかし、私には、富士にそう言われた後なので言えなかった。「氷河の方がすきやというたらどうだろう。俺はあとできっと後悔するだろう……。」私はだまっていたが、「わからへんなあ。」と言った。顔が赤くなった。それが腹が立った。そして、「体が弱ってるのか、そんな筈がないのに。」と思った。

その次に、富士が言った。「ヴァレリーがプルーストのことについて書いているのや、散文は横道へそれるが、詩はそれへんのやいうて。」

「ふん……散文の歩みかえしいう奴な、僕がとってたん、やはり、そんな意味や、作者が、横道へそれる……。構造というても、何回も過去へさかのぼりうるというのや。」

富士は、「そうか、君いうてたん、もっと、ええように思えたけど、そんなこととちごてたぞ。」私は、又かーっとなった。私がヴァレリーと同じ意見であることを、富士に示そうとしていたと、富士は思っているらしい。それがはらがたった。しかし、私は、機嫌をようして、かえってきた。

これらすべては、自分を余り、高く買うことから起ることにすぎない。自分の価値を人にみとめさせようとする……。しかし、……。「自分は、自分にしか話さない。」こうしたことをもたねばならない。

九月一日

夜、桑原来る。私は活動を見る。

(一日から六日にかけて)腹を悪くしている。

九月六日

「野獣」を脱稿。

昨夜、夢をみた。始めは、ぼーっとしていた。しかし、姿もない、形もない夢の中に、ただ、私が或る女に子供をはらませたということが、私の家で問題となっていることだけがわかっていた。私は、母と川原さんの前へ、引きだされている、しかも、ねている(病気で)。

母が「どうするつもり?」ときく。

私はだまっている。

「いけない。」と川原さんがいう。其処へ女が来る。春枝だ。急に人の前もかまわず裸になって、私の床の中へはいってきた。母は、「まあ」と言って、出て行く。川原さんも。春枝は私にだきついてくる。接吻をする。体のふれぐあいがはっきりわかるのだ。接吻の感じも。私は、もう、「わかれたりすまい、どうしてもはなれない」と思っているのだ。目がさめた。又、その続きがみたく、目をつむる。惜しい。又ね入る。

桑原が話す。

「自分のすきな女が下宿へたずねてくる。二人でどこかへ行くことになる。すると、下宿の娘が二人についてくる。どこまで行ってもついてくる、というのを書こうと思てるのや。」

私はこれをきいて、その下宿屋の娘というのが太田であり、そのすきな女というのが岩田であることをすぐさとった。(私は桑原の日記をみたことがあったからだ。)「ふん、そらかなわんな。」私が言った。

九月十一日

俺の春枝に対する気持は純粋だ。春枝となら、どんなことでもする。春枝を、洗うことも、嘔吐のそうじでもする。

九月十三日

病気中は、だめだ。「俺は、平凡な、そして病気以外に苦しめぬ人間だ。」と考えた。

首をつろうかとも考えた。教室で、吐きそうになるのがつらかった。

ボードレールといえど、俺ほど苦しみはしなかったろうなどと考えた。

九月十七日

京都では、夜、塩を買うのを忌む。

「家庭をもっていると、やっぱりこんなことも考えなりませんしね、……朝、すを買うのもいむのどっせ。すなんていうたら怒って売ってくれへんのです。あまりいわんと。」

九鬼周造が言う。

「何が故に死があるか。」「死なければ生の価値がない故だ。」と。

人生は賭事にすぎない。一瞬一瞬が賭事なのだ。

二度と同じことをくりかえすことはできない。

死が常に後にせまっている。何ものも、「死」を知ることはできない。生。

ジイドはヴァレリーのことをかいている。ヴァレリーはジイドのhommageに少ししか書いていない。

こんなことに、いちいち気をつかうのはいけないかも知れないが、やはり、ジイドの方がずっとずっとすきだ。

雨、暖い、八月の終り頃と余りかわらない。

自分の書いたものを読むとき、私は誇張しか感じられない。

そして、はずかしい。人のものと自分のものとか、かくまで、ちがっているのだ。——これも誇張かも知れぬ。

九月十九日

「プロレタリアートの世界」というものは、必ず実現せられるにちがいない。しかも、人間は、其処にとどまるものではない。

「生産の文化」。

しかし、「現実」——時代。

プロレタリアートの文化は、どうしても人間が一度はとおらねばならぬ文化だ。これは過渡期のものだ。しかし、そうだからといって、これは、さけるにさけられぬものだ。これに、ぶつかって行くのこそ、積極だ。

「社会性」というものの必要なことが、少しずつ、わかってくる。

「われ一人を求める。自己を求める。自己の平和に於て、世界は静まり、あらゆるものは幸福なのだ。俺の積極性はこれだ。」

という男。

「しかし、俺の現実はそんな処にはない。俺は、俺を、他のすべての中にすてよう。俺は、俺一人に残っていることはできない。如何に仏が、そう言っていようと、俺には、別な世界が、ある。俺の積極性はこれだ。」という別の男。

小説程、人間に教育を行うものはない。

「生きるということは、道が後から出来ることでなくてはならない。」絶対の自由だ。しかも、絶対の必然。

九月二十日

富士と一緒に帰る。
「まだ、腹、なおらへんのか。」
「うん、まだや、こまるわ。」私は肺のことも考えていた。
「お茶などのむさかいや。」富士がいう。
お茶というのは、桑原がよいお茶を入れてくれたが、それを、四杯ものんだ。その時から、私の腹がいたみだしたのだ。
しかし、事実、私の腹は、五、六日頃から、わるかったと言ってもよい位なのだ。しかし、私は、「お茶」に、「桑原」に原因を、付けたかったのだ。こう、はっきりとはしていないのだが、とにかく、こんな気分が腹の底で動いていたのだ。それ故「富士が、お茶などのむさかいや。」などと言ってくれたとき、私の心を、人も知ってくれた、人も、お茶に原因を見出してくれたということが、うれしかったのだ。そして、だんだん、しらずしらず、よい気分になって行った。が、今、お茶をのみながら、このことを思いだし、解剖する。(よい気分になって行った原因が、富士の言葉にあることは、後でわかったのだ。)

俺の書く小説はやはり、俺が体験にもとづいていなければならぬ。しかし、この「体験」ということに対して、また、見方が、幾つもできる。

「飯の地獄」という言葉。

十月十四日

神と悪魔とが対立するとき、何が故に、人間は、悪魔になろうとしないのか。
他人のものをくさすということが、えらいことだと思っている時期があるものである。

十月十五日

今日から、又、次の小説のノートを始める。
他人が病気になるということは、何かの喜びを自分にあたえるものだ。(しかも、俺は、俺が病気のとき、俺は、一人だということを思うのだ。俺のいたみ苦しみを誰れ一人、知らない。)——俺を知るものはいないのだ。

十月十八日

俺という人間ほどあわれな人間はいないのだ。

十月十九日

俺の前には、詩の方では竹内勝太郎があり、小説の方では、ドストエフスキーがある。俺の前には、こえがたいものがそびえているのだ。しかし、俺は、どうしても、これをこえ、これらの向うに、(丁度、トルストイの向うにドストエフスキーがそびえた如くに)そびえねばならぬ。

ボードレールの集中法とポーの集中法。

十月二十日

意志とは、絶対自由の意志、創造的な絶対の無に直接に通じたものだ。すべてが意志により構成されている。(この意志とは勿論、フツウの意志ではない。)

意志は、自己の内に、「自由と必然」をもっているのだ。もっているというより、自由が必然なのだ。それは、自由だ、どこまでも、それが必然だ。

「人間存在」は、一般的、個物的である。そして、その個物的な方向に於て、それは、絶対に自由であり、一般的な方向に於て、それは、必然性の秩序内にあるのである。(行為とは、人間存在のことだ。それは、あらゆるもの以前のものだ。)

即ち、カントが『実践理性批判』に於て、「道徳律は、自由意志としての人間の意志の自律に基くものであり、そして、自由意志は、その普遍的法則に従って必然的に自らが服従しなければならないところのものに同時に一致し得る。」と言っているのも、かく解するのである。

黒猫は、人間の心の中にひそむ虚栄心だ。或るときは、傲慢となり、或るときは、温順となり、ありとあらゆる姿に身をかえる。

(人の中には、すべて猫がいる。しかも、その猫を、人間はうずめてしまいたい。しかもうずめながらも、それを人に示したいのだ。)

「諸君」→『白痴』のレーベジェフ。

「猫が、人間心理をあばきたてるのだ。」神秘とむすびついた猫、神秘(何ものをも分析し、論理的にしようとする神秘的な信仰。科学に対する信仰。)迷信。いや猫そのものが、人間心理なのだ。この主人公が、如何に猫を愛し、又愛しているその猫に如何に似通っているか。ポーは、日常性――「空間性」を、異常性「時間性」をもって、表わそうとしたのだ。（「時間的作家」「空間的作家」）すべてを極限まで追うて行き、その向うに通じる一般性を表わしているのだ。

『黒猫』は、ポーの小説の中でも、最もすぐれたものだ。すべてが、集中される。この言葉に。「……」

それは、丁度、ボードレールの詩に於けるような、見事な集中法だ。

芸術はすべて構成されたものでなければならない。（私は、以前、構成ということをプロットという意に解し、構成ということを極度に嫌悪し、志賀直哉の方へ向っていたが、新しい芸術は結局、古典（外国の古典はすべて集中法を用いている。）から、このことをくみとらねばならない。）

この構成という点に於て、私は、ジイドの小説をこのむ。

十月二十三日

「構成」

走ってみた。小説の底には、単なる筋があるだけでは十分ではない。独特な論理（極限を追求せんとする）のしなやかさ、執拗さが必要なのだ。

夜、雨。蛙なく。春に近い感じ。

「直勝は、卑わいなことを生徒に話し生徒をわらわせる。しかも、心のうちで、わらう生徒をあざけっているのだ。」という た男に、或る人がこう言った。

「君は、直勝をあざけりたいのではない、君は、ただただ、君のえらさを、俺にしめしたかっただけなのだ。」

悪魔のみを話してはならない。神を話して、悪魔を話さなければならない。

十月二十四日

冷静になること。

私が、「日まわり」という詩を書くという行為（創作というもっとも純粋な行為）は、詩（ポエジイ、絶対無）の働きであり、それは、空間的必然性、時間的自由性を有しているのだ。ポエジイの働きであると同時に、それは、私の行為なのだ。一般的個物的と分れてあるというよりも、無の創造即行為、即意志が、一般的個物的なのだ。それは、どこまでも一般的方面に必然、個物的方面に於て自由なのだ。（自己同一だ。「根源と個との自己同一。」）時間は自由だ、自由なる脈動だ。

人間は、永遠の現在として、中心を無数にもった円としてある。即ち、自由が中心であり円が一般的であるのだ。

十月二十六日

世の中に肺病などがなぜあるのだ。肺病、バイキンが。何でもであるが特に肺病患者は、その人にもし肺病がなくんば、その人が社会に対しどんなわるいことをするかわからないというようなものが多い。

十月二十八日

八つ位の女の子が、小便をがまんしていたが、とうとう道で、洋服の上から、してしまった。股を内側へ、ちぢめ、がまんしている様子は、私を、又、小学校時代のことへ、押しかえした。

十月三十一日

俺はこうして、あの奥さんに、あの子供をつれた女に、そして、又、あの、女の子に、俺の生殖器を見せてやった。その後での俺の気持は、何か、平然としたものがある。しかし、一方、その女たちは、このことにより如何に影響されるだろうか。特に、あの女の子と、俺が、もっとも、そうするのに努力を要した、あの奥さんとは。

あの女の子は、このことによって、男に対する、今までのすべての、観念をかえてしまうだろう。そして、これから後も、全く、変って行くであろう。

俺は、それを見て行きたい。俺があたえた影響を見て行きたい。しかし、それも、できない。

しかし、こんなことを考えるのも、一つの自惚かも知れない。

十一月一日

俺は弱い。

沈黙程、むつかしいものはない。しかし、わざとらしい沈黙のみが世の中に多いのだ。

私は、ジイドの中に、ボードレールをみたくない。それは、過程として似ているかも知れぬが、ジイドの中には、やはり、ショーペンハウエルが、そして、東洋があるのだ。

ボードレールは、決して、「神」の存在を否定しえなかった。超越神の存在を。

ジイドは、内在的の神を求めた。↓それは、所謂、無神論だ。

私の中には、「西洋」がある。超越的な神が。

私は、厳密な「哲学」は、詩に於てすべきものだと思う。

この、ヴァレリーのことが、近頃、やっと、わかってきた。

「言葉」は、「生死〔生〕」と観念をつなぎ、「人」と「人」をつなぐ。言葉を、全体的に見ることによって、「存在」を考察すべし。

十一月十五日

「一子の日だ。」小林秀雄がきた。余り、たいした人ではない。しかし、春枝を思いださせた。言葉つきがよく似ているのだ。「あの人、とても、いい人。」と言った。（林房雄、横光のことを。）

それは、春枝の、「この段梯子とてもきついのね。」とか、「あたし、みかん、だいすき、一ぺんに、二十もたべるわ。」というのや、「あの人、とても、きれいよ。」と或る友達のことを言ったりした言葉の調子だ。私は、小林秀雄の話をききながら、春枝のことを考えた。

春枝が二〇もたべるといったとき、私は、下品にも、「ほんとか、二〇も。」と言ったのだ、春枝は、一寸たじたじとして、しかし、「ええ」とむりに言い切った。こんな私の思いやりなさと（しかし、私としても、話題がなさに、又、話をとぎれさせたくないために、こうしたのでもあったのだが。）、ばかばかしい頭のはたらかなさとが、春枝を私から、はなしたのかも知れぬなどと思ったのだ。道をあるきながら、女は何と、きたない顔をしているのだろうと思った。

春枝以外、美しい女はない。

須田国太郎の個展をみる。余りすきなものはない。

十一月十九日

「向日葵」を脱稿する。ジイドの「エディプ」。結局、こうした構成の中へ、行きたい。これは、全く、古典の世界だ。ラシイヌ。

宗教は現実を越えるのではない。現実の無限の底、底なき底へ達するのだ。

主体的にみるとき、我々はどうして、実在を我々の前に見得よう。我々の底に「実在」があることは勿論のことだ。

十一月二十一日

お婆さんはどうしているだろうか。芝居へ行っているときいたが。

十一月二十四日

人間は、決して、堕落など出来るものではないのだ。

如何なることに於ても、名声をのぞむな。ただこれだけだ。

十一月二十五日

Ne dis pas je vis maintenant, je mourrai demain.
Ne divise pas la réalité entre la vie et la mort.
Dis : maintenant je vis et je meurs. (Schwob)

生死これ時。生死これ有。有時、有時、有時。

私は、神について書いてある本が一番すきだ。

夜は、静になった。夏の叫喚はもう、全くない。すべてが、うちらへうちらへ、食い入っている。

十一月二十六日

俺は、今、もっとも、いい気になっているのだ。もっともっと、努力が必要だ。

私は、何故、エスペラントをすて、インターナショナルをすてないのか。

思想は、外にあり、それを人間がとらえるのではない。又、思想は、人間のうちらにあるのだ。うちらから、でてくるのだ。

うちらから、人間をつかむのだ。(外からつかむのではない。)

人間が思想なのだ。

この石、この山、この川。これは、人間の絶滅後、存在するだろう。

しかし、これをどう説明するのか。説明は絶対にできぬのか。する必要がないのか。しかも、なぜ、こんなことを考えうるのか。

十一月二十九日

志賀直哉の「子を盗む話」を読む。よいと思った。しかし、子を盗んでからと、以前の場面とが、とけ合わない。やはりつぎはぎだと思える。鳩のところが一番よい。

十二月四日

「君なんか、もう、手淫やめてるやろ。」内田。

「うん。」私は、しばらくして言った。

「俺なかなかやめられへんのや。なんぼしんぼうしても、四日程や。」内田。私は、うそをついていたのだ。(あらゆるものを、したいという気持がある。)

十字架は、人間が、キリストにかけるのではない。神が人間にかけるのだ。すべての人間が十字架にかけられるのだ。すべての人間が。

ヴァレリーの『テスト氏』は全く、新しい存在だ。こうした新しい人間の創造を、無数に生みだして行かねばならぬ。私の小説に於て。

この頃、哲学の本が一番面白いように思える。

ゲーテがすきになった。

私は、『テスト氏』の後で生れたのだ。何か、生まねばならぬ。

離れていると、尊敬の念をおこし、相会うと、憎みたくなる男がいる。し又、その反対の男もいる。

男は、一般に女を軽蔑したがるものだ。尊敬と軽蔑はもっとも近い。自己嫌悪も、自愛の一種にすぎぬ。

革命をやろうとして、病気を、直している男の生活。

胃、肺、癌。焦燥、そして、落ちつき。直に実践に入りたい。しかし、この気持に負けるようでは、革命など出来る筈もない。しかし、病気と闘うことに、よってしまってはならぬ。おそろしさ。美しさ。

「行為としての生産」。マルキシズムは、今、一つの、「壁」にぶつかっているわけだ。俺の恋も、四〇、五〇、六〇になって、消えてしまうのだ。

「人間のすることだ、大したことではない。悪にしろ、善にしろ。」

「これは、『テスト氏』の、人間一人になにが出来る。」という言葉と全く別なものである。

「人間一人に何ができる。」これは、あらゆることをしつくした後での最後の言葉であるか、私と汝との対立に於ての言葉でなければならぬ。

しかし、あらゆることをしつくすことはできぬ。これは、人間の発しえぬ言葉なのだ。しかも、人間は、これを、発するのだ。

心理の探求は、悪魔の仕事だ。

十二月五日

春枝の古い手紙を出してみた。もう何の匂いもない。「もう、こんなにまでなったのだ。」と思う。春枝は、私を愛していると言っている。私も、君が愛さなくとも、愛するだろうなどと言ったのだ。(うそとは知りながら。)しかし、今は、全く、春枝を愛している。ただ、春枝以外に、私には、女はない。

オネゼ〔オネゲル〕、の「ラグビイ」をきく。新しい方向。ライトモチーヴなどを全く底の方へかくしてしまったやり方。しかし、此処には、烈しい機械がある。近代の機械の回転、鉄板の響きがある。私としては、もっと、ねばりがほしい。

私は、プルーストが、ベルグソンとのつながりに於て、「時間」を理解していることをみとめる。しかし、真の空間の限定としての「構成」が、プルーストにはないのではなかろうか。あるとしても、時間性に対抗しうるほどのものではないだろう。

プルーストと、散文のあゆみかえし。と時間。

海を見ていると、その深さなど余り考えない。この深さを求めよ。

虹がでた。虹はすきだ。

「これ、なにものかいんもらい《（ママ）》。」なにものがきたのでもない。

何の種子もない。

十二月十日

俺には、何の信仰もないのではなかろうか。俺は、あらゆるものを、知ろうとしているだけにすぎぬのではなかろうか。

材料として。俺は、生きていない。

真宗では、「祈り」はないという。しかし、私ほど、極楽往生をいのった人間もないであろう。

「なむあみだぶつ」を疑う心。

私がきいた。「私には、この木の生命、動物の生命、これが何か、わからない。感じられないのだ。これが、絶対の生命、絶対の無の力だとはわかっている。しかし、感じられないのだ。」

又、藤井にきいた。

「私には、神など感じられへんなあ。はっきりと。」

「そうかなあ、この草や植物がすくすくのびて行くのなどみていると、もう、神の力が、かんじられるけど。」

神。絶対の無。これは、どう結びつくのだろう。神をほめたたえる祈があるという。

十二月十三日

ボードレールが何故、若くして詩が書けなくなったか、考えよ。

ボードレール。

ヴァレリー、スタンダールは、どうも、人間がいやだ。この人たちも、また、私を、嫌うだろう。

気取りをすてよ。あらゆる時に反省をさけるな。

「レーニン」という言葉は、或る一つの魅力にすぎないのか。

あらゆる神秘家がそうであるように、ポーも、何物をも疑うと同時に、その反面、確実な、自分の力でどうもしえないものを信仰しえた。ポーは科学に対する信仰をもっている。

偏執狂。スエーデンボルグと同じように。

何故、父のあの巻物を焼くのか。やいたのか。なぜ、見なかったのか。大審問官のカトリックの権威、キリストはじゃまになる。

母は、自分が世界中で、一番幸福だと思っている。

疑うことは、一番こわいことだ。

地獄の夢が俺を苦しめていた。七百年前、首を切られた男の再生。

俺は、これを、この信仰のことを、人に打ちあけるとするとき、俺は、俺を天才だ、人に変っていると見られたいために打ちあけるのではない、ようにならねば、打ちあけてはならない。

俺が、打ちあける。その相手は、悪魔だ、鬼だ。悪魔がそんなことを言わせるのだ。お前等は、俺を地獄へおとそうとしているのだ。しかし、俺は言いたい。

言わせるおまえら、聞いているお前らは、悪魔だ。

おまえらの顔が悪魔に見える。

俺が、一寸でも言おうとするとき、お前等の顔が悪魔に見えるのだ。

十二月十三日

ボードレール、には、ジレッタントがいる。あらゆる芸術家の中に、ジレッタントがいると同じように。

この気取からは、今の世紀への、大きい解決は、出る筈がない。ジイド、ニイチェ、これこそ、今後の問題に通じるものだ。

『征服者』は、どうも駄目だ。

思想をにくむなかれ。思想は生きている。個人と共に。

ボードレールの覚書に「私は小さい時から、女好きであったらしい。私は、子供のとき母を愛していた。それは、母が美しかったからだ。」とある。この、気取り、もっとも、嫌いな気取。

十二月十六日

私のもっとも、いやなもの。気取り。しかも、私も、できることなら、気取ってみたいのだ。ボードレールが気取りの手本を示していなかったら、私がボードレールの代りをしただろう。

「おこったん、え、おこったん。」「ううん。」——子供、春枝。

唇の感じ、それは、なにの、絹の布を、自分の手で、触っているような感じだ。自分は、唇で感じているのだが、まるで、自分の手が、それを感じているような感じだ。女は目をとじている。私もとじる。私は、そっと、ぬすみみる。女もぬすみ、みていないかと。しかし、女は、目を、とじている。女には余裕がない。


「人は、天より与えられずば、何をも、うくること能わず。」
（ヨハネ）
人間には、「天才は、悪をなす」という考えがある。そして、それは、十九世紀末にかぎらず、（オスカー・ワイルド、ボードレール。）

永久に続くだろう。

一遍上人。

念仏はまことに浄土にむまるる程にてやはんべるらん、はた地獄におつる程にてやはんべるらん……存知せざるなり。

私は何もしらぬ。自分は何もしらぬ。何もしらぬ。

十二月十八日

シェストフの観念、概念に対する理解は浅い。そして、又、現実に対する理解もあさい。そして、又、科学をおそれ、排斥するなど、結局そこからくるのだ。科学に対する理解の程度も、小いし、そして、又、シェストフの懐疑は、ただ、むやみと、疑うことをおしえられ、疑うことに酔い、疑うことにより現実に直面しているとおもい、疑うことによりのみ、新生面をひらいて行けると、信仰しているような懐疑だ。懐疑そのものを疑い、又、それを疑い、又、それを疑い、……。

理性に対する理解がたりない。シェストフの「無からの創造」など、何か、一寸、こじつけのような気がする。一面的だ。

シェストフの「無」の考え方がいけないのだ。

十二月十九日

「私には、愛ということがわからない。」

シェストフは、「地下室」を支配することをしらない。むしろ、地下室に支配される。その上、地下室に支配されることを、独創的なこととし、喜んでいる。（シェストフの独創の定義にもかかわらず。）

私達母と父の宗教は、異端、迷信的な信仰にすぎない。しかし、それ以上のものが、常にその底にある。これこそ、人間の大いさだ。すべての人間の信仰に対する土台の大いさ強さだ。母こそ、あらゆる、坊主よりも、まことであり、あらゆる、善知識よりも、強い力をもった人だ。

病をえては、「ありがとうございました。」何という力だ。

しかし、キリスト教の神は、しっとの対象になりうる。

しかし、私は、この中に、キリスト教を見出す。兄はこれを信じない。

芸術家程、自由な平然たる、光りの立場にいるものはない。

悪魔に対して、しっとしたものは、何故ないのだ。悪魔に対するしっとは、一度頭に考えられた理論的なしっとにして、肉の匂いがしない。

「大きいことを人に言うのはよせ。」

一九三五（昭和十）年一月〜四月（日記4）

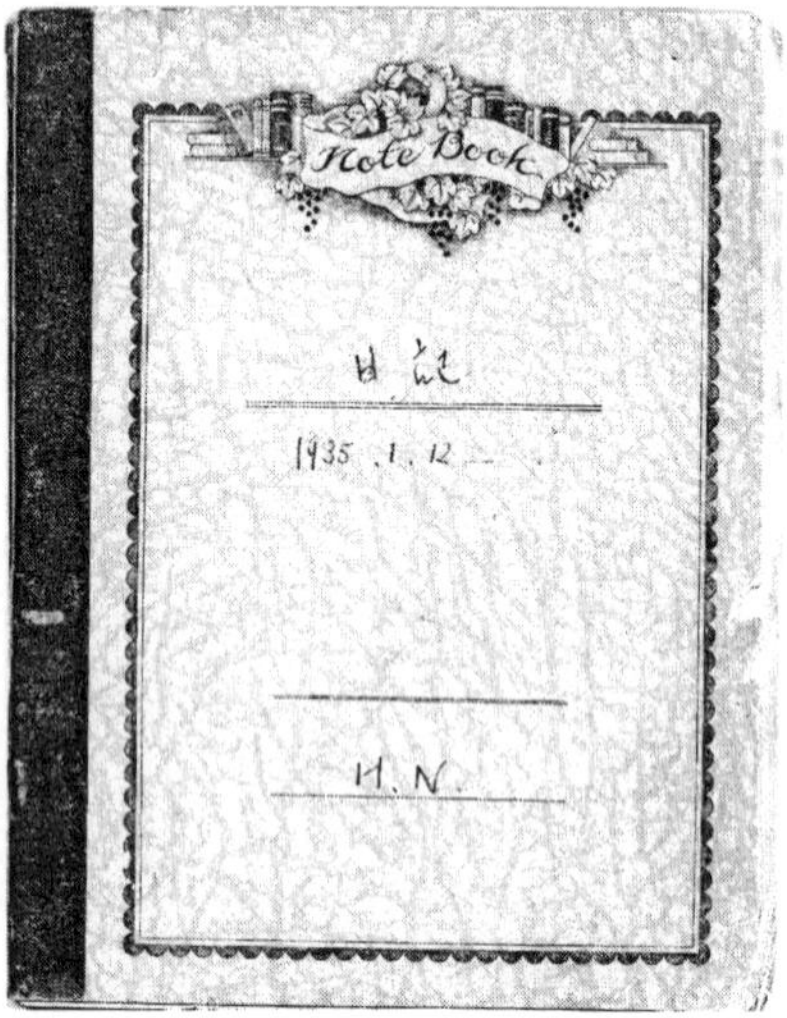

一月十一日

批評会があった。「蜜蜂」は、海が、きらきら目をさす状態だと先生が言った。――私達の宗教との関係。浜観眺望。動物的だということ。

富士が、「向日葵」の最後の二聯を気取った言葉だ、という。こんなに癪にさわったことはない。それを思いだすごとに、（ひょいと思いだすのだ、道をあるいていても、リンゴなどをたべていても。）「ふん、生意気な、何をいやがんねん。」と固く心臓を、口でかみおさえるようにして、心につぶやく。

すべて、他人には、私のことなど、わからないのだと思う。

それに、富士の具体的に指示することのない一般的ないい方が、それは、余り私の心の中へ、しっくり［ぴったり］とは、はいってこないのだが、やはり「気取り」などといわれると、この上なく、いやだ。

「気取り程いやなものはない」と思っているのに。

俺程、気取りをいやに思っているものはないと思い、この思い方も、気取りではないと知っている。

スタンダールが、いやなのも、気取りがいやだからだ。

井口も、そばから、僕もそう思ってた、「気取りという言葉は、ようあてはまっている。」と私の詩を批評し、富士のいうことを承認する。殺してやりたいと思った。

井口の詩は（「井口の感覚」がそうなのだが）絵画的だ。

それ故、私の感覚を、うけ入れ得ないのだ。それに、「君の「向日葵」は、君の詩に対する私のかんじをかえてくれた。」などという。井口は、神経質だということを得意に思っている。そして、私が、エロティックだということで、私を軽蔑している。しかし、それがどうしたというのだ。井口の軽蔑は、一たん、考えた軽蔑にすぎない。頭に考えて、軽蔑すべきだというような軽蔑の仕方だ。

「向日葵」は概念的であり、「蜜蜂」は、力が弱い。

太田の「馬」は、二聯目がすきだ。「雲は通り……」は、始め、よいとは思わなかったが、よいと思うようになった。

富士が、「空は一つの蜂を動かす」の蜂は死んでいると言ったが、この表現法をうけつけない方がよほど、どうかしている。それに、又この蜂は死んでいるなどといういい方は、井口などもよくいうが、きざだ。

平凡でさえない。

「気取りの言葉だ」と言ったに対し、私は、「気取りやなんて、一寸ひどいぞ。」と、じょうだんのように言いかえした。

富士が、

「いや、君はわざわざ気取ってるのとちがうやろけど、まあ、気取りいえるのや。」

井口が、そばから言った。

「俺も、そうかんじてたな。気取りいう言葉は、そのかんじにあてはまる。」

「本質的な気取りなのか。」と先生がいう。

「聖い衣をぬぎすてて」を、富士が、調子がよすぎると言った。私は、そいつは、七五調やさかいなあ、しかし「後の行で、その調子は消えてえへんか」というと、「きえてえへんなあ。」と私がいい終らぬ先にいう。これも癪にさわった。又、ばらと乳房のところで、ひとの心の中を、見ることもなしに（しかし、もし、見たとしたら、やはり私は、癪にさわったかも知れぬが。）ばらが乳房のところにあるなんてなんや、恥しい……という。私は、こんな恥しかったことはない。俺には、羞恥心がないと思っているのか。

俺は、反対してやった。わざと、

「恥しがるなんて、乳房とばらとならべて、恥しがるなんて、君の方があかんぞ。」（私と言えば、やはりはずかしがったのだが。）

すると井口が、口をだした。

「そんな内容のことちごて、やはり言葉の問題やろ。」

みんな私の心を知らないのだ。

私は、人を、けなすことが出来ない。批評のときでも、私は、すきなところのみしか、余りいえない。

そんな、たちが、私に、こんな日記をかかせるのかも知れないが。とにかく、みんなが癪にさわって、しかたがなかった。

一月十二日

雅子さんのお母さん、須栄子さんから手紙。

雅子さんは、人形がすきだったという。よかった。

私のものを、あの子がもっているのだと思うとうれしい。

キッスが思いだされ、空想となる。

少女に対する恋。（十一、二歳位だろう。）

エマスンが好きになった。こんな気取らぬ人は少い。

青い空。雲が輝き。夜、みぞれのように雨降る。湯へ行き、ひげをそった。

一月十三日

オスカー・ワイルドの「生活」とは、名のみの生活にすぎない。狭い、生活、太陽にすぎない。酔うことにすぎない。

「虚無」の領土への逃走。逃走。（虚無の領土間近く……（竹内勝太郎。））

私は、以前から、マラルメの生活を逃避的なものと思っていた。海の微風をみて、マラルメの生活の（逃走という言葉こそ、マラルメをもっともよく表わすものだ。）積極的なことを感じさせられた。

Je partirai（出発しよう、）虚無の最中《まなか》へ、とうすいの真中へ、出発という言葉を、マラルメは、用いる。くりかえして、ヴァレリーは、「立て」Levez という言葉を用いる。マラルメは、Rien というしかも、この無の何という充実した力だろう。

午後、春枝に似た女に会う。後をつけて行く。

雲が一つもない。青く、暖い。

併し、結局、俺が馬鹿なのだ。俺は馬鹿だ。俺程馬鹿な人間はいない。

「井口は、まだ、どうも、はっきりせんな。」

「気持がですか。」

「うん。」

「井口は勝手すぎるのや。家で、きままにそだてられたらしい。天才児やないが——むこの家では、親もみな天才にしてしもてる。」

「甘やかされた子は駄目だね。」

私は、こんな話を先生としたのを、悔いた。私が、いま割合によい状態にあり、もし、この状態がつづかぬとき、そして、よい作品ができぬとき、井口にどうして対抗しようかなど考えて、悔いたりした。

それより、仲間のことを先生に悪く言ったりしたことは、いやだったのだ。

（この間の批評会のうっぷんがまだ、残っていたのだが。）

富士は、『カザノヴァ情史』をよんでいた。それをみると、富士に対するうっぷんはやんでしまった。富士とは、向いあっているときは、少しも、癪にさわらぬ。富士とわかれて、富士の言葉を思いおこすと、しゃくにさわるのだ。

オスカー・ワイルドは、太陽だという。太陽は芸術作品にしっとするという。しかし、この太陽は、ニイチェの正午と全く対称をなしている。オスカー・ワイルドの太陽は、生活は、逆説的な「人生観」意味を出ていない、充実性がない。ミシェルと、メナルクとの区別、気取り。

天才と自任し、しかも人に天才とみとめられない。）

気取りたくても、気取れぬ男。が。

ニイチェを、バイ毒だと言い、レーニンをマヒ性ちほうだと称する。——小説中へ。

井口には常に用心せよ。

それに奥さんに戯談をなど言ったりして。

「あの人、きれいにしてはるわ、マッサージして、たおるあてはんねて。」

「こうして、マッサージしてたらしわよらへんやろか。」奥さんは顔のことを自惚れている。

「毎日せんと、あかへん。」と俺が言う。

「そうやろか。日に三時間もせんならんのやったら人でも、やとわんと、働いてて、でけへん。」

「しょうもな、お前みたいなやつ、どないしたってきれいなるもんか。」

「マッサージする人、やといたらええのや。」私。何というじょうだんだ。ばか。

『善悪の彼岸』生を中心とする価値の逆転。「体をよくするもののみが善」。

ニイチェの永劫回帰と、ギリシヤの時間。小乗仏教の時間。と、ダーウィンの進化論。進化論は超人的である。しかし、超人と人間とは、どこまでも、むすびつかぬものである。

〔ノートにはさまれていたもの〕

「わたしやったら腹たてとるわ、しゃくにさわって、お母さんなら、まだ、そろばんもって、説明するだけの余裕があるけど、かーっとなって。」

自分は、怒りやすい、神経質であり、そしておとなしい(反語)ということを、得意に思っている一人の女。として、(小説の中へ入れること。)


「稔生は親切な、仏さんの前で涙さえ流して、……墓へも参ってきてくれるし——。

宏は、はく情な、一ぺんもきもしやへん。きたら、お金もやろう、おもて、こうしてちゃんと、五円おいたんのに、きやへんたら、五円とくになるのやけど……。」

母がいって、

「年よりいうたら、そんなもんや、……一寸のことで、すぐ、そうなるのや。」

一月十四日

「独断のみを愛する男。」

エンゲルスは、自然を取りあつかうべきでなかった。


ニイチェは、個人は(超人は)どうしても、社会とは結びつかないと考える。此処に、ニイチェの時間の制限がある。

ジイドは、ニイチェをふみだしている。「ソヴィエットは、個人の味方だ。」

久保虎賀寿の時間は、尚、永遠の現在ではない。

永遠の現在は、どこまでも、現在であり、どこまでも、(私と汝と彼)の社会存在だ。久保さんの時間は、まだ、ギリシヤ的、有機体的だ。


ニイチェも、ジイドも共にモラリストだ。道徳をはなれては二人とも考えられない。

ツアラツストラの悪魔、「神在り」。

ツアラツストラは「病気」をした。(権力意志にとってのみ、すべては、逆説的でありうる?)

ツアラツストラの逆説は、単なる逆説ではなく、生そのものの矛盾だ。矛盾を肯定する、そして、この生を肯定するものが、ツアラツストラの生き方だ。それ故、超人でありながら、彼は、唯一の愛する女として、永劫回帰を愛するのだ。瞬間を生きながら、永遠の回帰を愛するのだ。これが、ニイチェだ。どうして、これをうけ入れられるのか。


「共産主義に唯物論など必要はない。共産主義は、何も無政府主義ではないのだから。」

「鉄郎は、極左的であり、観念論的だと、批判されるであろう。福本イズムだと批判されるだろう。」

一月十五日

『背徳者』は、個人主義のぶち当る問題、肉体のぶち当る問題、を提出する。「自我」の、所有感をもたぬ自我の、そして又、それ故に、あらゆる「責任」なしとする、自我の問題を提出する。

ニイチェの瞬間は超人のものであり、永劫の回帰は、「人間」のものなのだ。ニイチェは、人間であり超人である。

この矛盾、これこそ、「権力意志」のもつ矛盾でなければならぬ。権力意志の背後のものを、自覚しえなかったニイチェの敗北。

ニイチェの逆説は、オスカー・ワイルドの如き逆説ではない。

背徳者の裸体は、自我の発見、権力意志の発見に他ならない。

それは、「所有感がない」のではない。最大の所有感をもっているものだ。

永遠の現在、私と汝と彼の世界、世界そのもの、白昼の如き明るさ。

一月十六日

雅子さんから葉書がくる。

思想は散文にぞくするが、ポエジーを整頓し……（ヴァレリー）。横光利一の『時計』を読んだ。今までの作品のなかで、一番よいと思った。始めて、私を一気によませてくれた。

それは、私の健康状態にもより、又、私の性慾にもより、この作品が恋愛をとりあつかっているからでもあるが、滝子、三笠、宇津、青木、明子を、うまくうきたたせ、私を心理の、もやの中に置かせた。各人の姿は、ぼーっとではあるが、うかび、次第に明となった。峰という男は、以上の人たちと、別種の人間だと思えた。（それは、宇津の感じ方をとおして、よく読者にはたらきかけた。）つまり、峰という男の「俗的な虚栄」。

私は、少しも、横光にしっとを感じないのは、どうしたのだろう。横光が余りにも、心理のゆうぎをやるからだろうか。

しかし、かかる分析も必要だ。読者は、心理の投網をかぶせられるのだ。——しかし、それは、常識人の心理の網にすぎないものが多い。

しかし、横光の今までの作品中、この作品の人物がもっとも、肉体性をもっている。横光利一は、恋愛を取りあつかうとき、読者に、一つの、しつような力をなげかける。これが、この作者のオリジナリテだ。しかし、どうしても、各人物から、気取りがとれないのは、作者の気取りだろう。

人物に、かどがない。本能がない。地面がない。地面についた、心理がない。

私は、これに満足しないだろう。この心理の構成に。私の構成の中には、心理（重要な要素だろう。）もある。しかし、構成そのものは、もっと、存在論的なものでなければならぬと思う。心理は、「存在論的な問題へ、利用されるもの、さらに、いいかえるなら、存在論的心理を、分析し、くみたて、つみかさねねばならぬと思う。ジイド。

面白いことは、面白い、しかし、『背徳者』のような面白さをもたぬのは、そのためだろう。（ジイドと横光利一をくらべることができる位に、横光が進歩してきたことはみとめる。）単なる心理、それは、もはや、私には用はない。心理がなぜ探求せられねばならぬか、心理の探求が、よって立つところ、その土台そのものが私の求めねばならぬものだ。「心理と論理」＝存在すること。行為。私と汝と彼。底の底。白昼。

ジイドは、結論しない。ジイドは投げ出すだけだ。これが芸術家の偉大さであり、正しい本能である。そして、又、正しい懐疑、深い肯定につながる、ものである。

ジイドが、ニイチェを極端に追求して行ったとき、落ちた穴が、問題なのだ。

ジイドは生命、肉体の臭いをかいた。そして、背景として、沙漠をもってきたとは、実に正しい。

史的唯物論と弁証法的唯物論の区別。

「史的にのみ」とりすがり、自然、存在をみとめるのを忘れている。

一月十八日

『背徳者』の最後。ここには、もはや、肉体はない。なにもない。心のない肉体は無に同じ、今度は、始めて全体が、現在が求められるときだ。

ここには、もはや、肉体のみがある。即ち、何もないのだ。すべては求められつくされ、すべては終ってしまった。肉体は、もはやなくなったも同じだ。これは、「エピキュラス」の言葉にもあてはまる。

雅子へ手紙。

一月二十日

井口と話す。

白昼の如き事実。体験。

マルキシストは、体験という文字をつかうと、それは、合理的でないという。しかも、それ自身、実践という字を用いる。

一月二十一日

クラシスム、冷酷の中に情熱をかくしている。

クラシスム、確然と問題を提出しない。問題は、汲み出されるのだ。

クラシスム、所謂、対象を、つきはなす。ここでは、美の形式のみが問題なのだ。

春枝に対する心。

雅子に対する心。

接吻。

一月二十二日

雅子から手紙が来る。こんなうれしいことはない。純粋へ、純粋へ。

用心しろ、自分を甘やかすな。又、又。

井口と話しているときは、井口に同情を感じながら、はなれてしまうと冷酷になるときがある。なぜだろう。

一月二十三日

生、（民衆（回帰
（私（超人
すべては生の中にある矛盾であり、この矛盾は、生の中にいるかぎり、とけるものではない。生の底、生を成立せしめている不動のもの、そこからのみ、この矛盾はとかれるだろう。

（権力意志以上の意志。）

『背徳者』、ここでは、まだ経過が問題であり、瞬間即ち、存在が問題なのではなかった。目的が問題であり、生活が問題なのではなかった。（ため）であり、（する）ではなかった。

ここに背徳者の、アポリヤがある。自己と社会とをきりはなした。即ち、「身体」の如きものは、応々、個と社会とをはなさしめるものだ。又、目的の如きものも。又経過の如きものも。

『背徳者』に於ては、背徳者の向う側の問題が重大なのだ。まだ、背徳者の心には、メナルクの如く、肉体とか、生活とかいう言葉が特別のものとしてある。

「私を、此処から出してくれ。」此処に、新しい問題がある。存在。

メナルク、それは、何の恐れも感じさせない。背徳者のメナルクに対するしっとは、背徳者自身の中にあるものの表現、背徳者の発展に対する慾望の表現にすぎない。

メナルクの空虚さ。ミシェルの充実さ。メナルクを沙漠のデモンと見る見方は、たしかに、文学的だ。面白い見方だ。しかし、私は、そうは思えない。思えないのが本当なのだ。人間的なもの程、恐しいからだ。悪魔そのものは、何の恐しさもないのだ。悪魔につかれた人間、悪魔化した人間、人間化した悪魔がおそろしいのだ。そこには、充実がある。

背徳者とメナルク。

『地の糧』のメナルクと、『背徳者』のメナルクの差。

ワイルドに於ては、人間は軽んぜられた。人間は、その最小限の形しか、匂いしか、もっていなかった。ワイルドは、むしろ、肉体の匂いをもっていなかった。それ故に、それは、又、真の心の匂いさえもたない。（ワイルドの逆説のための逆説。）

ミシェルこそ、メナルクを存在せしめるのだ。メナルクは、石であり、ミシェルは人間だ。

一月二十五日

里見勝蔵の自伝をよみ、一見はなれていた、この人が、一層すきになった。静物、あじさい、がすきだ。——日本人は「存在」を自覚している。（里見勝蔵。）

和辻哲郎は、沙漠について面白い観察をしている。

この沙漠は、又別の沙漠、死の沙漠であり、これと争うことに於て、人は永遠の生命を求め、キリスト教が生れたのであるという。沙漠は、人間の死のあり方だという。

そして、今、沙漠はミシェルが生きて行くが故に、生きているのであり、（人間の中のミシェルが、）沙漠は、人間の生命、慾望としてあるが故に面白いのだ。

この沙漠が、神を、病気を直さしめる神を否定するように人間に影響するのも、勿論のことと解せられる。


しかし、今や、沙漠になりきった。（沙漠の中によって）何のすることもない。道はない。道はない。行く手も、帰る手もない。自己もない。現在もない。過去も、未来もない。

沙漠から俺をぬいてくれ。いや、俺から沙漠をぬいてくれ。

新しい出発、このアポリヤ。現在。社会。個人と社会。真の生命。

明らかな、白昼のような健康、何のまじりけもないけんこうすべて底の底の健康。


「ミシェル」は、一つの自己からはなれ、他の自己にはまりこんでしまったにすぎなかった。背徳者は存在にぶちあたる。

春枝を思い出した。谷崎の『春琴抄』をよみ、佐助のような位置、春枝に対して、佐助のような位置にありたいという慾望が動くのだ。——勿論その同程度の反対の慾望も同時にあるが。（特に便所のこと。）

ジイド、ジイド、ジイド。ドストエフスキー、
ミケランジェロ
ヴァレリー、スタンダール、ダヴィンチ。
ボードレール、プルースト、ローレンス、マラルメ。

三つの型。

雅子に対する慾望は、時々起ってくる。

『春琴抄』をよんでも、もはや、何の動揺も、私は感じない。

私の方向は、もはや、他を指しているのだ。ジイド。


永遠回帰はアポロに属しているのではなかろうか。


ジイドに於ける悪魔の克服。正当な神。

ジイドは悪魔を自由にあやつる。神をもたぬ故に。

神なき悪魔などない。神なき悪魔は、心理的なものになり下る。それとも人間そのものが悪魔なのだ。

一月二十七日

逢初夢子を見ながら、美佐子のことを思いだした。

今日、はじめて、この二人に似たものがあるのを知った。

どちらも、気が小さい、それ故、その逆な、大胆そうな服装、動作をしているのだ。声の甘さ。


富士の顔も、桑原の顔も、美しくなってきた。富士は、人間のえらさを、感じさせる。

俺だけが、うぬぼれて、ばかなやつだ。


これは単なる生命の現在、瞬間、刹那ではない。

存在の奥底の現在。現在の現在。動の静の nunc　ジイドに於ては勿論、これはまだ、はっきりした表現をもっていない。

しかし、ジイドが、何故に、個人から、社会へ、出たか、それを、考えてもわかることと思う。単なる、生命の個人、それは、どこまで行っても、結局、ニイチェの破めつに到着するにすぎない。権力意志のはめつに、権力意志は、すべてを、けいべつする、しかも、そのすべてを、決してすてることはできないのだ。すべてに望まれ、すべてに仕えてもらわねばならぬのだ。永劫の回帰を必要とするのだ。永劫の回帰を好むのではない、好まずにはいられぬのだ。（しかも、一方嫌いつつ、おそれつつ）（この肯定ハ接続ささんがための狂気。）

永劫回帰（アポロ）　ディオニソスの瞬間。

ロマンチック。

『地の糧』に於ては、「到る処に神を見よ、」という神は、生命という言葉にかえ得る。実際、神は、生命にすぎない。しかし、ここでは、もっと、奥のもの、もっと、むきだしのもの、存在が問題なのだ。

「nunc」　存在論的な今が、問題なのだ。此処には、もはや、他者へのおごり、傲慢はない。

神、神の下に、私がなければ、汝も彼もない。

事実、私があり、汝があり、彼がある。この社会。

存在。この神の元の元が、追求されている。

何よりも、具体的なものが、この先にある。

『蕩児帰る』こんなすきな魅力のある作品は少い。いつまでも、いつまでも、つやつやしい。


存在論的な悪魔人間そのもの。

生命を中心とする故にこそ、永遠の回帰なのだ。（有機体説）
しかも瞬間なのだ。
アポロなき、ディオニソスなどない。

ロマンチックな奴は、出来るだけ、他人の心理を、わるく、ひどく、きたないもののように解して、自己を、かく解しうるという理由の下に、高くみ、うぬぼれにみちびく。快感に。

ジイドの悪魔は、無意識の中にひそむ。
悪魔は否定の中に身をかくす。『贋造者の日記』
否定すればする程、悪魔は喜ぶのだ。——心理的。
作者と観客。

一月三十一日

ジイドと、行為——無償の行為。モラル。

ジイドと青春。将来の小説に於ける青年の重要性。

生命という立場でしかも「個」をポイントとした。（ニイチェは）

二月一日

雅子のことを、空をみながら、考えたりした。雲一つなかった。暖い空。

「もう、おなかいた、なおったん。」

「うん。」私は頸をふった。

「あっいた」、女の子が階段を上りながら、足を（向ずね）打った。そして、私にわらいかけた。私もわらった。


「神の実質が人間である。」ナルシス論。

ナルシス論は、私をゆり動かす。「現在」がながめる。

ナルシス論よりはいって行くこと。

ミシェルは、確に、メナルクの理論と、自分の行くべき道とが一致しているのだと感じもした。そして、感じたのだ。しかし、それが、違っていたことは、彼が、存在にぶちあたったことによっても知られる。

メナルクの理論を、自分の理論だと感じたのは、ミシェルであった。そして、それは、違っていたのだ。即ち、ジイドは、背徳者を、讃美しているのでも何でもない。そして、ミシェルの道と、即ち、ミシェルと、メナルクとが二つの背徳者であるとは、みているのではない。

背徳者は、肉体のみを、重くみるようになった。此処に、背徳者が、メナルクに接近した「場所」があるのである。即ち、背徳者は、メナルクの態度に魅惑され、さらに、向へとつきやられるのだ。

背徳者は、自分とメナルクの違いを知らず、メナルクの理論を採用（?）することにより、一層、深い穴へ、人間自覚から、とおのいて行くという穴へはまりこむ。

そして、もはや、思索することさえできないのだ。

肉体と精神とが、分裂しえないことを示す。背徳者の人間［性格］は、書かれた背徳者中にもとめられるべきではない。それは背徳者の存在自覚より、存在にめざめた背徳者（つまり、後のジイド中に）求められるべきだ。ジイドとは、存在に目覚めた背徳者である。背徳者と、メナルクの区別は、ジイドとメナルク。即ち、ジイドとワイルド即ち、「存在」という二字にもとめられるべきだ。この小説に表われた部分に於てのみ、解せられるべきではなく。この背徳者をかくことによって、存在をはっきりとつかんだジイドの創作生活中に生きていた背徳者より解せられるべきだ。しかも、ジイドは、芸術に於ては、出来るだけ、縮少すべきことをしっていた。彼は、自分の中にあるもの全部を、ごたごたとさらけださない。読者の努力を要求するのだ。

真の背徳者、何よりも可能的な、積極的な背徳者、それこそ、存在に目覚めてからの背徳者でなければならぬ。この本の「問題」を通過した背徳者こそ、真の現実を貫く、背徳者だ。この本の背徳に、しずしずとおしせまってくる背徳者の力。「背徳」をこえてこそ、存在がある。疑が大きければ大きい程、信仰も大きかった。

存在とは、調和のことである。

「エル、ハジ。」一人の人間が先頭となり、それが多くの群衆をつれて行く美しい様が、群衆の動きが、目にみえるようだ。この群衆の動きの描写法を、まなぶこと。

一人の中心——共産主義社会の。

二月二日

春枝のことが思われてならない。すべてが、この世界のあらゆるものが、春枝を飾るためにあるように思える。（俺はこのことによって、あとで、俺を、嘲笑するのか、ロマンチック奴と言って。）

二月三日

俺は、人のものを批評してから、いつも、気をわるくする。余り悪くいいすぎはしなかったか、しっとしていると思われはしないか。何だ、それがどうしたのだ。しかし、人のものを悪くいいたくない。人に悪く思われたくないためだろうか。俺のものを、ほめてもらいたいためにだろうか。しかし、俺が、どんなに腹をたてるか、（悪く言われたとき。）それも思いだされる。しかし、俺のときには、それは、役立つのだが。人のものは、余り悪くいうまい。ほめよう。（しかし、何のために、これを書くのだ。こんなところへ。）

俺程、ろうれつな、わるい、いやしい奴はない。俺は、また、また、酔うている。

小説に、「彼」という字を使えるようにならなくてはならぬ。今の自分には、「彼」という字の音が、ひびきが、何故か、よそよそしく、それよりも、はずかしくひびくのだ。「彼氏」と女が用いるひびきが思われるのだ。彼の顔、彼の目、彼は言った。彼が言った。彼の目がきつく、すんできた、など作者の姿が見えぬとき、始めて、「彼」という字を用いられよう。

俺は、やはり、女だけあったらよい人間なのだ。

二月四日

批評会、俺程くだらぬ人間はいない。うぬぼれの、卑わいな、気取り屋の。

二月五日

井上真鉄という人がすきになってくる。

ロダンの女の手淫。手淫の踊り。こうした、踊りの邪道にひかれる男。

二月六日

下の娘《こ》に接吻した。逃げた。いやな気持。「こんな行為をするよりも、こんな行為をせずにいられる奴、（意志の強い奴）の方が、私にとっては、ずっとずっと大きい人間なのだ。」こんなことを考えた。

「黙って、」娘が、なにか、きたないものにふれたようににげだした時、私は、興ざめ、しかも、下の人達に知られたくないと思ったりして、黙ってとひくく言った。娘は、縁側の脇を、ふいていた。しかし、それは、ふいているよりも、今のことを考え直しているという風だった。どうだったのだ。どう考えているのだ。私は、こう考えたり、恥しいのかなと思ったり、して、上って行き、「言わんといて。」と言った。「うん」と娘は言った。私が外へでるとき、「一寸行ってきます。」というと、「ええ、どうぞ、おはようおかいりなさい。」と、一寸、上ずっているが、しっかりした声で言った、私は一寸意外な気がした。一寸、せねばよかった。知れたら！と思って、くらくなったが、なかなか、知れるもんか、とたのしんだり、家を出ようかとか、思った。どうして、あんな、うすぎたない女にせんれん味をもたぬ女に、と思ったりした。春枝のことをけがした。雅子のことを、けがしたような気もした。

男。十五のうすぎたない女に接吻す。にげられる。男は、自分のその行為を知っているものが、この世にいるのを、（うすぎたない子供に接吻しようとしたりした、卑しい行為、彼は、とくに、その女が、子供であり、きたない、自分のすきな顔色をもっていないことをはじた。逃げられた。）この上なく気にし、その女の子を殺してしまう話。

しかし、やがて、冷静になり、面白いという気になりだした。

俺の書くものなど、はかない、つまらないものにすぎないのだ。

俺のジイド論のうすっぺらな、力の弱さを見るがよい。

俺の気取り、悪魔気取りを見るがよい。

お前は、本来、気取りたい人間ではないか。えんりょなんかせずと、気取ったらよいではないか。

お前は、気取ることさえ、できないのだ。

俺のうぬぼれ、俺のばか、俺が、何を保証できるというのだ。

俺の作品の、どいつが、一人の人間でもよい、人間を、広くし得るのだ。俺のどこに、オリジナリテがあるのだ。

そして、これを神経衰弱というのだろう。お前は、お前のやりそうなことはそれだ。

方向、何の方向だ。お前の批評会での態度。

そして、今日の、西村、加藤、井上に対しての態度。

何という恥しいことだ。

一寸の理論、お前は、理論をすてねばならぬ。

絶対に、人の前では、哲学的な言葉、問題、話をいわぬこと。

理論を絶対にすてること。

平凡へ、真の平凡へ、行くこと。真の俺は、平凡な一個の、中産階級の貧弱な奴にすぎん。

「富士はえらい。」などと、俺は、言いたがる人間だ。俺は、どうしても、対象から、離れえない。このことを、俺の一生の努力として、進んで行かねばならぬ。俺が、平凡な人間であり、努力なしでは、行けない人間だということを忘れてはならない。

二月七日

母より為替がくる。

母にすまない。感謝する。


メナルクの瞬間とは、単に刹那にすぎぬものである。

二月十二日

君が綺麗だから、やはり、物が言えない。——春枝との空想。

私の体へ、カルシウムを注射すれば、私の体に変化が起るということは、やはり、考えていねばならぬ。


春枝のことを思うて、堪らなくなることがある。センチメンタルでもない、性慾でもない。春枝は、そんなことはないのであろう。

　このせまきへやの寒さに物おもふわれは時計の響を愛す。

二月十四日

久保さんとミルクをのむ。

「弁証法的一般者」のつかみ方。

「永遠が首を出す。」ということ。「向うから来る」ということ。

「こちらから行く」ということ。

しかし、「向うから来る」とか、「こちらから行く」というような区別などない。現実しかない。

二月十五日

ボードレールの如き人間。悲劇的な人間、悪魔的な人間、は、人に、高くみられるものだ。かかる悪魔的自己をも、冷然と見下すものが、小説家には、もっとも必要だ。

ボードレールを蹴散らさねばならない。「社会」の真の歩みをみなければならない。

二月十六日

女の笑う声がする。すると、すぐ、交りたくなる。

女の笑い、どんな笑いでも、性慾のはげしさを思わせる。

二月十七日

私は、まだ、「人間存在」を対象的にみているだけにすぎない。井口は、一個の心理にすぎない。

私は、紫峰氏の考え方に、古さをみる。古いのは、いやだ。トルストイはいやだ。


俺の体そのものから生じる規則正しさ。外側の時計が、作用するのではなく、俺の体の規律。

もし、ベートーベンのやり方が、ロマンチシスムだとするなら、私は、ロマンチシスムをえらぼう。ベートーベンの進み方、（一作品に於ての）主題のすすめ方、これほど、すきなものはない。

近頃の若いものには、意志を軽蔑する傾向があることを忘れてはならない。

私が、結婚するとすれば、美佐子以外にないかも知れない。

この夏、出来たら、九州へ行くこと。できたなら、九州へ行くこと。——金を二十五円位、ためること。きっと、実行すること。如何にしてでも、金を造ること。

（借金してでもよい。）それまでに、体を丈夫にすること。しかし、美佐子も必ず結婚していないこと。していてもよい。

ただ、美佐子だけだ。

二月十八日

美佐子という名は忘れ勝ちだ。しかし、この女の体は、私に直接にやって来る。顔など、忘れさせるのか。いや、俺は、この顔を、美しいと思っていたのだ。

私には、ただ、生きるより他にない。私は、この上なく強烈な理性さえもっている。私は、あらゆるものを育てあげねばならない。

あらゆるものに失望してはならない。あらゆるものに、希望がある。希望も、自己と同じく、到るところにあらねばならぬ。


「規律」、この言葉は、余りよいひびきをもたぬかも知れぬ。

しかし、一旦この言葉がよいひびきをもちだすや、「規律」は、美しい一つの秘密のようなものだ［になる］。

私は、鍛錬という言葉をも、好むようになるだろう。

「意志」、「意志」、私にもっとも欠けているもの。それ故、私に、もっとも必要であり、私にとってもっとも、エキセントリックなものだ。私は、あらゆる意味に於て、平凡でなければならぬ。もっとも、高い場所、美しい場所、新しい場所、平凡。

二月十九日

美佐子へ手紙を出した。どうしても、私は、この女を手に入れなければならない。どうしても。私は、あらゆる虚栄（恋愛につきものの）をすてなければならない。

あらゆる努力が、この女にむけられる。

詩こそ、存在論的なものでなければならない。

小説は、「心理」、「行動」「意慾」「社会的」「恋愛」など、より、存在そのものへと逼る、という意味で、存在論的でなければならない。現実とは存在に他ならない。生きることに他ならない。生き合うことに他ならない。

ブラックの絵を見るがよい、物の存在の確かな強さ、はげしさ、美しさに直接ふれるであろう。これこそ、人間存在の自覚そのものであり、人間存在の美のあり方に他ならない。芸術家とは、人間存在の無限の美を見出す、みつけるものだ。

無限［数］の方向をもった人間存在の美しさ。

あるとき、ある人間（詩人）が、その人間存在の一つの美しさの方向を定めるのだ。こんとんの中から見出す美。こんとんの中にみるイデヤ。

春枝の後にかくれながら、春枝そのものをとおして、そろそろと、しかも強く、私に働きかけていた女の肉体。

春枝が、如何にその弱い美で私の心を蔽うとも、春枝の中からくみだす、ものは、その女の影にすぎなかったのだ。

女の性器をいじるところを想像し、空想し、ひたり、いらだってきた。私は、その空想上の女の影がはっきりしないことを知っていた。しかし、突然、私の目ににぶい光りが来た。火鉢の火のにおい（それは、美佐子の体臭と通じていた。私は、よく火鉢の灰の中に美佐子をかいだものだ。）と共に、ぱっと、美佐子の体が私の対象として、表れてきた。それは、長らく苦しんだ上、はっきりと自己の対象をつかむときの彫刻家のような心であった。深いところから、私の肉体と心の何千尺という最深のところから、ぐっと強く浮き湧き上ってきた女の影であった。私は、私の手の指に（その指で、女の体にふれることを想像していたのだが）、真実の、つよい、美佐子の、あの一種、強い強靭さを、感じ身を引いた。そしてそれが、空想であることをさとり、その強い美しい弾力のある感触に、たのもしさ、積極性を感じながら、しかも、性器を対象としていた一種のあざけりと、うぬぼれとを味った。

美佐子、と口に言った。私は、しかし、また、私が、美佐子を恋していたか、どうかさえ、うたがった。しかし、すべては、全く変っていた。私は、全く積極的なところへ出ていた。

強烈な面［とき］へ。

二月二十日

きっと、美佐子を手に入れること。どんなにしてでも、どんな行為をしてでも。

美佐子、俺を愛してくれ。俺を生かしてくれ。俺は、ただ、お前のためにのみ生きるのだ。

俺は、性器が、ふくれるのを感じた。しかも、こんなときにということが、自分自身をあわれに思わせ、しかも、その性器が自分自身の体の一部でないような気がし、その性器が、洋服のズボン下にふれているのが、丁度、何か、外部（自分の体ではない）から性器がでてきて、自分の体（洋服）をいじっているようなのが、この場合、おもしろく、へんに、無邪気なわらいをさそうようにさえ思えた。自分の体が洋服のズボン下であり、性器が、自分の体にいたずらをするような感じ。

私はまだ、ドストエフスキーの小説を出た生活さえできないのだ。この中（ドストエフスキーの小説の中）へ、とじこめられ、ただ、そのまねをしているにすぎないのだ。

二月二十一日

「自覚」とは何か、を求めること。「現在」即ち「自覚」、「社会」即ち「自覚」、「人間存在」即ち「自覚」、「絶対の無」即ち「自覚」、「行為」即ち「自覚」、「歴史」即ち「自覚」の自覚。

宿命というようなものが、あった方がよいと考えるときがある。

例えば、俺が、今、美佐子に手紙を出したのも宿命であるとする、すると、宿命として、美佐子が、俺を愛しているという手紙をよこしてほしいのだ。つまり、美佐子が俺を愛することも、宿命であってほしいのだ。美佐子が宿命として、俺を愛せねばならぬとすれば、俺は、きっと美佐子に愛されるのだ、とこう、美佐子から手紙がこぬうちから、おもえるからだ。

しかも、俺は、宿命があったとしても、「美佐子が、俺を愛さない宿命」「何の手紙もよこさない宿命」もありうるということを考えることをさけようとするのだ。宿命などありとすれば、あらゆる努力もない。

偶然のあることは忘れてはならない。物質性、さらに、非合理性。

二月二十二日

再び、美佐子へ手紙。どうしても、美佐子を俺のものとすること。

ロマンチシズム、クラシスム、これも、一つの現実の形態であり、存在論的に解明して行かねばならない。

すべて、「存在」から、出発しないかぎり、新しいものは求められる筈がない。もはや、心理は、存在としての一つの、点にすぎない。

ボードレールより、ジイドへ。

私は、どうしても、プロレタリヤ小説（真の意味での）つまり、社会的なものを中心とした小説をかかねばならぬ。社会的な背景を、濃く出すことに成功すれば、する程、その小説の中に出て来る個人は、深く、強い陰影をもつであろう。

集団的な動き。国家的動揺。世界的な広さ。

思想。

現代人の「うすい、首尾一貫せる流れなき動」きは、全く、その心理的傾向であり、これに対する批判は、「存在論的立場」から、されねばならない。

「存在」そのものを中心とした小説。

或る男（井口浩）は、自分がかつて、左翼運動をし、つかまえられたということを常に頭にもっていて、その芸術雑誌仲間に対する自己の優越を感じている。

これに対する批判。

そして、その男の一人友、――それは、体がよわく、今に、体を丈夫にして、左翼運動をやってやろうと思っている男――のその男に対する、しっと、二人の関係。

その発達。批判。

虚栄的な恋愛に対する批判。

すべて、喜劇として、あつかいうる。

ストリンドベリイ、紫色の「神秘」という幕をとおして、現実をのぞきこむ一人。

ポオ、緑色の「神秘」。

一は宗教的であり、一は科学的である。

一は、北欧、十九世紀、一は、北米、十八世紀後半。

ノヴァーリス、ブレイク、――すべて、「神秘」の綱をにぎっている。現実の神秘。

スエーデンボルグ。

イヴセンの確かさ。充実した力。近代の始まり。やはり『人形の家』ノラがすきだ。

「車輪」の後篇を書くこと。

存在に目覚めてくる、近代人、としての進介の生き方、在り方。将来の、プロレタリアート、真の理性実践者、マルキシストの生き方。鉄郎。

落ちて行き、もがき、自己の在り方がわからず、しかも、資本にしゅうちゃくし、しかも、老ということでごまかそうとして、死んで行く、片江伊之助。

死の問題。

バーの女給。次郎の相手の女。バイドク患者。

狂人。その日記。

進介と家庭の問題、兼子との性慾の問題。変態性慾と社会性。

鉄郎と恋愛。新しい恋愛。全体的な恋愛。

かんじのよい。強靭さ。仕事。

背景として、一つの新しい工場。軍国主義、国民主義、ファッシスムの隆盛勃興。

その中での進介の自覚。

すべての底に回転する二つの車輪、自覚。

存在、人間存在、存在自覚。

現代に対するアラユル批判。

インテリの弱さ、役目、ぐうだら、教師、ただ、みちがわからず、ぐらぐらする詩人（井上）。

金もうけの男。友達、科学者。

プロレタリアートのにぶい動き。ぐどんさ、プロレタリアートの過〔一字不明〕視、こうふん、感傷的、すうはい。英雄主義。その他。

プロレタリアートの反動的な力。ファシスム的傾向。青年団。

「天皇」という名を、靴の中にかいていた男。その男の心理描写。その男と鉄郎、進介との対話。進介は、それにしっとする。なぜ、というに、自分がそれをしたい、しかも、そんなことは、わらうべき、つまらぬことだとしている。

進介の変態性慾、死せる次郎との対話、など→恋愛→社会。

時間、空間、二つの車輪。その火花、その動力、行為、瞬間。

現在。「イデヤ」の表出。

自然と人の総体、これを人間存在という。

一と多。多と一。境と個。殊と辺。

イデヤ、歴史。

二月二十三日

昨日から、荒れ、寒く、冬がもどってきた。丁度、私の心が、もえたち、あれるのと全く反対のように。

私と美佐子の間を絶ちきってしまおうとするかのように。

芸術家とは、この生活自体を無限に美しくするものなのだ。さい、すべての始にこれがある。さいだけがある。すること。

「賭」。

二月二十四日

俺は一個の喜劇役者だ。それより、あほや。出発点、存在。

終極点、存在。

彼は恐れていた。さびしかった。春枝に対して、自分がわるく思われはしないか。いままで、春枝をして、春枝がわるかったように思わせていたのに、もう、そんなこともなくなるのではなかろうか、とも思った。

自分の目的は、自分の心の中に思っていることは、如何なることであっても、人を動かさない、一寸手紙をかくとか、の物質的動作をすることにより、人を動かすこと、それをやってみたかったのだ。

自分は、美佐子が、自分の足下へひざまずくのを想像していたのだ。

自分は、ただ、こうして、神経質になり、迷信的になり、チャビンをまたいだり、手拭をよけたりなどする、ただ、そうなりたいために。

こんなことをしたのではないのか。——それとも、こう、りくつをつけて、なぐさめたいのか。

美佐子に手紙を出すことにより、春枝に自由をあたえるのがいやだ。

さびしい、さびしい、さびしいとかきたいのか。

気取って。

二月二十六日

「私達には、行動の場面が残されていない。私達は、次第次第に動けなくなって行く。」——次郎。

根底に彼がある。常に、全的な、客観的な彼がある。この彼からみるとき。（彼とは、「単なる個人」ではなく、「我と汝の地盤である。」客観である。）

喜劇が見られるのだ。一個の喜劇。

しかし。喜劇を考えてみよう。

それは、いわば、しびれた足で、ものにふれているようなものであった。

二十五日に、先生がラジオで放送した。三十分でするのを、十六分でしてしまい、早くて、きいていてばからしかった位であると富士が翌日いっていた。先生は、出版記念会などで、物をいうときなど、もじもじして、処女のごとし、だそうだ。

「処女のように、もじもじして、あこうなって、すわりよるんや。」

「ふん、「そんなこっちゃ、あかへん。」おれらに、いうくせに。」

「やったれ、やったれ。とな。」

「ははは……。こんど、出版記念会のとき、俺らがいったら、えけいやぜ……。」

「平生、大きいことばっかりいうてるさかい、もじもじして、どうして、ええのや、わからんど。」

宗教家と社交。

兄が、皆で、大丸の家族室で、スキヤキをたべることができなかったのを残念がったことがある。兄も、家庭的になった。

私は、美佐子に手紙を出したことを悔いることがある。

それより、もう、余り美佐子に感動できないようになっている。性慾もない。

小説の中へ短篇を挿入すること。これにより、客観性を、出させること。

進介の思想、意識の流は、常にこの短篇のこの思想の重圧下にあること。しかも、むりに、それを、歪ませていること。

志津子の指、第六本目の指の感覚を、自分も感じたいということ。志津子になりたいということ。志津子と、自分とが、交代すること。――しかし、これは、志津子という自分にすぎないのではないか。現実の志津子は、どこかではたらいている。

「六」という国。で、進介は苦しむこと。

「五本指」という故に恥じること。

谷崎潤一郎の世界のゆきづまり。

現実の或る感覚的表面にすぎないこと。そして、志津子のキスの拒ぜつを理解したと思うこと。


しかし、現実ではどうか。現実とは、進介の如き人間、今の人間、心理的な人間にとっては一つの壁（ドストエフスキーのいう）にすぎない。心理的な人が、存在にめざめるとき、壁は、はっきりとするのだ。しかも、心理的な立場からでは、どこまでも、それは壁にすぎない。心理は、その底に存在あるをさとらない。心理は、横のみをみる。心理は、下へもぐることがない。心理は前から下にあるから。

心理は、動かない、社会と共に動かない。

谷崎の、佐助の心理の二重性がない。

進介、夢では、志津子をどこまでも愛そうとする。自分も六本指になろうとする。

しかも、現実では、志津子をしいたげたい。

しいたげられた人間をみると、一層、とことんまでしいたげてしまい［やり］たいと思うと同じく。一人の男が女を思う。男の心の世界では、男と女はキスしている。

女は別の世界で動いている。


進介には、「壁」がわからない。

「俺には、壁がわからない。壁など、ないように思える。」

二月二十七日

富士、桑原、三人で、風呂へ行った。

「太田もさそたろや。」桑原が途中で言った。よかった。が、

「太田、もう、ひる行きよったぞ、手拭さげとったさかい。」

太田は、もう、灯をけしていた。（十二時以後であった。）

風呂の中でしゃべり、ふざける。楽しかった。

富士が、小説をかきだしている。出来るだけ、体を丈夫に完成しないといけない。

富士が俺の日記をみたそうだ。「俺が、富士のことを、小形のムイシュキンやとかいていたのを。」そして、のまが、こうかいていると日記にかいてあるそうだ。

「ええ意味でいうたんやぞ。」私が言った。

桑原が「のまは、こうかいていると、富士が日記にかいていると、今夜かくのやろ。」と私に言う。

美佐子との間のことを富士が私の日記でしった。

「この間のこと、あれ、わるかったな。」

「乞食の女。一円二銭。赤。赤ん坊。」


「なにを。」

「よんで、日記、あれ。」

「うん。」一寸、私はうなずいた。「しかし、そうでもない、もう、かわったもの……。」と言った。

「如何に、はやく、かわるかがわかってよい……。」と富士が言った。

私は、富士が、私達の間に何のかかわりもないこと、私のみのことであり、美佐子には何のかかわりもないことを知らぬので、私達の間の情勢が変ったのだと思いはせぬかと心配だった。ただ、私の心だけが変ったのを。

しかし、私の心は、表面だけが変っただけだ。

二月二十八日

三木清の「行動的人間」というのをよんだ。そして、私がかこうとしていたことが、半ばも、かかれてしまったことが、いやだった。たとい、私の方が、地盤がひろく、しっかりしているとしても、私が、使用して行こうとしていた「存在」という中心点、が、似すぎている。方向が似すぎている。

しかし、三木清は、まだ、はっきりとは、自然をつかんではいない。

三木清の論文中、注意すべき、術語。

人格《ペルソナリテ》 ——人間学的な用語。
人物《ペルソナージュ》 ——社会人。
の区別。

日常性と歴史性という二つの区別。

「自然弁証法」をよむこと。

「心理」にとっては、現実は常に壁であるということ。十九世紀の人間こそ、心理の代表ともいうべきものだ。

ジイドのみが、もっとも新しい方向を示している。

今後、小説も、全く、新しい方向へ、変るだろう。私は、それを感じる。（しかも、ジイドにしても、尚、社会、存在、人間存在ということが、はっきりしない。エドワールの日記の挿入は、一つの、人間存在、現実のとらえかたの或る方法であるが、まだ心理を中心とした心理的方向をよけいにふくんだものにおもえる。）

ドストエフスキーの『悪霊』は、まなぶべきものが多い。これは、一つの新しい立場に近い。

小説も、全く、転倒するだろう。（新しいニイチェが必要なのだ。）

詩も、変るのだ。いま、日本と、ロシヤが新しい出発をはじめている。いままですべての文化の混入処であり、けいいもう運動のみが継続的におこっていた処であった日本とロシヤ。

しかも、ロシヤは、どうなるだろう。唯物弁証法が、漸次修正されて行くとみれば、よいが、さもないと、ロシヤは、また、とりのこされるだろう。

『三人』の仲間、三木清、西田哲学。これから、新しい文化の出発がある。ロシヤからは、「生産の文化」という影響がはいってくるだろう。

新しい政治が生れなくてはならない。いま、一番おくれているのは、政治界だ、（プロレタリヤ派も入れて、プロレタリヤ派の政治家は、一番だめだ、文化運動者にくらべて。）

経済界には、動揺があることはしれきっている。

人間の改造が、それをやるだろう。左翼の政治家は、革命をやり、人間の改造に、助力をあたえるだろう。

一番夢想的であり、且つ、一番現実的な日本とロシヤ。一番羞恥心をもち、且つ、一番所謂むつかしいことを考えようとする真面目さをもった日本とロシヤ。

すべての人間が、その方へ向って行くだろう。

私達は、一つの新しい流れをつくるだろう。

もう、十年だ。

野田、母、へ手紙。

井口、野田より葉書。

小説家にとっては、

「彼」（西田哲学でいう）の立場（立場というと一寸あてはまらぬが、よい術語がみあたらない。）が、中心点なのだ。

イプセンをよみかえしてみること。（イプセンは、余り、表面的に、社会をとりすぎているが。）

「行為」により、実在をつかむと言っても、行為を個人的なものとみてはならない。行為を個人的なものとみる見方には、心理的要素がすでに混入しているのである。

行為は、どこまでも個人的であり、どこまでも、一般的でなければならない。それは、西田哲学での「彼」の動きでなければならない。

行為の立場とは、「彼」の立場である。ジイドの『贋金造り』は、「彼」の立場である。

そこには、やはりまだ、十九世紀の残余物、心理の偏重があることは、たしかだ。即ち、エドワールの日記に対する作者の批判。又作中人物に対する作者の批判。

エドワールの日記挿入による、方法。しかし、これは、心理の立場からなされたのではなく、「彼」の「現実存在」からとられた心理である故に、たすかっている。

新しい小説の方向、それは、「彼」だ。

これこそ、立体的な世界であろう。心理は勿論必要なのだ。

「永遠の現在」の流るるままに。

小説は、劇とはちがい、読者の目は、常に、一人の人間に向けられがちだ。（文章の特長でもあり欠点でもある。）

それ故「永遠の現在」の流るるままに、かくこと（それは、意識の流れのやり方から少しわかるであろう）は、むずかしい。

構成というものの要求されてくるのは、この点からであろう。劇とか、映画によれば、それは、「永遠の現在」の流れそのものを舞台或は、エクランに流しうるであろう。しかし、小説に於ては、それは、一層むつかしいことだ。

一つの文章は、全体を表すことがないからだ。一人の人間をえがけば、そのとき、他の人間は、読者の頭からはなれる。（何回も何回も、よんで、はじめて、位置がわかるであろうが、それは、舞台に於ける如く、すべてが、同時に動いて行くことはない。）

ここに構成ということが要求されてくる。

構成ということは、勝手な現実を歪めるものではない。不自然なことではない。これこそ、現実をつかむものであり、心理偏重から、小説の危機をすくうものだ。

小説の構成、それは、全く劇的構成と範ちゅうを異にする。

つまり、在り方の相違なのだ。

劇の構成とは、舞台による制限より生じたものであり、小説の構成とは、文章（散文）による制限より生じたものに他ならない。

私には、志賀直哉氏の、小説中にも、本名を用いなければ、しっくりしないという気持が、どうも、へんに思える。新しい小説は、かかるものを脱して始めて起ってくるのだ。可能性の小説。

可能性とは、現実のもつ可能性なのだ。想像のとらえる現実なのだ。リアリスムと、写実とは区別さるべきだ。

「物語りと描写」これこそ、小説の本道であろう。

過去、現在、

構成

意識の流れによる過去の挿入は、単なる一個の心的なものになるきけんが多い。

スタンダールのマチルドとジュリアンの、心理のくいちがいから、現実のあるものを出す、方法。エドワールの日記と他のものとのくいちがいから出す方法。

バルザックの過去の物語り方は、たいくつだ。それは、バルザックの人物が所謂平凡であるからだ。バルザックは、ただ、時代の強さをえがいたにすぎなかった。個人、時代に反抗しうる個人をかかなかった。真の個人ではない。スタンダール、プルーストは、心理に、心をうばわれすぎた。彼のかくものは、意識がつかむものであるにすぎない。現実が流れるようにみえるのは、単に意識が流れるからにすぎない。（プルーストの生活の仕方をみよ。）

二つの心理を同時的に描出することのできない小説。

関係。すべてを同時的に描出しえない文章。

スタンダールの鏡とは、「彼」の目でなければならない。

それは、街頭に、そいもち行かれるものであってはならない。

目とは、構成にあるものなのだ。個人的なものでない。「現在」なのだ。「現在」の要求する目。

目とは構成に照応するものだ。

街頭にそいもちあるかれる鏡。（読者の中には、スタンダールのこんな言い方に嫌悪を感じる人があるかも知れない。）

恋愛、（体、性的関係のない）により、女がはなれて行き失敗した男。

次の恋愛に、全く、むりやりに、体の関係をつけて、今度は女から、自分がはなれて行く。（利己的に）しかも、自己弁解をし、自分は、そうせざる［女をすてる］を得なかったのだ、自分はただ、自分のせねばならぬことをしたのだと思っている男。

現実には、一個の作者がかくのではあるが、実際は、この彼が、すべてを生んで行くのである。これを、西田哲学の場所が場所を限定するということに解してもよいであろう。（心理的な立場ではない。）

世界とは完全なものだ。芸術の世界も完全なものだ。ものはあるべきところにあるのだ。構成。構成とは、場所の力だ。個は、この構成を、確実につかめばつかむ程、自覚すれば自覚するほど、自由なのだ。

作者が読者の目でみるとき、人物はもはや、厳然たるものとなっている。（客観性）主観的客観的、客観的主観的、この創造作用。芸術家は、神の作用を、小規ボに行うのだ。

喜劇と笑いとは区別さるべきである。笑いとは心理的なもので［在り方であり］、喜劇とは、存在論的な在り方だ。悲劇とは何か。

「真の劇とは、喜劇でも悲劇でもない。」

三月一日

明るい。夜は、まださむい。菜の花が、ビロードのように、しかも、この黄色は、なんのまじりけもなく、ふつうの花とは思えない。これは、やはり塊りとして美しい花らしい。しかし、すきな花だ。

淫蕩なぬるぬるした感じの女をみた。（例えば、水之江澄子——水久保ではない。——のぬるぬるした様を、一層濃くしたような女）私は、こんなのがすきなのだ。今日のような体の状態では一層そうだ。美しくない化粧、白の少ない、紅のくろいような化粧。お白粉やけかも知れぬ。しかも、一寸みつめると、すぐ、甘える反応をする本能をもっている。媚は、もう本能なのだ。技巧以上だ。

女の目をみた。（これは又、別の女。）

「おるすですのよ、さっきでかけられたの、銀水の方へ……。」

私は、すぐ、自分が、何故か目をふせ、はずかしそうな様子をみせた。（そうすることによって、この人妻に或る好意をよせていると見せたいためだ。）

これは、女の技巧なのだ。私は、私をあざけることもなく、又、得意におもうこともなく、これをやった。

「私の中には、こんなところもある。」と思った。


「君の慾望とは、愛なのではないのか。」

「そうだ。行きつきたいところは愛なのだ。——しかし、そのとき、それは、もはや慾望のハンチュウにはいらないかもしれない。もっと、自覚的なもの、もっと、底のもの……。」

——鉄郎。


私は、さいを振った。五が出た。奇数、……「女に対して、それをやるのだ……やる……やる……やろう……。」慾望で体が快く張っていた。しかし、私の心が承知しなかった。「俺はさいできめない。俺の体がさいなのだから。」


キリーロフが、「よいと自覚さえすれば、すべてがよいのだ。」と言っているが、この自覚は、心理的なものであるから、どうしてもだめなのだ。

自覚とは、存在論的なものでなければならぬのだ。

富士の家で三木清の論文をほめた。しかし、まだ解答がない、と言った。

「プルーストは現実をつかまれへんいうのや、それは、僕もかんがえてたところや、しかし誰がつかむかはかいてないのや。」

私は、それがジイドだと言いたかったのだ。すると富士が、「君［のま］がつかむ、なねんやろ。」と茶化した。私は、はっとしたが、やはり、一寸うれしい気持らしかった。

私はだめだ。


「流れやのに、何故、構成が必要なんや。」


鏡が批評などすることがあるだろうか。場所が、彼が。彼の批評は、常に、外へ表われない。

全体が批評なのだ。彼とは、「大きい積極的な批評者」だ。

しかも、これは、固定した批評であってはならない。流れでなければならない。


「心理の最高の作品は、悪魔だ。」

「悪魔とは心理（家）の別名だ。」

心理の二重性、三重性……これは、事実の影ではなかろうか。

唯物弁証法をとなえる人、唯物弁証法にこしつする人。こんな人こそ、もっとも、観念的なしろものである、——批判。

いざというとき、もっとも衝動的に、（単に衝動的に行為する人間だ。）——これは鉄郎の慾望と区別しなければならない。

鉄郎のは、底が愛なのだ。

この男。女を奪われたとき、或は、女にうらぎられたとき、かっとなって人を殺す。或は、リンチ事件。

女がいないとき、そわそわする。革命にさいして、何の実践（真実の自覚的実践も）なしえない。（本多氏に対する批判。）

もとキリスト教徒であったという男。（てってい的に）その地獄観。あくま。

小犬に対する一家の感情。子供、母親が犬をいじめるとき、父親は、犬をなでてやる（母親の前で）。

母が犬をけると、

「なんでけんねん、なんでけんねん。」

「なんでて、うるさいもん。」

「なんでけんねん、なんでけんねん、え、なんでけんねん。」

無償の行為とは、純粋な行為、現実そのものの行為でなければならない。真のさいころの行為でなければならない。

場所（茶わん）がさいころを振るのであるが、⚂⚀⚃⚁を出すのは、さいころなのだ。

無動機の行為、真に現実的な行為、これこそ、あらゆる観念を、あらゆる心理を排除した、真に自覚的な行為なのだ、場所の行為なのだ。（鉄郎。）

ホモ・ファーベルと鉄郎、人間は、ホモ・ファーベルであり、ホモ・サピエンスでなければならぬ。これを、さいころ人間という。

俺はさいころだなどという奴は、さいころでないのだ。さいころになろう、さいころになろう。そして、さいころ、は心理に変えられているのだ。

書くものは、個的なものではない。「彼」なのだ。

小林秀雄氏の立場こそ、「私」ではなかったろうか。（常にジイドは、「解決しない」と言ったではないか。）

現実は、常に問いであり、問の中にこそ答があったのではないのか。批判とは、単に、問の形の批判こそ、もっとも大きいものではないのか。

現実は、「私（ジイド）」のする如き意味での批判はしないのだ。

「彼は、もっともっと冷酷なのだ。彼は、ほろびるものをも、生かしておくのだ」。（快楽によわせたり、うぬぼれさせたりして。）

萩原朔太郎の如き人に対する批判。「自ら、ディオニソスと称する人。」

構成なしで流れのままに、やろうとすれば、それは単なる個的なもの、むしろ、心理的なものに、だするのだ。「私」という主人公をもつにしても、それは、「彼」の立場に於ける「私」なのだ。即ち、後に、彼があるのだ。そうでなければならぬ。


シカルニ、ジイドの私は作中人物と全くちがう領域で交渉をもつものだ。（作中人物同志の交渉しあう領域と。）即ち、この私、は何なのだ。ジイドは、この私が一つの小説をかいているところをかこうとしたのではない筈だ。私は、どこからくるのか。小説の立場では、私などないのだ。主人公の私と、背後の彼とをまちがってはならぬ。

しかし、どうして区別したらよいか。対象をとおざけるということの一手だ。どうして批判などが起るのか（対象をとおざけたときには）。

個的な行為ではないのだ。後なのだ。創作は。

三月二日

次郎の幽霊――これは心理のきれはし、分身、片身にすぎない。進介と次郎とのキリスト教に対するぎろん。
悪魔は、パラドキシカリスト、プシコロジスト、にすぎない。一個の心理にすぎないのではないか。心理のはいごには、常にゆうぎ、ごうまんがあるのだ。考えてからということがあるのだ。心理とは分析の極致にすぎない。心理の二重性、全体性と存在へのつづき方。

次郎はただ悪魔のみがほしかったのだ。

ただそのためにのみ、キリスト教へはいったのだ。

ただ、あくまのけんいを強めたがったのだ。自分が、わるいことをしていると信じたかったのだ。そして、それにより一層あくまを、みにくいものとしたかったのだ。

ヒソウなものに自分をしたかったのだ。次郎が、自分は、「知っているだけだ（ボルセビズムが……なのは）。」というとき、彼は、自分には、それ以上のものがあることをみせびらかしたかったのだ。

そして、あくまという名を求めるために、彼は、日本には、外国のあくまほど、権威のあるものがないので、残念だった。

キリスト教のあくまのみが、神に対抗しえた。

そして、地獄へ神はおとすのだ。

彼は地獄へ落ちたかったのだ。そして、それを、ひどいことに考え、まんぞくし、それに憎悪をかんじていたのだ。ただの心理、存在にさえ、ぶつかりえない心理。

進介以下の心理。進介の心理〔一字不明〕存在にぶつかる心理だ。
彼の地獄とは、心理にすぎない。地獄があるなどと信じられない。しかも信じたいのだ。

美佐子
志津子の自殺と次郎のと区別。志津子とキリスト教。次郎の自殺。自殺をざいあくとみる。（キリスト教）——この故にのみキリスト教を信ぜんとし、信じられない。信じられぬものがねもとにある。

心理と鉄郎。——なし。
進介と心理。——壁。
）りろん

三月三日

作中人物は常に「彼」により、みられているのである。

吉田がくる。先生の家へ行く。楽しかった。「未来というものを考えること。」

ばかばか、しっかりせよ。

私はいけない。私は、私の慾するものを、人に圧しつけようとしているのだ。私は、下劣な、つまらぬ人間にすぎない。私に何の独創があるのだ。プルーストをけなすなど、私に何の偉大さがあるのだ。

私は、この偉大なる作家の前にはじ入らねばならない。この作家の、のびのびとした、やすらかな、しかも、てき切に、物をつかむ分析に。私に、なぜ、人を軽蔑するような能力があるのだ。つまり、私は、人を軽蔑する丁度それだけ、才能の方が不足しているのだ。

私は、甘い。「未完成交響楽」などに感激する男だ。あの、女が得られるとしたら、私は、私の芸術など、すててしまうかも知れないのだ。ほんとうか、ほんとうか。

プルースト、許してくれ。私は、ただ、お前の、足許に、うずくまることさえ、許されぬような小さな男なのだ。それが、お前をののしりさえした。しかし、私は、ののしったのではないのだ。

私は、こんなことさえかく、ばかな、甘い男なのだ。

あらゆる女に目をくれ、何よりも、女を欲していながら、「女など、そう、おもっていない。」などという男なのだ。女という女なら、どんな女でも、ただ、生殖器をもっているだけで、承知する俺だ。

そのくせ、あらゆる人間に腹立つ、ばからしさ。

「心理」。富士にも、桑原にも、私の心理ということがわからない。富士は、「慾望の問題」として、かたづけてしまうし、先生は、創作の目というものを、どうみるのだろうか。

構成というものがあるためには、構成の立場必要なりがあることを感じないのか。

プルーストの立場が、物を見る立場が（創作の目が）記憶であり、現在（存在論的な）でないということ、これが、皆には、わからぬのだろうか。

ドストエフスキーの「壁」という言葉を理解しない。つまり、「心理」と、「歴史存在」との関係がわからないのだ。

純粋行為の神秘化。

「心理と存在。」「時代。」 富士も理解していない。

議論することが、けんかだと富士は言った。しかし、私は、そうは思えない。私には、議論することが楽しいし、それは、一つの情熱であるとさえ思えるのだ。

私は、プルーストの、その創作の目が、心理だというのである。

私は、私の立場を、歴史的な、存在論的なものにしたいのだ。私の創作の目は、歴史社会、なのだ。単なる、個的なものではない、社会なのだ。（もう、個的なものよりの解決の不可能は、十九世紀により証明されたのだ。）

「彼」なのだ。彼の目なのだ。創作の場所のもつ目が彼だというのだ。私達は、行為するとき、物をみていくというと同じく、創作のときも、対象をみて行くのだ。その目が個であるか、社会であるかをいうのだ。

構成とは、反省のする作用だ。このとき、もっとも、きよぎがよく行われる。心理、社会。

プルーストの時間とは、心理的な時間なのではなかろうか。記憶なのではなかろうか。プルーストは、客観の変化をえがいた。――この立場がほしいのだ。客観［他人］は、とらえ得ないと書いた。これこそ、十九世紀の人々、ドストエフスキーの地下の人の壁ではなかろうか。

「他人をとらええないもの」と把えたという人があるかも知れない。

しかし、これは単なる言葉の上での、ことにしかすぎないのだ。心理よりも広い立場にたつとき、即ち、「彼」の立場にたつとき、客観［すべては］そのものは、とらえられるものであり、「他人は、とらええないものだ」というにしても、それは、作中の一人がいうにすぎぬのだ。それは、別物なのだ。作者は、他人をも、はっきりと、歴史的につかむ人物をも、示しうるであろう。とにかく、「他人はとらええないものだ」ということは、ライトモチフではなく、くずれ行く人間の形として、とらえられるであろう。

富士は、議論に争いをみる。しかし、私には、ただ、楽しみがあるのだ。富士は、議論などしても、ものわかれになるだけだ、他のものの立場を、みとめることなどしないのだ、というが、そんな議論は、議論などというに値しないものであろう。それは、争論にすぎない。議論が成立するには、常に、相手の立場をみとめることが必要であり、その立場そのものへの、批判が必要なのだ。ぎろんすることにより、自分の立場は、いっそうはっきりとするし、わるいところもわかるであろう。ものは、すべての方向から眺めねばならない。

すべての奴が、自分自身を大きく見せようとしているのだ。

「自己のことを絶対にしゃべらぬこと。」小説としてのみ、しゃべっていたらよいのだ。

「人を絶対に責めないこと。」小説としてのみ批判したらよいのだ。

三月五日

俺は、母のことを考えねばならない。母だけが苦しみ、母だけが働いているのだ。

誰も、私の「心理」ということばを解ってくれない。私は、私達人間の行為は、歴史的な社会的な行為でなければならぬとするのだ。

小説家も、かかる方向へ、進まねばならぬとするのだ。作中の人物が、一々、飯を食ったりするのを描写する作者などないであろう。それと同じく、心理を、かくのも、一つの描写にすぎないものとなってしまうのではないだろうか。新しい心理、しかも、それは、一つの存在の立場から、歴史的な立場からつかまれねばならない。

「この頃、太田がていねいになったさかい話もでけへん。」と私は、桑原と富士の前で言った。

「ふん、そうかなあ、俺の前ではどうでもないけど。」桑原がいう。

「そら、君を、大におそれてるさかいやろ。」富士。

「そんなことあるもんか。」

「いや、そうや、俺はよう、太田をかんさつして、知ってるさかい。」

「そんなことあるかい。太田かわってきたんや。」

「は……。かわってきた。又のまのおとくいのやつをいいよった。のまが、かわってきたいうのをきくと、おもしろてかなわん。」富士。

私は、すぐ、私が太田が私にていねいになったことなど言うて、いけなかったと思った。俺は、きっと、このことで俺をののしるのだろう。いや、忘れよう忘れよう。

しかし、富士の家から、かえるとき［途中］私は、私をののしった。

「何ということを言ったのだ、言ったのだ。」

しかし、私は、私に対して、ちかごろ太田が態度をかえ、ちかごろになって始めて、私を尊敬しだしたのを知ったのだと考えるとき、又、腹立つのだった。

(富士のことばに対しても。)

私は、しゃべるまい、しゃべるまいとしていた。

野田来る。母から、お金がくる。

「進介の恋。」人妻に対する恋。その人妻の性格、いんとうな目。明るいけしょう(夜)。くらいけしょう(ひる)。夫の性格。

鉄郎の歴史的行為。「革命をいとなむ人人。」

その人達の恋愛と議論。恋愛　三種。

羽山の兄と芸者、羽山と女店員。

兄と姉。

恋の流行的影響。

小説は歴史ではない。しかし、歴史の方向へすすんではいけないのだろうか。歴史の方向といってもそれは過去の方向へではない。この社会的歴史的重厚さをもった方向へだ。人間存在の方向へだ。

人間存在、神。心理によって絶対にとらえられぬもの。

科学と神への信仰。批判。心理的な神――キリスト教の神。

あくま。鉄郎を殺す人人。無残にも、歴史は、個人を殺し、残忍をきわめるのだ。

都会、幾多の個のおしつぶされる響がする。国体の何という無神経な圧力［惰性］。

お前は、あらゆる人々の讃美がほしいのだ。賞さんがほしいのだ。

私達は、心理に、内面性のみによっては、決して、個人、人間の個性をとらえることはできないのだ。

それは、歴史的に、社会的に、存在論的にとらえられねばならないのだ。歴史的とは、人間学的という意であり、弁証法的と言ってもよいであろう。どこまでも、現在的にとらえなければならない。「個人」の方から、みなければならない。意識からではなく、真の個、即ち社会からとらえねばならない。社会を、意識にうつった社会としてではなく、人間性として、全体的に、主体的にとらえねばならぬ。瞬間的行為、歴史的行為、一瞬一瞬中心なき円の周辺をまわる行為の光り。

全体性。自覚せる行為。

歴史とは、決して、単なる記憶であってはならない。

歴史とは、絶対に動かしえない過去を有するものでなければならぬ、それと共に、無限の不安定を有するものでなければならぬ。我々人間は、意識より解することはできぬ。人間の肉体性、物質性の如きものさえ意識より解することは、もはやできない。有機的、無機的な注射が、人間の体に影響することなど、意識よりとらええないにちがいない。それは、どこまでも、現在より、無限に深く、暗く、動いて行くもの、しかも、動かぬもの、現在よりつかまれねばならぬ。

社会性、歴史性。

私は、共産主義者として働きたい。

私は、支那を歩きたい。それより、もっと暖かい国を歩きたい。私には、ただ、生活が必要なのだ。書斎の生活を、如何にべんごしようとも、べんごしきれないことはたしかだ。生活とは、青空の下でのことだ。

この母をおいて、この悲しむ母を置いて、共産主義者の群の中へはいって行くことが、私にできるかどうかということだ。

一生、私の出世のみを望みながら、私の大きくなることに、己のすべてを投げすてながら生きてきた母を、おいて、私にできるかどうか。

私に、生きる力があるかどうか。

(私が淫売婦と、交ることが一つの闘争の時期であったと同じように、今や、これが一つの闘争の時期となるのではないのか。)

人間たる以上、権力意志を、どうして、棄て得るのだ。

俺は、どこまでも、ロマンティシスムの道を走るだろう。

彼は、彼の仏に、死を宣言した。(以前に)——ニイチェ、ジイド、これらが、彼のこの道程を救けた。しかも、彼は、それが故に、ニイチェ、ジイドにしっとした。

彼の作品に、生殖器を女にみせてやろうとおもう人物がいた。

それを、友人が言った。

「あれは、せえへんのやな、おもうだけで。そこへ行くと、ルッソーはてっていしているなあ。」

「そうか。」

彼は翌日、女の前で生殖器をみせた。そして、友人に対する憤怒をかんじた。「あいつが俺を支配したのか。」

殺人。

三月六日

エマスン、この人程、私に、静かさ、底からの静かさをあたえてくれる人はない。この人は、私から努力なしに、気取りをとりさらせるのだ。

「社会の革命が遂行されるにちがいない。そのとき、過去の作家は、全くほうむりさられるであろう。」こう考えて、ただ、自分の作品をのこし、名よをえんがために、むりに、革命の作品をかかんとする男の批判。

いま、革命の時期、個の歯車は、集団の歯車にかみつぶされる。

一大歯車にかみ合う無数の歯車、都会。

社会は個人を、一つの手段としてしまう。


「俺は、一個の手段となる他ないのだ。ぎせいに。」

社会は個人のぎせいを要求する時期なのだ。

古いものは、常にぎせいの感情に酔っている。

ひくつ、ごうまん。


私は、マラルメや、その他かかる、現実から、とおざかった詩人に対する批判をかきたい。しかし、それは、もはや、ジイドが、『パリウド』でかいているのだ。フランソワ・ヴィオンは、「彼が詩を書いている故に、何をしてもよかった。」のだ。

この批判。

ボードレールの心理的固定性、遊ぎ性に対する批判。

今は、心理そのものの、おそわれているときだ。心理より底の「存在」が、急変しているときだ。

かかるときにあたって、心理は、弱きものにすぎない。

今は、心理が現実をつかむ、一要素にして、全体ではないことを、知らせる時期だ。しかも、十九世紀の遺産として、あらゆる作家は、心理のみにかじりつこうとするのだ。もはや、ドストエフスキーの作品によって、私達は、地下室が住みよくなったのだ。

そして、そこが、一個の平凡なところとなったのだ。そこが一つの慣例となったのだ。——地下室が、漸次、水づかりになって行くのも知らないで。マルキストの一人。


かってのマルキスト達が如何にして、てんこうし、てんらくして行くか。一時は、自分をせめるだろう。やがて、わすれて、なれてしまう。旧ブルジョワ社会の力に化せられる。

井口。詩によって、革命の一助となる気でいながら、てんらくして行く。詩をかくかくといいつつかかぬ人。

三月十日
大阪へ帰って来る。女。

雅子。

どうしても、きっと、日本帝国をくつがえしてやるのだ。

それで、小さければ、この世界を、と思いながら、芝居小屋(大阪劇場)の前をあるいた。

三月十一日

気分おもし、頸がいたむ。

三月十二日

晴れている。少しさむい。

三月十三日

国定忠治をみた。一つの人生観、をもった始めての映画、打たれた。

涙が出そうなときがあった。神経衰弱の気味もあるのだ。母に灸をすえてもらった。むりを言った。

菜の花の明るい柔かさ。ビロードの感じ。空があることをも忘れさせるもの。空のやわらかさをも、自分の柔かさの手段としている。すべての中心。

三月十四日

私達は、単なるホモ・ファーベルであってはならぬし、又、単なるホモ・サピエンスであってはならない。私達はどこまでも、自覚的行為者でなければならぬ。

三月十五日

横光利一の『機械』の中にも、私は、心理の限界をみる。

これも、もはや、過去の作家の群に入る人ではないか。

心理からみたとき、現実とは、どうしてもつかみ得ないものだ、それだのに、心理は、それを、何かに表現せずには、おかぬのだ。そして、それは「機械」といわれたのだ。科学、科学（現在の）ほど、心理的なものはない。

すべては、歴史の上に、ぶちたおされねばならない。

「キリスト教を倒さぬかぎり、新しい文化は生じないであろう。キリスト教ほど、人を、心理的なものにしたものは少いであろう。人を懐疑的にしたものは少いであろう。」

真の思想とは、現実そのものでなければならない。

ユダが言う。

彼は、地獄をおそれていた。彼は、まだ、まだ、キリスト教と離れることはできなかった。

「彼は、人間は、キリストを否定することもできるのだ。」という可能性を行ったにすぎないのだ。

しかし、彼は、死にのぞみながら、考えた。やはり、俺はまけたのだ。キリストは、歴史を、つちかうだろう。

俺は、もはや、何のあともとどめないであろう。

そして、第二の俺など出る筈がない。俺はどうしても、キリストをはなれては、何もない人間にすぎないのだ。心理は、ただ、悲劇をこのむのだ。心理は、遊戯のうちのもっとも高尚なものだ。心理は、すべてのあくまのかくれがだ。


病院で美しい女をみた。（美しいといえないか。）

私が、注射をおわって、はらまきの見える背［しり］をその女の方へむけて、外套をき、女の方へむき直ると、娘は（十八位）、うすわらいをしていた。私の様子をわらったのだ。もう、会えないかもしれぬ、などと思った。

そして、この間を出るとき、人に会わなかったら、また会えるのだと思ったりした。

「結婚のとき、血統をしらべたいように言いだしたら、向うの血統はいいにきまっているのや。」と一人の男がはなしていた。私は、この簡単なやり方を利用した男の話を知っている。

娘は、紫の羽織をきて、薄茶（むしろ、桃色がかった明るい茶、薄いチョコレート色）の、お召しのしま（白）をきていた。私の前で、帯の下のところを直した。私がみると向うをむき、他方をみると、私を観察し、うすわらいをし、私を軽蔑するのだ。人［男］は、女に軽蔑されたがるものだ。

このあたたかい空のまるさ、空の青いふくらみを
着て、ゆらゆらと、黄色いびろーど、
菜の花の、日の光。春の野の黄色。
空のまるい呼吸。

野は、一つの菜の花の呼吸、ゆれ、ゆれて、ふくらんで
ゆく、朝の花びら、朝の日の映《うつ》り、
日を抱いている。空がにおう春　暖かさ。
菜の花は、中心点だ。一個の、中心点だ。人間の美しさだ。
やわらかさだ。人間の中の動物だ。春の動きだ。本能の芽だ。
発生だ、生育だ。女だ。青春だ。

とうとうと黄色のうるむ空、日は空深く、一帯の花の黄色をうつしている。

一面の〔一字不明〕い黄色ゆらゆらと、かすむ明るさ。


彼は、遊廓など、何の面白さもないところだと知っていた。恋人こそ、真の娼婦であり、真の淫婦であり、恋人こそ、真の本能のみに生きる女だということを知っていた。理性は、生殖器をあざわらうにちがいない。

しかし、彼は、あざわらわれに、遊廓へ行かねばならぬのだ。

彼は、やはり、一つの本能、として、あざわらわれたかったのだ。

三月十六日

彼は、手淫の後での如く、自分自身をののしった。

雨。

あしべおどりの切符を五千枚（三千五百円）し入れたと母が言った。そして、

「これが、よういったら、二千円もうかるのやけど。」とつけ加えた。

「ふん、二千円。」私は、いつものように損をせねばいいがと思った。

「二千円。」母が言った。

「それで、如来さんに御礼ばかりしてるんや。」と言った。

「そんなことだけ、おがんでるんやろ。」と私が言ってわらった。

姉が、

「うちかて、へいぜい、ほったらかしてるくせに、こんなお金のときだけ、おがむんやし。」と言った。

私も、母が損をせねばいいが、そして、如来さんをおがむのを、私が批判したり笑ったりしては、如来さんが、お金を、もうけさせてくれないとおそれ、母が損をすれば、私はもう、何もできないと思ったり、そんなカタストロフがきた方がよいと思ったり、それは、ロマンチックすぎると思ったりした。

母は、「かまへん、こんなことばっかり、おがんだって、かまへん。如来さんはいってくれてはるんや。ちゃんと、知って下さってはる。」と、寝床の中から言った。

母の信仰の新しい姿、と大きさ、平和さを私は見た。

私など、二千円以上の金を賭けたりしえないのではないかと思ったりした。

母が寝ていたが、急に、ぱっと目をひらいて、

「ほら、高いとこから、すとーんとおちるようになるのや。深い深い、そこへ、落ちこんでゆくように。そいで目がさめるのや、なんべんも、一ばんに。」そして、又ねむって行った。

私は、私が地獄の夢をみるときのことを思いだして、ぞっとした。（このごろは、それはなくなったが。）

母は弱っている。肺病になるのではないのか。朝おきたとき、鼻をならすし、顔色、動作、口の中が変なつわがでるなど。

歯みがき（クラブ）を歯をあらい、そのにおいのついた爪と指をかみながら、同時に舌で、その指先をなでていると、春枝との接吻を思いだした。

この頃、すべての存在をわすれそうだ。自分以外の存在を。クラシズムの人がロマンティシスムの人を見れば、気取りにみえるものだ。

「これかして、一寸。」姉が言った。私の歯ぶらしを。

「え？」私。

「かまへん、一寸。」

「うん。」私は、姉が、私に、あいそをしているのだと思った。

私は、こんなあいそをする女は、うぬぼれやだと思ったが、わるい気もせずこれを、あいそだなどと思うのこそ、うぬぼれだと思ったりした。

横光利一の『機械』『悪魔』『鳥』、この心理には、作者の子供らしさが、みえるが、どうだろうか。作者の酔いがみえるのだ。

「或る男。恋文をだした。返事がない。女は結婚した。その女が五年して、男にあった。そのときの関係。夫との関係。」二人とも、恋文のことを思っているが口に出さない。女の方から、言ってくるのだ、恋文のことをにおわせる。活動しゃしんにかこつけて。

「あの男の人、なぜ、もう一度出さなかったのでしょう。でも、手紙などだめ、体がないから、ただ、体以外に何もないわ。」女はこう言ってしまうと、もう、羞恥心などわすれてしまってもよい権利があるのだと思ったのか、女の大切な羞恥心をわすれることの言いわけをしてしまい、もう、はしたないとおもわれることもない、そのいいぬけがしてあると思ったのか、大胆になった。

彼女は 羞恥心（肉体の）こそ、すべての、恋のじゃまだと思っていた。

しかし、男は、その羞恥心に、どこまでも、しゅうちゃくしていた。

男は、女が、自分を真に愛していないのだと思った。（こんな男は、いまごろまれではあるが。）

三月十七日

或る詩人は言った。

「この社会に心を動かすのは、センチメンタルなのだ。」

或る、社会主義者は言った。「心を動かすまいとするなどセンチメンタルなのだ。」

詩人は、社会主義者など、みな甘いセンチメンタルな、ロマンチックな人間だ。という。又社会主義者は詩人など、何の能力もないロマンチックな奴、甘い奴だという。

ロマンチックな性情をもっていない奴などだめだ。

真のロマンチックこそ、クラシックであるのだ。真のクラシックこそ、ロマンチックなのだ。

ロマンチックになれ、ロマンチックになれ。動け。

悩を持たぬ人間などないのだ。悩をもったといって、悩があるということをほこる気持は幾分かだれにもあるのだ。

が、人間に悩がないなどということは、絶対にありえない。

私達は、どこまでも人間なのだ。それ故、私達は、どこまでも人間の世界に生活して行くのだ。私達は、私達として、生活して行く以外にないのだ。

しかも、私達の真の生活は、社会的、歴史的でなければならない。（主体的全体的である。）

私が、社会的に自覚すればする程、私は、真に個人として、生きうるのだ。私は、真の哲学を有するのだ。

私達は、歴史を、造って行くという意味に於て、行為的生活に生きねばならない。歴史的でなければならない。ホモ・ファーベルでなければならない。しかも、どこまでも、自覚的でなければならない。ホモ・サピエンスとして、イデヤを見るのだ。

しかし、この二つは、一つのものでなければならない。

現代の人間は、知識階級であり、且つ、労働階級でなければならない。（これは、いま、所謂現実的にはバカバカしいことだと言い得よう。）しかし、生産の国にあっては、そうでなければならない。生産の芸術、生産の哲学、生産の科学。即ち、実践者なのだ。

歴史、真の歴史のつかみ方。

「永遠の現在」よりつかまねばならない。

西田哲学的に考えるとき、と、カント哲学的に（大江精志郎でもよい、田辺的にでもよい）考えるときには、私は、表象型の方向（かかるいい方ができるとすれば）を、全く、反対にしなければならない。

統一の方向によって、表象型の方向も代るのだ。統一ということ、実践ということから、心理学もつかまねばならない。

行為とは、対なる実践のことであってはならない。やはり行動的なものでなければならない。何等か、外界に変化をきたすものでなければならぬ。　？

現代の人間は、弁証法にめざめた人間として、つかまねばならない。二十世紀の人間は、新しい希望にもえた、しかし、右のような人間なのだ。

三月二十日

無償の行為とは、単なる自意識からの解放にすぎないのだろうか。無償の行為、とは、瞬間とは、単なる、衝動的なもの、欲望的なものにすぎないのだろうか。

そうであってはならない。無償の行為こそ、真の行為、歴史的行為、即ち、真に、イデヤを見て行く、行為でなければならぬ。

ジイドの瞬間を永遠の現在と見るならば、無償の行為をも、単なる、無意識的な行為（動機が意識上にない、無動機な行為）とみてはならない。歴史を考えねば、真の行為など、つかめない。

だんだん、人は、自分のうちのものを、ひとに話さなくなって行くのだ。あらゆる人間は、自己の敵になってゆくのだ。自分の兄、自分の友、自分の姉。そして、あらゆる知らない人間が、自分の話をきく人となるのだ。

すべての人間に油断してはならない。あらゆる人間に良く思われてはならない。冷然たる態度、ごまかされない態度をとらねばならない。しかも、動きながら。病人は、常に、人に軽蔑されているように感じるものだ。実際、軽蔑されているのかも知れぬ。

ひとは、病人を軽蔑する習慣がある。あわれみを含んだ軽蔑。

結婚した女は、未婚の女［男］を軽蔑するものだ。

三月二十一日

久しぶりで、今津へ行き、のんびりして、すきだと思った。今津はやはり、海をもつ街だ。海の動いているのが、街の中でも、感じられるのだ。

おじいさんのお経をよんだ。まちがわぬよう、ごまかさぬようによんだ。棒よみと、仮名まじりよみとを、二度によんだ。なぜか、そうしないと、すまなかったのだ。

お婆さんが、お金をくれた。（七円も）よかった。

尾関さんとこで、本をもらい、一時半頃まで、あそんでいた。

尾関さんは、すきだ。

童心をフロイドから、説明しようとしているが、童心にしても、やはり、夢とか、フロイドから、出発せず、もっと、存在論的に、つかみたい。子供のいきいきした肉体、動物性。リアリスティックに。雅子。

三月二十三日

万三郎、金太郎、兼資の能を見る。万三郎の熊野がよかった。

女のしなやかさが、歩くとき、（足を、つけて、一寸爪先を上げる）そのときの体全体のやわらかい力、坐っているときの扇のもち方、扇をもって、裾を乱れぬようにだいている姿、右手のひとさし指をのばしている形、村雨留のふりかえり方、女車との調和、舞台一面が、女を表していた。

歌舞伎などより、ずっと、女を出していた。声も、太かったが、それが少しもじゃまにならず、女の声、さびしそうであり、喜ばしそうで、やわらかく、つつましい女が、自分の声を、出しきらず、ひかえめに、しかも、十分出しているというやわらかさであった。腰の線、体のこなし、腰元朝顔など、くらべものにならぬ、女の肉体、生殖器的な肉体さえ、思わせた。

しかも、つつましやかに。

明るい花の下の、雨、女。

それから、歌をかきつける、ときの、筆にすみをつける型。

もよかった。

山姥は、最後に、鬼女が、面を左右に、さっと振ったところがよかった。歩みぶり、姿、やはり、高かった。

鬼女が舞い、足をふりあげ、音をささずに下すときがよかった。

頼政は、老人が、左右に体を動かす型がよく、後の頼政の舞いも、はげしいところはよかった。

自分のこのみから、熊野がよかった。

退屈させられ、つかれるところが多い。舞台の明るさは、やはり、熊野が目に残る。（これは、しばらく、わすれられぬだろう。明るさがちがうのだ、女の明るさだ。桜の花の色の映えが出ているようで、他の舞台の明るさとちがっている。舞台全体が、女だ。）

夜、母が、商売の方が都合よく行きそうだと姉と話しながら、「今日、こいで、借金もどうやら、片がつきそうやさかい、ひょっとしたら、これで死ぬのやないかなどおもたんや、うちの、主人のときかて、死ぬときには、わてがひとの病気直したりして、なんぼでも、物もろたりしてうちに一ぱいになったりしたがな、ひょっとすると、片づいてやれやれいうて、これで、後にのこるものに、心配もないさかい、死ぬかもしれへん、おもたわ。」私は、母が、こんなことなど、考えるとは、知らなかった。

こんな、死のことなど考えたこともないのだと思っていた。

私と同じなのだ。

「死ぬかも知れへんなんて、そんな弱いこと考えてんのかいな。」姉が寝床から言った。そのことばは、少しはしゃいでいた。(姉は、強いということをほこっているのだ。そして、又、家の状態がよくなって行くということが、二人をはしゃがせていた。)

「ちゃんと、よくなってきたら、よう死ぬもんやさかいなあ、ほっと、そんなこと、みちあるいてて、交渉がすんでかいりに考えて……。」

「お母さん、なんか、何の、べつに、ごう病なんて、あるやなし、気をつけとったら、死ぬなんてこと、あらへんとおもうわ。」

「でも、死はわからへん。じゅみょうやもん。何時死んでも、よいように、しとかんと、いつでも死ねるかくごができてんと、そのように、くらしてえへんと、あかんがな。わてら、「主人」が死ぬときでも、いつしんでも、ええように、用意してたんや。今日死んだらどうしょう、今日死んだら、どうしよう、と、ちゃんと、きめたあった。そのくらい、用意しとかんとあかへん。」

死に対する母の、たんぱくさ、強気、いつ死んでもよい生活、私は、母に対して、尊敬をいだいた。(生れて、始めてだ。)私などだめ。

母と、姉は、又、商売のこと、幾高さんのこと(この人が、人に、きらわれながらも、なんか、ぼろ口があるかと、毎日やってくること。)松いさん(なんぼ、口どめしていても、うかうかと、しゃべってしまう、口のかるい人。)のことなど話した。

「幾高なんかに、へいへいせんならんのん、ただ、金がないさかいや、人は、いくら借金があるなどと、平気でいえるけど、わてらいえへんのや、ただ、それがいえるようならどれだけ、気いつかわんでええかわからへん、どんなに、気がかるなるやろと思うわ、わてら、借金まみれやけど、それをいうたら、人が信用せえへんさかい、切符を出してくることがでけへん、ないもんを、あるようにみせとかんならん、ひとかて、うちは、ないのに、たんと、うなるほど、あるようにおもてんのや、そうみせとかんならん、ただ、それだけが、つらいのや。今度、金をもうけて、資本さえでけたら、幾高なんか、へいへいせいでも、ひとりで、やれるのや。」

「もう、こんどこそ、よう、そのこと、おぼえとって、わすれんように、しなはれや。」姉がいう。

「わすれる、いうて、うちら、わすれたこと、あらへんわ。金がないさかい、へいへいせんならん、ことが、くやしうて、くやしうて、でも、幾高に、へいへいいうのかて、こっちが、幾高を利用してるのやさかい……向うは、こっちを、利用してるおもてるけんど、こっちは、こっちで、向うを利用してるのや。……こやけど、こんどは、よういった。なんにもかも、よういった。……そやさかい、ふっと、もう、死ぬのんや、あらへんのか、とおもたりしたんや……。」

「四月三十日に、みんなわかるのや、あんまり前喜びせんと、まってよかいな、まえよろこびして、うまいこと、いってなんだら、そんやあとで、よけい、つまらん、おもわんならんさかいな。」

母。

「そうね、そうね。」(二人は、ねどこにはいって、間のからかみを開けてある。)

姉は、はしゃぐと、手仕事でも、しだす、そして、余り、はしゃいでいるのを、はじ、はしゃいでいると、みられぬように、(又、ずっと、そのまま、二人で話しつづけられるように、――つまり、何もせずに、私と二人で話すということは、恋人どうしのようでいけないのだ。)何かしながら、私の近くにいるようにする。

(何にもしていないと、はなれねばならぬようにおもえるのだろう。仕事にかこつけてのはなしなのだ。仕事をしているから話は、ゆるされるのだ。仕事ついでの話と、みせるのだ。)

仕事をはじめるが、仕事は、すすまず、(例えばはりしごとなら、同じところをぬったり、ただ、布《きれ》を折り、すじめをつけることを、同じところをくりかえしたりするだけだ。物をたんすに入れるときなど、同じものを入れたりだしたりしているだけだ。)

女は、ふりかえらず、横に一寸顔をむけ、目の横すみを、目玉をまわして、私をみるようにする。私はその女に関心をもっていることを、女に知らせてやらなければならぬと思って、じっと、女の、頸すじ[えり]をみつめる。女は、私を視線をかんじて、又、目をつかう。電車がきた。女がのった。私ものり、何くわぬかおをしながら、女の坐った方へ行き、前の席へ、こしを下し、顔を、一寸みて、目をふせたりした。

便所の穴には、向うから、紙がさしてあった。そうじの婆さん(四十五位)が、向うの便所でそうじしている。

その外で、女の子が、便所があくのをまっている。私は、その子がはやくはいってきたら、のぞいて、と、わくわくしている。(しかし、私は、余り、長いこと便所にはいっているので、一寸、気が気でない。)

婆さんが、「さあ、はいっとくれやす、もうすんだ。」と、そうじがすんだことをつげた。

女の子が、ええと言った。しばらく静になった。私は、耳をすました。もう、ばあさんが便所にいないと思ったのだ。穴の紙をついた。一寸。又、一寸、婆さんは、まだ、いるらしかった。そう思いながらも、一寸ついた。婆さんは、何もしらぬかも知れない。いや、知ったところで、どうでもよい。それとも、もう、女の子がはいって、しているのかもしれぬ。……又していないにしても、女の子が、はいらぬうちに、この穴をあけて、私がのぞいていることに、気づかれぬようにせぬと……と思い、紙をついた。紙がおち、穴があいて、向うの便室がみえた。いけない。

「また、なんで、紙をおとすのや、紙を、つめたあるのに、きょうこそ、みてやるぞ、どんな男や、どんな顔してるのや、みてやるぞ。」しまったと思った。どうしよう、私以外に、のぞくものは、多くあり、そして、それらの人々の方が、よくのぞくのだ。それに、私がつかまり、私のみが、つかまり、顔をみられ、私一人が罪人ときめられる。——そして、今日、朝、のぞいたりしてると、きっと、みつけられるのだぞ——と、或る心がささやいていた、のを思いだし、それにもかかわらず、とめきれずに、やってきた自分を、ふりかえり、便所のうす明りの中の、自分を反省した。

きたない便所、どろにまみれたたいる、外の足音。外には、婆さんが、ぶつぶついうている。私をまっている。しかし、私は、むしろ、落ちつきはじめた。もう、どうでもなれと思いはじめた。向の便所へは、女の子が、はいって、しているらしく、しかし、私は、のぞくこともできないのだ。壁板がくろく、みえるのだ。穴の上は、のぞくときふれる髪の油で、くろずみ、(如何に多くの男が、これから、のぞくかがわかるのだ。——それ故、この便所は、いつも、はいったら、三十分以上、出ない。)、うすく光っている。なまぬるい風だ。

私は、ドアの下から外をみた。女が二人程まっている。今でては、この女たちの前で、婆さんにやられるのだ。私は、出るのをやめ、まっていた。婆さんの、長い、うすあかい顔、いつも、便所をよごすことをこぼし、一日中、ぶつぶついっているのを思いだした。私は、もう、けいさつへわたされることをかくごしていた。

私の便所を人がノックした。

「はいってまっせ、そこ。」と婆さんが言った。

何をいやがるのだ、やっつけるのなら、はやく、やっつけんかい、と私は心に言った。しかし、私は、うちらのじょうを、はずすことなく、待っている人のなくなるのをまっていた。

隣の便所は、開閉され、女が、出入した。

私は、それを、のぞくこともできない。こうなった以上、やぶれかぶれや、もう一ぺん、紙をつきおとして、のぞいたろか婆さんが紙で向うからせんをしてしまった穴、と思ったができなかった。ドアの下から、又のぞいた。

待っている人がなくなった。私は、なぜか、どうしょうと[何のために]するのか、はっきりわからなかったが（やはり、おぼろげながらわかっていて、考えをきめていたのであろう。）こちらから、穴に紙でつめをし、下の穴へもつめた。そして、かくごをきめた。さっと、しう恥が走った。がじょうをはずし、外へ出た。ドアの音がした。

それが私の頭を、にぶくうった。

「なんで、紙をおとすのや、なんでや、ちゃんと向うからしめるのに。」婆さんは、人が前にいるので、少し、語気をやわらげた。「落した。ぅそつけ……いつ落した。……お前、みてたんやろ穴から、そやさかいこっちから、つめをしたんやないか……お前みてたんやろ……。」婆さんは、へどもどした。

（弱気なんだ。かげで向ういきがつよい。）

「なんで、おとすのやろか……。」私に向わないで、下をむいて、言った。二、三人がきた。

「あの穴、つめするか、便所、しゅうぜんするかせんと、いかんぞ、皆、のぞいてるやないか、え、かんとくの人にいうとけよ。」

「なんで、……そいでも紙おちてきたやないか。」

「お前がみてたんやろ……かんとくの人にいうとけよ、な。」

私は、少し気のどくになり、やさしくいった。（得意にもなり）——そのことで後で、自分で自分を苦しめた。

翌日、私は、急に、その便所へ行かなくなるのは、おかしいと思われるといけないから、小便だけしに行った。婆さんは、私をみて、ほほえもうとした。しかし、私は、ぐっと、固い顔をしていた。

女の人がきて、便所開かへんがどうしたのか、きいた。

婆さんは、私にきこえるようにと、声を大きくして、「しゅうぜんしてまんねんが、セメントぬってね、それで、あっちのだけ、一つだけ、あけてまんねん、もう、あきまっせ、じきだす。」と言っていた。

私は、時々、行って、みに行った。穴はもう、せめんとでつめてあった。

三月二十四日

尾関岩二さんの、子供のおしゃかさまの中で、自我といっても、心なければ石や瓦などと同じになってしまうし、心ありとすれば、心のまよいにさまようというのなど、よくかけている。

「ひとりの旅へ」が、美しいと思った。

「お話のなる木」は、よい。

ワイルド。Vivian, as a method, realism is a complete failure.

「女と生れてこねばよかった、男に生れてきたらよかった。」

これだけが、女なのだ。

三月二十五日

心理の二重性と弁証法。

自意識の交互性。ロマンチシズムとクラシズムの交互性。

現実とは、一個の人からは、偶然性をふくむものである。

（この偶然性を拡張し、こ張し、気狂いになって行く人間。）


山、川、木、草――これらを自然とよんではならない。山は、この山、あの山、緑の山、煙のたっている山、以外にない。自然など、物理学的なことばにすぎないのだ。全体しかないのだ。


観測は行為的であり、歴史的であると言っても、やはり、まだ、個人的な要素に傾くことをまぬがれない。

真の歴史的な、社会的な立場、「私と汝」が、この底にあって、その上でのみ、観測という言葉は、用いうるであろう。

（ハイデッガーの不安も、「私と汝」との不安、でなければならぬ、それは、どこまでも、愛に止揚さるべきものなのだ。

不安の不安。）

ロマンチシズムに対する弁護論。

すべて、真にロマンチシズムでない人は、真にクラシズムであるとはいえないのだ。ロマンチシズムとは、真じつ、誠実、努力、実践を言うのだ。

鈴木千久馬　色が浅い。情熱がないのは、いやだ。
吉田博一　ルオーを出ていない。「物」の存在を知らない。
田中佐一郎　ブラック。
宇野三吾　色も形もよくない。思いつきの陶器。
私の小説など、何の現実性も、何の真の心理もつかんでいないものだ。

夜、『橋の手前』（芹沢光治良）をよむ。よいと思った。

少し甘く、えいたん的なところが、全体に出すぎていて作者を見せるのがいけないが、又花田という男が類型的でいけないが、よく出来ている。

新しい女、少女を、かいてほしかった。

マルキシズムの認識論の不徹底は、マルキシズムの「実践」の把握の不徹底を表わすものだ。

「実在」の模写は、どうして、真の行為を中心とした、歴史、社会の学から、生じよう。もしやとは、行為を、不正確につかむ故に生ずる理論だ。

三月二十八日

「私は、英雄になりたいのだ。」(さも、よい言葉を発見したかのように、これをかきつける。)

自分の病気を直すことを、大きな仕事のように考えている男。病気を直そう直そうとしながら、死んで行く男。「直してから、きっとやってやるのだ。」と思いながら、圧迫されて行く男。


その女は、むりに、見えにくそうなふりをして、目を据えるように、相手を見る。近眼なのに眼鏡をかけていない。(たしかに、眼鏡はこの女の美しさをなくするにちがいない、そして、娘はそれをよく知っているのだ。)その眼のするどさ、(白玉の多い、ほそく、ほそめてみる見方)それが私を、つよく引いた。私はさいを振った。(帽子の中へ)六が出た。偶数、次に、二、次に、二、皆、偶数だった。私は、その女に物を言うのをやめにした。

リアルとは、ねばりがあるということだ。

三月三十日

「心理↓存在(論)へ。」

すべての言葉を、全く、純粋な言葉そのものとするのが、私達の新しい仕事なのだ。心理的に用いられている言葉を、全く、存在そのものにまで、きたえるのが、私達の役目なのだ。概念的な、観念的な言葉、それを、全く、純粋感情でやきつくし、透明な烈しい言葉とするのが、私達の役目なのだ。この、人間存在そのものの根に通じた純粋感情の美しさ。

新世界、太田に会う、動物園。

中原中也が、菜の花を詠っている。(赤ん坊を)何という、おざなりな言葉なのだろう。こんな感情が、どうして、詩人の感情などといえるのだ。

私の「菜の花」を、こんな、おざなりな思いつきで、けがされて、たまるものか。

伊東静雄の神経。これが、詩だとでも思っているのか。子供、赤ん坊、みどりご、菜の花、お前らに、こんな直接的な、もっとも、ねばりけのある、強さのあるもの、が、詠えてたまるか。

至高の山に登りしものは、あらゆる悲劇と悲惨な現実とに笑う。『ツアラツストラ』(ロマンチシズムとクラシズムに就て。)

四月二日

この看護婦さんは、快い。気をつかう必要が少い。私は、虚栄心のある奴とは、みな、うまく行かない。

つまり、私の虚栄心とぶつかりあいをするのだ。

母親、赤ん坊をベンチにねかせ、向うへ、おとした帽子をひろいに行く、病院で、私はいらいらする。そして、この赤ん坊、ほったらかされなんだらええがなと思っていると、私がいるのを幸と（帽子をひろいもどってきた母親は、又、立って。）ベンチへ赤ん坊を、あおむけにねかせ、「まってなさいや、うごかんと、おちたらあかんぜ。」母親は、横の鏡の前へ行った。（廊下の）私は、赤ん坊を横にみながら、いらいらしてきた。何回も同じ本の言葉、行をよんだ。「もう、一度、もう、一ぺんよまんと、お前は、えろなれへんぞ。」心で、ささやく、私は、又、同じところを、よみかえす。赤ん坊が手を動かし、おちそうになる、はっとして、赤ん坊を支えてやる。そして、もとの位置へ直してやる。母親は、知らず、鏡へ向っている。母親は、私が傍にいたから、赤ん坊に「おちたらあかんぜ、」といいながらも、俺に、もりをさせるつもりなのだ。私は、かっとなり、いらいらし、赤ん坊のそばにいれば、どうしても、赤ん坊が、おちないように気をつかわねばならぬと思い、向うの方へ行ってしまおう、と決心する。しかし、さて、というと、それもできぬ、赤ん坊は、泣きだす、又落ちそうになる。

「ばか、何という奴だ、あいつ、顔を洗ってやがる、髪をなでつけてやがる、それ程、男にようみてもらいたいのか、その顔で、ばかやろう、何という奴だ。」私は、後からその三十五位の母親の茶色の髪の毛に、つばでもはきかけてやりたいと思う。しかも、又、「お前は本気で、おこったり、いらいらしたりしてるのか、へへへ……。」というやつが、心の中にいる。

私は、赤ん坊の顔をのぞきこむ。「ばか、何という奴だ、落ちるやないか、ほったらかしやがって、俺が、こまることがわからへんのか、あいつ、俺の弱味を知ってやがるのだ、それにつけこみやがってるのだ……。」赤ん坊は、不審そうに私をみつめる。眼に涙がたまっている。

「はよ、せんかい、まだ、髪など、いろてやがる、そんな髪、なんぼ、いろたって、どないなんねん……。」

母親は、かえってきて、「ちょうか、ちょうか、ちょうか、よしよし。」と、大きくいう。（私にきかせるかの如く、私が赤ん坊をなかしたかの如く。）

「何をいうてやがんねん。」といいながらも、「ちょうか、ちょうか」などと、いえる女が、はずかしくなる、そして、はずかしくなる自分にむかつく。

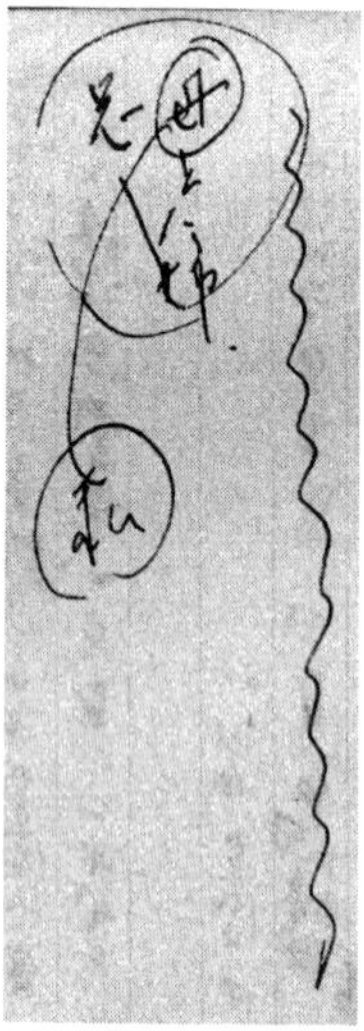

はれる。くもると、さむい。

新世界へ、ひきつけられる。一日に一回行かないと、承知できない。（性慾（抑制している）が、そうさせるのにちがいない。――性慾が都会のひるを歩かせるのだ。

四月四日

羽山の兄さんと、十時頃から、四時半頃まで話す。

浄正橋筋、丸越、チー・ルーム。

芸術家は、哲学を軽蔑しすぎる。そして、芸術が、割りきれるものではない。などと言う。しかし、わりきれるものではない、という風にでも、なんらか言えるのだ。

絶対の無は、わからない、といっても、やはり、絶対の無という以外に表し方はないであろう。

概念も、それが、現実的であればよいのだ。概念も、それが、「純粋感情」にやきつくされるときは、詩の言葉となるであろうし、「批判」の力に、気をあたえられるときは、小説の言葉となるのだ。

「小説」とは、「批判」の二字につきる。全体が批判であり、一つ一つが批判であり、あらゆるものに対する批判なのだ。尽きざるものなのだ。

神戸の上からみた海。

晴れ上った海、斜に浮き上った海、
四角、直線、西洋館、マスト、白。
――古い感覚、これを、新しいものにすること。

あしべ踊りをみた。

芸者にも、美しい女は少い。しかし、美しさが、他の女よりは、ずっとせんれんされている。女という感じを出すものは少い。すぐと、この女の接吻の仕方とか、性交の技巧とか、年はいくら位とか、そんなことを考えさせる女が多いのだ。女にして、しかも、女を出せないということ。（芸術的な、踊りとしての女）

万三郎の女とくらべてみよ。メヌエット調の、ような、太さがほしい。

カザルスのチェロは、男性的だ、チェロは一体に男を出すようだが。

夜、雨。

「家庭的なこと、そんなことは、なるだけ、気にかけんように、して、ちょうぜんとしていた方がよいですよ。それでも、いいかげん、つかれますからね、そんですわ。」

「でも、どうしても、考えますね、なるだけ、親に、しんぱい、かけんようにしようと、思って……。」

マルキシストが、これ程まで、唯物弁証法を、ふりまわすものとは、思わなかった。

四月八日

プルーストは、文芸上で、カントの如き役割をしている。

吉田の家へ行く。

私は、いままでとは、全くちがった行き方を見出すべきなのだ。

ただ、不満足だなどと思っているだけでは、なんにもならない。

問題を、事物を、存在論的に把み、提出し、しかも、その中に、人物の描きわけを行って行くというやり方。

「竹内さんの詩は、余りに、健康すぎるきらいがある。」といった人があるが、健康こそ、先生の特性であり、ゲーテに近いと言える点なのだと思う。

詩の言葉。について。

小説と批判。

批判をはなれた感動など、あってはならない。批判と感動を、発生論的に区別するなど、だめだ。

「長い間、哲学の本をよみつけると、小説のようなものをよむのに、ある努力が必要ですね。」（マルキシスト。）批判とは、退位ということではない。もっとも強力な実践をもったものでなければならぬこと、勿論のことだ。

四月九日

奇妙な考えが、人間にとりつくのは、ごく、体の状態の変な短い期間に於てであること、そして、それが、ひどく、一人相撲の観念的なことが多いことを忘れぬように。

世紀末的、発展のないこと。

四月十日

私が、私は、「小説」を全く変えるのだ。「小説」の把み方、内容、意味、すべてを、全く変えてしまうのだ。

私の役目はそれだ。私は、全く新しい小説をつくらねばならない。

存在論的な構成。存在論的な主題の提出、かくしてこそ、始めて、人間がつかめるのだ。単に、個性をのみかきわけるだけであってはならないのだ。

個性的に問題を見せるだけであってはならないのだ。スタンダール、プルースト、トルストイ、ツルゲーネフなどであってはならないのだ。

私は、喜びにみちるだろう。

2　京都帝国大学時代

（1935 年 4 月～ 38 年 3 月）

一九三五（昭和十）年四月～八月
（日記5）

〔ノートにはさまれていたもの〕

階下に、一人の娘がいるとする。その娘のうごきによって、階上を動く一人の男。

娘が左へ行けば、男も左へ行く。下で娘が本をはぐる音がすれば、男も何か勉強せねば気がすまない。便所へ行けば、男も、小便へ行き、自分が、あなたと同じ生き方をしているということの幾分でもを、その娘に知らせようと、して行く。

娘のするとおりにうごいてゆく男。

四月十一日

まだ、雨（一昨日から）。姉が、戸籍抄本など、送ってくる。謄本と、あれほどかいておいたのに。朝、飯を食い、道をあるきながら、いらだってくる。この、へまは、だれがしたのか、ちゃんとわかっているがと、葉書にかいてやろうかとも思った。

人生批判と、私の「批判の眼」とは、ちがう。「批判の眼」とは、もっと、動的なもの、なのだ。

雅子、この名のもつ、感じは、よい。耳。

桑原が俺よりも先に、便所（大便）に行く。それが、少しずつ、頭をいらだたす。なぜだろう。俺が、桑原が便をしている間と、俺がする間と、両方、時間のむだ使いをせねばならぬからというのだろう。そして、私は、フランス語にとりかかり、桑原がでてくると、便所へ、本をもって、はいるのだ。こんな俺が、どうして、女の愛をもちつづけうるのだ。


先生の家で、お茶をこぼした。「しまった……。」と言った。先生が、雑巾をとりに行ってくれた。長い間、それが気にかかる。先生の着物へも、かかった。先生はそれを、ハンカチでふく。そのたびに、私の顔がふるえる。それが、先生に通じ、しまいには、ハンカチを出さなくなった。私は、少し赤くなった。しかし、以前程、神経質には、ならなくなった。

井口に、私が、「菜の花」をかくということを言った。

そして、あとから、またいつものように、いけないことをしたと思った。私は、井口が、「ヨシキリ」、「木蓮」をかくと、二つもかくものを言ったので、私も、何か言わねばわるいと思って言ったのだが、あとでまた、それが気にかかり、「自分で、自分の作品を放りだしてしまい、つまらぬもの。」と思うようになりは、しないかと恐れるのだ。

夜、井口かえる。

井口がヴァレリーの翻訳をした。

「こんな仕事は、いつまでものこるさかい、あとにのこるさかい、とくや。」私が言った。「あとまで、のこってるのやさかい。」私のいみでは、この努力が、いつまでも、井口の身体にのこり、それが、何等かの形で、のちに、出てくるというのだった。それを井口は、翻訳が、印刷として、本として、残ると、とったのだ。

「とくや、か、ふ……。俺が、こんなんにあたったのがよかったんや。」といった。私の言葉には、お世辞的なものがあったし、井口も元来、お世辞をいう男なのだ。

私は、人にこびる。そして、こびる自分をみてたのしむ。神経病期にはいると、それの嫌悪。私の一生は、こんな連続にすぎないのか。


井口は、神経質を売物にする男だ。私も、こういうことは、用心していなければならない。

四月十三日

「宝島」をみる。こんな映画がすきだ。こんな世界にすみたいと思う。広い世界をあるきたいと思う。

ロマンチックな、この上なくロマンチックなことがしてみたいと思う。

富士、太田、桑原。活動で、桑原は、三階の二等席へすわっている。

富士が、「あいつ、二等席へすわりこんでやがる」という。そしてよんだ。

桑原が、ふりむいて、「ここへこいや。」という。

「そこ二等席やで。」富士。桑原は、はっとしたのだ。

しかし、平静をよそおい、「おりて、ここへこい、そこからみえにくいやろ。」という。(この平静をよそおうときの心持。心ぞうの動き、が私にはよくわかる。)

太田にむかって、「こっちへこいや、ようみえるぞ。」

私が、「下いうて、一階へ行くのか、そこ、二等席やぞ。」という。

「うん、でも、おりてこい。」という。つまり、自分は、ここが二等席やいう位しってるけど、そんなことは、問題ではない、席がすいてるから、みたっていいではないかという意味のことを、言っていたのだと思わせようとする。

「ふん、時々、切符しらべにくるぞ、二等席もええけど。」と、富士がいう。私は、このとき、はじめて、桑原の真意をしったのだ。そして、やったな、やっているなと思った。私も、やることがあるのだ。

皆は、じっとしていた。

「まあ、しかたがない。」桑原は、皆が二等席の方へこないから、では、しかたがないといった風に、上ってきて、皆の横へすわった。しばらく、自分がてれくさく、自分を責めるにちがいないのだ。私には、それがよくわかった。

夜、先生のうちで、

「小林君には、どうも、キリスト教的のていねいさがあるね。学生のときには、学生らしく、した方がいいのに、「これで失礼させていただきます」なんていったりして。」——先生。

小説を、仕上ること。

四月十四日

小説をかきだす。一日に十枚は、確にかける。三千枚位のものなら、一年程でかける筈。構想に、二年かかるとして、三年間でかける。三千枚位のものを、三つ程かきたい。私には、もう、短篇など、かけない。

四月十七日

私は、雅子がすきだ。あの耳は、気に入らないけれど。

私は、洗練を求めているのか。私は、少し、都会人になっただけなのか。

四月十八日

「ベンガルの槍騎兵」。すきだ。心臓の鼓動がした。

「未完成交響楽」のときと、これで二度目だ。

女を見た。二十三位だ。兄か姉の女の子供をつれて、電車にのる。私は、きつく女をみすえ、私が、ものを、熱中してかくとき、上に上って来る張り、血のような強さを、感じた。そっと、頭をたれ、もう、「だめ、だめ、いけない。」というように、頭をふった。私のやり方には、少しは、技巧があったが、女には、ききめがあった。女は、私を、ちらちらみた。人のうしろから、すきから、女をみつめていると、女もふりかえって、私の眼をもとめた。ほこりが女をとらえたのだ。柿色の羽織の下に、黒のきもの、それには、一尺おき位に、三本ずつ、赤、黄、緑が一組となって細いすじがはいっている。私のすきなようながらだ。

耳の形も小さくよかった。ただ、唇の右上に、小さいほくろがあるのがわるいだけだった。

女は、百万べんで下りた。私は、しばらく、女の行方をさがした。私は、すきな女にあうと、気むずかしい顔がしてみたくなる。

あの女なら、くらしてもよいと思った。また、女に、自信と得意と愉快をあたえてやったのだとも思っていた。

雅子の耳の形があんなのなら、よいとも思った。

四月十九日

いまの私は、平凡になろうとして、平凡なふりをしようとして、それに得意さを、感じる人間にすぎない。平凡をみせびらかし、けん譲をみせびらかし。

四月二十二日

ひとに自分の日記をみられたということは、そのひとになにか得意さを感ぜしめるであろう。しかし、こんなことに、快感を味わっているようではだめだ。みるやつも、単に、しっとのために、しっとのままに、みるだけでは、駄目だ。

「モダニズム、リアリズムのようなことばは、さっぱり、わからへん。」富士は言う。しかも、ある、ほこりをもって。

不当なほこり、不当な気取り、こんなものを、すてさせるものこそ、真のマルキシストなのだ。真のマルキシストには、そんなもののあるようなゆるみなどない。そして、その緊張は、決して、つかれを呼ぶものではない。

私は、平凡になろうと努力していることを、ひとに示して、喜んでいるのだ。

雅子。

ひとの日記をよむ。そして、自分のことがかいてあると、その人が自分のことを論じ、自分に関心をもっているというので、満足する。

いま、古いものを、すてさせて行くということから言っても、マルキシストは必要なのだ。ものを、誇大視するくせ（インテリゲンチャの）、観念的なもの、これらをふりはらうことの例を、一般の人々に示すもの。マルキシスト。

四月二十四日

母より手紙。四千円欠損し、八百円その他、五千円ほどの損とのこと。母は働くというが、母に苦労をかけないようにすること。体に気をつけることなど。

四月二十五日

家のことに、心をわずらわされないということに、得意なものを感じているのだ。ばかな奴。俺は、すぐに、うぬぼれてしまいたがるのだ。

経済か、法科へでも、やってくれるとすれば、行くようにすること。経済へ行くことに、失敗を感じたり、ひけ目を感じたりせぬこと、又うぬぼれも勿論のこと。

みえということが一番いけないらしい。

四月二十六日

調子にのりすぎた。（批評会で）
あとで、はずかしいのだ。
しかし、落ちついているということを見せびらかせてはいけない。いけないどころか、落ちついているやつなんか駄目だ。どんなやつもだめだ。

四月二十七日

私は、やはり、富士に甘えるのだ。

私には冒険性がない。

四月二十九日

プルーストはぎょう視の文学であり、そのぎょう視こそ、プルーストの批判であり、常に新しいものの創造へと人をかりたてるものなのだ。

中野重治。私は、こんな好きな人をいままでに知らない。

私もいまに、これらの人のもとへ行くのだ。

私は、それまでに、ただ、体を大切にするのだ。私は、私の体を、すべての人々のために大切にしなければならないのだ。

マルキシズムは、少しも政治のみではない。もっとも現実にそくしたものなのだ。

私が、マルキシズムに行ったとすれば、誰もが、飯がくえなくなったから、行ったのだと言うだろう。

しかし、飯がくえなくなったから、行ったと思われたってよい。

「それに又、飯がくえなくならねば、マルキシズムの大さなど、なかなかほんとうにわかりはしないのだ。すべてが人類のため、人類の解放のためにあるのだ。」

すべての人間は軽率でおっちょこちょいで知ったかぶりなのだ。これを忘れぬように。

すべての人間は、他人に無関心であり、時代に無関係なのだ。

すべての人間は、病人に無慈悲なのだ。

五月四日

少し、自信をとりかえしている。

富士は、桑原に、「活動しゃしんへ行かんといきられへんのんか、あかんやつやな。」といわれたと言った。

そののちのこと。

あとで、私が、バナナを三十銭ほどかい、みなにわけた。(二十銭は桑原がだしてくれた。)

「ふん、えらい、金もっとんのんやな。」富士が言った。

「そら、活動みにゆかへんさかいな。」私がいった。

「そやそや。」桑原。

「ふん、ひとがやったあいくちで、つきさすいうことがあるかい。これから、なんにもいえへんぞ、だまっとらんならん。だまってたんねん。」

富士がいった。

五月五日

私は、なまけぐせでいけない。どうしてなのか。

私ほど、意志が弱い人間はないのだ。あれほど、意志を強くしようと、努力していながら、まだなんの成果もない。

便所。

娘がいる。私をみてわらった。私も、おじぎをした。気がいらいらする。見ようとして、まどまであけておく。ばかなやつ。久しぶりでみるときれいだ。しかし、うしろからみると、やはり、いなかくさく、物をいう気もしない。そのくせ、性慾をおこしているくせに。けんお的愛慾。

森信成。こんな、考え方の男も、世の中にはいるのだ。久しぶりで、別な考え方(かりものではなく、自分のものとしている。)をもった男、しかも、強じんな男にあった。

「君氏、めしくったか。」という。「君氏にしげきしてもらうわ。」

私が、自然科学を信じられなくなったのは、中学での教育のしかたがわるいのだといったら、進化論を、信じていると森はいった。

私は、ふしぎなことをきいたように思った。『三人』の仲間と、別な人間がいる、と思った。（別な人間といっても、問題にしうる別な人間だ。）

私は、進化論のようなものは、信じないくせに、ヴィタミンとか、カルシウムとか、そんな結核に関係あるものは、すべて信ずるらしい。

私は、「私が、マルキシズムの運動をやろうと思っているが、それは、ただ、ブルジョワに対する、憎悪のようなものからだ。私には、唯物論は信じられないのだ。」といった。森は、理論的にはいって行ったのだと言った。私は、うれしい気がした。

マルキシズムを、少しでも好意的にみる人は、私には、どんなにうれしくおもえることか。いま、どんなに、よい作品をかく人間よりも、私には、うれしくおもえるのだ。

私は、ただ、あの仲間へ行きたいのだ。それだけだ。しかも、私には、なんの力もない。

私は、ロマンチックになりたいのだ。由比正雪的なロマンチックさ、革命性は、もう、すてたつもりだ。私は、革命を、ばくはつさせたいのだ。

それ以外に、どうして、生きられるのだ。そのくせ、私は、この私の芸術に、引きずられねばならないのだ。どんなにもがいても、私は、私の芸術性をたちきることはできないのだ。それだけだ。俺は、一生、そのもがきのままに、死んで行く。それだけだ。それ以外に、なにものもない。

俺が弱いのだ。

「行動的」だなどと、言うやつは、いうがよいのだ。行動的になってほしけりゃ、行動的と言わせといてやるぞ。

いけない、いけない、こんなことかいて。富士に甘える故に、こんなことがかけるのだ。富士が、俺を甘えさせ、ほっておくからいけないのだ。

俺がいま、一番いい気になっているのだ。ばかなやつだ。自嘲はいけない。（こういうところを、読みかえしてよろこんでいるのが俺だ。）

五月八日

親切な人は、多いものだ。

きれい、清潔だ、ということを、美しいというひとがいる。

「このみずうつくしい、うつくしいて」と、男が、金だらいの水をかえようとしたとき、おばさんがさけんだ。男にいじめられ、ぶつぶつ男のことをいいながら、それでも、性交をするのだ。何ということだ。

五月九日

羽山さんから速達が来る。

五月十日

ボードレールの笑いと、ベルグソンの笑いについて。

これは、全く別物と考えられているが、そうではない。ボードレールの如く、ダンディスムには、笑いは、つきものでなければならぬ。それは、嘲笑的な自己嘲笑なのだ。

社会批判的なわらいというよりも、それ以前のわらいにすぎないのだ。気分的な。これを普通人間的とか（即あくま的）とか深刻だとかいい、社会性をいう人間を浅いとか、そんな人にはあくまなどわからぬというのだ。

私は、自分を許してはいけない、どうしてもいけない。

人を、どこまでも許さなければいけない。この行為が、たとい、虚栄であるにしてもよいのだ。

（人間が、虚栄以外のどんな行為ができるというのだ。）人を許すのだ。人に寛大なのだ。人に差別をせぬのだ。

五月十二日

井口は、シェストフに執着する。それは、他の連中が（殊に『三人』。）シェストフを批難するが故にこそ一層、シェストフに執着する。

羽山さん来る。はげしいものを感じる。すきだ。

「あなたは、人をころすなんていやだといわれるけれど、ほんとに現実をみれば、そんなものでないことがわかるはずです。マルキシスト程、人を殺すことなど、きらう人間はない。マルキシスト程、人間性のある人間はない。しかも、なぜ、人をも殺さねばならぬかが、わかる。」

私は、プルーストを再びよみ、打たれる。もっとずっと、うたれて行かねばならぬ。

五月十三日

私の詩を私の小説を、私の評論を、理解してくれるものこそ、私の肉体を、私の呼吸を、私の脂のような弾力を理解してくれるものこそ、マルキシストなのだ。

新しい方向、新しい広い領野、私の詩の理解者、私のはたらきかける、大きいもの。マルキシスト達の、強い、純い、まじりけのない素直な心を、私は、またねばならない。

まつのみだ。

「いま、相手の眼の中に、相手のひとみがうつる瞬間です。」

こんな、性交の写真の夢をみた。

その写真が、運河の横にある遊園の桜前にかかげてあるのだ。

母と私は、それをみいっていた。

「こんなもん、でているわ。」母が言っていた。私は、にげだして、他の家へはいった。

マルキシストこそ、真の現実家であり、あらゆるゆがめられた観念的なものをもたぬ人間だ。マルキシストこそ、大地にくっついた人間だ。

私は、私の作品の理解を、これらの人以外には、期待できないであろう。

マルキシズムとは、単なるイズムではない。

私達が、生きて行くということなのだ。

『道徳と芸術』の一三二頁。

リエシャン・ファーブルの言葉、考え方、生き方、の烈しさにうたれる。こんな、はげしい行き方を、しかも、げんみつさを、私は、求めたい。

五月十四日

雅子から写真を送ってきた。少し、暑くるしいが。よい。

小野義彦に会う。

五月十五日

「国家に対する個人の依存が廃棄される。」(フェルナンデス。)

『ターニャ』(リジャ・セイフーリナ)はよい作品だ。こんな、きよい世界は、私達の間では、決してみられないのだ。

新しいものへ、新しいものへ、これ以外に何もないのだ。

私は、とりのこされはしない。私は、先頭を切ってすすむのだ。この新しい人間の、大地の世界をみるがよい。

五月十六日

俺は、俺の小説をかくことによって、俺が一個の心理的な気取りやにすぎなかったことを、自覚してくる。こんなものは、十九世紀の遺物にすぎないのだ。新しい大きい土台が、俺の中には、なければならない。

ソヴエトを見るがよい。ソヴエトを、もっと新しくもっと広く、もっと完全に、するのが俺の方向だ。

ソヴエトのもたぬもの、そして、もたねばならぬものを俺は、もっている筈だ。

それよりも、先ず、いまのところ、ソヴエトがもち、俺がもたぬものを、もとめることがかんじんだ。(丁度、俺が、以前に、俺にもっとも不足していた哲学的な方向を、もとめたと同じように。)

新しい、大きい、明るい。しかし、それは、どこまでも明るいのだ。酔いではない。霞みではない。

井口が、見る(いい方がわるい。)神は、どんなものか、考えてみること。富士の行く、無計画とはどんなものか、考えてみること。

いまに、みな、ふみにじられてしまうのだ。古い古い姿の中にとりのこされて行くのだ。

ロシヤ語を勉強すること。

五月十七日

無償の行為とは、全く自由な行為でなければならない。それは、歴史の流れにそうた、必然の行為でなければならない。デウスの表れる行為、神の行為でなければならない。

五月十九日

飯をくいに行った。こえた男がきた。「ロシヤの飛行機がおちたとか、ごう外が……。」(マキシム・ゴーリキー号。)

飯屋の主人がいった。

「うん、おちたんや、大きいやつが……ええ、きみや。」男がいった。

ふん、私は、むっとした。ばかやろう、なにいやがんねん、どなりつけようとした。しかし、どうも、へんでやめた。

親が死ぬことを望む人間がいるか。親を、母を、もっとも愛しているが故に、親の死をのぞむということがあるか。

マルキシストは、そんなマルキシストは、うそだ。

真のマルキシストは、親を、母を愛するが故に、とびこんで行くのだ。人間を愛するが故に、とびこんで行くのだ。

歴史をつかまえることだ。それ以外に生き方はない。歴史。

五月二十日

行為は意識から理解しえない。ここに無償の行為の誤解がある。意識から理解しえないとすれば、それは、意識下にあるのだろうか、しかし、意識下といっても、それも一種の意識にすぎない。無償の行為、それは、これらすべてをぶちやぶる、底の底のものなのだ。

この意味では、キリーロフの自殺も真の無償の行為ではありえない。（キリーロフの恐怖、死に直面したときのはげしい、充血をみるがよい。）

La véritable poésie, celle qui atteint l' universel, exige une purification préalable une sorte de soulagement de l' émotion, de domination de ce qui a été vécu, senti, éprouvé. (Alain)

真の行為、それは、歴史的自覚の行為、社会の動き行く行為でなければならない。

五月二十二日

母から為替。（夏服を買う金だ。）

堀場氏から手紙。

何故というに、何故かというに、何故といって、何故かといって、何故。

無償の行為とは、真に歴史の世界の行為でなければならない。如何に純粋と言おうとも、どこまでも、歴史的でなければならない。歴史の土台をすべて自分のものとした、行為でなければならない。

大きな意志、歴史的社会的意志の行為でなければならない。

ジイドの『贋金造り』を喜劇とよべるあやまりについて。それは、悲劇でも喜劇でもない。悲劇とか喜劇は、一つの方向へ現実をおいやるものである。が、ジイドの——は、現実そのものの方向なのだ。

アランのいう　une sorte de soulagement なのだ。

今日思いだしたが、俺は、小学校のときから、模倣者にすぎなかったのだ。

五月二十三日

俺は創造ということをいうが、俺は一体、何を創造したというのだ。俺に何ができるのだ。

「女を買いに行くに、牛肉を食いに行くがごとく考えている。」と言っていた男。

「アイロニイは、主観性の最初の最も抽象的な規定である。」

アイロニイは又、否定性である。しかも、それは無限である。なぜならそれは此の、もしくは後の現象を否定するのではないから。それは絶対的である、なぜならアイロニイがその力において否定するものは実は存在せぬよりたかいものであるから。アイロニイは無をたてる。なぜならたてらるべきものはその背後にあるのであるから。またアイロニイにおいて主観は消極的に自由である。なぜなら主観に内容をあたうべき現実はそこにないのであるから。主観はあたえられた現実がそのうちに主観をしばる束縛から自由である。

主観は消極的に自由であって、かようなものとして浮動的である。このような自由、このような浮動が人々にある感激をあたえる。なぜなら、彼等はいわば無限の可能性に酔っているのであるから。（三木清。キェルケゴール。）

ジイドの可能性とキェルケゴールの可能性の問題。

キェルケゴールは自己に性格的な浪漫主義を克服しようとして苦闘した思想家であった。

五月二十四日

私は、まだ、金持を重んじようとしているのか。

五月二十五日

"Est-ce que vous cabrez ? Monsieur Aritake." 後足デ立ツ（馬ガ）→腹ヲタテル。

五月二十九日

井口から手紙がきた。この上なくうれしかった。段梯子のところで、坐りながらよんだ。胸がふるえた。そして、そんなことさえ一々うれしかった。

「感動」という言葉が、みとめられているのも。

しかし、井口が、こっちへ来て、私に会うとなると、どうしようと思った。やはり、きっと、ぎこちないだろうと思うのだった。

Déjà Claudel, James et Gide étaient pour nous ce qu' ils commencent à être pour le public : nous les avions 《reconnus》 et placés à leur rang. (Valery Larbaud)

下で。

「女学校卒業さして、女学校卒業さしたようになればよいがね。」

「生いきにばっかりなってね。」

「わしゃ、あの、洋服きてあるいとるのが大きらいや。」——こうして、自分の子供を女学校へやらなかったいいわけを、こういう会話にまでもはさんで、自分で自分を安心させようとしているのだ。

六月三日

井口がきた。怒って帰った。傲慢な男だ。しかし、人間は、だれでも傲慢なのだ。そして、俺は傲慢なのだぞと示したがるものなのだ。だれでもだ。その点、人間に変りなどない。こうして、井口は、落ちるだけなのだ。いやだ、気取りなのだ。貴族的だと示したいだけなのだ。

こうして、後へのみ進んでいる。

こうしたところに、新しいものなどありはしないのだ。

俺は、こうしたところをみるたびに、俺達の方向の一層大切なこと、すぐれたこと、正しいことを心に信じなければならない。すべてがこうして、つぶれてしまうのだ。

新しい世界、新しい地点。

すべての人間が、しょう讃を求めている。それだけだ。

しかし、すべての人間を忍ばねばならぬということはないのだ。

キリスト教とはちがうのだ。宗教とは全く別なものだ。

旧いものにかじりつこうとする奴（人間には、どうしても、誰にでも、この傾向はあるのだが）は、ふみつぶされるのが当り前だ。

もっと仕事がある。もっと生きる仕事がある。

こうしているうちにも、何一つわからなくなるのだからだ。

こうして、ひとのほめた作品をほめない、ほめえない人間がそれだ。ひとのほめない人を、まつりあげるのがそれだ。こうして、つぶされてゆくのだ。――こうして、天才だと、いらだちながら、何というぐれつな人間なのだ、あいつらに俺の心がわかってたまるものか、こういらだちながら、下じきにされて行くのだ。

そのあいつらに、一寸でもほめてもらえば、うれしなきに涙を、おとすのだ。

――こんな行き方に、人間があるものか。スタンダールの模倣だけだ。

六月四日

文学を軽蔑する奴がいた。そいつらの一生をみるがよい。文学がどんなものか、消極的にわかるだろう。

探偵小説をよんでいる女がいる。それでも、まだうぬぼれをもっているのだ。どこに、そんなものの、出るこんきょが、あるのだ。

ディケンスが、ゴールドスミスが、傲慢な人間だということを知っていた。私が、きらいな傲慢は、スタンダールの行く傲慢のようなやつだった。

しかし、それも、昔のことだけだ。

私の道は、もはや、定って行くのだ。広いのだ。

哲学が、如何に、世の中のことを忘れさせるか、知らなければいけない。それとも、哲学の本をよんでいるとき、次第に、ものを、ものの角を、色を、堅さ（物の）をわすれてしまうような気がする。何か、もっと確かな、もの、くずれないもの、大地がほしいと思う。

これは、私の読み方がわるいためかも知れない。

哲学にのみ一生をささげうる人があるのは、不思議なことだ。

そんな人は、きっと、だめな人間にすぎない。

一つ一つの行為が、歴史の底に徹してこそ、真の自覚といいうるのだ。歴史の底の働きによってこそ、真の自覚が大きくなってゆくのだ。

歴史とは、単に歴史学ではない、しかし、歴史学をとおさなければ我々は歴史をつかみえない。歴史とは、個人のつかむ歴史であり、個人を動かす歴史だ。——社会の、社会の、動き、動き、動き。

人間は、自分のもっているものを、人におしつけずにはいられないものだ。——すべての人間にあてはまるかどうかを考えてみよ。

俺のことを語りたい慾望にまたとらわれる、そして、それをののしる。何ということだ、いつまで、たてば、いいというのだ。

「僕、オスカー・ワイルドの詩、うつしてたんや、しかし、じゃまくそうて、やめてしもたんや。」

私に何の思想があるというのだ。

みな借り物の思想ではないか。かり物、そして、人間もかりもの。小説もかりもの。

六月五日

富士のところで久しぶりに、話す。たのしかった。

六月六日

母が金を送ってきた。母は、すきだ。私は、いつも、私の遊んでいるとき、母にすまないと思う。

太宰施門は、気取り、ペダンチスムこそ、いとうべきもの、クラシックの芸術のもっともと《〔ママ〕》いうものと言う。

こうしたことを口にしながらそのやることをみるがよい。

六月七日

俺のお母さんは、この世の中へ苦しみにきたにすぎないのだ。こうした、お母さんを、お母さんを苦しめるのは、俺だ。俺だ。しかし、おかあさんを、俺によって苦しめるものは、ただ、金だけだ。金以外にないのだ。そして、又、金ということが、真の問題となってせまってきているもの、金というものを問題として、とりあげようとしているもの、とりあげうるもの、それは、三人の間では、俺以外にないではないか。おかあさん、母ということを、真に問題としうるものも、この俺ではないか、この俺だけだ。

おかあさんを、愛しているのも俺だけだ。

九時前、ラジオで大分県の俚謡をやっていた。春枝のことは、久しぶりだ。

六月十二日

大そうじ。

堀場氏から手紙がきた。うれしかった。よい人ばかりだ。よい人ばかりだ。散歩。

六月十四日

解決を彼岸に押しやって、現実記述に満足しようとする傾向は、哲学、科学、芸術を通じての、小市民意識の最近の世界的な現象である。(村山知義。)

母は、自分が、「人が悪い」と思っている。

「みんな、あたしを、女やから、だましたろ、おもてるのや、あたしが、お金もってると、おもてるのや。そのくせ、あたしが、いちばん人がわるいのや。あたしは、だまされてる顔してたるのや。そして、だまって、もっそり、こっちはこっちで、やってるのや。」そう言って、だまされて行くのである。

母は、私の行き方を、かなしむであろう。母は宗教によって、忍従を教えられてきたのだから。

母は、私のみを頼りにしてきた。それに、私が、又、外へ、出て行くのだ。私のことを心配する。兄が外へでていたときの母の心配を思えば、「もう、あきらめてる」と言いながらも、心につねに兄のことを気づかっていたことを思えば、私の行き方は、母を悲しませるであろう。

しかし、私は、母の手から逃れて行かねばならない。

母とはなれねばならない。しかし、そこには、なんの悲壮劇的な考えがあってはならない。しかし、母とわかれて行くことに得意さなどをかんじていてはいけない。

しかし、母も、かわいそうだ、せめて、一寸でも楽をさせてやりたい。慰めたい。それだのに、皆が、母に、つらくあたるのだ。母の特権をみとめてはいる。母には、その特権の生活がうれしいのだろうか。しかし、こんな考え方は、なんにもならない。私は、働かねばいけない。どうかして。

俺自身を反省しなければいけない。どこまでも反省するのだ。

俺は、調子にのりすぎているのだ。誇張しようとしているのだ。

俺の心は、ゆらぐ、俺の心はゆらぐ。何か本をよんでいる。

しかも、このことがたえず、それにひっかかっているのだ。

母の死のことがうかんできた。母が死ぬのだ、あの母が、もういない。いなくなるのだ。もう、あの母が、そう思った。胸をかたまらせ、眼のふちを鈍くおしてくる悲しみが、私をつかんだ。

この母にこそ、たのしみを、させてやりたいのだ。

それは、私の唯一の望みだ。この母、もう三年、もう一年と、私の生長のみをたより、私を何よりも、自由にしてくれた母。その母だ。よく、これだけもちこたえられたと思う。

言葉に対する自覚がほしい。何も、社会を自覚することは、社会のことを詩の主題として、もって来なければならぬというのではない。自覚するということは、社会を知らねば、〔二字不明〕に自己を知っているとはいえぬ。言葉に対する自覚、詩人の社会的な役割の自覚を深めてほしいのだ。

六月二十一日

確かなものが摑みたい。確かなものだ。そんなものがある筈があろうか。何を読んでも駄目だ。そこに何があるのだ。そう思えるだけだ。俺自身の問題は、俺自身以外にときえないのは、わかっている。しかし、これが、俺が生きているうちに、とけるとでも言えるのか。

トルストイのものを読んでも、ドストエフスキーのものを読んでも、感心はする。しかし、これは、ほんとうか、そんな気がする。フイリップ・スウポオーという男がすきだ。志賀直哉のものをよむ、しかも、そいつが、俺のその奥底の動きにふれることがないのだ。

その俺の奥の動きをえぐりだして、俺に見せてくれることはないのだ。そいつは、俺の役目だろう。

すべての人間が、いま、それを求めているだろう。

しかし、すべての人間に、それができるであろうか。雨が降った、細かい雨。

私は、用心していないといけない。私は、歩まねばならない。足を、地から、うかせてはならない。一刻一刻、このことに、気を掛けておれ。

六月二十五日（三時頃。）

先生が落ちているのだ。雪渓を、すべるのだ。俺にはかけない。もう、死んでいるのだ。もう死んでいるのだ。しかし、もう、死も生もないというのか。死も生もなにもないというのか。

ただこれだけなのか。

六月二十六日

夜、井口、富士、太田とくだらない話だ。何をしているというのだ。勉強以外ないのだ。勉強以外何もないのだ。何もないのだ。くだらぬことは、ほおっておくのだ。

地獄が、なおも、おもしろいというのか。

俺には、又も、心の動揺がきた。俺は、先生の束縛を、きゅうくつと思っていた。もう、どうしていいかわからぬ程、先生が俺をとらえていた。俺は、身動きできなかった。俺は、何という気にとらわれたりしたのだろう。二十五日の夜、俺は、ここへかきつけることもできぬような、先生に対する恥ずべき心をいだいていた。

そして、今日、動揺がやってきた。俺は、やはり、死は死だとして、片附ける力がないというのか。先生が、世界で一番大きい人間だと知ったのも、俺が始めだった。そのことは、先生の日記にもあった。「ヴァレリーを越えた。」と。しかし、俺には、俺の上には、先生の力が余りに強すぎた。

俺は、先生のあとをすすまねばならなかった。俺は、何を俺のものとするというのか。こう思った。俺の見出すもの、そこには、先生がいた。俺には、何の才もない。俺は、先生をのがれようとして、マルクシズムに来たにすぎないのか。これが、心理的な見方にすぎないことだと俺はのぞむのだ。

やはり、やるだけのことはやることだ。人の、友人の賞讃を求むるな。「先生の教えはこれだ。」俺の一番の欠点が、ここにあるのだ。俺はただこの点からくずれて行くのだ。

動揺が来る。しかし、ゆするのなら、どこまでもゆすれ、俺が死ぬか、俺がすすむか。そこまでゆすれ。それだけだ。

先生の死は、働け、ということだ。

俺等の、何というくだらなさ。子供らしさだ。

私が変る——世界が変る。世界が変る——私が変る。

六月二十七日

先生が落ちたところから、とび込みたいと思った。とび込むのだ、とび込むのだ、すると、そのときの先生の気持がわかるのだと思った。

もういないのだ、もういないのだ、こうも思った。

すべてが、うそなのだとも思った。こうしてみな動いているなど俺のさっかくにすぎないのだとも思った。しかし、この考えは、すぐ、そのかたわらの、何か器物（机、花立、どびん。）にさまたげられるのだった。

先生が私達の行き方を示して下さったのだ。ここに、すべてがあるのだ。すべて、捨ててしまうのだ。地下五千尺だ。地下一万尺だ、地下千万尺だ。

先生に、一個の先生に東洋のすべてが、そして、西洋のすべてが結晶した。先生は、すべてを生きたのだ。

先生の生活は、明るかった。先生の一瞬一瞬の充実した姿がみえるのだ。

六月二十八日

私のすべては小さい。私は、それだけだ。私は、肉体的だというようにみえる。しかも、私の肉体など抽象的なようになりがちなのだ。

ものは、とりだして、固定させねば、つかみえない。しかもとりだし固定さすとすれば、一瞬の後には、もはや、それは抽象的なわくのようなものになってしまうのだ。

私は、人を、わるい方、わるい方にとりたがる、などと自分を思ってはならない。

先生が、私を、いましめたのだ。私を、私の真の存在を、私が生きて行くということを、もう一度反省してみるのだ。私は、反省、反省という。しかし、私は、反省、反省といいつつ、それで、安心してしまうのだ。

私は、その反省、反省といいつつ、しかも、そのいうことを反省しなくてはいけない。

真に自己をきわめることだ。

「愛ということ」をもう一度、考えてみることだ。

六月二十九日

昨夜俺の秘密を富士と太田とに言ってしまった。しゃくにさわった。これら、二人を殺してしまわねばと思った。そして、しかも、今日富士に会ったとき、「すっとした。」と言った。すると富士が、「俺もすっとしようか。」と言った。「うんやれ。」「まあやめとくわ。」と富士。俺は、又、腹をたてた。何ということだ。何ということだ。

桑原のやさしい心づかい。

岩崎が、「君のおふくろの方、どうや。」「今日「の水か」。」（私は岩崎が、母の経済の方をたずねているとは知ってはいたが、しかも、こう言った。）「ううん、経済の方。」「あかんなあ、前と一緒や。」「京都へくるいうのやめたんやな。」「うん。」

「体、大切にしてくれなあ、君はまあ黒部へ行くやろうこと、あらへんさかい、その方は大丈夫やけど。」

「うん、体だけやなあ。」私は、何か、あつくなった。

俺は、もはや、どこまでも、俺を語らない。断じて語らない。

これが俺の修業だ。俺は、意志が必要だ。

俺は、病気を直すのだ。俺は、俺の世界をつくって行くのだ。

俺達の世界。真の広い、新しい世界。

俺は孤独だ。どこまでも孤独だ。しかし、それを主張してはいけないのだ。俺の表明は、ただ、作品あるものでなければならぬ。俺がだまれば、だまる程、俺の生活は充実するにちがいない。これが、俺の唯一の修業だ。

俺の貧弱さをみるだけでよい。たえず、この貧弱の面のみをみるのだ。

内在の超越。この他、絶対の他。しかも、その内在。これを真に把むことが、私の仕事だ。それ以外にない。

小説で金をつくること、そして、母を安心させてやりたい。

それがいまのところ、母に対する唯一つの道だと思える。母を喜ばせてやりたい。これは外面的なことかもしれない。しかし、母の喜ぶ顔をみたい。母と、たのしく、たのしみたい。

六月三十日

一刻一刻、下のものが貧乏になってゆくと感じるのだ。

一刻一刻、母がいじめられて。母は、心を入れかえたと言った。しかし、それも忍従の心にすぎないのだ。単なる忍従の心にすぎないのだ。

富士は、「まちがっていなかった。」という。しかし、自己とは、「俺一人」ということではないのだ。俺一人、この俺一人、そんな心理的なものではないのだ。しかも、小説家は、こうした、心理から、人をつかむ以外にない。

七月二日

想像の創造的な意義について。(パスカルに反して。)

吉田が、「君は竹内さんが発展するにつれて、進んで行ったんやな。」「そうや、そうや。」のま。

酒(詩)。人間と酒について、酒と空想。

この人間の空想のはかなさ、底なき、礎なき、建物。

しかも、又、酒は、人間を、現実的にし、あらゆる観念的なものをうちやぶり、のみつくす、快楽。

空想をやぶる。

人間が存在論的なものであるという意味で、「詩」は、もっとも、存在論的なものでなければならぬ。

抒情とか、リリスムとか、あらゆるものの排斥排除こそ真の詩への還元である。根元である。

リリスム、抒情も、その根源的な感情の流れの泡、ひらめき、ただよい、ゆれでなければならない。

人間は宇宙から酒をくむ、ぶどーの美しさ、宇宙のきよさ、人間の酒、人間存在そのものの酒。

動物(人間の中の)は酒によい、人間は酒を自覚する。無償の行為とは、人間の酒の行為でなければならぬ。

黄金色の酒の行為、酒の根は、アルコールなのだ。

しかも、人にはそれぞれ、そのよい方がある。

知らぬもの、知るもの、その他。

酒は人をのみつくす、人を殺す、酒とは、人の、真の自覚だ。

真の自覚だ。豊かな、しずかな、空の青さをみないか。

宇宙の酒をみないか。

酒は、すべてをつくりだす、酒は働くものの生命であり、死ぬものの、毒である。酒は、ごくらくであり、地獄である。この土の黒さをみないか、酒にしみた、人間のはだのにおうこの土を。

私は、自覚というものが、ぐっぐっと、きざまれてゆく彫像のように、はっきりと、線をきざまれて行くのをかんじる。

年々、刻々、明に瞭になって行く。

暴風雨よ、稲妻よ、俺の地盤を奪え。俺の安易さをうばえ。

俺の船を奪え。

岩田氏のチョコレート6個もらって（かん油をのむため）机の上においてあった。3個しかなかった。なくなっていた。

シェストフは、ユウリピデスを、心理的にしか、よめなかった。

弁証法は、シェストフには、わからない。心理さえ、シェストフには、わからない。反省、真の反省がないからだ。

先生の詩は、世界の構造に関する、存在そのものに関する。

これは根源の感情であり、詩の感覚をも、単に感覚のみに終らせず、根源へまで深めたものであった。

先生は、人間存在そのものの美へ直接つらなるのだ。

先生は詩を、詩そのものとしたのだ。

富士の日記をよむ。桑原がはいってくる。この心理などもうかくまい。

芸術とは、美の感情（これこそ、もっとも底の感情であり、感情とは、これ以外にない。）の、錬《エグゼルシス》まにすぎない。

子供の見た美など、つまらぬのだ。

「きれいよ、でてきてごらん、あの雲、ほら、あんなに、まっか。」子供があそんでいた。

芸術が意志であることを知らしめたのも、先生だった。

七月三日

死の天使の眼。二つの眼（パスカル。）

他人の知らぬ、やらぬことをみつけようとする。

例えば井口の、シェストフ。（他人といっても、自分の近くのもの。遠方の人は他人ではない。）

七月十一—十二日

女のあとを追う。追う。それだけだ。

七月十三日

根底のあるもの。根のあるもの。芸術作品に於ても。短篇の構成に於ても。

レーニンの『唯物論と経験批判論』を読み始める。はっきりしている。レーニンをいままで、みあやまっていたようだ。

「ほんまにいんばいづらしてやがる。」

「あいつかい。」

「うん、あの一番前にいるやつや。」自分は、その淫売づらの女がすきだったのだ。

「感情、純粋感情とは何かということ。」についての考え。

「大海ならざるものに深海なし。」

ニイチェは、神を破るのに一生かかった。ジイドは、ニイチェから出発した。しかも、共産主義への到達に一生かかった。私は、ジイドから出発する。私は、共産主義から出発する。

ジイドはニイチェを見出した。私はジイドを見出した。

私は、何故冒険を見ないのか。何故、逃げようとするのか。

私には、近頃やっと、消し（文学の）ということがわかってきたように思える。人《ひと》は、みな、うわすべりの性質をもっていること。

土台がくずれてくる。後悔が、おじけがともなってくる。

ものは固定させねばつかまれない、しかし固定させるとすれば、それは、もはや旧いものとなるのだ。しかし、固定がないとき、発展もない。空間のないとき、時間のみのとき発展もない。

しかし、固定するとき、つねに、何か、かたくるしいもの、そぐわないものがあるのだ。

ツルゲーネフには、うわずった声がある。（例えば、バザーロフの説教とか、あくび。）スタンダールにも。（例えば、ジュリアン・ソレルの暗誦。）ジイドにも。例えば、主人公の美人。

宗教こそ、実に無用なものになってきたとわかってきたように思える。

「場所」——内在的なものと考えられやすい。レーニンの言う物質という意味のことばも、これに求められる。

唯物弁証法という言葉を知っていながら、わざと、マルキシストの云う「なんやら弁証法」などと、むりに言う男がいる。先生がいない、先生がいない。うすく眼がさめ、天井をみている。ふっと、何か、先生ということばのていこうが来る。しかし、何か、重い、ものだ。「いない、もういない。」これは、安心であり、又、くらい不安でもあるのだ。

「いなくなれ、いなくなれ、いなくなるものは、いなくなれ。」

私は、こう思う。

女に対して、うぬぼれることのできぬ男。富士、井口、などが、女に対して、自信をもつのはいいとしても、それを、人につげうるのは、私には、不思議にさえ思える。即ち、井口。

「さっきな、俺が、この犬つれて、あるいてたんや、すると、有田のあれな、女のやつ、やってきて、かわいい犬、いいよんねんが……。」そして、私の肩をたたく。

又、富士。

「きっと、今頃後悔しとるんやぜ。」

「うん、そら、もうわかったある。うぬぼれるんやないけど、平生の動作をみとったらわかったある。顔をあこしたり、俺の前へ、わざわざでてきたり。」

私は、ここで井口のことばを思いだした。以前、「すぐ、顔、まっかにして、そむけよんねん、あんなん、みとったら、よう、わかるわ。」

そして、こんなことを、ここに書く、私の心には、何かの材料にしようとする心だけではなく、しっとの考えと、又、そんなことを言える人に対する、うらやみの心があるのだが。

社会を厳然とつかむことだ。自己の中にすべてを、見ることではない。自己とはそんなものではない。「社会と自己」だ。

「自己と社会だ」。ここに真の自己があり、真の肉体があり、真の個性がある。

すべての学問をしようとしている男。その喜劇。

すべては喜劇であり、すべては悲劇だ。如何に悲劇をえんじたとて、笑いに対しては、何の力も、失われるのだ。

女を追い、女を追い、女を追い、女を追い、女をきらい、女をきらい、女をきらい、女をきらい。――自己をきらうことがない、知ることがない。

顔をすっと立てている。顎を引いて、頬をひきしめ、すると、力と、はりが出て、美しくなった。口紅が、きびしい力をました。そして、後からみたときのしりのゆるいたるみをわすれさせる。女。

「こうして、俺のことを、あいつに言ってやがる？」

友達の方をむいて、何かささやく。そして、俺の方をみるとき、一寸上をむき（上目をつかい、すますのだ。）美しいと思う。美しいと思う。そして、又、「俺を、こうして、一時間も、こんなところに立っている俺を、祭の境内のやしのりん病の薬売の傍に立っている、みじめな俺を、女のために、自己を卑めている俺を、わらっていやがる？」と思う。

夜店のしょうぎ。歩を打った。「やめた。」と言った。「歩」が成れぬことに気づいた。やはり、上っていたのだと思った。そして、「もう帰れ。」と自分に言った。女をやめてかえってきた。かけだと、うぬぼれ、不安だと、とくいがり。

ソクラテスは常に後から、しゃべった。


ひとは、大して、違ったことを考えたりはせぬものだ。又、大して、違ってもいないのだ。それを、俺と、だれとは、全くちがうとか、正反対だとか、言いたがり、又、考えたがるものだ。

今日も、雨曇り。朝、子供がはやくから泣きつづけ、ねむりもできない。

七月十四日

あらゆるものを弁証法的につかむということ。行為の立場以外に立場はないのであるからということ。数学、科学、すべて、弁証法的につかめるのだ。科学そのものの立場からはしえぬが。

さらに、もとの立場へたって。（大江精志郎氏に反対して。）

「自分は、いまの世に生れるべきではなかったのだ。」と考える人があるであろうか。あるとすれば、どうなるか。

世界は個を道具とする、個は世界を道具とする。象徴というが何を象徴するのか。象徴ではない。どこまでも、事物そのものでなければならぬのだ。

私達は、結局、写実以外にはない。真の写実。そして、これこそ、創造なのだ。

其処にはこの上ない豊富さがあるのだ。宝が。とらえきれない宝が。まだ手にふれられない倉が。私は、そこへ行かなければならない。新しい人間の生活。プロレタリアート。

七月十五日

ツルゲーネフの『処女地』を読んだ。時々例の浅いところが出てくる。すぐ、人物の特徴、時代の特徴を出そうとする点など。しかし、こんなしっかりしたものをかける作家はいない。

ツルゲーネフの中でも一番よいものだと思う。リアリズム。

文学、芸術、これは、二重化だ。文学するということが現実だ。現実ということをわすれるな。こんな、たしかな、批判をもった作家は少い。一八七七年、いまから、六〇年程も先のことだ。現実主義のロマンチスト。

私は、これをよみ、がんといかれた。何ということなのだと思った。私の中には、ネジダーノフがこの上ない場所をしめているのだ。ただの口先ばかりの芸術家。ただの詩人。

ロシヤは、こんな大きい土の、大地の作家を出しているのだ。

これがロシヤなのだ。大地なのだ。ゴーゴリ、ツルゲーネフ。

ロシヤの革命の成功も、こうして、みうるのだ。

赤んぼ、やいとをすえたが、又、くだった。

「また、とおっとるのか。」

「そうやろ、とおっとるのやろ。」

「とおったり、やんだり、一ぺんになおらへん、こうして、なおるんや、だんだんと。」祖母がいう。やいとの効力に対するべんご。

もし、医者の薬にして、くだったのなら、喜ぶようにして、「またくだった、ほら、また。」と言うであろうに。

私の小説は、はずべきだ。ツルゲーネフのこの『処女地』をよんで、何という小さいものだと思った。私など、だまって、ひっこんで、いたらよいのだ。私など、もう、あきらめて、下づみになっていたらよいのだと思った。しかし、それこそ、まだ、ネジダーノフだと思った。

体を直さねばいけない。体、体、体、体、体だ。

私に対するすべてが汝であり、絶対の他なのだ。この生き方。自然、煙草、飯（オスカー・ワイルドとの差異。）（心理的、対象的。）

Egotism itself is entirely the result of indoor life. Out of doors one becomes abstract and impersonal. (Wilde.)

唯美主義とは、心理の言葉にすぎない。

もえたものだ、すぐさめてしまう。

死んだ人間を、まつりあげることはよいことだ。しかし、私は、こんな、ところにとどまっているべきではない。ここへは、あのシュヲブのことばが必要だ。

沈黙、沈黙、沈黙、沈黙。見ること、見ること。他人を批評すること（批判ではない。）をしばらくやめよう。しばらくではない、永久に。

おばさんは、ガラスが娘の手にはいっていないことを、信じようとし、それを人にたよろうとする。「はいってえしまへんねんで、はいってたら一寸いろてもいとおまんで、〔二字不明〕いがな、ちゃわんあろてて、かけらが一寸はいってても、さわったらいとおましてん。」

「そうそう、はいってえしまへん、はいってたら、いとおまんで。」

「そら、いとうて、しんぼうでけしません。」

こうして、二人の人に保証してもらい、(たよりない保証)安心しようとする。世間の人間。

十四日の女。(眉を細くそり上げていた。しかし、美しかった。目が、一皮の目が。髪をといて、塩にぬれたのをほしていた。私をみた。ふりかえった。)私は、まよっていた。のり場をぐりぐりまわった。ついてゆけなかった。夜、女はもう、私のことなど、心にもうかべないのだろうと思った。私だけが、ひとのことを、こんなに考えているのだろうと思った。

人間は、内面的には、いくらでも豊富になれるものだ。

市民社会では、しかし、もはや、その外部と内部の豊富さとが、つりあいをたもたない。生活の豊富さ。

リヴィエールやアランやラルボオの云うオイゼルヴァションを考えてみなければならぬ。パスカル。デカルト。現実、現実。写実。

かけ声だけ。私はいままで余りにも、うちらにいた。余りにも、自由(ばか自由)であった。責任ということばを考えてみよ。

私は、ただ努力だけ。こう思う。

「外」に就て。「外」。ゲーテこそ、外を知っていたものではなかろうか。文学と「外」について。責任について。浮薄という言葉について。俺は、どうしても、上へ上へ、うき上って行く性質をもっているらしい。

私とくらべて、桑原の何というえらさだろう。私の何という、うわっつら。桑原、富士、太田。私などよりずっとずっと、たしかさ、をもっている。

根底なきものは、一つのごみにすぎない。――私は自分を弱いといいたいのか。

単なる混雑と豊富とはちがうのだ。きょうざつぶつと豊富とはちがうのだ。

恋をするとき、人はういている。(他のものからみたとき、しかし、恋が地についている。)ただ、ジレッタントのみがういている。そして、それにもかかわらず、ジレッタントは、あらゆる他のものを、ういていると見うるのだ。一框の外部が俺をつまずかせる。

七月十六日

天才、伝記の中の一部。ロンブローゾフ。

「伝記の中の一部というわけだね。」彼は、その行為をみながらつぶやいた。

共産党再建事件。(二百余名。)まだ、わずかな事件にすぎない。こんなことをきいても、ぐらつくこと。

（街をあるいている夜、九時四十分頃、そして、それを、ちらっともれきく。共産党？　そして、ふっと足をとめた。横をみた、後をみた、足がふるえた。何かなつかしさ、が来た。暖いもの。しかも、次第に、それは、変って行った。「どうするというのだ。」彼は、自分の体が、自分が、つかまえられているのを、頭にえがいた。母のことを考えた。すべてが冷たく、くらく、うしろに何かもの「つきもん、ゆうれい」がいるような気がした。どうする？　しかし、それがどうしたのだと、つぶやいた。気を取り直していた。

自分ということを考える。プチ・ブルの批判。その自分とは、自分の安定にすぎないのだ。

俺は、すべてを、ぶちつぶし、ふみにじるなどと考える。（すべては、ふみにじられてしまうのだなどと。）それ故、自分自身も、ひょっとして、そうされるのではないかと思い、気づかう。（共産党が歴史の反方向のとき。）

こうして、気の弱ったとき、俺は、こうして、弱って行く、失敗をかさねて行く、何の仕事をのこすこともなく、と考える。

仕事とは何か、を考えてみよ。生きるとは何かを、再び、考えてみよ。もっとたしかに。

ジイドに於ける消しの考え。無償の行為。さい。

ただ一度。贋造はゆるされない。観念はゆるされない。

名は、人間のことばだ。しかし、物なきとき名もないのだ。

（孔子の名についても考えてみよ。）

「まつゑ、半田はんとこい、いて、しゃべっとんのんやろ。」

「だれ。」

「まつゑ。」

「きとんのん。」

「うん、おとついばん、たんせきおきて、ねとったんやて、かたこっとんのや、わきの下のぐりがはれて、病院で、あれかけてもらうんやて……。」

「今日、とまんのん。」

「うん……、いま、半田はんとこや。」

母と思った。何も知らぬ母、何も知らぬ祖母、私一人を、たより、私一人を、自慢にして、ただそれだけで、生きている。

（私は、私のうぬぼれとは思わぬ、母への愛だと思う。）

それが、この私を失うのだ。私を大学へやって、までして、私を失うのだ。

母が、シャツ、くつ下、を買ってくれている。こんなものをみるたびにも、母の失望を思いやる。すると、

「真のマルキシストが、こうして一人、日本に生れて行くのだと自信しています。」と羽山さんへかいたことなどが、くやまれる。なぜ、そんなことをかいたのか、なぜ、もっと、ごま

かしのきく言葉でかかなかったか、はっきりとではないが、こう思う。「まだ、物質など信じられないのだ。」となぜかかなかったのか。と思う。そして、それに対する、闘争。小さいとうそう。すべてがうかぶ。「用心してるんや、本体がどんなもんか、なんにもわからへんのに、むやみにはいって行って、どうするんや、ただ、死にに行くだけやさかいな。」こう富士に言ったとき、富士は、「そうやな、どないなってんのか、わからへんさかいなあ。」と言った。私のこのことばの中には、将来、左翼運動に行かないときの用心があったのだ。きっとそうだ。こんなことも思いうかべた。

又、毎夜、毎夜、女のあとを追う自分を思いうかべた。

「何ということだ。」こう思う。そして「何ということだ。」としか、言えない自分と思った。私だけ、だ、私こそ、もっとも、実行力のないものだ。

「親をすてる」ことのできない俺だ。富士など、一つ一つ実行して行っているではないか。桑原にしても、そうだ。教育のような、めんどうなことをしているではないのか。俺は、本をよむだけなのだ。

六祖えのうが、道のために母をすてたというのを富士からきいた。十両の金を、母へあたえて、出て行ったと言う。

私は、三千円ほど、ほしい。そして、母を、それで、安定させて、出て行きたい。そうしよう。そうする以外、私は、六祖のようなことはできない。とても、私にはできない。小説をかく。(懸賞へ。)

私は、六祖のまね位のことしかできないのだ。それができるなら、上出来の方だ。

すべてが、余りにも、上調子すぎた。プロレタリアートを見よ。すべてはcet involontaire Dieuのみえるものだ。行為。真のムショウの行為とは、これを、つかむこと［行為］だ。存在論的なものでなければならぬ。

七月十七日

デカルトが、je pense, donc je suis. としてdouteを展開した。この展開、疑いを疑いとしてではなく、さらにその地盤へ、存在へ向けたというこの展開、ここにのみ、発展がある。うたがう、うたがう、しかも、うたがうことはある、ではないか。この展開の仕方。

Vérités — quel est leur caracère? C'est l'évidence. L'évidence est donc la marque à laquelle la certitude se reconnaît.

反省が、地盤から浮き上ることを、さまたげる。私達は常に地盤の上にある。しかし、如何なる地盤かが問題なのだ。如何に地盤をつかむかが。

明証は、常に、真の美の感情をともなうものだ。白昼の真夏の空の感情。さいを投げる。明証、真理、すべて、これは、現実ということだ。

日記の中で、ひとにこびると云うこと。その人のよむことを予想して。

デカルトの文章、（私には、フランス語はわからず、又、よく、その発音について、太宰氏から注意をうけるのであるが。）の、すぐれた点が如何なるところにあるかは、よくわかると思う。それは、自分で作ろうとしないということである。自分でつくらず、引きだす、見出す、という点であろうと思う。現実から引き出す、見つけること。（ピカソの、私はつくらない、みつけるのだ。）これは、なんら、消極ということをいみしない。所謂積極から一歩（一歩といっても、無限ともいうべき一歩だ。）上のものだ。真の現実を意味する。

ここには、ただ、真実のみが、姿をみせている。真実が、デカルトを通って、デカルトという「点」をとおって、姿をみせている。真の現実、神が、アンボロンチェテール、神が。

消しのない世界というのは、単に、文学に対する侮蔑ではない。文学を実践とみる世界である。完成品は、一つしかない。

文学には消しはない。真の作品にはけしはない。

一度、ただ一度、ただ一つ。

私は、蛾を殺した。ただ一度。――うそだ。

作品のみを重んずるところに作品などない。実践を重んずるとき、真の作品がある。――という、消し。

死があるのだ。死がある。死は厳然たる事実だ。

死がないなんて、だめだ。死があるではないか。

彼は過程が正にそういう方向をとりうるように努力しつゝある活動力として自己を規定する。彼は一方に於ては歴史的過程の表現として、他方に於ては、この過程の進路を決定するところの活動力として自己を規定する。（ルナチャルスキー。）

次の小説の一小題。

キリスト主義的社会主義。

社会教育派（リンゼイなど。）

真実は明日の姿である。（ルナチャルスキー。）

「だってこれが真実ではないか。」「それがどうしたというのだ。」（小ブルジョワ。）

「今年、いつもより、二度もひくいねんと、そいでこんなにさむいんやな。」――祖母。――それ故にではない。原因ではない。（説明ナリ。）

芸術とは、そんな勝手な、(けちな) ものではない。(疾走者)
羽山さんと歩く。物質ということ。あらゆるもの、が、物質、で、あるということ。唯心でも唯物でもなく、物質であるということ。弁証法ということ。

現実だ。現実だ。「肉体」「体」を考えてみよ。単にこの、肉体の拡大ではない体。(アランの corps) 場所 (西田博士の)、マルクスの物質。

縦と横を、時間と空間を。この、すきまなきすきまをくぐりぬける時間。体からのびて、体そのものの。

光と時間。くもの糸。


富士から手紙が来る。すぐ返事。打たれた。

影響することのみ考えて、影響されることを忘れている。

影響とは、影であり響である。表現である。

七月十八日

富士を偉いと思う。しかし、自分が富士から、遠ざかって行くことをかんじる。富士は、芸というものへ行く。

しかし、芸にしたって、新しいものでないかぎり、いやだ。

富士は、それをするだろう。

素材ということ、現実ということ。このこと、これから、すべてがくみとられねばならぬということ。シュヲブの小説など、一つの過程にすぎない。もはや、昔のものにすぎない。
contours 外形、外貌、リンカク、シュウイ。

いよいよ、はっきりしてきた。唯物弁証法。外ということ。私などに、まだ小説はかけない。

Nous vivons pour manifester.
L'artiste, le savant, ne doit pas se préférer à la vérité qu' il veut dire : voilà toute sa morale ; renoncement.

ジイドのこのナルシスの今が、nunc へと、かえられたところに、モラルの問題の変化をみる。快楽から、モラルへの変化。

美の存在論性、美のリアリテ。

ジイドの象徴主義と真のその脱却。(真の象徴主義、即ち、リアリスム。) 象徴ということすら、すでに、なんらかの、イデヤ的なものを、目前に或は、どこかに、おくことを示している。真に象徴たるためには、真に物そのものとなることが要求されている。

真の感情、存在論的な感情、行為的感情。

私の考えなど一つもない。私のものなど一つもない。――私。

心理へのがれる。心理へのがれる。――のがれるだけだ。
心理をつかむということ。

ナルシスは心理であるのか。それだけであってはならぬ、ナルシスが真にナルシスなるためには、それは、行為そのものの眼でなければならぬ。

ナルシスには、外はない。真の外とは何か。或る信者。蝿を殺そうとするが殺せない。他の人がくる。まっている。すると、その人が殺してしまう。こうして、その信者は、蝿殺しを、人になすりつけたわけだ。――安心している。

私に再び、ジイドが帰ってきたらしい。

素材で苦しむ、素材と取組む。それだけだ。芸術家は、ただ、それを見せないだけだ。それを見せなければ見せない程、それは、大きく、立派なのだ。

(富士は、あとからは、よいことがいえるという〔思う〕かもしれぬ。)私は、人の体面《たいめん》をもっとも気にかける。体面を気にかけぬようにと努力するのも、ただ体面のためにすぎぬことに、気づくことが少く、気づくとしても、許そうとするのだ。

私は、人と話しながら相手の顔をみない。――こんなくせか。それとも、相手と顔をあわせるとき、面映い。又、相手が、もっと面映いそぶりをするのが予想され、それをみたとき、どんなに自分が、ぎこちないかと思うからか。しかし、私は、時々、むりに相手をみつめる。私は、なにも、そんなくせをもっていないのだと、その人に知らせようとし(話すとき、相手の顔をみない人は、心が黒いといわれる故)、又、自分にも、これを、みとめまいとし、又、面映い、はずかしがりなんかではないのだぞと、表わそうとして。(はずかしがり、だとみとめられたいか。)

モラルとアール。(morale et art)。に関する、ジイドとワイルドとの根底。地盤は、どこまでも、人間存在、物質、場所、コル。

レーニンの『…経験批判論』は、マッハ主義に対する唯物論の主張としては、正しい。非常に正しい。

嘘をつくということを、追いだすこと。

七月十九日

「おばあさん、もう、ふろたきつけたらええのに、おばあさん。」
「え!」
「ふろたきつけたらええのに、たきつけといてんか。」
「……ええ……。」
「ふろ……。」

「ええい、しんどいのに……。」細い、声（拒否）。しかも、しおしおと風呂場へ、たきつけに行く。

素材ということをどうとるのか。この世界、この世の中のこと、今の、今をえがくこと。写実ということ。真の写実ということ。


曾祖母は、赤ん坊が、自分を、そまつにあつかうことを、家の人にいうのがうれしい。

「ほら、こんなん、わてがしたら、ううんいうて、おこって……おこって。」うれしそうに言う。

すると、母や、祖母がわらう。赤ん坊もわらい、曾祖母もわらう。


「早く、つかまりたい、つかまってしまいたい。」こう思う。

ということ。

独房生活に強いということこそ、革命家の一つの要件であるということ。

地盤、社会、すべてはここから生じて来るのだ。時代というものさえも。しかし、地盤というものが別にあるわけではない。しかし、自己を、（個的な自己を）地盤とみるのが、いままでのやり方であった。この社会、この時代をはなれて、何の小説だと言いたい。ばかなことだ。フランスの小説は衰えて行くにちがいない。小説はどこまでも、この大地でなければならない。

七月二十一日

六甲山へ登る。

くだらない、あのことが、思われる。羽山さんと二人であるいていて、途中、向うから、あれがくるのをみた。二人をつれている。私は、そのときまで、会うかもしれない、いけないいけないと思っていた。そして、なんということをしたのか、ここを、歩くことさえできなくなったと思っていた。それがとうとう会ってしまった。

「こっちへ。」私は羽山さんになにげないように言った。そして、道を横へかえた。

「こっちへ行きましょうか。」羽山さんが言った。私は、やっと安心した。しかし、何ということ、と、又思った。あのこと、が羽山さんにしれたら、あれと羽山さんとが知りあいであったりしたら。「二人かしてくれへんか。」……ばかばか、何ということ。そして、又、私は、つかまえられ、あいつがその頃、出世していて、私を尋問するとすれば、俺は、あいつの前で「二人かしてくれへんか。」を思いだすのだと思ったりした。俺は何という、プチ・ブルの心をもっているのか、と思った。こんなに、俺に好意を示してくれる羽山さんへも、尚も、秘密をのこして行く俺。もう、もう、何ということ。

あれが、くるしい。

あれがいけない、あれがいけない。こう思った。

すべてをたて直すのだと思った。

七月二十二日

岡本と海へ。日強し。

「野田と金。」「岡本と誠実。」

七月二十三日

俺は、押しをすることができない。それも、ただ、俺が、金を儲けていないということが原因しているだけなのだ。

俺は、あそんでいる。俺はあそんでいる。

家というもの、ふるいものは、俺を、堪らなくする。

「何をいうてやがんねん。」「何をいやがんねん。」こう思う。

すぐ、その下から、体のことが気づかわれるのだ。

これまで、家庭が、何をつくりだしたというのだ。どんな新しいものを、つくりだしたというのだ。

「個に生きるか、一般に生きるか、ですからね。」

「え。」女の人は、一寸、首を下へ引く、あのかっこうをした。

はっきりと言葉を言い切る。しまいまで。こんな点を、みていると、自分がはずかしくなる。

歩きながら、こんなことをして、あらたまったことをして、と思い、自分を笑おうとする。


「こんだけあったらよろしい。」

「あなたが、いままで、生産面に立ち、或は、何かつかまれたと、或は、そこのあるものにつきあたられたと、その、解剖ですね、いや、何か、感じられたこと、が、きかしてほしいんですが。」

「まあ、むつかしいんですのね、わたしなんか、わかりませんわ。」

「いや、単に感想です。」

「野間君、学生でしょう、で、あなた、働いてられるあなたに尊敬をかんじていられるのです。」

「まあ。」目をふせる。

風がなく、すそを、おさえていた。

しばらくして、

「ただ、わたし、なりゆきのままにきただけですわ。」

と、にごす。

「そんなこと。」私は、うそだと言おうとしたが、例の弱気でいえない。又、わらいになる。

私は、ただ、わらっていただけ。

岩崎さんは、「今日、とうとうトランクかいましたの、とても、もてなくて、大きいトランクでないと、はいらなくなってしまって、本が。」

私の方をむいて、わらった。私もわらった。私は、いつも、ただ、わらって、へんじをするだけだった。

しかし、うれしかったのだ。私は、「本が」、といったとき、この人が、わざと、みせびらかせるためではなく、いかにも、うれしそうに、「本が」、といったのがうれしかった。

一つ一つよんで行くうち、ついつい、高くたまったとうれしそうだった。私もわらった。本をためているというのがうれしかったのだ。ひとを、けいべつしないのがうれしかったのだ、女とは男をけいべつするものだのに。こちよう、ごうまん、こうした、過去のものがない。

しかし、女の人は、寝おきの顔は、きたない。頬のべニが、非常にまだらで、あせが鼻のうえにたまっていて、それを、手でとろうとしていた。

「一寸、野口まで送って下さいませんか。」

「このままでもいいんですの。」

「ええ、そんなこと、あんた、気になさるんですね。」

いやなものを感じさせない。しかも、女をかんじさせる。

他の女の誰よりも、女をかんじさせる。

「神戸に、こられたら、およりして下さいませ。」

「ありがとうございます。」

少し、わかれにくかった。あとをふりかえりたかったが、又、あとをふりかえらぬことに価値をつけたかった。昨日は、「さようなら」と女のような調子で言った。

岩崎さんは、私がこんなことを言うのをよきしなかったらしく、しばらくだまり、「さようなら」と言った。が、今日は、私がさようならを言うのを知っていて、やさしく「さようなら」を言った［てくれた］。わかれた。弱いものをも、もっている。

羽山さんは「利用するのではない」とくりかえし言った。私は、本をかかえた手を、うしろにまわして、立っていた。岩崎さんは、体を少しまげ、かがめ、例の女の「わたしなんか、どうして。」という、けんそんの、又、やさしい（しかし、私をこまらせる、はずかしがらせる、つまり通行人に気をかまうことのない態度をしていた。）――つまり、見知らぬ女に散歩などを申込んだときする態度。

「でも……でも。」というたいど。

しかし、自分には、自分の生活があるということ、男に甘いというわけではないことを、示そうとすることがある。

「ごはん、叔母さんが一緒にたべようと（送別の食事）言って下さるんですから。」

羽山さん。

「本をかいに行く。」「本をかいに行ってきた。」「わたしも、トランクかってきましたわ、大きいの……。」

「あんたも、まだ、女の人の前で、はなしすることがでけへんなあ。」

「うん。」――「できる」というところを、「うん」といった気持。

私はいままで、女とは、恋愛以外には、つきあえなかったのだ。恋愛以外に、女があるということをわすれていた。

いまのような小説をかくことが苦痛になってきた。

そこで、くずれて行く外部が、めきめきとうごいているのがかれらにはわからなかった。めきめきとわれて行く土地。

割れて行く大地。割れて行かねばならぬ。

頭の中もわれて行く、わらねばならぬ。

「しっかりやってくださいね。」

「ええ。」

「女の方ですか。」

「ええ、イングランドですって、五十位の、未亡人ですわ。」

「そう、そら、いいね。」

「野間君、いい人ですよ。」私は、わらった。女の人もほほえんだ。

この女の人は、母、父に対しどんな感情をもっているか。マス・グローブ方。(神戸市原田町。)

「毎日、はようからでよったらかっこわるいわ、昨日、そう言われたでしょう、あれがもう、プチ・ブルの心やな、かっこわるいやなんて、昨日、あのとき、さっそく言おうとおもっとったんやけど、君［あんた］があまりつかれてるようやったんやから、云わへなんだけど。」私は、ききながら、「又か」と思っていた。

「よい本なら、きっと、二冊こうて、おくってくれたなあ、それで、金に予ゆうがあったのかといえば、決してそうではないんや。」

「ふん。」

「それをきいて、あんたも、僕がそうしてくれたらええのにと思うやろな。」

「ええ？」

「僕が二冊かって、君におくるようになったらええのにと？」

「ううん、自分がそうなりたいと思うなあ。」

「えらい、えらい。」

七月二十五日

「小さいむしが、ひょごひょごと、いもむし、いもむし、いもむしよ……。」祖母が、赤ん坊をこうよんだのは面白かった。

「まだ、乳房がそんなにええのかな、ちちをいらうときの顔は、また、別ものや……。」

「おかあちゃんが、な、ねむたい、ねむたいと、あんたほっといて。」

「ちょら、ちょら、ちょら、ば……ば。」曽祖母のおどけに赤ん坊のおこり方。

岩崎さんのことを考える。もう一度会いたい。

羽山さんと道をあるいている。

「こっちへ行こう。」という。

「ふん、さすがは詩人やね、こんなきれいとこ、ちょっとないぜ。」空がやけて、ざぼん色であり、その下を向うまで、青い並木がつづく。山が〔二字不明〕色だった。

日がくれてきていた。

「いや、偶然や。」私。

「この美しさ、こいつが美しいことは、どこまでも本当やし、この美しさをどうしてくれるというところやな。労働者などに、言わしたら、くそでも、くらえいうところやけど、しかし、それも、むりないのや、あの、生活やさかいなあ。」

徳永直の話をする。妻君が、いもを畑からぬすんでくる話。

「ふん、そら、ええ、そうでないとあかん。生活が窮乏しているのでないとあかん……ほんとうでない。」

「一日に、あめ玉、ね、一個一銭でうってる、あれしか、買えへんらしいのや、そいで、えいようのあるものいうたら、あめ玉で、これを一日に、六つ位、しゃぶるのや、かいてあったぜ。」

「……」

「あれ、徳永のことやと思うけど、ほんとかなあ。」

「あれがそんな生活してるはずないがなあ。」

「きいてかいたんかなあ、でも、いもぬすんでくるの、しってて、しらぬふりしてるとこなんど、面白いけど、ちがうのかなあ、ロシヤ語、便所で、おぼえたりして、きっと、徳永やで。」

岩崎さんに対する考え。

変態性慾者と、社会の制度との関係。

天才ということ。

七月二十六日

また、動きだしてきた、何かが。

①彼は自分の劣を意識していた。この女の前で、そして、この女の不注意な容貌のきたなさ（あせにみだれた白粉のはん点を、顔の地のみだれを）見出そうとしていた。そして、そこに自分の優えつをかんじようとしていた。

女の目が動いた。女はまだその容貌という点では、プチ・ブル的なのだった。女はだまってうつむいた。

男は、自分のこうした下劣さを、却って、つかまされた。

②「みんな、ごまかしてるのやと思うけど。」

「そうだよ、そうだよ。学校なんか、どうなるものか、何の役にもたたへんのや、そんなことがわからんのか。」その男は、こうとくいそうに言った。

しかし、プロレタリアートの世界では、学校と社会とのそんな、ギャップなどなくなるのだ。

この今の世の中でこそ、青年が老年をけいべつし、又、老人は、青年を子供［青二才］だという。

「世界のすみにいて［すっこんでいて］、病んだけもののように、じろっと、みんなを、みているのやな、くらい、などいえへん。黄色いのや、わからへんかなあ、黄色い、熱のような世界や、いじわるい、卑しい、ごうまんな、嘲笑の目や。」

③「新しい女などをかく、こんていが、まだないのや。」

「俺、かこかな。」

「うん、かけや。」

「そいで、チャンとめもとってんのやけど、けど、やっぱり、なんや、女のことなど、かいてると、あそんでるようで、まだ、そう思うな。」

「ここへ、すわろ。」

「こんなとこへ。」

「うん、ここ。」

「そこ、ひとのござやぞ、かりてんのんやが。」

「そしたら、こっちでもええやろ。」

「うん。」私はそばへよって行った。

「すわらへんのか。」

「きたないもん。なんやしらん。」こういいながら、私は坐った。

「ふん、プチ・ブルやな、マルキシストやないぞ、そんなことで、はいったらどうするのや、便所の横でねたりせんならんが、とても、はいれへんなあ、君は。」

「そら、時と場合によってはちがうぞ。」

「いや、常に、心がけてんとあかん、常に……それが、マルキシストやないか。」

「くすりのむのん、わすれとった。」

「………」

「かんとだき、もっとたべるか？」

「うん。」やっと私はこう言った。私が金を出さないのが、はずかしかったのだ。

羽山さんが皿をもって立ち上った。「さきこれのまんとあかへん。」

私は薬をのめと言った。

「上手いうのやな、さかんに。」

私はぐっと腹がたった。

羽山さんは、砂の上でねて、海水着をごてごてにしていた。

「あんた少しも、よごれてへんなあ。」

「ううん、ねころばへんださかいや、ほら、うしろこんなんや。」私はしりをみせた。

「うん、でも、よごさんようにと、気つけてたんやろ。」

「うん。」

「そんなら、それをいいんかい。」

「しかし、ねころぶのがすきなん、あるぜ。」

「ふふん、何でもいわんといかんなあ。」

「もっと積極的に腹の中のことを、言って、ほしい。もっと、やってほしい。もっと、やろなあ。」

人間だ、人間だ、内と外、上と下。すべてだ、そして、一つ一つだ。

この慾望の純粋さを見よ。すきとおった、概念化されることのない美しさ。

自己だ、ナルシスの自己、自己が自己に於て自己を見るのだ。

世界が世界を殺す、生すのだ。

しかし、ヴァレリーのナルシスは、この資本主義段階の一つの姿にすぎないものだ。

世界が、外が自己だということだ。

近藤という人は、あの、ヘチマ大尉にた、かんげき性と、ひげと、ごうまんと、さいぎ心をもっているのではないか。

「この二年間に、やっと、つかみえた、四つか、五つのどだいを、そう、やすやす、とられるというのは、たまらんからなあ。」

この人、この現代に生きている人の批判だ。

大衆文芸をかこうと、金をもうけようと、これほど熱心になっている（少くとも、一時、私の前で、かんげきしえた人間。）——金をもうけていないことのつらさ、おやに対するはずかしさ。

「芸術の過重評価は、どうしても、おちいってはならん。」

近藤氏は、羽山さんの、りろん、多べんをききあきている。

「かけねなしの、おせじなしの、ところが、きかしてほしいものです。羽山君にもきいた、きいている、それは別として、また、他の側からのひはんも、さんこうにして、みんと……。」頭の割に大きい目、目そのものはけっして大きくないが。頬のしわ、あの、しんけいしつな自嘲的な。


「あれから、食物が君を大きくし、私を大きくし、学問が、きみを、かように立派にし、僕を、こんなにしてしまった。」はじめてのあいさつ。


岩崎さんを、はっきり、動かさねばならぬ。

近藤氏は、いまごろ、いえで、私の前でのあの話しぶりを、はじているのではないか。

「風っ引きの銀ですね。」

「あんたに、きいてもらいたいのです、ぐもんを、ていしますがね、答えてもらいたいものがあるのです。」

近藤氏が将来発展し、私と会うとき、これらの思い出をはずる、こと。

マルクシストたちの動きの正かくさ。と、プチ・ブル性のぬけきらぬ人たちの空〔一字不明〕然性。にくしみ、あい。はずかしがり。

「僕はね、一目みたら、決してわすれんという能力があるのです、この点、自信がありますよ。君の兄さんをみるとすると、その人の弟さんなど、は、道であってもわかるという具合でね。あんたでも、一年のときからしってました。」


「発電所のこっちにいたでしょう。」

「発電所？　あんなとこにいたのしってられるのですか。」

「うん、一年のときから、小学校へあんたがはいってきたときから、しっています、ちゃんと。」

「そうですか、僕は少しもしらなんだけど。」

しばらくのち、

「少しもおぼえてませんか、ほんとうに。」自負心のまんぞく。

「のま君がやくしゃになれ、いいよんのや、どうおもう近どう君。」

「ふん、そら、おせじでいうことがあるもんや。」

私はぐっとした。

「いや、そうやないのや。」羽山氏。

私も、うなずいた。しかし、おせじも私にはあった。

しかし、それを、いえなかった。

「どんなところから、やくしゃになれというのです。」

「そら……」少しつまったが、「いま、日本のはいゆうは、口と、せりふ、と顔との関係がはなれている。それを、あんたがしたら、かえてくれるとおもうのや。」

「ふん、わしの平常をみていて、口と顔との一致が、わたしにあるとみたんだね。」

その他。顔の線。

私は、いけない。金をつかうのはいけない。

「この男、階級とか、プロレタリヤとか、いうのがきらいなんだ。……」

「しかし、けっして、俺がついていて、反動化させやしないよ。」

「兄さんは、美男子だ、わしとこは弟が美男子やけどわしは頭がええと、君とこは、その反対や。」――私のこのときの、たじろぎと、打破されたかんじ。はずかしさ。

「近藤君こそ、やくしゃになったらええぜ。」おせじ。

「こら、コーヒーもんやな。」

夜の美しさなどわすれてしまっていた。

ひょいと星をみた。のせという人の、のんびりしたつらと、しんけいしつ。

岩崎さん「神戸の港、みにゆかへんか、一ぺん。」こういいだす。

それは、岩崎さんにあいたいための口実としていいだすこと、とこんな空想をする。

私は、私自身のいまの姿をつかむこと。

羽山氏が私をけいべつし、なにくそと思うこと。

しかし、私がおくれているのは事実だ。

はたらいているものは常に、がく生をけいべつしていること。

(次郎と進介へのてき用。)

私は、いま、すべての人に、すきをみせていることができる。

心理的でない。穴へひっこんでいない。これだけはいえる。

この実践、行為の立場(これ以外に立場などないのだ。)からみれば、すべては弁証法的でなければならぬ。

科学、数学あらゆるものが弁証法的でなければならぬ。科学そのものの立場さえ、ここにもとづくのだから。この実践へすべてが入りこんでくるのだ。

所謂「自然さえ、」ここでは、もはや、単に科学的自然ではなく、実践的自然でなければならぬ。

アリザリンにしても、実践としてのアリザリンでなければならぬ。

数学の立場そのものでは、弁証法などある筈がない。

それを、一度、その根底へ引きもどし、この立場のるつぼでやきとかしてこそ、弁証法的につかまれるのだ。


認識とは、単なる、もしやではない。もしや（レーニンの）を単なるもしやとし、弁証法的なもしや、実践をわすれてはならぬ。そぼく実在論のもしやではない。

あくまで、内と外が一なのだ。


私は、いままで、どうも、レーニンをしっとしていたようだ。

しっと、こんなものこそ、もっとも、くだらぬものだ。

私には、理性というものが、やっとわかってきた。真の理性、意情理の、一つということだ。行為ということだ。

無限が有限であり、有限が無限である。空が背後から落ちるのだ。ここに、この海があり波があり光りがあり、地平線がある。無限がつつもうとする。

それが有限だ。交かん。一瞬の交かん。光が、光りが、きらめく、やみの線。交互性。

無限に充実した生活をしている人にとっては、喜劇なのだ、喜劇の空なのだ。充実した真の喜劇。

絶対の空間。絶対の時間。

絶対の空間をぶちやぶり、絶対の時間がくぐりぬけるこの感情、純粋感情、――きげきの空の感情。

七月二十七日

上農は草をみずして草をとる。（草のはえぬ予防をする。）

中……草をみて草をとる。

下……草をとらず。

鉄の面の神経質。


複ざつなるけいざい界にてきおうするちしきをそなえ、額にあせしてはたらく、きぜんたるせいしんをやしなうことにより、一路こうせいにおもむくものと考えるのであります。（「農業経えいの上手へた。」ラジオ）

ラジオは、この私達の運動に何の関係もなく動いている。しゃべっている。

「いつでも、なにか、二つ三つとらえてくるの？」

「僕、あんたのそばからはなれてしまいたいおもうようにもなってきた、ね……あんたは、そうして、やってゆく、こっちは、そんをする……そんをするいうこともないけど。」

「こんなふうして、かっこわるいなあ、……なにをいう、えらいことというた、しもた。」

岩崎さんに会って、どうして、生きるかをたずねること。

死なねばだめだ。地下二千尺、三千尺。

これは真に生きること。小さいものをころすことだ。

母が、かえってきている。わらい、さざめく。

これがつらい。


私には、唯物弁証法が幾分抽象的であり、真に弁証法的でないところがあることがわかっている。しかし、階級闘争の事実はみとめざるを得ない。そして、又、この、プロレタリアートの隆盛を、革命を行わざるを得ない。

私は理解しえないような多くの人間が生きているということ。

生活、食わねばならぬ。ほろび行く階級の感情。

真に充実した弁証法。行為。私を中心として世界が廻っている。私を中心としてすべてが廻っている。

逆に、世界が廻っている中心に私がいる。

世界の中心に私がいる。

平田小六をよんだ。私は何もせずにただ、あざけっているだけだということだ。何もせずにということだ。

私は、マルキシストの中に多くの観念論を見出す。


プチ・ブルとは、くされた水にすぎぬし、インテリゲンチャの悩みは、こちょうされすぎるし。

悩むやつこそ、まだ味方だ。

しかし、インテリゲンチャとは、ばい毒患者であり、指の国であり、心理学者であり、悪魔をこのむものだ。神につかれることをこのむものだ。

すがろうとするものだ。


自己をすてえないものだ。

下がくずれて行くのをさとらぬものだ。


プロレタリアートをつかむのは、真にブルジョワとの関係に於てつかまねばならぬ。さい、充実、ぼうけんの真の生活、真の自覚、歴史の。こう成の。

白ちゅうの太陽。

そして、井口は、恋愛にすがりつく。

「スタンダールの恋愛に対する気持をつきとめていったろおもてんのや。きっと、はげしいものがあると思うのや。俺は、いままで、何か、型にはめて、考えてたのや。

それにはまってないといかんとおもてたんや。こんどは、全く、出なおしてみる。

どうしても、れんあいからは、はなれへん、はなれられへん。」

とうひのれんあい。とうひの詩作。


「君、あんた、気短やね、気が小さいのやな。」

「あんた、消極的やな、もっと積極的にでんかいな。」

意識は、物質が転化したもの、高度の発展に於ける有機体という風に一応は説明されるであろう。しかし、それは決して弁証法的なとらえ方ではない。意識とは、存在に対して、とらえられねばならない。常に現在に於て（現実）。

意識が現実［存在］を支配し、存在が意識を支配するのだ。


「指もそうだぜ。」

「何？」とたずねた。そして、何と、たずねたこと自身にいきどおりをかんじた。失敗を感じた。芝居をかんじた。「指だ。」鉄郎が言った。

何故、こうした、多くの革命主義者が出るのか。

それは、正義観というものにすぎない。

進介には、それは車輪の響きにすぎなかった。

車輪とは何か、要はそれだけだ。

是非、カウツキーを書かなければならない。この、ざんぎゃくの前に目をふさぐ男を。又、ざんぎゃくの前に、喜ぶ男を。


彼は、迷い、動揺し、こまっていた、机に向っていた。

「じごく［二黒］、が、まっくろけ、かいたあんねんよ、ほれ。」

横の方で祖母の声がした。こよみをみていたのだ。

彼は、心に、ののしった。

「何をするのだ、何をしようとしていたのだ、運勢をみようとするなどとは。」彼には、自分のえとである四緑が今年はよいということを、前みてしっていた。そして、もう一度それをみて、たのしみにみたりしたかったのだ。まだ、彼には、こんな、こよみが作用するのだった。


「西田博士は、共産主義社会を恐れているにちがいない。その社会では、自分の学説が圧しつぶされてしまうからだ。」

しかし、マルキシストは、決して、そんなことをする人間ではないのだ。過去をただ、ぶちつぶすというのがマルキシストの能《のう》ではない。建設以外にない。

七月三十日
民族主義と階級主義との対立。
自己と社会とのきりはなし、ここに、生活と芸術との切りはなしがある。（ワイルドの考察。）
人は、私を、さいごまで、小ブルの中間的な世界観をもてるものとよぶだろうか。私の発展を知るにちがいない。

西田哲学が、まだまだ観念的であることを、知る。


「人間が生れぬ先からも、地球はなければならぬ。」と考えうることを示さねばならぬ。

七月三十一日

母がきた。美しく、若かった。近頃、はじめてのことだ。

母の顔をよくみた。

「もう、すぐかえらんならんのや。」と、はいってくるなりいそがしそうに言った。母は、働くことがすきなのだ。

母は、えらい。

母がかえったとき、

「勉強して、えらいもんになんなはれよ、おかあさん一人で、あんなにしとんのんやさかい。」

私は、胸をつかれる。私は、母を去らねばならぬと思っている。


「まつゑは、いつまでも、ばたばたして、苦労している。わたいらの年になっても、あんなんかいなあ。」

「ふん、苦労人や。」

「そうやなあ。」

「そういうても、もう三年したら、ちっとはらくになるやろなあ、宏は月給とるようになるやろし、としおは、自分だけでもくうようになるやろ。」


「稔生も、かえってきたら、これまでとちごてこれみたかいうように一生けんめい働かんといかん。」


祖母と曾祖母も、姉を、にくみ、しゃくにさわっていた。それが、一寸、洋服をつくってやっただけで、よろこび、全くちがった考えをもちはじめる。

「このあついのに、あせしずくになって、つくってくれたんやぜ。」「ほんに、れいいうといとうな。」かやの中から曾祖母。

母は、かえって行った。

私は、又、羽山さんのことを考え、あんな人と、好んで交る自分をかえりみ、かえりみる自分を冒険性なき人間と考え、しかし、母をすてるのは、この歴史の流れとも考えた。

何人、私のような立場の人が、幾多の革命のときにいたであろうか。私ほど、悩む人間はないなどと思ったりしてはならぬ。

私は、唯物論を、全的に信ずることはできぬ。——しかし、西田哲学を、観念的な、弱いものとみとめることはできる。もっと、大きい、もっと、地盤のあるもの。

八月一日

うすぐらい透明の地平がうごいてくる
野じゅうの背中。この背中のままに
あるいてくる　広野。

牛尾との話。羽山さんには、詩がわかることはわかるが、最後の点というところがわからぬらしい。どこまでも、真に具体的にわかっているのではない。

具体というものの考え方からが抽象だ。

『三人』という雑誌をみとめることをようしない。ジャーナリズムを軽視しているとは言っているものの、やはり、ジャーナリズムという力が、ジャーナリズムに対する近代人の通有性がとれない。大衆ということを考える。しかも、大衆というものを知っているのかしらと思えるところがある。

「甘く考えているよ、君は甘いよ。」こう、いいたがる。

おあまく考えてるよ。

老人の、或は経験者のうぬぼれがある。うぬぼれとは、固定化にすぎない。

本の取り扱い方さえ、いやだ。『三人』を、二つに折ってもっていた。この人は、他の本なら大事にするのに。ジャーナリスチックなのだ。

俺は？　平凡な人間だ。すべての人間は、平凡でいい。平凡といういみを知ること。（反動的ないみでなく。）

八月五日

ジイドはえらい。俺は、ただ、こうして、死んで行く男にすぎない。死んで行くだけの男。ただ、死んで行くだけの男。プチ・ブル。

「羽山、かじやの子やろ、あの、……。」「としおも心配してたがな、としおみたいなたちやったら、ならへん、かいってのやさかい……。」

私は、母から、わかれられない。母、ただ、母だけ。こうも思う。

「大坪はんから、女給に子生ましたかて、何したかて、赤さえならへなんだら、それでええのや、おもてるて？」

八月七日

「すがろうとする気持。」「すがりつこうとする気持。」プチ・ブル。

「ひとのいうことなんぞ、ほっといたらええのや。」「別のことや。」

八月八日

私は、ぐれつな臆病者だ。「そうか、そやけど、心配やで……。」

小さい声。

神の眼と心理の眼とを区別せねばならぬ。――わかっている筈。あれだ。

逃避。志津子　指への逃避。

進介　見ること。自己をみること。

圧迫の移行。

現実（地盤）の再現。

自己を苦しめる、どれいこん性。自己のみにくさをここにみる。現実でごまかしている（それがどうしたのだと）自己のみにくさを恥じる心。はずかしがり。

次郎　すべての人間は死んでしまった。自己の死とおきかえる。

肉体だけをきりはなすことはない。社会。

自殺者。――長寿線をもてる男の反抗。

力弱きとき。

すべての小説が、さんまんに思える。

八月九日

「あんた、羽山さんのこと、えらい、心配しとったあったよ、お母さん。」

「そやろ、心配してたやろ。」

「今頃、あんなこと、やってみたかて、何にもならへんのやさかい、そんなことわかってんのやさかいやんやけど、羽山さん、あの人、評判がようないいうて……。あの人、毎日くるの……。」

「うん、毎日、くる……。」

「どないなんやろ……。」

私は、又、母のことを思うて、かなしくなり、自分の卑劣をののしった。私は、母によく思われたい。私は健康がよくならなければよいと思ったりする。

又、すべてを忘れておれば、くえていけるのだと思ったりする。

又、私が、立たないのは、健康のためではなく、ただの卑怯にすぎないと思ったりする。健康は口実にすぎぬ。私は、進む理由も、又退きうる理由も、どこかにみつけておこうとする。私は、ただ名よを求めているにすぎない。

羽山さんが私を、うまうまと導き入れた、私を、とりこにし、つかみこんでいる。だましている。こう思ったりする。

「芸術家は、らくやね、とくやね。何いうても、政治家やね。……ふふふ。」こうはなすのを、きいていて、かきますというか。……それが実践やというか。

「赤にだけは、ならんようにって。」

祖母が、かやの中で、うはあーと、口をひらいた。ねぼけたようなこえ、私は、それが母によく似ているのに驚いた。母のことを考えていたからだ。

八月二十日

「誰？」「お前や。」兄は、お前と言った。もう、私をお前とよぶのにためらわなかった。

「もう、ぼくなんどには、わからんようになっとんのや、頭がうごかへんのや。」

「そんなことあらへん。あたりまえのことや、これは、ふつうのことや。」

兄は、「コーヒーくれ。」と言った。「バナナくれ。」と言った。

「あんたやったら、そんなとこへ行く理由なんどないいうて行かへんことができるか。」

「……」

「行くやろ。」

「うん、いくぞ。」

「面白いが……。」

「小児病やな、他の人はみな、死にものぐるいでやってるのに、君だけが、面白いとか、いうている……。」

意識とは、神の眼だ。全体の眼だ。

自意識は、如何に多くとも、過剰となることなどない。

いまの自意識過剰などと言っている人、思っている人は、自負、うぬぼれにすぎない。自意識の不足にすぎない。

大陸文学というのが、出きようとしているらしいが、何のために、何故に、か、少しも理由がわからない。

大陸をえがくことが、大きいことだとでも思っているのだろうか。

ドラマトールギーのロマンチシズムとは、リアリズム以外には考えられぬこと。

「あんた、労働者みたこと、話したことなどある。」

「ない。」

「それで、あの、せんばん工、かけるのか。」

「かける……。」

「そんな無茶な……。」


眼面、接触面を拡くすること。

「モロッコ」を初めてみた。何故かしら、強いものを感じた。スタンバーグをいままで軽蔑していたが、これ一つだけでも、この人は、もうよいと思った。私の力は、しかし、この人にまけることなどないと思えた。

デイトリッヒは、この「モロッコ」の背景に合わない。デイトリッヒは、余りにも無邪気さ、つまり、気取りをみせすぎた。（この女の役の割に。）鼻が少しも、沙漠などを出さない。

八月二十《〔ママ〕》日

原ちえ子、面白くなかった。

「もうラジオけしといて、子供《このこ》ねえへんがな、があがあというだけや、そんなもん、なにがおもしろいか。」

無償の行為とは、歴史の方向を指すものでなければならぬ。

歴史の底と、歴史の表面の一致。必然と自由の一致。

私は、やっと、ジイドのラフカディオ、ベルナールの私生子の自由がわかるようになってきた。せきを一つした。このとき、すべては、前と一変しているにちがいない、一変しているのだ。しかし、単に変るだけでは、変ったとどうして言えよう。変らぬとも言わねばならぬ。


姉。ずるい生き方をほこり、眼の前のことを見る。

「あの人あんまりうまくないのね、いまごろ、あんなことしたって、どうもならへんのんに。」

「ふん、それ、『新青年』に、かいたあーったん［のったあったん］。」


先生の眼は、心理の眼（自意識とか、第二の自己とか。）ではない。どこまでも、行為の眼であったのだ。

場所という言葉まで抽象的にきこえないだろうか、地盤、物質、現実、しかし、こうかくとき、すべてが抽象的になってしまう。


「都会の底深く、くずれ行く階級のひびきをきく、鉛のように、うもれ行く。

ばい毒患者、淫売婦、あらゆる人間のうめきをきかないか、お前、都会の底の車輪よ、歴史よ。」

ヴァレリーには、狭さがないであろうか。

ナルシス（資本主義の最高の形）。

あらゆるものが可能と思う実行不可能。

「資本主義の二つの顔のいつわりの無表情、いつわりの冷酷。冷酷の酒にようもの。」

お母さんも、

「もう長いことないと思うねん、せめて、その間だけでも、ちゃんと、してやりたいのや。」兄は、やるというようなことばをつかう。私は、余りいい気がしない。

「お母さんも変ったなあ、変るのも、むりないけど。」

「わかってても、でけへんのや、弱いのやな。」

「うん、そうや、けど、うちのもん、みんなよわいのや、あんなひと、みんなのん気やぜ。」

私は、母、母、と人に対し、母のことをいいたがる。

喜劇「孝行者」。

「君、みんなというとき、えらいやるけんど、こんなときは、あかんなあ。」

「うん、そうや、金のことになると、貧乏人やさかい金に気がひっかかるのや。」

貧乏根性やねんな。

八月二十一日

ひとは、全く矛盾した理論をも、うけ入れうるし、都合によっては、少々、ぐつのわるい二つのものを、衝突させずにおくこともできるし（できるのではなく、そうせずにはいられない、都合上、そうせざるをえない）、それらの、りんかくをはっきりえがくことなく頭の中に、体の中にとめておくこともできる。（とめておくというより、体の中から、地盤からわき上ってくるのだ。）

八月二十二日

本をよむのがおそいことをほこっている。「俺、よむのに、ひまがかかってしょうがないわ。」

「俺、考えたんやけど、こんどこそ、日本やと思う。」

「うん、そやな。」

「もうフランスもあかんし。」

「ロシヤがあるぜ。」

「そやな、日本とロシヤや。」

「うん。」

「小説家でも詩人でも、きっと、日本人から大きいのが出ると思うわ。」

「そうやな。」

こうして、二人は、自分がその大きいのになる可能性があると自負する喜劇。

八月二十三日

「あんた、ジイドこさんとあかんなあ。」

「うん。」

「いや、そら、こすぜ、きっと。」……第一、ジイドのしてきた生活みたらわかる、あんたは、あんたの生活すんのやさかいなあ、ゴリキーは、ゴリキーの生活して、ゴリキーの作品ができたんやからなあ。

「こんな生活も、もう、しられへんのや、なまけてるのやけれど……体がわるいんやさかい仕方あらへん、合理化やな……ふふ……。」

「これ、わたしとくわ、大阪までのパス。」

私は、だまって受取った。(これまでとは別に。――これまでは、有難うと言ってきていたのだが。)

「僕、あんたらにくらべて、損してると思うことがあるなあ。勉強できなんだんや、食うことが先やったんや。もう、十七の年に、くうことを考えんならんやったんや。そら、とくなところもあった、にはあったんや。その食うことが先やったということな。」

「うん。」

「あんた、つかれた、今日?」

「うん。」

「そう。」

「今日注射する日や。」

「もう、十日目やの?」

「いや、今度は、十四日目。」

「ふん、むりしてるんやな。」

「だんだんのばして行くのや。一月に一回位になったらええねんけど。」

「一月に一回ね、……今日注射したらあしたはらくなんやろ。」

「いや、あしたがしんどいねん。そいで、さっきから、どうしようか、考えてたんや。行こうか、行くまいか。」

「明日、どうする、行く?」

「うん、行くことにしたわ。」

「そうしよう。」

「僕、しゃべんのん、速いでしょう、いかんわ、自分で、わるいと気づいていて、直そうとしてるんやけどな……あんな生活してると、つい、しゃべっていて、しゃくにさわって、べらべらしゃべっちまうんや。」

この顔は、ロシヤ人に似ている。特に眼がそうだ。この頃、日に焼けたので、あのやさ形の男の示すいやさ(くささ）は、感じられなくなった。上歯が（歯ぐきと共に）出ている。長く、大きい。眼が小さく、鼻（高し、されど、大形でも小形でもない）。

八月二十六日

地盤を、どうしても、地方的に、（東洋とか、西洋とか、印度とか。）摑むということ。東洋とか西洋とかと。――しかし、差別を消すのではないが。

ヘーゲルはドイツの顔をもつだろう。仏陀は、印度の顔をもつだろう。

何が故に、現代のインテリ階級は、地盤をわすれ、実体を失い（或は、わざと失う、ごまかす、とうひする）のか。――この一般的な解釈は、階級性の不安定性へと行くであろう。しかし、一個、一個のインテリは、その不安定の一個一個のちがいをもっている。

「俺は、フォイエルバッハであったらよかったのだ、もはや、死んでいる、そして、しかも、けいべつされるのみでもない、マルクスへの過渡としてみとめられているではないか。」「俺は、フォイエルバッハであったらよかったのだ。」――或る人。

「こんなことして、何になるのやろ、わて一人だけがちゃんとしても、他のものは、何ともおもわず、ぼやぼやし、ちらばし、あほらしいて、もう、ほっといたろかおもうわ。そいでも、いやいやそんなことおもてたらいかん、気ひきしめんといかんおもうのや、そうおもて、するけんど、もう、いやいやいやおもうと、いやーになってきて……。」眉をひそめていた。

ねむれないと言っていた。

この人々の苦しみ、どうして、俺が苦しまずにいられるのか。

日記をはげしい言葉でかきたい人間がいる。又、はげしい言葉でかいていない日記をたよりないと思うのがいる。

又、はげしい言葉でかかぬことをほこる人間がいる。

「この頃、言葉が出てきやへん、どうしたって、……網をはっているんやな……。」（富士。）

「うん、網の目をだんだんちぢめて行って、水をようとおさんのや……。」（のま。）

「だんだんこまかくちぢめて行く……。」（富士。）

自分を何等か独自的とみたがること、或は、又、平凡とみたがること。

「君、苦しんだりたのしんだりすることあるか。」

「うん、そらあるぜ、苦しむし、たのしむぜ。」

「そうかな、俺はだんだん少のうなってきた。」

「勿論、常に、そのことを考えているのとちがうけどな。」

「そらそうや、俺のは、反発力がはやいというのかな、すぐ、変ってしまう、はねかえしてしまうのや。」

私は、今日迄をあるきながら、このことを思いだしていた。そして、

「この今の人々が苦しめられているのをみて、どうして、苦しまずにいられるものか。」と言えばよかったに、などと思っていた。空が青かった。夕立。

私は、富士や桑原に対して、社会性（共産主義）をはげしくとき、併し、羽山さんに対しては、芸術の立場をまもる、態度をとっている。これは、二種の使いわけと考えるのか。

富士は、芸術家の立場が、はっきり、わかってもらえないと言う。社会革命家の立場よりも、わかってもらえないという。

（これは、単なる偏見にすぎない。）

あたりまえのことと見ることの誤りについて。

（社会性の。）ブルジュワにどうしてあたりまえのこととみられるのか。又、プチ・ブルに。


「階級所属は生産手段に対する関係によって規定される。」

（タールハイマー。）

「階級の形成は社会的分業から起る。」

生産様式（衣食住を求める方法様式）——（生産上における全く一定した社会的関係をきそとしている。）

マルキシストは経験をいいすぎるし、私は、又、経験をけいべつしすぎる。

「ラダイト。」「——闘争は行動にうつされた——対立である。」

一つの階級が現実に如何なるものであるかということとその階級が自分について何を考え、何を信じているかということとを区別しなければなりません。

革命というのは、文化の発展によってこそ行われる、意識性の強さをもったものだ。

しかし、文化人は、弱さをもっていることも忘れられぬ。

八月二十七日

何故か、昨夜、女とねたような気がした。女とねたときのことが、肌の下にくらく、思われた。しかし、まだ意識に上らずばくぜんとしたものだった。

女の匂いだと思った。そして、はなをすましていた。目がさめてきた。それが、自分の頭のポマードの匂いだとわかった。

以前、戦争のものなど読んだとき、王の家来が、一寸、王を殺してしまえば？　もし、そんな気を起したら？　そして、又、そんな気を起すことは家来にもできるだろうし、殺すことも、家来には可能なのだ。（ふつう、家来は、そんな気を起しても、すぐ打消してしまうのだろうが。）

志津子は、その王を殺す気持、ひょいとして、王を殺してしまいはせぬか、（殺してしまってから、気がつくむいしきにおちいりはせぬか。）又、（王を殺すざんぎゃくによいはしないか、殺しながらのあのざんぎゃくをたのしみ、）又、（王を殺しうる可能によいはしないか。）

この気持のように不安になっていた。たえずこのことが頭にあった。しっかり、と、とりだすことを恐れていたが、それが何かは、わかっていた。

きらっとひらめいた。肉体そのものが、うめいていた。

心は、わらっていた。ひょいと神を殺してみよう。殺した。

一度したことは「できたことは」、くりかえされる。

始めの一度に価がある。

雨。

ナルシスは神であり、神はながめるのみだ。

女性問題、教育問題、すべては、社会の問題（階級の）へ、もちこまれねばならない。

詩人は、詩を理解されることがないと、なげくのみでは、何ができるというのだ。

芸術家自身、自己を理解され、自己を発展させるためには、どこまでも、社会の革命の遂行をしなければならぬのだ。（すべてを利潤から考えようとするこのいまの社会のことを考えてみよ。）

心理の解決にしても、決して、そんなところにないのだ。

母に対するひけめの心、自分ではたらいていないときの、母に対する、ひけめの心。（その安心を求めて、はたらこうとする。）母に対する金の意識。

八月二十八日

現代日本の農村では、次男、三男以下を、村内に吸収することができない。状態（生存競争がはげしくなる）にある。

（海外移住）都市移住→一部プロレタリアートへの移入。（ラジオ。）

中農は、次男、三男に教育をさずけ村外へ出す。（教育費を出し、出世をのぞむ。）書生倒れ。（次男、三男の教育費をだし、これら男が出世しないとき、田畑をうったのをとりかえすこともできなくなる。）――農村は、これらのふたん費を外へだす。農村問題を、単に農村のみから考えようとするなど、これら、ラジオ業者のうめあわせ的な考え方だ。

不具者、病気になると、次男三男は農村へかえってくる。（そのふたん。）

解決法

1、できるだけ従来になかった、従来の産業をおかすことなき事業をおこす。それに次・三男がつく。

2、都市とのれんらくをとり、次・三男には、長男とは別に、とくしゅな職業指導をとる。

3、教育費、（がくもんさえすればよいということの考え方）高等教育は必ずしも就しょくできうるとは考えるな。

おひきずり（世帯くずし。）

機械文明の喜劇（チャプリン）、機械が人間の主人であるという資本主義からはなれてはならぬ。

金に対する考え方。

八月二十九日

「大部、朝鮮人がひなんしてまんな。」

「あの川の。」

「ええ、五十軒もたててましてん。舟の中へでも、五軒も。」

「朝鮮はようはたらく。」

「そうだす……。」

「千とせ、また、つかりかけたて……。」

「あそこはひくいさかい。」

「一番ひくい……。」

「ラジオがなってかないません。」

「え……。」

「うちのラジオ、とめようおもても、なかなかとまらへん、うちのラジオ。」

「ふふ……、かわいそうにね。」

気狂いを、ラジオと呼ぶ父親。ラジオを、いつもかけて、たのしんでいる隣の女の人。

皆、母がくると、この子のことを言ってたのしむのだ。

「一寸したら、ごねてごねて、長いことなくわ。」

「ふん……。」

「あたいがおこったら、おばあさんとこいて、おばあさんおこったら、わたいとこへくるのや。」

「ちゃいちゃいしたいうて、なでてくれいうて。」

「さあ、もう、おしっこ、でるやろ、いこか。」

「いや、いや。」

「でるで、でたら、おしりたたくぜ。」

「たたかれるぞ、はよ、いてこいいてこい。」

「食いあせでとんのに、まだ、くれくれいうて、あないいうとる。」

「くもがきよる、くもがきよる。」

「ひこうき、ひこうき。」

「胃がずっとわるいのやそうや、乳とりよったあったんもやめ、卵もあかんいうてやめ……たべられへんのやそうや。みただけでも、むねが、つまって、うちのなにでもそうやったんや、にくたべたら胃わるしたいうて、卵もたべられんようになったて……。」

「そうやな。」

「宏でも、もう、胃なおってんねんやろ。一寸、しばらくやめて、みたらどうや、いうのに、なんやしらんやっぱりのんでんのや。」

「のみかけたら、さびしいのやろ。」

「ふふふ。」（私。）

「用心家や。」

「うちも、用心してまんねんけどな。」

「おたくも、なかなか用心家だんな……。」

「くすり、きらしたことない……ふふふ……。そいで、また、こんどは胃が……。」

「この頃は、男の人は、みな、かえって用心してや、女は、大たんに、ばあばあするけど。」

「となりの息子さんが、わしら親が職人やったさかい、体のことなんか一寸もいうてくれへんさかい、こんなに弱いのや、お前ら用心しとらんとあかんぞ、親類の子がきたら言いまんねん、いま、おもい知るいうて……。」いうとったあった。

「男の方がかえった、一々用心してるのや、この頃、みな、学校でいうさかいに。」

「十日分だけもらいまっさ、へんこやさかい、どないいうわからへんし。」

自分の息子を、へんこと思うことのうれしさ。（隣り、富士・井口、のま、など。）

「この間、うちの横い、はっけ見が店だしとって、何やおもて、でてみたら、こんなとこい店だして、すみまへんなあ、まあお金いりまへんさかい、みせておくんなかれいうて、みてもろたら、あんた、みせ、やめたらあきまへんぜ、子供にたよろうおもたら、まちがいだっせ、いうてた、小指が筋よりみじかいのやて……。」

「でもあんな商売、年よってでけへんやないか……。」

「もっと、何や、かたい、たばこや、でも……。」

「そやな、子供にたよろおもたらまちがいや、そのつもりでなく、子供がようしてくれたらええし、そんなもんや、ちゃんと、あんじょうして、ようして、そいで、なんにもならへん。」

母が占者の話をしたとき、言ってるなと思った。

占者を何かのいみで信ずるということは、いやだが、しかし、母も、そのつもりでいてくれたらとも思った。

私は、できるだけ、よく、母にするつもりだが。


「小指が、はなれてるて、わたいかて、はなれてるがな。」（祖母。）

「いや、はなれてるのや、あらへん、短いのや。」（母。）

こういうことの競争。


「ちゃんと店もっとらんとあかんがな年とって、そないなったら、しょがないぜ。」（祖母。）

「そない、いうたて、年とったら、しんどうて、でけへん、……しんどうて。」（母。）——この声、つかれた声が、私を、打った。

ひげきの向うに、悲劇を単に否定することではないこと。

すきとおった明るさだ。これは決して心理の眼ではないこと。

人間ということだ。喜劇ということ。大いなるラッカン。人間という言葉を如何にかえて行ったか、精力云云。

すべてが流れこんで、ここに古典をつくりだした。

いままで、一つの過渡にすぎなかった日本の時は、ここに、日本の詩の伝統の一つの始まりとなるであろう。

一九三五（昭和十）年八月～十二月（日記6）

鷹は西田哲学の言葉を用いれば、弁証法的一般者、はえは単に個的な方向、一般の方向の山角。先生の詩の一つの入口。

八月二十九日

二十七日以来の雨止み、海へ行く。雲が赤く美しくちらばっている。山の緑、その上の細いくものたなびき、特にその中に白金のように光っていた細いくも。

先生のことを考えた。

「レーニンもえらいな、えらいやつや。」

「先生もえらいな、えらいやつや。」こんなことを考えた。

砂を掘って、灰色の鉛色の、赤い砂がつんであった。「モロッコ」を思いだした。

雲の強さを見た。

私は、少し、こんな景色から遠ざかりすぎていたようだ。しかし、それがために、かえって、こうして新しく、つよくくるのだ。

ひとがきめた性格へはまって行こうとする傾向について。例えば、私は、ジイド的だと言われる。すると、そうならざるを得なくなるという類だ。（人の気を兼ねることにもよる。）又、ジイド的であるが故に、コルネイユがすきになるという類だ。（わざと、コルネイユがすきだと、自分に思い込ませようとし、しかも、しまいには、その思い込ませようと努力したことを忘れてしまうようになる。）

二度とレーニンは生れる筈はない。もはや、革命運動など成功しないだろう。こう思う。プチブル根性。

夜、暑い、むしあつい。

母が来た。

「もう、かえりますわ。」こう私に言ってかえって行った。

「うん。」私は、こう言っただけだった。足を投げだしていた。

「隣のおじいさん、直ったんかいな、こないだお医者はんきてたけんど。」

「もう、直ってる、あの人は。おいしゃはんに、あんたは、どっこも悪いとこないさかい、百までいきるいわれて、わしゃ、げんなりしましたがな、この間いうてた、うちいきて。」

「ふん。」

「そいで、わてが、いうたったんや。百まで、いきるんやなんて、よろしいやおまへんか、いうたら、「そないいうたて、子供に百までもかかってんならんおもたら、生きてられしまへんがな」いうよって、「よろしやないか、いままで、子供ちゃんと大きいしといて、なんのために、子そだてなはったんや、いうて。」子供大きいしして、そないおもわんならんのやったら、そんやな、ほんまに。」

「これからの女は、ちゃんと職をもっとらんと、あかんぜ、子供がかわいそうやないか、なんにも、おもたこと、でけへんがな。」

「そないいうたって、年よったら、何がでけんのや、子供いうたら、みんな、そんなことおもてんねんやろな、しかたあらへんけど、じゅんつぎやさかいな。」

八月三十日

昨日に変って、海は、凪いでいた。ひとを批判するといって、とくいがる男。

ひとりごとを言うと言って、桑原はうれしいのだ、と批判してうれしがる男。「あほ、ばか、ばか、なんということだ。」

ラジオが歌劇でいう。

「君は僕を愛してるか。」

すると、きいていて、祖母が、

「もう、しんどいわ、君は僕を愛してるか、愛してないかいうてごらん、ね。」言いながら、子供と、ほたえていたのを、やめた。子供を、手から畳の上へ、下した。

「あなたを愛して。」

「僕は幸福だ。」（少女歌劇の一節。）

（何故、私は、こんなものを、ここにかく気になったのか。——多分、この新しい日記を、新しい日記の白いページを速くうずめるためにであろうか。）

モリエールが偉いということが、少しわかってきたようだ。

「人間は歴史のわくをふみこえることはできない。」しかし、いま、現代にとって、歴史のわくとは何なのか、それを知ることはできぬだろう。これが歴史のわくであったなら。俺がやろうとしていることが間違いだと知りえぬ、気づきえぬのが歴史のわくであったなら、サンシモンや、オーエンや、フーリエのように、どうだろう、どうだろう。

何か、しようとする、——そのとき、すでに、これが歴史のわくではないのか、などと、考えていたらどうだろう。

八月三十一日

富士から手紙。返事をかくのがうれしかった。語学につかれた頭を休めるためでもあったろうが。十一時頃、雨が上り出しに行った。かえりに、うれしく、傘の中で、ひとりわらいだすので、ひとに見られるかとこまった。明るい雨上りを、あるくのが、うれしかった。

府庁の上から飛び下りした人の挿《そう》入。

自分を、さらすということ。

預言者は常に、エル・ハジであり、王子であるのか。

指導者は、常に、王子的なものをもっているであろう。

しかし、この方面のみをみなければならぬことはないのだ。

指導者には、又、ベルナールやラフカディオ的なところがあるのだから。

「Certes je ne me croyais pas prophète d'abord」大抵のものが、こうなのだ。思い込まされるのだ。

私は、思い込むことが多い。しかし、思い込めない要素も、多分にもっているのだ。

しかし、必然にそうなるということと、即ち、理論と、思い込むこととは、区別しなければならぬ。

ねている人間を、私がみている。私のもつ、ちつじょと、この人間のもつ秩序とはちがっている。又、向い合って、みている。このとき、秩序は、ちがい、ひとしいのだ。

九月二日

人間には、あらゆることが可能なのだ。

キリスト教の如く、神の宇宙創造を、信じこみ、二千年も、
ずっと、つづくことさえ可能であった。

人間の観念と存在の問題程、面白いものはない。人間の観念ほど面白いものはない。

観念も、単に瞬間的なものと永ぞく的なものとがあり、くりかえしがあり、慣い性となるものがある。

現在が現在を限定するところに意識があり、生れる。——しかも、この現在とは、幅をもった、又厚みをもったものでなければならぬ。「時代」という如きいみのものだ。しかも、この現在が現在を限定するということは、私が、意識し、食い、住むことだ、君がくい、住み、彼女が、彼が……。

この一般と個。（地盤。）


「兄ちゃん、あんたなんかに相手にならへんいうてるわ。こっちいいらっしゃい、ね。」姉は、（半分私へと）子供に言う。

私は、母や姉とか兄がく［い］るとき、兄の子供とあそべない。そして、又、むりに、あやすこともしない。それ故、姉は、「子供になど相手にならぬ。」と、私が、たかくとまっていると、思っているのかもしれぬ。

そして、それを言って、私を、わらおうとしているのかも知れぬ。


突然変異と（遺伝力つよきもの）。単なる変異（遺伝力なきもの）との差異は、明ではない。突然変異説の如く、人間が、又その他、あらゆるものが、突然変異的に生じたとすれば、もはや、突然変異などめずらしいことではなくなる。

単なる変異も、その一変種にすぎなくなる。

民衆には芸術などわからないと、けいべつし、ほおっておくが、誰がそうしたのか、考えてみてもよい。

それ自身の特長をどこまでも、主張し、それを伸ばして行くのはよいことだが、他との関係がわすれられるとき、は、もはや、それは、特長ではない。

ワイルドの如く、他との関係をわすれ、（さらに、地盤さえもわすれ）てしまえば、道を見出すことができないのは、当然のことだ。

見出すのだ。ピカソのいうように、みつけるのだ。芸術の創造ということについて、みつけるということが芸術の創造でなければならぬ。みつけることなき創造は、でたらめであり、くだらぬことであり、こしらえごとにすぎない。

共産主義社会がきてからこそ、きっと、意識というものは、

この問題は、解決されるであろう。

この間、

「雨でな、うちの水道のてっかんがでとんのや、ガスと水道と両方とも。あれ、ほっといたら、子供がわやして、穴でもあけたら、あかへんさかい、いつでもええさかい、宏、いて、うめといたらええわ……。あんなん、てったいにさしたら、又、一円もとられるさかい……。」

「うん。」私は言った。

「すこっぷでももって行って……どっかそこらの砂すくて……。いつでもええさかい、うめにいたらええ。」

「うん。」私は、そんなことを、ひるの日なか、しているのを、人にみられるのが、恥しく、しかも、それを、いやだといえば、恥かしがってると思われる、それもいやだ。それでただ、だまって、うんとだけ言っていた。そして、心の中では、こっそり、夜のうちに、そこへ行って、うめてくるつもりにしていた。

夜。

「水道のてっかんがでてるてどこの家や。」

「あれ、綱引きの家やが、あの石田はんがおったとこや。ほら。」

「そのどこや。」

「あの、横の、露路へはいるとこの、入口があるやろあそこの前やがな。」

「あれか、あいつ、なら、前もでとったがな。」

「いいや、でとるもんか。きょういっとったら、土が流れとったんや、一尺四方位やが。」

「車がとおって、なったんやで。」

「あんなとこ、車とおったりせえへん。」私が行くことをいやがって、こう言っていると祖母が思っているのだと、私は、やっと気づき、だまってしまった。

「どこやろな、石田はんがおったとこの前て？」

「この子知らんのか、石田はんがおったとこ……、前、いたがな、綱引きの……ほら。」

「知っとるぜ、ちゃんとしっとるんやぜ、」奥のかやの中から曾祖母が、口をだした。

私は、かっとなった。私が、行くことをさけようとしているのだと皆は思っていたのだ。私は、こんな仕事をはずかしく思い、夜、この雨の中に（雨ならば、かえって、人は、はやくねてしまい、人通りもないだろう、着物位、少々ぬれてもよい。）それをやってしまおうとする自分の心を、身を、はじて、祖母たちと一寸でもはなしすることにより、その身をはずる苦しみからのがれようとしていたのだ。そして、又、その穴の場所も、ほんとうにわからなかったのだ。

「いまから、行ってきたろ。」私は言った。

「この雨の中を、雨ふっとるで、夜いかんでもええやないか。」

「いってきたろ。」

「ひるいくのんいやなんか。」

「こんなこと、ひるでけへん。」私は、以前なれば、ここでだまってしまい、恥かしく、そして、その恥かしいことに腹立ちしたのだが、こんどは、だまっているかわりに、かえって少し、攻勢的に（私にとっては攻勢的に）、こう言った。すると、かえって、もう、平気になれた。

「ほんなら、懐中電気もっていったらええがら。」祖母は、少し、気づき、気がひけ、私の立場にはじたのだ。

「いや、いらん。」私は、じっとだまってしまった。

「雨ふっとるぜ、ほんなら、あしたのばんでもええがな。」

私は、のばしておけばこんなことに、また、明日一日、気をとられくるしめられることを想像し、どうでも行くことにきめた。が、まだだまっていた。祖母は、私のちんもくをとりちがえた。

「ほんなら、いま、いくか、うらにすこっぷあるさかい、あれもって行ったら、あるとこわかっとるな——。」

「うん。」私は、うらへ、すこっぷをとりに行き、「石田はんとこの前やな。」と言った。

「こんなくらいのにわからへんぜ、くらいがな。」

「わかるとも、高坂はんとこの電灯がある。」

うちのそこのくらいすじ[道]でも、ようわかんのやさかい。」

「それ？　スコップ、そんな小さいもん、もって行って、あつかい、役たたへん、それなら、そこに大きいのあるさかい、玄関に、それもって行たらええ。」

祖母は下りてきた。

私は、スコップだけでよいと言ったが、「そんなもん、」と祖母は言いながら、じゅうのうをもってきた。

「これやったら、土ほれへんぜ。」私が言った。

「えらほれやがな、ほれいでか。」祖母。

「そうかな。」私は、ふっと気づいた。祖母は、私が、その大きいのをもってあるくのを恥かしがっているのだと思っているのだと。そして、かっとして、「そうかな、ほんなら、両方もって行くわ。」わざと、おちついてこう言った。

「ふん。」

私は、道をあるきながら、祖母をののしっていた。

「何しやがんねん、あいつめ、ばか、こら、ころしてしもたろか。」私は、私の体が、くやしさで、しめつけられるように思った。なきそうだった。「ころしてしもたろか。」

しばらくして、私は、「何でもできる」と羽山さんに言い、自分も、言い、行おうとしていた自分の主張と、いまの私の行為とが、反していることを思った。

（このことは、始めから、気づいていたのだが、はっきり、言葉の形にして、意識にのぼせたのは、このときが始めてだった。）

そして、又、私は、いま、マルキシズムを行おうとしているとき、仕事をきらうなどなんということだ、と思った。

もっと、ひどいつらいことをしている人がいるのだのにとも思った。「こんな仕事《こと》でけへん。」

「そんなこというて、あんた、おかあさんが、毎日はたらいとるの、わかってるやろ。」

「働くくらいなら働いたら、左官屋になって、壁ぬれ、いうのならぬるで。左官屋になったら、ならしてくれたら、壁なら、なんぼでもぬるぜ。それなら何にも、恥しいことやないもん。」

こんな私の心の中での、祖母との対話を、想像につくりながら私は、あるいた。——しかも、又、この間、一日、大阪の店で、はたらいたら、ふらふらになり、飯もくえずにかえってきた、私自身をもかえりみた。そして何ということだとも思った。

道はくらかった。水の中へ、足をふみ入れた。それまでが、祖母のためのように、腹立った。

途中で、砂を、すくって、じゅうのうに入れ、向うへついてから一寸でも砂をよそからはこんでくる労を、はぶこうとした。砂を入れたままもってあるいた。

私は、ひるだと附近の人に、「のまの家、水道の鉄かん、うめに、子供をよこしてる、水道の鉄かんぐらい、何ともないのに、それに、あの、のま、大きいのに、ちゃんと、親のいうとおりに、うめにきよった。」（こんなことを思われるのが、又、じろじろ女たちからみられるのが、子供たちがあつまってくるのが、はずかしかったのだ。）

向うへ着いた。附近をみた。もう、みなねむっていた。

私は、高坂さんの家をみた。二階に灯がなかった。そして安心した。

（先刻、私の家から、かえったとこだ、ここの家の奥さんは、そのとき、私は、祖母が、高坂さんの奥さんに、あの鉄管のことを、言わねばよいがと思っていたのだ。）そのとき、私は勉強していた。すると奥さんがきた。一寸、美しいと思った。

私は、近頃、女に対し、わりに平静だった。しかし、以前は、そうでなかった。それで、こんども、又、以前のように、女に気をくばって、勉強しているようでも、ちっとも、本など頭にはいっていないのよ、とでも思われはしないかと気にかかり、又、そんな気がかりをしているように思われてはおかしいと、平静がったりしていた。

ふと、祖母の横からみたとき、奥さんと眼が合った。私は、そらせた。私は、私が横目をして、様子をうかがっていたと思われはしないかと、かたくなった。しかも、そんなことなど、平気だぞと示すことなどしないと心に言いきかせたりした。

「うちの横のみぞに、砂がいっぱいきて、あの前田さんとこ、みぞないでしょう、あんなに高い場所ですのに、うちの方へ、みんな流れこんできますの。」

「うちも、あのみぞのとこがほれて、水でね、てっかんがでて、子供がなんかしたんかしらん、まがってしもとんの。そいで、さっきも、ひろしに、いつでもええさかい、いって、うめてきて、いうてましてん。あんなこと、てったい、やとたらあほらしいさかい。」

「うちも、この間、みぞ、ずっと、つけてもらいましてん、そこい砂が、さっきの前田さんとこからはいってくるでしょう、もう、一ぱいたまって、こんど休みのときにでも、だしてもらおうと思ってますの……。」

私は、てっかんのことがこの奥さんの前で言いだされはしまいかと、びくびくしていたが、もう、かんねんしていた。そして、言われてしまうと、私は、そんなこと何でもないというようなふりをして、いようとした。（勉強をつづけようとして、）――が、ふと、私は、これらの人に、勉強がよくできると知られているので、この人に、わざわざ熱心に勉強しているのを、みせつけているように思われはしまいかと思った。（奥で勉強していたら、それとも、奥さんがきたとき、奥へひっこんだらよかったと思った。が、この間《ま》が一番明るかったので、私はのこっていたのだった。）

私は、高坂さんの奥さんの前で言われては、奥さんは、こんど、私が行くのを、気をつけてまっているだろう。こんな気もし、もし、夜、こっそり行ってしてきても、その翌日、それをみて、はずかしいから夜きて、して行ったと思われるだろうと思ったのだ。

それで、いま、高坂さんの家が灯もきえ、くらいのをみて、安心したのだ。

鉄管は、なかった。わからなかった。「懐中電灯をもって行けというとるのに。」とあとで言われるだろうと思った。私はさがした。又、わからなかった。

水道の、まるい蓋に気がついた。それは、三軒の真中の家の前にあった。一寸ほれていた、これか、と思った。しかし、これなら、ほれたってなんでもない、これは、ここに、水道があるということを示すやつやないか。そして、祖母がこんなものをうめよと言っているのが、一寸、愉快であり、一寸、うれしかった。かえってから、祖母に言ってやることができ、ふくしゅうできるからだった。

私は対話を想像した。

「うめといたったぜ、あれ、うめたらあかんやつやがな、水道のしるしやがな。」

「なにいうとんのん。」

「そないいうやろおもて、うめといたったら、それで気がすむのやさかい、うめてきといたった。」

私は、土をとってきてうめた。道からとってきて、あとは、気づかれぬように、足でならした。そしてそれを、穴へ入れた。（穴などなにもなく、一寸低いだけだった。）

私は、横へまわり、他の二つの蓋もうめた。そして、かえってきた。かえりに、祖母に、ふくしゅうできるとおもえた。

が、又、腹立ってもいた。

強姦してやろか、と思ったり、あの松林のとこで、女をまちぶせしてて、と思ったりした。それを、祖母への、つらあて、はらいせ、としようとしたり。

しかし、少し冷静になった。

家へかえってきた。

「穴、て、どこやねん。穴なんか、あらへんぜ。」

「あら、あるやないか。」

「てっかんいうて、まるいやつやろ。一寸、上へでとる。」

「そうや、そうや。」

「二本でとんのか。」

「二本でとるのや、ぐるりがほれたあるのや。」

「あれ、うめたらあかんやつやぜ、字がかいたあるんやぜ。」

私はしめたと思い、幾分、まだ、うたがいももっていた。（私の思っているのが祖母のうめてこいと言った穴かどうかわからぬうたがい。）

「なにいうとんのん。あながほれて、まがっとんのや。」

「そないいうやろ、おもてた、そやかて、うめといたった、それで気がすむのやさかい。」

「……」

「土もったか？」

「うん。山へいってきた。」

「なんべんほど。」

「三、四回いったぜ。」

「そんな位でたるかいな……。」祖母がわらいながらこたえた。

私は、だんだんうたがってきた。「てっかんいうて、横になってんのんか。」

「うん、横になっててんのんや。」

「二本か。」

「二本、ほそい、のんと、太いのんと二本や。」

「ふん。」しまったと思った。私はまちがえていたのだ。

「一体どこや、あの横のとおりとちがうのやろ、ちりばこの横やろ。」

「そうや、ちりばこの横やけど、横のとおりやぜ。ほら、一番向うが天野さん、その次が田中さん、その次の家のよこや。」

「ふん。」私はちがっていた。「ふんや。」私は、てれくさかった。

「もっぺんいってきたろ。」私はいってきた。

こんどは、わかった。土をうめた。そして、又、はらだち、こんや、もう、このまま、かえったるわい、そして心配さしたろ、などと思って、土をうめた。しかも、又、私の気性として、うまいことしてあると、ほめられたく、ていねいにうめもした。

かえりの途中、又、強姦を思った。そして、前の女の人を、しようと思った。おばあさんだった。しかし、こいつ殺してやろうと思ったりした。しかし、次第にれいせいになり。心理は、言葉の形にならぬものがあるなどと、私は言うが、みな、心理は、こうした、強姦したろ、とか、灯がついてるな、などいう、言葉の形になるものばかりではないかと思ったりした。

先刻の、家での祖母との対話、「気がすむやろおもて……。」云々を思いだし、恥しかった。

しかし、まだなぜか、かっとしていた。が、あるいていると次第にしずまってきた。傘をもつ手がうれしかった。そして、さっき、土をかけることだけで、もう、右手くびが、だるく、傘さえもちにくいのに気づいた。そして、俺に、何ができるのだと思ったりした。「学校でて、鉄工所へ行こう。」など、また、空想だけでおわるのだなどと思った。

又、さっき、祖母を「殺したろ。」とののしったりしたのは、ヴァレリーの、「ひとは、幾千回となく、ひとを殺し、互にころしあう。」というのであることに気づき、そのとき、殺したろかと言いながら頭の中でヴァレリーのことばを思いだし、それに反抗して、そう思うのをやめようとしていたことに気づいた。又、観念上で殺すと思ったって殺したことではない、ヴァレリーも観念論者だなどと思ったりした。

家へかえってきた。私は、やさしくなっていた。

やさしくしようと思っていたのだ。(つまり、家へかえってやるまいか、やさしくしようか、という二つの、後をえらんだのだ。)

それを、えらぶだけに、私の心は、身体は、もうやさしく、こうふんしていた。

家へかえった。

「うめてきた?　わかった?」祖母もやはり、やさしくなっていた。

「うん、うめてきたぜ、すぐわかった。」

「しんどかったやろ。」

「ううん、雨もやんできたんや。」私は言った。

私は、しかし、本をよんでねた。すぐ、ねむることは、やはり、ようしなかった。勉強しなければならん時間をさいて、穴をうめに行ったのだと示したかったのだ。

付記。——

道をあるきながら。「僕いかんでも、おばあちゃんでもできるやないか。」

「でけるもんか、あんな深い穴、それに、あのうち、おまえとこのうちやないか、ひとのうちとちがうんねんぜ、おかあさんが、一生けんめいはたらいとるのがわからへんのか。」こんな祖母との対話を想像した。

ヴゥンプ形。——日まわり、だとラジオが言っていた。うそだ。黄色、顔、大がら。こちらが圧倒される如し。自分自身を小説の主人公とみる、ひげきがり、ヴゥンプ気取り、ひげきにかんげきし、むりに、病気をおこして、かんげきし、さびしがり、女、長べえを、やる。(おだてられて、)くすりの分量をまちがえて、自分ののぞんでいない天国へ行ったりする。

〔一字不明〕……日本的、表面、かち気でもろい、せんれんされたいろけ。ほりゅうの質。

私は、今日、生れたことを、幸福に思っている。しかし、又、私は、どこまでも、プチブル性を脱しえないで死んで行くのではなかろうか。

今日にこそ、私の仕事は、行われるだろう。小さかろうが、大きかろうが、今日に於ては、最大の私の仕事がなされるのだ。

九月三日

此処には、宇宙の自然の論理(論理——このことばを好まぬ人があるかもしれぬ。)の廻転している響きがきかれる。これこそ、リトムなのだ。詩の根源なのだ。

ジイドの短篇(ナルシス論、エル・ハジ、——帰る)をみると、ジイドが如何に、この論理というものをつかんでいるかがわかる。すべて、偉大な作家は、この論理というものを、つかみとっているのだ。先生も、そうだ、そして、この論理——行為的意識、行為的自意識——人間全体としての自意識——自覚こそ、すべての根なのだ。すべてはここから匂い、ここから、かおる。

この自意識には、過剰もなければ不足もない。

常に新しく、変らない。

心理的な自意識の何という狭いきゅうくつさ。——自意識に自負する人間の何という弱さ。

この、宇宙の底に廻転する二つの歯車のうなりをきけ。

毎日、机の前へ身をかがめている故、夜、でると、身がひとりでに後へそれて、これでは、いかにも、いばっているようにみえる筈だと、おかしかった。

少し、あるく、頭のつかれがやすまってきた。自分の詩のことなど考えながらあるいていた。下駄を泥でよごした。それまで、泥道に気がつかぬ程、上をむき胸をそらしていたのだった。

九月四日

進介は考えた。俺は、俺のみが、こうして、人生の安易な方面にしか会わないのだろうか。それとも、ここに、さえも、階級対立をみられるのだろうか。

俺が接する人間は、どうして、こうした無自覚的な人間なのだろうか。

宏は、一時、こうして、みなは、おしつぶされてしまうのだと考えていた。しかし、いま、人々は、ねっからおしつぶされることもなく生きている。その時の彼は、余りにも感動にはしっていたのだ。

ローマ法は、奴隷労働の上にできた法律にすぎない。

それが、まだ、今日を支配していることなどあるだろうか。

九月六日

俺は、名誉を考えないと言えない。どうして、こうなのか、わからない。慾望ということさえが、俺には、もはや、抽象的にひびいてくるのに。道徳とか、モラルとか、こんなものさえが抽象的にひびいてくるのに。

縦と横の戦いだというのか。これまで縦は、長い歴史をもって、力をうえつけてきた。しかし、それだからと言って、横が、まけるとはきまっていない。

縦と横とが戦うのではない。縦と横は、一つでなければならぬ。

私は、一瞬一瞬ふりかえってみて、その行動が、私の名誉のために、であったことを感じるのだ。

この現実の部厚さ、のろのろとした、私などには、何の関りもなく動いて行くような（或は、ある、はがゆさ、を感じさせるような、私の心があせる故だろう。）重さを感じよ。

氷河とは、人間全体であるにすぎない。

「個と全との重なり合うを無償と言う。」

「人人が、セベールとポーリンとの恋愛にのみ興味を持った。」

としても、それは、決して偶然ではない。これこそが、十七世紀の人々の理想ではなかったか。宗教と十七世紀の関係。

「神はぎせいをこのみ、苦しむもののみを救うのだ。」

私には、カトリックをはっきりつかむことはできないが。——ポール・ベルレーヌの詩。(「サジェース」)の引用。


「指とは何か、ばい毒とは何か。」——「資本主義の産物だ。」

そして、鉄郎自身も資本主義の産物であったのだ。

しかし、単なる産物ではないのだ。


「慾望を、終局のものと考える人。」

「経画《けいかく》はおれは、いややな。」

「うん、けいかくはな、けいかくかな、それより、けんちくやな、けいかくと冒険やな。冒険いうの、わかるか、さいや、さい、わからへんかなあ。俺自身がさいやいうのや、この、青空に、放り上げられた[るのや]さい。慾望やな、意と表や。両方や。わからへんかなあ。

目が輝いてきた。俺は自由なのだ、何事にも、気をとられてはいないのだ、何でもできるのだ。こう思いたい。——次郎。

(これは、次郎が、ばい毒に敗けていることを証明する。)

鉄郎の集会と次郎。次郎は常に気をくばっていたこと。


鉄郎が、はいって行こうとしていた頃の次郎のこと。

次郎と資本主義社会との関係。次郎と女。新しい女。

そして、益々、自分を無理に弱めようとする。

新しい女に出会い、自分を強くしようとするのが進介であるとすれば、次郎はその反対である。


或る日、次郎は散歩に行った。蛙がいた。空がきつくあつく明るかった。

次郎が或る街の火事を見る場面。

次郎と鉄郎との場面。病気に関して。

次郎は鉄郎との正面対面をさけている。常に。なにかぎこちないものを感じることを恥じるかのようにののしり、あざけるかのように、又、冷静かのように。

自身も、それを知っている、感じている。そして、はずかしがる。それは、心理の伝染だ。鉄郎は、すなおに、兄弟の羞恥をみとめようとする。

いけないと思う。……。

海鳴りはとおくまぶしく。……音もなく無限の海鳴りがとどろく、雷。

詩が如何に現実的であるか、詩がどんなに現実の地盤そのものに根ざしているかを、はっきり見るべきである。

ロマンティシズムの中心者ともいうべきシェリーが、こう考えていたのだ。ロマンティシズムも如何に現実にくっついていなければならぬか、を考えてみるべきだ。

詩人は、どこまでも他との関係に於て詩人なのだ。

自分の現在の位置をはっきりつかむことによって、その指針のさし示す方向へ真直につきすすむ生活によって、現代を生かし、現代に生き（それによってこそ、真に永久に生きると言いうるのだが）ることができるのだ。

詩人は、どこまでも、他との関係に於て詩人なのだ。他との関係をすてるべきではない。とじこもるべきではない。

（他との関係を自らすてることのできる自由をもつ人間だが、）他との関係なきとき詩人などない。――独自性などない。

新しいものをつくりだし、新しい建設をなしうるのは、常に若いものなのだ。（すべてが若いもののために生き、詩人は常に若くなければならないか）と、確信するから。

九月十二日

キリスト教が、自然との闘争に於て生れたとすれば、今日の如く、人間が産業をいとなみ、自然を征服して行くとき、プロレタリアートの立場より、キリスト教が否定され、拒否されて行くのは、当然のことではないか。

何かしら、あると思えた。あれだ、あれだと思った。頭の中で過去のいくつかの恐怖がとおった。地獄の、鬼の、自己自身への恐怖。が。私は、そして、そんなとき過去に於てもやったと同じ、動作を、しまい、そうすれば、一層深く、このわなの中へおちこむにちがいないから、と思いながらも、すーっと、心の青むのを感じ、四方をみ、後を、ふりかえった。又、恐怖がきた。そして、私は、わなの中へ、一層、はまりこんだ。

はめてやろうと、考えていたものが、私の中にはあることは、あったのだ。

ジイドの「文化の擁護」というのを読んだ。私自身の考えていることが間違ってはいないことがはっきりしてきた。そして、文章にしても、言い方にしても、こうした、平易な行き方をしなければならないと思った。

私の前が、どんなに広々したものであるか、それが楽しくもあった。

「これ、来年の夏は着るかきられへんかもわからへん。」曾祖母は、浴衣を、タンスにしまいながら、私にきかすように言った。

父の母がきた。曾祖母と話していた。

「もう、死ぬだけやがな。」曾祖母が言っていた。

「死んだらええのや、死んだろか、」いうたら、まつゑは、死ぬのんもええけど、けったいな死にかたしてくれたら、ひろしのよめはんもらうのんにさしつかえるさかい、どうたらこうたら。いうて……、「そんな死んかたするもんかいうたった。」

「おひろいうたら、死ぬのやったらなんぼでも死にいな、池へはまるなと、首つるなと、なんぼでも死ねるがな。」いう。「そんなことというたって、わたいがしんだら、けいさつで、おこられるぜ、しらべられるぜ……。」いうたら、「ほんなん、なんでもないこっちゃ、しりまへんぜ、かってにしにましてんいうたるがな。」いうたりして、「……ふふふ……。」私と父の母とをみてわらう。

曾祖母は、元気のよいときは、こんなことばを思いだしもせぬが、弱るときは、こんなことを一々、思いだして、老いるということをなげき、あきらめるのだ。

祖母にしてみれば、この曾祖母の、一々の文句をうるさく、冷淡という意味でなく、はねつけたい、親子の情なのだ。

曾祖母は、「足こしもたたへんのに、何とれ、かとれいうて、つかいあるいて……はらがたってきて。」という。

私も、このことについては、余りにも祖母が身を動かさず、曾祖母にさすのを憎んでいた。しかも、曾祖母は、たまには、腹立ちをこらえて、「お茶わんか、……か、とろか。」などと言って、立ち上って行くのだ。

九月十三日

この人間の二つの総和、階級、夕陽の都会を後に、何という渦の生ぬるいひびき。

あらゆるものがここから出、ここへ流れこんでくる、いま、いま、二つをのみこむ全人間の顔のひずみ、力のひずみ、力学。

波の青さ、人人。

「真のマルキシストは、もっと同志を大切にするぜ。」

私に傘をきせ、左側へ雨をよけさせながら言った。

「親切に、大事にするな。ふふふ……いや……。」

「とにかく、君の方が、よわいんやから。」

私は、うれしく、これは、ぜひかかねばならぬとも思った。

羽山さん。

九月十六日

男と男との恋。と、社会、階級、資本主義の罪悪の関係、しかも、それら当人は、自分達の恋を純粋なものにしようと、努力し、全く排他に陥って行くのを知らず、社会のけっかんということに、それらの原因があるなどと、気づかず、又、もし、人に言われたなら、そんなものより、もっと深いものだと考え、こうした恋の出来る自分を独創的だと喜ぶ。——ただ、この、ちらっとひらめく喜び、——自分で、ただちに打消すが、（即ち、こう考えることは、余りにも勘定的であり、恋をけがすものだと考えて、概念化してしまうものと考えて）、ただちに打消し、忘れようと努力する位、それは大きいのだ。ただ、この喜びのためにする恋。——（小説の中へ組み入れること。）

人は、常に、他人の説に反対している。

ドストエフスキーによれば行動家（活動家）は凡庸人であるらしい。しかし、私は、その凡庸人になりたいのだ。それが、私を、魅惑するのではない、それは、あたりまえのことだからだ。

私の、彼の眼とは、プロレタリアートの生活であり、ここにこそ、あらゆる批判の基準があるのだ。

「プロレタリアートが、自己のみを正しいと主張することもあり得るのだ。」と言うことを忘れないこと。

九月十七日

「反動期だ、反動期だ、いまは。」こう思いながら、「もはや、一生、反動期であったなら、もはや、一生、すべてが、反動的になって行ったなら。」この考えが、荒々しく彼にひらめいた。

「君が指導者にならんたって、他になんぼでもいるのや、もっと、才能のない、奴が。」
「そんなことあるもんか、俺がならんとあかんのや。」
「君らなったってあくもんか、誰もいうこときかへんぞ。……そんなことして、ひっぱられたら、そんや。」
これが、宗教を言う吉田の言葉なのだ。
みんなこれなのだ。プチ・ブル。
私は、いまの詩人達に、現実の穴（ありすべりの穴）の中に、すいこまれ、もがく人しかみられない。現実のはしからはしまで、腕をはりきったものなど、一人もいないのだ。

九月十九日

竹内勝太郎の喜劇を追求すること。悲劇の向うの喜劇、すみ切った、明るい喜び。悲劇をつつみ込む喜劇。

自分の自分に対する関係。心理的な関係。

「行動するには、何と多くのことを知らずにいる必要があることか。」（ヴァレリー）こんなことを言っていられる楽な生活があるのだ。

しかし、とにかく、ヴァレリーは、グルモンより面白い。

桑原も、太田も、『三人』から遠ざかってしまっている。

皆、ずるくなったのだ。やはり、自分しか考えないのだ。

「犠牲」というような言葉は、これらの人々にはわからないのか。「愛」という言葉も。

これらの人々は、私を、「偉人がっている」と、思うかもしれない。

私は、『三人』を狭いと感じる。私を入り切れない狭さを感じる。『三人』は、家庭のような、いやさを、もっている。家庭では、常に、一人の男が又、一人の女が、はたらく、そして、他は、ルーズなのだ。そして、一度、働き役を引きうけると、常にそれをせねばならなくなるのだ。

文学へのエネルギーを一寸余しさえすれば、肥えてきた。性慾を、常に内にたくわえていれば、文学が大きくなった。

私は、私の生活の一時間を、他の人の生活の一年とみたかったのだ。

九月二十一日

国家がきえて行くのは、革命の後である。この、消えて行くのは、決して、プロレタリア革命を意味しない。プロレタリア革命の後に、きえるのだ。（レーニンによって）

進介は、京都へ行くであろう、そして、またかえり、また行き、またかえるであろう。

鉄郎が言った。「京都へ行くんやなあ、まあ、当分。」

進介は、ストライキを、鉄郎の仕事とみ、すぐ鉄郎を思いだした。進介には、鉄郎しかみえないのだ。地盤がみえないのだ。地盤がみえない、外がみえないのが、いまのインテリゲンチャーなのだ。

進介は考える。淳子の指を数えながら、「一、二、三、四、五、たりないたりない。」と。しかも、知っていた。これが、ごまかしにすぎないということを。俺の中のことは、こんなことではないのだ。こんなことではない、俺の心は破れている。破れている、俺の考えていることは、こんなことではない……他のこと、もっと他のこと、鉄郎？（――これが、すでに一つのごまかし。進介＝ごまかし。）進介は考える。心理を。しかも、彼は、これをも信じているのではない。ここへ、止まらざるをえないだけなのだ。外へでることを許されないだけなのだ。

それ故、如何に、心理の追求に於て自信をえ、独創のうぬぼれをもっていようと、ちらっと、「心理？」という、ぎもんがあるのだ。信じきれないというよりも信じていないだけなのだ。信じこませられるのだ。外から、圧力によって。しかも、そう考えることは、自分で許せないのだ。否定しうるものなど何もないのだ。（進介。）

次郎、志津子は、類似している。

進介は、又、別。

鉄郎は又、別。

鉄郎は、次郎に、志津子に、進介に、資本主義の足跡をみるのだ。自分自身にも。

現実は「鬼」ではない。自己は「鬼」ではない。どこまでも自由な自己だ。

この男の頭を、こんなときでも、ちらっととおりすぎるものがあった。「こうした革命がまた、くりかえされる。第五の階級？　……そしてそれが人間なのだ？」

彼は、マルキシズムの哲学を、正しくしようという目的をもっていた。しかし、彼は引きずられようとする自分を感じた。彼は、それこそ、大衆という力なのだと知った。次々と、唯物論を、そのまま、信じて行こうとする人間が、学生がいる。これらすべて、大衆の力に、歴史の力に引きずられているのだ。彼自身、引きずられて行った。そして、こうした哲学上のことなど、あとまわしでもよいと考えるようにさえなった。彼は、もう、後へもどることさえできない。うしろへ、身を引こうとみがまえるとき、もはや、彼は、何かあるていこうを感じるようにさえなっていた。即ち、もはや、彼は、流れと共に流れている故に、その地盤と共通の方向にいる故に、身を引くことがていこうをかんじるのであったのだ。以前は、はいってくるとき、或る抵抗を感じたのだが。

はいるとき、ていこうをかんじ、いまは、後へさがるときていこうをかんじる。

文学を作品からのみ見るとき、文学には消しがあるであろう。しかし、又、文学は作品が大切だ。

九月二十五日

私には、啄木の価値が変ってきた。——パスカルを思いだせ。あらゆる面からの考察が可能であるということだ。

岩城と私との関係を小説とすること。

九月二十六日

私の如き書斎派的なマルキシストは、マルクスのもっとも排斥したこと、即ち、事実から原理を引き出すのではなしに、むりやりに入れこんだ原理を事実にあてはめて行こうとするのだ。実践的に得た原理ではなしに、うけついだ、おしこめた原理。

プロレタリアート（経済に特に関係し、経済のみが現実である）にとって、マルクスの学説は真に深いよりどころにちがいない。

プロレタリアートがいるということ、生きて動いているということ。

この都会を動かす車輪がそれだ。車輪をとめようとし、くいやぶるもの、しかも、そのまま動いている、この地盤、実在。

国家、他の車輪とともに［のままに］ゆれる国家。

永い永いこの過去、重いかたいこの過去。

大きい、ふかいこの過去、どこまでも俺にのしかかる、そして、それは俺をいかす——現在。

「二人、一人の無責任がつもり、この大きい不幸をもたらしている。」と彼は考える。

「自分が、大きくなるために、彼は、大衆をつかもうとしたのだ。」と彼は考える。この考えがひらめく。

かって、マルキシストであった人人の生活をとらえてくること。

昔の僧侶が禁慾したように、文学者も禁慾しなければならぬ。——しなければならぬのではなく、せざるをえなくなってくるのだ。大陸的な顔、兄弟二人ずつ、顔美しく体よきもの、けがれをくぐるもけがれなし。心よしけがれない。否、生き方正しきもの。

次郎は、女の股にくすりをぬってやる。女へのけん身。やさしい。やさしいときあり。

十月一日

母から手紙がきた。泣いた。近頃はじめてのことだ。

俺はプチ・ブルの標本そのものだ。動き、動揺し、どうしてよいかわからぬのだ。いい気になって、うぬぼれて、これで人間がつかめるというのか。この俺の外に何千万という人間が働いている。

俺は議論をする、そのときのざまをみろ。

俺には何が残るのだ、弱さを去ったとき、俺には何が残るのだ。俺には何がのこるのだ。

太田のことを考えよ。太田の時間をとってしまって。

俺の後に何もないのが、俺の心にうつっているのだ。

これを俺は考える。俺は、現実をはなれていた。

俺はあくまでも、プロレタリアートをみなければ安心してはいけない。

プロレタリアートになれ。病気を直せ。

俺は、その材料を求めるためにのみ、そこへ行こうとしているのではないのか。

母を苦しめ、自分を苦しめるためにのみ、俺は、そこへ行こうとしているのではないのか。

桑原はえらい。俺など、ああなければいけない。しっかりした地盤をもっている。ただ、その地盤が、もっと広くあってほしいと思う。

十月二日

私は、家庭と家庭とが、「敵」であるということを考える。いかに、交際をし、いかに親しくとも、「敵」にならされるのだ。金にどくされた精神。

私は、母と共に、その家庭というものを、たたき直して行きたい。

すべての人間が小さく争そう。そして、しかも、階級の闘争などは、いみきらう。

エチオピアとイタリーの戦争を、面白いとみて、しかも、階級闘争をいみきらう。

私の中にある、あらゆる、ふるいもの、又、固定的な姿。

私だけでも、女をも、真面目に相手にし、いたわるということをさけたい。

プロレタリアートに、批判の基準があるということの追求。

さらに、文化の形と、その下のものとの関係。即ち可逆的な関係。しかも、ある革命的な時期に於て、又、ある時期に於ては、とくに、一方的な強さの傾向があるということの追求。

俺が一番、うわついている。俺はそれが、なぜかしっている。

俺は、それが、金がないからだといいたいのだ。しかし、俺は、どうするのだ。

読者を、人間を動かすのは、如何にむつかしいか。

私自身の生活を、もっと現実に近づけること。

私は、一個の「プチ・ブルのインテリ」にすぎない。

私は、もっと世の中をみないといけない。何をするのか、私にはわからない。何をしてよいかさえわからない。

私は、狭い立場にいる。私はせまい立場にいる。桑原をみよ。

行為ということを考えてみること。行為と意識を切りはなさず、又、客体とも決してきりはなさないこと。

十月三日

物とは過程であり、又、一時止である。

私は、私自身のことを考えねばならない。


西田哲学の無とレーニンの物質との方向が、同じであるということ。意識をこえている、意識はここからでてくること。殺されて行くブルジョワジーのことを考える。私は、どうすればよいのかわからない。私は弱い弱い。


私は大きな身ぶりの人間だ。しかし、人間はすべて身ぶりをこのむのだ。この身ぶりの仕方が問題なのだ。身ぶりと、そのうちらとの関係が問題なのだ。

身ぶりのみしかないと考える人もいる。


詩は、宇宙の酒であり煙草だ。この大地の匂う［けむる］煙草、青空に澄む酒の色。

青空にきえる煙草——全体が煙草のけむりだ。俺の煙草の煙が青空をつくり、この酒が大地をゆたかにうるおす。

私の詩は、坊主頭の一つ一つをふんで行く。そして私の詩を、そいつらは、又、ふみにじって行く。


一方、こうして、運動をやって、殺されてしまおうとする。その途中途中、山へとじこもってしまおうという考えにおそわれる。ちらっとひらめいている。何だ？ 何だ、それは、みどり色だった、光っているものがあった、それは、小さい時みた、山の寺だった。日にてる山の寺。


河へつきおとされたときの思い出。

私は一個のあの『処女地』の肺病患者のロマンチストにすぎない。

或る家庭の場面。女の子を中心として、てれくさい場面。

「あんたそんなことしても誰もみてくれへん。」母。

「もう、ええ、ほどいた。」

「かおからみてこい、かおから、あほんだら。」父。

「もう、ええ、ほどいた、ほどいた。……」

「顔からみてこい……。」

「もう、そいでよいやないの、そやさかい、ほどいた。」

「あんた、そんなことしても誰もみてくれへん。」

「いやらしい、はいからにして。……。」妹。

富士の家でも。「あんた、そんなことしたって、だれがみるもんぞい、あんたみたいなもん、だれが注意しとるかいな。」これは、男の子に。

俺程、卑怯な人間、弱虫は、この世にない。俺のような人間が、どうして批評など、することができたのだ。俺の身にくらべてみよ、すべての人は、俺より、よい生活をし、もっと正しく生きている。どうするのだ、俺より正しく生きている。俺はどうしてよいかわからない。

俺は、民衆を知らない。俺は民衆をつくりあげている。そのくせ、俺は、人に、地につけ、じべたにつけと言っているのだ。私にはわからない。

いまの世の中にいて、くらくならないなど、どうかしている。

しかも、プロレタリアートは、よく働くのだ。

岩城の考は、インテリの考えではないのか。

私は、「何でもできる」をモットーとしながら、又モットーとすることによって、何でもできることが如何にむつかしいことかをやっと知るのだ。

俺の一生は、これから、どんなことがあろうと、一生、不幸の連続にすぎないだろう。この俺の弱さ、この決定的な弱さ。そして、俺は、それを、直しえなかったのだ。俺は、これを直すのに一生かかり、ただ、一生かからせて、いるにすぎないのだ。

私は、私の小さいことを知るばかりだ。私の小さいこと。ただ、自己を、きたえ直すことのみだ。

マルキシズムを裏切った人々、弱さから。それが毎夜、自分を苦しめる。針で指をつく。そして、苦しめることをやめる。苦しめることは、自分を許すことだ。苦しめることは、たのしめ、少しでもゆるされることだ。どこまでも苦しむ。せめて、女をめとらぬことが、そのつぐないだと考える。

十月五日

先生はすすみながら、自分の前にヴァレリーがいることを常にかんじたではあろう。そして、「鷹」の後には、もはや、ヴァレリーの前にいないことを。

私は常に、先生が前にいることをかんじていなければならない。私はたとい、私の道の先駆をきっている私の前にはたれもいないとはいえ。

階級と階級運動における隊列とを機械的に宿命的に混同して

はいけない。所謂知識分子は必ず知識階級を構成するものではない。知識分子ではなく、生活の条件によって、同一に知識的作家に運命づけられた人々の群こそ知識階級である。生活の条件が根本的である。

「自由主義は資本主義の社会秩序そのものを限度としている。」

（以上 向坂逸郎より。）

俺のすることはすべて、俺をえらくみせようとするため以外にはなかった。

情熱をもたなければいけない。詩に対するように、あらゆるものに情熱をもたなければいけない。

「深刻がるもの、軽薄がるもの。」私。そして、こんなことをかくもの。私。

俺は、その、誰でもがすることをやっている。

俺には、ジイドのサンセリテなど少しもない。俺は、浮気ものだ。

ジイドは俺のような狭い道を、あゆんではいない。又、俺のようにいそぎ足でもあゆんではいない。一歩一歩たしかな足あとがついている。

俺はまだ、現実を知らない。

「羽山さんと、又、ごねまわそうか、一つ、やられるかもしれんぜ。」富士。

「やらへんやろ、君とは。」私。

「もう、大丈夫やぞ、俺は。」富士。

私の、この間の行動が、富士にも影響しているとすれば、私は、はずべきだ。私は、もう、これから、もっと、ゆっくりあゆむべきだ。

以前よりは、手紙をかくことができるようになった。手紙をかく時間をおしまないようになった。手紙をかくのも、本をよむのも、同じ効果［こと］だと考えるようになった。

いま、効果という字の横へ、こととかくことによって、効果が、こともよめることに気がついた。

effect（こと、効果）

十月六日

批判。――プロレタリアートが階級を打ち破り、真に自由な社会をつくりあげて行く。その社会が、この、いまの社会へ下りて来ること。これを批判という。即ち、いまのあらゆるものは批判されねばならない。――真の現実。批判以外に現実はない。

何枚もの「一般者、」それが重りあう。丁度、とらんぷのカードの下部を、手にもち、その矢を扇形に開げて行くように、各個の一般者の区別。しかも、それが一つ。

ここに、個と一般者がある。各個も、ちがうと共に一なのである。即ち、個とか一般とかが、あるのではない。

私があり、君があり、犬が小便し、空がはれているのだ。


一人の偉人は、常にその友人をわすれしめる。いいかえれば、一人の偉人と人がよぶものの中には、そのすべての友人がふくめられてしまうのである。

これに反し、一人の偉人は、常にその時代をかざり、その時代の指標である。

作品にしても、それだ。

私にも、いまの時代が、もっとも悲劇的な時代であるということがわかってきた。私は、常に、その悲劇の人物の一人として、登場しているのだ。

この暗い、しかし、その闇をきりひらいて行く人人のあかりのちらちらする時代。この先頭に立つ人間は、自己の前には、もはや闇しかないことをしっている。しかし、又、自己が自己全体が明るいあかりであるという感情をもつのだ。

作家としての革命家の追求すべきもの。


私の中には、あの小さい時分の女らしさ、小心、おく病がじっと、またきえずに、出口を求めているのを感じる。

富士は、ラフカディオではないのか。私には、ラフカディオ的なところはもっともかけている。そして、もっとものぞんでいる。

ジイド自身、ラフカディオ的なところをかいているのではないのか。

生活と芸術。このことが、対立としてみられることも、わかってくる。

私が如何に大きくなったにしても、私は、その人達よりは小さいのだ。私は言うことだけしかできないのだ。私はその人達をさん美するだけだ。ハイネのように、ただハイネのようにだ。――私にはこれがわかっている。

この頃、岩波文庫の赤色帯を、みていられない程になった。

――苦しいのか。

一生こうして、なにもせずに無事にすまして行った男の話。

裏切った男の話。ばかものの話。

春枝のことを思いだした。もう、自分で思い出そうと努力するのではなく、ふっと、唇に思いだすのだ。――接吻とのつながり。

私はおっちょこちょいであり……。

河上肇のはなしをしながら、私はいい、「ふ、……あんな人でも、マッチはりか、十銭のおもちゃつくってんのんやな……。」おかしく、俺はわらった。バイ毒を、うえつけようとする刑事。それのみを恐しくこわがっている被告。

風呂で桑原にあい、話し、うれしかった。しかし、どうしても私の心には、刑務所のことがあった。私は、「ごうもんのことをかんがえてると、こわなってきた。」と、桑原に、じょうだんのように言おうとしたが、私の心が、そのことばによって、少しも完全にいいあらわされていないので、口の中でやめてしまった。

かえりに、郵便局の前で桑原がいった。

「なんな、こうしてあるいてくと、そっちへいってしまいそうや。」はしゃいだこえ、桑原特有の大きい。

「ふん？」私は、桑原のはしゃぎに反応して、こえをひくめた。他人のはしゃぐのをみると(はずかしさがともなうのだ。)

「そら、こっちへいったら、太田みたいな気がする。」

私にもその気持がわかった。

「そやな。」

「いつも、そっちへいってたんやろ。そいで……。」

「うん、それに、きょう、はじめてやし。」わかれてから、桑原とふろから、二人でかえるのははじめてだった。

いつも桑原と二人でかえり、太田が、向うへ行ったからだ。

私は、もう、さよならを言うときだと思った。さよならをいうのをおくれたら、きっと、桑原は、自分がはしゃいだので、のまは、はずかしがってるのだと、知るだろうと思って。しかし、さよならをいうのができなかった。

「さよなら。」桑原が小さくいった。

「さよなら。」私は、手拭で頭ふきふき大きく言った。

坂のところで、先生のことを考えていた。船川未乾のことも。

そして、「えらいやつが先に死んで行ったのだな。」と思い、のこった尾関岩二さん紫峰さんのことを考えた。

私は、空のどこか一点へ、ぼーっと目を向けて、上むきながらあるいていた。坂で、下駄の後がへり、上りにくいのだった。

私はふっと思った。

「俺も死ぬのだ、俺も死ぬのだ。」と。過去の宗教の気持がわき上ってきた。私は知っていた。自分の目の中へ、南の方にある半分程の月が松の尖に光っているのを目がかんじていたのを、私はしっていた。が、やっと、私は、それを正かくにつかんだ。私は、わらった。しかし、恐しかった。

そして、こんどは前とは別の気持ではあったが、平静と自分でむりによびたい気持ではあったが、「俺も死ぬのだ。」と言った。

革命のことと全くきりはなされた死。

私が、獄にいることを考える。

私は、ばかだ。母にこう言いたい。

十月七日

私は小さい。太田の部屋で、先生の原稿をみながらこうした考えが（考えというより感情だ）、きつくきつくやってきた。

ホイットマンのことを思い、トルストイの名が本箱にみられ、私は、大きい人間達の中にたって、自分の小ささをみせつけられた。

富士にくらべてみてもそうでないか。

酒とその酒の出て来るところを考えよ。酒は、自分が死ぬことによって酒なのだ。——言いにくい。だめ。

酒とは、俺の真の姿だ。俺の記録だ。俺の表面だ。

一寸一寸、人間の奥底へソンドを投げ入れて行く、この記録が芸術作品だ。ただの記録のみだ。影だ。

死。死の問題、を私はまだ、真に考えていないらしい。


偉大な人間の骨組。モリエール。一日、いためつけられ、今日は夜、気持がよい。足が冷える。

知ある悪党が、ばかな悪党の行為を、ぬすみみて、如何に自分がおとっているかをしり、自殺する、こと。（次郎へ。）


プロレタリアートをも批判しなければならぬ。——もっとも自由なる先頭。

プロレタリアートが世界をつくりかえて行くということは、時代の悲劇でなければならない。

私にはプロレタリアートが感ぜられない。どうしてだ、どうしてだ。

私にはプロレタリアートが動いているとは感ぜられない。

今日、動いていると感ずると言うのは、客観性をもたぬものの言ではないのか。

私にはわからない。何もわからない。私は、ものをいう権利さえないようにかんじる。

一人、一人、人間はすべて悲劇だ。悲劇以外にどこにあるのだ。


「モリエールという奴は、すごい。」こんなことばがでる。常

にモリエールににらまれているようだ。（l' Auare Acte Ⅲ Scéne Ⅵ）

俺程、自分のことしか考えない奴はいない。

吉田と話す。総長が、つうかいだったことを話す。しかも総長は、科学を否定しながら、科学によれば、五千年もすれば地球がめつぼうするようになる。そのときには、どうしても人間が科学などにはたよれなくなる、といういみのことを言ったのは矛盾している。と吉田にいい、あのとき、あんた、「薬のましまへんのか。」いうたろかおもた、と吉田にいう。

「総長のいうこと、総長をきげきにかいたるのや、かけるぜ。」のま。

「ふん、そしたら俺が、そのきげきにかいたことを、きげきにしてやらな、君のきげきの終りに、たった一行そえて……。」吉田。

「ふん、それが現代の人間なのや。」私。

私は総長を喜劇にするのではない。あの総長のような一面をかつてもち、今も体のどこかにもっている私を喜劇にするのだ。――ここにも現代人がいる。――吉田にはそれがわからない。しかし、吉田が、きげきにかくのをきげきにするというのも現代人だ。（それ故、この吉田のこたえは、私には予想しえていたといってよい。）

デカルトを学ぶこと。デカルトを行うこと。

大言壮語は、やめないといけないと思いながらも、ついやってしまい、人に不愉快をあたえる。

小説が恋愛を悪くする。美しくする。きたなくする。

「パン」に批判をかいたことを後悔している。相手が女の人だからだ。あれをかいたとき女の人だという意識を忘れていたからだ。

しかし、女の人だからゆるす、というのがやはりほんとうなのだろうか、又、女の人に対して、いうなんて、という心をおこすのが、いいのだろうか。――かんたんなことだ。

十月十一日

私にはプロレタリアートがつかめていない。

「「みなすちゃん、みなみまくらにねさしたあんのに、ひとりでにまわってはりまっせ、おばさん。」そういうて、いつでもわらわせまって。」

「そう。」

「男の子はあたたかいでって、女の子は、おいどがひえて、こたつしたらんならんのに、男の子は、いつまでもほこほこして、そいて、あたい、男の子やったら、少々あばれるけんど、だいてねるのすきやの。」
「そう、男の子はね。」
「あたたかいでっせ。」

と共に、これらの科学は、この社会の市民的行動に拠って成立したものである。今から客観的に見れば、当時に於いてでも自然及び社会の法則の必然性は、確率の性格を離れ得るものではなかったのである。しかし、行動が全面的であり、基本的であるときには、確らしさへの信頼は、必然性の存在となって現れるのである。市民的社会の知識人は、この法則必然性に安拠して実行したのである。行動の前に現われるべき法則は、不変の鉄則として立ち現われるのである。

市民社会の知識人の法則必然性への確信は、その美ですらあったのである。ところが市民的社会が漸次発展して資本主義的頽廃を文化一般の中に漲せるようになってからはその法則の必然性の確信の行動的特質とが忘却されて、必然性の法則を頑守し、資本主義と共にその科学も又、不変必然的なものとする護教派的哲学が必然をとくに至ったのである。(三枝博音)

十月十三日

今日、なぜか、別府の熱湯の地獄の中へ、衆人と三時間程にらみあいながらついにとびこんで行った男のことを思いだした。

別府という言葉は春枝をおもわせた。

悲劇が直に喜劇でなければならない。主観が客観でなければならない。むすびついたものでなければならない。主観的なものが客観的なものになるといういみで、主観が即客観であるといういみで悲劇は直に喜劇なのだ。それは意志をとおしての意志の向うの世界だ。創造即批判。(といっても両者を混同するのではない。)

刀田氏の詩は、ショウペンハワー的な意志だ。ショウペンハワーを、ひっくりかえした、ショウペンハワーの裏なのだ。つまりオプチミストのショウペンハワーにすぎない。火をともしたショウペンハワー、[と]すれば、ニイチェがショウペンハワーの後に出た意味は失われてしまうであろう。個的な意味が失われ、単に動物的なものの見方にだする。

これを諷刺とみるにしても、諷刺とは単なる描写ではない、又諷刺にしても、その土台がなければならぬ、諷刺といっても、その土台によって、その諷刺が真にその役目をはたしているかがわかるのだ。

ショウペンハワー的な土台に於ては、どうしても、現実をとらえ、現実を諷刺する力がないのではないか。

この詩の土台（諷刺のよって立つ）をみつけて、それを批判するのが批評家の役目である。単に諷刺とみて、そのまま評するのであっては、何の役にもたたぬ。諷刺になっているかいぬか、諷刺をなしうる土台をもつかどうか、諷刺とは「にしても」、土台の上におくこと（批判）から離れたものではない一種の批判なのだ。

刀田氏は、もっと詩の言葉を、磨くべきだ。もっと、具体的に、自分の言葉として詩の言葉をつかむべきだ。ただ自身のみにしか摑めぬつかみ方、表現しえぬ表現、――決して概念的なものであってはならない。詩の言葉というものを、今の詩人はいま一度考え直すべきだ。詩の言葉と日常の言葉とを。

悲劇は人間生活の主体的表現（竹内勝太郎）。

十月十五日

フィリップ・スーポオがやはりすきになって行く。いま、どんなことをしているのかしりたい。

こんな人こそ真に生きているのだ。スーポオをつきとめること。

この魅力。フィリップ・スーポオは、俺の女だ。

先生は幸福だった。あんな幸福な人はどこにもいない。

先生は、自分の前に何のかげもみなかった。私は、先生の姿ばかりを自分の前にみていなければならない。

その眼をくりぬかねばならない。根からその眼をくりぬかねばならない。

六カ月程前、映画館で誘惑しようとした女の子を思いだした。先ずその女の尻の形、弾力をも思いだした。私にまかせたその外の姿。余り美しくはないが、新しい化粧をした女。黒と白のそしてこまかいゴバンジマの上衣をつけ、赤のスカートをはいていた。しかし、まだ十九位だった。（京都の）それから、又、大阪の弥生座で、みにくい女をつかんだときの気持、みにくい気持。

十月十六日

批判は常にジイド的、オスカーワイルドは、真の批判ではない。作品から思想を引きだし結晶させることも必要だ。この結晶させるさせ方如何によるのだ。

「いまの世の中には、何千というにせ金づくりがいるのやさかいなあ、にせがねづくりならまだええけど、にせ金をばらまきよるんや。」岩崎。

岩崎の美しさ。リプトン。

十月十七日

「俺はどういうたってしってるぞ、お前のその中にある、あの心を、あのどんよくを、あの性慾を。」

「不安だなんて、ごまかしを、おまえはこのむのだ。」

十月十八日

竹内勝太郎、ここにはゲーテの何かが、奥がみえる。生活は創造である。創造とは新しい意味の発見である。(竹内勝太郎。)

萩原朔太郎の男と女の説。進介の性格論。性格とは、性交の技巧にすぎぬ。それ以外に性格などない。こう思いこまそうとする。

シェリーを追求すること。シェリー、シェリー。

人間が人間を殺すということを肯定して行く思想、この現実の鋼鉄の車。これにひきずられ、くわれ、めりめりと骨をかみくだかれる。

時代、人間のつくる時代、それが、その時代の中心へ、個はすいよせられて行く。時代の中心、渦の中心、プロレタリアート。慾望はここからわく、一つ一つを、ここがはかる。

個の参与する時代、そして個はひきずられて行く。

十月十九日

こうして飛行機をとばしている、誰が動かしているのだ。共産党リンチ事件に対する自分の考えは、大体まちがっていなかった。しかし、私にはこういう資格もない。

歴史というのは物質をくぐるということだ。

志津子が私生子という言葉をはずるのは、その身分としての私生子という言葉ではない。自分の性的の慾望をはじるのだ。私生子という中に自分のみにくさをみるのだ。

母の姿、母と男の姿、——それが自分の姿だとみるのだ。そして、自分は進介と同じことをくりかえして行くと思うのだ。自分もやはり私生子を生むと思うのだ。

刀田氏はイデヤと行為とを切りはなしている。個と集団とを弁証法の欠如。

音と意味を絶対にはなしえない。音と意味とがことばそのものなのだ。

——人間のうちにとかされている一切の可能性を開展させるということ。ゲーテの巨きな課題。これは種々の社会制度、秩序、組織を比較するに役立つ基準でもある。マルクスは、人間のうちに置かれている一切の可能性を自由に、最大限度

に開展させる社会制度を共産主義制度という。（ルナチャルスキー）

彼にとって物質は、色彩、音響、香気、行動、享楽の総和であった。物質はきわめて生気のある体験の非常に鮮かな動をとおして彼に物語るのであった。かくて彼はこの統一体の部分たることを素晴らしいことだと感じたのである。

わしはね、穴のない釦を集めて天の坩堝へ投げ込むんですよ。即ち何の必要もない人間を死が物質の流れる中へ投げ込むのである。何故かなればやり損った物質はもう一度つくり直さなければならないからである。ところがゲエテはダイアモンドの釦であり、その釦にはすばらしい穴があるにはあったが、それをぬいつけるところがなかった。野良外とうではだめである。そこで彼は、現実そのものに及ばなかったというわけでなく超越していたにも拘らず死に向かってつきすすむ。（ルナチャルスキー）

ラフカディオは「革命」である。プロトスを後にのこして行くもの。プロトス、知識、観念、切りはなされた肉体なきもの、背徳者ならざるもの、ながめるもの。贋の月桂冠。

新しき生活を創造しつつあるプロレタリアートの革命の前を先の時代に働ける人々、現に今われわれを照らしながら昂りつつある太陽に直面して立っていたわれらの運動の預言者達がとおりすぎて行く。（ルナチャルスキー）

夜、飯を食いかえりながら、殺人について考えた。殺されるということについて、夜の低い空、暗くうごくものがある。若い女が殺された新聞記事。突然この世からきえて行くのだ。きえてとけて行く。何もしらずに、何の働くこともなく、なにもなくなる。

そして、以前、兄に、人を殺せと言った自分の無責任にふるえた。

俺は知っている、お前の中にある高貴なものを、お前はそのいつわりの高貴をかざりたてる。知的な群。

この資本主義の最後の段階の生みだす革命家、ラフカディオ。

カーヴ・デュ・バチカン、計算の書であり冒険の書である。

十月二十日

私はリアルを、やはり、時代にむすびつけたい。この追求。

リアルの個人性と共通性。

「彼女はそして立ち上った、玉ねぎの箱の方へあるいて行きながら、今日も、スープには何を入れようか、と半ばまようのであった。」――「おい、おもしろいか、彼女はそして立ち上った。こんなことかいたあるぞ、ただこんなことや、俺にはわからへん、チェーホフがかいてるのや。ドストエフスキーでもよい、彼はちらっと考えた。わかるかしらん、おもしろいか。」

「さあ。」

「俺には面白いのや、それが苦しい。面白いのが苦しい。」

俺は何をかいてよいかわからへん。

彼は鼻がつまっていた、か。……俺にはわからへんのや。

「おい、よむぞ……彼は、だまって煙草に火をつけたが、マッチがしめっていてつきにくかった。彼はいらいらしてきた。もう煙草もいらなかった。考えたくなかった……。窓の外に灯がくらかった。面白いかい。」

「うん、仲々面白い。」

「そうか、やはり、チェホフは面白いのかなあ……。」

「君のとちがうのか……。」

彼は、こうして自分のけいべつしている男とはなしあうのだ。

彼の友達は、うろたえ、それでも、かえって彼を気のどくそうにみていた。

「そうやな、一々、こまかいことかいてるけど、チェホフがかくことは、面白いな、むだがない。」と、一通りのことをいうのだった。

心理を裏切る。

批判のないものを私は小説とはよぶまい。（ジイドの方向）

十月二十一日

俺にはまたわからない。何もわからない。自分をたて直すだけだ。自分をたて直す。それだけ。根底をつくる。自分をつくり直さなければ、何事もできないということをやっと知った。俺の如き、おく病なものに何ができるというのだ。

今日のように夜の美しいのは、生れて始てだ。四方一面、星がちらばっている。そして、星も決して、みにくくもなければ、センチメンタルでもない。四方に拡るあの花火のように空を蔽っている。星雲が塊り、河のような層が走っている。空が充実し、重いのだ。空全体が底光りに光って、どこまでも底光りに光って、重いのだ。

空一ぱいの星だ。俺の心だ、と歩きながら思った。

人は、食いたりたときと、腹のたりぬときと全く別な考えにおそわれるものだ。これを、人は、粗雑な唯物論だと言いたがる。

原始も一つの文明の形にすぎない。

人間の中には常に、文化と原始がある。

しかし、根源とは、この奥［文明］のものだ。

ラムボオが示した感性の破綻。類推の非客観性。ひとりよがり。芸術性のそう失。


血と云う考え方がある。私もこうした考え方をしなかったろうか。

――ジイド。ブロトスとラフカディオ。メナルクとミシェル。

この対立こそジイドを見うる格子だ。ワイルドとジイド。

一個の人間が友達によって如何に変って行くかということ。

フロトスこそ、演習よりも観兵式を好む人間なのだ。

自分を馬鹿者とみせる観兵式――。ラフカディオの真の行動性と比べてみよ。

フロトスの自己満足性対他人性。　観念性、視行動性。

ラフカディオの自由。　実体性、行動性

「小林秀雄は『悪の華』を、本がつぶれる程よんだそうやな。」

「あの本、すぐきれるぞ。」

バトオ・イヴル、これこそ、ラムボオの頂点だ。そして、ヨーロッパの烈しさの頂点だ。この下に、スーポオも、ブルトンもすべてがもがいている。いまも、また永久に？


ジイドは生れ行く面でありワイルドは消えて行く面だ。歴史の或る面（肉体という面）の二つの方向。

「こんな病気、人にいわれへんさかいなあ、人にいわれへん病気やもん。」風呂から帰るらしく、二人の学生が話して行く。


　白々と火の熾《おこ》る大空。

　白白と真昼の熾《おこ》る大空。

　ほのあかく。


詩の世界の何という確かさだろう。先生は、詩の世界の根底に立ち、ヴァレリー、マラルメ、すべての詩人をいま、支えている。

俺はやはり自負していたのだ。俺のもっとも敵は、いつも自惚だ。

十月二十三日

通信探問紙がきた。彼は、確に受取りました。

ここの配達夫さんはまことによく、はやく、喜んでいます、とかいた。そして、川原さんが、以前、ほっておいたので、これがきてますよといって注意したとき、「いいんや、こんなもん。」と言ってかかなかったのを思いだした。彼はそのとき自分の心と心配しいをはじたのだった。それも思いだした。こんどは、そんな探問紙が彼のところへくるようにもなったのだった。あるうれしさ。
そして、彼は上のようにかいた。彼のよわさ。

ラ・ペルウズ老人とエドワール。
Ne sois l'esclave d'aucun vêtement, ni d'âme, ni de corps.（モネル。）

太田、俺をゆるしてくれ、俺の弱さを。俺のこびを。先人にこびる俺を。金にこびる俺を。俺は、これから、みがくのだ。人間の眼は一つだ。一つだ。その無数。輝く海よ。人間の何という黒い眼《まなこ》。きらめく水平線にとりまかれ、きかい〔廻転機〕、サーチライト、光の浮動。

十月二十五日

下呂旅行、木曾川ライン。

十月二十六日

田辺博士の『種の論理』をよみ、私の主張が、論理化されているのをみた。しかし、博士は、まだまだ、現実をみていないとも思った。種の表われ方こそ、もっと問題にされるべきだと思えた。

一枚のレインコートの心理、西村。
「ほんとに気のどくや、のき下あるいたらどうや、えへ……。」
「さむいことあらへんか……。」
そのたび毎に、私は、むっとするのだ。レインコートをもっていないと人に思われはしまいかと考える自分に腹立って。

鈍感だと人にどこまでも思われたいような自分。

道をあるいて行く、二人で。昼飯の場所をさがして。どこか、きめてくれよ、はやく、と私にいう。私はあるく。だまって。「のんきやな。」皆がいう。私は、ひるめしをわすれていたような顔をして、ふふふとわらっている。
私はさっさと行きすぎる。白粉と紅をぬったいやな女が店の前に立っていたからだ。それを、皆は、私が、ただぼんやりと行きあたりばったりの店へ入ろうとしていると解しているのだ。
私は、やっと、さっぱりしたおかみさんのいる店をみつけた。そして、行きあたりばったりのようにはいって行った。
皆は、「のまの どんかんな。」といいかけて、「大ようなところがみえている。」といい直す。のん気な奴等。（しかし、真にのん気にはなれないやつ。）

こんなことが、今日は、かける日だ。

昨夜、夢をみた。ごう問に会っている夢だ。

私ひとり、私ひとり。すべてが後にある。後に、すべてが後に、とりのこされ。どうしても、この感がふかい。

私についてくる、私についてくる。この私が、ごう問をおそれている？

十月二十八日

飯をくいに行きながら、なぜこう、多くの人々が方向をまちがえているのか、まちがえようとしているのか、この大地がわからないのか、この大地がと思った。ゴーゴリだ、ゴーゴリだとも思った。あの現実の匂いだとも思った。
美は内部活動である。（竹内勝太郎）
「殺生、〔一字不明〕交、死。」（三つの悪〔罪〕）

十月三十日

「いかんときよし、あんた、ちんまりしてよし。」

十一月三日

「ジイドに於ける神。」

言葉、言葉、言葉。

無窮の行為をなしうるのは神のみ。デウス。

ラフカディオ、自意識との闘い。真の自覚、行為。

神を見る行為。マラルメのdés。ラフカディオとdés。

十一月四日

自分の生涯をかけなければいけない。かけるのだ。自分を。

これがわかるか。私には、やっと、ぱすかるのかけがわかってきた。骰子なのだ。

如何に私には、この骰子が少いことか。

観念の王ワイルド、プロトス。

「ジイドと神。」

また、日記をつけなくなってきた。

創作力が動いてきたからだろう。詩をかき始めたからだろう。

十一月五日

夜、奥さんの前で、

「新村さん、そういうてはんねやけど、どうしたらええやろ？」

こんなことを言いながら、しらずしらず若い娘のように体をよじらし、背をむけ、そして、又、おくさんをふりかえり、これに、奥さんが何か感じたとしり、はっとした。

又、私が手伝をしているので、かえりに、奥さんは、どうあ

いそすればいいかにまよい、くつをはいていると私の外とうと帽子をとってくれる。そして、角帽をみながら、

「こんなん、きもちええね。」という。

「まだ、新しいから。」と私は、話をごまかしてしまい、

「さよなら。」と言うて、かえる。

一生ワイルドにつきまとわれているジイド。

「ド・プロファンディスの神。」しかしジイドの現実性。

十一月七日

本を、おそくよむということをうりものにする男。

「俺、よむのおそいさかいな。」

それにはらだつ男。

「よむのん、おそいさかいな。」先廻りしていう。


世界を玉でみたさねばならぬ。


富士は、何か、体をつかんだ。これから富士の詩は、ほんものになってくるのだ。富士は俺の強敵だ。

こんなよい友はいない。

みちるたま、ものもいわず、ものもいわず、宇宙の冷気。

今度の富士の詩から「自由」を感じる。自由。


太田のところへ行く。かえりに。

一寸、まごまごして、下駄をはきながら、もうやめておこうと思ったが、

「あれよんだか。」といった。

「どれ。」

「あれ、……マルセル・シュヲブのあれ。」

「小説？」

「小説……。」こういいながら、私は、太田に、シュヲブから論理をまなべということを、どういう風にきりだしたらよいかを考えていた。「小説、ほら、あれや……。」

「黄金仮面か……。」

「ううん、あれ、ほら、モネルや、モネルの書。」

「堀口大学のやくしたんだけならよんだけど。」

「ええやろ。」

「うん。」

「あれ哲学やぞ。」私は、自分のことばに苦笑した。私のつもりでは、君は哲学の本をよまぬから、シュヲブをよんで、それをまなべ、論理をまなべといいたかったのだ。そして、シュヲブが論理の粋だといいたかったのだ。それを、どうも、余りにも、おせっかいな、又、先輩がおにみえるとおもい、おどおどして「哲学やぞ」などといってしまったのだった。

私は戸をしめた。さよならといった。しかし戸がしまらない。

「読んどいてくれよ。」私がいった。何回もよんで太田に論理をつかんでほしいと思っていたのだ。

「うん、しめとく。」太田が言った。「戸をしめといてくれ」とききちがえたのだ。

あるきながら、「哲学やぞ。」を思いだし、ひとりふきだした。

十一月八日

「光べえ、このたびはいて、これはいてるさかい、おかあさんやぞ、いうことききかんとおこるぞいいよんねんて、さんこがいうてた。これ、はいて、あたしがはいてるよって、これはいてたらあたしやいうのやな。……あいついうたら、あたしのはいてるもんはなんでも自分のよりええおもいよんねんな、このたびはいてみよんねんがな。……まえかて、あたしのねてた寝台にもぐってきて、ここはあったかいなあ、ええなあ……いうてたて、はつがいうたし、なんでも、ひとがしてるもんええおもてやがんのん。」

「子供いうたらそんなもんや……。」桑原。

「お母さんがたびか、あんた、たびやな。たびやおもわれてんのんやな。」たび。たび。が面白い。

「白き手の猟人」。何かをつかもうとしている。この態度がかんじられる。これからだったのだとおもえる。しかし、竹内勝太郎はここから出発した。

私は、こんご、如何なる仕事をしようと、小林多喜二のような男の前には、頭が上らないのだ。

寒さにつれて、情熱のうすれて行くマルキシスト。それへの反抗。或は気候への反抗。

アンドレ・ジイド、この名が、かくも親しい離しえぬものとなるための何が私の中にあるのだろうか。アンドレ・ジイド、この名を、私の肉とし体とするものが、私の中にあり、お前の中にあるのだ。そして、あの彼の中に。

永遠の現在とは何か。海と空の、あの業だ。人間には一つしか眼がないということだ。——又、人間には眼がないということだ。

東洋、何という恥しいことばなのだ。

十一月九日

いまの人間。彼という字を用うることの出来ぬ人間。

一もり十銭のバナナをかってきて、くさったところをとりのぞいて、たべていた。ふと、曾祖母を思いだした。私は、この人がすきだった。一番すきなのだ。悪人だとはおもえない。

みなのいうほど、気のつよい人でもない。

これが、よく、こんなくさりかけのバナナをたべていた。私達にはよいところをくれて、自分だけが。

この祖母も、もう死ぬのだ。きえて行くのだと思った。きえて行く、何もなくなるのだ。すると、私は、もういますぐにも、祖母のところに行きたいと思った。祖母がいるのだとたしかめたいと思った。たしかめておきたいと思った。そして、次いで、祖母にも、何かよいことをしておきたいと思うゆとりのある気持にかわって行った。


この冷酷な神、乞食に布施をこう神、かく、人間の命をようしゃなく奪って行く神、かく奪われることによって、奪われれば奪われる程、人間は、ますます、多くのものを神へわたすべく用意する。すべてを神にわたしてしまうとき、自分すべてをわたしてしまうとき、神は、そこに、ここに輝いている。神の体の自分。自分のかがやき。


彼は、自分が、これと意見をことにすることを知っていた。

そして、それと自分の意見とが、どうしてもうまくとけ合わないのも知ってきた。(やがて、とけあうのだ、きっと、というように心におもいこませ、予望《きたい》しようとしていたのだが、)

しかも、彼は、そこへながれて行った、不満のままに、不満のままに、なにものにも、みちたりず。何かが引っぱり、押していた。

それは、肉体であり、一方では、現実[地盤]であった。しかも、彼は、この二つが、よじれあい、彼は、太い地盤の力に自分の体がゆがむのをかんじた。重い抵抗をかんじた。

身体のよわっているとき、彼の肉体は後退しようとした。

しかも、彼は、部厚いかべがそれをゆるさないのをかんじた。

又、地盤は肉体におそいかかってきた。しかし、彼の肉体は、その重力の中におしつぶされようとしながらも、ただ自分の力を見せようために、もがき、抗してみせた。

この思想の殺人を許すが故にのみ、これに加入する人々。
俺はわからない。俺には、俺には、俺は裏切りものだ。
俺が裏切りたくないのも、俺をよくみせようためであるなら、
俺が裏切るのも、又、俺をえらくみせようがためなのだ。

過去に執着をもっているおじいさん。

「君は、いまの世の中をくらいとは思わへんか。」

ジイド批判。

俺は、実践性がたりないと自覚し始めたとき、俺はマルキシズムにぶつかった。そして、俺にも実践性があるぞとみせたいために、心をくらくしながら、はいって行った。


複雑な現実、この現実の複雑さ、これが私の心を、複雑にして行くのだ。私はどうしたらよいのだ。複雑な現実、複雑な現実、これが私を幾多にも分つ。私の多くのかけら。

複雑な現実、私をおしつぶし、私がおしつぶそうとする。


この現実、歴史にぴったり身をつけたい。ゴーゴリだ。


俺は、一歩一歩極印をうたれて行くのだ。一歩一歩俺はなり、俺が出来、一歩一歩、又、極印をうって行くのだ。

俺はただ、俺として「うたれ」、「うつ」。俺は極印をうたれ、死ぬ。俺のみちは、まがっていようと、一つだ、一つだ。一つ。一つ。如何に二つでも一つだ、かわいそうなやつめ。

十一月十三日

この俺が、飽きるという字の形、又その音をこのむとは、何ということなのだ。或は、この意味までも好んでいるのではないのか。


春枝の手紙、足袋を出そうとこおりを開けていた、あの洋服箱が目に入った。そこには手紙がはいっている。俺を愛していた女、そう思った。少し、性慾がおこり、夏という気分がした。あける、またあとでくくり直さんならんぞ、めんどうだとおもうが、それは、女の匂いをかごうとする慾にまけた。あの接吻が意識とはならぬが体に上っていた。俺の体のうちら側に、意識のうちら側に「意識には内と外がある」。穴をあけていた。私は、ぐっとはしりより、ひもをとくのもまだるこく手紙をだした。

私は、当時の私達の如何にもロマンチックな小さい純情におどろき、次いで、うたれた。

一字一字がもはや、たどりあるかねばならぬ別の世界であった。

私は、これらを、私のかわとともにぬぎすてたのか、それとも、にごり水のように、体の底に沈めてしまったのか「のだろうか」。

それは、はじめて外国語の字引を引くもののように、一方の字を自分の国語にたしかめてみるということができないのだった。

（人間の心。）しかも、それも、ぜんじ、いずれもが、たしかめうるものとなる（ものとなったとおもえてくる。おもえてくるだけだ。）

十一月十五日

夜、くらい道を、学校からかえるために坂を上ってきた。小さい女の子が、「どみふぁらしそれ。」と二人程うたをうたってきた。すると私の前の学生が、「らそらそらら、」と大きくからかった。女の子は、一寸、私の方をみながら、いやらしい、といきすぎながら言った。そして、からかいに、「らそらそ」と、すきとおった甘いこえで（そそ、そそという暗示として。）大きく言った。男はだまっていた。私は、明るいなと思った。

もう、夜はくれかかりくらく、かおが、ほの白くみえる位だった。

私は、それらとわかれ、考えた。私は、ふっと、私がもとめているもの、私の心の中に穴をあけているものが、それではないのかと思った。その明らいだ甘い女の子のこえ、そして、そんなからかいの調子、私の求めているのはただそれだけなのではないのか、と思った。私は、私の股のところに、うごめく塊を少しかんじた。しかし、それだけだった。女の子にからかっていた男の気持を、私は、知りたかった。私自身とすれば、もしそんなからかいをするとすれば、たとい相手が、そんなに小さい女の子であろうと、又、私のうわべが、そんなにむじゃ気なものであろうと、又私が、いしきしていないにしても（こんなことは決してない）、意識していないとよそおっているにしても、私の場合では全く性欲にもとづいていたろう、と考えて。私がそうするときの性欲の状態が私にかんじられ、あの男も、この気持この欲望からやったのではないのか、この気持をかんじていたのではないのか、と、その男が暫時、立ちどまり、一寸、女の方をにらみ、ぐづぐづしていたのを思いだし、私は、私ならば、その立ちどまったときに、女の子をせっぷんしようかどうかと、あの下のものに相談し、それに対立しているのだという気持を思い、なまにかんじ、なやましくなった。

私の行う行動は、すべて性欲に根ざしているのではないのか。フロイドのいうような性欲ではない。

十一月十七日

私は、ソヴェトを始めて私の問題としてとりあつかい始めた。いままでは、どうしてもジイドのソヴェトにすぎなかった。ジイドの動きをとおしてのソヴェトに対する私の動き、ソヴェトに対するジイドの動く私の動きにすぎなかった。二重の、一つの膜（ジイドという）をへだてての現実。

いま、私は、その膜がやぶれて行くのをかんじる。じかのものをかんじる。

『何をなすべきか』をかきうるもの、又かく資格のあるものはレーニンのみだ。ジイドではない。又、ジイドは、何をなすべきかなどとはいわない。

原歴史の把握、私の次の詩。原歴史と認識の関係。

昨夜、羽山さんと、その同志に、私がリンチされる夢をみた。しかし、私は殺されなかった。かえって、刀（柄のない刀身に布をまいたもの）をうばって、二人を殺してしまった。母が私をかくしてくれたのだが、二人は私をみつけだしたのだ。私はきった。こんな夢をみるとすれば、私は、左翼を重荷とかんじているのだ。きっと。それとも、あのアナキスト達のリンチ（新聞の）がこたえたのかもしれない。

アナキスト達のすることは、じつにいやだ。いやだ。

多くの人々が死んで行くのだ。雪のように、雪が地面へきえて行くように、人間はあの中へきえて行く。

きえて行く。ジイドも、ヴァレリーも、死んで行くのだ。幾千万年も昔から多くの人々が死んで行ったように、人々は死んで行くのだ。何もわからずに。何もわからずに。何もわからずに。

きえて行く、過去の歴史の重い匂いがする。きえて行く、きえて行く。私は、私がきえて行くそこ、其処を感じることができる。そこを、私はながめるそして又、逆にそこが私をながめている。根。それらきえて行く人々を、前へすえてみるとき、何というはかなさがかんじられることだろう。

しかし、それら、きえて行くところに私が生きるとき、生きるとかんじるとき、身体をじかにつけて、うちらから、ヒゲキ的に充実的にかんじるとき、何と力強いことだろう。

すべて個人は、自分自身に、この其処をうばいとるが故に、大きくみえるのだ。すべて偉人は、じかに両手をひろげ、この大地をつかむ故に、えらくみえるのだ。

大地が語るのだ。大地が偉人をとおしてかたるのだ。

モネルが語るのだ。モネルをシュヲヴがうばいとるのだ。

すべて偉人は、大地の匂いがするのだ。

十一月十八日

起重機という考え方。

俺は色がないと生きられない人間だ。（特にいまは。）俺は、墨絵の色（黒の中の色）をみえない人間だ。ゴーガン、セザンヌ、マチス、ゴッホ。ブラック。

色、色、色。

十一月十九日

キリストはユダをもつ。

彼は、唯物論を信じている。しかも、彼は、環境が生れつきよりは少くその人を支配するということが実験的に証明されるということを人にきいたとき、「そんなもん、実験でわかるかい。」という声を心に発していた。そして、ふっとし、じっと、だまって、「そうか」と言った。

私は死んで行く、死んで行く。

死ぬときは仏だと誰かが言う。

体、そして、それは私の体。キリスト、そして、私がキリスト。

法身、法眼は、自意識ににている。

タゴールをよみ、愛のあまりに適切な表現に、「しゃくにさわるな。」とつぶやいた。これはしっとか。ほめたたえだろう。

十一月二十日

「この先頃、夜、雲がはやく、白い。」これをかいておこうとこの間からいつも気にかけていたのに、いまやっと気がついた。時雨が窓辺の木の葉を打ったので。

私がこんなことをかいている。言葉がある。木がある。風がある。机、木、何ということだ。

「何病舎、入院してはんの、そらそうと。」「馬鹿野郎、まってくれ。」「俺は馬鹿や［か］、しらん。」

ラシイヌ、ラシイヌ、ラシイヌ。

一九二九年

本位貨恐慌。

①第三期（戦後）仏、金の流入によってその帝国主義的地位強化。資本主義的発展の不均等、金準備配分の不均等。

②資本の恐慌〔二字不明〕へのとうひ。金流出。

「要するに私にとっては、勤労者の生活の日常を知ることが第一問題である。これは私がそれをいままでしらなかったことに関係している。何らかの思想的――実践立場なしに、またそれを歴史的に生み出し育てる大衆生活の日常の生活なしには何の創作方法もないように考える。」（中野重治）

一人の円、二人の円、三人の円。

彼は、その男がはいってきたとき、円を破られたように思った。

彼にとっては、その円こそ肉体であったから。

「どろんこのような顔しとった。」岩崎のことば。私が失恋して東京からかえってきたとき、井口か富士かのいったことばだ。

十一月二十三日
ピアノのあの鍵。宇宙の底に根をもつもの。
ピアニストは宇宙の鍵をたたく。

死をかけ、死を、顔を出している死を。大地に顔を出している死を。

十一月二十四日
富士にも、俺のことがわからない。富士にはロートレアモンがわからない。富士にはフローベルがわからない。
人《ひと》からお前は何々だと限定されてしまうのがいやなくせに、ひとに向っては、お前は何々だといいきりたい俺。

十一月二十四〔ママ〕日
神程、どんよくなやつはない、俺のようなきたないものをさえ食べなければおさまらぬのだ。

十一月二十六日
「生きているモレア。」昨夜から気にかかる。気持よい。モレアの顔。富士の自己の足下をみる眼。
私は、みなにしっとしている。

私は、学業を放棄するためには比較的強い意志を要するだろう。
「梅毒の友」、次郎。薬名。（新聞の。）なだれる地盤を、ただれている肉体にかんじる。

「人生の陰鬱な沼を歌うこと。沼。ぽつんぽつん。
一人死に、二人死に、二人生れ、一人生れ。」

竹内勝太郎の蛇は、二匹。ヴァレリーは一匹しか蛇をもたぬ。
ヴァレリーは、ちえのみの蛇をもつというのだろうか。

十一月二十六日
すべてを帰してしまえ、かえしてしまえ。かえしてしまえ。かえしてしまうのだ。
鎌とハンマー。だ。
先生が私に課した問題は、実に死の問題だ。

十一月二十七日
ベルトランというフランス人の教師。唇。春枝。
進化論を、まず、みとめるとしよう。魚から、ハチュウ類へと進化してきたとしよう。神は、まだ、生れていなかった。神は人間を生むことによって、自分を完成したのだ。神は何よりも人間の問をこのむ。この食人種め。

キリスト教は何故、自殺を許さぬのだろうか。

自殺を許さぬ神など、万能とはいえない。

人間が歴史をもち始めたということは、個が始まったということだろうか。

これらの人は、見ることしかしない。しかし、みることにかけては！（アラン、ヴァレリー、プルースト）

桑原。

「先へ先へ、人の心をとるのやさかいたまらへん。」桑原みたいなやつ（富士）。桑原喜ぶ。平素の「俺には人の心をみるなんてことがでけへん。」という主張をわすれて。

人間は、すべて複雑であることを喜ぶのはあたりまえなことだ。

人のことを気にかけるフランス人。若い、弱々しい、気にかける。

すべてがこの体から生れてくる。この体。体。体。生を生むのも死を生むのも、この俺の体。こう考えて、解決ができたといえるか。

歩いている。女がくる。行きすぎる。私は、その女のかげをふみにじった。女がそれを知るようにと、わざと音をたてて。

十一月二十八日

「存在をすべて諷刺とみる」男。の問題。

不安だということを承知させねばきかぬ男。不安狂。

又、別の男あり。岩崎。

マルキシストは、いまは、じつに死を問題にするときだ。

最高潮のときにはそうではないが。

如何に階級というものが人間の体の中にくい入っているか。

十一月二十九日

シャダンキの前と後との自我。シャダンキにわられる自我。

不安にだまされる男。

太田のところへ行く。

「学校へでてるか。」

「うん。」

「ほんとか。ええ？」

「うん。」

「手紙きたんか、富士とこから。」

「うん、しかしちがうぞ、きみが学校休んでることしってるのや。」

「いや、ちがうねん、富士から手紙きたさかい桑原とこに、用事があってきたんかいなてんねん。」

「いいや、桑原に用事あんのんとちがう、きみだけや。」

「ふーん。」

「さよなら。」

「ありがとう。」


気候あり、風土あり、すべてあり。


「ソクラテスが毒をあおいだときも、三原山で心中するときも気持は同じことや。」

「勇気なんてすぐなくなるものや。」

「わしが、もし、国家のためにしんでくれいわれたら、死ぬな。それは、りがいかんけいやさかいな。科学現象の下を流れるのがエナージーの如く、人間の現象の下を流れるのは、りがいしんや。」


神には性格がない。又、位置もない。


私は、私が西を向いたとき、東を向いたときと、考え方がちがう。私は、膝を右へおっているときと左へおっているときと、考え方がちがう。

私はふつう、頭を左へまげるくせがある。それを右へまげてみると、頭の中が何かしんせんなつめたいもの未知のものでみつるように思える。

十二月一日

私は、大学を一番で出て、そして、皆が、大学の教授として、私を見込む、しかも、私は、そんなものにはならぬ、ふりきる、ということを、人にみせたいらしい。

こんなせまい世の中にい、こんなせまい世の中の法則に従い、こんなせまい世の中のことを考えねばならぬのだ。こんな世の中とは全く別のことを考えるにしても、すでにこの世の中のことばを用いるのだ。そして、それは、私の体から生れでるのだ。
独自性：何という喜劇。（神の眼。）

私は、小さいとき、悟りとはどんなものかとよく思ったものだ。それが、こうして私の前にきている。そして、私は、私が小さいとき、そんなことを思ったことさえ忘れようとしている。

人生とは、すべてがこうして、やってくるのだ。

人間とは忘れうる動物だ。

私は、何もみずに、考えごとをしてやってきた。その奥さんが向うにいた。私をみた。何か小ごえで言い、おじぎした。私は、反射的におじぎした。そして、どきんとした。私は、その奥さんの後姿をみおくった。その奥さんには、きっと、私のものごしが冷たんにおもえたにちがいないと私は思った。私は、もっと、私が彼女のことを思っていたのだということを示すために、永いことみおくり彼女が私をふりむくのをまった。

どきどきした。ふりむいた。私は、じっとみていた。私の眼からでる力が、彼女へ、私のすべてをつたえることをきたいして。

私が永くたっているその時間に比例して、私の心が彼女に一そう多くつたわるかのように。

ゴーゴリの批判は階級的であり、ボルテールの批判は、賢者的である。しかし、批判とは、常に、前にあるということを示す。

常に、リアリストとして、作者が大地に残り、地にあることを示す。

十二月二日

さいふを落した。外套のポケットから紙をとりだそうとしたがない。洋服のポケットへ手を入れた。何かたりない。さいふを落していた。しまった、そう思い、立ち読みしていたとき、私の顔を何回ものぞきみた本屋の主人の顔をにくにくしくにくんだ。

ばかばかと言った。四十銭、私の予定がなくなる。

もうさがしてもないだろうと思った。私は、こんなんだ、こんなことにさえ、こんなになるのだと自分にいいきかせた。

野間さん落しもの表門へきて下さい。このはりふだをみて、私のことだろう、はっとした。

何かおちてませんでしたか、私ははいって行った。はんがはいっていたんです。はんが、私ははんに力を入れた。金などどうでもよいのだというように。

「ああ、これ、印がはいって。」

「ええ、はんが……。」

「お金は、これでよろしいか、たしか四十。」そして、とりだし、中をあけた。

「ええ、お金は一寸しかはいってえへんのです、はんが……はんがはいってるので……。」

「それでよろしいか、しらべて下さい。」

「ええ、ありがとう。」

「いや……。」

「はんがはいってるので、びっくりした。」私は、一寸言った。そして、又、二度有難うと言った。私は出た。人々はよろこんでいた。私も、安心した。さいふを落し、ひろってもらう。

「この恋愛に、危険あり、されど後よし、」か。

私は、すぐ、その奥さんの顔を笑を、おじぎを思った。が、私は、はっとした。はんは、はんは、何ということだ。私は、先刻、二度目にはんと言いながら、かんじた苦しみを思いだした。ばかばかと思った。

プロレタリアート、このことばが頭にきた。はん、はん、はん。私は、頭に印をおした。おして、おして、おした。

「知られるよりも先にのぞまれるということが原罪である。」

(アラン。)

慾望そのものが原罪である。

人々はみなきりすとであり、又きりすとを背負う。

私の下の別のもの、私でないもの。私は、丁度あの、夜店の水車だ。かたかたかたかたかたかたかたかたとまわるぶりきの。

それとも、活動写真機の前の小さいプロペラだ。

十二月三日

『ジタンジャリ』。一章をよめば、つぎつぎとやめられない書物。

眠り。

物を盗むということが、性的な興奮を起させる。

女の店番人のとき、物をぬすむ。彼は、その女が、卵の目方をごまかしているのをよそめでみてしっていた。

しかし、彼はだまっていた。女は彼を坊ちゃんとみ、ばかにしていたのだ。彼は計画どおり十円札をだした。女は、引出しをあけ、そしてうちらへはいった。彼は、そっとかがみ、前の果物屋を見まわし、卵をつかんでたもとへ入れた。彼は下の方で快感をかんじた。

女の人はでてこない。ぬすんだぬすんだ、彼はそう思った。もう一つ? と思った。しかし、これ以上ゆうわくにまけるのはだめだと心に言った。

女の人がでてきた。

「おおさむ」わざと大きく言ってでてきた。これが、このおばさんのおあいその一つなのだ。こうしたしかたでしか、この人は、あいそをいえないのだ。それとも、彼が、こうしたあいその仕方のあいそをのみうけとりうる人間だとみぬいているのか。

彼は、前者だろうととっさに思った。

「ふふふ。」と彼は、わらった。思ったより小さいわらいおあいそに。しかし、きこえなかったかもしれぬと彼は思い、少し大きく、「ふふ。」と又いった。が、いうかいわぬうちに、女も、「ほほほ。」と自分の行為が男に通じたことを自分が喜んでいることを知らせようとして言っていた。「ふふ。」は余分だったなと彼は思った。

彼はでてきた。

女の子の小便。しりをあげて。彼は、つばをはきかけるまねをして、のぞきみんとする。道くる人のていさいも考えて。

象徴とは何か。象徴などある筈がないではないか。

山があり、木があり、私があるだけなのだ。

すべてが象徴だ。山、木、私。ただそれだけ。なんら、漂うもやの如きものなし。もやも、又、どこまでも、もやのみ。

風呂からかえる道で。一本道。

私は何故かいつもとは全く反対に、私の方から立ちどまり横へよけていた。

「お先へ」といって、向うからきた人がとおって行った。

「いいえ、どうぞ。」私は、その人のゆきすぎるのをまち、道へ出、行った。そして、自分の方からよけたことがうれしかった。

風呂で、きものをきながら、他人の人のしりにつきあたった。その人はよろけた。私は何もいわなかった。（しらなかったのだ。）きがついたとき、あやまるべきだったのにと思った。その人はおこりもせず、少しさけた。私なら心でむっとし、顔に表わしていただろうに。

私は、上ったとこ、その人はこれからはいるとこ、それで、その人は私の肌をけがしたと思い、私を気の毒におもっているのかもしれぬなどとも思った。

さむい。よい夜だ。

十二月四日

みなを歓喜すると富士は言う。何という歓喜。みなを憎んでいたあとにくる何という歓喜。やがて憎悪にかわる何という歓喜。そして、こんなことをかきたがる俺の何という眼の歓喜。

十二月五日

ラフカディオ。――この社会を破る悲劇的人物。

この社会を改造せんとする人間はすべて悲劇的人物であり、それであってこそ、始めて、聖なのだ。

プロトス。――この社会の貨幣を、観念をもっともたくみに利用する。ラフカディオは、観念をやぶろうとする。やぶる。

プロトスは、観念をあざける。きえて行くプロトス。プロトスは頭であり、ラフカディオこそ体だ。アランのいう体。されど、頭をはなれた体、かなしむべし。

十二月六日

「青空をみよ、どこに悪魔がいるのだ。」

私は道を王の如くあるきたがる。それより、いつしか、王の如く歩いている。

生きるということはこんなことなのか。生きるということは、私は余りにも、生きるという言葉を用いすぎた。

個人的に、ただ、私的に生きるのなど、しかも、こんな世の中で、どうして生きるといいうるのだ。

これが社会とどうしていえるのだ。社会、美しい総合の生命こそ、社会というべきだ。

十二月七日

世の中のことがわからずにどうして死がわかろう。

社会のことを知らずしてどうして自分がわかろう。

私の苦しみが、ジイドの苦しみにひとしいということを昨日知った。私はジイドをこえねばならない。これだこれだ。

人間は一つの大きい呼吸をもっている。これが都会だ。

人間は一つの大きい眼をもっている。宇宙の眼というやつを。

人間は、一つしか眼をもたぬのだ。空《うつろ》な子供の眼は、母の胎内を見ているのだ。自分の体をみているのだ。

私は、とにかく、『三人』を刺載しているだけでもよいかもしれない。

このくさった空気、くさった空気、一部の人々が、かえてもかえても、かえきれぬくさった空気。

ジイドはこのくさった空気の唯一の窓だ。ソヴィエトが世界での唯一のまどであると同じように。

人々はみな尾をたれている。

un autre côté de la vie とは何だ。そんなものがあるのか。あるにちがいない。あるにちがいないが、それを知る、知るという言葉でもない、感ずるでもない。それを、ほみいるすることなどあるか。生の他の面を、理性・悟性、そんなものでなく、生の他の面の作用により知るのだ。

アランはまだ、個人主義者だそして、かなり観念的だ。

竹内勝太郎は、この「社会」という前提なしにただちに「他の面」へ向かおうとする。まるで、この世界に生きていないかのように、この世界なくとも、それがあるかのように。この世界、この世界、この他の面も、もてるこの世界。それは、動きだ。そして、動くことだ。

見るときは、必ず、この面しかみえないのだ。

人間を、ひとは、外からしかみない。心理をも、心理の外からしかみない。しかし、この外からしかみられぬのが人間の一つの定められた力なのかもしれぬ。

人間には、キエチフは見られぬのか。

プーシェールだ、プーシェールだ。塵だ塵だ、塵こそ俺の住家だ。塵だ。

夜、あるいて行く。坂道を、ふっと横をみる、影が動いている。動いている。せまってくる、私に、何かがせまってくる。私はそれを、いいえない、ことばでまだつかみえない。私は、ただその影の力におされている。影だ、影だ、こう思う。影が二つ。恐しかった。

チェホフは、すべてを、自分の前でみるのだ。自分の前というよりも、前でみるのだ。すべてを動きをぬいてみるのだ。すべてを、弱い色にぬるのだ。チェホフの体の色。

水平線の彼方へのがれるという。しかも、それは、私の中へのがれることか。水平線が、せまってくるという、しかし、それは、私が、おしせまることか。

すべてを生殖器にむすびつけて考える男。

「君、これなら、何にもつかめてないやないか。」

「そうか、Mだけつかめてるいうんやろ。」

「穴があいているのや、穴や、それが我や。」

昨夜の夢。

大きい青黒い海だ。（私達は、）母と私と紫峰さんとが美しい山を下りてきた。相変らず、私は紫峰さんの前でこまかく気を使わねばならぬ自分をかなしく思っていた。

しかし、紫峰さんは逆に母に気をつかっていた。母は私に気をつかっていた。しかし、母は、私と歩いて、うれしいらしかった。そして山を下りて行った。海がみえた。海、海、私はこう思った。私は、何かを思いだしていた。何かを思いだそうとしていた。ごーっと海がうなっていた。海だ、海だ青黒い海。それが、荒れている。私の心をのみつくして、うつろな体のみにした。もう母も、紫峰さんもいなくなっていた。私は、この中へすい込まれて行くのだ、そして、この中のあのくらい中へ、すると、いつものあの恐しさがやってきた。私は眼をあけようと思った。夢は、又、かわって行った。私達は汽車にのっていた。海は美しかった。

「あの恐しい海をこえたら、こんなとこやのやな。」私は言った。

汽車は、海のの中へつくった道路を走った。ときどき海はまだとおく後であれていた。汽車はわたる、荒れている海の上を。落ちれば、再び、あのくろい海が私を追いのむのだ。

私達はいつの間にか、その線路の上をあるいていた。

兄だった。兄が私の前をあるいていた。兄は、しおしお、だまっていた。どこまでもあるいて行く。

私は、恐しかった。いまに汽車がくるのだと思った。

「兄ちゃん、そこどかんとあかんぜ。」私は立ちどまって言った。兄はだまっていた。

しばらくして、私は、又言った。

「もう、あかんのや、これ。」兄は、私の前へ顔をつきだした。私は、とうとうと、何故かそう思った。兄の顔が、くずれ、むくれていた。

私は、何故こうして、汽車にのらず線路の上をあるいているのかを知った。

兄が、汽車をてんぷくさせ、海の中へおとし、すべての人々を殺してしまったのだ。私と兄だけがのこっている。

兄は、私をも殺すのか。目がさめた。

梅毒、次郎。

海、モレア。

兄、母がいつか兄の夢をみて、兄がずるずるの顔をしてかえった。「もう、どこかへ行ってしまおうと思ってんねん、こんなんなったら、誰にもめいわくかけるやろおもて。」

「そうやね、行くのがよい、しかたない、行きなさい。」母はこういいじっと、歩をふみしめた。兄の体をつつむような気持。

アラン。人類の歴史を、一個人の記録によりおきかえようとする個人主義者。世界を「身体」によっておきかえようとする個人主義者。

弱る〔一字不明〕「弱いものがほしい」という男。

十二月九日

小林秀雄ハ害毒を流す者。何故にということを決して問おうとしない。それが故にこそ、人々に主体的、行為的と思われている。しかし、真の主体的というのはこんなところにあるのではない。「何故に」と、客体的なものあってこそ、主体しうるのだ。小林秀雄はかえってこれはこのせまい眼にすぎない。体ではありえない。

次郎は、あの前に立っている。湯の前に。彼は卵をもっている。あわが上ってくる。皮がむくれて、彼は、卵を落す。そして、はっとした。自分の体が落ち白い卵が、目の中を貫くように、下へ落ちて行くのに、逆に上へ上ってくるようにおもえる。

大きさの視覚と小ささの視覚とが、余りの速力に逆に入れかえられるのだ。

彼は、自分の体が落ちるのをかんじた。卵として自分の体がおちて行く、……卵だ卵だ。卵の体……、これが小林秀雄だ。

卵を、自分の体として考えるのだ。

次郎は、自分自身の体が、この一つの沼なのを知った。

この喜《〔ママ〕》なのを知った。これが俺の姿の反映なのだ。これが俺のかがみだ。これは鏡なのだ。俺がみるとき、俺の姿がここにうつるのだ。俺の眼が、こうみるのだ。

彼の体。

モレアは海を死とみた。あの海こそは死の姿だ。

自意識気狂いめ。

哲学とは現実から脂をぬきさることだ。

自我とは海だ。

先生が死んだときの井口の気持を俺は知っているぞ。

井口「……」

のま「いうたろか。」

井口「……」

この対立。あくま。いうぞ、いうぞ。

あくま、先生の面をかぶってくる。そして、ぬいでわらう。

井口の前へ先生のめんをかぶって出る、私。

山道をとおるのを恐しがる。

十二月十一日

禅宗：はんざつな文章家達。

人間を、あらゆる人間を批判しつくす、この眼。

しかし、現実には、この眼がそのまま表われることなどない。

この眼の約七分位を占める階級の眼となってあらわれる。

キリスト：「お前達をはりつけにさせたりはせんぞ、俺の独創だからな。」

人々「俺たちゃ、ごくらく〔天国〕へ行きたくねえ、俺の独創だからな。」

松の葉だ松の葉だ。これが俺の心だ。松の葉だ。

くらい精気。

白い砂、白い砂。その上をころがりまわるのだ。

桑原の小説は、何故か、前によんだことがある、というような作品に、私は思える。

「田中、あれ、君のやつ「うすらび」よんだことあるのか。」

「うん、田中は、ある。」

「そんなら、わかりそうなもんやないか、わかるはずや。」

私は、桑原にこびていた。桑原は、あの、少し、心がむずがゆいうれしさに、だまっている。

桑原は、私が死にものぐるいで開いたみちをとおってくる。

桑原が、自分の現実をつかんで行かないと。

私は裸のままで大地へほりだされたい。氷の中へ。

氷が私の皮膚を切れ。

ラシーヌの言葉を、よんでいると、まるで、次に、どのことばがくるか、わからない。次には、どう表記してよいか、何をかいてよいか、迷うようなとき、ラシーヌは、全く、それ以外にはいい得ないという言葉でそれを言って、私をおどろかす。例えば、『ベレニス』の（1102）

Mais il ne s'agit plus de vivre, il faut régner.

十二月十三日

『三人』ができてきた。うれしくて、はしゃいだ。

私の何というううぬぼれだ。私は、私があの宗教でくるしめられたということをほこりたがっている、にすぎないのだ。

俺はただむしょうにうれしい。何も手につかない。新しい出発だ、これのみだ。うれしい、うれしい。

神話の世間の行為、無償の行為。

私があるく、話す、行く、見る、私とは何だ。どこから、こんなことは、おこるのだ。私とは何だ。行為とは何だ。私とは何だ。あるく、行く、話す、みる、小便する夢みる、ねむる……これだ。

小便する、……私を、どうしてとらえるのだ。私、針の尖。

十二月十四日

ジイドは何故小説を書かないのか。——私に書かせるために。

私がかくということを知っているが故に。

子供の写真は、線がぼんやりしているということ。

Natura duce, nunquam errabimus.

「車輪」＝「人間の意識とは何かということを先ず問い、次に、人間の行為とは何かということを次にとい、何故に意識と行動とが切りはなされる時期があるのかを問うのだ。」

冬至ということばはよい。

十二月十五日

皆すすむ、すすむ、動く、とどまる。

ぽこん、ぽこん、ぽこん、ぽこん。ひとは（無限体）だ。無限面体だ。

私は桑原に恥じねばならない。

いうべき、いうべき、いうべき。いいうる。


私は、「車輪」という小説だけをかいて、かき終ったら死んで行くのではないのか、こう思う。私は、私の昔の詩を整理しだした。そして、私はもっと生きていたい、それ故「車輪」を、もっとゆっくりかいていたい［きたい］。ゆっくりかいて、ゆっくり生きていたい。この世への執着。

鉄郎は、「車輪」を物質とみるのだ。べんしょう法的物質だ。その向うの鉄郎の同輩は、「車輪」を階級、生産的経ざいとみるのだ。

世界は円であり角だ。

人間は無限体であり、円だ、面をつくるのだ。面をつくるのが大切。――そして、その後の面。

先生は「喜劇―悲劇」だ。喜劇の空。


小林秀雄。

「指日記」。

すじをつける（羽山さんが私に、悲劇的私にすじをつけて喜劇とした。）

ぶんとうなる。

一人の男がふりきった女をむりに恋わんとする男。

彼は、自分の後に無限の明るさをかんじた。自分の後へ放つ光り、ロケットがガスを放ってとぶように光明をはなつことによって前の、未知のやみを走るのだ。やみが光明となる。この体をとおすことによって、物質が光となるのだ。精神となるのだ。


彼は、自分自身が羅となるのをかんじた。えいびんな羅針だ、無限の方向を指し示しうる磁針だ。

彼は自分の後でうなるものをきいた。無限に回転するものをきいた。彼は、ゆれるのだ。彼の肉体が左右にしんどうする。

無限大の振幅をもって、無限大のはやさをもって。

彼は、社会をも、寺をもえらびうることをしっていた。

自由だ。自由だ、しかし、それは彼がえらぶのでもなければ、えらばされるのでもない。

自由だ自由だ。彼は自分の背後に、自分の体から出る無数の方向の矢をかんじた。ぶんとうなりとぶ矢。


小林秀雄：三原山の頂上へ立って、みている。

ふと、手に握っていた石が何かの拍子でおちる。

彼は、びーんと身体がふるえた。「俺がおちた、救けんとあかん。」

小林秀雄。別府の湯地ごく、卵をとり、みている。

卵をおとす、「俺は死んだのだ、死んだのだ。」

卵屋、「もう一ついかがです？」

小林秀雄。卵をとる、おとす。「俺は死んだのだ。」

「卵六銭でございますよ。」

卵をおとしているとき、他方で死んでいる男がいる。喜劇でもだめだ、悲劇でもだめだ、喜劇ー悲劇でなければならぬのだ。「行動ー眼」。「手足ー眼」。

回転する灯台の灯がすきだ。

がんどうがえし、つり天井がすきだ。

十二月十七日

進介は思った。明るい、明るい、明るい、明るいと。

この性慾のはげしい明るさを空の中にみた。

自分の体の後へはきだす明るさ。

詩こそ、無限の批判を裏におり込むのだ。

現代の人間は小説の方に打たれる人間だ。ひからびている。

此の頃の人々はよくいいたがる、「俺にはわからへん、あいつのいうことが。」と。

加藤は、私が創作などしていることを喜んでいる。私が、それに時間をついやし、学校のことに時間をついやさないので安心している。

私の詩は、まだ生であり、力を要求している詩だ。

もっと、やさしさを慾しないか。

一日働かずんば一日くらわず。

私は、小さい人々なら、少し位あいまいをもっていても許しうる。しかし、大きい部類の人々が、一寸でもあいまいをもっていれば、私はもう、こいつを、排斥する。

またくる、またくる。夢の体と現実の体とが重なっているいま。

夢の体の方がつよくなる領分をひろげる、しかし、現実の方はわすれられているだけだ、あるのだ、いやむしろ、夢の体という現実の体なのだ。

「俺は死の姿そのままだ。俺はあの沼だ。」

「空をうつし出す羽の美しさ。」


「指とは、何や。」

「ふふふ……。」

「指とは、俺の眼だというのか。」

「うん、しかし、その眼を何がもってるのや。」

「何が？」

「君がもち、志津子がもち次郎がもち、片江がもち、……俺がもっている……。」

「君が……。」

「俺が……ただ、俺が皆とちがうのは、俺の眼は、地面についている、地面全体が眼なのだ。俺は、あの何千万という眼を、この中にもっているのだ。

夜、雪だ。

姉。「おかあちゃん、ちゃんと氷がはってるえ、やっぱり、はってるえ。」

「……」

姉。「ああ、もったいな、めりめりいうてるえ、ふむのがもったいな、ああ、もったいな……。」

姉。「あれ……ここあけて、はよう、おとうちゃん……。」

父が、開けながら、「おお、ふってる、ふってる。」

弟。「ああ、ふってきた。雪がこんこん、あられがあられが。」

姉。「ほれみい、姉ちゃんがいうたとおりやろ、な。」


岩崎：私。「かえれるか。」

岩崎。「かえれるとも、雪の中をあるくのも、又、一興やもん。」

肉体のつぶやき、つぶやき。


羽山さんから手紙がきた。私は、デカルトのほんやくをしていた。私はしだいに眼のあつさをかんじた。私は部屋の中をあるきまわった。

私の足はひとりでにうごいていた。

あついあつい、美しい美しい、と思った。

私は炭を俵から出しながら、口笛をふいていた。「タッタッタッ。ターターター、タ、ター、タッタッタッターターター、タ、ター。」私は、何故かうれしかった。（私の心の中には、私の本を羽山さんへ送ってきたということが、ほのあたたかくゆれていた。）

この電灯は志津子の半分の転機だった。

接吻を一とすればこれは、半であった。

羽山さんから、葉書がきた。私は二度よみかえした。

「あなたの作品は私の期待を裏切らず欣んでおります。」

私は、「よかった、よかった。」と心に言った。そして、のち、はじめて、おりますのおに気づいて行くのだった。長い間、むちゃくちゃに廻していた時計を、合せた。一寸、頭がはっきりするようだ。例えば、ラジオが時報をするとき、自分の時計が、それに、合致するとき、頭がはっきりするようだ。

客観性。

次郎の女。小学時代の性交者。二人が。

「遊廓」へ、売られている。

「うつしたという気持より、うつされたという気持の方がずっと、らくですわ。」

「君はきれいだ、君だけだよ。俺をすくってくれるのは。」

「あなたは、私のことをきれいだといやはるけど……。」

「きれいだきれいだ、君の日記を、いろごとの日記をみたとき、その色事が、何のけがれももっていない、そのじゅんすいさ、におどろいたよ。君のいろごとは、宇宙の根から、直接にでてくるのだ。」

「また、むつかしいことといやはる……でも、あたし、わからへんけど、そんなむつかしいことをあんたが、いやはるのきいてんのが一番すき……。」

「きみだけだなあ、俺の心をわかってくれるのは……。」

次郎は、女の膿を、ふいてやった。（その、時間がきていた。）

此の頃、毎夜、おそいので、風呂へ行き、かいってきたとき、

（十二時に）

「えらいはよおしたなあ。」

「いいや、……風呂へ行ってきたんです。」（きょうしゅくして）

「おふろどすか……。」

「ええ。」

「風呂へ行かはったん。」（おばさん）

下の人は二人、「あんなこというもんやあらへん、言いあっていたであろう。」

「きみ、この頃、ロンブローゾフよんでんのか［よんだんか］、それともドストエフスキーか。」

私は、すべてのものをつかみ直すのだ、いま。

女がとおる、下をむいて、私の方をようみない。私は、又、引かれ、女の腰のことを思い、女の肉のやわらかさが、特別な一つのふんいきをつくりだすのを思う。女の股のつくり出すふんいき。


「とらええない。」ではいけない。「とらえうる。」いけない。

小林秀雄‥類推、客観性少い。「時代」のみかたの不足。主体性真の時代が強く主体性を生み出す。時代が主体に逆転的に生きてくる。類推も、あるていどまでしかない、ぼんやりし、類推のみではだめだ、一度、わかったような気にはなるが、じつにぼんやりし、りんかくがないのが類推の特色。


中野重治の「或る一つの小さい記録」をよんだ。

私など、小説をかくべきではないのだと思った。

私など私など、よみながら恐ろしくなる。私など。

そういいながら、みちをあるいた。私は、身動き一つできない現実をみた。かんじた。


ふと「井口」と思った。井口がなつかしかった。なきそうになるのだった。

抵抗がなければならない。内、外、内外、のみでは何にもない。動くのだ、静などでは絶対にない。どんでんがえしではいけない。やはり、「過程」が媒介としてはいってこなければならない。

私は、昨夜、「私は、できない、俺にはでけへん、俺はようせん。」などと言ったりしたのだ。


俺の何という小説だ、ばかばかしい、ばかげた、何というつまらぬ小説なのだ。空想の弱々しい、あさましい小説。

私の小説は、骨抜きの所謂観念のみの、パリウド的なものにすぎない。

時代とは何か、それは、客体的にかつ主体的にみられるものでなければならない、生きてくるもの、過去が生きてくる、過去が未来により、新しく生かされてくる、ということ、ここに時代があるのだ、廻転し、動き、厚みをもち、幾つもの主流をもって、動き、流れ、もどるのが時代なのだ。時代を単に、外のもの、などとみる見方、又、時代を個ときりはなし、時代といっても、常に自分の足下にあり、足下から自分を動かし、逆に自分が時代の色をかえて行くということを考ええぬ人間こそ、死せる人間だ。

一つ一つの過程が、重厚な大きい熔岩のような過程が、じりじりと動いて行く、そして、それは、一区切りずつ、自らを区切るのだ。

過程が過程の意義をけして行く。

時代をのむ、物質の国。

小林秀雄の作家そのものの主体の主張も、このように時代を欠くことによって、客体としての時代をかくことによって、さらに主体としての時代をかくのだ。

中野重治の前で俺の文章よ、きえてなくなってしまえ。

文学なんてより、生きることだ。人間として。


人間とは、何と便利なものなのだ、自分の思想［かんねん］によって、物の姿をかえうるのだ。——このきげきだ。

昨夜から美佐子を美しいと思いだした。体として美しいというのではないのだ。私を愛してくれた、真に愛してくれうる唯一人の女だと。そして、いま、この女と、私は、世界のはてへ行ってしまいたいとこう思うのだ。世界のはてへ行ってしまいたい。小説などほったらかしてしまえ。

私は、凝結の方面をとらえねばならない。行為が如何に客体そのものになって行き、しみこんで行くか、それをみないものは、だめだ。


進介、俺は、一体何をしているというのだ、俺は、無理にこの女を恋おうとしているのではないのか、この女と、どこか、この世のはてへ行ってしまおうとしているのではないのか。

彼は、「身動きも」できないというジャーナリズムのことばそのものに腹立つのだった。そのことばが、石の牢のように自分の体をとらえてくるのを、しるのだった。

彼は、自分がのっぴきならぬところにいるのをかんじるのだった。

自分のいるのっぴきならぬところ。しかし、彼は、社会へ面とむかっていたいのだった。

彼は、ひさんな大学の姿を考えた。ブルジュワジーのもはんともいえる大学。

俺は何のためにこの女を恋おうとしているのだ。何のために？　俺は、又、俺の気持をごまかそうとしているのだ。俺は、俺をとうじんしつくそうとしているのだ。


志津子は知らないのだ。志津子はしらないのだ。志津子は、この世の中のことを、しらないのだ、動いていることもしらないのだ。志津子には、階級の眼さえない……。

志津子と社会！　志津子は、社会からはなれてもよいという許可を、指からえているのだ。志津子と兄、鉄郎。

「おい考えてみてくれ、自分の実行のできない思想をもっとということがどんなことであるかを、又、実行のできない思想が自分の中にわいてくるというのはうそなのか。こんなものをもつな。

とびたいとびたいと思うのだ。夢の中の自分のように動けない。

進介は、心理の独立と（をくわだてんとするときあり）、左翼からの反逆を、ぶちかえるときあり、その逆のときあり。

大学の食堂で飯をくいながら、何と皆は、くっていることだろう、これが人間だ、人間だと思う。ここにも、ロマンチックな奴がいるのだろうか。

大学の教授（太宰施門）。西田哲学。

「死の問題。社会を知らなければ、死などわからぬのだ。」

「信仰とは国民的なものであるのか。」

日本には「人道」主義という大きな地の流れがそだたないのだ。人道をけいべつするのだ。人道が現実でないというのだ。

恐しい恐しい、海が俺をすうて行く。

私は、『家族会議』の終りの方をよむにつれてやはり自分より横光の方がえらいと思うこともあった。

恋の天賦。

「リアリズム」こそ、もっとも新しいすすんだみちだ、人々は、リアリズムと言うと、ありふれたものにおもっているだろうけれど。

人道とは、大地の思想なのだ。大地だ、大地だ、大地。人間という大地、うずまく、あつまれる人間のにおい。

誰の小説をよんでも私のよりすぐれている、私のなど平凡だという気がする。私とはちがう世界、私のしらぬ、気づかなかったことば、かんかく、事件をもっていると、私にしらせ、気づかせてくれる。

新しい人道とは、地かくをわるということだ。俺たちこそ、この日本にも人道を、うえつけ、そだてるのだ。人道こそ、おれたちだ。伊之助。

「どのブルジュワジーも犬を飼うている。」彼には、この文句がとても気に入った。

井口。「あんなもん、きみ、ただの現象やないか、あかへんあかへん。」

私。「そうやな、そらみとめる、中野重治なんかとくらべたら……。」

私、私、こうしてねむる、おきる。しかし、おきるのが私ではない、考える、私は考える、私をとらえる、もう私は、そこにいない。

次郎は、兼子が「死の」中へ引かれそうも「沼の引力（じ力）をかんじそうも」ないのにいら立つ。

かねこ、と、沼とは斥力の如きなるのが、彼は何かいい句はないかとさがした。何かないか、そして、ふっと、「ブルジュワは、犬を一匹ずつ……。」という句を思いついてまんぞくし、安心した。

「有難い、有難い、有難い。」皆がよい方向へすすんでいる。

彼は、今年始めてかのように冬の寒さを知り直すのだった。

十二月二十二日

私は或る夜、西田幾多郎が「もう七十にもなったら哲学なんかよして……。」というのをじょうだんとして人からきいた。

私は、そのときわらった。私は、それをいかった。わらったことをいかった。

「何という哲学者のむせきにん、ここにも一人のブルジュワがいる。」私は心にいった。私は、一人でも多くにブルジュワをみつけて、よろこんだ。

西田幾多郎にブルジュワをみつけてよろこんだ。

彼は何のために生きているのか、わからぬくせに、夜ねむるとき、体を手拭でこすった。進介…退介…滞介……。

アランの体も、西田幾多郎の場所もだめだ。

「フロイド奴、フロイド奴。」彼は心につぶやいた。みんなの心にいるフロイド、フロイドに酔う男女達。それを利用するブルジョワジー奴。

「シュルレアリスムをやっつける人間が文芸汎論の原稿用紙をつかっている。」

岩崎と話す。かんじんのところがちがう。かんじんのところ。

革命。

「国民とは何だ。」

十二月二十五日

紫峰さん。

「もう、これから、面白くなると、おもってる。自分なんか、絵のことしかわからんとはおもうけど、絵の方でもそうだから、それから、おして、一般へひろげてみれば、そうもおもえる。あてにならんけど、そういう気がしてくる。」

「もうすぐですか。」私。

「もうすぐというわけにもいかんけど……。」

「井口君……しますか。」紫峰さん。あとで富士が、敬語なんかつこてひにくや。

『三人』の人が、世の中の問題となってくるようになるころ、わしも、そうとうの絵をかき、そうとうおもしろいもんもつくっていたい。」

空から降って来るものがある。くらい空、白くどこまでもにごった、そんなくらさ、白いのだけれど、白い重なりによって黒くなっているような黒さ。膿だ膿だ、俺の体の反映だ。

——次郎。

「梶井基次郎、理科へいってたんやろ。」

「うん、はじめは……。」

「そやさかい、一寸、ちがうとこあるやろ、ぼくらにすぐ、わからへんようなとこ、毛細管とか、せんいとか……。」

「わからんことないやろ……。」

「いや、そうとちがうのや……。僕らには気のつかへんことに気がつくのんや……。それよんで、ああ、こんなこともあったな、あんなことも忘れとったなおもえるのや、ぼくらに、一寸かけへんことや……。」

「うん、そうやな、科学(あんなん)、利用したらとくやな……。」

「うん……。」

「利用いうとおかしいけど……。」

「そうや、ぼくらにでけへんことや……。」

「きみかて、あるがな、細胞分裂……いうの。」

「ああ、あれか、あんなもん、あれだけやがな。」

そして、井口は、細胞分裂を説明してくれた。

友達とした対話の記事が、友達の日記と、自分のとではくいちがっていること。

「大モラルと小モラル」が重なり合わなければならない。しかし、大モラルと小モラルとが重なり合わぬのは、昔からのならわしであり、これが成功するのは、ソヴィエトを待たねばならない。

Je ne parbrai pas de la moralité publique, parce qu’il n’yen a pas.

「犬がちりばこあけにくるのや、毎日……くろい犬が。」

「手まっくろけになった、えんとつ、そうじしたら……。」

「そうや……黒い犬や……あのちりばこへいれたら、子がよわいよ……。」

彼等は、黄金の、また鳥の嘴の掘りの附いたステッキを突いて居ました。（そいつらは併し何だったですか。）そして、指にはアリストテレスやプラトンの像を彫った石を嵌めていました。

小林秀雄：ドストエフスキーにつかれたドストエフスキーの軽侮者（但し、受身。）

「もう、二、三年したらなかしてくるわ。」

「そうや、二、三年したら、順おくりや、なかされてこんと、おぼえへんのや。」


自分の夫が変人であることをほこる妻。

「かわっとうさかい、ないいうたら、よけいに行くいうかもわからへんわ、ふるやの風呂へでも……。」


「ふふ……さめてても、ええ、自分でたくさかい、いうとったけど。」

小林秀雄の単純さにもとづくものである。（よいいみの単純ではなく、平凡という意味の単純。）


「このみかんあまい……これかいいうたら、となりら。」

「ほっとけ、ひとのこと、またあとでいわれるわ。」

「こどものたべるもん、ひとつも買うたらへん。」

「こうにも、こうたりんかい、いうたったらええ。ぜにの二、三十銭はりこんだれ、いうたったらええ。」

「おばあさんとこ、こうてくれるさかい……いうけど……。」

「こっちはこっち、おまえとこは、おまえとこ、やが。いうたったらええのに。」


私は、兄になつかしさをかんじていた。そして、兄の家戸をあけた。姉の顔がのぞいた。何故か、私はつめたいものをかんじた。余分なもの、よけいなものと私を、姉がかんじていると、私は、その、あいそのない顔を一目でみわけた。しかし、私は、わざと上って行った。

「誰？」兄がいっていた。

「ひろっさん。」姉があいそないこえで言っていた。

「こっちへはいりいいんかい。」兄のしたしいこえ。

(途中おそくなって。)「もう、おふろへはいったらどう。」姉。

私は、妻としての女の夫を、夫のみを思う利己心をかんじた。

「もう、おそいやろ、かえろう。」私はわざとこういった。

そしてかえってきた。

私には、夫をかばう女の利己心がいやなのは何故だろう。

何というやな人間なのだ。私は、人の利己心をゆるせない。

(自分の利己心のみをゆるすのだ。)次郎。

「ひろし、ゆんべあの湯で頭あらいないうとんのに、あろたらしい、にごってて、きたないのに。」

「としおかて。あらいよるのや。」

「せやけど、水であらうんでしょう。」

こうして、この家へかえってきて以来、家庭ほどいやなものはない。という気持が益々深くくいこんでくる。

「ひろしは、阪急やあんなとこへは、つとまらへん、ようせえへん。」

兄がいう。姉は、これをみとめるのがいやなのだ。夫のみを恋人とおもいたいのだ。しかし、これを否定しては、夫を否定することにもなるわけだ。それ故、「そうね、てきせへんわね。」と兄に言う。

私は、兄にあって、詩をつくってくれと言おうとしていた希望をすててしまった。

余りにも自分がドストエフスキーの、小説の人物の如きものなる故、ドストエフスキー中の人物の如き人間をきらう。次郎。——ドストエフスキー的人物。

私は、兄の裸体をみた。労働者の裸体、へそのへんに強じんなしわの入ったあの働くものどく自のはら。力をもつはらをみた。

そして、ノエル・カワードの、のっぺらぼうの腹の皮をおもいおこした。

彼は、自分の母が浮気をしてくれることを腹の底でのぞんでいる。

自分の、みだらな行いの理由をみつけるために。

志津子が私生子ということを思いだすとき、ちらっと、文七の顔が、腹のおくで、廻転すること。

俺は、今日、益々俺の社会的、実際的能力の劣等なことをかんじるのみだ。

十二月二十八日

半田さんとこで、「らかんさん、らかんさん」、「たこ八本」……などした。小ブルの家庭、いやだいやだ。

「いやそうな顔しとったが、とうとうきたか、きのう、いったら、いっぺんやります、いうとったけど。」

十二月二十九日

現在の事情からみて、もっとも神に近づきうるものは、プロレタリアートなのだ。行為しうるもの、無償の行為しうるものだ。

神のみが、選択をしないのだ。

真の自意識を養わねばならぬ。この宇宙のリトムに重なるリトムをもてる自意識。

個と一般の問題こそ、――ジイドの問題だった。そして、いまの生活をみれば、ジイドは、それを立派に解決して行ったのだとわかる。

或る生活力をもった女、――そくばくをきらって、結婚をしない女。男。

羽山さんに会うた。よい人、よい人。

「その人、どんな人？」

「赤旗、赤旗やったかな、それやってたいうてた。」

「赤旗やったら党のきかん紙やがな。」

「赤旗？　いや戦旗やったかな。」

「そうやろ、それなら京都にようけいるわ。」

「真中しめたか。」

「真中なんでしめんのや。」

「さむいがな。」

「さむい……そんな寒がんのんやったらもう死ぬのやがな。」

「そらどうせしぬわや……。」老婆のてれくささ。(自分のいっもおそれていることを、あらわにいいだされたてれくささ。)

「死ぬときはさむがるそうやぜ。」

私は、「もうやめてくれ。」と思った。老婆の死ほど、あわれなものはないのに、かわいそうに、かわいそうに、そう思うのだ。

祖母は、平気で、「死ぬのや、もうじき。」と自分の母にいいうる女だ。

十二月三十日

「としお、こないだ、おかしん、がこぼれたんで、ひらわなんだいうて、もどってきとった、袋がやぶれて、こぼれたんやそうや、おかしいいうて、ひらわなんだしや、なまいきやな、もったいない。」——老婆。

「ふん。」——母。母は、としおと老婆の気持をふたつとも知っているのだ。

私は、中野重治の小説をよむと、苦しいと言った。

何故、俺が、いまの「車輪」のような小説をかくのかわからなくなる。「車輪」をかいているひまがあるのなら、……と思うと、岩崎に言った。

私は、こうして、人に、苦しい苦しいと言いたい、そして言ってしまって、はずかしく、ばからしく、もったいぶりがいやになるだけだ。

志津子、指を愛している志津子。

彼女は、キリストのほの明りを知っていた。自分のきている着物がひとりでに、とけおちて行くような明るさであった。なにかも、ぬいでもらうのだ。こう思う。そして、神と志津子との対話がはじまるのだ。しかし、ここにも指がしのびこんでいた。

ほの明りが、すべての過去をきよめてくれるのだ、そういうさっかく、うれしさ、すがすがしさ。大きい朝の海の風をすい込むような、風が口から鼻から体中をとおって汚物を、はきすててゆくような、うれしさ。それは、あけ方の光りの色により、影響され、すいせんの、色の明るさが彼女の体の中に、それに対おうする、変化をおこさせるのだ。

「俺、小説かきよんねん。」

「ふん？」

「なんでも、おもいついたこと、かいとくねん。そうせんと、そんやさかいな、前みたいに、やぶったり焼いてしもたりせえへんのや。」

「ええなあ、小説かくと、人間ができるわ。」

「人間ができる、？　そうか（少しけいべつ的に）、俺みたいな人間でもできるか。」

「そら、できるやろ。」

「そうやろな、誰でも、できる筈やさかいな。」

「人間ができるいうたらおかしいかもしれへんけど、詩人は小説よまんとあかんわ。」

「うん、それは、そうや、うん、わかる。」

「今日もこうして日がくれる。」進介。

人々は、このけがれた世の中で生活し、お互にだまし合い、うまくやりくりをやって行けるということに、誇りをもっているのだ。それこそ、あの、若者たちが、自分達を若くみられるのをきらうのと同じ心の動きなのだ。世の中は複雑だという。しかし、どう複雑なのか、しらないのだ。

梶井基次郎は、あの時代の悩みを、くるしみつくした人だ。

真のオリジナリテ——時代と合致したオリジナリテ。

「俺は百姓だ。」と思いたがる男、いまの世の中には、一ぱいいる。

「そういう方はやっぱり、そんな奴にしてもらうより他にしかたがない。」これは、ごまかしではないのか。

「行為をおしえながら、その中から何人、行為をやる男がでたのか、何人、行為をしているのか。」

それ故、小林秀雄のような男が先頭を切っているのだ。客観性のない行為、真の行為、自覚的の歴史的の行為といわれていない行為、しかし、少しは行為なのだ。他のだらだらとくらべれば行為なのだ。

自分がしゃかになろうと思って、何千万人という人がくるしんだことか、自分がマルクスになりたいと思って、自分が、孤独になり、自分の前に天下をひざまずかしたいと思って……。このばかやろ——。

「遺伝物質がちがうんや……。」

自分の主張をひとに強いえないなどと言って喜んでいるのだ。

それは、私との対立上だ。

私が主張をしいるからだ。ひとは各々に、オリジナリテがあると信じこみ、オリジナリテとはそんなところにあるとおもっているのだ。オリジナリテとは、同一の地盤の上のオリジナリテなのだぞ。

「この世の中では、これが正しい、あれがわるい、などと区別しえないなどというのは、一応のことだけだ。」

「こんな考えならずっと前からしってたぜ。」

「what + how ナンて、中学校のとき考えたことやぜ。」

それほどオリジナリテがほしいのなら、「こんな考えならずっと前からしってたぜ」などいってはならぬ。ひとのいうことは何もしらないというべきなのだ。

猫に、「ばあ。」をする、何のこたえもなく、けげんそうな顔をしている。こちらは、ふとねこにばあをする［した］というこっけいをかんじまいとして、じっと、なおも、ばあをつづけようとする。
フト、「ねこばば」という句が頭にくる、そしてわらおうとするが、なおも、まじめな心持をつづけようとする。

悲劇＝喜劇であり、自力＝他力なのだ。
海は、死の全体である。
科学が概念的だなどと誰が言ったのだ。
詩も科学的なのだ。
伝統。

お前には大きい計算などでけへんのや。これをいまやるのと、序々にそうなるのと、その不幸の比較をしてみてくれ。——これは、ただ、個人個人の問題になり［なのだが］、信念の問題となるかもしれへんけどなあ。

一九三六（昭和十一）年一月～七月（日記7）

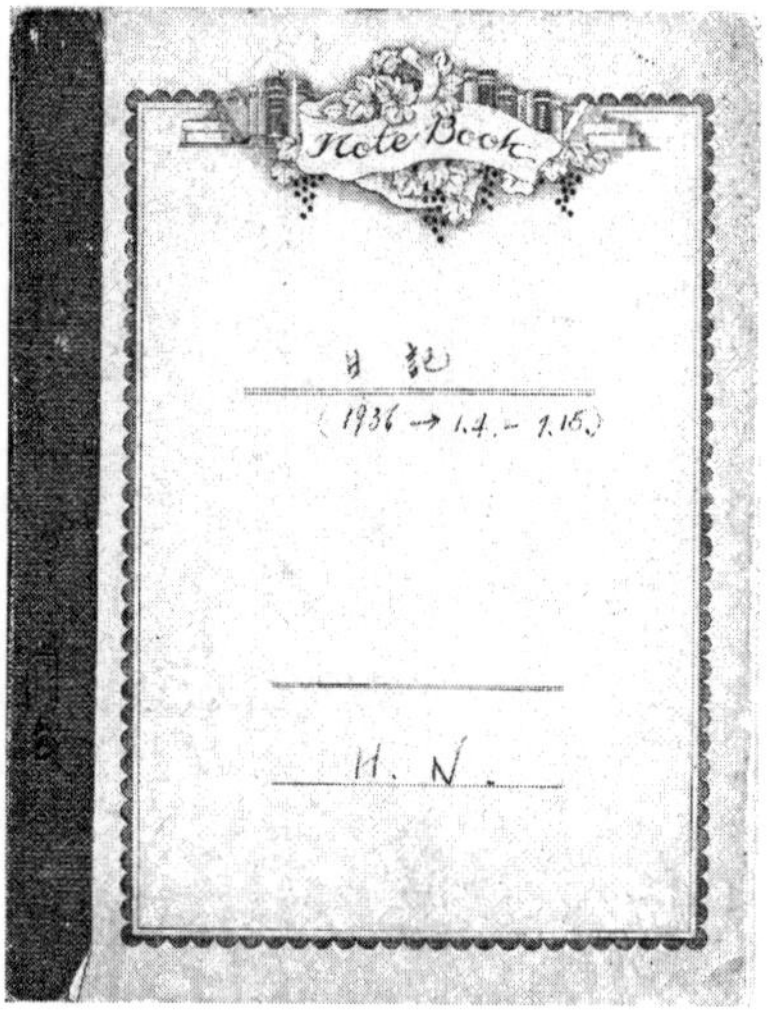

一月四日

光子――これは、誰の名だ。「何故、俺は、この中に、井口の汚点をみるのか。井口の息をみるのか。」

何かが、俺の中に穴をあけている。

女がとおった。酒倉の間のくらいみち。三人。そして、俺をからかった。「こんすけ、こんこんちき。」俺はまじめに、「ふふん。」とわらって、女の顔をみた。悪がりたい女達、たばこをのんで。しかし、私は、すぐそのあとで、何故、その女達に、猥な言葉をかけなかったのか、女達に性交を申し込まなかったのか、そして女達ももっと、まけずに、私の方へ来、「三人」という数を、背にして私を、からかうだろう、それを何故私はしなかったのかと思った。すると、私の生殖器を、私は、下部にかんじた。しばらく、その状態であるいて行った。女達が私のあとからくるのに意識を向けて。私は、なぜか、さびしかった。私をたたくもの、私を、のがれさるもの。私を、それ（光子［君］）が、穴をあけることによって、私のその状態を責めていたのだ。私はいけないと云った。「ぷっぷうっ。」と、むちゃなことをくりかえし、考えまいとした。光子――それが、その名だ。私の、私の性慾をジュスティフィエンしてくれるもの。私はこれをはなさない。

しかし、私は、これを不幸にしそうだ。

富士の妹であるということを考えると、恥しい、いやな気持。

(『三人』の連中。岩崎などに対して。)(見栄の心なのか。)「通俗小説的」だという故に、私は進めないのか。通俗的であれ、通俗的であれ。と言いながら。


年下の友を、花柳界へつれて行こうとしていた男をみた。

「裏町ぐらいへいったってかまへんやないか。」

「……」

「金ぐらい、俺がだしたるがな。」

「かんにんしてくれや……それだけは。」

年上の男の方も、少し、てれている。


光子、これは、俺の影であってはならない。


「のま君は、昔からそうやな、何か体系、こういうたらおかしいかもしれへんけれど、何か観念をもってて、それで、すべてをぬりつぶしてしまいたいのや。[まわな、おかへんのやな。]」

井口といると、どうしても、何かが二人の間にあるという気持がとれない。

光子――「肩がいたいいたい、左ばっかり、よ、おかしいでしょう。」

「死ぬぞ、死ぬぞ。」

「さっきも、死ぬぞ、いわれてたの、のまさんに。」


何が、こうも、ものたりないのだ。何が、こうもものたりない気持なのだ。私のまわりにあるすべてが、さびしい、やさしい、ものたりなさにつつまれる。

この間からの、富士の家でのあそびほおけた、そのあとの、それをしたう、いつものあの気持のみなのか。

それとも、光子なのか。

それとも、他の女、なのか。

それとも、ただ、女というだけなのか。


胸の下が何かつまるようだ。目の下が何かくるしいようだ。

そして、じっと、何かをにぎりたいようだ。


井口の光子に対する以前の恋愛は、こしらえものだった。

しかし、今、又、井口は、動かされてきたのではないのか。

私に、からくりのわからぬ小説をよませてくれ。

私には、もう、すべての小説のからくりがみえすいて仕方がない。作者のどんなくるしい努力も、からくりのようにみえる。

「体に気をつけたまえ。」と、水鳥先生が云う。

一月五日

プロレタリアートはプロレタリアートの色を持つ。俺の気持が一時のうえだけのことではないのか、もう一度行ってたしかめてみなければならない。

今日は、余り、井口のことも気にかからぬ。

小林秀雄は、まだ内へ内へくい入るのみだ。行為、行為というのみだ。生活、生活というのみだ。この抽象性。この、おもい上りの酔い。観念論。ここにどうして生活があろうか。ここに、どうして広い新しさがあろうか、時代の色をかえて行く要素があろうか。

前をみえない人間、対象を知りえない人間。この抽象性。生活という抽象性。

私の分裂。┬芸術化。　芸術を生活と区別しうるかだ。
　　　　　└生活化。

「体のここんとこがいいたいいたい、どうしたんやろ……ね。」

「ねかたがわるいさかいや。」私は、皆の前でMにこう言った。そして、いいすぎたと思った。私のこうした愛情表示を誰かが、さっしたかもしれぬと思った。

兄と活動をみに大阪の新世界へ行った。

街をあるく毎に、何かがなつかしかった。道々、何かをさがし、何かに会えるかもしれぬと思った。ひょいと顔をあげると、それが、その何かの母の、ナフタリンのような顔であったりした。

「買い物あそび。」のナフタリン。

「ナフタリンのような顔をしてるな。」

「……むちゃいうな。」

「そやかて、そうしておぼえとかんとわすれてしまうのや。」

「ひろし、みたいのやったら、のこってみてきたらええぜ、僕は、かえらんならんけど。」

「いや、かえる。」と私もいった。

「かえるか、そしたらかえろ。」兄。

私は、光子、のところへ行けたらと思った。かえらずに、又、行ってみようかと思ったりした。

私は、しかし、いま、光子を愛しているのか、どうかわからない。「私は、私の生活をゆたかにせよ。」と心が命ずる故に、恋愛をしようとしているのか。私も、動けるのだと証明し、自信をうるために。そんな糞恋愛ならやめてしまえ。

私は兄と、何のきさえもなく、話せるようになろうとする。

しかしこの努力は、割にかるい努力になってきた。

兄は、少ししか、私に、えんりょしないようになってきた。

思想がばからしいのでは決してない。思想とはそんなものではない。

思想が人間なくして、個人なくして、肉体なくして、あるなどと思えるか。(私は、こんなことをかきながら、その顔の子供のようなきよさをみている。子供のようなといっても、私の子供ぎらい、子供ぎらいの私がいう子供でないことは勿論のことだ。)

この女に、小学生を教えさせ、その小学生の一人一人のもつ欠点を、この女が、もって行くのだと思うといやだ。たとい、美点であろうとも。この俺のプチブル性。

俺は、井口を美しいとも醜いともかんじないのはなぜなのか。「あれでは、女に苦ろうするのもむりはない。」と富士がいうが、私にはそれがわからずに、それにばつをあわせていた。それというのも、私の井口の内面に気をとられ、それより、井口との衝突をさけることに気をとられていたからではないのか。井口に、あたらずさわらずのことをするという。

以前「あれ、あかへん、鼻の筋かて、高いことあらへん、あんな顔。」と井口は、或る俳優のことをいう。私は、それをきいて、自分の鼻のことをいわれているようにはずかしかった。

光子、光子ちゃんの顔をじっとみながら、私は、うっとりしようとする。しかし、うっとりなどできる顔ではない。又、性慾的にもちこんでくる顔でもない。理智では勿論ない。(富士の観察とはちがう。)しかし、私のもっていないものをもっているのだ。私にないもの。(そんなものがあるかどうか。)

この顔をみ、富士のお母さんの顔をみていると、自分が、この女を、はたして愛しつづけうるかに疑問をもとうとする。(一応、又、感覚的にも、うたがわしくなる。殊に、〔約十字分抹消〕しかし、二人の間に子供ができたとき、私の長い顔は〔約十数字分抹消〕背丈も丁度よいのができ、〔約十字分抹消〕又、逆に、眉は、私のによって(おぎなわれ)、こくなるだろうとおもう。こんな計算もしてみる。)

この女が、師範へ行き、出てからは、小学校の先生となって金をもうける、それが目当てのように、この父からおもわれはしないかと思う。(この父は、私に余り、好い感情をもっていない。)

そして、私が孤独だという感情がわいてくる。

唇が実に美しい。これが俺を引いているのか。顔のりんかくが美しい。この唇の形の中に、俺は、春枝をみているだけなのか。そうではない。きっとだ、きっとだ。

多くの貧しい人々がいる、それがすべて、俺の責任のようにおもえる。おごりだろうか。

光子が、俺の醜い性欲にたえうるかどうか。それとも、私は、自分の性慾を、余りにも誇張的に考えようとしているのか。しかし、いやなのなら、俺は、性交しなくともよい。

こんなことをかきながら、何だか、酔いだという気がしてきた。むりに、ひたろうとしている、という、かんじがかすかにしている。私は求めているのか。

「光ちゃんは、井口がすきなのか。」と富士に問えるかどうか。

「井口、また、光ちゃんがすきになってきたんとちがうか。」と富士に問えるかどうか。

皆、誰も、俺が、あのトランプのうらないの中で、光ちゃんを相手として、うらなっていたことを知らなかったのだ。

八っちゃんが、光ちゃんに、耳に口をよせて、ささやいたとき、「そんなことしたら、おこられる。」と光子さんがいった。私は、「八っちゃんが、光ちゃんに、のまさんをえらべといったのではないのか、そうにちがいない。」と思ってうれしかったのだ。

この想像がちがっているのか。

光ちゃんは、私が、他の女を恋うているのだと思っているだろう。「のまさん、一生けんめいよ、うらのうてばかりおん「いやはん」の。」と、その母に言っていた。「うらのうてもろたらどうです、のまさん。」と富士の「光ちゃんの」お母さんも言う。

私は、光ちゃんが、「誰を相手にえらぶの。」と私にきいたとき。「君にしよう。」と、じょうだんのように言おうと考えたり、又、「八っちゃんをまあえらんどいて、それから、次に、光ちゃんにしてもらおう。」と、八っちゃんを先ずだしにつかって、やろうと思ったりしたが、できなかった。

私は、こたつの中で、皆とむかいあいながら、自分の前にいる女と、性交する場面を考えた。こうふんしたが、この女の美しさを、自分は、けっこんによって、自分の醜さで、けがしてしまうのではないのかと思ったりした。

たしかに、トルストイのいうように、一度、童貞を失うや、人は、すぐ、女にむかうや、性交を考えるものだ。しかし、私は、結婚すまい（どの女とも、）という考えをもっているらしい。一方では。

眠くなると恋などわすれるのかもしれない。（十二時十五分。）

すべては神の夢だ。（次郎。）

美しい神の夢だ。

「俺は、あの日のあのへやの空気を愛しているのではないのか。あの空気がつくっていた俺の内部があれを求め、あの空気をなおも求めているのではないのか。

それのみだけではないのか。」

「光子と空気《ふんいき》との関係。」

兵隊が極度にいやになった。兵隊になど行かなくとも、俺は、俺をねることができるのだ。

俺が兵隊にとられて、苦しむことを望んでいる女がいる。「ひろし、眼わるいさかいに……とられへんわ……。」

「でも、この頃、一寸ぐらいの眼やったら、とるそうよ。」

「兵隊に一年ほど行てきたらええわ。」

「まあ、かわいそうに。」

美しい女をみた。十七位の女の子。妹をつれて、そのシャツを買いにきていた。（トミヤで）

「子供の毛糸のシャツ。」と店員が大きく言っていた。私は、エブ《ママ》をかいに行って、あいにく店員がいなかったので、シャツ部の方へ云いに行った。その女がそこにいるとわかっているので行きにくかったが。

そして、女の眼に会った。私は、ぐっと眼をひかれた。

しかし、女には、手答えがないと思えた。私は、少し小さいな、と年を、はかっていた。が、俺のものにするのだと思ったりした。

二、三度、その前をゆききし、女の眼を求めた。

女はでてこなかった。私は近くの本屋でまつことにした。が、まだ、でてこない。しかし、次に、もう女は、どこかへ行っていた。私は、やっと、気づき、女の行った方向と思える方へ出、後姿を求めた。いない。私は、さらに推しはかり、女の匂いをかぐようにあるきだした。後の断髪の、うずだかい髪と、子供のような羽織（緑と赤茶の）を。

私は、光子を愛していないのか、と思い思いした。

愛していないのか、愛していないのか。この女との小さい火花によって、光子が私から消えさったのかとも思った。

光子に会って、私の心を確かめたい。

この手紙、ポストしておいて下さいと、私は、広告取の手紙を富士にのこしておいた。そして、こうかくとき、私は、春枝がよくかいた、あの用い方を、心にうれしく味わっていたのだ。

「ポストしようと思っていたのに、やっと、今日、外へでることができたの、許してね。」というあのことば。


「ここへいれといたら、わからへん。」

「いいや、わからへんことあるもんか、子供の眼はよう光るから。」

こんなことの云える祖母。


「としお、しりのとこ、やぶれとんな。」

「そう、この間から破れとんのや、ひとつも、ぬうたらへんのや。めんどいがな。男の着物やぶれとんのん、あの嫁はんが、どんやさかいいわれんのんわからへんのか。

こっちが子もりしてる間でも、一寸で、できる筈やのに、あしたきたらいうたらんならん。あんた、一寸ぐらい、でけへんのか、いうたらんならん。」

「でも、ひる、きてあるかへんさかいわからへん。」

「なんぼ、夜やからわからへん云うたって、めんどいがな。」

「……」

「一寸いうたらんと、いやなこと、いつでも、ふんふんいうたりよったらあかへん。」

「……」

「男と女とが、ちゃんとそろてあるきよったら、きれいで、あそこは、仲がよいいわれて、気持がよいがな……。」


何か、力がみちている、私の中に、私は、もえ、ふるえる。

外に、オーケストラの冷いひびき、弱いやさしさ。


自意識にも性格があること。自意識の中の自意識。

一月七日

羽山、富士、私と、三人で喜志邦三の家へ行く、羽山さんは、緒方道夫、と変名している。

ドストエフスキーの弱虫奴。

「君にはわからないのか、無償の行為のなしうる世界のくるのを、めざしていることを、ソヴィエットが、すべての人間が神となる世界を……。


いまの世の中で、無償の行為などしうる奴はないんだ。

もっとも、プロレタリアートのみなのだ。

芸術家……ブルジュワの……プロメテでさえないダモクレスだ。

ジイドの行き方がわかるか、ジイドが、地の匂いをかぐかぎ方が、野蛮が、旅が、地の匂いじゃない、君がいう車輪だ、それが地の響きだ、車輪！

そういってもいい、しかし、ただ、プロレタリアートとブルジュワジー、この二つだけだ。これが地のにおいだ。」

不満がわいていた。この人気取りの高野山行き。彼は、そんなところへ行って、家族とその附近の人々への、影響の少くなるのを、このまなかった。また、金もかかるのだ。それより……すべきだ。

しかし、だめだった。彼は、時勢の中で、自分達のくずれて行くのをかんじた。

伊之助が金を出し、高野山へ行かせ、左翼との縁を絶ってしまう。

私がトランプをして、てつ夜したというと、「のまが、そんなことするとおもたら、なんや、おかしい。」と桑原が云った。富士も、てつ夜の後に、「君が、あんなことするとおもてへなんだ」という。

私を知らないのだ。

M、とのことを考える。ゆったりした思い。よい生活。富士が光ちゃんの兄だったって、かまうことはない。ちっとも通俗小説ではない、この俺の気持の豊かさが、通俗小説にあってたまるものか。しかし、俺は、Mを不幸にしはしないか。俺のこれからの、苦しい生活にMはたえうるか。

いままでの恋愛と全く別のもの、地についたもの。生活としての恋愛。新しい人間。

手紙を渡し、女が承知したときからいやになるという気持が俺の中にないか。用心してみよ。

桑原と私とで。——

「ヘーゲルがそんなこと、するさかいあかんのや。」

「ヘーゲルがそれをしてくれてたさかい、ええとおもう。」

一月十一日

ジイドが言っている、「自分が社会問題を口にしだしたのは創作力の衰退にもとづいている。」と。ばかやろう。こんなジイドとは思わなかった。

何故、光ちゃんは、もっと、性的に、俺を引きつけてくれないのか。しかし、俺は、性的に、ということをきらっているのではなかったのか。でも、やはり、俺は、むすばれていたい。ひっぱられていたい。

「現存するあらゆる愚劣、不幸、苦痛を、未来の故に是認することを肯ぜぬリアリズム精神の上に、果して社会の進歩が築かれ得るか。」(小林秀雄)
「彼等にはゴオゴリの作品が必要なので……その人、かれの大いなる不幸、醜悪は、何のかんけいもない。」(シェストフ)
桑原のいう言葉は、まだ、一度、地についていない。地の中をくぐっていない。それ故、客観的でないのだ。

「勿論、時代に、制限されるのはわかっている、しかしそれだけやったら、人間やあらへん。」こんなこと位、だれでも、わかっているのだ。こんなことをこえて、人間は、時代に制限されるのだ。「全く同じ、ことばで言われても、それが、全く違った底をとおって、違った色で表われてくるのが、人間の世界なのだ。」

私は、自分の就職のことなど考えるのが、いやになってきた。


「光っちゃんが好きです」と富士にかいた。そして、ポストしてかえりながら、改めて、よかったと思い直した。

「よかった、よかった、よかった。」そう云う気がするのだった。明るい気持だ。「豊かな気持」(光っちゃんに対する私の気持を云い表わした手紙のことば)ということばを思い出し、うれしかった。


太田の小説をよみ、「次郎の女」の作る小説として、ほしいと思った。


「羽山さんが下りようと言った、喜志邦三とこならここでのりかえやろ。」

「さあ、もう一つむこうやぜ……。」

「そんなことあらへん、甲風園やさかい、甲東園の近所とちがうのんか、それに女学院の近くにちがいないし、女学院の先生やさかいなあ。」

「そうやったな……。」

「なぜ、もう一つ次やいうたんな、何か、こんきょがあったんか。」

「さあ、気分でやってしもたんやな。」

「気分……まだ、気分でやることがあるねんなあ。」

一月十二日

中野重治の『子供と花』の序文［あとがき］をよんだ。やっているな、やっているなと思った。私の目が熱くなる。そして、すぐ、自分の身をふりかえった。私は、何をしていた。光子を恋おうとしていた。恋うなら恋うで、もっとはっきりするのだ。女を不幸にしないという責任をもて。

そして、山の道を上ってきた。

ヘーゲルの観念論者奴。俺は、お前がいましている罪をしっているぞ、お前の体に、何という多くの人間が、すがろうとしているかを知っているぞ、みなが、あのもやをつかんでいる。もやの底のあの鉄色の肌にふれた奴は、少い。

西田幾多郎の行為、何という、頭の中の行為だ。

田辺元の虫のよさ。

みんなが、一度、自分の立っている位置をみてみるだけでもよい。それさえできないのだ。眼がまがっている。それは、生活がまがっているからだ。

この、鉄の塊をつかんだ奴は一体、幾人いるのか。

桑原がいった。「こんなこと、おかしいことやけど、こんなこと言うの、きみどっちがえらいとおもう、西田さんと田辺さんと、二人のうち、哲学史の位置で……。」

「そら、西田さんや。」（のま。）

「僕《おれ》も、そうおもうなあ。」私は、桑原の心の中をみて返答したのだ。何という返答だ。西田さんも、田辺さんも、観念論者にかわりはない。この人達には、言わば、詩だけしかわからないのだ。小説がわからないのだ。（そのくせ［現実には］、詩も小説もわからないのだが。）

しかし、哲学的に、これらの人にぶつかるとなると、誰か哲学者をまたねばならない。それは、出る筈だ。

生活、真の生活さえして行けば、すべてが、西田、田辺、ヘーゲル、そんなものを破っていることはたしかだ。

言葉のあやに酔う奴はおかしい。あの、もやを、散らせ。それは、現実そのもののもやではない。

富士が私達の側へ来る。こう思うと、何故か、させたくない、来させたくないとこう思う。かわいそうに、とこう思う。又、富士が、来るもんか、とこう思う。

（富士を夢にみたとき、「俺の色は、どこまでも芸術の行為やぞ。」と駄目を押すのだ。）

西田さん、田辺さんに生活がない限り、もやがとれる筈はない。

爪生が言った。

「それで、きみ、はいって行けるか。」私は、わかっていたけれど、もう一度言わせてみたい、という例の気持から、さらにとうた。

「どこへ。」

「いや、やって行くつもりかいうてんねん、あんなとこへ。」

「いや、まだ、でけへん。」

「俺は、にげだすなあ。さいごのところで。」（ばかやろ。）

現実は、すべての方向からとらえねばならない。哲学、詩、小説、音楽、映画、政治、その他、あらゆるものから。

哲学のとらえる現実とは、ほんの一面にすぎない。

それ故、ひとは、小説をよむとき、どんなすぐれた小説をよんだにしても、「これが現実か。」とうたがえるのだ。どうしても、あきたりないのだ。

小説だけのリアル、小説の世界だなんて、一応は言えるのだ。

しかし、つまらぬものだ。しかし、人々をこちらへ来させるためには、いよいよ自分が、そこへはいらねばならないと思う。

理論に生活がないなどとは言わない。ただ、理論の色のうすさを言うのだ。

光子を、私の生活の内へ入れてきて、私は、豊富になれるかどうか。そして、二人が、ほんとうに生活しうるかどうか。

私は、『三人』を世の中から切りはなしている。

（それでいいそれでいいという進介。いえいえいえいえ。）

彼は、突然、志津子と二人の世界とは別のものがかがやき出すのをかんじた。たまらないたまらない、これ以上、いとわしい女はいないと思う。自分のすべてを、自分の向上のすべてをすててしまいたい、そういう気持。（「車輪」へ。）

俺に、もっと苦しみが、大打撃がこないといけない。

俺はうぬぼれすぎている。俺よ、ぺしゃんこになれ。

スタンダールのえらさが、やっとわかってきたようだ。

スタンダールの小説は、一つの小説として、投げだされても、そのまま、続くものだ。

大学を出て、オデン屋をやるのこそ、青年にとって、もっとも、やさしい仕事だ。

俺にもっとも悪いのは、打算だ。これをつねに気をつけていないと、俺の大成は、むつかしい。

熔炉の壁をやぶるものは何だ。夕空の雲をみている。やぶらねばならぬ。やぶらねばならぬ。

暴力をして「真の暴力」たらしめねばならない。

(et j'appréhende votre sagesse.) (Molière)

すべての詩が、小説が、劇が、すべての芸術が、哲学が、改革されねばならぬ。すべてが狭い狭い。

新しい生活が必要だ、必要だ。

光子と結婚することが私の後退であると考えられるなら、私は、この恋愛を断念せねばならない。

「人々は、うちらのものが見られないという理由でうちらのものをたっとぶのだ。私には、うちらのものが、余りにもみられやすいので、うちらよりも、外をたっとぶ。」

「独創など、もう、いままでの人々に、とられてしまった。しかし、平凡ということに独創を見出した人はない。そして、これに気づいて、喜びいさみ、(これにきづいたときの進介君のよろこび——)彼は、これにとりかかったのです。平凡をうりものにしているのです。」

「私達は、みんな果物よ、神様にとっては、どれも、みな、それぞれ、おいしいのよ。神様は、おいしくいただいて下さるのよ。神様は、偏食がいけないって、いって下さるのよ。」

外のものを軽蔑するのはやすい。外を如何に気をつけても、気をつけすぎることはない。

内のものを軽蔑することはやすい、内を如何に気をつけても、気をつけすぎることはない。「私は網をはるくものように、昼の空深く、光りの網をはる。」

人のうちら、も、外も、くもの網のようなものだ。

うちらと外の、くものあみ、この二つの中心、これが自我だ。

私の空にはる網は、日に光る私の足のかげか。

一月十四日

今日もいけない。天候も、体も。

母のことを思え。母のことを思え。いまの制度に、骨も頭も、粉みじんにされようとしている母。

一人の人間をたよりに、生きられるもの、が母だ。

子供に、全世界を賭ける。

彼は、そんなとき、一つの姿を思いだそうとした。それはめがねにうつる一つの絵、まつげだ。それが、かわるのだ。

もう、すぐ、生活のない俺がたおれるのだ。俺は、たおれるか、生活を新しくするか、をえらばされ、そして、俺は、はいって行かねばならなくなるだろう。

やはり、私は、光子を不幸にするかもしれぬ。光子はかしこいが、こんな不幸に堪えうる人間ではない。

『三人』という名は、名だけでも、プチ・ブル的だ。

桑原の言い草。

「こまっている人がどれだけいるかが問題だ。……」

私は、これらの人をみな批判しうるためには、私は、そこへはいらねば［行かねば］ならない。

「そいつ、よっぽど注意していんとあかんぞ、もし、わるかったら、自分の芸術が全部あかんようになってしまうぞ。」

「そやな、顔のきれいのばっかり、考えてたらあかんなあ。そういうたって、実際の問題になると、そうはおもわれへんしなあ。」

私は、顔が美しくなくとも、よいということを主張するために芸術のことなどもちだしたのか。私は、光子を美しくないとしているのか。そのべんかいのためなのか。

光子、これを、恋愛の対象とみるのは一寸白々しい。

なぜ、今夜は、こうなのか。

「小説はゴーゴリやないとあかんなあ。……リアリズムいうやつや。」

「うん、でも、わしは、その現実いうのが、はたして、どんな意味でいってるのか、それで、ちごうてくるとおもうな。」

桑原は、こういわずにはおられないのだ。私は、それが故に、むりに、リアルという言葉を、桑原の意味でなしのリアルに用いるのだ。

反省しても、後悔すな。後悔することなどない筈だ。

すすめ、すすめ。

一月十五日

富士から葉書がきた。「日本に是非なければならぬ一つの巨大な文化運動を夢見、計画している。」よい言葉、美しい言葉。富士の大きな進歩だ。私は何か、こころがみちたり、それ以上、体が、ゆたかにはり切り、部屋の中を歩き廻わらねばおさまらないようなものをかんじた。

多くの人間が生活を重荷だと考えている。こんな世の中だ。

いまの世の中がこれだ。

昨夜、私の眉が下り眉になっている夢をみ、こまった。外へもこれはでられへんぞなどと思っていた。

一月十五日

すきとおった体で、くもが手をのばす。このくもの体のかげが、光の網なのだ。

兵隊を恐しくおそれて、眼鏡のきついのをかけていると、どうも、世界がちがっている。やはり、度はずれという気がする。何か、かたい、というよりつかめない、世界が、自分の耳のところにあるような気がしている。人間なんて、唯物論的だということが、これによってもよくわかる。


人間というものは、かなしくも、うれしくも、どうとも勝手になれるものだ。

ソプラノのひびきがしてくる。そのラジオが、私を、かなしむときの状態へと引っぱって行く。

一月十六日

よい空（風はきついが）。こんな空をみながら、光ちゃんのことを考えるのはよい。

光っちゃんを、ほんとうに考える。もう、完全なクリスタリザシオンだ。

しかし、やはり、不幸にしそうだ。不幸にしたくない。

光っちゃんというのが、一番、よく似合う名だ。

俺をきよめてくれ、俺のきたない体を、俺の芸術がきよめてくれるように、お前が俺をきよめることをまっているのだ。

きよまる、このことだけだ。世界がきよまる。

きよい、こんなよい言葉はない。


私はもう、はじることなどない。私はもう、真正面だ。私はもう、これでよい。

一月十八日

恥かしがるのなら、本当の意味で、生活の奥底から恥かしがるのだ。

理解するだけではだめだということをもっともよく示しているのが、西田、田辺哲学だ。

私は、結婚して幸福になれる自信がやっと出来た。こう確かに思える。私は、性欲を楽しみうる自信ができたし、子供の教育をすることもできると思えるし、妻と自分とを高めることができると考えられるからだ。

新しい女、社会のうちの新しい女と、新しい子供。

光子、光子、光子、光子……。

富士のよい手紙。生活している人々。

芸術の独自性ということを忘れるな。そして、しかも、きりはなすな。

物を生かすが故にこそ、自分が生きるのだ。これが、すべての人間の特性だ。

一月十九日

昨夜、ねむれなかった。よい天気。

しきりに、光子のことを考える。もう、考えるというよりも、体に思うことができる。

昨夜の会でわかったことだが、私達の方が生活というものをはっきりとらえていたということだ。

光子の顔と似ていると思える十三、四の女の子、少しそばかすがあり、美しくない、そして、光子もあんなんだったらどうしようと思う。兄の嫁を老婆たちが批評しているのをきかされているので、光子も、又、老婆たちから、批評されるであろう、しかも、あのこ、こう、祖母はいうだろう。こう思うとたまらないとおもったり。ばか。そして、光子のあの美しい唇を思いだしたり、眼をとじて、考えている姿をうかべたり、もっと、大きくなって、女としての特長をだすようになってくれと思ったりする。働け、働け、女よ、働くのだ。

根底からの自信と信頼をもちうる女。新しい生活の女。

短篇とは、子供のことなり。短篇は如何にしても、観念論にすぎない。

私が手紙を出してから、富士は、全くいままでとちがう意味で、自分の妹のことをみようとするだろう。

「そんなこと、おたのみにならねばならぬことでしょうか……それでいいでしょう、……この次もう、少しやります。」

そして、眼を、白、黒にくりくり廻す太宰施門。

一月二十日

今日は、富士への手紙はうまく書けなかった。それが気にかかって仕方がない。力が弱り、頭にきている。例の状態だ。

きみたち、あなたたちの仲間、あなたのうしろにたぎっている人々の前にいるとおもうと、あなたをとおして、その人々のかおを、むれを、みると、私は、どうしても、ひとりぼっちの、のけものにされたものをかんじる、いけないことだ、いけないことだ、と思っても、そうかんじる。

「君達がパンの問題とさけびだすとき、パンの問題までがプチ・ブルジュワ的になるのはなぜ故か、それは、きみたちの性格、地盤の故だ。きみたちは、そんな生活をしていてどうして、真のパンの問題がつかめるのだ。真のプロレタリアートは、もっと、ちがう風にパンの問題をつかみ、もっと、真〔一字不明〕面に、つきつめて、階級としてつかんでいるのだ。」

「まあ、頭やすめるつもりでいったらええが。」私は言った。

きよまる、きよまる――これほどよい言葉はない。

きよまる、とは、物質力になるということだ。歴史力になるということだ。

ひとは、恋を始めるとき、自分の心のむきと、女の姿とがぴったり合わないのをかんじながらも、自分は、あの女をこいしているのだ、と心にいいきかせたがるものだ。しかし、そのうち、心にいいきかせているうちに、いつしか、その働きが効をそうして、もはや、全く自分の心のむきと、女の姿との間に一寸のくいちがいもないと思えるまでになってき、もはや、自分は、その女を恋しているのか、恋していないのかなどと、とうことがなくなってくる。そんなことは心におこらず、もう、ただ、女の周囲にある、あのほのぼのとしたただよいに、自分がつつまれたように、おちつきと、しあわせとをかんじだす。そして、はじめて、自然な行動ができるようになってくる。

光子、俺のために、固まってくれるな。豊かな気持になってくれ、新しい生活、新しい女が、日本にも出来なければならない。そして、俺の生活を豊かにしてくれ、地球上の生活を少しでも、張りきらしてくれ。

まだ、お前は小さい、お前は固まろうとしている。

お前はとじこもろうとしている。そしてもうすぐ、師範の教育がお前をとじこめるにちがいない。そして、お前は、忍従と倹約と質素などをつめこめられ、肉体を失い、生活を失い、歩みを失うのだ。

明るい光、明るい花、こんもり光りのこもった大地、俺の詩のような女になれ。俺の詩のような生活を大地にうえつけ、日本の新しい女の端緒となれ。俺の打算をひんめくり、やっつけ、ぶっつぶしてくれ。

二人で、大地をふもう、進もう。新しい青春を、世の中にうちたてよう。新しい青春の、広い深い土台となろう。

正しい意味での恥かしがりとなり、神経質の恥かしがりをおいだせ。

俺はどうも、顔の線、鼻の線、眼、唇などのたしかな、するどい女をもとめないらしい。そして、これは、決定的なもののように思えるが、どうも、俺の性格は、そのようにあいまいなものなのだろうか。

一月二十二日

女でも（男でも、特に女）、或る一瞬間、この上なく美しく、いきいきとみえるときがあるものだ。そして、それが、相手をつかむのだ。そして、一たんつかんだとなるや、相手は、その女をみるとき、いつでも、その美しかった瞬間へとすべてを還元しようとするものなのだ。女の顔をみても、それがすぐとあの瞬間へゆきつき、逆に、その男の中に生きているあの瞬間が、女を美しくしてみせるのだ。

地かくをゆするものがある、すべてはこのエネルギーのあわでありと息である、
廻てんしているモートル。

俺が、歴史を動かす物質力に転化しうるのは何時だ。

しかし、それはきっとくる、きっとこさせる。こさせなければならない。

大なる哲学者とは、他の人々により行為力をかみくだかれすいとられてしまった人間だ。その反対に、哲学者は、他の人間から、しさくをすいとる、といえるかもしれぬ。


これまでのすべての哲学が、空虚なものにおもわれてならない。

昨年の始め頃は、哲学の方が面白かったが。

光子に対する反進歩的な弱いかばい方は、すてよ。それが光子に一時的な不幸をもたらせようとも。

一月二十三日

勉強が如何にたりないか、ということ。俺には、ちっとも、社会的な総和というものをつかむことができない。

光子に対して、もっともっと理性的であることだ。

光子に私のすすみ方が適していなければ、手を引くことができうるようにしておかねばならぬ。

「歴史のツルハシをにぎるもの、つるはしの先から、光のように出る歴史的全体。地をやぶり、やぶり、世界を廻す。」――詩として。


太宰施門は言った。さいごに、立ち上りながら、

「今日、これから、一寸大阪まで、いかんけりゃならんので……シャリアピンに会いに……。」

「かぜ、ひかんようにしなさい、みな……気持がわるい……。」

ブル奴。

「いくらよんでも、よみすぎるいうことはありません、いつでも、もっとよんでおけばよかった、あのときもうちっと、とおもうだけです……。

一つだけやったって、へんぱになるだけです。いままでの日本の外国文学者は、そればかりで、こまったものです……。十分、広く土台をつくり、きそをかためて……。朝顔のたねでも、そうでしょう、方々から芽をだすようにしていかないと……。

そして、はじめて、青々とこんもりしたおおいができるのですからね、そうでしょう。」サント・ヴーヴをまねた figur 法。

「仲々むつかしいです、自分ではやったつもりでも……。」

「あなた東京ですか……。」

「いいえ、……大阪です……。」

「でも、大阪では、存じませんなどと使いますか、東京でしょう、存じません、御存じあげません……。」

桑原は、現実は論理であるということを知り、そして、安心している。しかし、現実の論理と、論理とは全く別なといってもよい程、現実の論理は、感性そのものだ。物質そのものだ。

行為とは、社会的行為ということなのだ。文学を行為だとするためには、文学を社会的にせねばならぬということなのだ。実践という方が、社会的という意味をもつ故によい。行為といえば、形而上学的だ。私が、いままで、文学が、行為であるかないかをうたがっていたのは、一先ず、解決をつげることになる。文学を、もっともっと社会的なもの、歴史的なもの、科学的なものにし、歴史のぶちあふれる尖端そのものにすることによって、始めて、文学を、物質力となし得、始めて、文学を実践とよびうるのだ。この上なく単純なことなのだ。

人間が歴史になり歴史が人間になるということ。

個と社会とが歴史に於て重なるということ。立体ということ。

充実ということ、拡張ということ。

現代の日本の文化は、マルキシズムを総合した新しいものの建設と、主張し、マルキシズムの欠陥をおぎなうととなえながら、尚も、一つの反動にすぎない。いまに、この反動をひっさらえて、影も形もなくするような大きな渦潮がまきおこってくるにちがいない。大衆の大きな大きな力。文学は、この大衆にのみ結びつくことによってのみ、社会力となり、物質力となりうるのだ。個としての自己の現実が社会そのものの現実となるのだ。

現実とはどこまでも自己の現実であり、且つ社会の現実でなければならぬ。自己と社会。

一月二十四日

夜、道をあるきあるき、私は、私自身が日本というところからもはや、はなれえないのをかんじた。外国などへは、もはや、行けないほど、日本が、私を、つかんでいる。日本が私を、引きずっている。

私がフランスへ行こうと考えるだけでも、もはや、私のはいごの何かが、私を引きとめるような、自分の身体を何かでうしろへ引かれるようなかんじがする。

私は、日本をかんじる、私は大衆が、私をとりこにし、私を吸収するのをかんじる。いまに、私を、私の小説を、大衆が、すみからすみまで、むさぼる、その予かんをかんじる。

大衆が私を吸収し、私は、大衆の中へ私の姿をうめるのだ。

私は、地盤を歴史を、こんなにはっきりと私の体にかんじたことはかつてない。

いままでの如何なる小説といえども、抽象にすぎない。

リアル、リアル、リアル、リアル……。このリアリズム。

余りにも大事をとりたがる人間がいるものだ。

人間は自分の都合のわるいことを、見ないですごしうるしかけをもっている、問題にしようとしないですましうるしかけ、そして、問題にするときは、必ず、それが、都合がよくなると、予感しうるからにすぎないのだ。

何という観念論の多い世界だろう。何故、こう人は、いくら客観性を重んじても、注意しても、しすぎることがないと言いうるほど、観念論におちて行くのだろうか。

富士に会うのがうれしくて仕方がない。この上なくうれしいのだ。

一月二十五日

ひととは、へどを入れる袋だ。全く矛盾したものを、中に有しながら、ひとは、一方を忘れていることができる便利さをもっているのだ。ひとの内部のたくみなしきり板。

そして、このしきり板を、ひとは自由に動かしうるのだ。

ひとの頭の中には、夢の幾多の塊りがつまっている。

小林秀雄のいう自己と、私のいう自己とが、全くちがうものであることが、私にはわかった。

先生の詩の中での、

「声なき声」や

「髄の髄」、ということばは、概念化されたことばにすぎないとおもえる。

一月二十六日

ジイドが自分は政治的に無力だと書いているのをよんだ。

こんなところにはいたくない。やはり体が必要だ。俺に、五年、七年、もちこたえうる体力がある筈はない。

光っちゃんとの生活。

日本という土の中へ自分をとかしこむ、日本という大地が、俺に、もっと、もっと、ふれてくれ、もっともっと身を倒してくれ、と言っているのだ。俺の中へとけ入ってくれ、俺の匂いを、俺のはだを、におうてくれと言うているのだ。

一月二十九日

二十七日、紫峰さんとこで、ベートーベンの「メニュ エット」をきいた。うれしかった。

「こいつは、俺のいまの気持にぴったりする。」と言った。

「ふん、えらいやさしい気持やな。」富士がいった。

「うん、やさしい、やさしい。」私はこたえた。

それをきいていると、まるで光っちゃんにあっているかのようであった。

私は、心がおどった。ひとりわらいだしたりした。

「なんで、こない、はよう、この手袋やぶれたんやろ。」

「そら、きみの指がまがってる、さかいや。」（私）

「こら、なにを。」桑原が私をなぐる気勢をする。

「まがってなかったら大変やがな……指が。」（太田）

「それに、こいつ（桑原）おこっとんねんが。」（私）

私は、腹の皮の下に胃をかんじる位、わらった。

富士と、特にしたしくなった。

羽山、よい人、よい人。

「ふじ君、さいかくよんで、あんなおかしな影響うけたら、あかへんぜ。」

「西かく、どこがおもしろいのんやろ、俺には、西かく、えらいとおもえへんなあ。」（私）

「はっきりいうなあ。やっぱり、きついもん、もっとんねんなあ。」（羽山）

「いいや、さあ、そんなこと、……これがくせになってんのや。」（私）

「うん、それでも、いまごろ、そんなこといいだしたら、こっちの話がおかしいなってしまうぜ。」

井口は、私の詩をつくる方法（つぎはぎすること）ができない、どうしてもと言った。

「そら、どうしても、できへん人あるな、できる人と、どうしても、でけん人……。」私は、きみは、しんけいつかいすぎるのやと言って、井口を喜ばそうと思ったがやめた。

しかし、井口こそ、つぎはぎをやれる、又やった人間なのだ。井口は、それを、理性的神経としてきらう、きらっているとみせる、（自分に）みせたい。

「それなんや。」

「これか、おみやげ……そばもちや、そばもち……すきやねん。チョコレートと、そばもち、がすきや……おぼえとけよ。」と言った。

批評するのは、歴史―社会だ。わからんか。歴史社会が文章の間へ首をだしてくるのだ。

諷刺の底にある情熱。情熱。

「どうせ、おれら、いれられたら、すぐへたばって、しまう連中やぜ。」

「さあ、そんなこと。」私。

「ふん、そしたら、一寸、なぐられる、れんしゅうでもしとけよ。」

「なにいうねん。」

「そしたら、なぐってみたろか、なぐられたら、気がひるむもんやぜ、どんなやつでも、たじたじとなるぜ……やってみたろか。」

「はらでも、へっとったら、そうかもしれへんな。」私は、じょうだんにしてしまった。

笑いとは、理智ではない、批判とは、理性ではない。

階級が、歴史が、笑いであり、批判である。最後に、笑うものは、決して、理性などではない。プロレタリアートなのだ。

ジイドの、「自分は政治的に無力だ」ということばを、ぜいたくだとしうる、ような自分をつくりたい。

「きのう日記かかなんだな、今日かかへんのか。」

「うん、心がゆったりしてるからな。」私は、光ちゃんのことを言ったのだった。

「ふん、そしたら、きみのやつ、はきだした日記か。そんな、はきだした家庭つくったらあかんぞ。」

「そんなもん、つくるかい……ベートーベンや……。」

さっききいたベートーベンの音楽のような家庭なのだと私は言ったのだ。

「ふん、象徴いうやつはべんりやな。」富士。

「俺は、恋愛を、自分の詩のようにきよめたいのや。」

「ふん、それこそ、詩人やな、そんな恋愛、いままでの日本の詩人にあったかというのや。」

「うん、……日本で始めてのやつをやるのや。」

私達は、じっさい、いたる処に眼をもっている。歴史こそ、私達の眼である。私は、決して、私一人でものをみはしない。私は、過去のすべての人の眼をとおして、又、現代のすべての人の眼をとおして物をみる。

人間の眼は一つだ。

光ちゃんとの新しい生活がはやく始まるように。

Que Voltaire vive de nos jours.

Que Voltaire vive de nouveau vive de nos jours.

Que Voltaire de quatrième classe vive de nos jours.

岡本弥太から葉書、うれしく、手紙で返事をだした。

ふうしとは決して、そんな観念論的なものではない。歴史が階級が、人間の体となってあらわれてくるとき、始めて、ふうしがなされるのだ。

もっとも、烈しく生活しうるものこそ、もっとも烈しくわらいうるものなのだ。プロレタリアート。

笑いは常に批判的であり、批判は常に笑いであるとさえいえる。ゴーゴリの行き方のままでは、私には、笑いとはいえないと思う。モリエール。

ドストエフスキーにこそ笑いがあるのだ。

笑いこそ、新しいものへの出発であり、新しい生活に根を下しているものだ。

二月四日

ドストエフスキー奴、もっと、いまの青年につくがよい。

お前がつく以上に、俺は青年についてやるから。光子、光子。

青空のようなお前の体がかんじられる。

お前の体が、街をほのかにつつむゆきのあかりをとおしてかんじられる。この夜のくらさの、風のふきあれる中に、あの青空がかんじられるということは、何ということなのか。

俺の体の中の太陽がお前の青空をかがやかしだすからなのか。

大雪の中に、私は、益々私のはりきった力をかんじる。

「ようここまできたな。」

「うん、平気や。」

私は、たびはだしになってゆきの道を下ってきた。

「光子、光子」と、あたたかい体をかんじながら。

実際、何かドストエフスキーの文句を引用している奴の本をみていると、そいつまでえらいようにみえてくるのだ。

ドストエフスキーが生きていたら、貴様みたいな人間は、憎悪の、嘲笑の対象なのだ。

ドストエフスキーの生れかわり。

彼は知っていた、それが、如何なる状態のとき表われてくるかを、如何にくびをまげたとき、如何に煙草をすったとき、小さい点のようにそれが表われてくるかを。あの、ぷつぷつわき上る、いぼ、地ごくのいぼが人間なんだ。俺の体、俺の体。（次郎）

彼は、子供に接吻した。そして、子供を殺そうと思った。しかしできなかった。そして、後であるきながら、それが左翼の作家のいうはぐらかしなのだと思った。


「もんく、いやがったら、はったおしたるぞ。」

「がんがん、がんがんいわんでもええやないか、自分の女房やのに。」

「もんく……いいい、やがったら……はっはっ……。」

「やかましいわんでもええやないか、やさしいいうたら……。」


豆をたべながら、先生と一緒にたべた豆を思いだした。

光子、光子、光子、俺を失望させてくれるな。俺はもはや、ふみ台を求めることを、足場を求めることをはじない。
小林秀雄は、考えをのべている。私には、小林秀雄が、むりにまとめようとしたところ、あれをかいているときの心理、体の状態そしてそのときの計算、おごり、冷静、よそう、すべてがわかるのだ。そして、私には、その方が問題なのだ。私には、小林秀雄が、あんなものを発表できるのが、ふしぎでたまらない。（進介）
作家はつねに、他との関係に於てしか物をつかまない。小林秀雄のめざすところ、そして、彼の考えは、つねに、習慣によってこの尖へかえるのだ。かえるようにしているのだ。私はただこの努力にかんじる。この習慣をつけるのに、十年の年月をつかった努力。

小林秀雄のすきなことば、「賢明な方法は、これを個人主義思想の運命だと断ずることだ。又、これは凡そ人間の精神に多少ともあれ必至な弁証法だと言ぅのも賢明である。」ばかばかしいほどのだ。精神のきげき——きげきはこんなところにはないのだ。

二月五日

街には車輪が廻っている。街には車輪が廻っている。

光子の底の底までくいつくせ。

生活というものは、物質（あらゆる力の根源）の過程としてはおどろくほど単純であり、社会的諸関係の発展過程としては、色々な虚偽や卑劣でもって複雑にされている。真理は単純を要求し、虚偽は複雑を要求する。このことは文学の歴史によって明らかに確証されている。(ゴリキー)

二月六日

詩は一種の按摩術だというのは、もっと、底から、考え直されねばならぬ。

私の詩なんて何だ。一体。以前の神〔一字不明〕宗教と同じように、そだっているのではないのか。

それとも、「生活を物質の過程としてとらえているのが詩ではないのか。」

二月七日

島木健作の作品をよんで、どんなに私の苦しみなどが小さいか、如何に小さい憎悪と、如何に小さい怒りとが、私の中にあるにすぎぬかを知った。この作品の前には、私や、私達の作品は、小さい力しかもたぬのだ。小さい力、ほんとに小さい力。

光ちゃんに対する気持など、ぜいたくなものにすぎない。

何故、私は、島木健作の乱作などをせめたのか。島木の作がどうしてくらいのか、私にはわからない。

ショーロホフなどよりも、ずっと、じかのものを私はかんじる。

しかし、短篇は、私にはわからない。

桑原、太田、何という安易な生活なのだ。そして、これで、死や、生が、解決できたなんて、何というたまらぬ、うぬぼれなのだ。

そして、私の何という、くだらぬ、おもい上り、そして、ものまね。

二月八日

「僕が煙草すうのん、いやか。」

「さあ……ううん。」

「いやなら、いつからでもやめるぜ……。」こう、光ちゃんに言いたい、ために、まだ、煙草をやめまい。こういうことをするのをたのしみにする男。

彼には、民衆がしりぞいて行くのが、身体によくかんじられた。

しかし、民衆には、しりぞいて行くにしても、それ以上、しりぞきえないさかいがあることもしっていた。民衆こそ、常に、この現実の、まともな抵こう線にぶつかっているのだと。

二月九日

雪解けの水がさわがしい。

我々の利己主義と言っても未来の命ずる指令と未来の不定の占有とに過ぎぬのであります。（ヴァレリー）

「生とは未来の保存。」

未来の過去。（死）

私達は死から出てきたのか、ねむりからでてきたのか。

ボルテールが笑い、歴史が笑うのだ。

二月十日

光ちゃんにすまない。

電車にのった。よく似た女がきた。私は、一寸美しいと思った。私は、光ちゃんの顔を忘れていると思った。そして、光ちゃんが美しいかどうかしらべてみようと思った。美しくなかったらどうしよう、いや美しいのだ。——女は、だんだん美しくなってきた。そばかすがみえ、眉が下っていた。しかし、小じんまりした、少し、西洋的なつやの色をもっていた。それが似ていた、しかし、美しくなかった。きたなかった。しかし、どこか美しかった。光ちゃんの眉のことを考えた。光ちゃんを、心にえがいた。うすい眉——いつもの、ひっかかりが来た。（眉にたいする。）光ちゃんが、この女のように美しくなかったら、どうしょうと思った。私の、ひとりがてんの、げき情の、おもいこませの恋愛、として、あとで、光ちゃんを美しくないと思うのだったら、げんめつするのだったらどうしよう。と思った。心の中では、光ちゃんの像の再生がはかどっていた。それは、前の女の顔には、かさならなかった。光ちゃんの方がずっと美しいと思った。女は横をむいた。少し、鼻の先の方が、りゅうきしている。

それがいやだった。光ちゃんの横顔の方が美しいと思った。そして、全体として、光ちゃんの方がはるかに、張りをもち、はるかに、精神力にみちていると思った。

光ちゃん、光ちゃん、と思った。私は、安心した。眉のひっかかりなどきえていた。しかし、私は、安心したという感情に、卑劣さをみとめた。

ゆるしてくれ、ゆるしてくれと心に言った。

主観的には勿論、客観的にも、相手、お互を、美しくし、かがやかしえぬような恋愛（いまの若いものの恋愛）はだめだ。

二月十二日

シャリアピン。——何故、すべての人間が、シャリアピンをたのしむことができないのだ。かなしめかなしめ、そして憎め。

富士君よ、シャリアピンをきいて、美しいと思えば思うほど、悲しみが深まらねばならない。ブルジュワジーの独占に対する憎悪にみちねばならない。この態度、これがすべてに対して、表われねばならない。

「光の糸をつむぎ、時を織り」詩の中の句。

「物質とは、何か。」ヘーゲル的に言えば、対自且即自的な世界全体、総合である。ヘーゲルの概念のはるかに具体的な考え方。

二月十三日

他人の体こそ俺の眼だ。（進介）

シェクスピアの眼は歴史にぴったり重なっている故に、シェクスピアの個人の批判などとは、ひとは思わない。

歴史がひはんしている。歴史がわらう。

光ちゃんの家へ行けると思うと、そわそわしだした。

「五十円の月給取」が気にかかる。というと皆が笑った。

桑原が井口のところへ行ったと話していた。私は、しっとする。

二月十四日

動物の住む、動物のみる世界をみせてやろうか。――あの赤い、ほの赤い世の肌のほのかに出すふんいき、男と女のもつ、全く別な、他の世界と別な色の世界。ひるでもない、夜でもない、あらゆる時刻でない世界。詩「海の笑い」完成。私の一つの頂点。自由だ。

観念論的なところがなくなっている。物に即している。

歴史的だと言える。海のゆるやかなリトムをつかみ得たと思う。

歴史が笑い、笑いが歴史を動かす。我々はいつも、歴史に笑われている。そして、歴史と共にわらいうるものは、いまのところ、私。プロレタリアートに重なる私。私の生活。

二月十五日

富士と共に。富士のお母さんが、ごちそうをしてくれた。

二月十六日

光ちゃん。

二月十八日

「のまさん、おこして、おにいちゃんをおこして。」（正男）「ふふ……。」（私）すると、光ちゃんが、おきてきて、少し重くはしゃいだこえ［ふくみ声］で「ようし、おこしたろ、さあ。」（光ちゃん）「さあ、これ、きなさい、かぜひく、かぜひく、さあ、きせたげよ、きせたげよ……。」白いジャケツ、ばらばらの美しい髪。


「井口、みたいな、時代にびんかんな奴やさかい……下から、もれ上ってきたら、じっとしておらへん……。」

「ふん、そしたら、この頃、大部……時勢は、ようなってきとるんやな、井口が時代のバロメターやとするなら……。」

光ちゃんの眉はうすいけれど、美しい。


「婦人参政権とか何とか、いうてなさる。……国防婦人会とか……。」

「ふん、婦人参政権いうのは、どうです？」

「どうって、あたしら、こないだ、ラジオでも、いうてなすったですよ［ましたけど］、自分のうちのことがうまくやってゆけへんのに、そんなもん、いうたって、しかたがない……わたしら、男さえ、うまくよう、えらばへんのに、女が、何ができますかいな……。」

「ふん、みんなそんなこと、考えてんのやな……。」

「そういうたって、こないだラジオでも、何とかいうひとがいうてなさった……。」

二月十九日

くもは光を食う。光ちゃんが、私に対し、単に友達としての愛しかもたぬとしても、私は、やはり光ちゃんを愛し、そだてて行くことができる自信ができた。

光ちゃんに手紙を出せたことのみがうれしいと書くこと。光ちゃんがいまに、古い人々と同じようになって行くのをおそれるとかくこと。勉強して、新しい、女となること。何故、いままで、女が男に軽蔑され、男に従属しなければならなかったか、それは、男の考え方をこそとがむべきだけれど、女に、創造的生活の態度がなかったからなのだ、ということをかくこと。

光ちゃんを、あらゆる女の中で、もっとも美しい女としたい（精神的、肉体的共に）。そして、すべての女が、光ちゃんをきっかけとして、動いてくるような女になってほしいのだ、とかくこと。

井口の暗さは性慾のくらさだと太田がしきりに言う。

井口のあの鼻のあたりみてると、なんや、ほんまに、性慾的な気がする。

「僕、なんやしらん、『三人』の仲間が一番きれいような気がするのや、他のやつみとっても、きれいことないのや、ちっとも、『三人』のものみてると、きれいおもうわ……。」

「ふん、ひいきのひきだおしや。」


「あの、富士の顔、線がはっきりしてえへんいうねやろ、ちがうか……。」（桑原）

「はっきりしてえへんのかなあ……さあ……。」私は、こんないい方をして、ごまかす男だ。

すると、桑原は、少しいいすぎたかなと思うのだ。

富士と街をあるきながら、やきいもをかう。

「きみも、歩きながら、いもたべるようになったなあ。」

「そんなこと、前かてたべてたぜ。」

「うそいえ。」

「いや、前は、わざとたべてただけや、こんどは、自然や、それだけのちがいや。」

二月二十日

光ちゃん、光ちゃん、光ちゃん、手紙を呉れ。

どこから、こんな夢がでてくるのだ。


学校からかえりながら、（光ちゃんの手紙がきているかもしれないと思って、試験の答案を、一時間もはやくだして）うれしかった。しかし、手紙はきていなかった。

富士の家で、光ちゃんと私との間が、唐紙でしきられていた。富士が家庭教師からかえってきて、さーっと、両方の障子をもって、腕を開げるようにして、唐紙をあけてくれた。私は富士の心をかんじた。光ちゃんの姿が私にもみえるようになっていた。


作者がからをぬぐということは、一歩現実の世界へふみこむということであり、現実の世界が作者の前へ、自らを表わして来るということなのだ。作者の肉体が現実の地盤へくい入ること、現実の地盤が肉体となってくること。


現代人のオリジナリテに対するせまい解釈。

こんな空想。

光ちゃんに、白いジャケツをきせ、髪を、横にたらさせて、一処にあるく。そして、富士にこうきくのだ。

「俺のやり方、まちがってるか、光ちゃんに、こんなことさせるの、まちがってるか。」

二月二十一日

光ちゃんに対する態度が、歴史の地盤からはなれぬようにしたいのだ。歴史から離れてしまうとき、プチ・ブルとなるのだから。

河馬が、しもやけでこまっているということ。(文七の話)
犬が尻尾をおとした話。

「俺が家でるまでには、なんとかしといたら。」


「俺がいう方がよいか、それとも、きみから直接、いう方がよいか……どっちやろ……。」

「さあ……手紙がええな……。」

「言いにくいか……。」

「ううん、それより……突然でまごつくやろ、おもうのや。」

「……びっくりして、しまうやろな……。」


光ちゃんをだきたい、そんな気持がはげしい。

「この二人(私と光ちゃん)は、性交をしないかもしれないぞ。」

選挙の発表、号外、ラジオを見るたびに、私は、「社大」という文字をみて、胸をとどろかした。この頼り少い社会大衆党。

しかし、これでも、前よりは、日本の状勢は確かによくなっているのだ。

二月二十二日

言葉は、魔物的な力をもっており、人をよわす。人をその気にならせる。書物の詩人の何と多いことだろう。人生の詩人の少いこと。——

言葉のまやかし。

二月二十三日

光ちゃんが私をとらえる。昨日かいた光ちゃんへの私の手紙のことを何回もおもい、内容もおもいだしてみる。

哲学者、文学者、何というずるい奴。ずるい奴。

みんなずるいのだ。みんな、俺のようにずるいのだ。俺は、自分がずるい故に他の奴のずるさがよくわかる。

歴史の笑いをしてお前の生活たらしめよ。歴史の笑いを腹の底から笑え。歴史の笑いをして、お前の腹の底にばくはつせしめよ。すべての古いものをふるいおとす歴史のわらい。

みぞれがさむい。風邪が直りかけて来る。涙が昨日からよく出てこまる。肩がこる。

「河馬が、しもやけでこまってるちうこったんなあ。わて、きのう見にいてきましてん。……へえ［へいな］、えらい、こまってましたぜ、えらこまりや、足の先から、頭のてっぺんまで、ずーっと、赤うただれて、わて、メンソレー、それ、メンソレー、買うていたげましてんがな、あんなもん、たりまっかいな、十やそこら、ぬったって……。」

文七が、切られている、犬の尾をみて、志津子を思いあわれむ話。願をかけ、自分の罪を許してくれとねがう話。

「生活だ、どこに生活などがあるのだ……あの西の国、西北の国以外、どこに生活などあるのだ……。ふん、禅宗のやつが、知ったかぶりで、すまして、あの話をするだろう……。自分の家の庭の梅の話を、春をさがしに行った話を。しかし、このくさった人々の中に、右も左も、どろんとただよっている中に、何が生活だ。みな、古い中で動きもしていない。苦しんでもいない。」

それは、決して、単なるアメリカ合衆国ではない。十九世紀のヨーロッパの人々にあたえた合衆国の印象ではない。そんなものが百よったたって、これにはなりっこない。

「らいになりきれいうとんねんやろ。」

「そやそや、なりきるのや、しかし、なりきれいうたって、なれるもんやないのや、あんな昔の坊主とちごて、あんな奴は、一寸、足にきずしても痛自何来と来よんねんさかいなあ。」

「うん、らいになりきるいうたって、あかへん、あれは、まだ、ほんにかいてあることをまるのみしてるだけなんや。」

「そうや、そうや。」

「ほんをよんでしってるだけや、みんなそうや、みんなほんをよんで知ってるのや、人生から来てえへんのや……。詩人でもそうや、人生からやあらへん、ほんをよんでるだけや。」

「痛自何来」か。何というちっぽけなことを問題にしている玄沙。歴史の体だ。ここだ、ここだ。

すべてが歴史の底からでてくる、あぶくにすぎないのだ。ふきでもの膿にすぎないのだ。(次郎のことば)

ストリンドベリイは、人間の影、人類の影だ。

歴史の体によって知れ。

以前書いた評論「ジイド」『三人』第九号。」は、何というくだらぬ作品だ。よんでいて、全くいやになる。哲学語のはんらん。「……であろう。」というやな、すましかえり。私のものでない調子。『三人』第七号、第五号の詩（私の）のくだらなさ。

感覚など、一寸もない。全く、ひとの言葉、ひとの感覚のかりものだ。

『三人』第一号の私の詩、緑、夢、など言葉の酷使。この時分は、まだ、全体をみることなどができなかったのだ。しかし、感覚はあるのだ。りくつのないのがよい。

『三人』第四号の富士の詩のすばらしさ。全く、美しい抒情詩だ。白い花。ほうせんかの花。のかんじ。

喜劇を、笑をもつ権利を有するものは誰か、もっとも悲劇的な生活をしているものでなければならない。歴史の底にくっついているものでなければならない。

二月二十四日

支那文学の試験をうけながら、富士から、光ちゃんへ手紙を出してもよいという返事がきているだろうと思い、うれしく、試験の問題が一つわからぬのなど、何とも思わず、かえってきたが、手紙はきていなかった。かえるみちみち、「きていなかったら、どうだろう、きっと、ひかんする、きっと、げんめつみたいなものをかんじる、きっと、いや、きている、きている。」と思った。

光ちゃんに手紙を出して、「わたしには、まだ、わからへん。」などと言われたらどうしよう。「のまさん、すきやけど、けっこんしようとはおもえへん。」と言われたら。きらいやいわれたら。しかし、きらいという筈はないと思い、トランプのことを思いだした。

光ちゃんに対する態度が純粋になってきた。歴史的に、社会的に、階級的に、即ち、物質的になってきた。

　Mitsuko.　よい名だ。　M音の流麗さ。
　　　　ts音ノ強さ。
Mitsu（光）、又（蜜）であり、透明さこの上なし。
　光の子だ。

二月二十五日

今日も、富士から手紙がこない。「無茶なこと、無茶なこと。」幾度も、こう思った。光ちゃんは、私のことをうけ入れてくれなかったのだろうか、こうも思った。どうしよう、どうしようと思った。

進介は志津子というとき、あの唇を思いだすのだ。メンソレータムの匂う甘さを。「あたし、中毒してしまったわ。」

私はドストエフスキーを越えることができる。ドストエフスキーが、やり得なかった全体性を、私はつかむことができる。物質性だ、全体性だ。歴史の体を、つかみ出すこと、すべての小説はこれを目ざさなければならない。
歴史の体として生き、歴史の体に知り……。歴史の体を豊かにするのだ。しかし、ドストエフスキーを越えるなどとかくことは、はずかしいことだ。私には、まだ、そんな生活がないのだから。

西の方にえらい人（キリスト）がいると言ってロシヤへ行ったあの支那の革命家。いまの人々は、指さす人を失っているのだ。
自らの心の中に指さすものをかいているのだ。らしんばんをかいているのだ。（らしんをもっているのか、狂える。）

カスカスいうポンプのような俺。（次郎）

若がりたい、若いものを理解しているふりをしたいものは、さんまの歌でもよみ、さんまをすにつけてくうておればよい。小林秀雄の『ドストエフスキー論』をよみ、両刃の小刀をといでおればよいのだ。そうすれば、若いものが理解できたとおもっているのだ。若いものとは何かしらないのだ。若いものとは、新しいものだというこのふつうのことがわからないのだ。わかいものとは、プロレタリアートだということがわからないのだ。
プロレタリアートが幾何に〔如何に？〕わかいものの心をとらえているか、更めて、さらに新たに、人間的に、とらえ始めているかをしらないのだ。若いものが、如何に単純なものをもとめているか、複雑そのものをふくむ、あの根元を求めているかを。
「東京では、思想でも感覚でもみんな、そうざます。そうずざんす式なんだへっへっへっ。」（次郎）
脱線だ、あいつののぞんでいるのは、脱線させることなのだ。人類全体ののっている列車を。（私は、のっている、私も、それにのっている。重い列車、勢がついていて、ブレーキは、まにあわない、あぶない、あぶない……。）「俺にかじをとらせてくれるか。」

ひるま、ドストエフスキーを越えようとかき、いま、『未成年』の美しさに夢中になっている。美しいリーザ、美しい空。光子。
（第二のプロレタリアが生ずるという考え方。）

二月二十六日

西田哲学は、いまから、かえりみれば、何というチャンバラの、観念論なのだ。

以前、私は羽山さんに、マルクス主義が、『資本論』から始まるのだから、『資本論』をよめといわれたが、それが、そうだと、ぴったりして考えられなかったことをいま思いだす。

実さい、一つの狭いところにいて、何一つみえなかったのだ。

西田哲学：何という小さい哲学、そして、もったいぶった考え方。

常に、こごらぬようにすることだ。若いということこそ、益々大切なことだ。

ナニ故如何なる土台の動きにとらえられて人々は、ジャーナリズムに堕して行くのか。だして行かねばならぬのか。

軍隊革命を起そうとしたとの報知、岡田首相以下即死。みな興奮する。

二月二十九日

あんな暴動のあった後こそ、益々、文学芸術の重要性をかんじる。私は、全く、あの中学四年生頃の文学耽読の熱にとらえられている。

島木健作「第一義の道」、私を泣かして呉れた。うれしかった。しかし、何という力なさだ。（芸術的にではない。）

三月一日

よい天気だ。全くよい天気。

軍人達のつまらない、全く確かさのない行動。喜劇よりも、万才ともいうべきものだ。しかし、この行動の下に動く、ものをみるのだ。

（岡田首相は生きていたそうだ。身代りになった人がいたらしい。）

富士は光ちゃんをも私をも傷けまいとしているのではないのか。これは、兄としては決してよくない行為ではない。しかし、私の生活としてはどうか。

俺は劇の書ける人間かも知れない。劇の感覚のある人間かもしれない。そして劇には、詩的、小説的、理論的態度が、この劇的態度の中へ生かされなければならないのだから、新しい劇、プロレタリア劇、社会の機構を、全くつかみ出している劇。そして、歴史の動きそのままのリトムを以て、観客を総立ちにさせたい。そして、そのまま雪崩を打つように外へあふれさせたい。先ず、何を勉強すればよいのだろう。

岩崎は、桑原が女に感動せぬことをしきりに云う。女にというより、つまり、「富士のような禅宗の坊主のようにさとったやつでも、女には、ときどきことを起すのに。」という調子で言う。

「芸術家というたら、そんなもんやないやろ……。そやないと、哲学なら、まあできると思うけれどなあ、ちがうか。」

もし、私が光ちゃんを正しい女にしえないなどとわかったら、それこそ、人生などというものは、わかったものではない。歴史などは。

また、寒い。イプセンを読んだ。『小さいアイヨルフ』『野鴨』。

野鴨がよい。

美しい。しかし、うそだ。どうしたって、こんな世界があるとは思えない。こんな、もやのかかったような、全くふんいきの別の世界。

常にコルネイユでありラシーヌでなければならぬ。コルネイユ＝ラシーヌでなければならぬ。そして、それこそ、いまの世の中にもっとも、求められるべき人物なのだ。

（友情も考え直されねばならない。）

三月二日

現実の筋がはいっていないということ。イプセン、ここから私は、もう出ている。しかし、劇の構成の何というすばらしさだろう。現実の筋そのものの組立てがここにあるのだ。

大地から、筋をほりだして行く、そして、くみ立てる。

くみたてるというより、大地の中にあるくみたてをほりだしてくるのだ。何というつまらない恋愛をやっているのだ。私はいやだ。こんな頭のような恋愛は。（近頃の男達の文学的な恋愛について。古い文学作品に則る恋愛について。）

社会そのものの劇をとらえろ。そして、社会そのものの流れを、流しこめ。

くものように網をはり、くものように、社会の網の中心におれ。太陽のようにもえろ。常に夏であれ。

私が冬をすかないということ、このことから、私の性格の欠点をとらえることはできないだろうか。私は、実践的でないのだ。社会のぎょうこ面をとらええないのだ。

私は、いままで、社会のあの制度的方面をみるのがいやだったのだ。

冬をきらう人間を社会はつくりだしている。しかし、私は、冬がすきになりうるのだ。

本をよんでいるだけの人間が何と多いことか。本をよんでいるだけ、それだけのもの。こんなものに文学の解る筈はない。

又、新しい文学のつくれる筈もない。

彼はかんじる、自分も一個のインテリゲンチャーとして、その限度をどうしてもこええないのではないのか。そして、自分が、アルバイターになろうと望み、それを実現しようとしているのは、ただ、俺のインテリゲンチャー性を一そう示すだけではないのかと。

(両刃の小刃をきらう彼。)

三月三日

「空が動いている。みるがいい、ゆったりと、物質そのもののいとなみを、きくがいい、ゆたかな流転のひびきを。」

新しい恋愛論とも言うべき小説をかかねばならない。

『狭き門』『ロミオとジュリエット』。何という美しい恋だろう。

現代の人間程、シェクスピアの読めない人間はいない。しかし、シェクスピアがよめなければならない、シェクスピアをよめるようにせねばならない。

「自分の信じてる思想を展開し始めるような事があると、いつも話しの終る頃には、自分の説を信じなくなる。」(ベルシーロフ。)

富士のお母さんからの手紙を、下の人が開き唐紙の下から入れてくれた。一目で、女の手紙とわかった。「春枝、」と私は、あの以前の暖かさをかんじた。私の中にはまだ、春枝がのこっている。(これは、多分、以前、恋をしていたときの身体の状態と同じような状態にいまなっているからであろう。それとも、昨日、春枝のことを体にかなり思い、春枝が、私の中で再び少し生きかえってきたがためであろう。)

コルネイユににている。あんたはコルネイユだ。

私の光子に対する恋愛は、ただ、私の一つのふみだいにすぎないのではないのか。

私は、又、いつものように桑原に腹をたてていた。

そして、こんど批評会で桑原の作品をやっつけるところを想像しながらあるいていた。

「きみのん、どうも、つっこみ方がたらんなあ、スタンダールに影響されてるけど、スタンダールがきらいなのも、それなのや、つっこんでないのや、ほんまに小説くさいのや、ゆうぎ的なんや……。」

「ジイドのあの作者の批評、そんなに気にかかるか。」

「うん、気にかかってしかたがない……。」

「ふん、俺はな、ジイドが、うんと自信もってて、自分のたてた建物をこんなにしっかりしてるぞというように、あとから、ぐらぐらゆすぶってるみたいな気がする。」桑原は、こうした言葉が出るのがうれしいのだ。（桑原に、こうした言葉が湧くことは、ほとんどまれだからだ。）少し得意げに言う。

「ふん、そらそうもとれるかもしれへんけど……。」（私）

そして、私は長い間、この私のこたえが、残念でならなかった。そしてそののち、ずっとのち、桑原がまた、くりかえし言い始めたとき、「芸術には、そんな、ぜいたくは許されへん。」と言って、やっと、気持をおさめたのだった。私は、そのときのことを、何回も、頭にくりかえし、えんずるのだ。歩きながら。

後から、オートバイの三輪車がくる。やかましく、耳をゆすり、地ひびきが私をゆする。しかし、私の真後で、それは止った。音が静った。私は、まるで私の体の中から音がきえて行き、散りさるように言った。

始め、オートバイの音は、外にきこえていたのだが、余り車が長い間私の後でひびいていたので、音が私の体にしみ入り、私の体のリトムと合い、むしろ、私の体もオートバイのリトムに合わせ、私の体の中に、音が生れつつあるようにかんじられていたからだった。

太宰施門の話。「この間、試験の答案、一寸みてみましたが、みな、仲々けっこうでした。よくできていました。あの考えのまま進めば、えらいものですが。先覚者になれます。私はそう思います。確信します。

秩序ということですね。このことがもっとも大切なんですよ。クラシックの中心点。クラシックの精神のかなめです。

この間の、こんどの事件でも、どうでしょうか……みなさん、どんな意見をおもちでしょうか。……わたしは、非常によかったと思っているのです……。秩序ちうことを、これから重んじるようになってくるでしょうから。戒厳司令部のやり方も仲々よかったです。秩序せいぜんとやっていました。ほんとに。あんな方には、陸軍には、仲々、秀才がいますからね。ほんとに、うまくやってくれました。あの人々を逆賊とみなすと定めるのも、仲々ほねがおれ、考えたことでしょうが、ちゃんと、果断をもって、やりました。

あんな、国家の功労者を殺したものなど……、ばかげた、さたです。ばかなやり方です。なっていないですね。しかし、とにかく、これから、みんな考え直してくるでしょう。そうでしょう。自分一個の意見、不平など、全体の前には、何ほどのこともなく、ぎせいにされねばなりません。こういうと古いというかもしれませんが、秩序をたもつためには、上のものの平和をたもつためには、或は、一人の身ぐらい、いや一プロフェッション、一階級などぎせいにせねばなりません。わたし、知ってますが、犬養健って人いましょう。小説かいていた。仲々才能のある男でしたが……、それが、自分の父のことをかいて、犬養毅のことをです。金と権力だけしか頭においていないというのです。正宗白鳥のものにしても、なにか、田舎の人が都会へだんだんあつまってきて、何とか、反抗するとかいうのです。自分の父親のことを、あんな風に言ったりするような小説など、全くなくすべきです。反抗の文学とか、自由の文学とか、これからどんどん、すてて行くべきです。公の前には、一個の不平などすてるべきです。ね……全く……、なりがわるいですよ……ほんとに……そう思いませんか。君はどうです、あの事件を、どう思います。ばかげたことでしょう。え？　え？　ちがうって、いいと思うんですか、え？　ばかげたことと思いませんか？　え？　ばかげたことでしょう？

日本の歌舞伎なんかにしても、なかには、町奴が反抗したり、さくらそうごろう、の何かなどもありますけど、すぐれたものはやはり、武士道とか、公の精神です。私情をすてた心です。モラルを考えねばなりません。モラルと言っても、別に、ひくいいみのものではなく、高尚な、深いいみをもったモラルです。そうでしょう。

これから、益々、日本も、秩序を重んじて行かねばなりません。あのときも、わたしも、三十分毎にほうそうがあり、ラジオをきいていました。気にかかりますからね。諸君などまだわかいからそうもかんじないでしょうが、一家の主となり妻子をもてば、まず、どうなるだろうか、秩序はたもたれるだろうかどうであろう。それが心配になるものです。大きな影響がふりかかってきますからね。

こんどの秩序をたもつ上に、ラジオは全く、よくやりましたね。ラジオのおかげだといっていいくらいです。

かいげん部も、ラジオをうまく利用していましたね。

きいていましたか……え？　どう？　全く心配になりますからね、三十分おきに、かけてみました。

……あの日……おききになりましたか……ほうそうしに行って、あのことがあったのでしょう……。じっと、向うで、とどまっていました。大抵あそこには、いつも、知った人々が集るようになってるのですが……。（彼は、彼が、始めて、ラジオでほうそうしたこと、しかも、あの事件で、演げいほう送がなくなり、彼が第一放送でやったということを生徒にいいたかったのだ。）

ラジオは……ほんとに、ちつじょをたもつ上に役立っていましたね……。」

上を向いて、目をくりくりまわり、まるい、かお、の中のひくいはな、まるい鼻をまるめて言う。

「陸軍の士官学校から、あんな人たちをだしたということは、いままでの教育の方針がまちがっていたのですね。

まちがっていたという程でもないけど、……まあまちがっていたのです……社会と全くきりはなれたところに青年将校のむれをつくっておくなんて……しかしこれから、かわってくるでしょう。

ちつじょが重んじられてくるでしょう……ほんとに、よかったです……。こんどの事件は、ほんとに都合のよいときにあったと思っています。

小さい事件ですけど、かなりのものとはみえますからね、東京の街頭であったのですから。」（小さいということを言うのに得意さをかんじている。）

私は、これをききつつ、ときどき、彼に、こびる。彼のきげんをとろうと、顔でわらい、おうじる。又、じっと、みつめる。

一方、にらみつけ、ばかばか何をいやがると、腹の中で言っている。

試験のとき、誰が一番先によむかのくじをつくってどっちですという。三本あるのです。そのうちの、私は、すぐ、「左」といい、左といってよかったと思い。こんなことでは、いつでも左と言おうと思った。

空想。

すごろくで、常に左へ行くことに、やっと、なぐさみを得ている男。

俺などがはいって行っては足手まといになるのではないのか。（進介）

お前など、由比正雪でけっこうなのだ。ただそれだけだ。（進介）

富士は、Mを（妹として）、私にすぐ結ぶことを気をつけるのもむりはない、私が富士に、光（M）が、私を救い助けて行く能力のない人間だとわかったとき、私はMをすててしまうと公言したりしたのだから。

何をみても、私は、私の中の過去の古い要素を思いださされる。

そして、新たに、きつく、指と志津子との無言の対話が始まって行くのだった。

彼女は思うのだった。感じるのだった、進介と会うことに於て、よろこびに揺れ動くと共に苦痛にかきさかれる己れを。

彼女は、かすかに疑い、かすかに卑むのだ。こうしたものに平然としている自分をかんじていたいのだった。

しかし、あの、小形の細長い顔を、ふとうかべているのだった。

父の顔、そして私生子。

三月四日

京都は、また雪におぼれている。

「何故、あいつは、逆立ちして歩かないのだ、おかしいぞ。」

(観念論者に)

三月八日

「富士、川端康成の『浅草紅団』あんなつまらん小説あらへん言うとったぞ……。君どうおもう……。」(吉田)

「え？」私は、ぎくっとした。富士の眼が、冷たく動くようにみつめていると思った。

「どういういみでいってるんやろな。」

「さあ、富士が『赤と黒』よいように言ってたけど、それにしたら「紅団」くさすのおかしいなあ。」

「さあ、あれ……。」

「あれ、きみ、あかんおもうか。」

「いや……おもしろいけどなあ……。浅草がでてるなあ、……川端康成て、あんなんちがうか……。」

「うん、そうかもわかんない……ぼくの〔一字不明〕もいいってたよ。」

私はぎくっとしていた。そして、この打げきは長い間きえなかった。私は、早く光ちゃんを女にしようとして、あんな本を送ったのだと思われてはいないか、いや、思われているというより、私の意図そのものの中にあれがなかったか。

「である」をジイドはきらっただろう、と考えた。

人間の眼は無数であること。をきつくかんじた。

歴史の眼。

三月十日

「ゆみちゃん。」

「なに？」

「なにしてんのん。」

「あそんでんのん。」

「あそばんとなあ……なき……そこら、われるほど大きいこえでなき。」

私の恋のことを太田に云おうと思って行ったが、太田が落第したときき、やめにしてかえってきた。

三月十一日

「車輪」の中の母のことをかきながら泣いた。

「このしゃしん、おなごのとこにあったんとってきたん。ポケットにはいって、たんすにしもたあった……。きず一つあらへんでしょう。」

「わたし、その女《おなご》のとこへいて、さがしてさがして、もろてきたし、べっぴんだっせ……。」

「どこにいる」いうて、とびつくようにいわはるの。「京都にいます」いうたったん、だましたったん……あとで「死にました」いうたら泣いてましたぜ、朝鮮のふくきてまっしゃろ、そのころはやったの。百合子に似てまっしゃろ。」

「うん、目がね……。」

「眼から、鼻から、まから〔ママ〕……。」

「骨組のよい……どっしりした人でしょう。この人、おもしろい……おこるいうこと、ない人でしたで。……ひとをわらわせどおし……このひとが生きていたら何にも言うことあらへん……あの人がかえったら、又、おこるけど……おにのいんまに……でっせ。」

「あんたにええもんみせたげまっさ……。べんきょうのたしになる……。しゃしん……ほれ、朝鮮人……。」

「誰？」

「百合子の父……。」自分の夫とはよう言わないのだ。

「……」

「死んだ百合子の父……ようにてまっしゃろ、姉にそっくりでっせ。」

三月十一日

お金がきた。今月は余りそうだ。一度行けるな、と私は思った。光子に対する感情と、性欲とがくいちがうのだ。しかし、いまは割合、それが、私を責めたてることはない。

「富士」という便箋を使うので、富士はおこっているかもしれないと思った。

プロメテの給仕とは誰〔何〕であるかをしらべてみよ。

岩崎は、ずっと以前、

「自分は、エンゲルスをえらいとおもうなあ、科学的に、みて行くというたいどや。ジイドの『地の糧』もええけど、……野蛮とか、原始とかに向うということは、現代としては、方向ちがいやな……。以前は、これは、俺をかんしんさせたが。」と言っていたが。

その次、この間行くと、

「きみ、ジイドの『地の糧』すきか、俺もすきやな、あれは、俺の枕頭の書やな。」と言った。

三月十二日

俺は小心だが、芸術としては無限の勇気が出るらしい。これは人間の文化なのか、それともブルジュワの文化なのか。

三月十四日

「もう、いこいこ、そんなもんやめとき、やめとき。」「そない、いうたって……。」二人の娘がプロマイドの前に立って云っている。一人は、少し年上のはきはきした実際的なかんじのする女の子だった。

「まあ、よかった、よかった。ほんまに、ひどいけがするとこやった。」お婆さんがつまずき、さしげたでひっくりかえりこけたが、あやうくふみとどまったのだった。

その女は女中と毛糸を巻きながら、手に糸をかけながら立っていて、私の方をみた、一寸うつむき、眼頭を、ふせ、まるくふせ、下の方をみるようにして。

一寸私をみ、又、目をふせる。女中と話しながら、私の眼の線をかんじているのだ。一寸あかくなって、私が好意をもっているのをしっているのだ。女中は向うをむいていて、糸をまいていて、私がみえない。

街をあるいて、女にあうと、光子に似ていてしかたがない。つまり女の顔をみていて、その中に、光子の形がふっと浮び出てきて、その女と光子とが二重に重っているようにおもえてくる。そして、線がぼやけてくる。

以前の春枝のときの状態と同じだと思い、私は、喜んだ。自分の心のはげしい証拠だと。

三月十五日

階級と階級のうず、あらゆるものをすいこむ生産。すいこむのだ、歴史とはすいこむものだ。あの中心だ。

影が右側から、左側へうつる場所。電灯が左右に前後してあって。

太田と話す。

三月二十八〔ママ〕日

オセロが言う。「お前はどんな顔をしている、おお、ふしあわせな奴。」と。

三月二十七日

井口の手紙。美しい手紙。私のきたない心をとらえて、清い水で、水車のように動かしつづけた。私は、ゆられた。ゆられた。美しい手紙。美しく私はゆられた。

「また、ラジオで、えんしゅうたらいうもん、やるいうてるがな。」

「ふん。」

「あんなことばっかりやってるねんなあ、ほんまに……。」

「いらん金つこて……。」

「ほんまや、金ばっかり、ばあばあ、つこうて……。」

「あれ、死んだりするんやで。」

「そやとも、えろうてえろうて……みんないうてるがな。」

四月三日

三十一日から三日まで四日間、富士の家ですごした。

光子、光子が私を弱くする、私を弱くしてしまう。私は恐れる、私は、私のいまのこの平和の破れるのを恐れるのだ。私は、「もはや、平凡な人間として、光子とくらして行くこと」こんなことさえ考える。

あの唇は特に美しい。私は、この間、光子の中に春枝の顔の形を見出して、ぎくっとしていた。

光子が、母を、兄を、老婆を私に、教える。

私は、ただ、ぐらつくのだ。夜になるとぐらつくのだ。私は、青空ばかりをみつめていなければならないというのか。

私には、わからない。女が私を引きずる。女が私を引きずる。

光子に、あの平和な家にそだった光子に、この世の中のあらさに堪えうる力はないだろう。

すべての女は古い。そして、利己的な心しかもっていない。

しかも、それが、かえって、私の心をひくのだ。

富士君の母との対話。

死刑の話より。

「罪人いうたら、一種の病人やぜ、お母さん、……それに、いまの世の中やったら、一度、刑務所なんかへほうりこんで、どろぼうするようにしときながら、刑務所だしてしもたら、それを、白眼視するのや。」

四月四日

羽山。佐々木。私。海へ行く。

リンゴを三個たもとへ入れて行く。海でたべる。

「よう、気がつくなあ。……それやさかいわすれられへんのや。」と羽山が言う。

この頃、私の中は空虚だ。何の内容もない。何か、変りそうだ。恋愛のみを、社会から引きはなしそうだ。

四月六日

光子への手紙は、もう着いていると思う。（夜六時）

私は、やはり弱い。私は、駄目になることはわかっている。

私は、芸術家として生きるべきだ。もっと、見ている方がよい。

「芸術家」を、もっと、追求せよ。詩人を。

「また、のまさんが、始まった。」……私が、社会の矛盾を言い始めると、富士のお母さんが、こう言いだす。

この間、光子の夢をみた。小さい女学生服の光子、それが、私の窓（とらわれている）からみられるのだ。私は叫んだ。

「光ちゃん。」

私は、もう恥しさをわすれていた。光子は、一寸、微笑んだが、しらぬ顔して行ってしまった。

あとで、「あんな大きな声して、恥しくて、こまったわ。」と言うにちがいないと、私は、ちらっと思った。

夢をみて、もう夢の中へもはいりこむようになった光子を喜んだ。

四月七日

私は、やはり、一歩引きさがる。私は、「私が引きさがる」のだということを認める。それ以外に、私は、もう仕方がない。

自殺が私の解決かも知れない。

私は、もう、ただ、すきとおった心の中に、私の無能さを認めうる。

私の日記の、何というつまらない楽天性だ。まるで、つつぬけの、かすかすの楽天性だ。

何故、俺のような弱い人間が生きているのだ。そして、誰が、この私を救ってくれるのだ。こう思いつづける。幾度も幾度も、私は、この前に、ひざまずく、そして、この前にとどまっているだけだ。

皆、先へ行ってくれ、私は、ひとりとどまりここで苦しんでいる。私には、もう、小説も、詩もかく資格などないのではないか。

私は、もう、くらいとさえ言えない。

頭が小さくなる。自分の頭が、乾いた梅干の種のように、水分を失って行くのをかんじる。

私は、ただ、自分にひっかかる。私は、私を、もう一度、とりあげなければならない。——これらは、ただ、私が、にげだしたいがためのことにすぎない。

光子は美しくなってきた。急に美しくなってきた。何のために、――私を弱くするために。

山へはいりたい、山へはいって、私の弱さを、人に知らせ、私は、ひとの嘲笑の罰をうけよ。

「必ず出て来なけりゃならんような人間。」になることは、私にはできないらしい。――歴史的人間。

四月十日

病人は、唯物論的になるということ。

人生に於ける寝小便の観。

後へさがっての孤独。

進んでの孤独。

詩とは、あの水平線の光りの如きものだ。

四月十日夜

愛すること。愛すること。海の中へ礫をなげこんでみた。

昨夜、A・Oの注射、この物質が、私の今日の変化。

少しの強さをもたらしたとするなら。酒とか、少しの物質が、美しい理想をもちきたすと考えるなら。次郎はここからシニスムを引きだすだろうが、これからの人間は、ここから、いよいよ、「調和」（物・実践・意識）というものを導いてくるべきではないだろうか。

四月十八日

詩人クラブの事務を引きうけ、自分が実際的の人間でないということを知る。

社会とは歴史の吸盤だ。

私は、私の力の水平線が漸次、ちぢめられてくるのをかんじる。

四月二十一日

文学が現実にかけている。日本の現実の総和からは、文学という芸術という層が、かけている。その色がない。「……の顔をしている「する」。」ということの危険がいまの私にある。例えば、恋愛をしているという風に自分に思わせずには承知できない。

無理をする。それは、文学の層が、ないということにも由来していると思う。

光子のような女が現代の世の中にいるということは、非常にふしぎなことのようにも思える。

汝をして歴史の触手たらしめよ。

長篇小説論　新しい小説。

短篇小説論　社会の構造の上からくみたてる。

小説論を書くこと。

「歴史」というものを、芸術の色でとらえること。

四月二十二日

昨日と今日はもはや、色が変っている。

私は、何のために恋愛などしているのだろうか。

私達の役割の何という小ささだろう。私達は、もう、私達の限界がはっきりわかっているのだから。

これをこえることなど、できる筈がない。

私達は、このまま、ここにとどまっている。

古い愛のままで、どういうても古いのだ。古いのだ。私は、どうしても、そのままだ。

頭が痛む。目がこる。

彼の話の中には、人がそれに基いて行動はするが、併し、口に出しては言わず、ただ考えて居ると云ったようなそう云う事柄が沢山含まれて居た。これこそは、実にこの男と我々の周囲の大部分の人とを区別する最も著しい差異である。（ラモオ）

四月二十四日

富士から葉書。手紙で、返事を出しながら、途中、泣いた。幾度もなき、ふとんの上へころがってないた。泣きながら、鏡をみ、男のないているときの、顔を、見ておこうとした。眼が赤くなっていた。しかし、又、さらに、ないた。涙と共に、体全体が一つの統一、強い感情の統一、はげしいものを、かんじえた。

「コミュニストでないということは、正しい意味での芸術家でないということだ。」とかいた。

色の変る神、夢（昨夜の）。

蛇の夢。蛇の生殖器を、すう夢。

詩の夢。火の空、火が宇宙を燃やし、やく詩の夢。佐々木にそれを説明していたのだ。

「火が、青い宇宙をもやしつくすのだ。」と。

「ふん、つよいな、つよいな。」（佐々木が言った。）

私も夢の中で感動しきっていた。社会の底に動いている力を火として、かんじ、それが、詩の形であらわれているのを、はっきり夢の中の自分がかんじ、それが、夢をみている、私にも、伝わってきた。

宇宙が、私の体を貫いているとかんじるときのいつものあの、はげしい青さと明るさとをかんじた。

四月二十五日

光子から手紙。こんなうれしかったことはない。何回も何回もよんだ。

昨夜、紫峰さんの家へ行ったが、

「この間の雨で、急に四、五日の間に春らしくなってしまったな。もう、どこへいっても、青草がのびてる［ばかり眼につく］……。」と言っていた。

私は、そのとき、始めて、自分が、そうしたものを見る、ことから離れていたことを知った。余裕のない生活。紫峰さんの家に、山茶花色の八重椿が美しかった。

ほのかな光のふんいきをもっていた。

「あそこがきれいな、ええなあ。」と太田に云われ、私は、やはり、始めて、気づいたのだった。

「よい、よい。」と思った。美しかった。夕ぐれのうすい光の中に、くろい葉の中に、静に白いもも色の光を溜めていた。

私は、今日も、それを思いだした。いまも、美しいと思った。

光子の美しさとは少し別なものだ。と思った。

吉田が言う。

「又、芸術家が死んだな。」（私）

「うん、どの芸術家だって死ぬよ、死ぬよ……俺だって、死なんと、いられるか。」

「ふん……ふん。しかし、死なへんのや、死なへんのや。」

「宇宙を、改造したいよ、全く、……しかし、社会の改造とちがうぜ。」

「うん……うん。」

「活動の中ででも、眠らないとねむれへんのや、わかるかな……。」

「わかるよ。……俺にも、そんなの、あったんや……。」

「君にはわからへんよ……あったかも、しれへんけど……じっさい、俺のは、長すぎるよ……。」

私は、少し、じょうだんのように言い始めた。

「しかし、君に従って、君の頭の構造に従って宇宙の改造をやったら、他の奴は、皆死んでしまうぜ……。宇宙の構造に従って、きみを改造させないと……。」

「うん、そら、そうだ、少くとも、この宇宙があるということは、先決の事実なんだからな。」

久保虎賀寿の処で、哲学者が肉体的に弱いということを話した。

ブルノーが地動説をおしとおして、平然として、火あぶりの中で死んで行った話をきいた。

デカルトは逃げ廻っていたそうだ。ガリレオは、その中間に位し、「でも、地球は廻る。」

私は、じょうだんのように、

「中間に位するか、ふふふ……。」とわらった。しかし、ブルノーが、おくの中で私の心を焼いていた。


「花なべ。」という変な羞恥をおこさせる、食事の名前について。

「この間たべたあれくわへんか。」

「なんや……。」

「この間のやつやがな。」

「なんやろ。」皆だまった。

「花なべやろ。」ひとりが言った。

「そうそう。」私がこたえた。

「俺に言わせようとおもってたんやろ、俺がその役目をするのをまってたんやろ。」その男が言った。

俺がぎせいになってやるよ。

光子、光子、光子、何という美しい女なのだ。

私の心の中で、かすかに小さく光るこの名と、この体。


ジイドをこえて行く。ここに、私は、マルクスを求めたのだ。

社会の必然とは、敷居のことなのだ。ただ、社会はふくざつな、限りない敷居をもっているのだ。個人とこの敷居との関係。新しい倫理。

現実という言葉と実際という言葉との区別。しかし、実際というものを、排除することをさけること。さけるというより、実際ということに、積極的に近づいて行くこと。ジェスト・ポジシオンの必要に就て。

四月二十六日
一人の父親。

近所の子供をつかまえている。耳のそばへ口をよせている。

子供は例の恥しそうな顔をしている。この父親と娘との対話。

「それを、はやくもっていけ、ぐずぐずせんと、なんだ。」

昨夜から光子に対する気持がさらに近くなる。それより、向うが、ぐっと、私に近よってきたことをかんじる。一本の手紙の一人の男に及ぼす、力。

ジイドは福音書に於て、ジイドを越えようとする。この限界。

私は、バイブルの代りに『資本論』を置く。


欲望は外からくる。

眼と、その水晶体に就て。現実の水晶としての生活と、それの正しさを意味する実践という言葉について。

光子から手紙と写真、速達で。こんな幸福が、再び、私に来ようとは、思いもできなかったことだ。

併し、それと共に、私は、やはり、プロレタリアートのことを思う。私は、この幸福を犠牲にすべきではないのかと。

夜、ねしなに煙草をすう。つわが口にたまる。少しのこっているが、明日にしようと、火をけす。そして、のこしておこうとする。――（そして、こんなのが私であり、私の限界なのかも知れぬと思った。）

私は、私の作品が、倫理的になりすぎて行くのを用心していなければならぬと思う。倫理《モラル》は、やはり、作品を、こわばらすといってよいのだから。そして、こんなモラル（作品をこわばらす。）は、モラルではないのだから。

四月二十七日

昨日は全く幸福だった。その頂点に於て、何か、へんなもの、言うならば、不吉なもの、皿のわれるようなものを、ひとはかんじるのだ。これがくずおれる［はしないか］というかんじ。

私は、頂点などを、もう望みはしないとさえ思った。今日も。

四月二十八日

落合太郎と話した。

私はモンテーニュをかりに行ったのだ。

「それから、パスカルの『パンセ』、もあったら貸してほしいのです。」

「どんなの。」

「アシェット版の、教科書につかうのです。」

「……小さいやつかね。」

「ええ……非常に高いので……。」

「買わない。」

「……。」私は買えないのだと言おうと思ったが言わずにおいた。

「若いひとの夢をやぶるつもりじゃないんだが……。」

「きみは、ジイドにかんしては、いまの他のものにはまけない、自信をもっているというが、それは、きみの主観としてのことだろう。」

「だれでもそういいます。そういわれるとしかたあらへんけど。」

「ジイドを僕は、何も、はしりのものだとか、いわない。そんけいしているけど、ジッドなんてひとは、強いひとだからね……。」

「一八六五年というと、普仏戦争の前かね……。」

「さあ……そういう観念がはっきりしないんです……そうい

うのがしりたいのです……。」

「ふん、それじゃ、ジッドなんかというより、それより一段下のことじゃないか……。」

「きみに、とつぜん、ジッドのものについてかいたもの何をよんだらいいかいわれても、まるっきり君がどんな意見をもっているか、わからないし、何をいっていいかわからないからね……。」

「文学青年を、くさすわけじゃないが、決して。」

「それだと、きみは、ジッドの人間をしりたい、人間としてのジッドを知りたいというのじゃなくて、政治的なことを、しりたいというのかね……。」

「ジッドも、若いときは、オスカー・ワイルドの影響をうけて、たんび主義にとりつき、いまでも、やはり作品の上ではそれが残ってるんだよ。苦しんでるんだよ……。」

私は首をふって、傾けてみせた。それを、他のいみにとって、

「もっと、作品をつっこんでよむんだね。ジッドなんて、ひとは、そう、きみたちの年齢で、わかるとも思えないからね……。」

「私は、ずっと、ジッドを追うてきたんです……。」

「作品をかね、文学作品をかね、きみたちに、それ以外の生活的におってくるなどということは、ありえないと思うんだが

「うるとは思えんからね」……。」

「作品はやはり、作品として、みていくということもなくちゃーね……。」

私は、それらの話の下で、他の別のものにうたれていた。

私は、ジイドの体をかんじていた。私は、全く別のことを考えていた。

「日本も、近頃、この間の二・二六事件なんどで、こんなとこにいても、不安は不安だがね。ジッドなんか、普仏戦争後に生れて、とても、くらべられないよ……。」

私は、やはり、他のことに頭をはしらせていた。

私は、目があつくなるのをかんじた。

私は、じっと、窓をみていた。

「私は、今日、事務所の方へも、行かなくちゃ、ならんからね……。」

「そうですか……では、これ、おかりして行きます。」

私は、頭をさげてでて行った。

私は外へでた。しばらくあるいた。

私は、私の中に光子がふくれ上ってくるのをかんじた。

(A・Oの注射の日が近づいた様な口の中。)

私は、光子、光子と口に言った。私は、泣きだしそうになった。ひとがみている。私は、こらえた。しかし、私は、吉田山のところへきたとき、又泣いた。家へかえって、又、泣いた。

多くのプロレタリアートをかんじた。インテリゲンチャをか

んじた。

光子の美しさにひってきし得るものを私などに、創りうる力が、果してあるであろうか。この光《うつく》しさ、この浄らかさ。純《きよらか》さ。この花、この花。この地の花、青空が育てる、あの青空が養い培う、この地の花。

私のまわりで、すべてが消えないように努めよ。主観のかがやきの中に、きえないように勉めよ。そんな主観はだめなのだ。そんなフィクションはだめなのだ。

富士は、かたつむりのように、又、もとのからの中へ、はいってしまった。そこからは、すべてが、理解できるからなのだ。——云うなら、理解できるようにおもえるからなのだ。

『開かれた処女地』。下巻がよい。下巻は、上巻にくらべると、非常な差がある。上巻は、かき直すべきだ。下巻になら、私は、私の体を打ちこむことができる。

中野秀人的批評、（↑サント・ブーヴ、から感動を引いたもの。）に就て。その生き方に就て。

偏ることの弁護。（或は、中野秀人的人間には偏ってみえることの弁護。）

正しいということは、思弁的でないためには、新しいということをふくまねばならない。

すすむものは、常に、それが真中をとおっている。しかも、後の人にはかたよってみえる。何故か。現実は、立体であるからであり、階級的であるからなのだ。後のひとこそ、かたよっているからなのだ。

四月二十九日

ストイシアン＝エピキュリアンとしての生き方に就て。

体の中にある良心の底の〔一字不明〕に就て。（ブルジュワジーについての考察。）私を研究するものは、私が、アンダーラインをするとき——を用いず～～を用いることを好んでいるというところから、始めることもできるであろう。

四月三十日

「小林多喜二の日記」（羽山が送ってくれた。）を読んだ。

小林は、私より、形が小さいと思った。そして、私の方が、詩人だ、ずっと詩人だ。併し、私は小林より、ずっと弱く、おとなしく、それで、だめなのだ。

五月一日

月が大きい暈《かさ》をもっている。月の虹と、私は言った。光子も、これをみているかもしれぬと私は思った。話してみようと思った。（手紙で。）

五月二日

私は、これまで、袋の中で動いてきたことをかんじる。

五月三日

もっと、のびのびと生きよ。

五月五日

戒厳令。

二銭切手以外の切手を買うな。

三銭切手を買えば、一銭損だ。

『マルチンの罪』。ソヴィエット文学の最高峰だ。しかし、（形式の点からは古い。）

セラフィモーヴィッチの影響がみられる。

ストリンドベリイ。批判力のかけた人間の最大の標本。

この間から、少し体ゆるみ、光子の写真から余り、うたれなかったが、今日は、すばらしい美しさをみた。

太田君の話、の美しさ。

五月六日

「人生観の相違だな。」という人々がふえてきた。まるで、その人生観が正しいか正しくないかが問題にならないかのようにだ。

変貌という言葉がある。これは、生活の豊富をいみするのだ。現実を如何にわがものとして行くかの、過程を示すことばなのだ。この言葉の実体となるものは、どこまでも現実なのだ。

五月十二日

「歴史的必然だったのだ。」ということは批判をさし入れてはいけない、などということでは勿論ないのだ。

五月十三日

「生産場面」を人々は、社会からきりはなしがちだ。生産場面とは、社会の無数の焦点なのに。

五月十五日

ミケランジェロ。私は、これを、見出して行かなければならない。どうしても、ミケランジェロだ。

五月十六日

目ばちこの出来た一人の学生に。

「きみ、その眼どうしたんや。」

「うん、おれの下宿、女学校の寄宿舎の近くなんでね。」

五月十八日

昼。シェクスピアをよみうる人間。歴史的な直面中心。

夜。光子の写真をみていると、死にたいと思ってきた。死んでしまいたいと思うのだ。母と、自分とが、全くはなれてしまったのをかんじるのだ。

五月十九日

(to be or not to be)

これは単なる一個人の感情ではない。これは、歴史的な舞台での感情だ。これを、理解しうるものは、俺以外には、いないに違いない。ここまで、俺は到達した。

俺はやっと、シェクスピアの一点に達した。シェクスピアが、三百年も前に達した一点にやっと達した。

この歴史の悲劇。神経の悲劇ではなく歴史の悲劇。

進介とは、半歴史（半神経）の悲劇にすぎない。

今日も悲しかった。光子の手紙が、私を悲しませる。

私は、又、腹立ってきた。私は、私の悲しみの鍵に、（それは、どうも、頸のあたりを、内部からみているということだ。）むりにふれようとしながらあるいてきた。雨の中を、細い寒さの中を。私は、光子の写真をみる。それは、美しく微笑んでいる。私にかかわりなく、じっと微笑んでいる。私は、その実体を、わすれてしまう。私は、光子、大阪にいる光子をかんじない。私は写真に向う、そして、又、その写真、姿をかえない写真をもかんじなくなる。

何もない何もない。と私はただ、自分に対してでもなくただ言う。

社会の焦点。社会の無数の水晶体のつかさどる焦点。火のもえる水晶体。もえるガラスの燃。空、空が、土の底にもえている。その反映の空。

「透明。」についてのマルクス的考察。

物質になりきればなりきる程、現実がその姿を、表わせば表わすほど、透明な生活を得る。

歴史が、さけ目をつくって、俺を音もせずのんでしまうのだ。

歴史のおとし穴。


とにかく、私は、非常に駄目だ。この生活にとどまるかぎり、私は、もう、小さい水平線しか、引かないだろう。水平線の向うから、物質が姿を表わすことはないだろう。

私は、何の新しい芸術も作ることなく死んで行くだろう。

私を、引きつける、大きな磁石が、そこにはあるのだ。そして、私は、私の腹の中へ、益々、鉄片をのみこもうとしているのだ。

私は、恐れている。ただ恐れている。なぜ、恐れているのだ。

私は、ただ、意識（イデオロギー）の上でのみ、反抗し、反逆していたりしたくはないからだ。

五月二十日

哲学者は、漸次、油を、蒸発させて行き、芸術家は、漸次、油を、こくして行く。

五月二十一日

①私の小説の中の西田哲学のところが、個人的な「ちゅうしょう」になるという説。
②あんなもの、へどが出そうになるという説。（作者即私に対して。）
結局、西田哲学批判の効果がなかったというのだ。

私は、やはり、表現がたりなかったのかと思う。しかし、責任は、負わなければならない。

「もう、よまんことにしているのだ。」を「もう、しばらく、よまんことにしているのだ。」というような意味のことを言ったというのだった、とすべきであったと思う。しかし、いまから、変えることは、出来ないし、いやでたまらぬから、どうしても、次号に於て、いまの表現を生かす工夫をしなければならない。

併し、私には、個人的なちゅうしょうとは思えない。

少しの失敗はあるかもしれないが、哲学者の生活態度を、変えねば大きい哲学など生れる筈はないということを、主張していることは、正しいと思える。

私は、西田哲学にぶつかって行く決心をした。私は、小さいながらも、体系をたてようと思う。


このことは、この少しの不注意がよぶ大きな失敗（社会という場面に於ては、いつでもそうだ。）によって、私は、新しい知識を得た。私は、それを生かして行かねばならない。

（私には、まだ、あれが失敗とは思えぬものが心の中にはあるが。）

五月三十日

「蛇」——俺は、歴史の帯をしている。

「くも」——俺は、社会をあやつる糸の生産者。(prinapals sujets)「獅子」——進むもののみがたてがみをもつのだ。その他。(「プロレタリア動物詩集」のテーマ)

光ちゃんの写真を少し見ないようになってきた。

死にたいと思ったりした。死ぬ？

性慾に悩まされるのがいやだ。　共通の感情。

文学の価値（更めて。）？

道？　歴史があって道がない筈はない。私は、ぎせいの一人だ。歴史に、俺の体を与えよう。

歴史の肥料となればいいのだ。(to be or not to be) ではない。

現代の悲劇は、こんなところにはない。新しい歴史的な悲劇の主題としては、(or) などが、はいって来はしない。

「君には、鉄の匂いというのが、わかるかね。」

「歴史の匂い。」

五月三十一日

桑原が俺の小説を悪く言っている。併し、これは、例のよくあるやり方だ。

六月四日

昨夜、

「日記を附けよ。」と富士が言った。「おい、日記つけんかい、つけよ。」

「今夜は、ここでねえへんのか。」

「うん、君、もう、勉強せんといかんからなあ。」

私は、あとから、次第にさびしくなってきた。

「今夜、もう一度、僕の家でねてくれ。」と言いたかった。

太田が警察官に、一寸、とがめられた話をきき、あかんなあと思い、弱る。

一つの思想も、一つの風景の産物であること。

それ故、小説中に於て、風景と切りはなれた思想は無力なのだ。文体とは一つのふんいきだ。

六月十日

富士といるときのうれしさ。

光ちゃんが、又、私にかんじられる。

歴史とリトムについて。

歴史と概念のフィクション性について。

「竹内さんの態《ような》やり方どう思う？」

「さあ……。」私は、先生と言うのかそれとも、竹内さんと言うのか、など考え、又、このことは、以前富士にも言ったように、「歴史性の欠じょ」ということで言ったらよいのだがと考え、何も言わずにしまった。

ややして、山の上へつき、やすみながら、

「ここへ、竹内さんと一緒にようきたぜ。」と富士が言った。

「竹内さんのなんか、きみ、やったらものたらんやろな。」と言った。

「もう十年程したら、俺は何か一つ位小説はかけてるやろな。」（桑原）

「さあ、やっと、狼が完成したいうてるぜ。」（富士）

「十年か、……十年もしたら、俺はもう、死んでるやろな、多分。」（私）殺されているとは、私は言わなかった。

青空をまきつける大地がある。

「すきとおる」ということ。人間の鍬が大地からほる青空。

「透明な世界」の理想の展開。――鉄郎。

すべてがもやもやとした世界だ。一つの透明な世界へ進みながら、みのって行くこの現実の世界。

自ら、青空を吸う、青空の汁をしぼる。

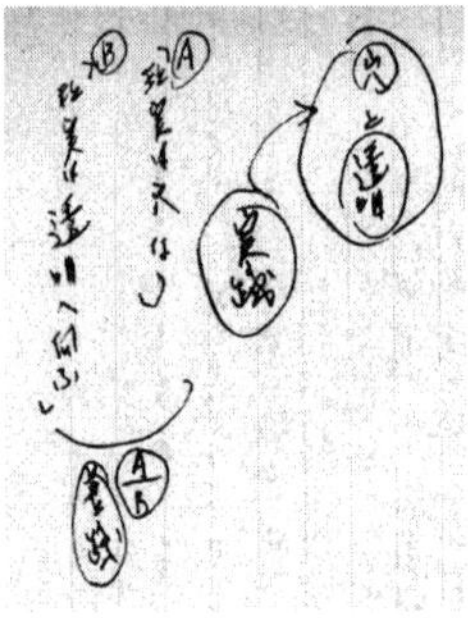

六月十三日

真実、ということはどんなにむつかしいことだろう。

これほど、むつかしいことは、私にはないように思える。

永瀬清子の手紙から匂う香水の香は、春枝のと同じく、すみれだ。

私は井口に言った。

「君は明るいなあ。」何かに抵抗しているような気持、ブルジュワの手先としてのパイの圧力をかんじているような気持、そして、又、あの仲間の空気からはねかえされてしまうような気持、だった。それを底にかんじつつ、井口の生活をも明るいと思ったのだ。井口の顔をも明るいと思ったのだ。

「そうみえるか。」井口が言った。「俺の顔、そう、明るくみえるのか。」そして、頬笑んだ。私は、又、これを思いだす。

能の舞台は、私の前に何か、仕切り、壁を、引き、まわしてしまう。私はその中へはいっていけないと、私は言った。——私の方から、その仕切りを、はるのかも知れないのだ。

詩とは、「自分の体」「歴史の体」「宇宙の体」のあっ縮された重なりでなければならない。この三つに通ずるリトムの根でなければならない。それは、動力的な、動きをふくむものであり、それは、単なる、認識の役割をするものではない。

舞踊、音楽、絵画に通ずるものを考えてみるべきだ。

「行動」の圧縮、「行動」だ。熱を考えてみよ。

嘗ての詩は、個人の肉体が宇宙の肉体にふれるときに発する熱として生れた。この性交として、出てきた。しかし、ここに、詩は、厚みを、一つの厚みを失うのだ。それは、単なる、神話、きりはなされた、かたりつたえられた神話にすぎない。歴史の厚みを加えて、詩は、益々部厚いものとなり、現実を動かす、一つの動力となりうるのだ。少くとも、せんせい力となりうるのだ。

詩は、現実に穴をあけるものなのだ。現実の層を、きりとるものなのだ。「酸素のタンク」だ。

「宇宙と歴史と個」をつめこんだ一つのタンクを考えよ。

「現実のタンク。」

六月十四日

「「象徴派」との絶縁に関する文。」に就いて。

光子。私は、お前に甘える。まるでお前が俺より年上であるかのように思える。お前は風だ。この夏の夜ふけに静まり動く、静かな風だ。私は、ただ、お前に、私の体を、よりかからせていたいと思う。

お前をこうした女と感じうる、俺は、幸せだ、（ただ、これだけで、）何よりも幸せだ。

夜、桑原と話した、これも、よかった。静かによかった。

革命家。

「ふつうの生活だ。ただ、あたりまえに、歩いて来、歩いて行くだけなのだ。」歴史、歴史的物質と共に動いている。物質が友であり、私の寝床なのだ。私にも、それ故、その匂いがしているかも知れぬ。

歴史の床の他にねるところなどない。あそび場もない。

白いシャツをみると光ちゃんを思いだす。あの光ちゃんの着て眠るシュミーズからだろう。あのシュミーズはやわらかくなつかしい。

「ジイドがアフリカへ行って、土人の生活がよくなっているとかき、それが右翼の新聞へでたという話。」

六月十八日

私は子供であり、理想を、飴のように、箸にまきつけるのだ。箸とは、私の体であり、（或は、又、現実だ。）

「光ちゃん」とゆっくり口に言い、たまらなくなること。

世界の九つの光の体。

歴史のみが方向をもつ。竹内勝太郎に方向性なきは歴史性がないのに通じるのだ。

六月二十一日

何故、ひとは、こうも、「神経的であると」ひとに思われたいのか。

「この夏、この帽子かぶるつもりや。」

「ふん……。」

「井口のやつやけど……。」

「俺も、それ、前、あったけど、どないしても、かぶる気がせなんだ。それが、以前、井口がきていたと思うだけで、どうしてもでけへん……。これ、小説の材料になるぜ。……君は、実践によって、こんなもん、打ち破ったんかも知れへんけど……。

以前、紫峰さんが俺のことを、言ってたけど、俺が、あんなにして、ぼさぼさしてるが、非常に神経質なところがあると言うてたけど……それやろな……。」

私は、笑っていた。

「以前、井口は、体がふるえるいうし、のまは小便してて、詩がかきとうなって、ふるえてきてこまったいう話をするし、……俺が、何もふるえへんのは、あかんのかおもたことがあったけど、なんべんやっても、俺は、ふるえなんだが……。」

これは、富士が常に心の底にひめていたことば、圧迫に対するあの、或る対抗の意識なのだ。富士は、この二つを言うことによって、一つの安心を得ただろうか。それとも、又、あの責めを。何か心の隅に、常に、復讐的な機会を見出そうとしている或る心の動きをたくわえているひと、時機があるものだ。

光子の手、体にふれるという、ただそのために、私が、求めた、あのあそび、（トランプの三十一と、その刑罰としてのシッペイ。）

そして、唐紙をあける、私が光子の手をにぎっている。富士がそれをみつける。私は、顔が赤くなる。光ちゃんも或る程度まで、私が光子の体にふれたいという意図の下にそれをやっていることを知っている。

そして、私の顔の赤らみに対して、女としての本能的な平静を、兄に対しよそおおうとする。

「お兄ちゃんもしやへんか、三十一やってんねん。」正夫君がいう。

「俺は、いやや、それは、しやんぞ。」富士が、何か醜い歪みを顔にみせて、体をふるようにした。私は、ひどい抵抗をかんじた。

私は、じっとうつむいていた。

「もうやめよう、これ、いや……。」（光子）光子にも通じたのだ。

私は、あのときのことを、一生忘れないのか。しかし、（こんな態度）街をあるいていて、不意に、この思い出におそわれるときほど、つらいことはない。しかし、こんなことから、どんどん出て行くのだ。

方向ということばの実質《なかみ》のある用い方。（歴史）との関係に於て。「詩と方向」。「詩と火」。

「俺は、もう、どんな、ものがきても、動かされへんぞ、たとい、俺の行くみちより、その方が正しいとわかっても、そこへは、行かへんやろう。」（富士）

一つ一つ、詩には、具体的材料（歴史）が必要だ。

かたつむりは、からをはいだし、またもとのからへおさまる。

私はかたつむりではない、私は、からを出、他の別のからへ進む。決して、もとのからへははいらぬ。（他のものには、君をつけ、私をのみただ野間と言ってある。）

六月二十二日

瓜生への田中の手紙に、私の小説を批評して「野間の小説はつまらぬが、期待させたということは、この男がしっかりしているということを意味していると逆説的だがいえよう。」という意味のことがあった。しゃくにさわった。そして、それをかくそうと、

「俺のことをかいてある。」と桑原に言った。

「いやだな、俺、こんなかき方いやだな。こんなの、小林秀雄式いうのやろ。」桑原が言った。

「こんな手紙かいてて、どこがしっかりしてるいえるんやろ、瓜生がいうてたけど……。」

「さあ……。」

「小説もかいてえへんし、ほかに何か、そんなもの、かんじら

れるものあるか。」

「さあ……。」私は、田中の手紙に、わずらわされていることを示すまいと、わざと、こんな言い方をしていた。

道をあるきあるき、私ひとり笑いに加わらずにいた。

自分の小説のことが、又、気にかかった。田中の言うように、「つまらん」という気がしきりにするのだ。

桑原は、「しっかりしている。」と田中が手紙の中で私のことをかいていたのを、私が喜び、私がその故に、「さあ。」など と、返事したのだと思っていはしないか。こんなことを考え考えした。

しかし、桑原は、田中のかき方をくさして、私をなぐさめようとしてくれたのかも知れぬ。(或は、この時の合評会のとりかえしをするためにか。)

井口が気になる。この頃は、ひどく、井口に親しみをかんじだす。

田中の抵抗。(私が田中の小説を余り熱心に読まなかったそのために。)

「のまいうたらいつでもあんなんや、あんなことばっかりいいよる。」

これが田中の外に表われた最もよわい抵抗だ。そして、私のいないところでの、あの烈しい抵抗。

私は、長い間、外を忘れていた。内といい、外といいながら、私には、内も外もなかった。内と外とが益々はっきり区別されて行くということ――対象が定まるということ。リアリズムだ。内部の機構――自分にとって自由になるように思える――自分は自分の支配者だ、という考え方。――何という虫のよい計算だろう。

(外部)を動かすことなく内部を動かしうると考えるのが――観念論なのだ。

「外部」という意味。

光子のことを感じよ。常にこれだ、光子光子。

この光のふんいき、すんだ愛。(体をどうして、俺は求めたりするのだろう。)

ここに詩の源がある。歴史の体にも、「光子」のあの香いがあることが、私には、わかった。

やさしさだ。

もっと、浄めよ、浄めるなどという言葉が、私の体から、歴史の体から、出てこないほどに。浄が生活だ。光子だ。

大阪へ帰ってきた。

六月二十五日―二十九日

光子の家でくらす。しかし、二人のみで話すことなし。

七月一日

こちらへかえってくると、光子の体がほしくなる。光がほしくなる。

すきとおったものだ。

七月二日

夜、又、死を考える。何故、死が、こうも、私にとっては、現実（社会的）と離れて見えるのであろうか。充実した死、あらゆる過去をになっての死が、どうして、私に考えられないのだろうか。死ぬ……あとに、何ものこらない、きえてしまう死、光子、も、何もなくなってしまうのだ。

現実、客観、物質、——のみが、批判する。人間の実践をとおしてのみ、これは、表われる。

光の滲透ということ。この影のはたらき、実践とは、光の滲透だ。正しい、正しさ、歴史の方向、すべて、光は、これ以前からは、生じない。

自然、歴史、すべてが重なる生活。プロレタリアの生活。

一つだ、一つだ。

「おかあちゃんなんか、みてくれへんのんや。」

「きまった？」

「うん、もう、おかあちゃんのいうとおりにしといたわ。」

「また、おとうちゃん、きらいや……あんなこというて。」

「手、ふりよんねんよ。窓から。うち、きらいや。」

「それで、お前どうしてん、お前もふったんか。ハンカチでも。」

「うち、こないしたってん。」手を、肩のあたりまで上げて、指先だけをふる、あの外国式のような形をしてみせる。

私は、わらった。

「こんな、海などみてると、ほんとに、人間らしくなるなあ……。」

「うん……。」

「君、海すきなんやろ……何ごとでも、ものを、そのありのままに、みるものは、マルキシストだけなんだな……。もっとも人間らしい人間。」

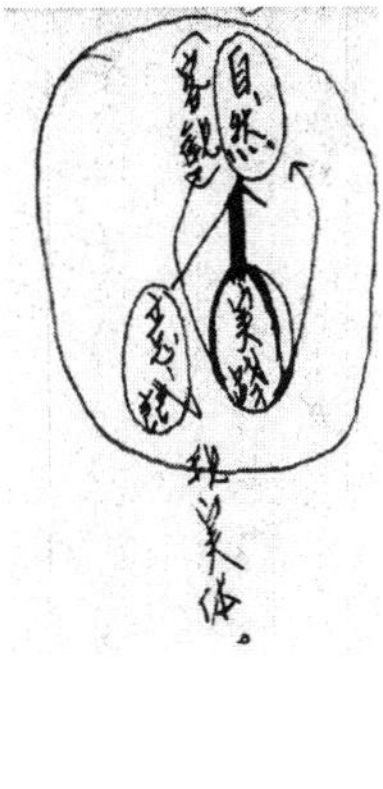

自然は、実践の滲透をうけとり、漸次、人間的要素をふくんでくる。自然（人間的なものをもつ）

自然＋人間的なもの。

（我々のもの。）

自然が全く我々のものとなるということはない。

七月五日

禁慾生活（全く、余り努力を要せない。）がつづく。

何時、如何なるときも、革命的でなければならない。

「歴史の上に眠る」ということ。破るということ、光の如く破り、光の如く進み、光の如く浄める。入り込む。

とび上る。

俺のへそはプロレタリアートだ。いつも、俺のへその場所を、かんじよ、みてみろ。

マルキスト：——社会のレールを、掘り出して来るもの。

（何という入りみだれたレール。）

七月六日

夜、光子の家へ行く。十二時すぎ、接吻をしようとして、手を肩におく。「光ちゃん。」と私は言ったようだった。「なんやねん……。」上を向く。（何か私の甘さを受けかねるような、私が光子の手をとったその不意さに、おそわれたような、あいまいさ。）顔を近づける。

「ああーん……、いやや……。」私は、やめにして、テーブルの向う側をとおり、本を出して、ただ、はぐっていた。

光子は、始め、私が顔を近づけた意図が何か、解らなかったのだ。

しかし、やがてわかると、声をだした。私は、光子が声を出すとは思っていなかった。（隣室には（父、弟）がねているのだから。）

私は、おしきって、むりに接吻することができなくなった。

私は、割合おちついていた。

接吻する前、いま、試験中だのに、そして、光子にとっては、初めてのことだから、こんなことをしては、成績にかかわりはしないかと思ったが、こんなことを考えるのは、やめにしようと思ってやめた。

弟は、床の中、かやの中へはいって仲々、ねなかった。弟がねてしまい、私とただ二人でのこることをおそれるかのように光子は、床の中の弟に声をかけたりしていた。しかし、間もなく弟は、ねむったようだった。ねむっていなかったかもしれない。しかし、父親は、ぐっすりねむっていた。で、私は、よいと思った。

私は、椅子の背に頭をもたせかけ、じっと天井をみていた。慾望は、十分あった。しかし、まだ、ためらっていた。拒ぜつされる？

そして、小説のことを思いだしたり、富士がかえってきたら、もう、こんな、機会はなくなるだろうとも思ったりした。「また、こんなことをまようている。」そして、私は、立ち上った。手を光子の肩においたのだ。


拒ぜつされてのち、一寸、光子の顔をみていた。光子は、私が、はじているとわかったのだろう、だまって、ほほを両手に（その手の中に）のせかけて、かくれるようにうつぶきこみ、試験の本をよみ始めた。しかし、何も、字がはいってこないことは、私と同じことだったにちがいない。

七月七日

夜、光子に手紙をかいて、かえってきた。かいてしまうと、涙がでた。

いくども、光子、光子と、口に言った。弟がきたが、びんかんに、えんりょして、私のところへこない。私はあくびのようにして、しまった。

常に観念が、人間をとらえようとまちかまえている。

おそるべきは、（私にとって）本能ではなく観念だ。観念はつねに、いつだつする傾をもつ。


（日記の奥底。）——。


「さあ、光ちゃん、出てきてなにしなさいか。のまさん、かえられるのに、……。みんな、おおくりしなさいよ。さあ、下りてきて。」

「そんなことせんでも……。」（私）

光子がでてくるのを、私は、みた。顔をこわばらせていた。

私は背でそれを知った。しかし、ふりむけず、ゆっくり下駄をはいた、体を、一寸、ゆすった。ゆっくり、下駄の上へ下りるように、体をおとすように足をのばした。

光子の方をさがした。「さよなら。」と言った。皆が言った。

光子も言っていたがきこえなかった。すぐ、障子のところへかくれた。「正夫さんは。」と、私は言った。「ここにいますが……このよこに。」「うん、おるぜ。」でてきた。

「しけんがすんだら、又、あそびにくるわ。」（私）

「うん、十六日にすむわ。」（わらった［ほほえんだ］。）

「さよなら。」私は出た。もう一度、外の出口でふりかえり又、言った。出た。

光子は、こうした風景は、きらいなのだ。

正夫さんは、私が無視しなかったことを喜んでくれたのか。

光子と、私との間を、知っていて、何か、そごが二人の間にあったことをきづいたのだ。私が余りに急にかえろうとしたので。


「僕かえります。おばさんは？」

「もう、おかえりになるの。とまってらしたらよいのに……とまってゆかれるのかとおもてたのに……。」（ちくさん）

「……」

「おばさんは、そこ……八ちゃんのはたでねている……。」そして、おこしてくれた。

「僕、かえります……。」

「ええ……いまごろから……おそいのに……とおいところへ。」

「いや、すぐですよ……。」

「富士君の何、就職がきまったらしらせて下さい。」

「はあ、しらせます……おとうさんがかえってきたら、わかってよいのに、府ちょうの方……こんなにおそいの……いってるのかも知れん……ああ……ねむい……。」のびをする。そして、一寸、うつむきかげんに、上半身を、さげ、かるく、小走りに動く。

正夫さんが、便所へ行く。私が手紙をかいているのをみて、逆の方（私の後をとおらず、廻って）から。

私は、知っているのだなと思う。

私は立つ。光子の部屋の戸をあける。少しあきにくく、がたがた言う。

光子がいる。

「ぼくかえるわ……かえるわ。」と言った。

光子は、僕が、又、何かするかもしれぬと思ったのか。本の方をみて、じっとしている。私は、上体を半分部屋の中へ入れ、手紙を、机の上へのせた。光子は、一寸みていた。

「僕かえってくるわ。」私は、又、言って、戸をしめた。へやへかえって、中をあるきまわった。「忘れものはないか。」と、同じことをくりかえし、光子が手紙を、よむところを想像していた。

皆、二階から下りてきた。

『三人』二冊ほど、つつんで下さい。」私は言った。少し、平気な冷静な調子をみせて。

「これ、どう、もってかえんなさる……うめじょうちゅう。」

「ああ、もらってかえります……。」

「文化の方は、これがひきうけてくれると……。」そして、その革命家は私をみた。私も、少し、おもはゆく、わらった。すまなさそうな光子の顔、私を送りにでたときの。

$\frac{\text{ordre}}{\text{moment}}$

ジッドはヨーロッパの慾望の炉《ろ》だ。すべての慾望がきよめられてでてくる。あの大空の中の光のとけて行く炉だ。あのどろのヨーロッパの花の一つだ。

物質が、すきとおる、浄められる、この響きをきかないか。それは私の眼には光り、たばとなり、光の水とみえる、耳には、あのベートーベンの明るさ、体に、光子、光子。物質が、世界が動く。この私達の実践を中心に、そして、すきとおり、自己の位置を正す。

物質は、人間（ここでは、いま、現在では、プロレタリアートのみだ。）の審判をうけるのだ。

物質の中へ入りこむこの光り、ほのおにもえ、すいよせられる鉄粉のように。

物質が位置を正し、自己を正す。（歴史的に正しい観念（概念）は、常に、この正しい光りを背後からうけている。概念は、ひとを、この物質の方へ向わせる。この物質の位置を示す。実践が概念と共に物質をつかむ（概念＝物質）。即ち、即自且対自的物質、即ち、現実即ち、すきとおった物質、浄められた物質をつかむ。

物質が浄まるということは、花がさくということだ。ひとが物質を花にし、真の物質にするのだ。

花にするのだ。——ここに歴史がある。歴史の花束だ。現実の美しさは、歴史の花束以外にはない。尖には常に、花があり、匂がある。

実践は、花をにおわす、花さかす。

花とは、正しい位置にあるものだ。（空だ。）

植物は、花さく故に、正しいのだ。実を示す花。実は我々のものだと示している花。花と実：現実。「花と実」のかさなり。

七月十四、五日

オセロ、俺の中の何というオセロ。私は、始めて、このものを経験した。

「のぞきみにいっとったんでしょう。」

「のぞきいうたら、幕末の頃からあったそうですね……。」

そばで、よそのおっさんが言うてました。そしたら、富士君が近藤勇も、のぞいたんでっしゃろないうとんねん。

「そら、そうだっしゃろ。そのおっさんも言いよんねん。」

「きっと、のぞきみに行ったにちがいないと、みなで話していたとこ……。」

「そのとおり……。」


富士君の母が、光子をふりかえる。


「のまくん、おばあさんにしかられてばっかりでっせ。」井口が私のことを言う。私はまごつき、まごついたのは、オセロのためでもなく、又、その眼鏡の女のためでもないと示したく、しかも、そう思われるかも知れないと、まごついた。

「うん……いや。」私は、上を向けなかった。私は、わざと、ゆっくりめしを食った。あつい、汗が出た。顔が赤くみえはしないか、そして、私が恥かしがっていると間違われはしないかと、おもい、赤くなった。

「のまさん、おばあさんに、ふろへ入れ入れ、言われて、水ぶろへ入れられかけて……もう、わいてますよ、おはいんなさい……。」


「いや……あとで、いま、はいれへんわ、あつうて……。」井口が軽妙に（軽妙ではないが）ひとを、笑わせるので、私は益々、重くなって行った。

「ごちそうさん。」（私）

「ゆっくり、してらっしゃい……休んで。」

「いや。」……私は立った。

「あの、あせ、ほら、あの背中のところ。」私は皆の視線をかんじた。ごまかすために、動いた。そして、しらぬかおして、「あつい、あつい。」といって、平気を示すために、はだぬぎをした。

子供達が、あおいでくれた。

私は、「ゆっくりしてらっしゃい。」と言われたとき、「女が二人もいるのに、よけい、あつうてたまらん。」言わなかったのかと、考えた。

「いや三人だ、おばさんも、女だからな。」


「これ、まだ、使うの。」

「うん、使う……。」

「のまさんが、それ、造ってくれいうてたぜ……。」

「……」

「造ってくれへんか。」

「……」

「それうってるぜ……。」

「……どこで。」

「さあ……。」

「そうか、売ってるのやったら、買うわ……どこでも売ってるやろ……。」

私は、「売ってるのなんか、いるもんか」と言いたかったのだ。

七月十九日

（桑原の小説＝ゆるんだ紐。）


私は、行きの道でも、かえり道でも、それをきりだすことができなかった。

あるかどで、くらい灯の光を眼に入れながら、口をきったが、声は、ただ、口の中できえてしまった。

もう、家も近くになった。

「どうしてよいか、これから、何にもわからへんのや……。」私は言った。私は、自分の声をきいていた。私の意味するところはまだ出ていないのだ。

「……」富士はだまっていた。あるいて行った。

「二人やからな……しかし、二人で行きたいのや……どうすべきか……やはり、一人で行くべきだろうな。」私の前に光子の美しい唇がみえていた。

「……」

「……」

「俺は、そんなこと、いまから、きめてかかるべきではないと思うな……君が、そこへ行ってみて、それからのことだと思う……。君は、きみのほんとうの姿をみせてえへんやろ……。それにいま、いくら、君がといてみたところで、ほんとうに、それが光子にわかることなどないと思う……。君が、そこへ生活をおちつけてこそ、はじめて、光子にもわかってくるのとちがうか……。いま、なんぼ、いうたって、ただ、君がそんな考えをもっているとだけにしか思わないなあ、そうとちがうか……。」

「うん……。」

「このまま［いまのまま］、ずっとつづけて行って、君がそこへ生活をもって行ったとき、はっきり姿が、光子にみえるのだと思う。光子は、いま、君のうちらをしっていないからなあ。（いうたって、みえないのだが。）そのとき……君の方にくるか、こないか、はじめて、考えてみよるだろう……。」

「……」

「誰でも、君のように、先ず、考えてから、それに［のけっかに］生活を向わせて行くとは限らへん……何か、ことがあって、それから、考えてみるいうのが多いのとちがうか……。あいつなんか、よけいそうとちがうか……。」

「そらそうやろな……。しかし、そうすると、俺一人がようなることになるなあ、俺だけのことを考えるなんて。」

「羽山君にそうだんしたか。」

「いいや、まだや……。」

「一ぺんしてみたらどうや。」

「うん……。」

私達は、又、歩きだした。

「こっちへ行ってみようか。」私は、光子が臨海へ行く前に、一度顔をみておきたかった。それ故、はやくかえりたかった。しかし、私は、そう言えなかった。

「光ちゃん、ひとりのことやない、どうしたって、ひとりできめることなどでけへんのや……。」

「うん……しかし、きめるのは、やはり、あいつやからな……。」

「うん……しかし、そこまで行けへんのや……。」

「行けへんいうと……。」

「信じられへん、信用でけへんのや……。 わるいくせやけど……。」

「信用でけへんのが普通かもしれへん……。こんな場所……。そうやぜ……そんなことで、自分を責めることなど、いらへん……。」

「かえろう……か。」

「羽山君に言っといてくれへんか、体を丈夫にしといてくれ「にして下さいと」。」

「あれは、指導者が、よかったんや……。」

「あの武田という人か……。」

「そうや……ええ人やなあ……。」

「そしたら、あれも「この間のひとも」、あの仲間のひとか……。」

「うん……あのひとは、日本でも、百人のうちの一人にはいるなあ……。」

「そうやろなあ……。」

光子は起きていた。

Fがきものをぬぐ「そんなとこへ、きものをぬいで……又……。」

光子がたたんでいる……。

私もぬぐ……。光子は、私の着物をたたまされるのがはずかしいらしく、「もう、ねてこう。」という。

「これ、何や、何という、いんきな家やろ……。」

「これで、この間、詩までねつやして……。」

「ああ、この間のあれですか、病院みたいやな……。」

「そんなもんあけへん……。」

「この頃、井口と、話しやすくなってるやないか、君と。」

「うん、ま、な……。」

「……」

「しかし、井口は、信用でけへん……まだ……。」

「そうやろな……その方がええなあ……一時的に、かーっとくるやつやからな……神経衰弱の……。」私の頭の後に動いている、しっとのあの熱さ。


「ほんよんで勉強しなさい。」

「ほんいやほんいや……。」

「いやなら、よろしい……。」

「おまん、ほしい……。」

「おまんなんかおますかいな……。」

「おかき、お夕さんにあけてもろておいで……。」

「おまん……おまん……。」

「夏に、おまんなんか、くさってるわ。」

光子の夢。

歯、唇でみた夢だ。光子の歯が、私の舌にはっきりかんじられたのだ。


「しまみ［島木］健作。」

七月十八日

百枚位の小説が一つ書けそうだ。しかし、出方がわからない。

まだ、きまらない。

七月二十日

富士の小説の発展。都会的知性が、外物によって田舎へほうり出されて田舎のかんきようが、その知性にしみとおって行く、その過程について。

空を摘め。

光子はどうしているか、光子。

一九三六（昭和十一）年七月〜九月

（日記8）

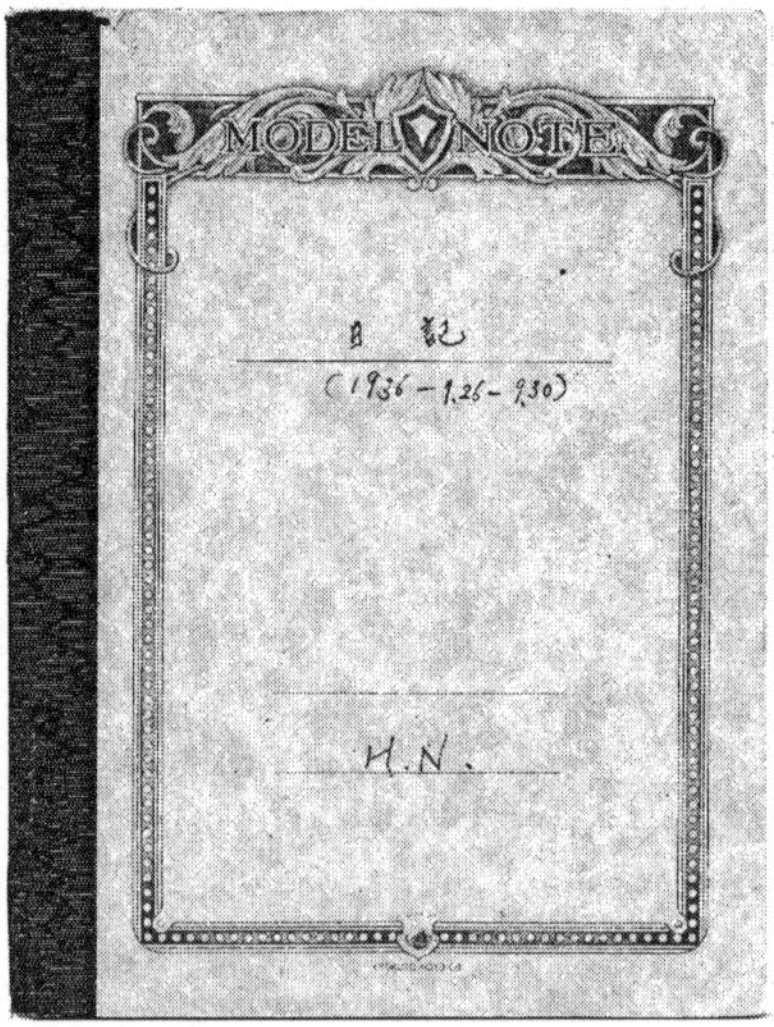

七月二十一日

富士から手紙。昨日、臨海の光子へ手紙。

その女が処女でないことは、その眼でわかった。横をあるきながら、私は、その体の、こなしをかんじた。細い腰帯一つ、青色の着物、背中に、白い四角い模様（派手な着物だなと思った。ブルジュアの娘か。）が一つある。妹をつれている。私を横眼でみる。私もみた。この女の腰が私を引いた。

肩の上った、一皮のきつい眼、男に接した、肌のなめらかさ、が私を引いていたのだ。私は、その横をあるいた。腰から下のそのだらしなさ、が、私はすきだったのだ。はだけた、萎えた裾。（そのときの、女の股の開け方までわかってしまう。）だらだらした歩き方。

私は、それを、おいこした。しかし、ふりかえらなかった。角へきた、ふりかえった。追おうか。と思った。中津の娘、あとでうるさい……体が奥の方でふるえている。

途中まできた。向うから、一人の女がくる。私に道をきかそうな風をする。私は、ふりかえった。先刻の娘は、下手の方へぶらぶら行く。ひるの日があついのだ。私の方をふりむきはしないか？　私は、道をさがすふりをして、みせた。そして、その女をじっとみていた。向うからきた女は、あきらめて、行ってしまった。私は、娘を追わなかった。（光子のことが来た。）

光子、これこそ、私の唯一つの女だ。みつこ、みつこ、これほどひびく音は、私にはないだろう。

海の方を向いていると、風が耳にさわがしい。海に、一方の肩を接するように横むいていると、風が音もなく、耳が澄む。

小野へ手紙。生活だ。ただ生活だ。

富士が言う。生活でひとを説けと。

光子の眼。一重のようで、下へふせると急に、くるりと、二重瞼になる。

「リアルと象徴」に就て。

七月二十二日

どうして、これほど、光子を愛するようになったのか、全く、わからぬくらいだ。

あの愛のふんいきが、私の前にただよっている、白い熱ある、かげろうのようだ。

私は、ただ、言葉をさがす。光子をみずに、光子の唇をみずに。

歴史の中へ体を埋めよう。

光子への手紙が、教師に開封されていはしないかと、自分で何回も、封筒をつくって、はいで、試みてみる。

七月二十三日

歴史は漸次にすきとおって行く。

光子を待つ。明日淡路からかえってくる筈だ。光子が、大阪へかえってくると思うと、何か非常に、近い、というかんじを、かんじる。「近い」という言葉から受ける感じ、を、ここにかんじるのだ。落ちついた、そばにいるというかんじだ。

「併し、私の中に卑劣なものが、如何に多くあるかの反省になった。」

石坂洋次郎の『麦死なず』は余り面白くない。

九州に暴風がある。淡路も荒れているとのことだ。

光ちゃんが（顔が）ソヴィエットの少女に似ていると言って、喜んでいる私は、おかしいか、どうか。若いソヴィエットの女（革命後の）と似ているのを喜ぶのは、決して、民族性を知らないといって、非難すべきではないが。

七月二十六日

光子と、活動をみる。久米正雄の「寂光愛」というのだ。しかし、私は、泣きかけた。光子と高島屋の前でわかれるときは、何ともなかったのだが。

二度、礼をした。自動車《バス》が走りだす。又、礼をした。その頃から、私は、別のいらいらを、かんじてきた。電車の中でも、私は、それが、何かまだ、わからなかった。しかし、だんだん、はっきりしてきた。

「何しとんの。」

「これ、かからへんなあ……。」

「かけとんの。」

「かからへんか……。」(兄)

「どれ？」

「こうてきたん。」

レコード。

「天神祭みたか……。」

「ううん、みずや……えらい人やさかい……。」

「僕、みてきたぜ、病院の三階で……。」

「うん……。」

「船でわたるんやろ……。」

「うん、二十台ほどで……ずっと、行くぜ……。」

「十六時か……かからへんかもわからんなあ……。」

「そうかなあ……。」

「いいや……これ、自動停止器かけなんだら、いけるやろ、そやそや……。」

「いけるかな……。」

「うん……。」

「あかんかも、わからんなあ……。」

「いいや、いけるいける……。」

「エグモント」が鳴りだした。私のいらいらと底で重りあった。私は、涙をかんずる状態をかんじだした。

飯をくいながら、私は泣きだした。

「正二さんの嫁さんのお父さんが病気やそうや……。」

「ええ……。」

「――」

「え、――。」

「――そうや。」

「それで広島へ行っとるそうや。」

「ほしたら神戸は。」

「だれもいやへん、……事務員さんだけやろ。」

光子が二階から下りてきて椅子にかけていた。私は便所から出、光子の後に立った。光子は、すぐ、立って、体をさけた。私は、一寸、不快だった。殊に、私が、行くや、私を、背にかんじたまま、そのせを、まるめるようにし、その背で、私を、み、さけるかのように、横へどくようにした、その、どき方だ。

「ここ、のまさんが、すわらはる、おもてんぜ……。」と、光子は説明とも、母へのいいわけとも、つかず、するのだった。

(その母はよく、そんな光子のたいどを、私への気がねから、光子にもとめていた。)

七月二十七日

隣で、正午、ベートーベンが鳴る。私が買ったレコードだ。

私が買ってきた、レコードだ。

「掛けなければ、私にわるいと思ってかけるのか、私の気持をはかってかけるのか。」と、私は、すぐ、そう思うのだ。

光子、さびしい。何故か。私にも、こんなことがあるのだ。

「ブルジュワは別荘へ行く。そして俺達も、別荘へ行く。」(羽山)

「君はえらい肩書もっとるなあ、俺は、肩書いうと、一つもないわ。」(矢野)

「男の人いうたら、結婚したら大抵、女の方へついてしまう、女のいうとおりになるのね。」(ちくさん)

「ならへんたら、こまるがな……。」(私)

「ほ……のまさんまで、あんなこと。そしたら、のまさんも、そうなるのね、おぼえとこ。」(ちくさん)

「そうね……こっちは、誰も［みんな］しらんとこへ嫁くのだからね。」(その母)

私の「へつらい」に就て。

「これ、井口君のや、君の帽子や。」(私)

「どれ……。」(井口)

「ふん、おふくろ、前、あの帽子のこときいてたことあったわ……。」(井口)

「君の首巻も、桑原君がしてた……。」(私)

「俺のやつみんな……が、きよんねんなあ……。」(井口)

「余り、ええやつかうからやろ。」(私)

「ええこともないけど……。」(井口)

「かっこうがええのやな。」(私)

「うん……そうや。」(井口)

「結婚の問題はむつかしいよ。うん」(矢野)

光りが、海の中へ、自分の体をうめるように、歴史の中へ、俺の体を埋めよう。

七月三十日（以下、愛するものとの日記だ。）

京都で下宿をさがし、夜、浜寺の家へくる。光子は仲々、私の前へでてこない。台所で、何か、さがしものをしているようなことをしている。私には、それがわかっていた。

「どなた。」

「のま、のまです。」

「のまさん。」その母があけてくれて、ほほえみ合った。

かまぼこ。ふか。

びっこの足、フライ。

七月三十一日

「光子さん、光子さん」その母が起していた。「光ちゃん、はよ、おきて、魚《さかな》買いに行《い》てこ、ね、はよはよ。」

私は、それを耳にきいていた。「ううん。」光子は、ねむそうにおきなかった。私は、私の体をかんじた。その母がでて行った。

私は、しばらく起きられなかった。起きて、歯をあらった。

光ちゃんのそばへ行った。

「おきへんか……。」私は、光子の手をつかんだ。びっくりしたように「うん?」私の体、手をさけた。私は、それを、割に冷静に知った。光子が私の行動をとりちがえたのだとはわかっていた。

「おきへんか。」又、言った。

私は、かやの外へでて、あるきまわった。机の前へすわった。眼鏡をさがした。

「めがねしらんか。」（昨夜、めがねを、光子にあずけてあったのだ。）

光子はだまって眼鏡をもってきた。私の横へおくと、すぐ、引きさがるように、かやの中へかえった。

私は、「止そう」と思った。しかし、もう、機会はこないとも思った。「弱い奴」とも自分のことを思った。

「おきへんか……。」私は言った。

「まあ、ちゃん……おきなさいよ……。」光子は、弟を起しにかかった。弟を以て、私をふせごうとするのだ。

私は、一寸、不快になった。「正《まあ》ちゃん、正ちゃん……。」と言う。横をむいて、（今度は、むきをかえて）「安ちゃん、八ちゃん。」と言う。そして、安子の横へ体をうめ、顔をかくすようにしていた。かやの外からの私の眼を、そのあたりに、かんじるのだろう。

「まあちゃん……。」

「もう、ええ、もうええ……。」私は言った。私は立っていた。

私は、胸の動くのをかんじていた。

光子は、かやをでて、しばらく、私とは反対側の縁側の方にいた。そして、うつむいていた。

私は、そのそばに行こうと思った。しかし「優柔不断」だった。

私は、だめだと思った。光子は、又、かやの中へはいって、正夫を起しはじめた。弟は、怒って、光子に抵抗し、うつむきになって、ねむり始めた。

私は、いよいよと思った。「おきてきやへんか……。」と二度、言った。

しばらくたった。私は、かやを上げ「の裾をめくった」、はいって行った。

そこに光子は、左手を、支えにして、うつむいていた。私は、光子の肩に手をかけた。光子は身を、しりぞけた。向うをむいた。そして、ふとんをとって身にかけた。両手が顔とくちびるを蔽うて、私を避けていた。

私は、右手を、右肩にまわし、左手で光子の手を顔からはずそうとした。

はずしたが、すぐ、又、もとへもどった。口を近づけたが、小さい美しい手は、やはり、もとのままに、顔をかくしていた。筋肉がかたく、顔は、赤くもなかった。

私の体が、光子の体をおおうようにしていた。

私は、じっと、近づいて、手をもって行った。

光子の息づかいが荒くなってきた。何か、肩をせいた。はなをすすりあげているような音が、顔から、手と手の間からもれてきていた。

私は、しばらく、じっとみていた。

「泣いてるのか？」と言った。私は、左手をはなした。右手に光子の背のやわらかさをかんじた。私は、もう、何もできないと思った。私はじっと坐っていた。光子も、もうだまって坐っていた。

「泣いている。」と私に思われているのを、取りけそうとするかのように、ふつうのいきをしていた。

私は、もう、決して、光子には、そのことをすまい、と思い、それを、光子にも知ってもらいたいと思った。私は、口をきった。

「こっちむいて……。」光子は、体をふるわせた。だまって、向うをむいていた。私は、もどかしかった。

私の心を解ってほしいと思った。そのうちに、その母がかえってくると思うのだった。

その母がかえってきた。戸があいた。私は、蚊帳の外へでた。光子は、じっとしていたが、ねころんでふとんをかぶってしまった。

「のまさん、もうおきたの、はやいね。」とその母がはいってきて言った。

「うん、もう、さっきから、おきている。」と、私は言った。

「光子さんも、もうおきなさいよ。」

「……」

「さあ……。」（母）光子は、やがて、おきてきた。

二人は、仲々、顔をあわせなかった。私は、光子の眼を求めた。しかし、光子は、私を見なかった。私が光子を見るのさえ許さなかった。

八月一日

母、光子、正夫、私、四人でかえってきた。途中、その母は、ミルクを買いに、店へとまった。光子と三人になった。歩いて行った。正夫が走りだした。私は、光子とはなしたかった。私は、しかし、あともどりをしえなかった。光子は、私より三十歩ほどあとにいた。私は、同じ歩調をたもとうとした。私は、後もふりむかなかった。

私は、ややして、後をみた。光子はいなかった。母の方へひきかえしたのかなと思った。私をさけているのだと思った。途中までできた。正夫がいた。小便をしている。

「小便しようおもて、はしったってん。」と言う。

「ふん。」私は、返事するのも大儀なほど、光子のことにとらわれていた。私は、光子に、「おこってえへんなあ？」と一言いえたらと思っていたのだった。

「あっ、あいつ、あっちから先へいきやがった。」正夫がはしりだした。

光子は、他の道から、私を、おいこしていたのだ。

光子が、そうしたことをしてくれたことが、一寸うれしかった。

（この間から光子は、私をさけて、私にたいしては、手軽な行動はしなかったから。）しかし、光子が私をさけていることが私を苦しめた。

私は、あとから、家へはいって行った。そこには光子がいた。

私は、「はやいなあ。」とも言わず、光子をさけた。

八月二日

光子がかえってきた。私は、玄関にいた。光子は、玄関から、上ってこない。台所の方へ行った。光子がかえってくると、私は、だまりだす。

「のまさん、だまってるね。」と、安子が言う。

「うん。」私はただこういう。光子に手紙を渡す機会をさがしていた。

「これ、よんで。」と言って出すのか。「何？」などと、大きくききかえす、へまを光子がやるか、それとも、むりに、こえをだしたりしないだろうか。

仲々、わたせなかった。

食事がすんだ。光子一人たべなかったのだ。机のはたにいた。私は、先にたべおわって、光子のそばへ行った。腹巻から、手紙をだした。

光子はじっとしていた。私は光子の前へ、手紙を置いた。身動きしなかった。じっと、前のマンガの本へ眼をやっていた。

しかし、その顔は赤くなってきた。美しい顔だ。(これで、この顔を赤める美しさを、二度みるわけだ。一度は、火鉢の傍で、「どういう気持ですか」ときいたときと……。)

光子は手を出さなかった。(手が動かなかったのだ。)私は、一寸、気をもんだ。その母が、私が光子に手紙を出すのをみていた? と私は、おもった。光子は、それをしって、恥じているのかとも思った。

しかし、光子は、「私の眼の下で」それ(手紙)をとりえなかったのだ。光子は、赤くなったことを、一そう、はじたのだ。

私は、そのそばの「雑誌」をにぎった。そして、それを、畳の上へ、音をたててぞんざいにおいた。私は立った。(光子は、私が、おこったと思ったかも知れない。)(光子は、始め、その手紙を、私が光子の唇を求めての手紙だと思ったのかも知れない。)

「どこへいくの。」(安子)

「一寸、外へ。」(私)

私が、かえってきたとき、光子は手紙を、しまっていた。しかし、じっと、洋服を、後から背に、きせたまま、本をよみつづけていた。(平気をよそおおうと、皆に対して。)

安子がいった。

「光子さん、さっき、そこへ、手紙きてるけど、よんだ××さんから。」

「……」

「お姉ちゃん、もう、よんでるわ……。」(安子)

「あたし、何にも、よんでえへんわ。」(光子)(光子は、私の手紙をよんでいたことを、かくしたのだ。)

私は、テーブルのところできいていた。

今日、光子は、かえりに、「さよなら。」と、大きな声で言った。一人一人に言わずに(私に言うのが、恥しいのか)ひっくるめて言うのだ。しかし、私は、光子が、元気そうにみせようとしているのがうれしかった。

私には、私が知りえない、欠けた面があるのだ。それが、光子をくるしめるのか。光子は、私を、重荷としてかんじ始めているのかも知れない。

(光子が、その友達、永橋というひとをつれてくる。)

「あんたの時計もって行きなさい、こっちには、のまさんのがあるから。」
「この時計、合ってる？」(光子)
「うん……一寸、すすんでるかもわからんけど。」(私)
矢野君が、私のことを、「会うとだんだんよくなってくる。」と言ったそうだ。
とにかく、作家は、重きをおかれないのだ。

「のまさん、かっこうにえらい気にするやぜ。」(正夫)
「そんなこと、君でもやないかい……。」(私)

八月四日

光子がいない。

八月四〔ママ〕日

光子がどうして、私の一つの理想となったのか。光子の厳しさを、私は、求めている。私自身の中に欠けている光子のあのきびしさ。

潔ぺき。(これは、けがれないもののもつ、美しさだ。)私は、こうして、光子と共に、十五、六歳の少年にかえって行くのだ。

光子が、どうして、こうも、精神的な人間であるのか、私は、知らなかったのだろうか。

光子は、この四月からみて、全く、大人になってしまった。

光子はもう、仲々、あの反面を、出さない。(ユーモア的の半面。)

私は、光子の姿をどう表わしてよいのか。私にはそれができない。

私には、光子の聖さが、まぶしすぎる。私が、光子に打ち倒されるのは、この点なのだ。(十時)

富士から手紙。(十一時)

何というやな手紙。私は、侮辱され、誤解されている。

愛にたいする、平板な考え方。私を、見る固定した眼。

どうして、こんな手紙が私に対してかけるのだ。

しかし、すべて、俺に責任がある筈だ。

私の愛に、美しい愛に、消えることのない、汚れをぬったのだ。

私が、「接吻を要求している。」というのだ。要求している。

何というやな、事務的な言葉なのだ。

「そのようなことに成功したからと言って、」——成功——。

何ということばだ。ひとからすれば、私は光子に接吻を要求したとみえるのだ。私は、自分の行為を、この上なく下劣なものと、見ようとした。又、見ているが故に、ひとから、こういう風に私の行為をとりあつかわれては、腹が立つのだ。

しかし、私は、怒るべきではない。怒る資格など、私にあるものか。

こうして、光子のことを考えていると、涙がでる。誰も、私を、知らないのだ。そして、俺のみに、すべてを、まかせ、すべてを、理解せよと言ってくるのだ。誰も、俺の心を知ってくれないのだ。がどれだけ、光子を、愛しているか。こんな、愛し方を、世界中の誰が、なし得るというのだ。

誰も、知らない。そして、ただ、自分のことを、考えているのだ。

安子も、正夫も向うをむいている。私は、涙を、みられまいと下を、むきながらこれをかいている。

今日も、光子はかえってこない。

皆が、俺のまわりに壁を、はりめぐらせていやがるのだ。

私には、光子を愛する資格などない。

《お前等に、俺のことが解ってたまるものか。》

「氷は固体ね？　のまさん。」

「うん、固体。」私は、ただ、こう返事をする。安子は、私の様子のへんなのに少し気づいている。

「酒は液体？」

「……」

「気体。」

「液体と気体の中間です。」（正夫）ふざけてこういう［調子でいう］。

「ほんと、のまさん。」

「……」

「そしたら、アルコールは？」

「酒もアルコールも同じです、液体と気体のあいのこです。」

「そしたら、どうかくの。」

「液・気とかいといたらええ。」

「ふふふ……。」私は、正夫をみてわらった。

正夫もわらった。

「うそね。」（安子）

「うそも、うそも、大うそです。」（正夫）

私は、小さく涙をためている。

八月五日

私は、泳ぎながら、ひとりでに腹立ってきていた。

「何という手紙を、何という下劣な手紙を、私にかいてきたのだ。」

私は、ひとりでに、対話を始めていた。（光子が、その相手になるはずの対話。）

「富士君から、昨日手紙がきたぜ。」私はこういうだろう。

「……」光子はだまっているだろう。

「いやな手紙、下劣な手紙だ……。」

「……」

「富士君に言うてやったんやな……。」私は、昨日、だまって、ここから、帰って行ってしまったらどうだったか、などと、真剣に思いだしたりした。

その母が、私のこの日記をよんで、皆に話す場面を想像したりした。

正夫も、光子も、皆、私を弁護しはしないだろう、と思った。

その母が、私が、こんな日記をかいていながら、しかも、表面では、ふざけちらしているのを、知るのだと思うと、一寸、刺激的だとも思った。

富士への手紙に、もう、光子のことは、一寸もかかず、ただ、他のことのみをかいていよう、そうすれば、富士君はどうおもうだろうか。とか。

富士君へ書いた、私の光子に対する感情を、
何か、はずかしいもの、のようにかんじたりした。

「女は、やっつけたら、こっちのものだ。」何という、いやな言葉と、俺とを、並べたりしているのだ、と思った。

私が、光を、空をみながら、光子がいないのを（痛切）に、ものたりないとかんじ、光子、光子と求め始めれば始めるほど、その後で腹がたった。

「のまさん、のまくん、ものたらへんでしょう。まあちゃんが、おらへんから。」

八月六日

下駄の音がした。光子ではないと思った。しかし、光子だった。安心した。
「何でかえってきてん？　なあ。」（正夫）
「安ちゃん泳がしたろおもて、お母ちゃんが、安ちゃんが泳がへんいうてたさかいやぜ。」（光子）
稲が青い。そして、匂いが、一面にしている。ねぎの畑がつづいていた。（空がとおく、くもを流している。）かえりに、目がきつくなって、汗。
行きがけには気がつかなかったが、かえりに、その稲が長く、みはらしが、とおいことに気づく。
空が、大地をつつみ動かす、空が、大地の中へはいる。

八月七日

自分が求めていた恋愛（真昼の白く光ったような、うるんだ色の。）が、全く、何か、壁にぶちあたっているような気持だ。

光子は、私を、一つ一つさけている。こんなことをしている。

ただ、こんなことをしている。

富士から手紙がきた。が、これで、何の解決があるのだろう。

「ひと」が、「もの」が、私に抵抗するということ、これが唯物論的な、考えだ。生き方だ。
そんなに、うまく行くものか。
私の仕事を、はっきりさせるのだ。それによって、光子に対する態度もきまってこよう。
海へ行ったが、光子がこないので、自然にだまってしまってきた。
ひるから、光子がきた。私は、一寸、元気になった。
「練習へ行ったって、そんやわ、先生いうたら、上級生ばっかりみてうちら、ちっとも、見てくれへんのよ。」（光子）
「そら、そうや……。」（母）
「うちら、帰んのよ。」（安子）
「わざわざ、何もないのに、ぜにつこて……。」
「なんで、かえんの。」（光子）
「いんで、ファンクが見たいのだて……。」（その母）
「あほやな……。」（光子）

八月八日

私は、光子から去ろう。それ以外に、進み方はないだろう。

私の美の見方、美の標準の仕方が、まちがっていはしないだろうか。

八月十日

今日は、光子との間は、よく行った。

きつねずし。

「これ、だれが造ったかしってる。」

「八っ［安］ちゃんや……そんな、へたくそやもん。」

「ううん、お姉ちゃんよ……そういうやろおもて、言うたってんよ。」

「ふん……そら、すまん、すまん……。」

光子は、かたわらで、だまって、たべていた。

光子の美しい体、乳房。

光子は、海水浴場の着物をかける柵にもたれて、髪をといていた。私は、それを、ながめた。光子は私の眼をさけなかった。時々、眼のはしで、私の方を見るのだった。私はそのたびに、眼をさけるふりをした。そして、そのたびに、私は光りにみたされた。光子の美しい肌があった。それは、ほんとうの意味での美しい褐色だった。

海でまっていた。光子がきた。

「写真機は？」私がきいた。

「知らん。」光子がいつものように、語尾を下げて言った。

「のまさん、お姉ちゃんが、その服きてるとことるいうてはんのよ。」（安子）

「その洋服きてるとこ、一つとるわ。」私は言った。私は自分の声が、少しふるえるのをかんじた。しかし、光子は、さけるように、すぐ、洋服の帯をときはじめた。（白い洋服。）

海から光子が上っていた。私は、正夫に、「とろう。」と言った。上って行った。

「しゃしんきは？」とその母にきいた。

「ここ。」（母）

光子は、さけるように、海へ行ってしまった。

「あんなとこへ行ってしまいよった、あかへん。」私は言った。

光子が、髪を、前へたらしていた。そして、それをぶらんぶらんさせながら、「うつしてんか」といたずららしく言った。

「何を言う。」（私）

光子が、洋服の裾を両手でまくり上げながら、こちらをむいている。

「それ、何しとんの。」その母が言う。そして、「あれ、うつしたろ。」

「そう、そう、うつせ、うつせ。」（私）

すると、光子は、一層、裾を、上へ上げてみせるのだった。

「ふん」と、馬のように足を上げ、後をむき。

八月十一日

自分の詩について。

自分の詩が、どこへ行くべきかはわからない。併し、もう、言葉の響きあいとしての頂点まできたこと、ただ、新しい内容を要求していることが、私には、わかっている。

今日から、自分の詩について、考えてみよう。

光子が、かえりかけて、ぐずぐずしていた。

「行かへんの。」（光子）

「もっとあとからですと。」（母）光子はかえって行った。

私は、あとで、後悔した。私はすぐ、正夫と、その後を追うたが、光子は、もう、停車場にはいなかった。

私は、長い間、光子のことを考えた［姿を追うた］。その白い洋服を。

八月十二日

花合せを光子がもっていた。そして、繰るようにしていた。

「それしよう。」と私が言った。光子は、私が、そういいだすのを自分が求めていたのだと、私におもわれはしまいかと、思うのか、だまって、ぐずぐずしていた。

「しよう、しよう。」（正夫）しかし、光子来ない。私もだまった。

光は、ゆるい動作で、手ですりよってきた。「安ちゃん、足のけて……。」（光子）

光子がかえる用意をしていた。私は、「散歩せえへんか。」と正夫に言った。

「うん。」そして、皆が外へ出た。

光子は髪をほどく。私はそれを見る。

「しりがうごいてますよ。」「おしりがあるくたびに、ひょこひょこと。」

「正夫。」私は、声にだしてわらった。

「そらしょうがないわ。」（光子）うすく、横むきにわらう。

皆、大声ではなしながら行く。

「安ちゃん、やめときなさいよ、大きなこえだしたりして……。」

私は光子の眉をしかめるのを美しいと思う。

光子は、上半身を倒す［前へ傾ける］ようにして、歩いて行く。

私は「光子」をみつめる。（私は、光子を、プチ・ブル的にしはしないかとおそれている。）（ひとにみられるというプチ・ブル的慾望。）しかし、光子は、もっと聡明だ。

今日も、光子、明るく美しかった。褐色の肌、海の動物のような体の具合。

今日の「海水帽」をかむらぬときの「海水浴姿」の後姿がよかった。

八月十三日

朝、起きるとき、頭がまだ睡りの中へすいこまれているとき、私は、光子の体を思いだすのだ。そして、その中へ、入りこみたいと思うのだ。

「お姉ちゃん、あした、あたしの尋常四年の読本の参考書もってきてくれへん。」

「もう……姉ちゃん、あしたきやへんよ……しんどいしんどい。」

八月十三《〔ママ〕》日

富士からきた手紙を失ってしまった。

それには、私が、憤ったことを、喜んでいること。（私が心から、富士を愛している故に、怒ったのだということ。）私の恋愛が、ロマンチック（恋愛に対する態度が）であること。などがかいてあったのだ。

私は、ひとの立場から見るということが出来ない。これでは、芸術家とは言えない。（特に、小説家、生活家）とは言えない。しかし、あらゆる小説家が、そうなのではないのか。ひとの立場から見るということが出来ないのではないのか。

私に光子が判っていないというのは本当だろうか。

私は、私の目が、百八十度しか、見得ないのをおそれる。

雨が降ってきたので、裏の庭から、光子の下駄を玄関へまわした。私はそれに足をつっかけて、こしを上り口におろして、

「あれはくと、ほんとに、あるきやすいぜ、らくやぜ、なあ。」

という、正夫の言葉を思いおこしていた。

私は二、三回、それで、ふみ台の上を足ふみのようにふんでみた。いいかんじがした。足の裏がすけて、冷たく。

光子の体を、（足の形）を知るように思った。

私は、女になりたい、女になりたいというように思った。

「佐々木、あいつ、あんなんやろ、そやさかい、この間も、以前××に関係あったやつやけど、すどういう奴、……あとで、あの左側にすわっていたひと誰です、紹介して下さいいいよんねん……女いうたら、すぐあれや……。それに「佐々木君の前で、どこか劇団でおめにかかりましたわ。」いいやがるし……佐々木の顔、あんなんやろ、そやさかい……。」

「えへへへ……。」

「お母ちゃんが、あの笑いをすると、何かあんねんぞ、用心せんとあかんぞ……。」

「えへへ……何が……。」

「何がいうたって……、そやないか。」

「のまさんの小説をよんでいると、体に感じたというのが多いわ……。」

「それそれ、お母さんが、何やおもしろいことみつけたら、あないわらいだしよんねん……くっくっくっくっいうて、光ちゃんかて、そうやぜ。」

「そうか……。」

「ふん、そうやで……そ［あ］れがでてきたら……わらいだしよんねんで……。」

「のまさん……高等学校のときのこと……ふふへへ……。」

「安子、も、もうちょっとしたら、ユキ子［あの子］みたいになるやもしれへんぜ……。」

「あんなこといわれたらかなわんぜ。」

「え？」

「あんなこといわれたらかなわんぜ……。」

「ふふふ……明石にあるいうたりしたら……。」

「いいよるぜ……あいつは……。なあ、お母ちゃん。」

八月十四日

光子がいないとき、私は、へやにのこっている光子の持物に眼をそそぐ。海水浴着、肌着、下駄。

そして、光子の手のふれたことのある鉛筆、茶碗、箸。

そして、よく、光子がねころんでいる、敷居のはしところの畳。

私は、何ものかを追うている。

「これ、光ちゃんが、活動になっていたといってたけど本当?・」

「ええ。」私は、光子が、私の本のことに気をくばっているのをしって、まんぞくするのだ。

「井口さんの本さがさずにきてやった。」

「ふん……なぜ……。」

「もう、じゃまくさかったんや。」

「そんなことしたら、うれてしまうぜ……。」

「ううん、光ちゃんにたのんどいたった。」

「……。」私は、あの恐い血迷うた状態になった。

「あったらどうするいうたさかい買うといてくれいうといた。お金なかったらというたさかい……お金なかったら……本屋にたのんどいてくれいうといた……あんな本うれへんやろな。」

私は、光子が井口とかかわりあいをもつことにしっとする。

「俺は最後の個人だ」と思っている人間。

「光ちゃん、ひとのわるいこというのん、きらいやで、ほんまに、いやがるぜ、おいらが、いうても、はたから、手もって、もうやめときぜ、もうやめときぜいいよんねん……ひとのわるいこというたら、自分が弱いおもいよんねんやろ……。」

「ほんまに……うちの光ちゃんは、ひとつも、いわんな。よその女の子は、女中のわるいことはいうけど……ちくさんのわるいことは、はたのもんがいうさかい、ちょいちょいいうけど。」

「ちくさんいうたら、ひとをひやかすねんぜ……。」

「ふん。」

「そや、そや……やりよんねん、いやらしいいやらしいぜ。」

「あやちゃんに井口さんとこへ、お嫁にゆけいいよんねん……あやちゃんこまっとんねん……光ちゃんには、のまさんとこへいけ……うちがせわしたるさかいいうし……そしたら……こっちは……「あんたらにせわしてもらわんでも……いくときになったら、自分でいくわ、ねえ、あやちゃん……」いうて、ひやかしの上、でられて、ちくさん……やりこめられよんねんよ……。」

「ちくさんには、井口さんより、のまさんの方が、うけがええわ。」

てんでまけた。（点）

秋〔一字不明〕がきた。（この家にも。）

「光ちゃん、そら梅もってたんや。そやさかい、君に、まけやいうてたやろ、始めから、ゆうゆうとして行ってたやないか。」

「うん……しかし、光ちゃん、顔みててもわからへんぞ、いつでも、すかみたいな顔してるさかい。」

「光ちゃん、いうたら、ふんとして、男の子みたいに、してるでしょう。それに、病人いうたら、やさしいことでもいうてもらいたいのに、光ちゃんと性格が反対だから、うちと光ちゃんとは、うまがあわへんいうとると……でも、光ちゃんには、いわんとあるの。あの子また気でも、わるしたらいかんとおもて。」

「あたしに、ビンのままちょうだい、びんのままのむのんすきやねん。」（光子）

「光ちゃん、いつでも、とくしよんねん……、又、おれらよりずっと多くとりよる。」（正夫）

「ふふ……でも、あたしのん、長さがみじかいわ、こんだけよ。」（ほれみ）という恰好。（光子）

「長さがみじこうても、太さが……。」（私）

「自分の体と同じようにね。」（正夫）

正夫の背中の上で、メンコをする。そして、ぞうりを左手にもって、正夫が縁から下りておいかけて行くのをあらかじめふせいでいる。（光子）

「いいことするわ。」

「こんどしやがってみい、なぐったるさかい……。」

又、して、あたまなぐられる。（光子）

「そんな、立って、みてみなさい、あの向いの二階からみえてますよ……。」

「みえてえへんわ……ここやったら、足だけよ。」

八月十五日

（光と闇）

彼は、新しい考えと思っているもの、新しい考えとおもって人々が、発表しているものが、すでに、何百年も前に、一人の作家によって、批判的に喜劇的に、かきつくされているということを考えた。

彼は、自分が、自分の壺のような中に、ものを引き入れそこで、色をつけようとしているのをかんじた。
「のまさん、すぐ、そうそういいよる。」
私は、とにかく、自分勝手な人間におもえてならない。
「のまさん、頭の地に塩の匂いがしみこむと体にかんじましたか。」
「ふん、こんなとこへ、つかいやがったな。」
「お母ちゃん、また、わらいよる、あんなわらいして、いいだすとおかしいねんぜ。」
「この本、ときどきのまさんの書き方ににているとこ、あるわ。」
「ふん……そうかなあ……。」（私）
「どっちが似てんねんやろ……。」（正夫）
「そら、勿論俺の方やろな……種本をみせるといかんなあ……。」（私）
「ほら……のまさんのこえふるえてるわ……。」（安子）
「そんな、わるぐち、ばっかりいいなさんな……安子。」（その母）

八月十八日

プロレタリアートを言いながら、私は、どうして、自分が孤独であるなどと思ったりするのだろうか。私は、光子のことを考えてさえ、考えながらさえ、私が「光子」からはなれているのをかんじるのだ。私は、トルストイの小説をよんでいて、自分ならば、こうは、かかないだろうと思う、心理を多く見つけだした。トルストイには、奥行きがない。トルストイの眼は、ひろがりをもっている。
私にとってもっとも困難なこと、ひとからみられていることを、忘れること。
ひとふざけする。（おちょうしもん）
恋愛に於て「の中で」、時代に対して空廻りしている男。

八月二十日

光子がエゴイストだという気がしてならなかった。エゴイストという以外、一体どう、言えるだろうか。

八月二十一日

これが恋愛なのか。これが恋愛だとしたら、ここから、一体、何が生れると言えるだろう。

「光子」とは、そんな女ではない。私には、別の「光子」がいる。

私には、強烈ということがなければ、生きて行けないのだ。

私は、「強烈の虫」だ。

「ああ、こわ、ああ、こわ……。」（その母が夢をみて、おきてきた。）

「足元にへびがきて、よけとったら、正夫が竹で、それをだしてきて、ああ、びっくりした。」私は、私自身が、その母の夢の中に出てこないのをかんじて、自分をのけもののように思った。

八月二十二日

何という古い熱のない恋愛。打算の、一方からだけの。

俺が、こんなことで、こうした行き方に満足など出来ないのを、自分で知らなかった筈はないのだが。

女と男とが、くっきりと、たしかに結び合うということは、不可能のように思える。「女と男」とは、そのような結合をなし得ないのだ。

八月二十三日

私が、（のがれても）進んでも、進んでも、追いついてくる、あの暗さ。これはどこからくるのだ。

八月二十四日

ジイドの表現の美しさ。何という美しさだ。そして、新しさだ。

Je me sentais séparé d'elle par une moindre epaisseur de nuit.

(La symphonie pastrale)

私には、穴がわかる。感じられる。大きな街の底に開いている穴が。私の暗さも、ここからでてくるのだ。私の体の中の穴も、この穴に、何かによって通じているのだ。

人間の気持の変転に就て。

富士の、光子の家で、食事をしながら、どうしてか、「もう、かえろう」と思う。「かえって、行かんと」と思う。厚顔にも、ひとの家で、何日も、飯をくったりして、と思う。この気持は、自分でも、卑屈で、いけないと思うのだが、やはり、そう、かんじる。

八月二十五日

私を、「押しつける」種類の人間と名づけているものの方が、かえって押しつける人間であり、教えようとする人間であることが多い。

私が光子を、知っていないと富士が、言い、その女も、それを信じている。しかし、私は、やはり、誰よりも、光子を知っていると思う。

あの敏感な、好意の感情、そして、あの、自尊心、そして、よい方向へ向いている虚栄心。

私の小さいときと、まるで変りがないようだ。ひとは、私にも、おとなしい、家にいても、いるのかいないのかわからぬ位だと言っていた。

その私が、芸術的に荒い線の太いものをかきだしたのだ。

光子も、ここにある。

私には、その上に、ただ、きたなさがあるだけだ。そして、論理性があるだけだ。

その学校へ提出する日記に、

「母と女中とが、一寸したことでけんかして、言いあいとなる。年をとると、一寸したことでひがむのをみていると、いやだった。」とある。ここには、敏感さと共に、小さく、ヴァニティが出ている。


「光ちゃん、落第でもせなんだら、いまのままで、あかんようになってしまうやろな、小さい……。」

光子がその母と共に、ティー・ルームへ行った話。

一人の男がいて、くだらぬおしゃべりをしていた。そのかえり、

「男て、あほやな、あんなとこ、なんでええのや、あほくさい、いくかちなんか、あらへん……。」二人でプンプンおこりよるのや。

こう言う。

八月二十六日

大空が、一粒一粒、光子のために花束をあんでいる。

八月二十七日

「そら、お母ちゃん、学校へいってたら、立ってばっかりやもん。すわったりしたら、しんどうてしんどうてかなわん。」(光子)
「露みたいな雨ふっとる……ねえ、お母ちゃん。」(光子)
この頃の日記の調子をみて、不足しているもののあることを知る。私に、強烈さがなくなれば、もう、おしまいだ。
(一粒一粒ということ。)
光子と井口とは結びつくだろう。それ以外に道はないのではなかろうか。

「まるで小説のようだ。」(光子の日記中のことば。)

蛇の夢(光子の井口に対する感情。)

光子が、なでていたら、井口がたすかるということ。

(蛇とは、私のことだ。)

九月二日

俺が如何に力弱い人間かが、光子によって、わからされた。

この夏、これを生かさなければならない。

「おっちゃん、ふうせんふいて。」（子供）私はふいて、体のつかれをかんじる。

私は、さびしく、光子を思いだす。

「おっきいばあちゃん、おっきいばあちゃん。」子供は、私が、光子のことを考えてだまっているので、向うへ行く。私は、その後姿をみて、かなしむ。

私は食堂を出て、ブドーの前へたっていた。
「ブドー買ってくるわ。」（私）
「もう、ええがな、なあ……ええがな。」（正夫）
「でも、お母さんにこうて行ったるのやで……。」（私）
「ええがな。」（正夫）
「そうか。」（私）
「師範なんかへ行くのんやめとき。」
「頭わるいな……どいつも、こいつも、頭わるそうやぜ……。」
「どうせ師範なんかくるもん、残りのもんや、カスばっかりよ。」（光）
「カスや、あらへん……フに点、点を打つのです。」（正）
「フに点やて、何？　ガス……。」（光）
「ガスとちがう、フに点や、ブスや……。」（私）
「ブスってなに……ねえ、おしえて……ねえ……。」（光）
「ふふ……ひとにきいてみ……。」（私）
「そんなん、きいてもおしえてくれへんわ……ねえ。」（光）

光子に手紙をだして、それを待っている。

幸福ということ。

九月三日

「井口君、丈夫やった？」

「さあ……。」

「丈夫でくらしていたのか？」

「あたし、しらんねん、まあ（正）ちゃんと、はなしてたのやさかい……。」

光子は、こう私に言う。（その光子の日記をみよ。）

「リンゴ一つたべ。」（祖母）

「うん、ああ、ねぶた。」

私は、リンゴの匂いをかぎながら、しばらく、光子のことを考えていた。

光子は、あわれみを求める（姿で）男へ行く女だ。

しかし、なるままにまかせる他ない。

ジイド。小説家というより、宗教家、人間だ。

すべて、行き直しだ。先は長い。

光子。赤みのさした、つやのある頬。急激に眼の玉を動かするどさ。顔を正面にむけながら、眼の玉を横にしたときの眼のきつさ。

私はその眼をみる、そっとみる。そして、光子が、私がみていることを知っているのをかんじる。

光子は、じっと、畳の上に、顎をすえて、花札を、上眼づかいにみている。

「くわししゅ、しゅぎる、くわししゅしゅぎる。」

「へへへ……歯の間からもるのやが、ひえかきみたいに。」はは……。


空をみて、幸福ということを考えてみよと、心に言いきかす。心にうながすような気持。両手で、リンゴをだきかかえて、鼻の先へもって来る。美しい匂い。青味に赤のかかったリンゴ。

「私は、光子のために生れてきた。」

「日記みたぜ。」

「ふん？」

「あんな日記、浮いてるなあ。」

「ここから〔一字不明〕るわ。」

「どうして？」

「君の日記みたんや、俺。」

私は、安子の手をにぎってあるいて行く、後から光子がくる。しっとしてくれたらと思うのだ。（綾子というひとが下から上ってきそうで。）

光子の日記。（私は、それを、みながら、体をふるわせていたのをしっている。）――「恋愛」なんか、やって、小さい妹にまで心配などさせて、すまない。

母が、あれほど、信用しているのだから、一ぺんにとはいかないだろうが、離れてしまおう。どうしても。

母は、野間さんが、体にふれるなど少しも知らないのだ。

井口さんは、野間さんがいい人だと思えと言われる。

井口さんと一緒に家をでる。途中でわかれる。野間さんのように、北〔一字不明〕まで、きたりはしない。

「この夏中に、あたしを自分のものにしようと思っているのだろうが、そうは、いかすものか。離れてしまおう。」

父がかえってきて、のまさんが十二時頃きて、ねむられなかったと言っていられた。野間さんも、あんまりだ［のまさんだ］。それに、この頃、うそばかり、ついている。

云々。

この夏、あたしのとった態度は、わるかったかもしれない。

光子は手応えのある女だ。こんな頭をもった女は、はじめてだ。

この光子が、父・母に甘えている。

「うん、ねえ、お父ちゃん……ううん、ううん。」

「あたしがいない間、うんと、お父ちゃんに甘えたにちがいない……すぐ、ううん、ううん、いうて、こっちが、はがゆいわ。」（その母）

「ううん……ううん……。」（光子）

「それ、又。」

「あたしも、ばくち打、やったろ。」光子は、こうして、あぐらをする。

光子――現在、理智が大きいように見えるだけだ。

私は、ひとから、理智というものをかんじえない人間だ。

そうした人間もいるということを知るべきだ。

光子は何を求めているのか。安定か。

俺のような人間につき当ったということは、光子にとって不幸かもしれない。

九月四日

自分の小説が不用意であり、眼のくばり方が少いことを考える。

絶対に、理論をのぞかせてはならない。（リアルに。）

この夏中に、光子も変り、私も変っている。これを忘れてはならない。

志津子は美しいものをのぞんでいる。キリストを媒介として、自己を美しいものにみようとする。しかし、できないのだ。

社会主義キリスト教に対する志津子の考え方、を展開すること。

個人と神、その抵抗のみしか志津子にはない。欠けた抵抗。

プロレタリアート：量《〔ママ〕》をもてるもの、大地（実体あるもの）と共に動くもの。歴史。

九月五日

ジイドは慾望の人であり、物のひとではない。

光子の母から手紙。

光子の家。

光子は、もうあの日記をかくしてしまっていた。

「写真などというものが、もはや、何の役に立とう。」こう言う気持だ。

「君と行く道。」（『春愁記』の映画化。）

光子の lèvres の美しさ。実際、あんな lèvres をもちながら baiser を permettre しないとは、insupportable なことだ。

九月八日

「愛と道」に就て。

朝起きるときに就て。

子供との話。彼は、子供がにげ出すかもしれないのを恐れる。

自分の顔の一定性の恐れ。ゆうずうのきかなさ。

私が、先生の開いた空を貫き破ることができるとしたら、それは、先生の残したあの弱点‥（概念ということ）によってであると思える。

私は、広野を、私の心のように、横切り渡った。

九月九日

どうしても、ジュルイリスムから、のりこえること。

私は、愛のために、すべてをすてるのだ。

愛が、こうも、私をうばうとは思えなかった。

「また、のまさん、うんいうた。いくど、いうか、かぞえてたろ。」（光子）

光子を幸福にしなければならない。

ブラウニングの言葉が、私の心の中にある。

私には、一人の人間さえ、幸福にすることができないのではないのか。

一人の人間さえ清めることができないのではないのか。

「それは、プロレタリア革命なんかとちがうよ、俺には何か、わからんよ。」

彼は、光子のもつアトモスフェアを、そうかんじるのだ。

志賀直哉のタッチは、すみずみまで、かんじることができる。

私のタッチが、志賀直哉のよりも、向うへのびるからだと思う。

しかし、トルストイのタッチとなると、そうはいかない。とどかない。筆、言葉の定着ということ。

私はねむりながら、二人の祖母の話に耳を向ける。

「としお、なんやら、はなしおったな……。」

「ふん……ボルシェビキが何やらかやら、いうて、うつつできいとった。」

「ひろし、だまってて、としおひとりでしゃべっとんねん……あんなん、せいがないやろな……。」

「ううん……きょうは、ひろしも、しゃべっとったぜ……。」

又、夜、八時頃になると家からでて行きたくなる。

揺れる、揺れる……うどんが食いたいと思いながら、氷を食うてかえってくる。

強姦をする男。苦しみをのがれて行くために。一瞬の苦しみ[のがれ]。

進介は、鉄郎の前に立って腹立つ。その死を望む。

「おごってもろたん。」

「そらそうや……。」

「でも、よそでたべてきたら、そんするわ。」

「何で……とくやないか……。」

「今日何たべてくるいうといてくれたら何やけど。」

「冬やったら何ぼでもたべてきてくれたらええ……。」

(冬)。（兄と姉。）

余りにも、強い男の前に立って怒るということ。


（先生と私。）

（私と井口。）

恋愛。：一つの逃避だ。

「恋愛が美しくなればなる程、逃避的になる。」という主題《テーマ》。

（恋愛の美しさが、占める位置。）

「俺は、チェホフみたいに……。」と考える。

兄と姉。「ひろえね……あまえたになってしょうがないわ……。」

「あんな、そだてかたするさかいだよ……。」

「また、もっとしたら直るやろね。」

「直るかい……お前みたいなそだて方して……。」

「あんたかてや。」

もう、だめだと彼は思うのだった。どうしても、だめだ。何もかけない、かく資格など勿論ない。そして、小さく死んで行くのだと。

光子とくらそうと思うのだ。私の名など残りはしないのだと。

女の性器のもっている、あのアトモスフェア。黄色い明るさ、熱。

私こそが犠牲のような気がする。（時代の。）そして、ぎせいであって、決して、先覚者ではない。

「光子を苦しめはしないか。」「何故、光子は、にげるのだ。」と思う。

夜、あるいてきて考えようと思う。

ひると全く別な夜がある。女を殺したい。

進介は、鉄郎が自分の前で、すべてを見せていないのを、焦燥におもうのだった。自分に、半分以上、ほとんど、何かをかくしているのを。それでいて、それが、その鉄郎が、自分を、引きずって行く力をもっているのを、癪に思うのだった。自分が、真面目に生きて行こうとするのを、利用されているとさえ思える。そして、鉄郎には、そんなこともできると思えるのだ。

「自然の懐でなしとげられる変化の神秘。」（トルストイ）

「これ、ものかはたけやろか。」

「さあ……ものが［は］、畑でできまんねんやろ。」

「えへへ……。」

九月十日

過去の浮び方。

外で、木魚の音がする。私は、黒谷をあるいているときの気持になる。私は、ただ、黒谷の明るい日当りを思いだしているだけなのだ。しかも、私は、それが、黒谷だということをしっている。

「くろたにのところをあるいて……あの便所の戸。」などという。

私の中に過去があるのだ。たまっているのだ。そして、私が、それを記憶としてはたらかせなくとも、私は、それをまとってしまっているような気持になっているのだ。

「ナグリノフやな。」

「ダヴィドフや。」

ジイドは、ワイルドの消滅の中からの建設だ。ジイド。リアルなジイド。

「おっちゃんにやっておいで、めめさましなさい、それたべていうて。」

「ううん、やらへんねん。」

「やらへんのん……あげなさい、あんた、まだここにある……がな。」

「すいことないよ、めめさましよ。」

「おいちいわ。」

「下駄あっちからはいてきて、みなここへぬいで……とうとうねさしてもらわなんだなあ……。」

富士と先生の詩について話してみることが必要だ。

彼は、自分が、すでに、その家の中にある調和の一要素になっている［を形づくっている］のをかんじるのだった。

そして、それを破るのは、つらいことだと。

夜は、こおろぎの声がひどい。今年始めて、秋に注意しだしたような気がする。いままで、秋のよさが、わからなかったような気持。

「あつうて、あつうて、ねられへん。」（祖母）（蚊帳の中で。）

彼は、隣の音をききながら、いやになった。年寄り達にたいして、いけないと思った。

九月十一日

もっと広く、もっと広く。

空の色が変って暮れてきた。

「この間も、ふじさんのおとうさん、はなしてられた……ふじさんが、あないして学校やめたので、わたしは、もう、何もかも、全く（生きているのが）、せいがなくなってしまいましたいうてられた……。」

「あの羽山いうひと、どうも、はじめからおかしいおもてた、いうてられた。

一寸、みなには手にあわんひとだと……ふじにも、洋服かえかえいうて、就職するのに、洋服がないと、いかんとかいうて……。

洋服こうたら、もう、あとは、何にもいうてきやへん……。

あんなひとは……何でも、ひとの弱点をようみていて、そこをつかんで……はいってきて、あんな方へひきずりこんで行くのだというてられた……むこのおうちでも、羽山さんをこわがってこわがって。」

「お母さん、この頃、俺が、ようあそぶので安心してる喜んでるわ。」（私）

「うん……できるだけ、心配かけへん方がええなあ。」（H）

「俺は、言葉だけで……考えてるだけで、何にも、ようせんのや……。」（私）

「そんなことあらへん……。」（F）

「まあ、ちっとま、ねよか。」

「よこになろか……おいら　あんな玄関ねたら、こっちい向きやへん、かきしてしもて……。」

「ふふふ。」私もわらう。

「えへえへへ……。」

「かきするいうたって……風、上から行くがな……。」

「くるもんか、おひろの体、そんなとこにあったら、かきしてしもて。」

「野間君は意識の上でのみあせったってあかへん。もっと、底から、やらんと……いうてた、Y君も。」

「お母さんも、そればっかり、心配していられるわ、気をつけなさいよ、……ほんとに……研究するのは、何もさしつかえないけれど。」

九月十二日

la palingénésie の考え。（ジイド）これは、物質そのものの動きだと言える。物質は、かくして、生命をえて行くのだ。物質として、動いて美しくなって行くのだ。

井口、富士、二人とも、早く死ぬような気がする。特に井口が死ぬような気がする。

井口の夢をみた。井口は、やはり、女のことを言っていた。女を、とらえるのが、どんなにたやすいかを言っていた。色が白く、顔にしわがなく、油もなくなっている。私は、何故か、井口の話を、きたないとも思わず、許していた。死ぬな、と思っていた。

志賀直哉は、体から来る文学はきらいだと言っていたが、私とは、全く、合わないと思う。

九月十二《〔ママ〕》日

「のまさん、かえってきた。」（その母）

「うん……。」

「しっとるんぜ……。」

「しってる。」私は、そのまま、寝ていた。

「まあちゃん……。」

「うん……しってる。」

「お兄ちゃん……日にやけんしょうこやな……。」

「しょうこやて。」

「しょうぶんやがな、しょうぶんやがな……。」

一家団《だん》らんということは、私の性にあわないらしい。

「蚊がきよるぜはや。」とその父親が、あおいでいる……。

富士が、かえってきた。美しい顔になっている。

頬が円くなって、しっかりしているという顔だ。

私は、この家にいて、光子といて、ときどき、「もう、もう」という気がする。かえって行こうという気がする。

中心がうつり、それがみだれているときの状態から、平衡の状態へかえってくる。二つの中心のできるのをかんじる。


「あたしら、ちっとも、こうしていて、かわったことあらへんぜ……。」

「そやさかい、あかんねん。」

皆わらった。私をみた。私は、あの、ひとの心をくぐる気持で、皆がみるのが、へんな気だった。

「まるで横っぱらに、短刀をつきつけられてるようやな。」(富士)

「ね、繰って、これ、ね。」(光子)

九月十四日

御免なさいね。この夏はほんとに。いやな、暗い夏を、おすごしになったでしょうね。わるかったと思いくやんでいます。

皆がこちらへかえってこられてから、一層、あなたのことを考えることが多くなったのでした。そして、思えば思うほど、この夏、自分のとったたいどを、かなしく思っております。


この頃は、二人でいたいと思うことが多いのでした。(どこか家の外の静かなところで。)

あなたが望まれたことも夢でみました。

あなたのゆめなど、以前は、みたこともなかったのに、毎日のように、夢であなたのことをみます。許して下さい。ごめんなさいね。(こっそり、これを、お入れしたことを。)

ほんとに自分は、わがままだったと思います。

九月十九日

自分の日記の何という貧弱さ。

小説をかいて行く一つの状態がある。その間に、茶をのむ。するると、もはや、以前の状態ではなくなってしまう、別の状態がくる。

しかも、それがつながっている。


切手。……他人を切手のように使う。

ズボン。……人間をズボンに用いる。

「一人の人間と人間。」その間の関係
「もの二つを支えるもの。」経済的、
政治的、その他。実体的なもの。

この間の動き

動きだ。


一人の女が一人の男の何かを奪う。奪ってそこに、何かをもってくる。

奪うということは、何かをもってくることだ。（人間同志に於ては。）

誰でも、一八〇度しかみえないようだ。（そのひとの日記をみよ。）

日記とは何だ。

「土方」と「労働者」との違い。

「俺は、政治運動はやらんよ……俺にはやれへん。」

「つかまったら、すぐ腹立ててしまうやろな……あんなに神経質やったら、でけへんわ……。」

一人の人間が一人の人間を理解することさえ出来ないのだ。

しかも、人々は、そのまま生きて行けるのだ。


富士が、「生れて、始めてあう」と、この頃の生活をいう。しかし、これからきりぬけたら、あとは、どんなに大きいか、と言う。しかし、私は、それさえきけない。私は、もっと弱っていて、きりぬけられるかどうかさえわからない。

「この世、半ば地獄にいるような。」


あらゆる人間の中に文学者（心理学者）がいて、それが、わざわいする。欲望を、二つにも、三つにも割って、ようやく満足すること。

（私の恋愛も、そうしたものではないのか。）

「さい断を、さい断する。」

自我の弛緩が、自意識ではないか。


母へ手紙。（光子のことに就て。）


ドストエフスキーの如く。海のような文章を。くいこんで行く文章を。

瓜生は、俺の小説に思想の土台がないといった。うつりかわる過程のみがあって、土台が見えていないと言った。

「いまの世の中で、自意識のないやつなど、怪物やな。」

「その怪物になりたい……。」

「そんなこというのん、のまの退化やぞ……。」

「たいか……たいかって、何や……。」

「しりぞくことや……。」

「俺は、たいかした……。」

皆わらった。

自我……別の自我
一歩退かなければ移ることはできない。

自我の抵抗。

若いとき、運動からしりぞいて行った男と、進介との対話。

その男のもつ殻のようなもの。

光子のこの頃の眼。‥確かな、足どりをもったような明るい二重。

「カリカチュール」と人間。

「体」。体を、破れ。私の唯一のよりどころを破れ。

「歴史」。歴史を破れ。

九月二十一日

ねじくぎのように、歴史の中へ体をうち込め。

「わかいときは、ね、ねじくぎみたいだしたが、この頃はあきまへんわ。鍬の先が、土ん中へ入りこましまへんねん。……こっちは、ねじくぎのつもりでも、向うが、砂のようになってしもうて……。」

桑原は、さい断というが、私はさい断をさい断しなければならなかったのだ。物のさい断ではなくてはだめだ、自分のさい断のみではだめだ。

「さい断という。」
歴史
自己
宇宙
―この三つを中心に。

歴史のリトム。

ドストエフスキーが読みたい。しかし、読まないのだ。読まずにそれに堪えてみよう。

集中ということ。到るところに集中があり、放散がある。その二つをたばねながら流れる、即ち、渦巻くもの。（歴史）

桑原の眼前‥一八〇度。

「あれあれ、あんなところに自動車がとんでるわ……飛行機、よういわへんねん。」

九月二十二日

光子から手紙。

手紙を出す。出してから、又、俺の勝手と思う。併し、私には、たえられないことなのだ。

女というものの、ばからしさ。どうしたらよいのか。

もっともっと、自分をなくさねばならないのだろうか。

「現実の生地《きじ》。」（瓜生の言葉。）

「のま、まだ、この頃でもあのビルディングみてかんじたようなこと、かんじるか。」

「ビルディング？」

「うん、かいてたやないか……きみ……。」

「ああ、百貨店か……。」

「うん……。」

「うん。」

「そうか、俺は、あんな……建物みてあんまりかんじへんけど……「巡査」みてると、むかつくな、一番、あいつら……なんなんや。」自分の腕をかむまねをする。「自分で自分の身をたべてんねんな。」

九月二十三日

富士をほめることは、たやすい。（私は、富士をほめることを、できるだけひかえていよう。）ひとから、ほめられることのたやすい人間がいるのか。（小説のために、しらべてみること。）

トルストイの日記が、私を打つ。

「俺は、やって行くのや、新しいやり方のやつを。いままでのんなんか、あかへん。……あんなん。」（瓜生）

私は、光子を、自分の慾望の下へ置こうとしているにすぎない。私は、すべての人を、自分の手のとどくはんいの下へおいておきたいのだ。それだけではないのか。

しかし、もう、いやだ。こんな恋愛などいやで堪えられない。

九月二十四日

歩いてかえってきた。

俺は、どうしてよいか、わからない。

「女がいないということ、女が理想でありながら、その女がどこにもいないということ。」

眼はとおく［近く］空をもつ。

うちらに空をもつ眼。

富士のお母さんから手紙がきた。この人にはすまないと、心からおもっている。光子のことを考える。そして、又、光子。

桑原がきて、これからの行く道について話し合った。

余り、かっちりと、ものをいう男の前での腹立ち。はきはきと物をしょりして行くマルキシストの前での腹立ち。

九月二十五日

光子を求めている。はっきりしろ。

「いや……いやよ……いやって……いや、いうてんのに、かあちゃん。」

山の端［縁］、明るい。次第に高く、うす浅黄の空色……充実しきる……。

山は、うちらから、力をもりあげているようだ。黒々とかげを、じっと、だいている。松林の赤いみきの下の方を、処々にみせて、こい黒みの緑が、西日にあたって、じ石をうけているように熱ばんでいる。頂上の山の線を、さえぎって、二、三本の松の木が、日、赤々とすきとおり光っている。

山の下の家の斜の赤い光に光っている硝子、白い壁。すずめがとおる。くぼんだ街のざわめき。

犬がほえる。光子のことを考えている。六時頃。

夏の夕のあつさがある。


私は、たしかに、小さくなろうとしている。ここで、何とかしなければならない。はやく、片附けてしまいたい、光子のことを。

大きいのがほしい。大きい、強烈なやつが。

大地に穴をあけて、その心をえぐりだしたい。そんな抵抗だ。

一つの、ねじくぎとなって、歴史の中へ、打ち入りたい。

もっと、荒れてくれ、荒れてくれ、歴史の体よ。俺の体を、こなみじんにしてしまえ。しかし、俺は、お前と共になるのだ。

そしてこそ、共になれるのだ。それ以外に道はない。

富士の日記、よい日記だ。

私は、富士を、まつ。富士と私だけ。

大地の心を、歴史の心を、紙の上につかみだしてみよう。

俺の愛で、青空がとけて行く。俺がとかす、そのとけた（動き）が、光子の体なのだ。青空を以て、光子をつくろう、愛の手、光の手を以て。

つくりなおして行くということ。

小さいことばかりが重なる。

光の眼が青空の青を、一枚一枚はぎとって行く‥あけ方。

このように光子の体をはぎとれ。

お前の体の色をはごう。空よ。この眼で。

(外へ出さぬこと。外は氷らせるのだ。)

みつめよ、みつめよ。空の眼を以て。無限の距離から、この大地に生えた体のままに。


慾望と物との関係に就て。

人間のもっとも奥底にある、あの火のような流動物：苦悩を求める慾望。(俺は苦しみだ。)


昔につかれてはならない、昔にとらえられてはならない。

のびる、のびる←→引く。


「俺も、たっしゃになったぜ……ずっと、あれから……。」

「そやな、おんわになってる……なごやかやな……かおが……。」

「うん……地盤をもってやってるさかい……以前のように浮いてえへん……あせったりせんでもええさかい……。」

「作家が、こっちへはいってくるとき、ひそうな気持になるのは、やめんといかんなあ……。べつに、K・Pにかんけいがあるわけでなし……。」


生活の眼と、概念とが水と油のようにまじりあわへん……のやけど……へだたりがでけて……そやけど、キャピタルやな……そう思うなあ……。


「こんや……会うてよかった……。」

「ええて、何で……。」

二人、小便する。

「わたなべくんや二人、日本がスペインのようになったらどうするいうたら、二人とも銃もってでるいうてんねん……。いざいうとどやわからへんぞ、いうたら……銃もたなんだら、殺されるがないうて、二人でわらてんねん、おもしろいなあ。」


「社会の矛盾やろけど……みんな……つらいなあ、ぎせいをはらうねんなあ……。」

「人間はけっきょく真理のありやな……どうや……みなあとからぞろぞろついてくる……。こんな小説かいたらどうや、人間は真理のありであるなんて……。

俺は詩人やなあ……。」(じょうだんのように……。)

「あいつのはせんどうえんぜつや……。ざるの中へ、なんにもかも入れてゆすぶってるみたいやな。」


「それ、あれや……あの調子やうまいなあ……。」

「きみ……えんぜつうまいやろきっと……。」

「うんそうでもないぜ……。」

「いや……うまいぜ……きっと……。」

「一寸、ほめたると、そのへんれいとくるか［きたな］。」

この間ひとばん坂本君とはなしして、公園でねててんけど……ルンペンと話ししてな……それ、ゆかいなやつで……。なんで……こんなんになったいうたら……おれ病気になったら、かか、子供つれてにげてまいやがんねん……しゃっきんばっかりのこって……しかたあらへん……なったってん……いうとんねん……のんきなおっさんや……。
かご……三十銭
荷車……六十銭
かにひろて、一つ一銭で子供にうりよんねん……。
「ふん。」
「いろんな商ばいがあるなあ……。」

「きみとこのお母さん……政治家やな……。」

「ふん……。」

「いや……ほんまに……男まさりやな。……僕ら、はなであしらわれるなあ……俺……にらまれたよ……。」


「うん、……そらそうや……ひとりで……やってきたんやさかいになあ……やっぱり。」(H)

「きみ……みんな……へんな、かっこうした連中ばっかりやさかいになあ……。」

ゾラのこと。

「以前のかわったなあ……女房子供もった奴が第一線に立ちよるねん……俺らのときとはえらいちがうぜ……たしかや……。」

「あれ、神戸で第一の位置にたちよるな。どこでも、もぐりこみよる……。」

「川崎へはいりよってん……うまいさかいなあ、要領がよいさかいになあ。」


「とび立つ思いがしました。」……ユーモラスやで、じっさい。


パイ公をどなりつける。

入れずみして、けっとう家みたいで……ちぢみあがってしまうぜ……。三人の反動をやっつけた。


「Y君……おしがって……心配してたぜ……。」

「しかし、歴史的のことと、一人のこととてんびんにかけてみい……いうて、やっつけやがんねん。」

「そうそう……。」いうその人の、顔をふる調子がうかぶ。このやさしい調子の向うにかくしているものに反抗をかんじる。とつぜん。かくしているのだかくしているのだ。


そのひとと、歩きながら、私は、別の地面から、そのひとのいる地面へとび移って行こうと、動いているのを、かんじる。それより、二つの地面があることをかんじる。

「個人などにかかわらず……個人などどうなろうと歴史の歯車（車輪）は動いている……。」

「じっさいやな……以前は、ちっとも、歴史が動いてるようにみえなんだけど……。この四月から、ばたばたと、ほんとに、動いてやがるとかんじるなあ……そやそや……。」

「うん、うん。」


「森どうしてる。」

「うん、仲々、げんきでやってるぜ……うん。」（武田）

「山村くん、げんきやな……。」

「きみ……ちっとも、肺病らしいかおせえへんなあ……。」

「まだ……肺病のうちにはいらんぞ……。」

Hとわかれて、私は、光子をかんじた。光子のことを、……その家を、再会をえがいた。美しいもの。


バス。

三回、目礼。


「あれたのみますわ。」

「ええ、承知しました……ええと何やったかいや……。」

「〔一字不明〕丸のこと……。」

「ああ……わかりました……失礼します。」


「げいじつのこと理解せえへんなあ……いかんねんけど……。」

Y君も……ちっとわかってきて、喜んでた、せん光のことで……。」


（伊之助。）次郎に。

あれと、あれとは、つけさせてある。

あれは……だらくの方は、たしかだ。おれのものだ……。

工場は見とおしだ……そこからでてる、手も、みとおしだ……。

かたまりが、二つある。一つはあそこに、一つはあそこに。

「何かおもろいことないかな……。」

「日記からひねりだすか……。」

「かつどうになる話いうたら、又別やな……一寸、すかたんみたいな話やろ……。」

「そやな……。」

「うそつきやがった……。」

「え？」

「そやな」おもてえへんのや……。」

九月二十八日

タッチを深くせよ。深いタッチの眼をもて。フロオベル。自分の頭の中では ordre 位置をもっているのに、それが、ひとの頭の中ではもっていないこと。私の体の ordre とお前の体の ordre。

お前の面と、私の面。

「車輪」

次第に「リアル」確得して行く、この生き方だ。その色だ。その層の進展だ。ジッドのこれからの、リアルへの帰還ののちだ。

内ら側からつかまえ、それを、突然、外側から破る、外側のとらえ方。これが読者に強いものをあたえる。このやり方、たえず、これを用いること。

外に流れるものと内らに流れるもの、これを、二つを大きくまとめて流れるもの。この二つのゆれ。

心理像をきざむ、それで一歩、物質に近づく、又、きざむ、又、近づく。歴史。意識の歴史。人間を物質化する。

物質の流動。

うちらばかりの世界。

彼（進介）は淳子とねながら考える。「何だ、何だ、何だ」と、そして、又、「これでいいのだ」と。闇がある。何かがくる。何もこない。そうだ……何もこない、ただ、降りて行くだけ、そうだ、降りても行かない、畳の上だ。

九月二十九日

「つかみたいのだ、つかみたいのだ……こんなことばも、勿論うそだろう……仕方なしに言っているのだ……。」

「……。」

「あなたは……勿論、俺のあとへついてこいというのだろう……すれば……つかませてやると……。」

「そう言ってもいい……しかし、勿論、いわしないよ。」微笑。

「体、丈夫だろうな、丈夫だったらいい……いいことがあるよ……。」

「家へかえったら、岡に上った亀やいうてんねん……。」

歴史の中心と宇宙の中心。

竹内勝太郎。欠点。ふんいきなくなり、実体もなくなることあり。

外から、並べて行くことによって、ふんいきをただよわす。

ヴァレリー。

ただちに、ふんいきへ。しかも、常に一歩手前というやり方(réserve)

欠点。

ふんいきのみになることあり、そして、つまり、ふんいきでも何でもなくなる。ことばのまわり、ぐるりが、光で、ただようている。そんな言葉。

「きみの頭の中に［うちらへはいりうる］、何か、ふみ台を、おいてくれ。」進介。
「……」(志津子)
「きみを、破り裂くぞ。」そして、ふみ台をみつけよう。

九月三十日

ジッドは切りとる。生活の動きを。彼のもつ、あの、生活のもっとも外側にひらめく、炎のようなもので。彼は、集め、彼は、しりぞける。そこには、一つの中心と、一つのアトモスフェールのみがのこるのだ。これは、エグザンプルであり、現実ではない。(もっとも、すべての小説家のやり方は、人間の生活は、これ以外にはないのだが。)

そのきりとった、生活の断面が、何色であるか、私はしらない。

しかし、ジッドは、過去の総量によってよりも、むしろ、未来の総量によって、それをきり、色づけるのだ。

(スベテのパッションの人のように。)そして、それは、作品としてよりも、人間として、(ルーソーの如く)はたらくのだ。

九月三十〔ママ〕日

私は、ジッドの『未完の告白』と『土曜日』とを買ってきた。

「今日ののまは満点やな。」

「なんで……。」

「いわんとこ。」

一九三六（昭和十一）年十月〜三七年一月
（日記9）

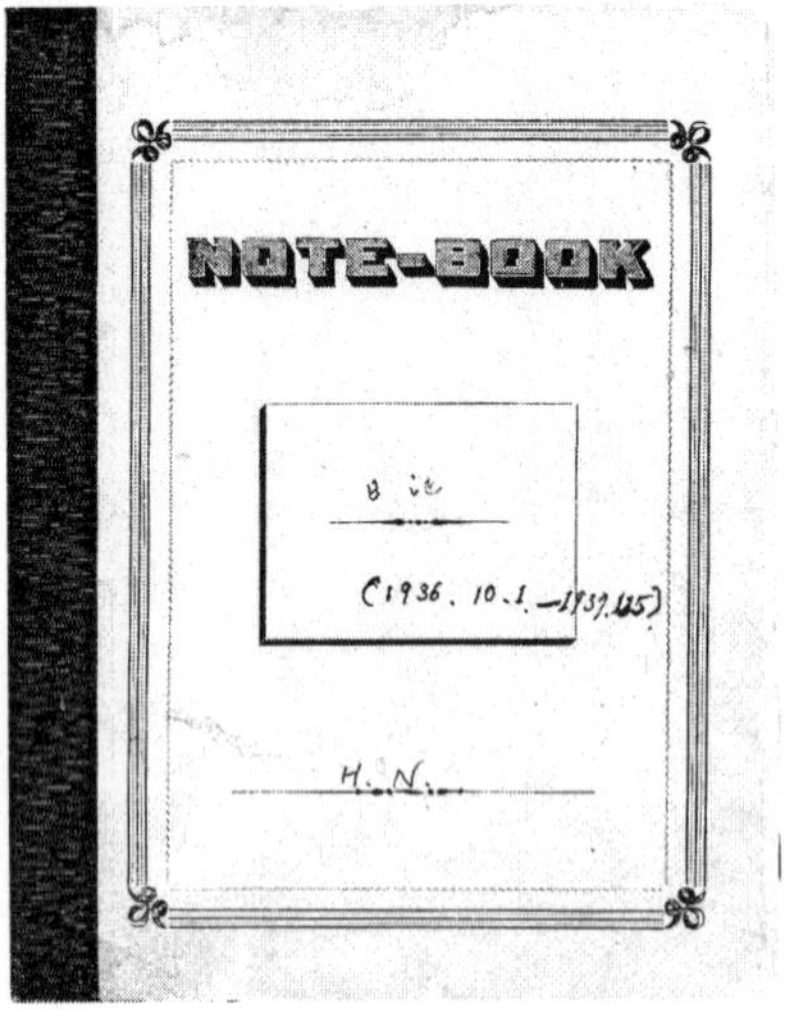

十月一日

「こわいな。」（U）

「のま、この頃、怒っとんねんぞ。」（F）

「詩できたぞ。詩。」（私）

「詩できて、おこってんのんか。」（F）

私は、愛の詩をつくった。併し、私は、一方うれしく、一方堪えられない。（何の文学なのだ。）

もう一月はやくか、或は一月おそくとも、彼は、彼女には恋をかんじなかったろう。（ある男。）

（愛を区別するというのはよい。）

「ねじくぎ」と「歴史」との関係について。

歴史そのものが、ねじくぎとならねばならぬ。私はねじくぎとなり歴史にくい入る。歴史、又、ねじくぎとなり、私にくい入れ。

十月二日

よく眠れた。久しぶりだ。

何という生々としたものが、私の中に動いていることだろう。

私には、あらゆるものが生々としている。私は、教師に、どなられても、生々と、微笑む。光子、光子、光子。

「光子する」という動詞が私にはある。

詩の理論は、又、わからなくなる。しかし、詩は、かく。光子の写真を、ならべてみる。六枚以上もたまっている。どれも、これも、向っていると、喜びの光りに向っているような気がする。

「寒くない？」（光子）

「ううん……。」（私）

「でも、さむくなったわね……。」（光子）

「うん……。」（私）

「ゆすぶったらいや……やめて。」

「いやいうてるのに……おとすよ、ここから水の中へ……ほんとに……。」（光子）

「俺は、ハムレットではない、たしかに、ハムレット位だろうぜ。」（或る男。）

「この夏、俺には、チェホフがよくわかったよ……。」（私）

「俺にも……。」（K）

そして、夜、Fと共に、私が言う。

「チェホフ、よくわかるなあ……しかし、チェホフになってしもたらあかんのや、あかへん……どうしたって、チェホフにはなりたくない……。」

「そうですよ、私達は、あの、ロックのいう、白紙のようなものをもっていて、そこへ、きざみこんで行くのですよ。そこから、モラルの基準がでてくる。そして、部厚くなって行く、又、きざみこむという具合にね……。」

「何という情熱のない、モラルなのだ……私にはたえられない……。」

「きみは、あなたは、熱のみをもっていられる。仲身のない熱を。湯気がたってしまえば……あなたは、モラルとは何だということにさえ、まようのです……。」

石のようなもの、それにきざみこむ。

全世界は石のようなものだ……全人類が、又、あらゆるものが、それに、各自の方法で、何かを、きざみこんで行くのだ。きざみこまれる。きざみ込むということは、それにより、又、自らをかえてゆくことだ。

女の子、白粉をつけた女学生とおる。

「あれ、シャンだね……メード・インジャパンやて……。」道で……。

「ふん……シャンやな……。」（中学生）シャンと言って、女の子を、問題にするようになった、自分を誇っているのだ。

今日は、雨だ。

ジッド。

詩は常に知性に還った。そこに、彼の重心があり、彼の身の、傾け方が、そこにあったからだ。還るということ。循環論法。土台のないということ。彼は、何によって、それを破るのか、歴史によって。彼は、知性という、一つの皮袋、或は、ため池、その底に、さらに、深い、海のあることを、知るのだ。『背徳者』……それは、ただ、かい放の書であり、知性の皮袋を、放りだす詩であり、第二の皮袋をつくる書だ。「行動」……これは、始めて、プロレタリアート（の自覚）と共にある。

十月三日

哲学者は、気楽に、何と何との綜合などと言えるが、ほんとうに、やれるのならやってみよ、お前の体は、二つに、引きさかれてしまうだろう。お前は、お前の認識が、お前以外の幾千万という人間のいとなみの中から湧き上ってきていることを知らないのだ。

形容詞のはんらんをさけよ。形容詞こそ、作者が物を摑んでいるかどうか、を示すものだ。実体から、対象そのものからくる、対象そのものに定着している形容言。一寸でも多く、一寸でも少くても、作者の浮いた状態を示すだろう。（作者を見せる。）

蛇の夢のことを、美しいはれた天気の日に思いだすこと。

会話に於ける人物の顔について。その表わし方。

十月四日

太田の兄さん。先ず、口が眼につく。太田と同じように、甘えた調子の物のいい方。太田が、「うふふ……えへっ、えへっけへえっ。」と笑うときの。

ネクタイ売について行く。あるき廻る。

詩、「花瞳」について。

「自然のもののもっている、抵抗のようなもの、ものがあるというかんじのある作品、結晶軸が二つ。いままでの作品やと、どうも、ディメンションが一つしかないようやったけど……。」

（富士）

「いままでのきみの、鉄の輪のはまってるような詩も何やけど、きらいやいうのやないけど、こんな、やわらかいのもすきやな、きみのこの頃の生活がでている。詩の主潮というか、流れているものがすきやな……。」（桑原）

私は、どう考えたらよいのか。私は、発展したという感じをもたない。

私は危いというかんじしかもたない。私は、やはり、「海の笑い」の建てた土台の上にいるだけだ。新しい台を、はったというかんじが少しもないのだ。

私は、内へか、外へか。内らへ、当分行くべきなのか。それ以外にないだろう。私は、マルキシスト達から、はなれたという気がする。そして、それが、一方つらいのだ。皆は、この機にというように、私のこの詩を、ほめるのではないのか。スメルジャーコフ。——これこそ、「心理」の塊だ。心理が塊となって、でてきたのだ。ドストエフスキーのやり方。普遍的なものの肉化《にくづけ》。

果物屋の前、光子のことを胸において、リンゴ、バナナを買った。

どうも「さびしい」というより、何か、小さい空虚がある。

「うごいているものが、かんじられるね。」（富士）

「うごいている詩やな。」（桑原）

（そして、色がある。色と動きがある。）

ほめられる人間になりたくない。（しかもそれが、私には、できないのだ。）

近頃、小さい字をかくようになっている。これも、気にかかる。

十月五日

一日一日の世界創造、一日一日の夜明け。その吹く風。

「靴、はりかえるの、何ぼぐらいしよる？」（O—兄）

「一円三十銭ぐらいやろ。」（O）

「そんなんでないぞ……釘でうつのんとちごて、ぬうのんやろ、もっとするぜ……。」（私）

「一円五十銭位か……。」（O—兄）

「その位やろな……。」（F）

「とりよるなあ……。」（O—兄）

「何か軽金属でくっつくらへんかなあ……そしたら、ちびへんやろ……。」

「こんな詩をみてると、始めて詩は写実ではないということが言える気がする。」（私の「花瞳」の評、F。）

私は湯につかっている。石けんがない。台所には光子がいる。

それを私は知っていて、「おばさん、おばさん……。」と言う。

光子がきく、「何？」「石鹸？」という。

「うん、石けん……。」

私は、光子が石けんをどこから入れるのかと思う。

「あけるよ？」

「うん。」

光子は、窓をあけて、石けんを入れて、しめてしまう。私は、うれしくなっている。

私が今津へかえって行くときだ。

皆が、私のところへあつまってくる。私のバンドをいじくっている。

光子も、それをいじくる。

「これ、一寸、ミシンかけてきてあげなさい。」(その母)

「うん……。」光子は、私のシャツをもって二階へ上る。そのときは、まる、一カ月ぶりで、光子は、それをやってくれたのだ。

かえる。光子は、送ってこないのかと思っていたが、やっと、光子も、上衣をきかえだす……。

「そんな風して?」(その祖母)

「これでいいわね。」(光子)

「ええ……よろしいとも。」(その母)

私は、きかないふりをして、光子の方もみない……光子はしたくする。

家を出る。途中、ふりかえる。光子は、道々、かみを解いている。

私が、美しいといった、その姿をみせてくれる。私がみる、すぐ、かみをむすんでしまう。私ひとりはなれ、皆、人形屋の窓をみる。

雨がふってきた。てれる態度。私は光子をみつめている。そして、光子はそれをしっているのだ。

「ふってきたわね……傘?」

「かまへん。いらん。」(私)

光子、正夫、安子。皆わかれる。

(美しい、つつましい、そして、白く燃えるような、恋愛の小説をかくこと。)

(一生のうちにこれも一つ。)「車輪」の次に。(テーマ)展開少く、光りと、色と、おちつきと、うるみと、お前の眼と。

岩崎と。

「君どうして、下宿かわってん[たん]?」

「うん……島津の家か……出てくれいうてきよってん……下宿やめるいうて……。」

「ふん……。」

「やすいのか……。」

「うん……三円や……前と同じ……。」

「きみ……いつでも、……同じようなとこへいくな……性格的なものかもしれへんけど……。」

「似てるか……。」

「うん……きみは……あんまり……さっぱりしたとこへはいかへんなあ……。」

私をみて、すぐ話をかえる。

「うん……そうかなあ……。」

「ふじ……あせっとるやろなあ……。」

「きみの方が、たしかに、生活はうまいよ……。」

「そうかなあ……。」

「俺はあかん……いま、俺が一番ゆきづまっとるわ[な]……。」

「井口は、まえ、富士のシュベスターにかなり参っとったらしいなあ……俺に、写真みせよったもん……しかし、井口は何やな……いわゆるメートヘンいうような何には、だめやな……おつるさんというのがでてきて、たちまち……きえてしもたもん……。」

「「車輪」どうや……。」

「かいてる。」

「ふじは大衆性がないよ……井口は、何にしても、大衆性があるよ。女の子にすかれたりする……。」私は時代性、流行性が井口にあるのだといおうとした。

「ふじは、限定版やな……一つ、五〇部とかいう……ごうか版やな……それ以上はだしません……。」

私はわらった。

二人とも、椅子を斜にし、かべに体をもたせ視線のあうのをさけあった。

富士は、私の理論を、たてのみだと思うのだ。積むということ、これは、たてのみではない。積むということ（穿つということと、埋めるということとを同時にもつ。）は、（歴史）ということであり、（歴史の体）というのが、積むということなのだ。

一つの悲劇は、さらに、その主体が深く、掘り降り行くとき、それは、一つのあがき、羽ばたきにもすぎなくなる。しかし、それは、たっといはばたきだ。

一つの国で、文学のテーマが進んでいるのに、他の国では、まだ、その、すてられてしまったテーマを追わねばならないのだ。そして、その他の国に於ても、その進んだテーマを、読書によって知ることは、できるのだ。そのときの、おくれている国の作家は、こんらんにおちることがあるのは当然だ。示唆として、進んだ国のテーマはあるだけなのか。

一つの小説が、他の小説を、食いつくしてしまう。

私の中の「車輪」が、私の中の短篇小説を、すべてひっさらえて行く。

このような、大きい、はげしい作用が、人間の生長のかていにもあるだろう。

「しゅしゃせんたくがないとあかんと思うな、意識的に、自覚的にやるのでなければ、発展し、すすんでゆくとき、あれはとり、これはすてるというものがあると思うな……その、せんたくをするもの……これが、例のきざまれる石だが……こいつは、きざまれるごとにふとるのだ……このふとるものを、詩にでけへんかなあ。」

歴史だぜ……ふとるものは。

プルウストの土地の名をよむ。再び、私に、プルウストがかえってきたのだ。美しい、ゆたかな、ゆるやかさ。私のいまの体は、これと合することができるのだ。私は、やはり、これをすてることができない。

プルウストと、ドストエフスキーとの交互的、来訪。

そして、私は、ジッドの、あの「一粒の麦」のサンセールな打ち込みをも、よみうるのだ。そして、又、トルストイのあの、広い眼と、ゴリキーの歴史的知性の正しさを、理解しうるのだ。

今日も、ゆたかにくれて行く。このゆたかさを、静かに、秋の夜のように、うちらにこもらせなければならない。

「びわこでとった、きみのしゃしん、な、あれ、ようとれとるな、やいといてくれへんか……或は、原板、わたしてもらってもええわ。」（岩崎）

先ず私は、細道を行き、次の細道には、岩崎を、先に行かせる。そして、この心づかいを、彼もしっているのだ。

「十月二日か、えらいええ日に、詩できたな……先生の誕生日やがな。」

私は、統一器官を失った人間を、想像することができる。小くとも、少しく失った人間は、多いのだ。大地の統一器官のくるいが、体の統一器官を、失わしめることは勿論だ。

眼のとる印象と耳のとる印象が別々のことあり、そのようなことばかりが、彼の体におこるのだ。解体、解体、解体の映像だ。しかも、自然は依然としてそこにある。

「わるもがきをしたらあかん。」（岩崎）

私にとって、意識の中へはいることは、最も容易なことだ。これは、したくないことだ。

私は、長い間、自分自身の顔を、青空の白いかげりにむけているように、自分のうちに起っているものを問わないでいるくせをつけていた。

とうて、突然のむすびつき、思いつきの言葉を得ても、それが、よしや、以前のことばとちがっていたにしても、何になろう、同じ面にあるからには、同じともいえるのではないのかという、あの、文学者には、もちえぬような考えから。

政治家の中も、勿論「文学者」は住んでいる。

私が、外へ出すのではなく、向うから、くるのだ。私の出すもの。

私の思想の知覚。一つの思想を、知覚にまで上すのには、長くかかる。又、ちかくから思想へ……。

一つのことばを、漢字でよむときと、仮名でよむときと、全くちがったふんいきがあり、それでいて、なかみは、同じだという、そのときのように、彼女は、以前と全く姿をかえていた。

以前は夏であったり、もういまは、空は、秋だった。

「色、えらい、しろう、なったな。」私は、光子に言う。

彼は、「きこえる、きこえる。」と言った。「くもってくる。」と言った。

かれの以前の変態的な性欲につながりをもった、音と、色だった。体のすみっこで生きていて、さいごに、存在のありかを示して、さいごの叫びを叫んで死んで行こうとしているのだった。

物は乗せるものであろうか。物は、はこぶものであろうか。

(唯物論者になりきってみよ。唯物論者といいながら、多くの観念論者。)

何か、時を、押したいような、その後押しをして行きたいような、しかも、それを、不可能なことだと知っている、ものを、自分の心の中へ、ちゃんと、もっているような気持。(光子)

六時前。

山は煙っている。けむっているのではない。次第に色を失って行くという方がよい。次第に、色を失い、一つの色、黒に、かわって行くのだ……。

或は、かすかに、或はこく、とりこめている厚い空気の秋の夕のほんのりしたかがやきの中に、その頂の線だけを、明るくしかも、夕の色と同じ色にひからせ、或は松の枝、樹幹を光に白くすかせて、……その夕の青い空気の中にとけて行くといえばよい。鐘もなる、子供の声もする。

小さく煙が家から上っている。盆地だ。直線的な電線の入りこんだ［交りあい、重りあった］小さい低い広場だ。私は、ようやく、スタンドの灯をつける。外のあかりにはかわりがない。

すきとおる、という言葉のひびき、かんじが、特にすきになった。

私は、これを追求することをやめてはならないと思う。私は、歴史の動きそのものにも、私の身体の発展そのものにも、このすきとおって行くひびきをかんじるのだ。すきとおるということは、発展以外のところには、存在しない。すきとおるものこそ、自分の量をもつものなのだ。恋愛にしてもそうだ。

自分の思想がけがれること。それは、自分の生が、常に新に、その思想を、みがき、かえないことによるのだ。

一人の女が、恋に、しかも、烈しい恋に、同じはげしさを以て（それが、従順の形であろうと、対抗の形であろうとかまわない。）こたえてこないときの男の気持はどうだろうか。男は、街をあるかねばならない。畳石をかぞえて行くような気持で……理性をはたらかせながら、他の女の方へ向って行く眼を、ときには、その行くままにはなち、ときには、きびしい責めの下に、それにむちを加えて。

意識の場面と、歴史の場面と。（この方が深い方だ。）

歴史の場面を底にした（常に、これ以外にはないが、意識がこれに気づかぬときもある。）意識の場面。

「俺も、一つ、確信をたてねば、これからなんだ……。」（進介）

ロレンスのようにはなりたくない。

新しい階級からはなれないのだ。

俺も、いよいよこれからだ。そういう気持がとくにする、今夜。これからのものこそ、探究という名で、よべそうだ。はぎとれ、はぎとれ。この確信がくずれて行くときの気持。面が、はりきった面がきえて行く、ええいけしてしまえ……。

……面、面面面だ。

十月七日

川端のパイ公来る。

「何や、一寸目附がちがうおもてました……。」（下宿のおばさん）

「いや……あら、まだ、ええ方ですよ。」（私）

光子が、いまの清さをもって、もっと、私の中へくい込んでくれたらと思う。

彼は、その女によって、一重瞼の美しさを知り、この女によって、二重瞼の美しさを教えられたのだった。このように、彼は、すべての美しさを知って行くのだろうか。

「俺があの人殺しのスメルジャーコフと交際しているうわさが立っているって？　ふん、それが、何の不思議だというのだ……あいつは俺の兄弟じゃないか……心理という奴は、スメルジャーコフの顔をしているのだ……。」

「賢い人には話をしても面白い。」だ。……しかし、いってたぜ……あいつも……俺達は、もう近く、滅びて行くだろうって。「滅び行く階級さね……。」と。……俺にも、それはわかっていた……、だから言ってやった……俺も……うん、もっとも、密度の深いとき、それが、かんじられるのだ。……、キリスト教から、宗教から悪魔から、俺たちは、役をうけついだんだが……俺達の後継者はいないのだと……さいごの民族だと。……しかし、とにかく、栄枯せいすいの世の中だ……俺たちの最高潮だ……いまは、いばっていいんだ。……

このとき彼の中の「そいつ」をとりまいていたものが口をきった。……心理が……心理のスメルジャーコフが人殺しをした……人殺しを、心理が人殺しを……志津子だ……と、彼は叫んだ。きらきらと光が、落ちてきた、彼は、血のようなものをかんじた。くろい壁《へい》がそこにあった。

それは、自分の体の内が、広々と、世界一ぱいに拡がっているようにも思える状態だった。彼は、山を上って行くとき少し頭を斜めに上げてあるく、そのかんじを味わうのだった。

字と字との間が、この上もなく、充実しているような、字と字との間が、せまく、みちているような文章がかきたい。（みちているということは、思想の充実のことを言うにちがいない。）

ラフカディオ、

現実の世界を正にぬけようとする、形而上学的切線の跡。現実の水平線。現実を、現実の中へ打破し行くのではなく、現実の影像をだ。「新な、ドン・キホーテだ。」（計算なし。）

歴史とは「骰子」ではない。少くとも、ラフカディオは、「歴史のさい」ではない。歴史は計算だ。歴史は、さいを投げはしない。

ラフカディオの体そのものがさいなのだ。それは、宇宙に投げられたさいだ。

しかし、真の「さい」とはそんなところにはない。真のさいは、歴史、自己、宇宙、この、三つの面からつくられるのだ。

「さい」と「ラフカディオ。」

彼は、宇宙を、ひきちぎってきて、それを彼のさいとするのだ。これが、彼のaction gratuiteなのだ。ラフカディオの持つさいは、宇宙の中心だ。宇宙の中心の花だ。

石の花だ。

ハムレットにも計算がない。(ハムレットとドン・キホーテ)全体。新しい型がでるのだ。ジッドと点《プワン》の思想。

「両極。」単なる、両刃の小刀ではない。

プワンを打つ。プワンを打つ。

ジッドは、始めて、歴史の体を、とりもどした人間だ。(フランスに於て。)

これは、彼のプワンであり、且つ、歴史そのもののプワンでなければならない。歴史の打つプワン。個の個が歴史にくい込む。ねじくぎ。

「あなたは、自分が最後の個人、人類最後の個人だというのですか。」

「ああ……そうですよ、そういった方がよい……その方が本当だ。……実際、私も、その表現に、その言葉に昨夜、やっと、行きついたのです……最後の個人……です……。私には、わかるのです、きこえるのです……あの、おしよせてくる多くの足音が……機械をもつのも、私がさいごだ……。

私は少くとも、この日本の国を動かすことができると自負していた……。しかし、まだまだ……まだ……死なない……死ぬ筈などない……。多くの敷居の上を動く、人々をかんじるのだ……。しかし、私は、敷居の上などを、どうして行けるのです……。」

彼も、その若いときに、何か秘密をもった男のように、常に、その方向へは、どうしても体をむけないというような方向をもっていた。西方に足をむけないという仏教信者のような、風が彼にもあった。

十月九日

光子が私の夢をみたという。私を、はらみ、私を、あの体の中に入れたのだ、あの光子の眼が、眼をつむり、うちらに開いたあのまなこが、夜の体のやわらかく流す、あの呼吸と共に、私の像をのせ、私の心をのせ、私の眼をのせ、そして、あの唇が、私を、私の唇を、ゆめみたのだ。

唇が夢をみる。光子の唇が夢をみる何という美しさだ。(夢みる唇ではない。)

私は、光子に手紙を出すまいと思う。私が出さぬということが、光子にどんな気味を起させるか、味わせたいのだ。

私は考える。女学生をみながら。

「何という小さい子供なのだ……。そして、俺は、あんな小さい子供と同じ光子に、その光子に、唇を求めたりしているのだ……。

何ということだ……何ということだ……もうやめておこう、いらない。」

昨日の体と今日とはちがう。天候。

彼女は、全身で夢みている。顔で、眼で、ひたいで……足で。

私は、パリサイだと思う。無邪気な楽しみを賤み、人間性の苛虚においてのみ道徳的なるものを見んとするパリサイ的精神。何という。

私はふれる、光子に。そして、又、ふれる。私は、ふれるたびに、一つ一つ、私が新たになって行くように思えるのだ。ふれた部分が、細胞をかえるかのように。（次郎と、清い女。）

昨夜、眼をむけた女は、今日のひるは美しくはなかった。

名。（観念）名にとりつかれてはだめだ、それは、もはや名ではなくなるのだ。名、名をむきだせ、名をやぶれ。

しかし、私は、名こそ、大切だといいたい。正しい名。美しい名。名、ふんいき。

光⃝のただようているような言葉。halo（後光）というあの状態、芸術品はすべてこれをもっている。

名が、名ではなくなるときを用心せねばならない。それがつねにある。新しい名をつねに求めよ。（プルースト的に。）光子が、私の名をよぶ……。その日、私の名は、新たになり、生々としたようだった、生々と、私の上にかぶさり、私は、その名の下に、生きかえったようだった。

光子の唇が、私の名を、くわえ、舌でころがし、その、乳首と共に、そのやさしいいきで〔一字不明〕い、私の前においた。私の一部、名。

新しい言葉ということが、如何に大切であるかがわかってきた。

もっとゆたかに、もっとゆたかに。

私は期待に、一日をうずめる、何もなく期待のみに、一日の長さを。

光子の唇がその期待の向うに、ひろがっている。それは、形もなく、空のようだ、桃のにおいがかすかにするのだ。

何もかもを、光子の呼吸が、あの匂いで、おおい、いきふきかけ、におわすのだ。

落合太郎、「わたしは、他のひとのように、頭から、それがわるいとか何だとかいわないし、自分などには、いう力もないとおもっている。

マルクスのような大思想家のことを、一朝一夕で……お母さんの思想がどんなだかはしらないが……。

君のおかあさんのこともあることだし……。

話、途中だが、きみの眼鏡いがんでるね……。」

「まず、めがねを直すんだね、うん。」

「そんなもの、二十銭か三十銭しかしないよ。」

彼は、いいたいのか。

彼は私に、ある親しみをもつ。私が、私のひみつを、きかせたが故に。その代償として。ひとのひみつをうちあけられるということは信頼をいみするから。

自分の名。それを注意せよ。

私は、自分の名に注意しないときがある。

桑原とあるく。

眼鏡の柄をかえる。桑原。

私の光子への手紙は、光子に気に入ろうとしての手紙にすぎないのではないか。手紙が、創作であっていいのか。

光子を、性慾の対象とする。しかも、それが、きたないと思えるのは、何故なのか。

空、石、花……そんなものが、私にはわからない。

非人間ということが、私にはわからない。

沈黙……最も密度高き、意識。

一つ一つの言葉の次の沈黙。詩、又は人間。

私が光子の日記をみたことを光子は、知ったのだ。

このことが、何か、後に影響しないか。

私がくらした一日、(他の男と)。その一日、共にくらした一日の日記が、私とその男とで、全くちがうのだ。私が、生死をもって考えていたことを、その男は、二行の言葉で、要約して、かいているのだ。これが、人間か。

次郎、夏の㊰、ひる道をあるく。(夢みる体。)「体は夢みている。」

思いだすとき、以前と同じ感情を以て生々と思いだすときと、何か、べつの色、色あせた、又、おかしい、とか、ばからしいとかいう風に思いだすときと二つある。

或る人間のかく字が、他の人間のかく字に似通っているとき、どんな気持になるか。

人間は、規律的なものだ。

身体。身体を、うたがってみろ。

俺がかえって行く。光子は、動物がかえってきた。けだものがと思いはしないだろうか。(鏡をみながら、自分をそう思う。)

人間は、動物だということに、又、新たに気づく。これは逆もどりか。

個人。自我。

光子の股を感じる。何か、論理的なことを考えて行くとき、下部では、生殖器が自分の領分を主張し、又、病は、病で生きている。

私のあの性慾でなやむ、あわれな姿を、光子に見せてやりたい。光子は、私を、あわれみの下に、小さく、小さくしてしまうだろう。

活動写真。——機械室では、フィルムが、プロペラが廻っている。スクリーンでは、一つの風景が動く。

すべてが、こうしたものであろう。後には、そうした、らんざつな構造があるのだろう。しかし、かまわぬ。

光子が、明かに性慾の対象となってきた。いいことなのだ。

彼は街をとおって行った。その、アスファルトの通りを、抵抗のない抵抗を、その皮のくつのうらにかんじながら、彼は、街がこのとおりしかないというように、思うのだ。

彼は、自分にかかわるもの以外は、全く存在しないのだというような感情、意識（それは、むいしきの、かもしれない。）におちることのあるあの、状態だった。

かれは、その底に、一つの姿をみるのだった。

女の像だ。

夢を、自分の体の外にみる。

「意識」は、自分ひとりのとき、こまごまとした状態の回想とつきまとい、はっきりしてくるように思える。しかし、二人のとき、こそ、意識は、圧しゅくされ、みつどをもち、はっきりと、自分をしるのだ。ばくはつのように、「他」の圧力によって、自分の底へ、自分の尖がつけられるのだ。ひとりのとき、それは、夢に近い。

ひとのけってんをみつける。↓それによって、その男の、けってんもしりうる。つまり、一人の男の日記の中から、けっ点をみつけてくる男の日記により。

ひとは、自分を、自分のすきを、みることをこのむ。

そして、みたことをほこる。(日記㊚と日記㊚) 意識と意識。

『フィリップの手紙』の中に、次の文あり。(ルソーのことについて。)

「彼の長い、不正確な文章こそは、彼の脳ずいそのものの形をもっているのであり、古い時代そのもののように憂鬱なのだ。」

身体、欲望、宝、傾向、ひみつ。

身体。体のうちらをきざむ。それは、外をきざむことによって、うちらをきざむのだ。

欲望。人間がのぞみ、或は、うらみ、或は、いかる相手のそのものも、その人間の何かであるとすれば、作品と作家とは、作家のもとに統一される。

宝。そこから、自分が何か、自分に都合のよいもの、自分の才能を、ちえをふやすものを引き出すことができないとき、ひとは往々それを、悪、又は、つまらぬものとみなしてしまう。(しかし、或はこれも、よいことなのだ。)

傾向。長い間忘れていた人間を、思いだして行く時期があるものだ。私は、近頃、岩田のことを思いだしてきた。それほど、私は、一つのことに身を投じ、一つのことに自分の身体のうちらから放射するものをあつめ、それをてらし出していたのだ。

ひみつ。だれでも、それを、ひとから聞かれたり、言われたりするのを、まちのぞんだり、喜んだりすることをもっているものだ。(恋人のことなどこの例だ。)桑原の岩田。私の光子。

悪いこと。いわれるのをさける。

自分のもっているものを、普遍化しようとすることはいけない。しかも、人間は、そうせずにはいられない欲望をもっている。

又、そうせずには、一日も、生きられないだろう。

あらゆる思想がそうだ。あらゆる思想が、片方のみをてらすのだ。しかも、それでも、たっといのだ。

今日、湯の中で以上のことを考えつき、まるで、私の頭が、ざるで、それらの考えが水ででもあるかのように、私は、何回もそれらの中へ、私の頭をつっこみ、たとい、しずくでもよいから、忘れぬように、もってかえろうとした。

「身体」「欲望」「宝」「傾向」「ひみつ」と、となえながら。私が、それらの考えを、しるしづけるに、案出した、おぼえの名前を、口にくりかえしながら。

ひとは、こうして、思想を、もち、あるくのだ。

石につまずき、一つの思想を、もち出す。煙の火にやけどをして、或は。

一つの思想が表われる、はしっこ、そこに、一つのおぼえがきの如きものがある。

(詩人は見出すものなのか。)

(そうではない、根を、つかみ、うえるもの。)同じことだ。

私の体が、何か巨大なものの一部であるということは、すばらしいことだ。

「それは、彼の中の、きれっぱしの如きものだ。」このいい方。

偉大さの標識などはありえない。

私にことばがかえってきた。

私は仲々、ものごとを、区別することのできない人間だ。

区別のできない体の状態のときがある。

或は、又、判断のできない——。

或は、美しさに適しない体の状態のときがある。

常に、よい気になることを、気をつけよ。

私は、私が解し得たヴァレリーを、のりこえていただけだった。

ヴァレリーは依然として、そこにある。私の、のりこえた、その向う側に。

光子のことを、余り考えない。

土砂のように、堤をたちきる、あらゆる慾望を、あつめ、圧しゅく、それを、紙の上へ、たたきつけたい。

放射能物質から、とつぜん鉛にかわってしまったように、それは、色あせてみえた。それは、何百万年を、一時にとびこえた。しかし、そのとびこえた代償として、それは、死をもった。

放射能物質が一つ一つ自己を放って行くことを考えよ。

十月十日

今日、光子にあうのだ。しかし、私は、以前の光子と全く別な光子にあうような気がする。とつぜん、大きくなり、大人びた、光子に。光子は、物を言わないだろう。そんな、かたい、こわばった光子を考える。光子は、あの私の手紙の言葉を、一つ一つ、その体にのみこんでいるのだ。私が海辺で、スケッチ帳をみている。光子が、みつけ、あわてて、とりあげる。この動作を、以前、光子は、井口に対してしたことがあるのだ。そのときは写真帳だった。（以前の思い出。）そのとき、どうして、数ある言葉の中から、そんなことばがとびだしてきたのかわからない。体の中の何かが、それを、押しだしたのか。それとも、端のボタンを押すと、つまヨージが出るしかけのように、体のあるものが、ボタンをおしたのか。

井口が、かつて、夜の道で、いだいた光子。その詩に、うたった光子。「光子の肥えた足が想像できる。新聞をよんでいる。」

科学の領域と芸術の領域との限界、その一致。を考え直せ。

十月十《〔ママ〕》日

接吻のすぐあとでかくのだ。やはり、手がふるえる。それでよいのだ。光子は、針物をしている。

「おこってるの？」私は、おこっていないことを知っていながら、こう言って、かがんだのだ。

「おこらんといてね。おこらんといて。」自分のことばが、女の言葉のように思える。

光子は、何も言わず、顔をあげている。（二度目だ。）

始めは、泣いていたのかもしれない。ひとが上ってきたとき、眼をふくような様子をした。

泣く気持は、私にはわからない。

私がわるかったのだ。私の気持が光子にはわかりにくいし、光子は、動物をもたぬ女なのだ。私は、それをもっている、そして、それ故にこそ私が、又、光子を理解しにくい。

光子の唇が、光子の何かが、私の中からきえて行くようで、夜、歯みがき口を洗ってしまうのが、惜しまれた。

私は、光子から、意志を教わるだろう。私の中ののんべんだらりとした動物の背中に、きざみを入れて、人間にしたてて行くだろう。（命令はいけない。）

光子は、又、確かな線を、顔に、増やして、美しくなっている。

一つ一つ、線がふえる毎に、理智が外へでてくると言えるのだ。これから、本当の顔になってくるのだ。私は、所謂、盲目的な愛を、こえているつもりでいても、動物が、私を、ごまかし、くらましてしまうのだ。

光子は、実際、清いというような感じ以上の女だ。清いといえば光子の美しさがへってしまうように思え、冷たいといえば、硬さが増えすぎるように思える。そうした女だ。

（自分の外側に夢をみる。）——ということがあるか。意志をきたえて行くことが第一だ。光子に、不満をあたえぬようになったとすれば、そのときは、私の意志が強くなったときだろう。

光子は、物もいわずに、ねどこにはいってしまう。私を愛したことを、後悔しているのか。それとも、これも一つの愛の表示なのか。

十月十一日

「すまん……しっけい。」この言葉を光子に言って、下へおりた。

「なしありますよ……いらっしゃい……。」（その父）

「ああ……ここでいただきます……。」（私）（ふるえながら。）

「ふろいただきます。」

「ああ……。」（その父）今日は、私の態度が（一寸）急変したので、丁寧になったので、その父も、何かをかんじているのか、へんとうにこまっている。

光子、ぬけだすように下へおりて行く。

私が二階へ上って行った、光子は、二階にひとりでいたのだ。そのことを、その父は心配したらしく、「光ちゃん、おりていらっしゃい、おいもがある。」と言いだした。私は、すぐ、下りて行った。下の間へ、かきものをもって行って。

京都へかえって行きたい。光子の前にいるとき、私は、動物になって行き、しかもその動物は、又、光子と衝突する。光子は、その動物を、きらうのだ。私は、動物になりたくない、少くとも、光子にその動物をみせたくない、みせるのがおそろしい。しかも、光子の中の何かが、私を動物にする。

何か確乎としたものがほしい。（それ以外には。）

十月十二日

その父がかえってき、皆は、テニスの話を始めた。光子は、その父のひざにもたれた。そして、自分の茶わんをさしだして、その父に、「のましたげよ、あーんと、口あけてごらん。」などという。

正夫は、「これ、どうするの、まだ、のこってるのに……ミルク。」と、その母に言われて、

「もういらんわ……やるわ。」と言う。

私は笑った。

「だれが……あんたの、のみさしなどほしいもんか。」とその母。しかし、だんだん私は、そんな、中へはいって行けないのをかんじだした。いつもの、不具合をかんじだした。しゃべれない自分をかんじだした。しゃべれないと思われたくないとも思った。

そして、その母に、私が、又、光子のことで、何か考えていると思われたくないとも思った。しかし、私は、やはり、障子にもたれ、足を、片足のところによせて、眼をつむったりし始めた。私は、どうして、そんな、和やかな、ふんいきに、たえられないのだろうか。

私は、ときどき、わらいごえをたてるだけだ。私は、あの、わずかに、わらい声を、たてることによってのみしか、自分が、その問題に、関心をもっていることを示し得ないあの人達の一人となってしまうのだ。そして、又、その人達のように、私も、やはり自分の笑いが、気がさしてくるのだ。何という、無骨さだろうと。

光子が、かわいそうだ。「光ちゃん……二階、片づけてきなさい……。」(その母)

しかし、光子は、二階へ上ろうとはしないのだ。私が、すぐ、そのあとを追うて、二階へ行き、接吻を求めるとでも思い、その母にたいして、はずかしいと思うのか。

光子の潔癖。

その母が、神戸から、かえってくる、私と正夫とが二階でねている。

それを、おこしにくるのだ……。私はねたふりをしている。

「まあちゃん……まあちゃん……これ。」(その母)

私は、一寸、うめきのようなものをあげて……顔を、その母とは、反対の方へむける。それは、羞恥の心かもしれない。京都から、手紙で、光ちゃんのことを、色々と、たのんだあとだったのだから。

その母は、私の気持を、みぬいている。私の方へはおこしにこない。正夫をとおして、私を、おこすのだ。私は、それを知って、ますます、いつものように、うろたえてくる。私が、はずかしがってそうしているのではないのかと、思われていはしないかと。

〔ノートにはさまれていたもの〕

「おにいちゃん、おきなさい、はよ。」

「……」

「何時間、ねたか、かぞえてごらんなさい……。」

「……」

「はりやがったな……。」

「はらへん……こうやって、こつんといわしただけ……はるんやったら、ぺちゃいわすのやけど……。」（一寸、うわずった甘えた例のこえ。）

「……」

「ねえ、……ううんうう……。ごはん、おいしくないよ。」

「むこう、小説かきよるのに、おきたらあかん……そんなもん……。」

「そんなもん……何にも関係ないやないの。」

「ひとがねとった方がようかけんねんや。」

「おにいちゃん、ずるいぞ。」

「うそをいいなさい。」

（光子とその兄。）


（十二日）

十月十三日

一人の人間が、光を、一人の他の人間に投げる。例えば、光子が、私に、光をなげて、私に、私自身をわからせてくれる。光子でなければ、てらし出せないようなものを、光子の光りにあてて、見せてくれる。

何ごとでも、光子の色、匂い、をもってつつまれる。

今日は、光子と余り話せなかった。光子をまっていようとして、公園まで行ってしまった。かえってくると、光子は、もうかえっていた。皆、私が御飯をたべるのをまっていてくれた。

十月十四日

朝、光子の顔をみようと、おこしてくれるようにたのんでおいたが、おきられなかった。

「ひだ」を、伸ばし、ひだをつくるということ。空のひだ。

十月十五日

漸次、ひとは、こえを出さなくなってくる。この影響。思考力にたいする。こえをだした方が、ひとの、のうずいに、きりきざみ、うったえる力は、大だろう。（物質的に。）

十月十六日

二つの世界。私の関心のある世界と光子に関心のある世界。それが、くいちがっている。（ひどいことだ。）こうした、二つの世界というものを、この頃、どこへ行ってもかんじるようになってきた。しかも、烈しくかんじるのだ。

小説「車輪」（第三回）、やり直した。

十月十七日

千早城へ行く。正夫と。

夜、光子美し。（光子も、この四、五日、ちっとも美しくなく、何故かと思っていたが。）

十月十八日

光子。何故、こんなに、熱のない、生き方をするのだろう。子供のようだし、それに、かこいがないと、生きられないのか。かこいの外へでることのできぬ女だろうか。

俺には、いま熱が必要なのだが。

どうして、皆が、こうも臆病なのだろうか。どうして、大言ばかりはくのだろうか。どうして、行わないのだろうか。

富士は、ひとに対して、理論を、ひなんする。しかも、富士の詩ほど、理論的の詩は少い、と言うひとがいる。

この間、夢、ガサをやられた夢。私は、こわごわだった。

光子は、何故、こうも古い考え方をもっているのだろうか。

単調。退屈。そして、その単調さを、やぶっていると、よそおう、或は、自分にも、ひとにも思い込ませるための恋愛、或は、日記の中での調子づけた表現。

十月十九日

新しい生活、新しい生活と言いながら、そのままになって行く多くの人々のうちの一人。

チェホフの小品のように、先に何も見出しえない小説のように。

ドストエフスキー。

何という眼だ。何という眼をもっている人間なのだ。無数の焦点。私は、その小説の中に、はいりこむ、その焦点の中心へ身をおく、そして、さらに下をのぞいてみる。まだ下に、又、深い焦点が眼をひらいている。

トルストイ。

私は、トルストイの大きい眼を、世界をつつんでしまう眼から、物をのぞきこむのだ。

「おい……桑原。」

「おお……きみか……。きみがここにいるとは思わなんだ……。さっき、ここをみたんだぜ……。だれか、オムライス食ってるなとは思ったんだけど……きみだとは思わなかった。」

ああ、この十年の、この何百万年の人類の苦悩を、この一瞬に、いやしてしまうほどの明るい底の方から輝きわたった喜びの幸福の感情。創造、世界創造。

愛している女に、裏切られるのではなく、愛している女に、もはや熱をかんじえないということ、これが、きみにはわかるか。


空虚、空虚。どうしたら、よいのだ。何という……。

じっさい空虚だ、そして、遠足で悪くした足のいたみのように、たいくつだ。


ドストエフスキー。

イヴァン。

リーザ。（光子）

芸術家。現実の虫だ。すべての人間は、土の虫だ
現実に重なろうと努めながら、一面に於てしか重なれないのだ。一つの色でしか重なれないのだ。

十月二十日
詩人が美を求めて真を失うのは、たえられない。
プルースト、美の故に、真を減じる。
哲学者、童話作家だ。

太陽の気分が、どこかにのこっている。汽車が、私の体を、京都、大阪の二つにわる。

ひる頃から、あたたかく、はれる。

生活が眼だ。

A
「人間に、行くみちがなくて、行けないということが、どんなことだか、わかるかね。」

B
「それが人間なのだ。」

「この間、千早城へのぼってきたった。」

「え？　また、なんでや……そんなとこ？」このKの言葉には、嘲笑としっとがある。しっとの嘲笑と言った方がよい。

「ええとこか？」

「うんん、しんどいばっかりや……八里程あるいた……頂上で運動会やってよった……。」

「ふん……。」

「あのへんの人は、温厚やな……きっと、あんな顔してたんやろおもてあるいてた……。」

「そうやろ……。」

「正成か……。」

「うん……。」
「そらそうやろ、ゴリキーみたいな顔してえへんやろ。」

夜、道を、坂を上りながら、光子、許してくれという……温いとおもう。ひる、光子を「だいなしにした」考え方をしていたのだ。

十月二十一日

俺には愛がないのか。あせる。
日本をどうしたらよいのだ。（彼は、電線のモツレをみている。そして泣いた。）
私は、ヴァレリーの前に立ってその脳ずいのしわを感じる、私のしわの二倍をもったその頭脳。

私には、その意識を、感情を、引きとどめておく力が、彼ほどにはないのだ。私は、諦視をきらう、諦視となづくべきことさえできないのに。私には、それ故、関係を見出すことが、できにくいのだ。私は、実体に、抵抗に、なかみに、夢中になっており、それを、改変せんと夢中になっており、（現在のジッドの如く。）二つに、眼がゆかないのだ。
私は、裏を考える頭の状態を回復しなければならぬ、私は感情の裏は見うるが、論理的感覚［情］の裏は見えないのだ。
私は不完全に肉体的であり、にごっており、苦痛的だ。ヴァレリーはまるく、……肉体的精神的。

或る酔払いが言うのだ。「どうかして、頭の中に、しわをつくりたいもんだす……。二階からおちてでも……。」

ヴァレリーの水平線、ジッドの水平線。etc.
書物をかいながら面白い小説はないかと思う、『大衆文芸』『サンデー毎日』買おうか、皆つまらない……トルストイ、ドストエフスキー、俺を満足させてくれるものではない……俺を満足させるものなどない……。しかし、不満だ、そんなものが、満足させるものが、あるなどと思っていたのか……。
一体、そして、夜、うその手紙をかく。

便箋の上へ（真白の）インクを万年筆からこぼした、そして、その、傍から、空虚だ々だと、思うのだ。

一人の中学生が、私の前で、はにかみながら、お宮［神社］で、礼をする。そして言う。
「こんだけしといたらええねん。」

一皮はぎ、一皮はぎ、そして、何に近づいて行くのだ、何に？（ネアン。）

ネアンを見ないということは、はぎ方がたりないからではないのか。

彼も、一度、左翼思想をこうむってきただれものする如く、

彼も、時代（流行的時代）にびんかんだった。

十月二十二日

生殖器。

私は近頃、始めて、世界に、人間に、面しているような気がする。何故、人間は、観念（概念）、そうしたものによって、生活するすべなど知ったのだ、まやかしものの生活。

ものに、面とむかっていない生活。しかし、ものに、面とむかうようになるには、どうしても、その途中、概念が必要なのだ。

俺の小説には、憂愁が足りない、苦悩がたりない。

歓喜が足りない、――生活がたりないのだ。

十月二十二日

又、新しい色がある、生活に。移りかわりの点へきていることがわかるのだ。光子の体をかんじる、性器を。しかも、私は、それを、そのまま、放ってある。（勿論、飼っているのだが。）制禦の感情を失った生活には、新しい色、新しい匂いがある。

小説をかく、生をいとなむ、詩をよむ、何の価値があるのだ、芸術の花、人間生活をかざる、美しい眩暈のほのめき、湯気のように、人間のあの塊の上に、ただよいゆらめく光り。

しかし、何になるのだ。

（山が美しい、秋の雲。一かげり。）

「いまは、泣く子をあやし、おくれる子の手をひく時代やさかいなあ。」

「わやしよんな。」

彼は、こうした、冷静な軽さの中へ、はいれないというより、その仲間のふんいきの外に、すでに自分がいるのをかんじた。すでに、自分も、かれらも、そうかんじていると思った。

（先日、H来る。）

鏡：女の一刻も必要とするもの。女の身、女の肌になって、かんじてみよ。

ヴァレリー、人間の頭脳、髄の構造を知れるもの。彼の眼は、その、しわの列と同質だ。

十月二十三日

時雨降る、寒い。もっと、精力をつくらなければならない。たえず、創作力の欠乏におびやかされているようでは、どうなるのだ。

人間のすることは何という恐しさだろう、何という、むだなのだろう、むだの恐しさ。ヨブ。ヨブJob。何という人間の思考力又は能力のさせるむだ。山とつむ観念のはてしないむだ。

「歴史」を摑みだす。鉄のかたまりのように。俺がみつけたのは、人間、歴史なのだ。この生活をせねば、俺は死と同じだ。

「君は、生れたときから、プロテスタントだったのだ……。」

「生れたときから？……」彼女の眼がきらめいてきた、眼をふせた、ひざが地につくのかと思えた。

「そうですわ……しかたのないことなのですわ……。」

「……。」彼は、もっと、打ちたおすのだと思った。かれは、まだ、さとらなかった。（指）と思った。（指）、俺の中の指。スベテがプロテスタントなのだ。プロテスタントまで、さかのぼるのだ……それ以上、さかのぼりえないのだ、それ以上貫けないのだ……それ以上、過去を貫ける道、これこそ、未来をも、きりひらける道なのだ、近代、近代にしかさかのぼれない俺たち（デカルト）近代が俺たちの始めだと、だれがいうのだ……。古代、が始めだ、やはり……近代の穴。ジッド……古代をとりかえしたジッド。

「自然」をとりかえそう。自然を。恋愛をとりかえしたように。

「瓜生忠夫」に、今日の日を、ささげよう。今日の出発は、瓜生忠夫のあの若い力に、生かされ、ほりだされたのだから。

「歴史」の形を、つきつめることから、始めるのだ。

十月二十四日

もっとも、内の、奥に於て、つきあたる形、そこに、外のélément とのむすびつきを考えて行くヴァレリーのやり方。

ヴァレリーは、時を止め、時をとめる何というはげしい抽象の力。

しかし、時はとどまらない、歴史は、ごうごうとヴァレリーの足下を掘る。ヴァレリーには、その理解がない。

自然。この愛。これをとりかえそう。朝だ、暖かい朝。

光子。

ドストエフスキー、歴史に重なりそこねたこの男。下部から、動かされ、しかも、安定していようとて、体を、ねじらされるのだ。（これが、ドストエフスキーの小説だ。）

彼は、下宿にかえってくる。その二階から、足の動かない細い片輪の女をみる……そして、安心するのだ……。これが……俺の住居だ……すみかだと。

私が、運動へはいって行けない夢をよくみる……その後に、いつも、光子がいる……夢の後の光子。光子の手が、私に、紙芝居をみせるように、夢をみせるのだ。

一人の人間を、みていると、何か、その男が、一定の袋にはいっているようで、又か、又か、と思う。どうしたって、ぬげないのだ、きまってしまっているのだ……。又、あのあるき方をして、あの話し方をして……。

女の肌から、鏡を詠う詩。女の肌の中に、眼、耳、手、舌をおけ。どんな、まよいの美しさがでてくるか、しらべてみよ。しかも、鏡の何もしらない冷然さ。一方、女の熱。肌が、すべてをみようとし、みせようとする。肌のうちに眼あり、外に眼あり、二つの眼が、ここで、この肌で会う。鏡。千の眼のある鏡。鏡の底の眼、又、眼。水銀をもって、ぬりこめてある己が眼。眼をもって、鏡をつくっている。「あなたの面［眼］は、私の肌です。」（焦点を肌の方へよせる歌い方。）

「無言」（「そうね。」）

（この連続。）

東洋をきらうな、自然にかえれ、東洋をきらうことから、東洋という言葉をきらうことから、俺の崩解が起ったりしたら！

十月二十四《（ママ）》日

「エゴール・ブルイチョフ」。最後のところ、頬がじーんとし、いたかった。しばらく、ふるえていた。あるけない。かがみこむ。

十月二十五日

光子に性交を教えることなど、どうしてできるのだ。何ということなのだ。（私には、そんなところがあるのだろうか。）

ショーペンハワーを読み始める。しばらく、これに、とりかかろう。

「いえ、この近所……。」

「ええ……ちかく……。」

「〔二字抹消〕ちゃんのことしらはらへん……。」

「え？」

「〔二字抹消〕子さんのこと。」

「しらんなあ……。」

「大阪へいってられるんでしょう……。」

「ふん……。」

「もう、いやはらへんの、ゆりちゃんとこに、あんた？」

「ああ……〔二字抹消〕やろ、〔二字抹消〕の家かわって、どこかへ行ったよ、どこかしらんけんど……。」

「そう……。」

「おじさんと、わかれたんやろ……。（和歌山）にいるのとちがうのんか。」

「そう……〔一字抹消〕ちゃん……どうしてるかしら……。」

「さあ……。」

「学校どこ……。」

「しゅく女よ……。」

「ふん……。」

「いえのちかくへきたのやろ……一処にあるいてたらいかんのやろ……。」

「うん……いかんの……。」

「一寸……歩いていかへんか……。」

「うん……でも……おつかいに行ってかえりなの……あたし……もうおそいし……この次……。」

「一寸、こっちからいこう……な……。」

「ね……この次……。」

「そう……しかし、もう、機会ないかもしれへんぜ……。」

「……」

「そうなら。」

頭をふる。

「名前は、名前わすれた。」

「松平……。」

「名前は、鶴子。」

「ふん……。」

光子から手紙。始めて、感情のある手紙だ。情というものがただよっている。

桑原の批評の仕方。（頭で一度考えて。）

生活力、猛然とした生活力。湧いてくる、わいてくる。汲め、汲め。

言葉のぼかしに就て。

プルースト、ヴァレリー、ジッド。何という違いであろう。しかしながら、何という、同時代者の類似であろう。彼等は、お互に理解しあうのだ。三面の一体だ。お互に、糸を引きあう、エレマンにみちている。そして、その限界の、あいひとしさ。

人間の情熱の盲目について。情熱はつねに、損失を支払うことを、かくごしている。それは、いつも、何か、他のもの（裏）或は、それに結びつくものをすてるのだ。しかし、それは、すてるのは、それは、他のひとに、見出さしめんがためにすてるにすぎない。情熱のひとにぶつかるとき、その裏を、ひとは必ずみるのだ。

(ひとの中に、その情熱の当人の他の時機もはいる。)

情熱なき人は、常に、二つを結びつけるだろう。盲目が、或は、情熱が一時眼をとじさせたものをもならび見出すのだ。

しかし、ここには、段階が、発展がなく、自然が、眼がある。

人間の体、——エスプリ de ジェオメートル、エスプリ de フィネスとを、かねそなえているもの。(corps)。

行為が、そのまま思考でなければならないという考えをもちながら、しかも、行為は、思考をぎせいにするのだ。一つの中断、を、要求するのだ。

田辺元の、体の何という非合理、そして、その論理の何という合理。

「死んでもいのちのあるように、なんまみだぶつは、金いらん。」

「きみは、始めから、ルッターになるように生れてきたのだ……童貞のルッターに、……純潔なルッターに……。(皮肉を示すために再考を要求する。)

しかし、ルッターは、一人でいいのだ……歴史は、批判するのだ……後のルッターを、喜劇として。」

「教会へ行っていますか。」

「ううん、いいえ。」

「教会へ行かない? カトリックが?」

「ええ……。」

「あたしは……ただ……あなたのルッターなのですわ……レオ一〇世のあなたの……。」(志津子と進介。)

(ユーロップ人)は、世界といいながら、いつも、ユーロップしか考えていなかった。ヘーゲルの「世界精神」はドイツ精神、せめて、ユーロップ精神にすぎなかった。

現代が、大時代でないと、知るとき、俺たちは、どうしたらいいのだ、それでもうごけというのか、一つの、名もなき、うめ草となるとわかっていても、なおも、うごけ、うごめけというのか。

十月二十七日

世界の裏をはぎとろう。

もっと下へくぐって、下へくぐって。

遠慮するな。政治家に対して、遠慮するのが、一番いけない。

リアルに、リアルに、真実のみだ。リアルに。

ex と in と。そして、前へ。前へが、決定する。前へが、ex、in の色をかえる。

（心棒の位置が変る。）しかも、不変なものがあるのか。そうではない。つみ重ね、つみ重ねだ。

文学だ、どうしても、文学だ。

今日は、心がしずまる。心がしずまる、しかし、うそだ。

すべては、すぎる。

いよいよ、自然にかえろう。「自然」：批判者となろう。

十月二十八日

ヴァレリー、不満だ。ヴァレリーの知が、あらゆるところで不満だ。ヴァレリー、もっと、科学を。ヴァレリーの分析の一つ一つのエレマン（要素）を、埋めるあの膠質性のものそれが、不満なのだ。その膠質の匂いも、色も、いやなのだ。厚さもいやなのだ。それは、歴史の重なりをもたない。歴史の輪を入れていない。単に、個人の輪のみをきざんでいる、ものにすぎない。

重ねて行く、歴史が、重ねて行く。

しかし、私は、ヴァレリーが、すみずみまでわかるようにしなければならない。

ヴァレリー、の次は、道元だ。その批判だ。

私は、哲学を軽蔑するのが、どうも、はやすぎたようだ。

あらゆる哲学書も、よみおわろう。

私は、長い間、するめを食うたことがない。顎を、ひどく動かしたことがない。一度顎をうごかしてみよう。そして、そうすれば……それが、智力に、何か、関係する……。云云。

私は、又、立ちかえる、私の過去を吐きだそう。——私の前に、一人の男が立っている。

十月二十九日

性慾のみにくさ。

性慾が美しく解放され、ほとばしるのを、みたいものだ。

十月三十日

平面的に水平線を押しすすめるのではないのだ。海が、ころがって行くのだ。あの線を光らせながら。「詩は、その水平線をおしすすめるもののものだ。」

夜の空。美しさ。

空のはての一寸手前に、まくを引いて、包んでいる、しまっている。月がとおる。そんな、うすい雲。

黒い猫、それは歴史の逃走者だ。

パリュウド、一つの弛緩《しかん》だ。大に歴史のない意識の構造、即ち、宇宙もない。観念が、ただ、浮いている、くらげのように。

十一月一日

パリュウドの忘備録：これは、意識の物質的構造にすぎない。

物事を知性できりとる、知性の網。

網の思想。網、又、網、その次の網。網をはらう。

現実へ、現実へ。現実、これが、ジッドの光だったのだ。そして、ついに、そこへ、ジッドは来た。破りながら、すてながら。ひとが、ふつう、ここから逃れて行くのとは、全く反対に。

十一月一〔ママ〕日

俺には、何を言う資格もない。

民衆へ！　しかし、まだ早い。私にとってはまだはやい。体が必要だ。

十一月三日

忘備録には、何もかきこんでない、つまり、これは、パリュウドという意味だ。

これがパリュウドなのだ。パリュウドの価値なのだ。何もかきこんでない忘備録：パリュウド。

私は、日記の中の、何もかいてない部分を、（光子）とよむのだ。

次郎と、その肺病者との話。

「あなた、胸が、お悪いように、お見うけしますが……。」

「胸が……。」次郎はほほえんだ。（少し、苦しかったが。）

「わたしには、わかるのです。あなたのあるきつきから、前かがみかげんにあるく、その肩のあたり、くびのところの、たよりなさなど、わたしには、見わけがつくのです……この病気の……。」

「あなたは……胃の薬をのんでいますか……強壮剤は……唯物論的に、科学的にやらなければ……。」

次郎は、今日も、ひとりでに、この男をさがしている心に気づくのだった。この男をみるときの、自分の眼のあたたかさを、彼は、卑しく思うのだった……。

彼には、すべて、からくりがわかっていた……。この男を、悲劇ともつかず……喜劇ともつかず……彼の眼はながめていた……。

影の考察。

己が影にみとれる、空しく、過去の地盤の人々。次第にくだけ、くだけ、身を地にかくして行く。

十一月三《〔ママ〕》日

光子へ手紙。

あるきながら、自分が考える、ということは、どこでおこなわれるのか、どこの作用か、と考え、ほら考えている、何が考えてるのだ……どこからおこってくるのだ……などと思う。考えるとは何かなどと。

光子が、近づいてくるような気持。

十一月四日

ポオ、技巧の大家だ。ごまかしの、導きの大家だ。美が真実をけしてしまう作家の一人に加えよう。

性交に於ける技巧のようなものを、私は、かんじるのだ。一にあって、その一をまわりから、徐々に、とりかこみながら、いつかしれず、他へ、移してしまうのだ。もち上げ移すときは決してわからない。移されてしまったとき、始めて気づくのだ。

彼はその家に於て、一個の人間に対して（一人の友）に対してのみの関係から、皆に接するのではなく、他の人に対しても、彼個人として接するようになってきているのをかんじうるようになってきた、そうした人々のうちにあった。（子供の友の一人として、その家のひとが接するのではなくなった。）

十一月五日

ポオ：人間の知性の最上点を示す。人間の知性とは、ごまかすことだ。そして、それを、ごまかしと、さとらしめないことだ。

ああ、それは、彼が小学校のとき、夜の校庭でみた土星の姿だった。それが浮んできた。浮んできた。

「振り離す作業とは、凡そ如何なる場合でも釣合を保持せんがための作業に外ならないのです。」（ポオ）

信仰とは生活の、固定だ。自意識は、宗教と似ているのはあたりまえだ。観念の固定だ。指だ。自意識とは宗教にすぎない、反生産だ。

十一月六日

宇宙へのカーヴと、歴史へのカーヴ、これが、個人に於て、共存するのだ。分離して。私は宇宙を考えるときと、歴史を考えるときと、自分の身体のかたむけ方がちがうのをかんじる。

昨日、岩崎とはなす。

美しい虹。

水の中へうつっている。

二重の虹。

「久しぶりやな。」

十一月八日

微笑に就て。

傲慢の微笑について。

「それやさかい、君、かなわんねん……。君は、何でも問題を、一本の線に還元してしまうぜ……。」彼は、そして、人差指を、前へつきだして、線をかく。

女に対するモラルを高めること。

土井さんの家へ昨日行った。今日は、何かしら、おかしく、よくわらった。下から、性慾が小さかったからでもあろう。

「無償の行為」（七枚）かく。金がほしくてかいたのだ。

十一月十日

ジイドの体が現実を切るとき、その現実面は、何色か。

ジイドの体のまわりに渦巻くものは何か。

「僕はリベラリスムや。」といいながら、ソヴィエット化を恐れ、おののくものをかくこと。

「僕は、きみたちの立場を理解せんのではないのだぜ……。きみたちをも批判するのが……芸術だと思うんだ……。どこまでも、底からつきすすめて行く……。」

十一月十一日

この頃は、日記にかきつけることがない。それより、余りにも、俺の性慾が醜悪なので、かけないのだ。何事をも、かきつける気力がほしい。性慾を統制できないということは、詩を統制できないということと同じなのだ。私にとっては、恋愛が詩なのだ。光子。光子。光子が、もっと、俺の前に、近く、あらわれてきてくれたら。

又一歩すすむ時期がきているのを、私はかんじる。何かがくる。そうでないといけない。光子と共に、光子と交る以外、他の女の肉体と交るな。女の肉体、女の生殖器。
性慾とは可能性の標本だ。
しかし、女が体をゆするということ、腹を動かすということ、これは、何と、たっとく思えることがあることだろう。この中に、全生涯をかけようとさえ思う。しかも、その後で、きまって、——。これが人間なのだ。

詩人、小説家……哲学者……画家、実業家、何という一部、一滴。——現実の大いさ。

母のことを考えた。何ということだ、とつづけて思った。こうした人間もいると思うのだ……。母、長い間、夫に死にわかれて……ただ、働きぬいて……死んで行く、それだけ……。こうした人間が、どれほど多くいることだろう……どれほど多く……。
飛躍が必要だ。どうしたって、必要だ。光子に飛躍があるだろうか。光子あたえてくれ、底からの光を。

十一月十二日

俺は、一体へとへとになるまで、作品をやったことがあるだろうか。
女、女、また女。

光子、光子、また詩ができそうだ、お前のおかげだ。これは、お前以外が、つくったのではない、私がつくったのではない。お前がつくったのだ。私は泣いた、泣きそうになった。私は、ふるえる。

墓場の骨をかじりに行く、あのときのこと、夏の風景。やき場の煉瓦……塀。こなごなになった骨……女の骨、女の骨……しかも、そうしてまでも……女に執着するのだ。

夕方、秋だ、深い秋だ。夕がきている。そして、冬がきている。大きい、紫と赤にそまったくもが山の後に、はっている。浮び……空は、ぼかされ、高い……透徹。冬、冬をつかめ、冬をまなべ、冬が私には、たりないのだ。
紅葉の花が、窓からはいってくる。足が冷える。それが、身をきよめるように心持よい。
あの空を、俺の内部へ流しこむのだ。そして一度に、はきだすのだ。

言葉の群を、「塊り」として摑んで行く、行き方を、今日、飯をくいながら考えた。ゴッホの、あの地べたの描き方の凹凸がこれだ。又、彫刻のやり方を、導き入れてくるとも言える。又、街の夕方の雑とうのとき、一群、一群と、何か、群をなして、流れる、そんなのが、大きいふんいきを出すのだ。世界の動き方も、それ以外にはないのだ。

この群の考え方を、この次の詩に実現させたい。

こうした考えがわいてくるということは、すでに、私の生活にこの群的なものが生れているのだとも言えるし、いま、やっている詩の要求から、そうしたものが誘い出されてきたのにちがいないのだから。

「塊り」として。一行中の言葉の或る仲間を、一群として塊らす。

私には、まだ、言葉が、肉体の如き、厳然たる存在だということがわからない。かんじられない。もっと自由に、もっと自由に。

今日は、よい気持だ。秋はすみきった空だ。大空が、何もかもから、醜悪をうばい、規律して行くようだ。自然のはたらきが、はっきりみえる。

「まおとこいうのん、ええやろ。」

「うん……ええけど……おんなじこっちゃな……あかんなあ。」

こんな人達。

何か心にひどい打撃をうけたひとは、物を、塊としてしか、みえないと、ゴーギャンのことを紫峰さんが言っていたが、面白い。

併し、私は、大体、塊のようにみる方の人間だ。大づかみなのだ。

人類の落し穴を掘る。どこに、いつ。俺がか。お前がか。

十一月十三日

「鉄。」をよみ、いいなあ、いいなあと、言いながら、右手を、たてて、板をたたくようにつよくふった。「いいなあいいなあ。」後頭部が喜びと、哀しいはげしさに、じーんとしていた。

十一月十五日

光子から手紙がこない、私は、部屋を幾度もさがし、ふりかえった。どうしていいか、さびしい、そんな気持だった。

椅子を部屋の真中にもちだし、電灯も、ともすのを忘れているかのように、坐っていた。

十一月十六日

それは海の感情だ。

俺は、女の性慾の烈しさ、猛しさを知らなければならない。

又、女の性慾に対する潔癖の烈しさをも。

街をあるいて行く。

日本の文学のことを考える。一の作家は、社会のことを何もしらない。他には、プロレタリアの尖った作家がいる……。

すると、私の中で、大きな現実の地盤が船のように、私をのせて、ローリングをする。

階級のよこゆれ。地すべり。


ベートオベンの音楽、「第九」をきく。やはり、俺はだめだ。

ドストエフスキー、ベートオベン。この前では、俺は、一つの鉛の玉にすぎない。

十一月十八日

シェクスピアを勉強すること。

トルストイ。

ドストエフスキー。

ダンテ。

俺が、余りにも、おしすすむので、すべてが、止っているかのようだ。俺が余りにもとどまっているので、すべてが、とんでいるかのようだ。

十一月十九日

現実との接触面。俺の体の中の無数の吸盤。

十一月二十日

大きな詩がかけそうだ。世界一の詩だ。俺は、これをかき上げてしまうや、死んでしまうような気がする。

俺は、カマキリの牡のように、性交（私の創作）後、死んでしまうのだ。詩は、俺の性交だ。女など、いらない。

大きな詩。

大きな小説。

大きな論文。


「島田先生さよなら。あのね、もりちゃんに、お床しいたげよし。」

小学校の生徒が道から、大きなこえで言っている。

夜だ。男の先生と、女の先生の仲。


熱ある情態へみちびく詩を、小説を。はっきりした認識と共に熱をあたえる詩を、小説を。シェクスピア、ドストエフスキー、ダンテ。ベートオベン。この系統。この子孫たれ。

十一月二十四日

かまわない、かまわない。絶望のどん底へおとしてやる。

また咲く、またひらく……すきとおって行く。

ああ、実に近代文明の機械は、俺たちにとっては、蛇、むかでのもたらす感情のみをもってくる。(次郎)

ニイチェ。ニイチェを、つけ加えよう。

その人達は、実に事務家だ。抽象的な問題のわからない人たちだ。抽象的なことがらは、その人たちには観念論だとなってしまうのだ。その人達は、文学のわからぬひとだ。生命のわからぬひとだ。さらにいうなら、その人たちには、先のみがあって、根がないのだ。一日一日があり、一時代一時代があり、心棒(車輪の)がないのだ。

「マルキシズム、ふん……そりゃ、文学のわからない主義ということですよ。——しゃしんのすきな人達ですよ。」(片江)

一人のマルキシスト(俺の幼な友達だが。)が、俺の作品を、捨てた。俺は、これを一生忘れることができないだろう。何という奴だ、芸術のわからぬ奴だ。そして、ジャーナリストだ。芥川の作品をほめて、俺のを、捨てた。芥川とは、何だ。


『改造』や『中央公論』に載ることが、文学だとでも思っているのだろう。などと思う。その下から、あやまりに行こうと思ったりする。

「あいつの頭の中を針で、一寸いじってやりたいですね。ほんの一寸でいい、天才になるかも知れませんからね。」


「きみ、歴史とか、現実というもんを、神聖視して、絶対化してやせんのか。」

「え?」

「そうやぜ……ここでも、僕は、きみをしっとるやろ。それで……わかるんだが……、ちっとも、わからせんのやないかとおもうのや。」

十一月二十五日

屈辱。
そして、歴史的敗ぼくの感。私はのこされる、私はただそこにとどまる。
女のために、母のために、そして、自分のために。
他の男。(ガソリン屋)
他の男。(工場労働者)
私は、だめだ。私は死ぬのだ。しかも、又、屈辱だ。
しかも、又、くつじょくだ。

「どうですか、そうではないですか……そうでしょう?」

「大道君、安場君どうですか……。」

「そうかも知れませんね。そんなひとがいたかも知れませんね。」

十一月二十七日

何もかも、やり直しだ。出直しだ。もっと、ゆっくり、もっと、ゆっくり。いつも、ゆっくり。(お前の、前世は、噴水だったのか?)

十一月二十八日

コンミュニスムに対し、疑を持て。疑え、疑え。日本を考え直せ。もっと、現実的に。もっと近く。

詩にはいれ。詩にはいれ。

私は日本を、余りにも知っていない。これこそ、必要なことだ。

新しい詩をうえつけよ。私には、革命はできない。

そして、又、政治的実践さえできぬだろう。留置場にさえ、私は、堪えられないだろう。私は、精神の解放以外に、何ができよう。

十一月三十日

彼のその、唇の端のくぼみは、あの、「へっへっへっ」というシニックな笑いの根せきなのだった。(次郎)

ねじくぎの論理。

ねじくぎ、歴史の中へ、現実の中へ、己が体を、ねじ、とかすのだ。そして、あの、一つの線の両方へ、映しだす。空をうつしだす。空にうつった現実をうつしだす。

秋の晴れ、機関銃の音、キリの明るい光り、屋根の並び。

私は、日本という言葉をさけすぎ、東洋という言葉を虐たいしていた。私は、やはり、いじめることがすきだったにすぎない。

すべては、とりかえさねばならぬのだ、恐れてはならない、何ものをも、仲間をも、おそれてはならぬ、政治を、おそれてはならぬ。

ねじくぎ、二つの現実。現実の割目にくい込むねじくぎ。

海に、割目があることに注意せよ。おお、そこにある割目がある。空が、その割目へはいる、海がふさぐ。

十二月一日

ドストエフスキーの手紙をよみ始めた。これこそ、手紙だ。

「日本が俺をよんでいる。」この彼をよくみてみたまえ。この言葉はとつぜん、二つに割れて、君の前に、西洋を、見せつけるだろう。

私には、いま、この手紙と、ゴーゴリの『死せる魂』と、トルストイの『アンナ・カレーニナ』とが必要だ。

十字路、つねに十字路におれ。

俺は、どうして、愛を、抱くことができないのだろうか。強烈な民衆に対する愛、人類全体に対する愛を。その愛で俺の体をやき、とかすことができたら！

十二月二日

ジイドとドストエフスキー。

残滓を、ざんかすとよんで、発音して、進介をいつも、笑わせた男が、その会にはいた。

朝、はれ。ひる、くもり。夜、冷たい。そのたびごとに、もはや、心が変化しているというのか。

光子のことばかり思う。しかも、性慾的にだ。

もっと、苦労しなければならない、物質的に。物質的の苦労が、私には、もっともっと、特に必要なのだ。

十二月三日

自意識をこりかためない行き方としての主体的階級、歴史的推進力。海の心、海の意識面をもつ心。

政治家：しわのない奴。のっぺらぼう。マルキシストの政治家も、この中に、はいること、多し。

政治家は芸術を知らぬ。しかも、芸術家に政治を強いるのだ。

十二月四日

母から手紙。よい手紙。光子を、可愛いいと言っている。

十二月五日

マラルメ：哀しき人。

ヴァレリー：形式主義者の頂点。しかし、この形式は、ねじれているが故に、動きだす力を残していたのだ。このねじれに、竹内勝太郎がむすびつく。

竹内勝太郎：意志、創業の人。（粗）を離れることができぬ。ヴァレリーの形式を内容的に［内容の方へ］、ひっくりかえし、うらむけにする。

詩は、宇宙の唇の接吻だ。太陽がその唇だ。

めくる
　発展的。
　卑わい的。

十二月六日

ジイドは火花を摑えない。ジイドは現実との火を発しない。小林秀雄は、ドストエフスキーの体を借りてしか、物をみることができないのだ。「物をみる」、ありのままにみることが如何に、大切なことか。

「ようけ、しばられてんねんさかいなあ……身体中、だれも、といてくれへんがなあ……おれらやらんと。」

「きみの注射の回数が少くなるように、だんだんそれも、へってくるやろ。」

十二月八日

兄へ手紙をかき泣いた。

　一九三六年（十一年）十二月四日

兄の嫁、姉、美恵子、死す。「明恵」と云う。

私の眼のみえる広さ。ほんの中庭だ。人間は一つの眼しかもたないのに、私は眼をもちすぎ、しかも、四畳半の眼だ。

言葉を一度。あの地につけて潰して、上げよ。

光子のあの足。あの着物の下から、ひらめく足のように。

十二月十一日

中野重治の『新潮』一月号にかいた茂吉論。私は、私の立場と全く同じものをかんじた。立ちよみしながら、うれしく、涙をだしてしまった。

自分の作品の欠点がはっきり、形としてわかってくること、これは、うれしいことだ。これこそ、私の中の創作活動の動きといえるのだ。単に、自分の作品をけんおするのでなく、それがわかってくるというのだ。

Ｆへ手紙。

一歩、前進した。小説も前進するにちがいない。

インテリゲンチャなどというものはないんだ。これが、はっきりと私にはわかってきた。

「きみ、インテリゲンチャなどという言葉を、まだつかうのかね。」

「……」

「その言葉が、きみの中からなくなるような生活をすればいいのだ……それだけだぜ。」

十二月十三日

もっと、地面に、地面に。いまは、私の、転換期だ。

文学とモラルと現実。

詩とモラル、アーノルド。モラルではなく、歴史的のモラリテートを、もっと鉄をふくんだものを。

(ヒューマニティ)、全人間、新しい人間。

知性(全く、新しい物質的、歴史的、知性。)の要求について。

新しい地点へ、私は到着できた。ここから行け。

十二月十五日

「大阪」の歴史をしらべること。

大阪の街そのものが、数百年の歴史をもち、しかも、それの位置する日本が数千年のそれの日本の位置世界か……。を忘れぬように。

私は、如何にして、封建的の、脂が、体にしみて、残っているか、大阪に、それを、みなければならない。

街の断層。われ目。

十二月十五日

土井さんと、歩く。「ジュウス」を一処に飲んだ。

土井さん、実にかんじのよい人だ。そして、腹をたてて、すぐあらためてしまう人だ。私よりも、その、反方向力。

或は、純粋へ向う力が、ずっとつよく、速かなのだ。

私のほんやくを見てくれた。じつに、うれしかった。向うは、もう、下りてきて、説くという態度を、私に示さない。

悠《はるか》という男の子。

「いい名ですね、きっと、大きくなったらよろこびますよ。」

「そうかなあ[ですか]……大きくなったら、うらまれるよ……といってるひとがいるんだが……。」

「いや……そんなことはない。」

「ことしは、これでおしまいですね、きみと会うのも……。」

十二月十六日

O……「金の方みな、やられたらしいんだ……ぜんめつらしい……ひょっとしたら、Yさんもやられてるかも……Oさんも……。しかし、あの人は大丈夫だろう……きっと……。」

「それが心配で……どこかで会ったら言おうおもってたんだ。うっかり行くなよ……ばあーんとやられたりしたら、大変だから……。」

一つ、硬い、がっしりした、身ゆるぎ一つしない、小説がかきたい。

構成というよりも、鉄の言葉を、一字一字、そこへ、おいて行ったという小説だ。

古代文化史の前へ立って。彼はつぶやいた。

「ここにもあるなあ……ここにも、お前のたべるものが……お前のやらんならんものが……。うん、やるぞやるぞ……かまへん、かまへん。やるんだ……。」そして彼はふるえた。

十二月二十日

手を髪の上へおきながら、顔をかくしている。

「試験すむまでいや。」

「わかってる……わかってる……すまん……すまん。」こうして、私は、身をかがめる。

「俺には、何にも、わからない。」終ってこう言う。

「いこう……。」

「……」

「なあ……いこう、いこう。」

私は、手をつかんで、引く。そして、又、同じことが起るのだ。

十二月十七日—二十日

闇、接吻、接吻、又、接吻だ。

「自信がねえんだ。俺ねえんだ。」

「今日は、一寸、かとなってるんです……。」

「さよかで……じつにええわ……ほんまや……のまくんに、おちることは、みとめるけど……それはみとめるわ……けど……ええわ。……やさしいがな。」

「大きい声でやれや……そんな、小さいこえでやらんと……。」

「大きくはりあげてですか。」

「うたでも、すぐ、うたうさかいええわ。一寸とも、はずかしがれへんさかい。」

ここに云う、ヒューマニズムは、十六世紀、或は、十八［九］世紀のヒューマニズムではない。↓知性の媒介。

アジア的の解導〔ママ〕入。

十二月二十一日

『三人』第十三号。何という、くだらない、元気のない本なのだろう。ここに、美があるとでも言いたいのか。もっと、力を。もっと、女を。もっと、熱をだ。

何という、安っぽい言葉。何という貧弱な表現。これで、一体、芸術家だとでもいうのか。と、私は言った。

探究などとよべるものは、どこにもない。皆、何か、一つのジェスチアーを演じている。ジェスチアー、凝りかけていることを示す。

「深刻、ジェスチアー。」太田。

能のもっている欠点が、桑原に、はいってしまった。ほっておくとあぶないかもしれないのに。

何か、ものたりないもの、しか、みいだせない。

私の歩み、私の思想に、何か変化のくるらしい前ぶれ。あの多くの接吻が、私を、かえてくれたのだろう。あの円いかんじ（触感）の唇をとおして、私の中に何かを通じこんだのだ。あの接吻の熱、密度、を軸として、私の体を統一し、錬え直した。私を〔一字不明〕摑みにした。

十二月二十八日

今日から、俺が行くところ。俺は、何にも知らない。

俺は、何にも知らないところへ行くのだ。

こう、俺は、その女の横でかいている。その女が、俺の日記を、見ることを望んでか、それとも、俺が日記をかいていると、その、女が、知るのを望んでか。

日記に、その直前の情事のことをかいていると、その女に意識させるためにか。

光子は「経」に当っていたのだ。そして、私に、愛撫をこばんだ。小さい光子。

私は、ぶちぬかれたらよいのだ、何かで、女で、女で、女で。

私は、余りにも、光子を、勝手にとりあつかっているのではないのか。

光子が、情事を何一つ知らないということ。

「かまへん……かまへん……。」

「……」

「わかっている、わかっている。」私は、こう言う。私は、光子の体のそれのことを言って、そんなことは、何でもないのだ、情事とは、そんなことにかかわらずにやってよいのだと言っていたのだ。光子は、それを知らなかったのだ。それとも、とりちがえていたのだ。

「いや……いや……。」と言っていた。

乳房。

そのとき、光子は何を感じ、何をみ、光子の性器はどうなっているのか、私には、それは、全くかんじられない。光子が、かんじるものを、私もかんじたい。

もし、腰のつながった双生児の一人が、けがをしたとき、他の方も、いたみをかんじるのだとすれば、そう言うように、光子の感覚をそのまま、かんじたい。しりたいと思った。

(小説家になりたい。)

十二月二十九日

物にふれるということが解ってきた。物にふれること、こそ、(新)を生ずるのだ。常に物にふれていなければならない。つねに、きり開き、頭の中に、穿穴機をもちセメントをもっていなければならぬ。

(物)：歴史的に動くもの。人間の行為を、吸収する吸取紙。

物の動的の面。

物の歴史的の動き。物によって、自分をみがくことだ。

常に身ぶるいして、身ぶるいして。

一つの形に固ろうとする身体の形を、ぶちこわして行って。

それよりも、常に、上へ、ぬりつけ、ぬりつけて、しかし、常に、新しい軸をふやす如くに、ぬりつけて、形をかえる如くにぬりつけて。


反省の価値の小なる時代。そして、この上なく大なる時代。

反省の中に於ける物質の必要。

物質の中を通す。

兄と歩き話す。

「日本という国は、へんやなあ。変っとるなあ、きるもんでも。建物でもみてみても、何でもちごてる……ごて、ごて、してるなあ。……まぜこぜになってるがなあ。」

「日本のいまのわかいやつは、あかんなあ、元気あらへん……。元気あるやついうたら、何にもしらんやつやしなあ……。」

「うん……元気ある奴は、むちゃくちゃやりよるねん。」

私は、ものをはく、嘔吐する力を失ってしまっているのか。

それとも嘔吐ばかりしているのか。

一九三七（昭和十二）年

一月一日

兄と、白浜へ行く。実によかった。話し合った。久しぶりだ。

こんなに話し合ったのは、生れてはじめてだ。

旅行の話
「一ぺん印度へいってみたいなあ。」

「ふん。」

「アメリカや西洋なんか、いってみても、同じやと思うんや……。」

「そやろな……印度は、まるで、ちがうやろな……。」

「印度から、……ペルシヤへ出て……ペルシヤいう国いまあるんやろ。」

「うん……あるなあ……。」

「うちの宗教も印度やな……。」

そして、宗教論から、人生のことへ。

一月五日

「ううん……いや……。」口のあたりを、左の片頬を、にがそうにゆがめて、硬ばらせて、くるあの顔。

「いや？」

「うん。」

「どうして？」

「……」

「いうて……どうして、いかんの、はっきり言うて？　わからへん、わからへんがな……いうて……。」

「……」

「な……。」

「僕がいやなんか？」頭を左右にふる。

「きみがいかんのや……きみが、きれいすぎるからや……。」

そして、私は、乳房へ手をやる。


トルストイの現実に対するカーヴとドストエフスキーのカーヴ。

富士正夫は、余り大きくなるひとではない。光子の方が、面白い。（この文章は、むりに、何かの感情で、正夫のために、私が光子と接吻できなかったということなどから、かいたのにちがいない。）

一月七日

光子、何という美しい魅力のある女だろう。

私には、シャルムという言葉の意味がはじめてわかったように思える。シャルム：光子の眼から〔一字不明〕りだす言葉の意だ。

光子の肌の中には、私の眼が一ぱいある。

音、光子の声：

プロレタリア「動物詩集」「植物詩集」その他。

プロレタリア「恋愛詩集」その他、を書く計画。

私は、少しずつ、世の中のことが、わかって行くようだ。

水鳥先生。岡本との話。

土井虎賀寿へ手紙。

一月八日

光子の生殖器のこと。

向うから、一人の男がくる。肩をさげて、私をみる、赤黒い顔、何か行商する人、或は酒屋。私達は、すぐ、顔を真直にむけ直してしまう。私達は話さえしない。私達は、知らないからだ。私達は話さない。そして、これがふつうだと思っている。

知らない。しかし、私は、母や兄やSやUなどとは話す。知っているからだと言ってだ。

観念の道をつねに見はっていること。

問題がどこにあるのかを、みつけること。その道すじが大切なのだ。

性慾はすべてをすべらせる。すべりすぎらせる。

問題が余りに、なめらかに、解決に近づくとき（所謂、インスピレーション）、いつも用心せよ。そうでないと、次の解決法にその道を、使うことができぬようになるから。

できるだけ、跡形をつけること。〔二字不明〕の中へ、こえを、匂いを、形を入れこむこと。（『スピノザ』より。）

アランも、スピノザに近い。考え方を、その道を、跡づけてくれる。建物はあとからだ。

いまの俺も、この気持だ。「建物は後からだ。」

俺の中にある①デカルト、スピノザ、アラン、ヴァレリー、
　　の方向をも伸ばすこと。　ドストエフスキー
　②パスカル、——ジイド、ブレイク。
　ディドロオ　　　トルストイ
　　　　　　ヴォルテール
　　シェクスピアー

道元。

道具の上には、観念のあと形が何重にも何条にもついているのだ。

アラン：「近代」の整理室だ。一度、ここへ、出入りしておくことが必要だ。整理室。といっても、向うから整理してくれるのでは勿論ない。

パスカル：二歩で行くべきところを、一歩で行くからいけないのだ。間の一歩が、わからないし、すぐ、つかれてしまう。

一月九日

Hから手紙。この人も、若さをもっている。この女の人は幸せだろう。きっと。

性慾。本町、西宮えびす。便所。

西宮の遊廓。三度、引き手の婆さんに引かれ、女がわらいかける（割にすきな顔の、女だった。）のをみたが、ふみとどまることができた。

今日は、すべての人が、わいせつにみえる日だ。光子の美しさ、眼をふせたまつ毛の美しさを、考えた。

一月十五日

「そんなに、ほしいか……。」

「そらそうやわ……そんなこと誰にも云わへんけど……男にはわからへんわ……うらやましいて仕方ない……。」

「ふん……そんなにほしいのやったら革命おこせ！」

「革命なんか……退屈するわ……たいくつや。」

「ふん……退屈するか……そうか……革命……たいくつか……。」（富士の顔……正夫。）

光子は、一寸、眼を光らせる。

息子を信じます。あたしは、信じてますいうたったんやけど……。

「天野　忠」こんなとこにいるのんやな……（U）

「はじめ……リアルにいたんやなあ……。」（I）

「そうや、俺、一度あったことあるけど……くだらんやつやくだらん……。」（N）

「そうやろなあ……そこにある詩もあかへんわ……あんな奴……『パン』にでも、はいったらええねん……。」（I）

「そうや……『パン』は、人生派やさかいな……。」（N）

「人生派か、『パン』……いつからなってん。」（F）

「いや……吉川竹比古がかいてるやないか……。」（N）

「あれか……。」（F）

「かいてるなあ……あないきめとくとべんりやな、あれも、こうして使えるさかい……。」（I）

「吉川竹比古……しかし、よう読むねんなあ、……大抵の雑誌皆……かいたあったやないか……。」（F）

「うん……この位ほど、机の横につんどいて、かくねんやろ、ふふ……。」（N）笑う。

　この日記の調子ではいけない。別の感情のはげしさが必要だ。

日記帳を変える。

一九三七（昭和十二）年一月～九月

（日記10）

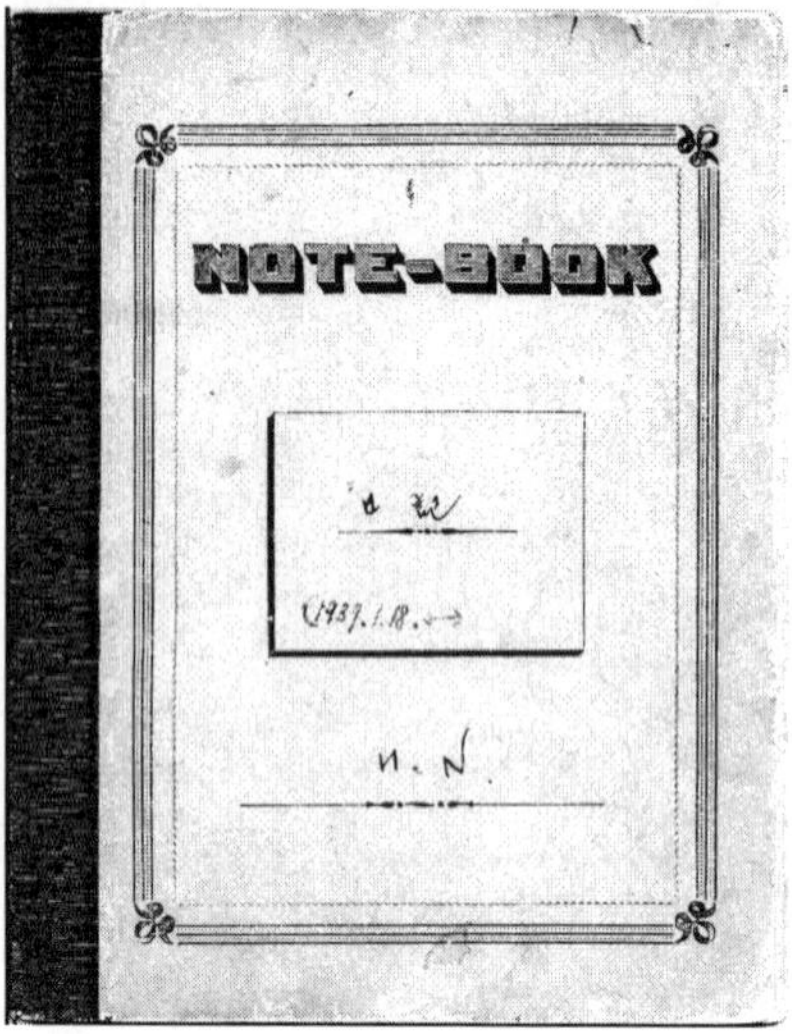

一月十八日

昼は唯物論、夜は、トルストイの開けた穴。

肉体の穴の色。

すべてが空虚だ。光子の去った穴だ。

私は、線を求めている。私は、塊としての言葉を求めている。

瓦。四角いレンガ。（乳房。つぶった眼。）

散文。文章の下の岩石に就て。言葉とその内容としての、山脈について。そうした「物」のつかみ方。線できりとる。もぎとる。

一月十九日

言葉の中にある岩。

刻み方の荒さ。再びの荒さについて。

何ものか、街の地肌を、さぐる手足がある。

起重機の下の触手。

「対象」のもつ、中心を切る言葉。その中心の動きに動く言葉。

散文。もとへかえって。ゴーゴリ、スタンダール、バルザック、トルストイ。

一月二十日

「生活と言葉。」に就て。

光子から手紙。よい手紙だ。私にとっては、わるいのだが、力一杯かいている、感情でかいている。


現実、深さ。宇宙の力を信じよう。どうしても。

言葉の下の鉄の板。この鉄の板をどうするかが問題なのだ。

私は、また、きびしさが必要なのだ。きびしさ、烈しさ。しかも、詩に対してだ。


火鉢に向っていて。光子が別れてくれと言ってくる。


「苦しいか。」）何か、ものが、足りないような、

「苦しいな。」）又、みちたりて、いるような空虚さ。

（俺の皮を氷河に拾え。）

一月二十二日

久しぶりに、冬の雨の霧の中に日を見た。（やはり、太陽はいいなあ。）つぶやき——

やりぬくこと。やれ↓通れる。という気持。

のん気になろうなどと思うことこそ、一つのあせりにすぎないことの発見。再び、病との闘争開始。

一月二十三日

生きること。

俺は、日日、幾千万年のしわを俺の体にきざみ込む。

生が生れてきたところ、そこのしわの数を大きく、深くして俺はその中へはいる。俺のはいるということ（死が、）俺がそこから生れてきたとき、それにつけたしわと同じく、それに大きいしわをあたえる。俺のしわ、永久に、内部へまきこまれ、化石のようにのこる俺のしわ。化石‥しかも、夢を、はく［吐く］化石。気をふきかける化石。

歴史の底から、断層を見出して、宇宙の気と生命と、人間の力をふきかける。

歴史が動く。（ふきかけさせる。）


死。そこへ、かえるのではない。そこへ、動き行くのである。

死も動きである。最大の、動きだ。俺の死が、それを全くかえるのだ。それを動きやすくするのだ。俺は、ここで生れ、さらに、向うで死ぬのだ。

同じ場所では、決して死なない。

私の死が、それを、そのどろどろの鉄を、かきまぜる。私の死は、私の生と同じく、生よりも大きく、そのかきまぜ器で

ある。

俺のいきをとおる歴史をくぐる化石の夢。(性器のように、女のように、もてあそぶ。俺のまさぐる、太古の穴居。)

ジイドの逃走と、進行との表裏。

／パリュウド
逃走から進行への動き。しかし、むしろ、逃走へ。


光子にうその手紙をだした。それに返事がきた。しかし、うそをかいたにしても、私は、かきながら泣いたのだ。うそをかいて行くうちに、それが本当のような気がしてくる。

一月二十四日

(俺という言葉。)に就て。

少女に就て。

吉沢に就て。

エゴとエゴ。光子のエゴイスム。これは仲々直りそうもない。

光子は、私以外の男と結婚したら、きっと不幸になるように思う。

しかし、私は、もう結婚はやめだ。

女に対して信用できない。女は、どうも、体しかのこらないのは何故か。


この頃、やっと、私の書く字に、元気がでてきた。

富士のこと。

光子は愛情のないことではなく、愛情がないとひとに、言うことを、うれしく思うような女だ。まだ、肉体が完全でないか、それとも、「不感性《〔ママ〕》」かだ。(医者が必要だ。)

光子ほど、ほめことばの必要な女は知らない。それにたいして、光子は、どう反応するか。

一月二十五日

富士から手紙。よい手紙。光子に絶縁の手紙をかこうとしていたが、これを中止にした。(この間、自殺するところだった。そして、死をこえた。もう、女は不要だなどとかこうとしていた。)

富士へ手紙をかいて、泣いた。

「ドラマ」というものが、人生の底にあること。それこそ、物質であるということ。(新しいドラマツルギー。物質的ドラマツルギー。)

禅家の人々が掘った穴がわかる。それは、常に「ドラマ」としての掘り方だ。これは正しい。しかし、ここに、何かエレメントが欠けているか。私にはわかる。

一月二十六日

詩は、物質そのものの「ドラマ」としての展開、らせん状のてんかいの或る一点に於ける鏡、或は、呼吸、分ぴ物だ。という考え方。

詩に於ける動きについて。戯曲ではなく、人々が動いている「劇」そのものの動きについて。

宇宙について。

無数のねじくぎが、ねじ入って行くところを考えてみよ。

ドストエフスキーの小説の構造。あれは幾分、物質の動き方とにている。

一月二十七日

あらゆるものの底にある劇をよまなければならぬ。劇をよむのみではいけない。劇に加わるのみでもいけない。そのどちらか一つでもいけない。又、その両方でもいけないのだ。

「劇。」ドラマ。物質の捲き込んで行く力。人間という色を自らの体の中へ加えて行くこの力。

人間が「(対象)」をほりきざんで行く、その全体。

この劇こそが「詩」なのだ。

「俺は、ここに、世界に参与する一人となった。」

鉄の体をもって、俺はもはや一人ではない。俺はドラマのあらゆる道具をそなえ、表れ出る。(二枚目。脇役を引きつれて、「流てん」する。)

俺のこの自転が、流れて行く音を聞け。——ベー［ヴェー］トオベンがそこにきこえてくる筈だ。

レーニンが(「螺旋状に。」)としてとらえたもの、はたらき、動く世界が、ここにあるのだ。セラフィモオヴィッチの(「鉄の流。」)の下にあるもの。

二月一日

「蜘蛛」を後にせよ。俺はすすむのだ。もっともっと。酔うな。酔わないことに、酔え。すすめ、すすめ、あらゆることが、俺には可能なのだから。光子は、俺に帰ってくるに違いないと確信する。

「ああ、あの生き残りの人々か、キリスト教の生きのこりの人々か。」と、伊之助は言うのだ。

眼。世界の眼。この部厚い目。複眼の。

「物質」、人間をまき込むこと。生物をまき込むこと。ネヴュラの発展のこと。

「やさしい女がほしい。」乳房がほしい。(光子はどうしているだろうか。)

二月三日

すべてが俺にあたってくだける。土井さんも、そうだ、くだける。

二月五日

パスカルの言うように、自然は、すべてのものにその姿《イメジ》をきざみつけたのではない。人間が漸次、そこに自分の姿をきざみつけて行くのだ。↓それより、自然と人間との共同の姿をと言おう。

一人になること。女を信じるとすれば、信じることのできるように、し直せ。つくりなおせ、だ。

男が、女を駄目にしてしまったのだ。何千年かの間に。

二月五日

土井さんに手紙。

二月六日

光子から手紙。

光子が俺をいためつける、いためつけつくす。

俺は、ののしりながら、光子を愛している。俺は人間だ。

光子の性器などが問題なのではないのだ。それが、光子にはわからないのだ。

(俺達は、俺の小説そのままのことをやっているにすぎないのだ。)

光子は偏執狂だ、そして、俺も、又。

土井さんから手紙。泣く。

美しい心は、一体どこにあるのだ。

もっと、多く、もっと多く。

二月十一日

富士、来る。光子のことについて。光子と別れること。

二月十二日

一人の人間が、その行きつけの場所を奪われるということ。

それが、その男にあたえる苦痛について。

この詩には、螺旋状にということがない。「氷河：動き。鷹：形。」

ドストエフスキーだけが、私に残っている。

光子を愛する。哀れな女を愛する。

二月十二《〔ママ〕》日

黒。あらゆる街の底をあるいて行きながら、一人の女に息をとりもどす。一人の女に息をとりもどす。この苦しみは誰にもわからない。きっと、わからない。

ああ、この苦しみが、俺の詩に新しい基調をもたらしてきてくれたら。そう思う。

どうしていいか解らない。そして、うろうろとうろつく。人間の中を、のんべりとした顔の間を。俺は、はきだめの中から、何かをさがそうとしているのだ。

俺の頭に、死が来る。そして、俺はふるえる。俺は、やりそうになる。明日はもう俺はいない、いない。こう思う。

俺は、目を求めている。どこかに、あの眼を。俺が、いじめつくした一人の女の眼。少女の眼。

俺の中には千の眼がある。

俺は、黒を歌うために生れたのだ。黒だ。ブラックの黒ではない。黒だ。ハムレットのあの黒だ。

俺は、ひとりになった。そういう黒か。

俺は、ただ、生殖器の間へ首を入れ、顔を埋めて、一人の女にすがりつく。女達の生殖器の間に在って、一人の少女に息をする。

街角で、電信棒につかまって泣く。

俺はこの暗さを、どうしても人にみせてはならない。俺は、ひとりで泣けばけっこうだ。余りにも泣いている人が多すぎる。

ヴァレリーが、パスカルを笑うにしても、俺はやはり、パスカルをえらぶ。ヴァレリーの笑いも、俺の涙も、同じ、黒い場所からでているのだ。黒。穴。

追う。求める。免れる。それだけ。又。

追う。にげる。止める。それだけ。又。

そして、うそをかく。いつわって、泣く。黒。(詩は、宇宙の自覚作用である。現代の自覚。)

黒い点。

富士を疑う。友情を疑う。点。「人生。」ひとを信じる。——ひとを愛する。——本当か。

消えてしまえ——。半時間とびちれ。(何故死なない。)(悪いことをしつくしてから。)殺してみてから。何でもできる。以前やったことが、俺を、あそこへ誘おうとする。女。

俺は人間の慾望をにくむべきではない。人間の慾望をとざすときの知をにくむべきだ。

人間のでてくる穴。暗いなどとは言えない。黒だ。黒ばかりしか見えない。

死に価値なきときは生にも価値なく、生に価値なく、死に価値なく、……。

詩、人生に対する疑いが……。そして、俺は。「ヴァーン。」

「見えない。」

黒い穴の中に住めるものの対話。

黒と黒。　「黒」。　「苦しいか。」

「また。」　再び　①「黒」。②「苦しいか。」

「まだ。」　「死なし。」

「まだ。」　「生なし。」

「俺は死に価値をみとめない。」

「俺は生に価値をみとめない。」

「色を変えて……色を変えて……。」

「太陽をつぶしてくれ……。」

「太陽など、始めから、つぶれている。」

「黒。」

「黒。」

——ここに言う黒は、黒い猫の黒ではない。（進介）

「見える……。」

「黒ばかりしか見えない。」

「何にも残っていない。」

「死への道がない。」——

③（「生への道がない。」）
——目のかけらが、くすぶっている。

千の眼の認識の歴史の一つの又は二つの眼の部分である。

詩は歴史の眼である。人間の動きを、人間の働きを、水晶体としてもつ眼である。社会の動きとしての眼である。

詩は、人間であり、宇宙の軸である。あらゆる屈折力である。

詩は、ひとが、物質（対象的自然という考えでの）のひだ、ひだへおり込み、物質を色づける、人間の油である、人間の肉体である。社会の肉体である。詩は、単なる存在ではない。

詩は、らせん状にくい入る。

鷹には「未来」がなく、その意味で過去もない。すべてが尚浅き底をかすめる。

それは、劇の眼である。（水晶体としての劇。）

物質の展開の形、働きそのものとしての劇。ねじくぎの劇。

根もとのところに動いている劇。

「詩は、社会と発生をともにする。宇宙的主体が、社会に転化したとき、詩も、あらわれたのである。詩は、かくして、社会の起源に上る。社会の如く、無機的生物的、且、社会的（人間的）でなければならない。」

社会の底にある劇的体系から、ふき出るものが詩である。

詩の客観性とは、劇の意味に於てのみ求められるのだ。

散文に於ける客観性とはことなる。

劇とは、社会の動き行く力そのものの、文学的表わし方にすぎない。

二月十六日

光子の顔を欲する。光子の性器が必要だ。どうしても、光子のすべてが必要だ。

光子へ向って（再出発。）

すべてが、余りにも弱すぎる。竹内勝太郎でさえが弱すぎる。

もっと強く、もっと強く。

支えるのだ。ねじきるのだ。引きずり出すのだ。ねじ込むのだ。もう、「歴史の蜘蛛」も弱い。俺は、先へすすむ。俺の苦痛が、俺を、肥やした。俺の「車輪」は、さらに、一廻り前進した。

すべてが、俺の肩にとびちる。

苦痛の塊りが、とびちる。喜びのあられや冷水雨となって。

こんな気持。今日、街をあるく。降る、降る、力。熱。俺の体のまわりの熱の縁暈。宇宙の力。


「劇」とは車輪の軸のことだ。

二月十七日

愛。

美しい愛。――健康のことだ。

トルストイを単に、（だれが）健康だなどと言ったのだ。

トルストイのねじれた体。

二月十九日

光子。あの顔。どうしても、必要だと思いつづける。

芸術は眼である。このことを考えてみること。水晶体としての生産について。

自我（個人）が、歴史の中へ、自分の体を入れて行くときのぶちあたり方について。

私には拒否の徹底ができないのだ。劇は客観性だ。

もっと強く、もっと強く。

劇は、社会の法則を内にふくむ。法則自体が動く。

散文は、社会を外からつかむ。（目ざして。）

夜、桑原と話した。

「俺は、えんりょせんならんのんとちがうかなあ、『三人』のものに……。そういう気がするのや……俺は、どうも、ちがうような気がするのや『三人』の内にいると。」

「そんなこと……そんなこと、俺はおもわへんぞ……。俺は、きみの批評を、ちゃんとうけ入れるべきものは、うけ入れてるんやぜ……、ちゃんときいてて……。」

「うん……。しかし、俺は、いつでも、『三人』の内にいて……なんかべつものという気がするなあ……どういうか……。」

「そら、きみと、僕とは、ちがう、全然ちがう……。そやさかい、それで、俺は、きみから、とるべきものを取ることができて、よいと思ってるのやけど……。」

「うん……それとちがうのや……『三人』のうちにいると、俺は、自分が異物のような気がするのや……。いては、いけないところにいるという気や……そんな気がする……。」

「俺と井口とはちがうけど……それでも、君、井口と俺と……。」

「うん……君と、井口とは、全くちがう……しかし、いくらちがっていても、……俺のそこの感情からみると、同じことになるのや……俺は、ひとりになるという……。」

「どこへ行っても、そうなんや……ここは俺のいるところではない……こう思うのや……どこへ行っても……。」

俺は、涙をかくすのに苦心した。

「きみにかくしていたことがあったんやで……君をうらやましがらしてやろおもて……みせるわ……。」（桑原）

二月二十日

泣いた。火鉢の上で。

パリュウド：先ず、人間の意識のもつ縁暈的フンイ気について。

日本という一つの大地の背骨をえぐり取るような小説がかきたい。小説ではだめなのか。宇宙の手術。と思う。

散文の下から、散文を支える、つき上げる生活としての宇宙。思想。

その花は宇宙の源のさかせる花だ。宇宙の樹液の圧し上げている花だ。宇宙の動きの花だ。宇宙をてらしだす花。宇宙の開く花。地心にさく花。花びらをもぎとる。？——

その接吻が花さかせる。暖める。宇宙の中心を吸いとる。宇宙が旋回し、酔う。

その花は、人間が物質をみつけるとき、みつける花だ。

社会の底の花だ。都会という花びんにさく花だ。

都会の展開がその花だ。それは革命以外にない。

革命とは、物質そのものの自覚としての花だ。

光子との多くの会話の思い出。

物質力とは、この花だ。人々は、その花の液として、死ぬのだ。

花の輝き。

二月二十一日

正夫から手紙。

谷と谷の間の春の川の間から、一つの美しい顔。あの顔。

光の現象と恋愛感情の現象について。

劇とは社会の呼吸形態である。

客観性を内部にもつもの、という意味の主体性である。物質の展開。

散文の客観性は、外部にあるに反して……。詩の客観性は詩の内部にある。それは、劇の客観性でなければならぬ。単なる抒情から詩が知性をもって、展開し、さらに、社会的自覚に於て、レアリテートを得て行くとき、詩の到着するリアリズムは、劇的性格ということでなければならない。

詩は、monde actuel とつながらないというより (monde actuel) をも、包み込むのである。散文は monde actuel を、目ざす、外にもつ、つながる、のである。——鉛直の考え方。

二月二十三日

体と、アイスクリイム製造機との類似について。

体：物質の中の穴。その回転度数。

春雨。

花びらの社会。社会的構成体としての花びら。生産機構の香りとしての花びら。鉄の穿孔機が、宇宙に穴をあけるときの花びら。

プロレタリアートの呼吸のかかる花びら。あらゆる花の花。

自然の花のさらに質的転化した花。

二月二十四日

井口：ひとに新しい意見、思想を、吐かせるのを恐れる。うぬぼれに就いて。

井口は、文学の性質をはきちがえている。

二月二十五日

光子へ手紙。光子へ手紙を出すということさえが、私の心に窓をあけてくれるように思えるのは。

光子との間、よし。外見をすてる。——さらに、その下に新たに外見がおこってくる。

「紅葉は神の羞恥であり。」人間は（宇宙の、物質の）透明だ。

大空の青い風鈴、光がならす、大空を鳴らす。

三月三日

光子の美しさに就て。何という。

三月四日

地獄へすいこまれる。でてくるときは、光りにかがやいてでてくるのだ。

光子へ手紙。

三月六日

光子に会う。うまく行った。例の髪。その下から、ちらちら眼でみる。

三月七日

関屋へ行く。愛子さん。この人がFを非常に愛しているのを感じて、うれしくなった。山、田舎。美しい。

進君。哲郎君。リウ（犬の名）。

三月九日

瓜生来る。一日、話す。瓜生のために元気を得た。

俺の行きづまりの打開は、一時の情熱の火花などでは、決して、打開されないものだとわかった。もっと、のろのろとしてしかも、一方からのみではなく、打開する。

瓜生は、じみだという。「そうだ」と私は言った。

瓜生は、詩がかけなくて、泣くんだと言った。迷信的になると言った。

私が、偏執的な迷信だなというと、そうだと言った。

元気になれた。

光子のように元気になるのだ、又、光子を得るためにと思う。

三月十日

俺の一生を決定する何かが、俺の四方から、近よってきているのを、俺は、かんじる。体か、生活的の予感。生活の機能の質的変更の前ぶれ。体の重圧。そうしたものを、俺はかんじる。それが、都会を飲み、都会をのみして、大きくなって行く。都会を吐きだす。

体の中にある、炎。暗い炎。赤レンガの炎。それをかんじる。

体の中こそ、運命という言葉でよぶにふさわしいものだ。

この詩をかいてみること。体の内の詩。

三月十一日

富士来る。

股ケ池で、光子の学校からのかえりに出会う。

「みとったよ、ちゃんと。みて、しってたわ。」（光子）

「俺かて、しっとったよ。みて、ちゃんと。」（F）

「手紙読んでくれたか。」

「……え。」

「手紙よんでくれた？」

「うん……読みました。」

「おこってるのか、おこってるのか？」

「ううん。」

（光子との会話。）


今日は、よい日だった。（私は、もっと健康をもとめよう。）

ベートオベン。の「運命」。

これにたいして。愛の交代。肉体内に於ける赤黒い炎と、すみきった光りの美しさとの交代。

光子を愛する。愛するということは、空のように、よいことだ。

俺が空になったような気がする。

（お前の顔みとったら、二十日鼠を思い出すな。）（光子の顔のFの言葉。）

「きみ、いままでのんやったら、車輪が、じっと廻ってたんやけどこんどのは、車輪が動きだす、心棒が動きだすかんじやな。」（Fの言葉。）

三月十二日

瓜生、再び来る。

手紙をもって来る。

瓜生は、結局、何かのわくの中へはめてしか、物がみえない。しかし、わくの中へはめる、必要もたしかにはあるのだが、
この必要時のはめ方ではない。

私は『三人』の同人から、一体、何を求めることができるのだ。どこに、感覚があるというのだ。もう一度、こまかい、網の目をつくることだ。さらに、拒否をすべきであった。さらに、拒否を。

健康を求める。ひとを愛する。それのみだ。その他のはたらき。この裏をもった、他のすべての働き。

空の交代。運命とは、交代ということだ。しかし、この交代こそ、あの、印をつける、交代。押して行く交代、なのだ。

三月十三日

「家」に対する考察。「家」としっと。家をはなれていたものと、その、中心。兄と弟。健康としっと。

色の交代。詩の姿に於ける色など。

体のよわりと、そこから湧く、くだらなさに気をつけていて、そのくだらなさに高い位置を許さない。

「心理分析」。心理主義。が、私を、さまたげている。

私には、要素としては、心理しかないのだ。

自分がよい方に向っていることをかんじる。私の中にある、汚物を、現実がすいとってくれる。私は、現実が、私を、汚すなどとは思わなくなった。


続々と、俺の中に動いているものを、感じる。動いて動いて、つきることがない。私は、その動きに、私を、まかせる。その動きこそ、統制なのだという気がする。

理論的な動きを、その中心へ、まき込みながら、動いて行くそれ。

私は、たしかに、次へすすむことが出来る。そう思える。次へ、すすまなければ、いられない。ひとりでに、私は、動かされるのだから。

詩も、この動きにとらえられて、かく。こんな詩が本当なのだ。のろのろと、又、きらきらと。

光子のことを余り考えなくなった。仕方がない。又、考えるようになるだろう。

弱りのときは、しずかに、すぎるのを待つという心。

俺には愛が足りない。どうしても足りない。それをどうしたらよいのか。俺には、愛のことなどいう資格はない。詩をかく資格さえもない。こんなことを、考えた。そして、光子のことを考えた。(日日が、私のものとなる。そんな、詩の言葉がほしい。)


加賀耿二の評論は、よかった。普通のことだし、理論はむきだしなのだが、それがよかった。

勉強を始める。体は、次第によくなって行きそうだ。

桑原へ手紙。

三月十四日

「正明さん、おき手紙してかえってんとねえ。」(母)
「うん……おくさんないてたわ……子供等、わたしが、ここへ、きてんのん、まるで、遊びにきてるようにおもてるのやいうて……。」(母)
「……子供あんまり、いうようにしていたら、いかんのや……。」(母)

「ほんまやぜ。……そうしといたら……あないなるのやぜ……。」（祖母）

「そんなことあるかい。あれは、やり方がいかんのや……。」（私）

自分が、あらゆる作家の上にいることを感じる。

何かを。

春の暖かさが、私にある。春の波打ち、春の波のはじめ。を、誰が打つのか、私の体の中にも、春が打っているようだ。

三月十四《〔ママ〕》日

夜。Hに会う。楽しかった。こんなことは始めてだ。

民衆的、啓蒙的、文化的。の行き方。

私達の行き方が、次第にはっきりしてきた。光子とは、別れることになるだろう。これが本当だろう。仕方がないが。

三月十五日

俺には、現在がわからない。俺は、まだ、過去のみを追うている。併し、俺は、自分が、現在をわかる位置に近づいてきていることを感じる。現在がわかるとき、過去は、さらに、本当の過去となるだろう、そうして、未来がきまってくるのだ。

「現在」という言葉の内容が、しだいにはっきりしてきた。内容ができてきた。

光子に会う。くさくさした。

Fと話す。Fの家から歩いてかえってきた。

「現在」の重量を感じる。現在が俺の下に、どろどろ、流れこんでいることを感じる。俺は、その上にたって、俺の重心が動き始めたことをかんじる。俺は、動く重心をもつことができるのだ。俺は、その動くものに対応して動く重心をもつことができるのだ。

それを俺は、感じる。俺の体が、鉄のようなものになり、始めたのをも、かんじる。俺は、根源に近づいている。

それをかんじる。俺は、そこから、でてくるのをかんじる。

交代ではない。（動き、進み動きだ。）

私の家のものは、私を、気の小さい人間とみているらしい。

面白いことだ。

私は、やっと、糸口をみつけたような気がする。（私の生活が、民衆に近づくこと。これが、始まるだろう。）

ひとが、俺を、笑うことに、平気になりすぎて、いけない。

プロレタリアート。民衆。平気。

三月十六日

行き方が、ひとりでにきまってきた。体もよくなってきた。

ようやく、ふれてき始めたことをかんじる。ふれる。


「芸術に於けるクリティク。形としてのクリティク。この形の、単なる形からの区別。歴史的、厚み、のある形。あらゆる過去の形に垂直的に交りながら、あらわれるもの。それは、車輪の軸からしか、生れないものだ。（或る車輪の円面に於ける切線。そして、クリティク。）」

「形」。この形の中にある。歴史的の線。歴史的の線のつくる形。如何にして、この歴史的の線を、つかみだしてくるのか。ほりだしてくるのか。

芸術こそ、もっとも、精巧な、抽象作業なのだ。理論の抽象作業の何千倍ともいえるほど巧な。

（言葉を忘れてしまえ。）という言葉。


F来る。

Fは、私を、ひどくほめてくれた。何故かわからない。

私をなぐさめてくれたのだろう。

三月十八日

涙もわめきも、何にもならないことを知っているもの。一つの釘を打ち込む以外にやり方はない。

三月二十日

光子に手紙を渡した。明日ですべてがきまるのだ。

三月二十一日

ジイド。再び、ジイドが来る。ジイド論を完成したい。

日本に於ては、ジイドは、まだ、理解されていないと思う。

又、一つ進んだ。明るい。ジイドは、明るい人間だ。やはり、こうしてすすみたい。私にはよくわかる。

（『ソヴエト旅行記』）


「劇と建築性。それは人間の発展の段階の跡。であり、発展的のつみ重ね、発展的美。段階的美。」


『三人』の編輯会議。

光子の最後の手紙。私へのお世辞が少しみられるが、よい手紙だった。光子は、惜しい女だが、もう仕方がない。

苦しかった。春の彼岸のあつい日の下でくるしかった。

しかし、苦しいのはよい気持だ。（マゾヒスムではない。）

光子に会う。割合、へんなこともせず、すらすら行く。別れることができると思う。

三月二十二日

夜、ひとりで、道をかえった。光子のことしか考えない。とおい体の底から、幾度も幾度も、このことが、来た。私の体が、まるで、ぼう大な、形をもち、大きな容積をもち、何か、地下にひろがっているような気がした。その体の各所から、苦しみがふき出ていて、私は、それに、くちづけるのだ。しかし、いくら、くちづけようとしても、口は一つ、ふき出る穴は多すぎ、余りにも多くのものが、もれあふれる。

つかれている。非常につかれている、その下から、苦しみの熱が上ってくる。

私は、又、進んだ。そして、さらに次へ。

進んで何にするのだ。

光子が美しくみえるときがある、何でもなくみえるときがある。

他のことは、この圏内にはいることが許されていないかのようにやってこない。

俺の感情は苦しんでいるときが、やはり、美しいようだ。

「接している。」――たえず、何かに接しているような気持がほしい。

(愛は、拒否である。)――こんなところは、どこにあるのだろう。

しかしこれは、どこか、私の中にあるようだ。

私の前には、ダンテがいる。巨大なダンテ。

光子は、私にたいして気の毒そうにしている。そんな光子が、かわいそうだと思う。

内容がほしい。この苦しみも、又、小さすぎるようになってしまうにちがいない。

安子とボートに乗った。幼い女の子。この子は美しい女になるだろう。

一人の女。他の女。その男は、恋愛を、加える毎に、その相手の女から、以前の女＋《プラス》何かを求める。それ故、その男は、さらに、むつかしい恋愛をするのだろう。

やはり、別れてよかったと思う気持がある。こうしたものをも、光子は、感じとっていたのかも知れないと思った。

心理の分析の原理を、心理自体にのみ、求めることは間違っていると思う。そこから、私の小説の心理分析を疑い始めた。

分析の基礎となるもの。そうした土台を求める。

その土台として、あるもの、それが、クリティクなのだ。さらに、わざと言えば、物質的、クリティクなのだ。

物質的クリティク。その、下の、ヒューマニティ。

ジイドのヒューマニティは、非常に、まちがえられやすい。

三月二十三日 朝

昨夜とちがい、非常に元気だ。元気であることも、うれしいことだ。自分の力を信じている。

俺は、自分の苦しみが、民衆の苦しみに通じるなどとは思っていない。そんな甘いことは考えていない。

（光子の妹のことを考える。）（安子のことを考える。）——（これは、どういうことだろうか。分析してみること。）

春枝と美佐子のことを考える。はなお、のことを考える。

このことは、動揺期の一つの解釈（類似性）によって釈けるが、安子のことは、まだわからない。安子の下に、光子があるのかも知れない。しかし、一番先に、だれでもが、こう解釈するだろうから、これだけでは、おかしい。——これが、すでに、一つの苦しみ方にすぎない。

俺の情熱に対抗しうる女、（俺の理性にも）など、いる筈がないとすれば、（これはたしかだ、）どうすればよいのだろうか、鶴子のことを考える。——しかし、これは、性慾を、醜くする女にすぎない。

労働者階級の女には、私は、満足できないだろう。日本の労働者階級の低さ。（私の反革命的要素ではない。）

しかし、女に、文学的教養が必要であることを痛くかんじる。

光子にかけていたのも、これだったのだと思う。

（男にも、勿論必要だ。）

日本全体に、文学的教養がない。

光子は、私よりも、年上のひとのような気がする。ずっと、年長の、姉のような気がする。どういう気持だろうか。以前から、あった気持が、この頃、こうして、急に倍加されたのかも知れない。

自分が、非常に若いように思えてならない。

しかし、今度は、仲々、恋愛などしないだろうと思う。

この頃、言葉が、不安だ。言葉の機能の弱さをかんじる。言葉の欠陥をかんじる。

ひとりでいても、ひとりでいるというような気がしない。それをかんじる。親らんが言った言葉も、或る意味では正しいのだ。（心理的の言葉ではない。）

Ｆの立場は、心理の立場だ。

光子。閉じる。行く。

人々にひとをみる眼のないこと。眼の磨き方。眼が、次第にみがかれて行くこと。

ダンテの地獄の色は、ダンテの体の色に他ならない。（ダンテの体にしても、ダンテの個人の体ではないが。）しかし、ダンテは、地獄をほり深めることができなかったかのようだ。ダンテの地獄は、多くとも、二つしか底をもたない。

私は、地獄が深まるのをかんじる。そして、この地獄が私には必要だということも。

私は、地獄へ一瞬にして行けるときがある。しかし、地獄をもたぬ日の、つやのない生き方は、だめだし、それが、私には多すぎる。

地獄が余りにも近いのもおかしい。地獄が重いのがよい。

重いというのは（外にあり）（内にあり）。することだ。

三月二十四日

私の女に対する好みは、大体きまってしまってきたようだ。

小さい体。一重瞼。（光子は二重だったが。）黒褐の髪。こうしたものを、どこでさがすのか。多分、もう、いないだろう。

独身でくらすかも知れない。そうなるだろう。こんなことを考える。

光子からは、大部はなれてきたのを、かんじる。余り、性的に光子にひかれなくなってきた。人間の理性が、性慾の中までも入りこむこと。

富士に、ひかれているのだ。どうも、そんな気がする。それが、近頃、いよいよはっきりしてくる。（富士が、私をほめるからではない。）

それ故、富士の家から、去るのが、苦しいのだ。

富士と共にいると、長生きができるような気持だ。（長生きがしたいという気持ではない。）

富士に接しているということが、私には、特に必要なのだ。

富士は、私の大切な人間だという気持。これがなければ、自分には、調節がなくなるような気持。

（Ｆに接するすべての人が、こんな気持をいだくのかしらと思った。）

Ｆは、自分の兄のような気がする。これは、以前から、たしかにあった。そして、富士も、私のこの気持を知っているだろう。

Ｆは、偉い男だ。私など、その下の下にいる。

つまり、Ｆは、私を動かして、私の尖端で、ぶちあたって行く、根元なのだ。ただ、この根元が、もう少し、大きくなってくれたらよいのだが。

Fの絵は、いまのところ駄目だ。（絵に対する苦しみなど、Fにはみえない。）

三月二十七日

私の生活は明るいとは、まだ言えない。しかし、明るさはゆるゆるとやってくる、「或は、むしろ、ゆるゆるとやってきて、その速度が、私の体のどこかで感じられるようにやって来い。」という、思いがある。

愛を、裏から、焼きこがす地獄の炎があることを知っている。しかし、こうして、焦げないかぎり、愛は動かず、その位置で、とどまってしまう。ひとが動くということが愛なのだ。その炎の色が、私は強すぎる。ときとして、私の体そのものが、地獄なのだと思うときがある。

俺の全身が詩であるような気がする。はやく、そうでなくなってくれと思う。はやくそうでなくなって、もっと、新しいさらに新しいところへでたいのだ。もう、確かだ。

美しい女をみた。ついて行くことはやめにした。病院で。多分肺病だろう。「立石」という名前だけわかった。眼をかち合わせる、遊ぎ。

正夫君の勝手さ。（正夫君自身、やがてわかることだろう。）（やがて、このために、富士の家へ行く人はへってくるだろう。）ブラックの詩をこえるものを書く。デフォルマシヨンというようなものができそうだ。言葉をデフォルマシヨン。

三月二十八日

言葉の完全なデフォルマシヨン。

富士の家へ二日間行っていて、元気になった。全く、うれしい気持だった。全く、自由な気持。光子とも、親しくなった。つまり、親しみのある関係なのだ。これでよい。よく話した。もう、恋愛は来ないだろう。

私は、やっと、一人の姉を得たわけだ。私の経験的にもちえなかった一人の姉を、光子に得たわけだ。もっと、お互に自由に話し合えるようになりたい。

光子は、底の方に光りをためている女だ。底の方がかすかに光っているような女だ。

「詩」としての「歴史」とは何か。詩の底にある歴史とは何か。「塊りとしての歴史」。

デフォルマシヨンとは、決して、デフォルムするのではない。

デフォルムが生ずるのである。「動き」が絵画の最底面を流れるとき、デフォルムが起るのである。

これが、歴史の動きに他ならない。これ以外に、詩の、歴史はない。これは、歴史性の歴史ではなく、歴史という底だ。

「つまり、車輪が動くが故にのみ、デフォルムは生れるのだ。」

「デフォルマシヨン」とは、塊りの塊りだ。

「塊り。」とは、「静動」という動き。動きの動きともいえる。

「俺は「車輪」である。」→塊り。

三月三十一日

又、進んだ。F、光子、安子と、「蒼氓」をみる。

四月三日

二日、一日、安子と遊んだ。花を植えた。種をまいた。

安子は、横から見るとき、美しく見える。前からの美しさは、まだ、年の関係からか、余りそなわっていない。

安子が、余りよくない性質をもっていることを感じる。

そして、自分がそれに反撥しているのをかんじる。

しかし、安子が、Fの一家で、のけものにされ、少し、軽視されているということが、私を、安子に近づける。この女の子を、よい子にしたい、と思う。Fが投げだしてしまっている故、よけいのことだ。私にまかせてくれたら、私は、それをやりつくすのにとも思った。

雅子と会った。やっと、五年になったのだ。以前より美しさを加えている。腺病質な方だ。私のいうとおりにしている。

山をあるいた。ボートに乗った。ボオトの梶の取り方を教えると、すぐ、おぼえてしまった。一寸、気持がよかった。このことは、光子にも、安子にも、なかったことだ。

長いまつ毛。

私には、苦しみなど、何一つない。この上なく大きいひどい苦しみさえ、私には、もう、何にもないだろう。

私の足の下には、巨大な、塊りがあって、私を、それにのせている。私があるく毎に、それが私の足の下でころがる。私をのせて、それは、ころがる。このことが明るさなのだ。その間には、りくつづけがない。名目がない。ほんとうの言葉があるのだ。

言葉のはたらき、こそ、そうした、必然のものでなければならない。

詩「頭蓋」完成した。言葉と内容との必然的一致。

これは新しい詩だ。しかし、既に、もう、自分はここにいないことをかんじる。俺の体は、さらに、これを、もう、後にしているからだ。

一度のデフォルマションがあるのみではいけない。デフォルマションの次には、上から、おさえる方が来るのでなければならない。

もう、過去のあらゆる芸術からぬけでたような気持だ。

或は、過去の芸術の上に、俺の芸術がのっかっている。そうした気持だ。自由だ。じつに美しい色だ。

俺の体の中に、女の眼のような美しさが住んでいるような気持になる。

あらゆるものが、後へとび去る。後にのこされる。そして、私は真先を、ただ一人、ふみしめてあるく。私は、すべてを、一人味わい味わい行く。これ以上、神聖なことはない。divinという言葉は、これ以外に何に用いよう。

私は、ひとの個人主義的な感情の前でさえ、豊かになれる。

私は、いつも、俺の足下へ、体を入れて、出てくるのだ。

巨大な光りの塊りだ。

〔ノートにはさまれていたもの〕

「光子、この頃、ようなってきたやろ〔ちごてきたなあ〕。」

「うん、ようなってきたな。」

「今日なんかでも、君がくるのん、まってたんやぜ。」

「ふん……。」

「京都へ行くのん安心したやろ。安心して行けるやろ。」

「うん……。」

「まだ、よう思うのん、はやすぎるけんどなあ。」

「この頃、京都は、女が一番きれいやぞ、きれいやつが多いぞ。」

「ふん、俺、この頃、余り、女がきれいにみえへんのや、ちょっとも、打たれへんねん……。」

「ふん……あかんぞ……のま、もうあかへん……。」

「俺の内部《うちら》が、余り美しすぎてなあ……。」

「へえー……。」

四月六日

井口来る。井口の力なさ。

しかし、今日は、何か、悲しみがあった。弱さが出てきた。

夜は、美しかった。俺の内部は、じつに美しかった。

俺には、内部の風景の美しさがよくわかる。美しさ。

俺は、もっと、動かなければならないとかんじ始めた。そして、そのためには、京都へ行くことが必要だと思えてきた。

又、勉強が始まるような気がする。

幸福が光っている。この光っている私の姿に、何故、人々は気づかないのだろうか。

しかし、やはり、人々は苦しいのだ。苦しみの層の中でくるしいのだ。（層さえない。私は、苦しみの層をみつけた。）層さえわかれば、それで、はっきりしてくる。

安子のきたなさと、俺のきたなさ。これはたまらない。

私は、やはり、掘ることが必要だ。

女のきたなさ。それを感じ始める。光子を、愛していたとき、どんなに男のきたなさを感じたかしれないのに、女のきたなさを感じ始めてきた。女に美しさを感じなくなってきた。

中心。垂直。

四月八日

光子と話し合った。そして、よく行った。

夕方、Fの家で、皆、こたつの中へ足を入れてねむってしまった。私は、光子の手を求めた。長いことかかった。光子はさけなかった。そして、私達は、もとへかえった。

接吻、接吻だ。

光子の全く別な姿。

十一日にFにこのことを話した。Fは、「それみてみい。」と言った。

それは、俺のいうたとおりだろという意味だった。

というのは、Fは、昨夜、光子が私に再び好意をもち始めたことを言っていてくれたのだから。そして、「しかし、まだ、せくのははやい、けんどな。」と言ってくれたのだから。

長い間、光子の胸に顔をもたせかけていた。乳房を求めた。

そして、セーターのボタンをはずし、頸のところから、手をすべらせた。

「いや。」と光子は、くびを振った。

「いやなのか。」私はやめにした。「何もしない、何もせえへん、心配すな。」

そして、しばらくして、「ボタンかけとこうな。」と言いながら、胸のはだけを直してやった。

唇は美しいつやを増した。眼の開きが大きくひろがってきた。

髪の毛を直し直し、私は、私の顔を、光子の顔にふれさせていた。

六日の日には、私がかえるとき、光子は、私を玄関まで送ってくれたのだ。

七日は、私は、Fの家でとまった。八日の朝、光子は学校が始まるのではやくおきた。私も、目をさました。そして、光子の顔をみていた。それを光子も知っていた。そして、私に、わざわざ、紙をくれたりした。

「これ、あげよう。」

「うん、ありがとう。」そして、これらは、私に一つの暖かさを残していたのだった。


「余り、神経質にならんでもいい……気にするな……気つかうな……。」

「うん。」（光子）そして、顔をよせる。

四月十四日

京都へ、十一日の夜着く。

頭の具合が変だ。

頭の機能が、さらに動き方をかえて行くらしい。この光りが、すでに、埋められて行くことを教えてやろう。

この光りの塊りがすでに悲しみであること、この花がすでに苦しみであることを教えてやろう。あの眼。光子の眼。

紫峰さんと話した。いい気持だった。私の顔の上にうかぶ優しさのつやを、ひとはかんじるだろうか。光子はかんじるだろうか。

この優しさは、宇宙の中心からこぼれでてくるのだ。人間の苦しみ、悲しみからでてくるのだ。俺がくるしみの中にはまりこんでいるとき、俺がくらさのすべてを吸収してしまっているとき、他の側に於て放ち出る光りなのだ。

すべてが、俺の体の中にある。そして、俺は、物質の一つの動きにすぎない。


「えらい奴ほど、苦しむやつほど、弱く、細く、不安に、心細くなる」と紫峰さんは言った。私は、微笑んでいた。


光子は、全く以前と変ったような気がする。光子は、二重になった。二つの堆積層をもってきたという気がする。

優しさがでてきた。眼のすみが、ほんとうにやさしい光りを流している。

あの左手の五本の指を、くわえるようにしてくちづけする。そこから、人間の苦しみを、すいとってしまってやるかのように、或は、苦しみを、共にわかちくるしむかのように。

言葉と物質。

物質のらせん状的展開。それによる、デフォルマション。

四月十五日

光子の最近の写真がほしい。そんな気になっている。

四月十六日

すべての人間は傾きをもつ。考えの傾き。俺にたいして傾きをもつ。俺は、「歴史」の盤に重なっているのに。

「魚」をこえる詩。「花」をかこう。「魚」は絶対を、とめて、よこぎって、たちきって、魚というかけらにした。

しかし、俺は、物質を、動かしながらとらえる。

花としてとらえる。年の、時の匂いがする。

古の、ふるびた底の匂いがする。それを、日にほして、……。

光子の唇を、私のくちにくわえながら、私は言った。「また、変るんか。」また、気が変って、私を愛さなくなるのではないのか、という意味だ。

光子は、顔を硬くして答えなかった。

激流——（ヴァレリーの「真空」ではない。）これは、ブラック的だ。そして、ブラックをこえている。ここには、物の中核が、渦をなしているのだ。ものの中核をとりのけるのではない。いっぱいなのだ。「中心。」重なり。

人間の匂いを織り込むのだ。花は、「物質」のふくらみだ。動きだ。

「詩の通路」。——噴火口。物質過程が、如何なる通路をとおるとき詩となるか、如何なる通路をとおるとき散文となるか、或は、音楽、絵画。

即ち、芸術そのものとしての物質。芸術を自己の体にまき込む物質。

詩に限界あり、小説に限界あり、科学に限界あり、しかも、すべては、すすむ。

螺旋状なる故、すすむ、上る。新しき判断＝分割。物質の矛盾。意識。認識。

(個)とは、歴史の一つの、泡にすぎない。或は、分割核にすぎない。しかし、歴史は、個の中へ出る。或は階級的個の中へ出る。主体性とは、物質性のこと。或は、愛とは、決して、単なる人間的なものではない、もっと、客観的なもの、物質的なもの、ころがるもの。

或は、愛とは、この上なく人間的なもの。（このとき、人間という意味は、全くかえられ、拡大された、広大な、将来の人間をいう。）

今日歩きながら、春の暑い日の下で何故か、手の尖に、女の生殖器の触感をとりもどした。そして、自分が、本当に生き生きとしているのをかんじた。太陽を手でなでているように思った。

或は、宇宙の核が、そこから引き出せるように思った。宇宙が、その穴から、もり上ってくるという気持だ。

じっさい、地についた、大地の、原始的な、（よい意味で原始的な、つまり、物質的な、歴史をとりもどした感覚だ。）

俺の前はまだまだ長い。俺はやっと、歴史の肌にふれ始めたというにすぎない。それがわかってきた。しかし、もう、俺の詩は確になる。俺の詩を支えるもの、は、歴史だ。物質だ。俺の体には、土がついていない。砂利が食い入っていない。それを感じない。もっと、都会の動物になるのだ。

四月十七日

各々、物が、その位置に在ることによってのみ、動くことができる。フランス、ドイツ、イギリス、それが、その場所にぴったり、くっつくことを俺は、まだ知らない。

毛糸のセーターの上から、光子の胸の乳房を、求める。

手を、上から下へ移し動かす。しずかにゆする。

「いや。」と光子は小さく云う。私は、かまわず顔を横にして、光子の胸の上にのせかかる。

「もの。」——これが第一だ。私は、私の頭と、生殖器を、余りにも、中心にしすぎていた。私のみではなく、すべての人間がそうだ。

四月十八日

毎日、まっているが、光子からは、手紙も来ない。（手紙をかかぬ約束をしたのだが。）しかし、俺は、もう動かない。

自分の性質の愚劣さ。ことに、性慾統制のまずさ。

性慾の美しい昇華がほしい。一つ一つ、女を求めて行くことの、とまどい。

『キャピタル』に於ける、「物質」がやっとつかめてきた。やはり、自分の生活に於て、物質をつかんでいないと、『キャピタル』が、心を打つことが少いようだ。

主体とは、物質のらせん状の動きである。人間の後から、人間を尖端としてあらわれる宇宙の動きである。歴史の動きである。まき込む。

四月二十二日

光子の美しさをかんじる。雨の中に、うすい緑色の紅葉、光子の体。ちぶさ。眼。俺が、あの宇宙の熱の中から、毎時抱きだしてくる、この体。そうして、こうして、みがきつくす、この体。空の風に、みがかせるこの体、朝にみがかせるこの体。

私は、光子をもっと美しくできる。こうして、女を美しくするのが、男としての俺なのだ。美しくする、それ以外に、どうするのだ。

ブラックの絵が成立する根元を、私は次の詩にかくのだ。それが、「激流」の花だ。

四月二十三日

苦しみとは、人間の進歩のための回転軸である。

四月二十五日

小説と抽象。ジッドの歴史的位置。抽象の役割の発見。

「現在の社会状勢は、我々はボロ自動車に貨物を満さいいして、フルスピードで道を行くようなものなのだ……前には断崖がある、貨物はおちる、自動車はこわれる、我々は、断崖からふりおとされる……。」

「形容詞！　形容詞！」

「形容詞ではない、そんなものじゃない……どうしたらいいのだといっているのだ……。」

「そのこと……そのことは……すでに、もうすんでいることではないですか……。」

「すんでいる？　「言葉」だけならすんでいる……いま、どうしたらいいのか……少しも、すんでいるものか。」

声。

「もっと左へそれるんだ……。」

「左へ？」

「でなきゃ……右へ……。」

「右へ？」

「ハンドルがない「ブレーキがつぶれている」。」

「だめなら……とびおりるんだ……とびおりりゃ……どうにかなるんだ……どうにかなる。」（学生座談会で）

「物質」――「地下的の激流」。

四月二十七日

下村。と話す。

夜、うすざむい。夕の光り、まどの下。それらとは、別に。

「いいなあ……いいなあ。」

ロマン・ローランの話。「歴史」。

光子。接吻がしたくてこまった。唇が、接吻のあの光りを熱がとおりすぎるように求めていた。「光子、光ちゃん。」というようなことをいった。腹の中で、一つの星が美しく流れ去り、又、次のが表われてくるというように、唇を求める心が走ったりした。

外へ出た。戸をあけながら、接吻がしたい接吻がしたいと思った。そして、街をあるいて行った。美しい性慾。

下村。よいひとだ。才能もある。誠実だ。中心がある。すきになれる。大きくなるひとだ。

芸術は、物質を、美の上へころがす、美化する。

物質の中へ美をねじこむ。逆に、物質が美を人間にきざみこむ。(主体。)

四月二十八日

自分の芸術にいよいよ、大きい確信が出来てきた。

小説も、小説の歴史を全く変え、発展させることのできるものを、自分がつくりだし得るのをかんじる。そうなるにちがいないと思うのだ。塊。塊としての小説。

中井正一を再び見直し始めている。

俺は、どうしても、長生きしなければいけない。俺は、確実に大きくなれるのだ。

四月二十九日

又、車輪廻転。〔この日から数日間、〕風邪で苦しむ。本をよみすぎたらしい。

五月五日

光子のみが性慾の対象になってきたようだ。馬場はもう対象の中からきえて行った。

久しぶりで、美しい頭の中。少し熱がのこっているが。全世界が透明になって行くこと。一つ一つの音の放出。ベートオベン。

小説に対して、確信ができてきた。小説家の性格をようやくとりかえしてきたようだ。

「落ちついて落ちついて、物質として落ちついて。」

ドストエフスキーを越える自信ができてきた。世界は、俺を祝う。

火を吐いて、俺を祝う。

鏡。鏡。美しいことばだ。鏡の詩。模写。

意識について。物質のみが鏡をみがき、鏡は、物質の中に破片を入れる。冷たさ。

安子はどうしているだろうかと考える。美しくなってくるだろう。そうした年頃だ。

雅子に『月刊文章』を送ってやった。

五月六日

「ジイドと抽象」という論文。

私生児。→抽象小説のつながり。この土台の分析。

五月十日

光子に敗ける。どうして、こうした意識をもつのか。性慾がこうした意識をもたせるのかも知れない。

五月十一日

鏡の中の貝殻。無数の貝。これが意識なのだ。貝をつくるのが、実践なのだ。→実践とは勿論これだけではない。

五月十二日

女がわからぬということは、まだ、俺が、小説家でないということを意味しているのだ。しかし、女がわからぬなどと思った小説家が一体いたろうか。皆、わかっているとうぬぼれていたのだ。

自我。さらに自我。宇宙の上にのれる、ヨカアーナンの首のような自我。宇宙を裏にはりつけた自我。

五月十三日

ジイドの打つ区切りは、歴史の区切りではない。それは、多くとも、心理の区切りにすぎない。

各層。性慾の層の深さ。さらに深いもの。

宇宙の深い悲しみ。

ベートオベンの音は、くらいものの中から、花がやけて、匂うようにでてくる。

鉄橋の下で進介のつけた一つの面は、次郎の面である。

五月十八日

光子。光子の体。何が光子の体をつくっているのか。

太田、桑原と、太田の家で寝た。先へおきて、ひとりで帰ってきた。

あやめの青い花、水仙の黄。美しい朝。雨の後。

光子を感じた。ただ、光子だと思った。そして、美しい光子が苦しいと思った。何故、こんなに俺は苦しいのだろうか。

そんなことを考えて、身をかがめていた。

ただ、光子の体がふれてほしいのだ。光子の唇の跡を、花のぬれた、うるんだ光りにかんじるのだ。

五月二十日

女と世界。

劇と世界。

光子の唇。光子の肌。光りを、そして、慾望の艶を流しているような。これは、初夏の光りだ。春を追いはらう、これは、春を己がものとし、春を犯している夏の光りだ。（詩のノート。として。）

愛慾の光り、というような詩が書きたい。三聯位の、まるい、ただよう、底に狂う慾望の流れた、ぬれている肌のような世界の。

フロオベルは、「聖書と、ツアラツストラ」とを、あわせ、もつような男ではない。しかも、これを同時にもつとすれば、それは、彼の、意志をぷすぷすくすぶらす、方法によってのみなのだ。

彼の表現。一つの男と女が話し合う。それは、そのとき、彼によって、ふと、つかまれる、石の描写とほとんどかわるところがないのだ。（これは、ゾラではない。）

彼は、意慾の変形に長じている。彼は、決して、主観主義者ではないが、区切りをやるものなのだ。

フロオベル——鉛の夢。鉛のはき出す夢。これは、放射性物質が、もはや、放射能を失うたのに［後］、尚も、放射せんと夢みている夢である。

彼には生活が少い、その量だけ、夢が多くなるというような夢であり、それは決して、生活の夢ではない。

袋。

五月二十四日

私が壺を求める気持は、私の弱さであるかも知れない。

私は、私の苦しみを、容れてくれるつぼを求める。私の苦しみが絶頂に達したとき、夜ひとりで、その壺を前に、坐っていたい。そして、私の苦しみを、うけとってもらいたい。そうした気持があることも事実だ。ほんとうに、つぼというものは、ものを入れるという感じを強くもっている。入れずにはおかない、のこらず入れてしまう。

しかし、そんなつぼは、どこにあろう。

人間の苦しみをおさめ入れるつぼは。

「そんな言葉をいうてくれるな、……ほんとうに、言うてくれるな……。」その男は苦しそうに叫んだ。

「……」

「君は俺に君を殺してやろうと思わせて、俺を、苦しめるのだ。俺に罪の意識を加えるのだ。」

女の股の前にかがみこみ、顔を寄せるときの気持、こうした塊りの気持。烈しさが、一つのものとして、そこに動いているような気持。——絵のモチーフ。

紫峰さん。「こうした世の中で、皆が、一体どこまで、純粋さをたもって行けるか……むつかしい世の中で……あれも、たおれた、あれも駄目になったいうとる仲で……どこまで行けるか、やってみようおもとるのや……いうて……。」

「ほんとにときどきなさけのうなるなあ……。」(私)

「ちがうよ……。」(紫峰)冷たい言い方。私は、うつむきながら、私の感情の吐露につきささった冷たい心の動きをしばらく、さぐろうとした。とつぜん、それが、冷たい、私の気持を知らない男の心だと解した。

(このときまで、私は、「ちがうよ」というその気持がどんな意味か、まだしらなかったのにちがいない。)

私は、心が固く辛くなった。「何いやがる。」と思った。

しかし、だまっていた。

「ううん……どれまでいきよるか……みていいてやったら面白いだろう、面白い世の中やないか……。」(紫峰氏)

「まだそんなとこまで行けへん……。」(私)

「その気持わかる……。」(紫峰氏)

しかし、この「わかる」という言葉も、もう、私の怒りをとどめはしなかった。「わかるものか。」と心に私は言って、だまりこんでいた。

帰るとき、私は、上半身を不器用にまげて、太く言った。

「さよなら。」

五月二十六日

女が男を束縛する。男が女を束縛すると感じあう社会について。——モチーフ。

(弁証法的象徴。)俺が進む。宇宙の後退。宇宙後退だ。

「言葉」と「物質」。

詩　散文。
↑対象的実践。

Symbole ←対象的実践

物質と。

意識と。

富士には分析が適さない。又、分析されることが適さない。

分析を抽象ととりちがえてしまうのだ。

「俺達は、鱈やな。……。一匹ずつ、子供をうんだりせえへん……一ぺんにたんと生むんや……子、うむんやいうて……。」

(H)

六月二日

桑原と、夜、ビールをのむ。

女のことを話しながら。

「じゃまになりよる……。」(私)

「うん、そら、じゃまになるなあ。」(K)

光子に対する感情がうすらいでいる。どうしてか、自分のこの気持を、「あんまりだ。」といって、せめるものがある。

ひとの感情の急変。ある日、余りにも、お互にうまく行ったが故に、今度、会ったときの、その急変をおそれる。

それは、俺自身の変化がひどいこと、を、俺が、かんじているからかも、知れない。

この頃は、内部からの湧出がある。内部からの湧出ということは、物質に接している、物質が動いているということなのだ。

Hに対する、少しの反感。

「何を、何を！」「何いやがる。」

「対話」の下底に交叉している二つの世界の動きのこと。

詩の堆積。蓄積。

フロオベルのように、読者を、一つの袋の中へ入れるという作家であってはならない。

詩の発展、点。堆積の中の光点。

物質の中へ頭を入れて、入れて。

志津子
進介
性慾の亀裂。

六月五日

頭、を突き込み、突き込み。自分の見るものがすべて、尚、一つの様相をもっているのを、ぬけることができない。

動いて行くと共に、みている。動いてみて行く。みて行く働きを、動いたまま、とらえる。――しかし、もう、こうしたいい方もできない。一つ一つが、私の体のちりでなければならない。空の瓦解だ。

理想が変っている……もはや、理想が人間をつかむつかみ方が変っている……理想主義者達が、現代の青年のもつ理想を、みたとすれば、その、姿の不思議さに、驚倒するだろう。


「穴と指と。」廻す。

「前のめりに……。」

「た、た、た、たと、たたみかけて行く……。」

「身につもる霜を、さらさらとはらう。」

打破。くさび。
くさび。打破。
世界
天皇。

微塵に。

六月十日

散文（小説）が、よくなってきたらしい。もう、大丈夫だ。


人間の体の臭がして、油の匂いがしている、物質。

人間の肌だ、自然の中に、うめこめた人間の肌 voilà 肌はぎ器。人間の皮をはぐ器具。歴史という皮はぎ器が、大空からのぞいている、人間の皮を。

歴史の皮はぎ器にかけて、はぎながらみている。

鉄の塊のように生きる。

次いで、私は、その男から何かをとり、その男は、私から、何かをとり、出て行った。


「試験すむまで……いや。」

そして、接吻。（髪。）

六月十七日

彼は、一人の女のみでなく、多くの女が、そうした背の肌をもっているのを、街でみ、安心した。彼は、後から、それにふれてみて、感覚を比較し、量ってみた。そこには、その女のもっていた乳房の柔かささえ、蔵されているように思われた。

六月十八日

感覚をとりもどしてきた。けものになれ。都会のけもの。

私の求めている女は、光子ではないのかも知れない。

もっと豊かな、精神が、その体の上に、肌の上に、腹の上に、こぼれていなければならない。

光子は、ほんとうに、実際的な女にすぎない気がする。

そして、それが、非常に、私が光子に向っているときにかんじ始めるあの、破損の気持——自分の中にあるもののあるものを、すてさらなければならないかも知れないという、芸術家にとっては苦痛な気持。

宇宙的な女の体が、どこかにあるだろう。私の、求める女は、それ以外にないような気がする。――その性慾。

人間のみが、真に宇宙を統制するのだ。その女。

宇宙を統制する男のみが、宇宙女を求めるのだ。

もう変って行く。さらに大きく、さらに広く。あらゆる臭いを醜悪なにおいをかぎだして行く。

シェクスピアの能力をとりもどす。宇宙動揺が、ゆらゆらとすべての上へ蔽いかかってくる。

一人の女が私を生かすためにあらわれる、それを、私は待っている。私の打ち込む響きが、その空洞の中で、「世界反響」するような女。それが必要だ。それが、もう、私の前にいるという気がする。もう、会えるかも知れない。返事をまっているのだ。

六月二十日

光子。今日は光子の日だった。何という愛情の露出。

私は光子の体から、こぼれそうに、ゆれている、水の一杯なのを感じていた。

「十五日やろ、一月？」（私）満洲旅行の話。

「うん。十五日……その位……。でも、行けるか、行けへんか、わからへん。」（光子）

乳房。ちくび……「うで」……その他。私の感情を、この肌の中に入れる。ほんとうに、光子は、その肌の感覚の中に、私の唇の愛情を、おり入れ、しまいこんでいるのだ。

私は、こうした、底の方で燃えている体の情態に於て、ヘンデルをきいた。美しくもえているヘンデルの音の炎。（序曲、「メシア」。）

私は、空が静に、私の上で、位置を移しかえて行く重さを身にかんじた。

夜明の青の美しさ。すきとおる。すきとおる。

自分の性慾の重い美しさ。廻る、世界が廻る美しさ。ゆれている。愛慾の美しさ。

所有したと思うとき既に離れている、離れている、体。他の所有。女。女を、所有物と考えることの起源或は、習慣。或は、本能的。

起源に関する誤まれる考え方。

六月二十二日

フロオベルに対する考えを、変えてきた。

言葉の熱。言葉の発生のときの、熱の状態へ常にかえろうとしていたこのレアリスト。

レエルの意味をかえようとしている。言葉――意識。

言葉と行為との関係。行為の自然に対して、始めて生じてきた意識、言葉の状態。真に対象的――主体的。

主体とは、濾過と蓄積である。

流通器。（社会。）

六月二十六日

この唇は世界を花として載せて。

この唇の跡の何と光りかがやくこと、夜の中に、夜の慾のくらやみの中に、透明のやみの中に。この唇は、やみのへやを明るくして……、この唇は、世界をふくらませ……。

もっとよい言葉がほしい。俺の体は、言葉だ。言葉の歴史だ。しかし、俺の体が、現実の全体の歴史となることは、いつか。

Ｆは、私の常に、運び大きくし、高くしようとする、あの、始めて、人間が発生したとき、生んだ、内部の火、を、地獄とよぶのである。それは、実践炎に他ならない。

「どうしても、十時頃になりますよ。」

「ふん……それじゃいかんなあ……九時でなくちゃ……、翌日、つかれる、翌日までこたえてくるから……。」

（Ｆの父。――一つの命令的の同調。）この人は、この頃、……こうして、親としての姿をとりかえそうとしている。

Ｆの一家は、この頃、何か、非常に、通俗的になってきた。

六月二十八日

Ｆは、私の詩を、理論的に批評した。そして、それは正しかったようだ。しかし、Ｆは、私の批評の理論的なのがわからないという。

Ｋの態度は、駄目だった。一人一人の言う意見が、その当人と面と向ったとき、どんなものをはくことになるか、それが見物のようだった。あたらず、さわらずというやり方が、皆に少しでもあったのが、いやだった。

Ｉは、私の詩に、「眼も鼻もない、のっぺらぼうのもの、をかんじる」と言った。そして、私は、Ｉが、そののっぺらぼうであること、を感じた。Ｉは、自分自身から眼をも、耳をも失いつつあるのだと思った。そして、ぞっとした。

Ｏは、曖昧な態度だった。

Ｙは、面白ささえなかった。

私は、それらの中にあって、ここからぬけださなければ、どうしても、抜けださなければと思った。

Fの、「俺の詩の批評は、少しも、俺に応えへん。」という言葉は、Fの詩を批評するのを、今後やめようとさえ思わせた。

Iの顔は、少し光っていた。私は、余り、それをみないようにした。Iは、時々、ふざけるようなふりをした。それが、いやだった。

Kが、意見をかえているのもいやだった。ばかばかしかった。Uにたいしては、まだ、何もかんじていない。しかし、どうしてよいか、わからないのではない。

大体として、『三人』の腐敗をかんじたのだ。この腐敗は、封建社会の腐敗ではないにしても、市民社会の腐敗に通じるものをもっているのだ。

汽車の中で。

「のまさん、ライトやったらええねん。」私は、ぐっと胸をつかれた。

「のまさん……。」

「いや、レフトや……。」

「のまさんなんでも、レフトや……。」

「?」

「左の方へ……。」

「?」私はやっとわかり、まごつき、怒った。Fの弟はすぐ気づいておどした。そして、話題をかえようとした。

「球がとんできやへんのやぜ……。」私は、平静をつくろっていた。

「セカンドはどうや……。」

(俺と井口。井口と俺。)この二つの存在が、同時にあるということは、何といういやな出来事だろうか、と私は思った。お互が、よく、相手を知っているのだ。お互が、毎日、同じことをやっているのだ、と。双生児かも知れない。ただ、俺の方が、五十年程、先に生れている。それとも、俺は、歴史的に生き、井口は、歴史の逆行に生きているのだ。それ以外に何もない。

「ウィリアム・ウィルソン」だという気がする。

『三人』をやめることを、進め速めるものが、あるような気がする。何を、私は、『三人』から、受けとっているだろうか。しかし、どこへ行ったとしても、私は、常にこうした感情を抱くだろうと思ったりもする。

私の体臭とは、一体、何なのだろうか。しかし、それは、もはや、私の体臭ではないのに。それは、もはや、地獄の火でやかれたのだから。火でこげたのだから。

桑原：この火のない男。

何故、光子が、こうした、反対の双生児の間でつながっているのか。そして、この、紫色の風景の中で、あの小さい顔が笑い、歯をかちかち言わせ、ふるえるのだ。

余りにも、皆が、動いていない。私はジッドを思いだした。死せるラザロを思いだした。


小説。「双生児」。


圧迫が人間を変形するという。俺は、圧迫しかできない人間だろうかと考えた時期についての反省。そのときの内部構造。

坂本も駄目だ。

Hも駄目だ。

（あせり。）

井口の何という、無知な顔。自分のきたなさが、どこに通じているのか、知りたい。

（私は、決して、立派な人間ではない。又、私は、決して、唯物論者でもないのかも知れない。私は、唯物論という名を、どうとりあつかうべきかを知らない。本当か。）――このいい方は、余りよくない。もっと、言い直すべきだ。

私が、きたないということを、又、知らされる。

しかし、私は、井口ではない。これは、はっきりしたことなのだ。

井口に、かんがあるということは、もはや言えない。こう思いながら、私は、上ずってくるのだ。何故、井口が、こうも問題になるのかと、井口の行く先は、動物、人間の動物化、或は、動物の家畜化に通じているのだ。（動物ではない。）「せま・べばい。」（H）

Hは、決して、創作者ではない。理解者であり、抱き人であり、尖端ではない。

私に、反省の時期がきていることは確かだ。徹底的な反省が必要だ。文化のつかみ直し方。私の問題の仕方について。方法について。感覚について。


Fと話し合った。Fの日本に於ける価値について。Fには、偶像というものが絶対にないということ。常に、くずれていること。即ち、それは、ものの影をくずすように湧いている泉だ。個人。個人の内部。その構造。

マルキシストとFとの比較。そして私は、Fを、マルキシストの中でも、少いほど、価値があると考えていること、など。
反天皇――。

「あいつらは、君主につかえるように プロレタリアに仕えるのや。」

「うん。」

「君主が変ったというだけなのや。」

「あいつには、火がない。」

光子に対して、もっと、清く向いたい。後に汚い斑点がもしのこるとすれば、或は、そうした気持があるとすれば、それは、俺の身の中の、一つの不燃焼によるのにすぎない。

光子にもっと、やさしくなりたい。素直になりたい。

モラル、の考え方。

モラル。日本のマルキシストには、モラルをみがくことがない。

そして、それは、歴史を、硬くしてみていること、による。

マテリエル（物質）。とは、母という意味だということは、面白い。

光子と結婚しよう。光子を幸福にしよう。それでよい。光子に、青空の青を知らせたいということだ。

六月二十九日

言葉に於ける主体性の問題を、とりあげる。これ、以外に詩の道はない。又、言葉の現実把握はこれ以外にない。

現実。――イデオロギーをはなれて、現実もない。

実践も、イデオロギーをはなれてはない。認識と生活とは、一つなのだ。「生産と認識。」

言葉の発生したときの人間の内部構造の火。

ここに始めて、人間の生活があった。

反映であり、主体だ。言葉（意識）――ノエマ・ノエシス。

現実の構造：対象と行為。

意識反映――。（ノエマ・ノエシス）――全体。

意識を媒介として、のみ、真に全体的であり、物質的である。

双生児の腰の密着部としての一人の女。

その女をとおしてのみ、お互を感じ合う。二人の現実をひとしくする。（歴史の両反方向に向いながら。）

倉鋪好から手紙。「よいひとだ」という河原氏の言葉は、よくあてはまっている。

詩と主体性。主体性とは、もっとも、意識的であること、もっとも、言葉（意識）に於ける宇宙の動きの動くこと。認識の言葉にも主体性をもたらすこと。

言葉。

詩の構造。詩と行為。詩が「行為の火」をつたえる。

言葉が火ともえる。火をつたえるもの以外、は、しりぞける。

現代の火。モラル。

小説は、より、対象的、固定的、道徳的。

個人。——主体。火。

しかし、火の質の変化は、対象の変化によるのだ。

火。

火の河。火の鳥。火の海。火の木。火の草。この統一力。

これが、思想なのだ。

肉体を、意識（精神という意味）によって、切る。肉体は、こうして真に自由になり、自由になり、するのだ。意識、のほんとうの働き。形態。体系。動く体系。

きらめく体系。

完結したものこそ、未完成なのだ。——発展。

六月三十日

人間のみが、宇宙の火なのだ。

行為の発生し湧出した穴の上を、たどり行く。これが、弁証法なのだ。行為の火を、受け、渡す。

誰も、俺を理解しない。又、俺の詩もわからない。

余りにも、先にすすみすぎたからだ。仕方がない。

しかし、前進のみがある。

言葉を、誰も知らない。

生活の苦しみのみを知って、言葉の苦しみを知らぬ人間は、高度のものとはいえない。少くとも、芸術家ではない。

ここまで、きている奴がいないのだ。

ドストエフスキーをロシア語でよみたい。この気持が、しきりにする。

ヴァレリーの「テスト」氏。何という、どもりだろう。精神のドモリ。

「その言葉は君の限界なのだ。」「限界——このときこそ、きらめく限界。」

「君の限界は、そうした回転限界ではない。」


「ドン・キホーテ」とは、反歴史ということである。

「人間」の再発見。宇宙切断。えぐり取る。

七月一日

光子から離れる。私を、大きくするためには、こうしなければならないと考える。光子には、一つの中心さえないのだ。それを、一日、一日と知らされる。私は、あの姿にだまされる。


私は、自分が、知性に対して貪慾であることを、私が女にたいしても、「知」を、求めることによって、一つ、知らされる。女にも知を求めることは、私を、今後、ずっと苦しめることかも知れない。

しかし、私は、それ故にこそ、光子から、離れるべきなのだ。

そして、光子は、幸福となる。

桑原は、リベラリスムを、根拠として主張している。しかし、桑原のリベラリスムは、一つの結果にすぎない。この、理屈ばかりのようにみえる人間の後にある、何という恐怖心。そして、この人間の断定は、この恐怖心、或は、限界、或は、機構の粗雑さから来るのにすぎないのである。

七月五日

光子のことは、いくら、考えても同じことだと思い始めてきた。

同じことを繰りかえすにすぎないだろう。そして、自分は光子を（一般に女を）理解できないだろう。光子には、知がない。確に、動く頭をもっていない。固って行きそうだ。

しかし、あの体が、男を引きつける。顔もそうだが、殊に、体だ。そして、足だ。しかし、これを、いくら、考えても同じことだと、私は、さとったのだろう。私は、無数に、この体によって、失敗を繰り返さされる。同じような失敗、或は、醜体。

しかし、俺は、コントにはなりたくない、又、井口にも決してなってはならないのだ。醜体という考えを、すててしまうことが、第一に必要だと思ってくる。私が、性慾を、立派に或は、普通に、考えることができなかったのが、いけなかったとも思える。

『三人』のことを考えると、光子と結婚しようと思う。すると、光子に対しての慾望も、ふつうのものだし、例の失敗（こいつは、光子に対して、恋愛をやるものが、どうしても、繰りかえすところのものだ。）も、普通のことなのだ。

しかし、『三人』以外に於ての、私の生き方を考えるとき、光子との結婚は、私には有害だ。それは、妨害となるだけだ。しかも、体は……。

光子に対する弱さから突き抜けて突き抜けて。

「いや、いやーん、いや、いや。」（こう言う対話。）

「失敬、すまん……。」

七月六日

「光ちゃんて、どんな女や？　一体。」

「そやな……我の強い、第一に我がつよいな……一旦いいだしたら、後へひかへん……。それから、自尊心……まあ、それ以外、は、大体、ふつうの女と同じやろ、変動が多いさかい、むらが多いさかい、わからへん。……女いうものは、この頃、わからんようになってきてんねん……それから、お袋ととても仲が悪いな。……それ位やな……。」（F）

「……」（私）

「俺が君の家へ行くのん……そんなら重荷やろな……。」

「重荷やろな……恐怖やろな「におそわれてるんやろ……、」「にとりつかれてるんやろ……」……この間のばんなどでも、一時間毎に眼がさめてこまったいうてたさかい……。」

「この頃の女は、わからへん……俺らは生活の中心においてるのに、女は、きっと、はしっこにしかおいてえへん……。ひと頃前とまるっきり反対やねんな……。」

「学校で、とんだりはねたりしてるのが一番のぞみなんやろな、いまのあいつの。」（何というFのくだらなさだ。）

「わかれよか、このあたりで。」Fは、私についてこられてはこまると思う。そして、私の方をみずに、バスのくるのをまつようにいう。バスに私をのせてしまおうとして。

「もうちょっとして、もうちょっと話してからにしてくれ。」（私）

私は、頼む。むしろ、嘆願しているのだ。そして、このときのことを考えて、私は腹を立てる。

「第一、あいつの試験の時なんかにくるさかいそんや……。」

「うん、いや……そんなことあらへん、そんなんとちがうのや。……そんなんと……そんなことはちゃんとわかってるのや。……きめてあるのや……しかし、場面によってちごてくるのや……。」（moi）

「うん。」（F）

「いつまでも、同じことくりかえして……俺がもうちょっと、しっかりしていたら。……ええねんけど……俺があかんさかいなあ……行かん方が……ええやろ……きっと……。」（私）

「……うん。」（F）
「しかし、俺がいかへんようになったら……どうおもうやろ……おかしいおもわへんやろか……。」（私）
「誰が……皆か……おもわへんやろ……。」（F）
「……」（私）
「お袋がおもうかも知れへんけど……。」（F）
「うん……しかし……前のままなんやろ……とにかく、一時わかれる……いうことになってるのやろ……。」（私）
「うん……。」（F）
「そうやろ……。」（私）
「うん。」（F）
「何回も……同じことをくりかえして……、あほみたいやな……ほんまに……頭がわるいのんみたいや……。」（私）
「そら……仕方がない……よう……あるこっちゃもん。」（F）

「俺が行かんようになったら……。光ちゃんの方で……。」（光子の方で苦しむという意味にとられて、うぬぼれととられはしまいか）と思い……。言い直す。「自尊心を傷けられへんかなあ……。」
「……」（F）
「どうやろ……。」（私）
「とにかく解決するわ。」（私）
「……」（F）
「しかし、俺の方からやめたらあかへんのや……向うに、やめるようにしむけんと……そやないといかん……俺がやったらあかへん……。」（私）
「……」
「また行くわ……。」（私）

光子が、魅力をもたなくなってきた。私の恋愛に対する考え、或は行動……肉体に対する考え……それらすべてが、光子とちがっている。光子の自我を打ちくだく。

俺がコントでないことを、形の上に示さなければならない。これが、私にとって、いま、一番必要なことなのだ。

「井口も、君も、コントやなあ。」
富士は、今夜……私を、うるさいと思った。或は、私が富士の家まで行きはしまいかと思った。或は、私は、Fが、「もう、来な。」と井口に言ったときのあの言葉を吐く心の機構が、どこかにFの中に固定的にあるのをかんじた。
光子から別れるということが、私を軽々した気持にさそった。そして、私は、その心を、とがめようともしなかった。

光子が私をしばり、私が光子をしばる。

光子にとっては、私が封建君主にみえ、私にとっては、光子が封建子女にみえる。

私は、光子によって……私の性慾を醜悪的にみることを強制させられる。これは、いけないことだ。

私が芸術家であることをさまたげることのみが、いまの光子の立場からでてくる。

「過去をよびだしたんや……そして……それが、又必要やったん。あれが……いなんだら……俺も、すすめへんかったんや……やけど。」（「竹内勝太郎について。」）

私が光子のことを考えながら歩いていると、レキ殺が起った。

娘らしかった。人が走って行った。

「たすけて……たすけて……わめいてましたぜ。」

「かわいそうに……。」

「娘さんか（少しふるえるように発音する）、よめさんか……そんなこったあ……こっちゃ……しらん……。」

私は「小説。」のことを考え考え歩いた。この光子のことも、小説の中へ、はいって行った。

Fは、つかれていた。私は、元気がでていた。

「インキがすぐないようになるさかいなあ……。」

「そんなことおまへんぜ……ここへ一パイ入れといたら、二、三日はもちまっせ……。」（店の小僧さん）

「そうかなあ……。」（F）

「いや……この人は……ところが……一日にインキ二ビンほど……つかうんや。」（私）

光子にたいして、「生意気だぞ。」と言おうとする気持が昼にはしていた。

「つまり……まだ……光子にひかれていたのだ。」

夜になって、それが変ってきた。女の魅力がこうも色褪せるものなのだろうか。

肉体を切る……肉体を自由にする……。（自由。）

肉体を光りで跡をつける。肉体に光りの字をかく。

女の位置が、次第に、私の中で、低落して行くのだろうか。

しかし、私は、そうではないだろう。私は、さらに、信じさされるように信じこんで……やがて、又、別の女に、高いものを、求めるだろう。

光子が、私の中で、この上なく高いものであったということは、やはり、みとめる。

昨夜のレキ殺は自殺だと新聞にでていた。（女中風の自殺。右足切断。草履がそろえてあった。とある。）

七月七日

気持がらくになっていて、よく、しゃべる。

自分が嘘をついていたということが、少し考えられる。

「肉体をきることがでけんとあかん……それが……俺には、女の場合になると、どうしてもできへん……そうなってしまう……。」

火山の火口の穴に、己が体の中の穴の形をあわせる。

「友達が大事か、兄弟が大事か……。一寸行ってきたったらええのに、近いとこやのに。」

「兄弟なんかみずくさいものや。」注射器のこと。

富士は、この頃、理解力、洞察力、或は、さらに、分析力までも、失ってきている。

『三人』の人々とも、離れてみる。その他のものとも離れてみる。

体を丈夫にして、これを実現すること。自分が、どれほど孤独に堪えうるか、（孤独といっても、真の孤独など、ある筈もないのだ、友人を予想し、その他を予想し……）それをやってみること。

私の性慾、或は、生活体を理解してくれる女が必要だと思い始める。私の性慾の構造が、芸術とむすびあっていること。そして、その理解。私の性慾が、人並みでないとか、芸術家的だとか、とは考えないのだが、芸術作品を生み出す直前に於ける私の性活動——これによって、私は、作品を焼きつくす。

もっと、よい言葉を。

肉体が解放されて行くのを感じることの軽い快さをかんじた。病気というものの考察。快癒の考察。そして、光子の性慾からの解放。一日一日の身軽さ、光子にはすまないが、仕方がなかったのだ。

夜。——

己れ一個の解放！　己れ一個の自由。これが己の言う自由だ！　sot バカ。

光子を自由にするとは、どういうことなのだろう。

どうも、変な気持におそわれることがある。何か、乾燥しきった、特殊の暖房の内へはいったときのような気持におそわれる。——光子との間の絶縁体であるかのようなそれ。

私の頭が、どこか、欠けていることを考える。どこかに、狂うているところがあるのではないか。とも考える。

一人の小さな女をも、圧迫するような男に、どうして、新しい社会の建設ができるかという気持。

光子を苦しめていたということが、私の恥として、落ちてきた。俺の力量の不足。反省力の小ささ。

野間宏――口だけの男の別名。

ほんとうに、心から苦しめないということが、あるというのはどうしたことなのだろうか。


俺のような、へんな、奇妙な、恋愛をやらされるような男が、一体、世の中にいただろうか。

性慾の反応を見せながら、「いや」と言う。あの手応えが恐しいのだろうか。あの点から、全身にひろがる慾望の火が、厭なのだろうか。(まるで、妊娠を恐れている女のようだ。)

そして、しかも、俺を、引きはなすことをしない。

何か、たえず、俺から圧迫……心理的な、生理的な圧迫をかんじている。そして、俺も、又、自分の圧力を光子のその反応の下に、かんじ直す。己が圧力を、自分の下へおちてくるかのようにかんじるのだ。この自覚が、又、光子をてらす。くらい、樺色の下に。

新しい自己の建設から、すべてがはじまることを、これらのことが、知らせている。それ以外にはない。

七月八日

富士を分析することが必要である。Fの家では、Fを中心に動いていること。Fの讃美を中心にしていること。

そのときの私の位置。

Fが、自分自身を分析しながら限定して行く言葉に、少し疑いをもってくる。

例えば……、

「俺……皆に、どうおもわれたって……皆に俺の作品がどう批評されようと、ちっとも、こたえつかへん……」というのや、

「俺を理智が、制限するのやと思う……俺が女部屋へ行かへんのもそれや……ぐっと、とめてしまいよんねん……。」

こういう言葉の下にある心理の分析はむつかしい。

私自身こういうことを言うとき……どんな状態かをしらべてみると、一層のことだ。

岩崎と私とが近づいて行くことに対するFの見方。

或る者は、一つの傾向だけで、ことを行うことのどうしてもできない人間がいる。例えば、女から離れるとき、女を軽視することのみから、それをやることのできないのだ。そして、女に同情し、自分を悪くみなしてみて、そうした心が自分の中にあるのをみて安心する。そして、そうした気持になれることは、もはや、女を大切にし、女につぐないをしたのであるというような気になってしまうのだ。

単なる一回きりの思考で事を決する人間を軽くみるくせ。——そういう決断をもつまでに、どれだけの努力が何年間かかくれているかをみない。

街を行き、女の後姿をみ、足をみ、そして、安心する気持がある。女に対して、やはり強い慾望、或は、希望をもちつづけることができると安心する。そうした女が、尚もいるであろうと安心する。

（二つの匂い。）光子の性器のただよい。それが、何処にもある、そして、安心する。「光子だけではない。」といって。

女を求める気持が、生活の一つの中心ではあっても、全体ではないということが、明になって行く。

光子という言葉が、口のなかで、香りのようにひびくことはなく、一つの「自我の頭。」の形のようにひびく。——それは、光子が、私をおしのけ斥けるときのあのつきあたる、頑固さの度合ともいえるのだ。

「我のつよい女《こ》やな。……しかも。一寸もそれを外へむけんと、内にむけている。……。そうやな……。」Fは、光子のことをこう言う。しかし、これだけでは（光子）のことなどわからない。私の方が、やはりよく知っているのだろう、という気もする。私には、光子の性の心理がわかり、（性の動かすいびつの心理。）私に対抗しようとする心がわかり……。

詩。何処へ行くのか。身を切る詩。火のようだ。

私には、常に、外部の制度にふれること、そして、それによって、はっと、外部的に目覚めることが必要だ。

「身内の中に、千の太陽をやきつくし、鉄の身をきたえ。新しい地点へ行かなければだめだ。

光子から離れるということが、この一つのポイントとなってくれたら、こう思いもする。」

私は、とび上る、おどり上る。

火が掘り出される。

七月十日

結婚はできない。独身がよい。反天皇。

（火の苦しみが解る。）

鉄で造り上げる詩。モチーフ。

恋愛が、あの本当の愛に、ふれないということ。——何ということなのだろう。

ポオの頭脳は哀れにも、穴——行為に接続している——を欠いていた。——一九世紀の思想家。

ポオは、ものを、少々、その正当の位置よりは、後へずらす力——弱さ——をもっていた。

光子が可哀そうな気がして来る。女、日本の女。

そして、その美、男は、こうして、女に苦しむのだ。（男の横暴というのと、これは、別の問題だ。）

〔ノートにはさまれていたもの〕

　夜の（闇の）身を揺るけもの、大都会の闇の隅から、暗
い光りをもらす鉄の蓋開け、
古く巣食ふてゐるものの形して、
「愛のみが地獄をもつ」と匐ひ出るとき、
ひととき、日は巨大な街の上に俯向いて
落ち日は憎しみの黒い仮面《めん》をつける。
昼の日の脱ぎすて去つた愛の面《おもて》の端に肉附いて、
憎しみと悲しみとの色選り分つ暇もなく、苦しみはこの
俺の顔の下に黒く熱く焼け……、この顔に燃えた街の上
塗り被せよ！
昼の夜にと移り行く間《あひだ》の、身の内の慾望《ねがひ》に焦げ輝いて。

一九三七年七月十日

七月十九日

ゲエテ。

この宇宙火口。こういうと、ゲエテも、もはや、一個の野間宏の匂いをもってくるのだが、あのすきとおった宇宙の最高頂から火の光が落ちて、人間の体をとおりすぎ最底へ到達する。この火をとらえるゲエテ。この火と共に動く。

古本屋でゲエテを立ちよみする。ひどい、打撃。身をきよめつくす打げき。そして、全世界の廻るひびきをそのことばが、放つのをきいた。

何というひびきを吐く花だ。

バラの花。——リルケのような、病めるヒューマニズムの内部構造ではなく、人間が世界と共に廻す宇宙。宇宙花。

花弁のふくむ、はき放つ、行為そのものの高い香り。

七月二十二日

光子に会った。変な、いやな気持だった。非常にいやな気持だ。

逃げだしたくなるような気持だった。どうも、変に、性的魅力ばかりでいやだ。――この言葉には、嘘がある。

会った後でいやになるのだ。何か重い。

七月二十三日

又、変ってきた、強くなってきた。

八月八日

小説を書き上げた。そして、この日記から、縁遠いという感じをうける。この日記の内容とは、別のものが、私の中に、でてきているようだ。それが、何か、確かな動き、或いは、前進の安定のようなものだといえる。

意識と物質。(火と鏡)。火の鏡。火と鏡は、附着し、焼き合いながら、廻転して、すすむ。この火に附いた鏡のこと。

後悔というものが少くなってきたこと。自分自身の容積というものが、かんじられること。

八月十一日

愚劣な一家の話をきいた。

富士までが、そうした中に関係していようとは思わなかった。疑ったが、苦しかった。富士の思想が、結局そうしたところからでるのかとも思った。自分が、そうした、愚劣なものの中にいることが、はっきりと頭にやってきた。

すべてが、愚劣なのだ。何という低いことなのだろう。

光子は、私の中に、全く不必要になってしまった。どうして、こうなったのか、私には、わからない。しらぬ間に、こうなってしまっている。小説をかいたということがよかったのかも知れない。

この間の光子のこと。

「下駄かして。」(私)

光子は、私の下駄を、足でふんでいて、仲々、はなそうとしない。こうしたこと。私は、足で光子の足にふれていた。しかし、私は、光子に、引かれはしなかった。どうして、こうなってしまったのか、考えてみる必要がある。

「全体。」

とけていない。

押しがたらぬ。ばらばらである、こと。根元。

八月十九日

ジッド。

やはり、私がもっていない自由をもっている。私の自由に対する表象と、ジッドの自由の表象とがまるでちがっている。そして、ジッドに向っていると、自分は、まるで、自由のない不具の人間のかんじる、かんかくしかない気がする。

言葉。人間の、詩人の、一つ一つの体。

詩人は、自分の体を、こうして、そこへ、寝かせるのだ。

言葉のないものは、歴史の底へ到ることはできない。

光子の美しさの中には、私の愛情があるのだ。

私は、光子の中に、私の愛を、埋めたのだ。そして、それ故にこそ、光子が、多くの女の中で、かがやいてみえるのだ。

俺の感情が、光子の肌にあるのだ。

「女が、その愛情を、その肌で表現するようになってくると、男はどうしても、その女から、離れることはできなくなるんだ。」私は瓜生に言った。

「蛇やな。」瓜生はこうこたえた。

「蛇？　蛇よりずっときれいだよ。」私は言った。

詩は、行為の伝達であり、「社会の再創造。」である。

頭の底：物の底。

ジイドのもつ豊かさ。：ジイドの知性は、あの、分析の跡を、決して、そのままにのこすことなく、分析そのものが、一つの、創り出しのようにまでなるところの、軟かさをもつ。炎のやわらかさと美しさ。

光子との美しい接吻。久しくなかったことだ。光子は、体をふくらませ、肩のあたりをふくらませ、私を、まっていた。眼をふせて、ねころびながら。

フロオベル。

居坐り。居坐っている。くま。

言葉の底。

歴史の底。

「詩と歴史。」

八月二十一日

自由というものの意味に二つの内容、或いは、感覚のあること。そして、その一つには、革命のような形をとって突出するときの宇宙の充実した動き。他は、豊かな溢れこぼれているような機能の働き。私には、この後者が、非常に欠けていることを、ジッドの日記により感じさせられるのだ。天皇の歴史。

八月二十五日

富士の理性（というもの）の中には、恐怖がはいっている。これは、理性と呼ぶより、むしろ、本能的な制禦とよぶか、或いは、洞察とよぶかするのがよい。

歴史的に伝達され得る本格的（よい意味での）なものではない。孤立でもなく、一つの離れ島である。


典型。典型から自由であるということ。過去の典型が自己の中で、自由に身動きする。

型と典型との区別。ひとびとは、すぐ、典型を型にまで、引き下してしまう。


光子と結婚する決心を固める。（昨夜は、この反対のことを考えていた。）これが、本当だという気がする。生活の円さということを考えている。

富士の中にある、俗について。富士には、非常に、俗というものがある。ふと、これにふれて、私は驚かされる。そして、これは、富士が、一家の兄として生れてきていることに少しはよっていると、私には思える。或いは、又、私が一家の弟として、生れていることによって、Fを、そう見るのかも知れないとも考える。


Fの（接）触角は、数が少いということ。

通路をもっている人間、或いは、通路の前に立っている人間のいないことをかんじる。自分の通路を、これだとしてもっていないのだ。

Fは、手さぐりで行く、このことが、Fを浅くさせる。（浅くということばが、Fには、よくあてはまる。）

Fがアランへ行ったのは、確によくなかったという気がする。何か、例があるということは、非常に、いけない。（Fにとって。）


例による安心。

八月二十七日

自由について。さらに。

自由というものを考えるとき、自分には、この正反対のものとして、恋愛を、考える。何故、恋愛が不自由なのか。自分の身を、切りすてることのできないことを、感じさされるのだ。

自由。これがもっとも、大切なのだ。あらゆるものからの自由。

「自由を我等に。」の自由は、もう、自由ではない。

鏡の自由。

光子のすべてが、解ってきている。そして、これは、哀れなことだ。私は、又、未知のものを、求めるだろうから。「もっと、奥へ。」という、あの、わいせつな言葉を、わいせつでなくするものが、私の中にはあるのだから。

自分が逆境にあったとき、そして、そのとき、尚も、信頼を置いていた人間に、裏切られ、ののしられていたのを知ったとき、私には、その人間を、許すことなど、決してできないようだ。私の肉の中にまでまき込まれて、かたまってしまったように、恨のようなものが残っているからだ。表面と裏との、あのいやな表情をもった男を、どうして許せるものか。

どうして、恨などが、残るのだろうか。

感情が病んでいるとでもいうのだろうか。

(健康が、感情の病いをも斥けるとすれば。)

この日記の前の方をよみ返し、驚かされる。言葉が何か、働きの速度とでも言うべき速さを、もっていない。それを感じておどろく。自分は、ただ、いつも、或る点へ言葉をもって行こうとしているのをさとらされる。体の或る点。いつも同じ点。そして、いつも、その調子を得ると、安心しているという、感動主義者のようなやり方。

街で出会う出征兵士の「万才」。この度毎に、肉親からかんじる、いやな感情をかんじるようだ。そして、日本のおそさということを考える。むきだしのいやなもの。

光子と結婚するだろう。(喜んでではない。)

花びらの間に人間の掌をつくる。置く。(詩の中の句)。

八月二十九日

富士が東京へ行くのを送った。

アランのしらべ出した秩序を、私は、もう、こわしてしまっている。アランのもつ鏡の美しさは、烈しさをもたない。

もっと、多く、女を知ることが必要だ。

肉のやわらかさによって、思考方法がちがう。ということ。

夫の前で、私に、手と、体を愛撫させておいた、妻。

中背。大形の顔。やわらかい肉。足を拡げて、すりあわせている。淫わい。

「もう、帰る?」私の足と、ももを、臀部でたのしみながら、この妻君は、夫の方を、平然とふりかえる。生殖器のふれる感覚がどういうものか、背中で味ったことのある女のやり方だ。

八月三十日

「芸術」をもっと要求する。「芸術」の自由ということ。これは、決して、政治から退くことなどではない。政治を貫くということなのだ。

交互浸とうということは、決して、区域がなくなってしまうことなどではない。回転して、前進する、ということだ。

光子に対する態度が、自由になってきた。「苦痛」以外に、自由を、運んでくるものは、やはりないらしい。

八月三十一日

「芸術家がいない。」このことが、また、考えられる。

「芸術」の層の厚さ。

奥へ奥へ。

自由ということは、結局、やはり、行きつくことのできぬ果てのことかも知れない。人類に、一人でも、欠けたものがあるかぎり、私は、自由ではないように感じるのだから。

徹底ということが、具体に感ぜしめるあの、抵抗について。

「力」、或いは緊張。それが、自分のものでなく、どこか、他処から来るようにかんじるあの美しい強い抵抗。自分が、外の世界とこうして通じていることを知らさされる深所の抵抗。

九月一日

自分自身の問題、——世界の問題が、自分自身の特別な仕方に於て問題になること。——がないということは恐しいことなのだ。

長い間、自分の身体と共に、心を、引きのばし、しかんさせていたことを感じる。そして、それは、女によって、もたらされたものなのだ。私は、女によって、世界を、連続から、引きはなそうとする。或る、特殊な特定の法則が、あるかのように思いこんだりする。或いは、貴い苦悩を、苦しんでいるかのように、思ったりする。私は、横を忘れる。情熱の後、或いは裏に、焼きのないのは、肉体に跡形をのこさない。跡形のあるものが、何であれよい。

焼き印。

言葉のもつ、「原子」の姿。物質の中へ、行為を容れるあの核。言葉の中へ、如何にして、この行為をつめこむか。言葉は、あの廻っている独楽だ。

「運命」――美しい。おそいかかる美しさ。

個人は、世界の、宇宙の裂け目である。人類の裂け目。人類は、宇宙の――。

その、もっとも、高い頂点のみが動いている。

熔岩の表皮ではなしに、その火を！

習慣と思想とを間違えているものたち。

型。……図式ではない型。次へ動く。

九月六日

岩崎来る。しゃべった。

言葉の発生。新しい言葉のみが、現実をとらえるのだ。

新しい言葉が泡のようにわいてでる、意識。この眼。

小説をよみかえし、この姿に、欠けているところのあるのをかんじた。鏡面の凹凸。（現実の凹凸ではなく。）

まだ、この鏡は、宇宙を切りはしない。

宇宙と同じ深さ。

「次第に、うばいとられて、傷をうけるんだ……。」（私）

「そうだ……もう、自分のもっているものを、いかに、なげ出そうと、ただではすまないときがきているんだ。」

「何でも、したいことをするつもりや、そうして、くらすつもりや。」

「ふん。」（私）

自分の以前の小説を、鈍いと感じうることができるようになったのは、よいことだ。（すべて、鈍いということは、あのアミーバーに共通のことである。）

「顔が変る、主人公の顔が代ってきているということ。」

兄の、インテリ軽蔑。そして、しゃべりながら、弟が、そのインテリの一人であることに気づく。弟は、兄の眼をみない。

兄と弟の気くばり、弟は、むしろ、平気。

「学校にいる間だけや、インテリいうても。」

「言葉と生活。」兄に対する感傷（或いは、自分の眼の眼かくしを、とり去ろう。）

九月八日

芸術のもつあの烈しい静かさは、「落ちつき」という言葉のもつ個人的なふんいきなのではない。あれは、やはり、運命的なもの――個が、別のものに突き入るときの、あの光輝を、たたえたものなのだ。


ジイドの『贋金造り』のつまらなさに驚かされる。もう、よみかえすことができない。

(プルウスト。ヴァレリー。)


小説「火の問題」の題をつけ直す。もっと、定着をたしかにすること。問題劇風な、浮き上りを取り去ること。枚数をふやす。「彼は、息切れがしてきた。」

「眉が、ぴくぴくした。」「着物の裾が、開いた。」などのやり方。

女と寝る。しかし、もう、新しいものを、はこんでくれない。今日は娼婦の方が、性的な羞恥心を多くもっているということを感じた。私自身、羞恥心を、なくしてしまったのではないかと恐れた。羞恥心がないということは、芸術家ではないということなのだから。

『キング』の小説の話をする。その他。

私は、やはり、戦争に行くか、獄にはいるか、いずれかするのが、よいのかも知れない。この、両方ともよいのであろう。反天皇。


自分の芸術に対する疑いに、まとわれる。空しくなるという感じ。ひろがり、が、四方からきて、すべてを、風化してしまうような感じ。


歴史を塊として、そこに、置く。鉄の塊のように。鉄の塊のように。しかし、塊ということは、むつかしい、問題だ。塊が、自らを、開くところに、デフォルマションが起るのだから。

デフォルマションとは、原子核、の崩解に外ならない。

しかし、この崩解を行う主体として、宇宙力、生産力――これは、歴史的に、張力に、精密になって行く。――を、集中するもの。が問題になるわけである。

モラル。

私のモラルという言葉に対する内容と、アランなどの代表するフランスの伝統から、取りだしてきたモラルに対する内容とが、違っているのを感じる。濃度が、私の方がずっときついし、きぼがちがう。

九月十四日

長い間、自分が、「受身に」苦しんでいたことが、解ってきた。

「受け身」の生活。私の内の針の回転。

闘争があるだけだ。と思い始めてきた。光子を愛することに、私の弱味を見ない。私の苦しみは、「突き出る」くるしみ、啄木鳥の舌のような苦しみとなるだろう。

十二日に光子と遊んだ。そして、光子が接吻を望んでいるのを感じた。ものほし台の方へ顔をむけて、敷居《シキイ》に、顎を小さくのせていた。私をみて、真赤になった。

一緒に写真をみたりした。久しくないことが、かえってきたような気持だった。

「　」《〔ママ〕》について考えてみること。

左翼作家、左翼の人々と、ジャーナリズムとの関係。ジャーナリズム的にしか、ものを考えることのできない人々。

九月十五日

講談社へ申込みをすることについて考えていた。そして、何故か、頭がわくわくし、つらいような苦しみをした。もっと、積極的になろうと考えて、それを、合理化だと、言いきかせたりした。昨日は、光子と結婚したいと思って、このことを考え、今日は、母のことを考えてこのことに向い、一日一日が、こうした小波の上にすぎて行きそうだ。

このことは、私として、私の後退を、明に示している。

自分自身が、一個の人間として、進むこと、ができないことを示している。自分の能力を、狭くする考えが、起ってくる。

光子は、私の中から、再び消え去る。私の体の状態がよくなるにつれて、そうなってくる。恋愛と病気との関係。

社会的筋肉、に就て。

何処へ行っても、又、誰と向っていても、生きて行けることが、自分にできるのだと、示したい。ほんとうに（裸）で、（個）として生きる。（たちきる）。たちきり、たちきり生きる自由をもつ。

そして、その場所は、やはり、あの働く人々のところだ。それのみしかない。しかし、そこにいても、断ちきることのできるものは、やはり、あの突きでた、身体をもっているもののみだ。つき出る心。伸び上る心。

ドストエフスキーのことを考える。すると、自分という存在のえがく、輪が、小さいことを感じる。輪が、そして、狭って行く輪だということを感じる。

「歴史。」――デフォルマシヨン。

「反天皇」

九月十六日

夜。

下村と話した。そして、その生活に打たれた。私は、自分が狭く、小さくなろうとしていたのを、これによって、打ち破られるのをかんじた。それは、正しいものの、作用なのだ。

美しい表情と、ことばが、生活にのった言葉が私を打った。

思想が、そのものを、正当に置くということ。正当にうつしだすということ。

著者紹介

野間　宏（のま・ひろし）

1915年2月23日、神戸市生まれ。在家門徒たる父卯一の影響下、幼少時より親鸞の思想に触れる。北野中学時代より創作に励む。三高在学中に詩人竹内勝太郎と出会い、フランス象徴主義をはじめ20世紀ヨーロッパの前衛文学を学ぶ。富士正晴、桑原静雄と同人誌『三人』を創刊。1935年京都帝国大学文学部仏文科に入学。西田幾多郎、田辺元の哲学に傾倒する一方、マルクス主義運動に参加。1938年大学卒業後、大阪市役所に就職。社会部福利課で融和事業を担当。水平社以来の被差別部落の活動家たちと深い交流を結ぶ。1942年1月、応召してフィリピン戦線に従軍。帰国して原隊に復帰後、治安維持法違反容疑で陸軍刑務所に収監される。1944年2月、富士光子と結婚。

戦後すぐ文学活動を再開し上京。46年「暗い絵」で注目を集め、「顔の中の赤い月」「崩解感覚」など、荒廃した人間の身体と感覚を象徴派的文体で描き出し、第一次戦後派と命名された。人間をトータルにとらえる全体小説の理念を提唱。52年、『真空地帯』で毎日出版文化賞を受賞。64年10月、日本共産党除名。71年には最大の長篇『青年の環』を完成し、谷崎賞受賞および、73年にはアジアのノーベル賞といわれるロータス賞を日本人としてはじめて受賞した。75年2月より、雑誌『世界』に「狭山裁判」の連載を開始する（〜91年4月。没後、『完本 狭山裁判』として藤原書店より1997年刊行）。晩年は、差別問題、環境問題に深くかかわり、新たな自然観・人間観の構築をめざした。87年11月より『野間宏作品集』（全14巻）を刊行（〜88年12月、岩波書店）。89年朝日賞受賞。1991年1月2日死去。

作家の戦中日記　1932-45　上

2001年6月30日　初版第1刷発行©　　**限定千部**

著　者　野　間　　宏

発行者　藤　原　良　雄

発行所　株式会社　藤　原　書　店

〒162-0041　東京都新宿区早稲田鶴巻町 523

TEL　03（5272）0301
FAX　03（5272）0450
振替　00160-4-17013

印刷 平河工業社／製本 河上製本

落丁本・乱丁本はお取り替えします
定価はケースに表示してあります

Printed in Japan
ISBN4-89434-237-5

学問の意味を問い続けた稀有の思想家

内田義彦セレクション

（全４巻別巻一）　　四六変上製　平均270頁

〔推薦〕木下順二　中村桂子　石田 雄　杉原四郎

「社会科学」の意味を、人間一人ひとりが「生きる」ことと結びつけて捉えた名著『作品としての社会科学』（大佛次郎賞受賞）の著者である内田義彦の思想のエッセンスを伝える。

1 生きること　学ぶこと

「「よき技術者」として九十九人を救いえたとしても、一人の人間の生命を意識して断ったといういたみを持ちえない「技術的」人間の発想からは、一人を殺さずして百人を救いうる一パーセントの可能性の探究すら出てこないだろう。」（内田義彦）

四六変上製　272頁　**2000円**（2000年5月刊）◇4-89434-178-6

2 ことばと音、そして身体

「ことばはひとり勝手に作っちゃいかん、その意味ではことばは人をしばるわけですね。……勝手に使っちゃいかんということがあるために、かえって自分がより自由に考えられるというか、それで初めて自分でものが言える。」（内田義彦）

四六変上製　272頁　**2000円**（2000年7月刊）◇4-89434-190-5

3 ことばと社会科学

「社会科学的思考を何とか自分のものにしたいと苦労しているうちにぶつかったのが、ことばの問題である。どうすれば哲学をふり廻さずに事物を哲学的に深く捕捉し表現しうるか。私は自分のことばを持ちたいのだ。」（内田義彦）

四六変上製　256頁　**2800円**（2000年10月刊）◇4-89434-199-9

4 日本を考える

四六変上製　336頁　3200円（2001年5月刊）◇4-89434-234-0

別巻　**内田義彦を読む**　（近刊）

尖鋭かつ柔軟な思想の神髄

形の発見

内田義彦

専門としての経済学の枠を超える、鋭くかつしなやかな内田義彦の思想の全体像に迫る遺稿集。丸山眞男、木下順二、野間宏、川喜田愛郎、大江健三郎、谷川俊太郎ほか各分野の第一人者との対話をはじめ、『著作集』未収録（未発表も含む）作品を中心に編集。

四六上製　四八八頁　**三四九五円**

（一九九二年九月刊）

◇4-938661-55-1

『岡部伊都子集』以後の、魂こもる珠玉の随筆集

岡部伊都子随筆集

『岡部伊都子集』（岩波書店）以後の、珠玉の随筆を集めた文集。伝統や美術、自然、歴史などにこまやかな視線を注ぎながら、戦争や沖縄、差別、環境などの問題を鋭く追及する岡部伊都子の姿勢は、文筆活動を開始してから今も変わることはない。病気のため女学校を中途退学し、戦争で兄と婚約者を亡くした経験は、数々の随筆のなかで繰り返し強調され、その力強い主張の原点となっている。

〔推薦者のことばから〕

鶴見俊輔氏　おむすびから平和へ、その観察と思索のあとを、随筆集大成をとおして見わたすことができる。

水上　勉氏　一本一本縫った糸を、染め師が糸に吸わせる呼吸のような音の世界である。それを再現される天才というしかない、力のみなぎった文章である。

落合恵子氏　深い許容　と　熱い闘争……／ひとりのうちにすっぽりとおさめて／岡部伊都子さんは　立っている

随筆集、第1弾

思いこもる品々

「どんどん戦争が悪化して、美しいものが何も彼も泥いろに変えられていった時、彼との婚約を美しい朱机で記念したかったのでしょう」（岡部伊都子）身の廻りの品を一つ一つ魂をこめて語る。［口絵］カラー・モノクロ写真／イラスト九〇枚収録。

A5変上製　一九二頁　二八〇〇円
（二〇〇〇年一一月刊）
◇4-89434-210-3

随筆集、第2弾

京色のなかで

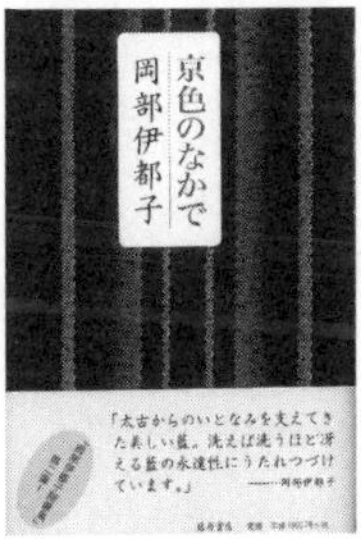

「微妙の、寂寥の、静けさの色とでも申しましょうか。この「色といえるのかどうか」とおぼつかないほどの抑えた色こそ、まさに「京色」なんです」……微妙な色のちがいを書きわけることのできる数少ない文章家の珠玉の文章を収める。

四六上製　二四〇頁　一八〇〇円
（二〇〇一年二月刊）
◇4-89434-226-X

***7　金融小説名篇集**　吉田典子・宮下志朗 訳=解説
〈対談〉青木雄二×鹿島茂

ゴプセック——高利貸し観察記　*Gobseck*
ニュシンゲン銀行——偽装倒産物語　*La Maison Nucingen*
名うてのゴディサール——だまされたセールスマン　*L'Illustre Gaudissart*
骨董室——手形偽造物語　*Le Cabinet des antiques*

528 頁　**3200 円**（1999 年 11 月刊）◇4-89434-155-7

高利貸しのゴプセック、銀行家ニュシンゲン、凄腕のセールスマン、ゴディサール。いずれ劣らぬ個性をもった「人間喜劇」の名脇役が主役となる三篇と、青年貴族が手形偽造で捕まるまでに破滅する「骨董室」を収めた作品集。「いまの時代は、日本の経済がバルザック的になってきたといえますね。」（青木雄二氏評）

***8・*9　娼婦の栄光と悲惨——悪党ヴォートラン最後の変身**（2分冊）
Splendeurs et misères des courtisanes　飯島耕一 訳=解説
〈対談〉池内紀×山田登世子

⑧448 頁　⑨448 頁　各 **3200 円**（2000 年 12 月刊）⑧◇4-89434-208-1　⑨◇4-89434-209-X

『幻滅』で出会った闇の人物ヴォートランと美貌の詩人リュシアン。彼らに襲いかかる最後の運命は？　「社会の管理化が進むなか、消えていくものと生き残る者とがふるいにかけられ、ヒーローのありえた時代が終わりつつあることが、ここにはっきり描かれている。」（池内紀氏評）

***10　あら皮——欲望の哲学**　小倉孝誠 訳=解説
La Peau de chagrin　〈対談〉植島啓司×山田登世子

448 頁　**3200 円**（2000 年 3 月刊）◇4-89434-170-0

絶望し、自殺まで考えた青年が手にした「あら皮」。それは、寿命と引き換えに願いを叶える魔法の皮であった。その後の青年はいかに？　「外側から見ると欲望まるだしの人間が、内側から見ると全然違っている。それがバルザックの秘密だと思う。」（植島啓司氏評）

11・12　従妹《いとこ》ベット——好色一代記（2分冊）　山田登世子 訳=解説
La Cousine Bette

嫉妬と復讐に燃える醜い老女、好色の老男爵……。人間情念の深淵を描き尽した晩年の最高傑作。

***13　従兄《いとこ》ポンス——収集家の悲劇**　柏木隆雄 訳=解説
Le Cousin Pons　〈対談〉福田和也×鹿島茂

504 頁　**3200 円**（1999 年 9 月刊）◇4-89434-146-8

骨董収集に没頭する、成功に無欲な老音楽家ポンスと友人シュムッケ。心優しい二人の友情と、ポンスの収集品を狙う貪欲な輩の蠢く資本主義社会の諸相を描いた、バルザック最晩年の作品。「小説の異常な情報量。今だったら、それだけで長篇を書けるような話が十もある。」（福田和也氏評）

***別巻1　バルザック「人間喜劇」ハンドブック**　大矢タカヤス 編
奥田恭士・片桐祐・佐野栄一・菅原珠子・山﨑朱美子=共同執筆

264 頁　**3000 円**（2000 年 5 月刊）◇4-89434-180-8

「登場人物辞典」、「家系図」、「作品内年表」、「服飾解説」からなる、バルザック愛読者待望の本邦初オリジナルハンドブック。

***別巻2　バルザック「人間喜劇」全作品あらすじ**
大矢タカヤス 編　奥田恭士・片桐祐・佐野栄一=共同執筆

432 頁　**3800 円**（1999 年 5 月刊）◇4-89434-135-2

思想的にも方法的にも相矛盾するほどの多彩な傾向をもった百篇近くの作品群からなる、広大な「人間喜劇」の世界を鳥瞰する画期的試み。コンパクトでありながら、あたかも作品を読み進んでいるかのような臨場感を味わえる。当時のイラストをふんだんに収め、詳しい「バルザック年譜」も附す。

初の本格的文学・芸術論

芸術の規則Ⅰ・Ⅱ

P・ブルデュー
石井洋二郎訳

作家・批評家・出版者・読者が織りなす象徴空間としての〈文学場〉の生成と構造を活写する、文芸批評をのりこえる「作品科学」の誕生宣言。好敵手デリダらとの共闘作業、「国際作家会議」への、著者の学的決意の迸る名品。

A5上製　Ⅰ三一二、Ⅱ三二〇頁　**Ⅰ四一〇〇円、Ⅱ四〇七八円**
（Ⅰ一九九五年二月刊　Ⅱ一九九六年一月刊）
Ⅰ◇4-89434-009-7　Ⅱ◇4-89434-030-5

LES RÈGLES DE L'ART　Pierre BOURDIEU

文学が「生産」する思想

文学生産の哲学

（サドからフーコーまで）
P・マシュレ　小倉孝誠訳

アルチュセール派を代表する哲学者による全く新しい「文学的哲学」の実践。スタール夫人、ジョルジュ・サンド、クノー、ユゴー、バタイユ、セリーヌ、サド、フロベール、ルーセル、フーコーの作品の解読を通して、そこに共有される根源的な問題意識を抉る。

A5上製　四〇〇頁　**四六六〇円**
（一九九四年二月刊）
◇4-938661-86-1

À QUOI PENSE LA LITTÉRATURE?　Pierre MACHEREY

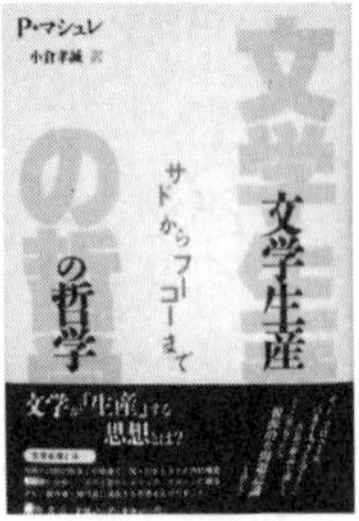

文豪、幻の名著

風俗研究

バルザック
山田登世子訳＝解説

文豪バルザックが、一九世紀パリの風俗を、皮肉と諷刺で鮮やかに描いた幻の名著。近代の富と毒を、バルザックの炯眼が鋭く捉える、都市風俗考現学の原点。「優雅な生活論」「歩き方の理論」「近代興奮剤考」ほか。図版多数。〔解説〕「近代の毒と富」（四〇頁）

A5上製　二三二頁　**二八〇〇円**
（一九九二年三月刊）
◇4-938661-46-2

PATHOLOGIE DE LA VIE SOCIAL　BALZAC

回帰する〝三島の問い〟

三島由紀夫vs東大全共闘 1969-2000

三島由紀夫
芥正彦・木村修・小阪修平・橋爪大三郎・浅利誠・小松美彦

伝説の激論会〝三島vs東大全共闘〟（1969）三島の自決（1970）から三十年を経て、当時三島と激論を戦わせたメンバーが再会し、三島が突きつけてきた問いを徹底討論。「左右対立」の図式を超えて共有された問いとは？

菊変並製　二八〇頁　**二八〇〇円**
（二〇〇〇年九月刊）
◇4-89434-195-6